LE LIVRE
DES SECRETS

Du même auteur

AUX MÊMES ÉDITIONS

La Nuit de l'infamie
roman, 2007

MICHAEL COX

LE LIVRE DES SECRETS

La vie cachée d'Esperanza Gorst

roman

TRADUIT DE L'ANGLAIS
PAR CLAUDE ET JEAN DEMANUELLI

ÉDITIONS DU SEUIL
*27, rue Jacob, Paris VIe*

Ce livre est édité par Anne Freyer-Mauthner

Titre original : *The Glass of Time*
Éditeur original : John Murray, Londres
© original : Michael Cox, 2008
ISBN original : 978-0-7195-9680-3

ISBN : 978-2-02-098306-8

www.editionsduseuil.fr

À Dizzy, une fois encore

Également dédié à la mémoire de
Pat Riccioni
Melissa Allen
Chris Davenport

Car la vérité est pareille au chant d'un oiseau solitaire,
Aux confins du jour et de la nuit –
Messager invisible, mais qui toujours apporte
La certitude de la lumière.

P. VERNEY DUPORT
Extrait de *Merlin and Nimue,*
Édité à compte d'auteur (1876), Chant III

Note liminaire

Le manuscrit du *Livre des Secrets*, signé « E.A.G. », se trouve à la Houghton Library, à Harvard. Bien qu'il prétende, de la même manière que le texte censément autobiographique publié par le présent éditeur en 2006 sous le titre de *La Nuit de l'infamie*, être la transcription fidèle d'événements réels ayant affecté l'ancienne famille Duport, aujourd'hui éteinte, d'Evenwood, dans le Northamptonshire, ce récit est de nature franchement romanesque et doit être lu avant tout comme une œuvre d'imagination, ou pour le moins une autobiographie considérablement romancée.

Constitué de 647 feuillets tellières non lignés, retenus par un ruban de soie noire passé, le manuscrit fut répertorié pour la première fois en 1936 comme faisant partie de la bibliothèque privée de J. Gardner Friedmann à New York, qui l'avait acquis lors d'un voyage à Londres en mai 1924. À la mort de Friedmann, en 1948, il fut transféré à Harvard, en même temps que le reste d'une importante collection de romans du dix-neuvième siècle.

Comme je l'ai fait lors de la publication de l'ouvrage dont ce texte est la suite, *La Nuit de l'infamie*, je propose des notes de bas de page, là où elles m'ont paru nécessaires ou susceptibles d'aider le lecteur d'aujourd'hui, et j'ai de moi-même redressé certaines erreurs ou incohérences de nature technique.

J. J. Antrobus,
professeur de littérature
victorienne post-authentique
université de Cambridge

ACTE UN

La maison des secrets

À nous deux, nous sommes un de trop (dis-je),
car on dit bien qu'à trois on peut tenir conseil,
à condition qu'il en manque deux.

John Heywood, *Dialogue de proverbes* (1546)

PROLOGUE

Milady et ses fils

Observés à distance par Miss Gorst, le 8 novembre 1876

I

LA VUE DEPUIS LA GALERIE

J'aimerais, pour commencer, que vous vous imaginiez à mes côtés, en train de glisser un œil par-dessus la rambarde d'une galerie voûtée fermée par un rideau et surplombant d'assez haut – à la manière d'une scène de théâtre aérienne – une longue salle au décor imposant.

Depuis notre poste d'observation, si nous pointons le nez à travers la fente étroite des rideaux, nous apercevons à nos pieds une compagnie de belles dames et de beaux messieurs occupés à dîner. Les épais rideaux de velours sont poussiéreux et sentent un peu le moisi, mais ne craignez rien. Nous ne nous attarderons pas.

La salle en dessous de nous, toute d'or et d'écarlate, est richement meublée, et, malgré ses vastes proportions, il y règne une douce chaleur, même en cette froide soirée de novembre, grâce aux bûches de pin crépitantes qui s'empilent dans les deux grandes cheminées de pierre.

Sur les murs s'alignent des glaces dans des encadrements dorés, qui renvoient votre reflet à l'infini quand vous passez devant. Au-dessus de nos têtes, occupant tout l'espace, s'élève un plafond à caissons, incurvé comme la paroi d'un tonneau, sur lequel – et là il vous faudra me croire sur parole, dans la mesure où en ce moment l'ombre le dissimule à la vue – sont peintes des scènes du mariage d'Héraclès et d'Hébé. (Je tiens cette information de Mr Pocock, le majordome ; toujours désireuse de progresser et d'étendre mes connaissances, je l'avais notée dès que j'en avais eu le loisir dans un des carnets que je conserve constamment à portée de main.)

Les quatorze convives de ce soir ont été réunis sous le prétexte quelque peu fallacieux d'une commémoration traditionnelle dans la famille consistant à rendre hommage à Lord Edward Duport, un dignitaire du royaume qui perdit un doigt en ce même jour de novembre 1605, au cours de l'assaut lancé contre Holbeche House, où s'étaient réfugiés plusieurs des participants à la conspiration des Poudres.

Juste en dessous de nous, sur la gauche, se trouve Miss Fanny Bristow, gauche et stupide mais inoffensive ; à son côté, Mr Maurice FitzMaurice, le nouveau propriétaire vaniteux de Red House à Ashby St John, qui pense être un homme remarquable, même s'il est bien le seul de cet avis. (À sa mine, il semble prendre très mal le fait d'avoir été placé là et de devoir supporter les minauderies de Miss Bristow pendant tout le repas. Mais moi je dis : bien fait pour lui, il n'a qu'à ne pas avoir une si haute opinion de lui-même.)

Ils ont pour vis-à-vis Sir Lionel Voysey, de Thorpe Laxton Hall, et sa grotesque épouse, une femme laide et vulgaire ; à la droite de celle-ci, vous apercevez le visage au sourire affecté du docteur Pordage, cet homme qui à la dérobée me pose toujours un doigt moite sur la main quand je le raccompagne à la porte, comme pour signifier quelque secrète connivence entre nous, connivence qui, je suis catégorique, n'a jamais existé que dans son esprit.

Le pasteur, Mr Thripp, et sa vétilleuse d'épouse sont assis à côté du docteur, dans un silence tendu comme à l'accoutumée. Je crois que Mrs Thripp nourrit à l'égard de son mari un ressentiment profond et perpétuel, dont je ne saurais toutefois préciser la nature. Le reste des invités ne présentant aucun intérêt pour mon histoire, nous les passerons sous silence.

Venons-en maintenant aux trois personnes présentes à cette réception qui m'importent – à moi et à vous aussi, par voie de conséquence – tout particulièrement : les résidents permanents de cette grande maison.

D'abord, bien entendu, Milady, ma maîtresse : l'ex-Miss Emily Carteret, aujourd'hui 26e baronne Tansor.

Regardez-la. Elle trône, telle une reine, à la place d'honneur, dans sa parure de soie noire aux reflets argentés. Qui oserait nier qu'elle est encore belle, ou soutenir que ses cinquante-deux années n'ont pas fait montre à son endroit d'une bienveillance singulière ? À la lueur des chandeliers, les ombres mouvantes jouent délicieusement sur sa peau claire (elle ne permet jamais que l'on allume le gaz : la lumière des bougies est tellement plus flatteuse).

Elle captive et fascine tous les hommes rassemblés dans sa salle à manger rouge et or. Voyez comme ils la lorgnent quand ils se croient à l'abri des regards ! Mr FitzMaurice, le docteur Pordage, jusqu'à ce pauvre Sir Lionel Voysey au visage empourpré (toujours d'une gaucherie comique en sa présence) : ils sont tous sous le charme, comme des adolescents sentimentaux, et ne la voient que comme elle-même souhaite être vue.

Naturellement, son passé légendaire et tragique – un père assassiné, le grand amour de sa vie tué un mois avant leur mariage – ne fait qu'ajouter à son pouvoir de séduction. Les hommes, c'est là mon sentiment, sont des idiots, du moins ceux dont je viens de parler. Elle a peut-être souffert, mais enfin la souffrance ne manque pas en ce bas monde, et nous en aurons chacun notre part avant de le quitter.

Elle a toutefois été largement et richement payée de ses épreuves : ce n'est pas là le moindre de ses attraits, surtout aux yeux de ses admirateurs célibataires. Belle, marquée par une tragédie de nature romantique, détentrice d'une immense fortune et d'un titre ancestral… et veuve de surcroît ! Charlie Skinner, l'un des jeunes valets de pied, qui a un faible pour moi, m'a raconté que Mr FitzMaurice avait du mal à croire à sa bonne fortune le jour où il a rencontré sa belle voisine pour la première fois : il est rentré, dit-on, à Red House incroyablement surexcité. On ne tarda pas à raconter à son club qu'il avait laissé entendre, à qui voulait bien lui prêter l'oreille, que ses jours de célibataire étaient comptés.

Mais ce pauvre Mr FitzMaurice se berce d'illusions ! Il est loin d'être le seul à nourrir de telles ambitions. La baronne représente un prix bien trop appréciable, peut-être un des plus appréciables qui soient à ce jour en Angleterre. Les rivaux de FitzMaurice, tous hommes de distinction, sont légion, tandis que lui n'a guère d'atouts à faire valoir ; pourtant, il insiste et continue d'entretenir les espoirs les plus fous, sans jamais néanmoins obtenir le moindre encouragement de l'objet de sa flamme.

La vérité, c'est qu'elle ne se remariera jamais, et certainement pas avec un imbécile de la trempe de Mr FitzMaurice. Le mariage ne lui apporterait aucun avantage matériel. Elle ne succombera pas non plus à l'Amour, car son cœur est fermé à tout nouvel assaut dans ce domaine. Aucun homme ne parviendra à effacer en elle le souvenir de son premier et dernier amour, dont l'horrible mort constitue l'immense chagrin de sa vie, plus encore que celui engendré par le meurtre de son père. Son défunt mari, le colonel Zaluski, n'y est pas parvenu, c'est du moins là l'avis général. Je n'ai moi-même jamais rencontré ce monsieur ; mais Sukie Prout (ma grande amie des régions inférieures) dit que le couple s'entendait assez bien, et que le colonel avait des manières souriantes et accommodantes qui vous le rendaient d'emblée sympathique. J'en déduis donc que son épouse devait l'apprécier, elle aussi, et que cela lui suffisait.

Les fruits de cette union somme toute assez quelconque sont en ce moment même assis de part et d'autre de leur mère : Mr Perseus Duport, l'héritier du nom et de la fortune, à sa droite, et son frère cadet, Mr Randolph Duport, à sa gauche. Mais ils n'ont, eux, rien de quelconque.

Mr Perseus, qui vient tout juste de porter un toast au vaillant Lord Edward Duport, atteindra bientôt sa majorité et ressemble étonnamment à sa mère : haute taille, gestes réfléchis, attitude observatrice, même regard insondable. Ses cheveux, aussi foncés que ses yeux, sont longs et lui tombent sur les épaules d'une façon délibérément romantique, comme il sied au poète qu'il ambitionne d'être. Il est très fier de ses cheveux, autre trait qu'il tient de sa mère. Un jeune monsieur indubitablement bien de sa personne, qui l'est encore davantage grâce à une barbe soigneusement taillée, laquelle lui confère un air dangereusement héroïque et le fait étrangement ressembler au portrait du corsaire ottoman accroché au bas de l'escalier du hall d'entrée, au point que, en voyant le tableau pour la première fois, j'ai cru que c'était lui qui avait servi de modèle, avant de me rendre compte que la toile avait plus de vingt ans.

Son cadet, Mr Randolph Duport, a, lui, presque vingt ans et n'est pas moins étonnant d'apparence que son aîné, encore que de manière fort différente. Il est moins grand et plus trapu, plus musclé aussi ; il a des yeux marron très chaleureux (qu'il tient, d'après Sukie, « tout craché de son père »), le teint coloré de ceux qui vivent au grand air et des cheveux châtains indisciplinés. Il ne présente aucune ressemblance physique avec sa mère, de même qu'on ne retrouve en lui aucun trait de la personnalité de celle-ci, ce qui explique que les gens le préfèrent de beaucoup à Mr Perseus. Contrairement à son frère, il n'a ni la morgue ni l'orgueil de Lady Tansor. C'est, par comparaison, un être spontané, dépourvu d'affectation, qui semble prendre les choses comme elles viennent, sans trop réfléchir (de l'avis général) aux conséquences, ce pour quoi, me suis-je laissé dire, il a souvent encouru le déplaisir de sa mère. Toutefois, dans la mesure où il possède l'aptitude peu commune à reconnaître ses fautes, qualité qui semble faire défaut à Mr Perseus, il ne se plaint jamais, mais promet de faire tout son possible à l'avenir pour réfléchir davantage avant d'agir.

C'est peut-être parce qu'il est le fils cadet qu'il peut se permettre d'être aussi philosophe. Mr Perseus, lui, sur lequel reposent tous les espoirs de sa mère, ne perd jamais de vue les responsabilités qui seront les siennes le jour où il deviendra le chef de cette illustre famille. Il prend très au sérieux sa position privilégiée d'héritier, à un point tel que, à la mort du colonel Zaluski, il y a un an de cela, il a insisté pour abandonner ses études universitaires de façon à pouvoir aider Lady Tansor, laquelle s'en était jusqu'alors remise à son époux, à gérer le domaine et conseiller sa mère – dans la mesure de ses moyens – sur les nombreux autres intérêts de la famille Duport.

Mr Randolph ne semble pas en vouloir à son frère de l'accident qui a fait de celui-ci son aîné, ou des avantages matériels dont Mr Perseus jouira le jour où il héritera de tous les biens. Il affirme qu'il serait plutôt alarmé qu'autre chose si, à la suite d'un malheur, il devait succéder à son frère.

Ces trois personnes sont devenues les principaux objets de mon attention dans cette maison, où j'ai été envoyée pour des raisons qui, au moment où j'écris ces lignes, ne m'ont pas été entièrement dévoilées. Je continue donc à attendre, et à observer, en accord avec les instructions que j'ai reçues.

D'ordinaire, je suis censée être prête à tout instant à assister Milady, de jour comme de nuit, mais ce soir-là j'avais été déchargée de mes obligations. Après avoir habillé ma maîtresse pour le dîner, j'avais pu disposer à ma guise des heures qui suivaient, précieux répit au cours duquel j'espérais bien que la sonnette de ma chambre resterait silencieuse, même au cœur de la nuit froide.

Milady ne dort pas bien, et elle m'appelle régulièrement auprès d'elle quand elle sort d'un sommeil souvent agité, afin que je lui fasse la lecture ou que je brosse ses longs cheveux foncés (service pour lequel elle a un penchant bien spécial) jusqu'à ce qu'elle soit prête à se recoucher. Si elle ne retrouve pas rapidement le sommeil, elle tire à nouveau sur le cordon pour me faire venir.

Il arrive que la sonnette ne tinte qu'une seule fois par nuit dans ma chambre, située deux étages au-dessus de la sienne ; mais il arrive aussi que je doive sortir de mon lit bien chaud, à moitié endormie, cinq ou six fois de suite pour descendre en titubant l'escalier qui mène à sa chambre lambrissée, avant de remonter dans la mienne, exaspérée et épuisée. Mais, ce soir-là, Milady m'avait assuré qu'elle ne ferait pas appel à moi avant le matin.

Après avoir rempli mes obligations de la soirée, j'avais donc fermé ma porte avec un indicible sentiment de soulagement. Je commençai par me pelotonner sur mon lit pour lire un nouveau roman de Miss Braddon (les romans sont chez moi une passion), mais constatai bientôt que je n'arrivais pas à me concentrer ; rejetant mon livre, je descendis donc sur la pointe des pieds jusqu'à la galerie qui surplombe la salle à manger rouge et or, afin d'observer ma maîtresse, flanquée de ses deux fils, recevant ses invités.

Plus tard, revenue dans ma petite chambre sous les combles, je me mis à consigner dans mon Livre des Secrets les pensées et les réflexions de la journée. C'était là la tâche quotidienne que je devais accomplir en vertu des instructions de ma tutrice, Mme de l'Orme, la personne par l'intermédiaire de laquelle j'avais été envoyée à Evenwood pour servir la femme dont les quatorze invités se dispersaient à présent dans la froide obscurité de novembre.

II

L'ENTREVUE

« Quand vous vous adresserez à moi – au cas, bien entendu, où votre candidature serait retenue –, il vous faudra m'appeler "Milady", et non "Madame la baronne". »

Tels avaient été les premiers mots de ma maîtresse, après que l'on m'eut introduite dans ses appartements privés où je devais passer l'entrevue relative à l'emploi de femme de chambre de Madame.

« D'autres peuvent utiliser une forme d'adresse différente, avait-elle poursuivi, mais pas vous. J'espère que vous le comprenez et que vous vous en souviendrez. Bien que peu de mes précédentes femmes de chambre aient mérité cette distinction, c'est une règle stricte chez moi qu'à une telle fonction s'attache un statut à part de celui des autres domestiques. »

Quand j'étais entrée dans la pièce, elle était assise devant une petite écritoire placée devant une fenêtre avec vue sur le parc et tendait une main nonchalante aux longs doigts fins pour recevoir la lettre de références que l'on m'avait fournie. Une fois l'enveloppe ouverte, elle avait commencé à lire, sans plus se préoccuper de moi.

Soudain, me regardant par-dessus ses lunettes d'un air dur et revêche, elle avait prononcé les paroles que je viens de citer, comme si j'avais délibérément transgressé ses ordres, alors que de fait j'étais restée là, sans un mot, les mains sagement croisées devant moi, l'image même d'une humble docilité.

Il y avait sur l'écritoire un exemplaire du *Morning Post*, dans lequel une petite annonce avait été soigneusement entourée à l'encre rouge.

« Toutes les candidates qui se sont présentées aujourd'hui ont mis une petite annonce, me dit-elle, voyant que j'avais remarqué le journal ouvert. Ma dernière femme de chambre, Miss Plumptre, était peut-être envoyée par une agence respectable, mais elle n'a pas du tout fait l'affaire. Je ne recourrai jamais plus aux services d'une agence. J'ai été obligée de renvoyer cette personne à la suite d'un incident regrettable et fort déplaisant, dont je ne tiens pas à parler. C'est pourquoi je préfère maintenant m'adresser à des gens qui mettent une petite annonce dans le journal. La démarche révèle à mes yeux un sens de l'initiative et manifeste de la personnalité. Pour un emploi comme celui-ci, j'aime à décider par moi-même, c'est donc pour vous une chance que votre annonce ait retenu mon attention. »

Elle me fit la grâce d'un sourire glacial, avant de revenir à la lettre.

« Votre dernière maîtresse, Miss Gainsborough, dit que vous étiez une excellente domestique, dit-elle. Comment vous entendiez-vous avec Miss Gainsborough ?

– Fort bien, Milady. »

Il s'agissait là d'une fiction soigneusement mise au point. Il n'y avait jamais eu de « Miss Helen Gainsborough », personnage créé de toutes pièces par Mme de l'Orme. Tout avait été organisé avec la plus grande minutie, et Madame m'avait assuré que, au cas où Lady Tansor choisirait d'écrire à cette dame imaginaire, afin de lui demander confirmation de l'opinion qu'elle avait de moi dans la lettre qu'elle était présentement en train de lire, une réponse arriverait immédiatement qui donnerait satisfaction en tout point à Madame la baronne. On avait même prévu l'éventualité d'une visite de sa part à ladite Miss Gainsborough, ou l'envoi de quelque émissaire, et mis en place les moyens pour y faire face.

Lady Tansor ôta lentement ses lunettes, les posa et fixa sur moi un regard des plus directs.

J'avais cette confiance en moi que donne la jeunesse et me sentais capable d'endosser le rôle qui m'avait été assigné par Madame ; mais l'examen auquel me soumettait Lady Tansor ne laissait pas d'être troublant. Elle semblait passer au crible mes pensées les plus secrètes et vouloir mettre au jour ma véritable identité ; et il me fallait faire des efforts considérables pour ne pas perdre contenance.

« L'après-midi est tellement sombre, dit-elle, les yeux toujours rivés sur moi. Approchez-vous, mon enfant… venez ici, plus près de la fenêtre, où je vous verrai mieux. »

Je m'exécutai et demeurai immobile, mal à l'aise sous son œil pénétrant.

« Vous êtes d'un physique tout à fait remarquable, finit-elle par dire. Remarquable, c'est le mot. J'imagine que, une fois qu'ils vous ont vue, les gens ne vous oublient pas facilement. »

Je la remerciai du compliment, et lui dis qu'elle était fort aimable.

« Aimable ? répondit-elle en me lançant un regard aigu. Non, non, pas aimable. Mon amabilité, vous allez devoir la gagner. » Puis, d'une voix plus neutre : « Les flatteries, ce n'est pas mon genre. Je vous ai dit la vérité. Votre visage est de ceux qui ne s'oublient pas. »

Elle baissa à nouveau les yeux sur la lettre.

« Je vois que vous êtes orpheline et que vous n'avez jamais connu vos parents.

– C'est exact, Milady.

– Et vous résidiez à Londres chez une vieille amie de votre mère avant de prendre vos fonctions chez Miss Gainsborough ?

– Oui, Milady.

– Vous viviez auparavant à Paris, chez une veuve qui était votre tutrice.

– C'est exact, Milady. »

Elle reprit une fois de plus sa lecture.

« Vous estimez-vous compétente en matière de couture ? » fut la question suivante ; à laquelle je répondis que l'on m'avait toujours considérée comme telle.

« Je ne m'absente plus très souvent d'Evenwood à présent, poursuivit-elle, mais quand je dois absolument me rendre à Londres, j'ai besoin de quelqu'un capable de s'occuper des bagages.

– Je pense ne pas vous décevoir sur ce chapitre, Milady. Miss Gainsborough était une grande voyageuse. Je crois qu'elle est en Russie en ce moment, mais je ne suis jamais moi-même allée aussi loin en sa compagnie.

– En Russie ? Comme c'est fascinant ! »

Elle réfléchit un instant, puis demanda si j'avais des amoureux.

« Non, Milady, répondis-je, et c'était vrai.

– Aucun attachement, d'aucune sorte ?

– Aucun, Milady.

– Et pas de parents encore en vie, j'imagine ?

– C'est exact, Milady. La seule personne que je pourrais tenir pour une parente est ma tutrice, Mme Bertaud. La plus vieille amie de ma mère, Mrs Poynter, chez qui je vivais avant d'être employée par Miss Gainsborough, était bien pour moi une sorte de tante ; mais elle est décédée il y a peu. »

Au bout d'un moment passé à la poursuite de sa lecture, Lady Tansor leva à nouveau ses grands yeux sombres pour les fixer sur moi.

« Vous êtes un peu jeune, dit-elle, et ce ne serait jamais là que votre seconde place. »

Je sentis mon cœur se serrer : il fallait absolument que j'obtienne cet emploi.

« J'ai déjà vu aujourd'hui deux ou trois personnes compétentes et dotées d'une bonne d'expérience, poursuivit-elle, qui m'ont apporté d'excellentes références, et qui seraient à même de remplir la fonction de manière satisfaisante. »

Elle réfléchit un moment et s'absorba à nouveau dans la lecture de la lettre, comme si elle voulait y déchiffrer quelque sens caché. Puis, à mon grand soulagement, son expression s'adoucit.

« Mais Miss Gainsborough vous fournit vraiment d'excellentes références, même si je n'ai pas l'honneur de connaître cette dame. En temps normal, je prendrais une telle recommandation en compte uniquement de la part de quelqu'un que je connaîtrais personnellement ; mais je peux peut-être faire une exception, en ce qui vous concerne. Je suppose, ajouta-t-elle l'air pensif, comme si elle se parlait à elle-même, que je pourrais écrire à Miss Gainsborough, ou peut-être… »

Elle s'arrêta, laissant sa phrase en suspens, avant de me jeter tout à coup son regard le plus sévère.

« Puisque vous avez été élevée en France, j'en déduis que vous parlez la langue ?

– Oui, Milady. On pourrait dire, je pense, que je la parle couramment.

– Est-ce que par ailleurs vous suivez un peu ce qui se passe dans le monde ? »

Je répondis que je faisais de mon mieux pour me tenir informée.

« Bon, eh bien, dites-moi ce que vous pensez de la guerre avec les Turcs… en français, s'il vous plaît. »

Il se trouvait que je ne savais pratiquement rien de la question, en dehors du simple fait, vaguement appréhendé, qu'un conflit avait éclaté. Quant aux causes ou aux conséquences possibles de cet affrontement, elles m'échappaient complètement. Je répondis néanmoins, en français, que j'estimais la situation dangereuse, et que la guerre était en général un phénomène regrettable, à éviter coûte que coûte.

Elle me gratifia d'un petit sourire sans joie et abandonna le sujet.

« Que lisez-vous ? » me demanda-t-elle ensuite.

Là, j'étais en terrain connu, car j'avais toujours dévoré, et Madame, dès mon enfance, n'avait eu de cesse de nourrir mon appétit. Mon précepteur, Mr Thornhaugh, qui occupait le dernier étage de la maison de Madame, et dont je parlerai plus longuement en temps voulu, m'avait aussi guidée dans mes lectures. Je possédais des rudiments de latin, également, ainsi que de grec, même si je trouvais que j'oubliais vite ce que j'avais eu tant de mal à acquérir dans ces deux langues, et j'étais donc mal préparée à l'étude de l'une ou l'autre des grandes littératures classiques.

Mon goût me portait vers les œuvres d'imagination modernes, en français comme en anglais ; la poésie et surtout les romans me passionnaient.

« J'aime beaucoup Stendhal, dis-je en réponse à la question de Lady Tansor, avec cet empressement spontané dont je fais toujours montre quand je parle de mes auteurs favoris, et Voltaire.

– Voltaire ! m'interrompit Lady Tansor, avec un rire amusé. Le stade supérieur, assurément. Quoi d'autre ?

– Eh bien, j'adore M. Balzac et George Sand ; ah, et puis Mr Dickens, et Mr Collins, sans oublier Miss Braddon… »

À nouveau, elle m'interrompit, levant la main pour m'empêcher de poursuivre.

« Vos goûts semblent quelque peu inconséquents et indisciplinés, dit-elle, mais cela est peut-être excusable chez quelqu'un d'aussi jeune, et puis le goût est quelque chose qui se corrige aisément. »

Puis elle me demanda :

« Et en matière de poésie ? Vous lisez de la poésie ?

– Oh, oui, Milady. En français, j'aime énormément Lamartine, Vigny et Leconte de Lisle. Byron, Keats, Shelley et Mr Tennyson sont mes préférés en anglais.

– Connaissez-vous l'œuvre de Mr Phoebus Daunt ? »

La question avait été posée avec une emphase tout à fait perceptible, comme si ma maîtresse avait eu une raison bien particulière de s'informer, ce dont j'étais évidemment tout à fait consciente. Mr Daunt était l'homme qu'elle devait épouser, avant qu'il soit cruellement assassiné par un ancien camarade d'école, qui nourrissait à son endroit une rancune de longue date. C'était une question à laquelle je m'attendais ; car Madame avait tenu à me raconter l'histoire du fiancé défunt de Lady Tansor, en précisant que la baronne avait continué à vénérer sa mémoire avec une passion et une dévotion qui ne s'étaient jamais démenties. Madame m'avait également donné plusieurs recueils des poèmes de Mr Daunt, que j'avais dûment lus, mais sans grand plaisir.

« Oui, Milady, répondis-je, les yeux dans les siens, qui ne cillaient pas.

– Et comment la jugez-vous ? »

J'avais ma réponse toute prête.

« Je considère Mr Daunt comme un poète d'une remarquable et rare originalité, le digne successeur en tout point des poètes épiques des temps anciens. »

Je m'étais exprimée avec toute la conviction dont j'étais capable, et j'attendis avec angoisse de voir si elle avait décelé dans ma voix ou mon attitude une trace quelconque de dissimulation ; mais elle ne fit aucun commentaire et se contenta de soupirer avant de reposer d'une main languide la lettre de recommandation.

« C'en est fini des entrevues pour cet emploi, dit-elle au bout d'un court moment de réflexion. Vous avez un visage honnête, autant que remarquable, et je discerne en vous quelqu'un qui apprend vite. Ma dernière femme de chambre était d'une bêtise incurable, en même temps qu'elle… mais peu importe à présent ce qu'elle était ou n'était pas. Vous, en revanche, je constate que vous êtes loin d'être stupide, qu'en fait, vous semblez posséder un degré d'instruction bien supérieur à celui qu'on peut attendre chez quelqu'un qui recherche une place de femme de chambre. Vous avez sans aucun doute vos raisons pour ce faire, mais elles ne me concernent pas pour le moment. J'ai donc pris ma décision : la place est à vous. Cela vous surprend-il ? »

Je répondis que ce n'était pas à moi de juger de sa décision, dans un sens ou dans l'autre, ce sur quoi elle me lança à nouveau un regard aigu, et je baissai à nouveau les yeux d'un air soumis, tout en exultant de voir mon dessein accompli, comme l'avait prévu Madame. Elle m'avait promis que ma venue à Evenwood ferait ma fortune, et que je ne devais pas douter le moins du monde de mon aptitude à séduire Lady Tansor dès notre première rencontre, ce qui était la première et nécessaire étape de mon parcours. Les faits venaient de vérifier sa prédiction.

Il s'ensuivit un moment de silence tandis que, debout, tête baissée, j'attendais que ma nouvelle maîtresse veuille bien parler.

« Très bien, finit-elle par dire. Voilà une affaire réglée. La rémunération est celle que mentionne mon secrétaire dans sa lettre, sans compter le vivre et le couvert, jusqu'à ce que nous voyions comment vous vous acquittez de votre tâche. Bien évidemment, j'attends de mes domestiques qu'ils observent certaines règles, et je n'hésiterai pas à punir toute insubordination ou écart de conduite ; mais vous trouverez en moi, dans l'ensemble, une maîtresse à l'esprit large, et plutôt tolérante dans sa manière de diriger le personnel. D'aucuns, j'en suis sûre, me trouveraient d'un laxisme choquant, au prétexte que j'accorde à mes serviteurs – du moins à ceux qui se montrent dignes de confiance – une trop grande liberté d'action ; mais je m'en moque. C'est là ma méthode. Et si elle est correctement appliquée, elle œuvre à la satisfaction générale, aussi bien dans les étages que dans les régions inférieures.

« Et maintenant, comment vais-je vous appeler, je me le demande ? Je vois que votre prénom n'est pas mentionné dans la lettre de Miss Gainsborough.

– C'est Esperanza, Milady.

– Esperanza ! Comme c'est charmant ! Bien que je ne sois pas sûre que ce prénom puisse convenir. Il est un peu trop… continental. En avez-vous un autre ?

– Alice, Milady.

– Alice ! »

Et la voilà qui se pose une main, doigts écartés d'une façon mélodramatique, sur la poitrine, comme si cette information lui avait momentanément coupé le souffle.

« Cela ne pouvait mieux tomber. Alice ! Tout à fait à mon goût. Si frais ! Si anglais ! C'est dit, pour moi vous serez Alice. »

Elle se tourna pour agiter une clochette en argent posée sur une table à côté d'elle. Avec une promptitude surprenante, un valet de pied en livrée, grand et émacié, apparut à la porte.

« Barrington, je vous présente Miss Gorst, ma nouvelle femme de chambre. Allez dire à Mr Pocock de renvoyer les autres, puis revenez attendre dehors pour mener Miss Gorst à sa chambre. »

Le valet de pied, après m'avoir jeté un regard plutôt bizarre – à la fois inquisiteur et entendu –, s'inclina et quitta la pièce.

« Je n'aurai pas besoin de vous ce soir, Alice, dit Lady Tansor, une fois Barrington parti. Une des bonnes m'aidera à m'habiller. Barrington vous montrera votre chambre. Je vous attends à huit heures demain matin. Huit heures précises. »

Ayant dit, elle s'empara d'un livre resté ouvert sur la table et se mit à lire. J'eus le temps d'apercevoir au dos le titre et le nom de l'auteur en lettres dorées :

ROSA MUNDI
P. RAINSFORD DAUNT

Je m'apprêtais à quitter la pièce quand elle leva la tête et ajouta :

« J'espère, Alice, que nous nous entendrons et que, peut-être, nous deviendrons amies… autant, bien entendu, que le permettront nos conditions respectives. Croyez-vous que ce soit possible ?

– Oui, Milady, répondis-je, quelque peu décontenancée par sa franchise. J'en suis certaine.

– Alors, nous sommes du même avis. Bonsoir, Alice.

– Bonsoir, Milady. »

Une fois dans la galerie des portraits, maintenant éclairée par des chandelles, je trouvai Barrington qui m'attendait pour me précéder dans l'escalier et me conduire à ma chambre, tâche qu'il exécuta dans le plus grand silence.

De la vie que j'avais eue en France, je n'avais rien apporté à Evenwood en dehors d'une petite valise contenant quelques vêtements, une demi-douzaine de livres (dont la fidèle Mrs Beeton), une poignée de précieuses babioles qui remontaient à mon enfance, et, bien entendu, mon Livre des Secrets.

« Nous ne devons pas nous fier, dans notre entreprise, à la seule mémoire, m'avait avertie Mme de l'Orme avant mon départ. La mémoire est souvent une amie peu fidèle. Les mots, ma chérie, s'ils sont écrits de manière claire et véridique, et immédiatement après l'événement, constituent nos alliés les plus sûrs, notre meilleure défense et notre meilleure arme. Fais-en provision et garde-les bien. »

À mon arrivée à Evenwood, les pages de mon Livre étaient vierges, mais c'était là, comme je le découvris bientôt, une maison pleine de secrets, et les feuilles ne tardèrent pas à se remplir.

Le soir du 4 septembre de l'année 1876, un lundi, je dormis pour la première fois dans la chambre exiguë, mais néanmoins confortable, qui m'avait été allouée dans les combles de la grande demeure, non sans avoir au préalable rédigé dans mon Livre, en utilisant l'écriture sténographique que m'avait enseignée mon précepteur, un compte rendu de mon entrevue avec Lady Tansor.

Dans l'obscurité, je restai allongée à écouter le léger tambourinement de la pluie sur les vitres des deux lucarnes. Quelque part, une porte claqua, et des voix résonnèrent dans un couloir. Puis ce fut le silence.

J'étais à l'orée d'une grande aventure, seule dans un endroit inconnu, ignorant encore tout de la raison pour laquelle j'avais été envoyée ici. Tout ce que je savais, c'est que Madame m'avait dit et répété, à maintes reprises et avec insistance, que je devais absolument m'y trouver. Pourtant, tandis que je me préparais à dormir ce premier soir, assaillie de doutes quant à mon aptitude à remplir les attentes que Madame avait placées en moi, je n'étais pas sans éprouver un frisson d'excitation à la perspective de comprendre enfin ce qui, à cet instant, me restait incompréhensible.

Demain, donc. Tout commencerait demain. À huit heures.

Huit heures précises.

I

Dans les appartements de Milady

I

LE GRAND DESSEIN

Je fus réveillée par une horloge, quelque part au dehors, qui sonnait six heures. Si ce serviable instrument avait égrené les heures tout au long de la nuit, comme c'était vraisemblablement le cas, ce n'est qu'à ce moment qu'il vint interrompre le profond sommeil dans lequel j'avais rapidement sombré.

Impatiente de saluer le premier jour de ma nouvelle vie, je quittai prestement la tiédeur de mon lit, sautillai sur le plancher nu jusqu'à l'une des petites lucarnes et tirai le rideau.

À mes pieds, une terrasse munie d'une balustrade courait tout le long de l'aile où les appartements de Lady Tansor et, deux étages plus haut, ma chambre étaient situés. Des marches menaient de la terrasse à une large étendue d'allées gravillonnées et de massifs de fleurs. Au-delà, les arbres denses du parc étaient en partie masqués par un banc de brume qui se dissipait lentement, mais restait encore épais dans le lointain, aux abords d'un grand lac et du cours sinueux de l'Evenbrook, qui se jette dans la Nene cinq ou six kilomètres plus à l'est.

Le ciel d'un bleu-gris pâle était déjà plus lumineux. Ajoutée au succès que je venais de connaître en obtenant la place de femme de chambre de Lady Tansor, cette annonce d'une matinée ensoleillée me parut bien augurer de mon séjour en ces lieux.

Mardi 5 septembre 1876 : mon premier matin à Evenwood, et il était splendide. J'étais arrivée en Angleterre peu de temps auparavant, pleine d'appréhension, mais déterminée – je sais être opiniâtre une fois ma décision prise – à ne pas décevoir les attentes de Madame. Même si j'étais anxieuse de savoir pourquoi ma tutrice avait fait en sorte de m'envoyer ici, sous une identité d'emprunt, je m'étais résignée, non sans mal, à attendre l'instant où elle serait enfin prête à me révéler son dessein.

Deux mois plus tôt, Madame était venue me trouver dans ma chambre, au moment où je m'apprêtais à me retirer pour la nuit. Son visage était pâle, et ses traits tirés.

« J'ai quelque chose à te dire, ma chère enfant, me confia-t-elle.

– De quoi s'agit-il ? demandai-je, soudain saisie par l'angoisse. Est-il arrivé quelque chose ? Êtes-vous malade ?

– Non, dit-elle, je ne suis pas malade, mais il s'est en effet passé quelque chose, qui va changer le cours de ta vie à jamais. Ce que je vais t'annoncer risque de te causer un choc, mais cela doit se faire, et sans attendre davantage.

– Alors parlez, et parlez vite, chère bienfaitrice, répondis-je, car vous m'effrayez terriblement.

– Je reconnais bien là ma courageuse enfant, dit-elle en m'embrassant. Eh bien, voilà. Tu vas devoir partir pour l'Angleterre – pas dans l'immédiat, mais quand certaines affaires auront été réglées – afin d'y entamer une nouvelle vie. »

Je n'étais absolument pas préparée à une annonce aussi extraordinaire. Quitter la Maison de l'Orme, le seul foyer que j'eusse jamais connu, pour me rendre seule en Angleterre, où je n'étais jamais allée, et si soudainement, sans y avoir été préparée, et sans qu'aucune raison me soit fournie ? C'était absurde, impossible.

« Mais pourquoi ? demandai-je, aussi abasourdie que pleine d'appréhension. Et pour combien de temps ?

– Pour répondre à ta seconde question, dit Madame en souriant de la manière la plus étrange, si tu réussis dans la tâche que je vais te demander d'entreprendre, il se peut que tu ne reviennes jamais ici… et à dire vrai, j'espère de tout cœur que ce sera le cas. »

Je l'écoutai ensuite en proie à une extrême stupéfaction quand elle m'apprit que, au cours des précédentes semaines, avaient paru dans les journaux londoniens des annonces faisant état de mes qualifications pour une place de femme de chambre.

« Femme de chambre ! m'exclamai-je, incrédule. Domestique ! » Ma tutrice avait-elle donc perdu la tête ?

« Laisse-moi finir, s'il te plaît, ma chérie », me dit Madame en m'embrassant une fois encore.

Il s'avéra que ces annonces avaient pour but de me recommander pour un emploi vacant bien précis dont Madame connaissait l'existence et à propos duquel elle venait de recevoir une réponse. En conséquence de quoi, je devais me rendre dans un manoir anglais appelé Evenwood, pour y passer une entrevue avec la propriétaire des lieux, une veuve du nom de Lady Tansor.

« Il te faudra la séduire absolument, me pressa Madame. Ce qui ne devrait présenter aucune difficulté, puisque tu séduis tous ceux que tu rencontres – à l'image de feu ton cher père. Elle va immédiatement s'apercevoir que tu n'as rien d'une femme de chambre ordinaire, que tu as reçu l'éducation d'une dame, et ce sera là ton atout le plus précieux. Mais tu en auras un autre. Elle trouvera en toi quelque chose à quoi elle ne pourra s'empêcher, malgré tous ses efforts, de succomber. Je ne peux t'en dire plus ; mais il faut te persuader de ce que je viens de te dire, et en tirer courage.

– Mais pour quelle raison dois-je faire tout cela ? demandai-je, de plus en plus abasourdie. Vous ne me l'avez toujours pas dit. »

Elle eut de nouveau cet étrange sourire qui, j'imagine, était censé me rassurer mais ne faisait que m'alarmer davantage.

« Chère enfant, dit-elle, je vois que tu es en colère contre moi, et je comprends ta réaction, mais je te prie de ne pas m'en vouloir. En devenant la femme de chambre de Lady Tansor, tu serviras un dessein, un grand dessein, lequel doit pour l'instant te rester caché. À trop en savoir précocement, tu n'aurais que plus de peine à tenir ton rôle et risquerais de compromettre ces qualités d'innocence et d'inexpérience qui sont les tiennes et dont il te faudra jouer. Si tu obtiens cette place, comme j'en suis persuadée, tu devras constamment convaincre ta maîtresse que tu es bien celle que tu prétends être. Elle ne doit avoir aucun soupçon. En conséquence, tant que tu n'auras pas gagné son entière confiance, moins tu en sauras, et mieux cela vaudra, car ton ignorance sera le garant chez toi d'un comportement plus naturel et moins étudié. Dès lors que tu te seras assuré ses faveurs, tu seras en droit de connaître la vérité. Alors, tu sauras tout, je t'en donne ma parole.

« Me feras-tu confiance, mon enfant, comme tu l'as fait jusqu'ici ? Et croiras-tu que ce que j'entreprends n'a pour but que de servir tes intérêts, auxquels j'ai toujours été, depuis le jour de ta naissance, et serai toujours, entièrement dévouée ? »

Que pouvais-je répondre à une telle demande ? Il n'était que trop vrai que j'avais eu jusque-là maintes et maintes preuves de ses soins affectueux. Quel autre choix avais-je que de lui faire en cette circonstance une confiance aveugle ? Agir autrement eût été renier tout ce qu'elle avait accompli et représentait pour moi. Je n'avais ni mère, ni père, ni frère, ni sœur. Je n'avais que Madame, dont la voix chantante me berçait le soir pour m'endormir ou me calmait de son doux murmure au sortir des affreux cauchemars auxquels j'ai toujours été sujette. J'étais certaine qu'elle ne me tromperait jamais ni ne me mettrait en danger délibérément. Si la tâche qu'elle désirait à présent me voir entreprendre était étroitement liée à mes intérêts, comme elle persistait à le dire, quelle raison avais-je de douter de sa parole ?

Je savais en mon for intérieur que, au bout du compte, les obligations qui étaient les miennes envers Madame m'empêcheraient de contester ses affirmations suivant lesquelles mon départ pour l'Angleterre était absolument nécessaire. Toutefois, je finis par ne les accepter qu'avec la plus grande réticence, car j'éprouvais le sentiment que ma tutrice ne m'avait guère laissé le choix et avait pris avantage de l'amour que je lui portais pour triompher d'objections de ma part qui n'auraient rien eu que de naturel et de raisonnable.

« Chère enfant, dit Madame quand j'eus quelque peu repris contenance, son visage délicat visiblement soulagé à présent. Nous ne savons que trop que c'est beaucoup te demander, alors que tu es encore si jeune ; mais nous savons aussi que tu es capable...

– Nous ? » l'interrompis-je.

Pour la première fois, je la vis hésiter avant de répondre, comme si elle avait laissé échapper quelque chose qu'elle eût préféré me taire.

« Eh bien, Mr Thornhaugh et moi-même, bien sûr, dit-elle après un instant de réflexion. Qui d'autre pourrais-je avoir en tête ? »

Je lui demandai ce que mon précepteur avait à faire dans l'histoire.

« Ma chère enfant, me dit-elle en souriant et en me caressant doucement la joue, tu sais à quel point j'en suis venue à m'en remettre aux conseils de Mr Thornhaugh, n'ayant pas d'époux vers lequel me tourner. Et j'ai en ce moment plus que jamais besoin de ses conseils. »

Je fus heureuse à l'idée que Madame avait associé mon précepteur à ce qu'elle s'obstinait à appeler le « Grand Dessein », car c'était en tout point un homme exceptionnel, dans lequel j'avais, moi aussi, toute confiance ; mais pourquoi ne m'en avoir rien dit ?

« J'ai mis Mr Thornhaugh dans la confidence, reconnut-elle. Il faut qu'il soit au courant de tout, s'il doit m'apporter son concours dans cette affaire. Je ne te l'aurais pas caché si Mr Thornhaugh lui-même n'avait insisté pour que je le fasse. Il a manifesté beaucoup de tact en l'occurrence : conscient de la délicatesse de la situation, il craignait que tu sois blessée en apprenant que ton précepteur était au courant de choses que toi-même dois encore ignorer. Il avait raison, bien sûr. Me pardonneras-tu ? »

Nous restâmes plusieurs minutes sans rien dire, dans les bras l'une de l'autre, jusqu'à ce que Madame finisse par annoncer que nous reprendrions notre conversation le lendemain matin.

C'est à partir de ce jour qu'elle entreprit de me préparer en vue de ce qui m'attendait. Sa propre femme de chambre me familiarisa jour après jour avec les diverses tâches que je serais appelée à accomplir, et l'on me donna un exemplaire de l'excellent manuel de gestion domestique d'Isabelle Beeton, dans lequel étaient détaillées les nombreuses et lourdes responsabilités d'une femme de chambre et que j'étudiais assidûment soir après soir.

J'avais souvent le plus grand mal à contenir mes interrogations sur la nature du Grand Dessein, et sur la raison pour laquelle il exigeait de moi que je quitte la France.

« C'est là ton destin, chère enfant, me répondait Madame sur un ton solennel et catégorique qui coupait court à toute question, ainsi que ton devoir. »

C'est la seule réponse que je reçus jamais d'elle ; si bien que, me sentant incapable de défier le destin, je finis par me résigner à l'inévitable.

Environ une semaine plus tard, par une matinée brumeuse d'août, Madame vint me trouver alors que j'étais au salon. Je vis aussitôt qu'elle avait une nouvelle de la plus haute importance à me communiquer.

« Es-tu prête, ma chère enfant, à travailler à notre Grand Dessein ? » me demanda-t-elle, le visage coloré par l'excitation.

Elle tendit les mains vers moi. Je les pris, et nous restâmes ainsi face à face, les doigts enlacés dans la même étreinte.

« Je suis prête », répondis-je, bien que je fusse de nouveau en proie à une grande appréhension et toujours pleine de ressentiment à l'égard de Madame pour m'avoir placée dans une position d'obéissance absolue.

« Ne crois pas que tu seras seule, me dit-elle en me caressant doucement les cheveux. Je serai là quand tu auras besoin de moi, ainsi que Mr Thornhaugh, bien sûr, sans compter que tu auras toujours un ami près de toi en Angleterre.

– Un ami ?

– Oui, un bon et fidèle ami, qui s'assurera de ce que tu ne coures aucun danger et veillera sur toi à ma place. Mais tu ne rencontreras pas cette personne, à moins que, Dieu nous en préserve, les circonstances ne t'y obligent. »

Le moment de quitter l'avenue d'Uhrich était proche désormais. Les derniers jours, Madame s'employa à me convaincre à maintes reprises de la nécessité où je me trouverais, si j'obtenais la place, de gagner la totale confiance de Lady Tansor, tout en me prévenant que la tâche risquait d'être longue et ardue. Elle en profita pour me dire qu'il n'y avait jamais eu qu'une seule amie intime dans la vie de Lady Tansor, mais que, pour autant qu'elle le sût, cette amitié avait pris fin bien des années plus tôt.

« Tu ne dois pas rester longtemps une simple domestique, ajouta-t-elle, mais te substituer à cette amie perdue. Le succès de notre entreprise en dépend. »

Pour la dernière fois, je me risquai à lui demander à quelle fin nous entreprenions semblable aventure, tout en sachant au moment même où je posais la question quelle serait sa réponse. Pour l'instant (c'était toujours, de manière agaçante, « pour l'instant »), je devais continuer à lui faire confiance, mais elle me promit néanmoins de m'envoyer trois « Lettres d'instructions », dont la dernière me révélerait enfin la raison d'être du Grand Dessein, ainsi que la manière de le réaliser.

De ce moment, j'en suis venue à considérer que ma vie ne m'appartient pas, qu'elle ne m'a jamais véritablement appartenu. Il me semble pourtant que, jusqu'à cette date, j'avais connu une enfance et une adolescence plus qu'agréables et enviables, dans un monde protégé ; souvent seule, mais sans jamais connaître la solitude, et animée d'une grande vie intérieure, où je m'abandonnais aux plaisirs de l'imagination – sauf lorsque les cauchemars déclenchaient mes terreurs. Mais ces instants, si redoutés qu'ils fussent, je les oubliais vite quand venait le matin et que je m'éveillais pour voir le cher visage de Madame, qui, si les frayeurs avaient été particulièrement fortes, était encore là, endormie dans le fauteuil à côté de mon lit, une main protectrice refermée sur la mienne.

De ma mère, je ne me rappelais rien. De mon père, je m'imaginais parfois avoir un vague souvenir, comme d'un endroit que l'on a visité il y a bien longtemps et dont on ne retient qu'une impression très floue, même si elle reste indélébile. Curieusement, ce fragment de souvenir ne m'obsédait pas. Il était trop inconsistant et se manifestait trop rarement. Ce n'est que le jour de mon anniversaire qu'il m'arrivait parfois de me sentir seule et de regretter mon état d'orpheline ; mais je m'en voulais alors de l'ingratitude envers Madame dont témoignait ce sentiment et me traitais d'égoïste. Les orphelins de mes lectures étaient souvent de pauvres victimes, souffre-douleur livrés aux mauvais traitements de marâtres ou de tuteurs cruels. Je n'avais pour ma part jamais rien connu de pareil. Madame était la bonté même et faisait montre à mon égard des soins les plus attentifs ; la maison de l'avenue d'Uhrich, même si ses hauts murs maintenaient le monde extérieur à distance, était grande et confortable. Je ne manquais de rien, ni de confort matériel ni de stimulation intellectuelle ; j'étais aimée, le savais, et aimais en retour. Comment, dans ces conditions, aurais-je pu me sentir triste ou malheureuse ?

Quand j'étais toute petite, Madame m'emmenait souvent jusqu'au petit cimetière Saint-Vincent, pour me montrer l'endroit où mon père et ma mère étaient enterrés, côte à côte, sous deux plaques de granit, dans l'ombre profonde du mur d'enceinte. Ma main bien serrée dans la sienne, je fixais les pierres tombales, fascinée par la brutalité des inscriptions :

MARGUERITE ALICE GORST
1836-1858

EDWIN GORST
MORT EN 1862

L'inscription réservée à ma mère me remplissait toujours de tristesse: un nom si beau, et – comme je m'en rendis compte un jour, quand j'eus appris à compter – un si jeune âge pour mourir.

Celle de mon père déclenchait en moi une étrange et fantasque curiosité; car la présence d'une seule date donnait l'impression à l'enfant que j'étais que, sans être jamais né, il avait cependant réussi à mourir. Ce que, bien entendu, je n'arrivais pas à comprendre, jusqu'au jour où Madame me dit que sa date de naissance était inconnue ou incertaine.

Souvent, tandis que nous restions là, à regarder les tombes en silence, j'essayais de me représenter mes parents – étaient-ils petits ou grands, avaient-ils les cheveux clairs ou foncés? – et m'interrogeais, dans les limites qu'imposait à mes conjectures juvéniles mon expérience restreinte de la vie et du monde, sur les circonstances qui avaient pu les amener ici, lieu de leur dernière demeure; mais mes tentatives se soldaient toujours par un échec.

Tout au long de mon enfance, Madame m'avait répété que ma mère était belle (comme le sont toutes les mères dans l'imagination des orphelins qui ne les ont jamais connues), et que mon père était séduisant et intelligent (comme le sont aussi tous les pères de tels enfants), car elle l'avait connu avant son mariage, et, par la suite, quand ma mère et lui étaient venus vivre avec elle dans la Maison de l'Orme.

Si l'on ajoute à cela quelques renseignements sur leur arrivée à Paris, leur installation chez elle avenue d'Uhrich, ma naissance en cet endroit, puis leur mort – celle de ma mère sitôt ou presque après ma naissance, celle de mon père quelques années plus tard –, voilà tout ce que Madame m'avait jamais dit sur mes défunts parents; et pendant toute mon enfance je n'avais pas éprouvé le besoin d'en savoir plus. En grandissant, pourtant, je devins beaucoup plus curieuse et voulus en apprendre davantage; mais Madame, à sa manière aimable et cependant inflexible, éludait invariablement mes questions. « Un jour, ma chère enfant, un jour », disait-elle, coupant court à toute autre demande à l'aide d'un baiser.

J'avais donc grandi, confiée aux tendres soins de Madame, sans en savoir beaucoup plus sur mon compte que mon nom, Esperanza Alice Gorst, ma date de naissance, le 16 décembre 1857, et le fait que j'étais l'unique enfant d'Edwin et Marguerite Gorst, qui reposaient tous deux au cimetière Saint-Vincent.

II

L'HÉRITIER

Un coup frappé à ma porte me sortit de ma rêverie. Je me précipitai vers mon lit pour passer à la hâte ma robe de chambre avant d'aller répondre. C'était le premier valet de pied, Barrington, un plateau dans les mains.

« Votre petit déjeuner, Miss », dit-il d'un air lugubre.

Après avoir déposé le plateau sur la table, il toussota, comme s'il voulait ajouter quelque chose.

« Oui, Barrington ?

– Mrs Battersby aimerait savoir, Miss, si à l'avenir vous prendrez vos repas dans la salle de l'intendant.

– Est-ce là l'habitude de la femme de chambre de Madame la baronne ?

– Oui, Miss.

– Et Mrs Battersby est la gouvernante de Madame la baronne ?

– Oui, Miss.

– Fort bien. En ce cas, veuillez présenter mes compliments à Mrs Battersby et lui dire que je serai heureuse de prendre mes repas dans la salle de l'intendant. »

Il me gratifia d'une maigre courbette, et s'en fut.

JONAH BARRINGTON

Valet de pied. Grand et sec, guindé, allure militaire, joues creuses, air dolent, abondants cheveux gris et raides. Grandes oreilles d'où pointent des touffes de poils blancs, semblables à des chenilles. La cinquantaine ? Petite bouche pincée donnant l'impression qu'il vit dans un état de désapprobation perpétuelle face au monde qui l'entoure, sans raisons bien précises. J'ai cependant le sentiment qu'il a un bon fond. Un homme discret mais observateur.

Telle est la description que je fis de Barrington dans mon Livre des Secrets, après que son objet eut tourné les talons et que j'eus bu mon thé et mangé mon pain beurré. Après quoi, je me lavai, endossai la sobre robe noire, le petit tablier et le bonnet fournis par Madame, et sortis, pour la première fois sans être accompagnée, dans la grande demeure d'Evenwood.

L'escalier de bois étroit qui descendait de ma chambre me conduisit d'abord dans un couloir blanchi à la chaux, qui s'élargissait et prenait une allure plus imposante pour se transformer en une galerie ornée de part et d'autre de portraits et éclairée par une série de fenêtres en ogive, dans laquelle se trouvait la porte des appartements privés de Milady.

Il était à présent presque sept heures, ce qui me laissait amplement le temps d'explorer les lieux avant de me rendre auprès de Lady Tansor. Après avoir examiné les tableaux de la galerie, je poursuivis donc ma descente jusqu'à ce que je débouche enfin dans le grand vestibule sonore, surmonté du dôme de sa lanterne, par laquelle le soleil matinal entrait maintenant à flots.

Au-dessous de la lanterne, dans une niche semi-circulaire, était accroché un tableau, entouré de six chandelles fixées dans de hauts bougeoirs en bois. Il représentait un homme de petite stature, raide et fier, et son épouse, portant tendrement un bébé niché dans ses bras.

La dame était d'une beauté et d'une grâce exceptionnelles ; son abondante chevelure sombre était rassemblée sous un bonnet de dentelle noire, et son long cou blanc était ceint d'un étroit ruban de velours.

Je ne saurais dire pourquoi, mais son portrait exerça aussitôt sur moi une curieuse et durable fascination. Mon cœur me sembla battre un peu plus vite tandis que je le regardais. Par la suite, je devais souvent revenir me planter devant le tableau pour m'absorber dans sa contemplation, comme si, par un tel rituel, j'espérais pouvoir ramener cette femme à la vie, car – aussi inexplicable et fantastique que cela paraisse – j'aurais aimé de tout mon cœur et de toute mon âme la connaître, lui parler, entendre sa voix, la voir habiter à nouveau le monde des vivants.

Je ne tardai pas à découvrir qu'il s'agissait de Laura Duport, la première épouse de feu Lord Tansor, le prédécesseur de Milady, et que le joli enfant était Henry Hereward Duport, le fils unique du baron, sur lequel reposaient les espoirs les plus chers de perpétuer la lignée. Mais le petit garçon était mort à l'âge de sept ans, à la suite d'une chute de poney. Lord Tansor en avait eu le cœur brisé ; son épouse aussi, à un point tel que, comme me le raconta plus tard Sukie Prout, elle finit par en perdre la raison. On la retrouva un matin errant dans le parc, alors qu'il gelait à pierre fendre, vêtue d'une mince chemise de nuit, blessée et couverte de sang. On la transporta aussitôt jusqu'au château, mais elle mourut peu après et fut enterrée dans le mausolée qui s'élève en bordure du parc.

Je me détournai du portrait et regardai autour de moi.

À ma gauche, une haute porte en bois à deux battants, surmontée d'un blason sculpté dans la pierre et arborant (comme je le découvris par la suite) les armoiries des Tansor. L'un des battants était entrouvert, et je jetai un coup d'œil à l'intérieur, avant de pénétrer dans une pièce richement ornée, essentiellement dans des tons de jaune ; au plafond était suspendu par une grosse chaîne dorée un énorme lustre qui évoquait quelque étrange galion de cristal flottant dans les airs.

Je traversai cette pièce pour pénétrer dans la suivante, où prédominait cette fois-ci le rouge, puis dans une troisième et une quatrième, chacune décorée et meublée avec le plus grand luxe. Les murs étaient entièrement couverts de tableaux dans des cadres dorés, pour la plupart excessivement grands, de somptueuses tapisseries, et de glaces immenses ; et où que l'œil se posât, il rencontrait des objets précieux de toute taille, forme et espèce.

La quatrième de ces pièces, que je connus bientôt sous le nom de salon vert, ouvrait sur la magnifique salle de réception, laquelle, devait-on m'apprendre, n'était plus désormais utilisée par la famille qu'une fois l'an, le jour de Noël. Ses murs et son haut plafond étaient entièrement recouverts de peintures aux couleurs vives évoquant l'Athènes et la Rome antiques, dans lesquelles colonnes et bâtiments avaient été si habilement rendus par l'artiste que, en les découvrant, je ne fus pas loin de croire qu'ils étaient en pierre et bien réels.

Je m'assis un instant sur un fauteuil doré à haut dossier, pareil à un trône, pour mieux m'imprégner de l'atmosphère fastueuse qui régnait dans la pièce.

Enfant, j'avais pensé que la demeure de l'avenue d'Uhrich était aussi grande et imposante que pouvait l'être une maison ; mais, comparée à Evenwood, elle était réduite à moins que rien.

Ah, se réveiller chaque matin en sachant que ces pièces immenses, et tous les trésors qu'elles contenaient, étaient vôtres, et que vous pouviez en disposer à loisir ! Quel bonheur que celui-là ! Je m'amusai un moment à imaginer ce que pouvait représenter le fait de jouir quotidiennement et sans partage d'un tel endroit. Il me paraissait extraordinaire qu'une seule famille, qui ne se distinguait que par un même sang, puisse avoir le privilège d'habiter à perpétuité cette splendeur digne d'un conte de fées, et d'une opulence bien plus grande, d'un ravissement pour les sens bien plus considérable, que n'importe quel palais de sultan dont j'avais pu lire la description dans *Les Mille et Une Nuits*.

Afin de préparer ma venue à Evenwood, Madame avait demandé à Mr Thornhaugh de me parler un peu de la très ancienne famille Duport. Il m'avait montré ce que l'on en disait dans le *Dictionnaire héraldique* de Burke, où j'avais appris que le premier baron Tansor portait le nom de Maldwin et avait été appelé à la pairie par le roi en 1264. J'appris également que la baronnie était d'un genre particulier, connu sous le nom de baronnie par ordonnance, en vertu de laquelle le titre pouvait être transmis aussi bien à une femme qu'à un homme.

Feu Lord Tansor était mort en 1863, et, dans la mesure où il n'avait pas d'héritier direct, mâle ou femelle, son titre et ses biens étaient passés à ma maîtresse, sa parente collatérale la plus proche. Tout ce que je voyais et touchais à présent lui appartenait, pour en disposer à sa guise ; un jour, tout ceci deviendrait la propriété de son fils aîné, Mr Perseus Duport. Puis celui-ci se marierait, et un enfant naîtrait qui, à son tour, occuperait les lieux, fort de la certitude qu'ils étaient à lui.

Ainsi continuerait à couler le long fleuve des privilèges hérités, portant les Duport sur ses eaux calmes et scintillantes de cette vie à la suivante, de génération en génération, et ce pour l'éternité.

Au-delà de la grande salle de réception, un long corridor étroit m'amena jusqu'à un immense paravent en bois, noirci par le temps, festonné de sculptures d'oiseaux et d'animaux grandeur nature et surmonté d'une galerie à arcades. Derrière le paravent, une porte à deux battants ouvrait sur la salle à manger rouge et or que j'ai décrite un peu plus haut.

Ici, je m'arrêtai, impatiente de poursuivre mon voyage de découverte, mais consciente d'être allée suffisamment loin pour l'instant et redoutant de me présenter ne serait-ce qu'avec une minute de retard devant Milady.

Je rebroussai chemin à la hâte, retraversant les pièces l'une après l'autre sans rencontrer personne, pour me retrouver à nouveau dans le grand vestibule sonore.

J'avais le pied sur la première marche de l'escalier quand j'entendis une porte s'ouvrir derrière moi.

Un jeune homme de grande taille, à la barbe noire et aux longs cheveux foncés, me regardait fixement. Il resta d'abord silencieux, puis me salua, sans l'ombre d'un sourire.

« Miss Gorst, je suppose. Ma mère m'a dit vous avoir engagée. Je vous souhaite le bonjour. »

Telles furent les premières paroles que j'entendis de la bouche de Mr Perseus Duport, fils aîné et héritier de Milady.

Il avait une voix profonde et forte pour un homme aussi jeune, qui résonnait dans les hauteurs du vestibule dallé de marbre. Je lui fis une petite révérence et lui retournai son salut.

« D'où veniez-vous ? demanda-t-il. Vous apprêtiez-vous à monter chez ma mère ? »

La voix s'était adoucie à présent, mais le beau visage demeurait obstinément impassible.

Non sans hésitation, je lui expliquai que je m'étais levée de bonne heure, de manière à me familiariser avec les lieux avant de me rendre auprès de Lady Tansor à huit heures.

« Huit heures, dites-vous ? Elle ne va pas tarder à vous attendre, en ce cas, dit-il en sortant sa montre de gousset. Elle est très exigeante en matière de ponctualité. La fille qui était ici avant vous ne donnait pas satisfaction sur ce point ; mais ce ne sera pas votre cas, j'en suis sûr. Vous n'avez plus que cinq minutes. Vous feriez bien de vous dépêcher.

– Oui, monsieur. »

Une nouvelle révérence, et je me retournai pour quitter la pièce, mais il me rappela.

« Quand vous serez libérée, Miss Gorst, venez me trouver. Je me ferai un plaisir de vous guider dans ce grand labyrinthe. »

Il s'interrompit, penchant la tête sur le côté d'un air interrogateur.

« Savez-vous quel a été le premier labyrinthe de l'Histoire ?

– Oui, monsieur. Le repaire du minotaure, construit par Minos, le roi de Crète.

– Bravo ! Réponse exacte ! Bien, bien, allez vite maintenant. Vous me trouverez dans la bibliothèque, à laquelle on accède par la petite volée de marches à l'extérieur des appartements de Mère. J'y passe souvent la matinée quand j'en ai le loisir. Je suis un grand lecteur. Et vous-même, Miss Gorst, lisez-vous beaucoup ?

– Oui, monsieur, je le crois.

– Encore bravo ! Bon, allez vite, ou les choses s'engageront mal avec Mère, ce qui serait très regrettable pour vous. »

Il me gratifia d'un sourire à peine perceptible, mais son regard magnétique n'était pas sans bienveillance. L'honneur que me faisait l'héritier des Duport en condescendant à accorder une telle attention à la nouvelle femme de chambre de sa mère ne laissa pas de me surprendre. J'aurais eu grand plaisir à poursuivre cette conversation ; mais le temps pressait, et, après une ultime révérence, je me précipitai dans le grand escalier tournant, pour arriver enfin devant la porte de Milady au premier coup de huit heures.

Huit heures précises.

III

UNE FEMME DE CHAMBRE AU TRAVAIL

Lady Tansor était assise devant sa coiffeuse et me tournait le dos, drapée dans une robe d'intérieur chinoise en soie rouge sang et vert émeraude aux broderies étonnantes.

« Vous allez d'abord me brosser les cheveux, Alice, avant de les coiffer », dit-elle, me tendant par-derrière une brosse en argent.

Je commençai à passer lentement la brosse dans les grosses tresses noires, démêlant doucement les nœuds formés pendant la nuit, jusqu'à ce que les cheveux soient lisses et à son goût. Puis elle m'instruisit de la manière dont elle voulait les voir coiffés, et de la technique consistant à les relever à l'aide d'épingles pour obtenir le style de chignon sur la nuque qu'elle préférait, car elle refusait d'avoir recours aux faux cheveux (ce qu'expliquaient l'abondance et la texture des siens) et n'approuvait pas le port du chignon haut.

Quand j'eus terminé, elle m'emmena jusqu'à une énorme armoire en chêne où elle me montra ses nombreuses robes de jour ; puis elle ouvrit une penderie juste à côté, de taille comparable, qui renfermait des dizaines de robes du soir, plus éblouissantes les unes que les autres. Un troisième placard, muni de tiroirs coulissants, était rempli d'articles coûteux et de châles en soie japonaise provenant du grand centre de la soie.

Elle alla ensuite ouvrir d'autres tiroirs et placards pour les offrir à mon inspection. Chapeaux et bonnets par dizaines ; épingles, boutons et broches par casiers entiers ; chaussures et ceintures de toute espèce ; boucles, nœuds, éventails et réticules ; trousses remplies de flacons en cristal ; innombrables coffrets débordant des bijoux les plus ravissants… tout fut exposé à mes yeux ébahis.

« Vous pouvez m'habiller à présent, Alice, dit-elle enfin en désignant du doigt l'armoire qui contenait ses robes de jour. Celle en velours violine, je pense. »

Une fois ma tâche accomplie, elle se regarda dans sa psyché et se déclara satisfaite.

« Parfait, Alice, dit-elle. Vous avez des doigts agiles, et mes cheveux sont fort bien coiffés, fort bien, en vérité. Et la broche que vous m'avez conseillée va beaucoup mieux que la précédente. Je constate que vous avez l'œil pour ce genre de chose. Oui, c'est parfait. »

Elle réitéra le compliment, contemplant son reflet dans le miroir d'un air quasi absent, comme si elle était seule, tout en jouant machinalement avec la broche.

« Mon Dieu ! s'exclama-t-elle brutalement. J'ai oublié le médaillon ! Comment ai-je pu ? »

Sa voix avait pris les inflexions d'une profonde détresse. Elle se tourna vers moi, le visage blême d'angoisse, et désigna d'un doigt fébrile un petit coffret en bois posé sur la coiffeuse qu'elle voulait manifestement me voir ouvrir.

Il y avait à l'intérieur un magnifique médaillon en argent, en forme de larme, attaché à un ruban de velours noir, et en tout point semblable à celui porté par la défunte Lady Tansor sur le portrait qui m'avait tant fascinée.

« Vite, apportez-moi ça, aboya-t-elle. Mais ne touchez pas le médaillon ! »

M'arrachant le coffret des mains, elle en sortit le bijou et alla jusqu'à la fenêtre, où elle demeura un moment, la respiration hachée. Puis elle passa le ruban de velours autour de son cou, sans néanmoins parvenir à trouver le fermoir.

« Voulez-vous que je vous aide, Milady ? demandai-je.

– Non. Surtout pas. S'il y a une tâche que je dois accomplir seule, c'est celle-là. Ne m'aidez jamais, m'avez-vous bien comprise ? »

Elle me faisait à nouveau face, le regard empreint d'une intense émotion. Mais un instant plus tard, elle s'était détournée, pour faire une deuxième tentative qui s'avéra plus heureuse, et elle tendit la main pour ouvrir la fenêtre, laissant un air frais bienvenu pénétrer dans la chambre confinée.

Elle resta à la fenêtre, ses cheveux voletant sous la brise légère, les yeux fixés sur la ligne lointaine des bois à l'ouest, qui émergeaient peu à peu de la brume matinale.

Quand elle eut apparemment recouvré son calme, elle s'assit sur la banquette située sous la fenêtre et s'empara d'un petit volume relié plein cuir.

« Vous pouvez aller à présent, Alice, dit-elle sereinement. Je n'aurai pas besoin de vos services avant le dîner. Mais demain j'ai du travail pour vous, et il faudra me donner mon bain. Je vous prierai de vous présenter à huit heures. »

Je la quittai donc, tandis que, le visage et les cheveux mouchetés de l'or pâle du soleil, elle posait son lorgnon sur son nez, ouvrait le livre et entamait sa lecture.

2

Une nouvelle amie

I

ENTRE SUKIE PROUT

Je suis d'une nature, et je l'ai toujours été depuis ma plus tendre enfance, qui me porte à vouloir constamment étendre mes connaissances. Les mots, en particulier, sont pour moi une véritable passion. De bonne heure, j'ai pris l'habitude, encouragée en cela par Mr Thornhaugh, de noter par écrit les mots nouveaux que je découvrais au cours de mes lectures, et je me les répétais le soir avant d'aller me coucher, jusqu'à ce que je sois sûre de leur prononciation et de leur sens.

Il s'agissait parfois de mots entendus dans la bouche d'autrui ; mais il m'arrivait aussi d'ouvrir tout simplement le *Dictionnaire de prononciation* de Mr Walker, que mon précepteur m'avait offert, pour voir quel vocable s'offrirait à ma sagacité (un de mes mots préférés).

Mr Thornhaugh m'avait dit un jour que rester insensibles au pouvoir supérieur des mots fait de nous des créatures rampant à même le sol, condamnées à attendre dans le silence le jour de leur extinction ; alors que la maîtrise du langage, dans toute sa plénitude, nous place à l'égal des anges. (J'avais immédiatement noté ces paroles, et le morceau de papier me sert encore aujourd'hui de marque-page.)

C'est avec la même avidité que je collectionne les faits, autre prédilection encouragée par Mr Thornhaugh. C'est une sorte de malédiction, je l'avoue, d'être ainsi affligée, mais aussi un plaisir, du moins à mes yeux.

Quand j'examinais un phénomène, je n'aspirais qu'à découvrir le fait irréfutable qui en faisait ce qu'il était. Il me fallait ensuite trouver deux ou trois faits auxiliaires (que j'appelais mes « petites caméristes de servicc », prêtes à aider la grande reine qu'était le fait premier), qui apporteraient un peu plus de consistance au phénomène de départ. Enfin, j'avais la sensation d'avoir acquis des connaissances qui en valaient vraiment la peine, et j'étais contente de moi.

Mr Thornhaugh me pressait sans cesse de mettre ces faits individuels en relation, dc façon à dépasser le particulier pour obtenir une compréhension générale de l'ensemble. Je faisais de gros efforts dans ce sens, mais la tâche était au-dessus de mes forces. Le particulier me ramenait toujours à lui, m'aiguillant vers une autre particularité tout aussi fascinante, laquelle me menait à une troisième, et ainsi de suite. J'éprouvais une telle satisfaction à cueillir ainsi mon savoir fleur après fleur, et à conserver chacune d'elles séparément, que toute idée de vision synthétique ou synoptique (encore deux mots fort à mon goût) se trouvait bannie de mon esprit.

En dépit de ce défaut, que même Mr Thornhaugh ne parvint pas à corriger, je m'adonnai avec ravissement à cette acquisition d'un savoir factuel pendant toute la durée de mon enfance, et l'habitude m'en est restée. Quand j'étais encore très jeune, c'était pour moi un jeu parmi d'autres, et je ne trouvais pas le moins du monde étrange qu'une petite fille puisse en tirer un plaisir aussi grand que celui qu'elle connaissait en jouant à la poupée ou en sautant à la corde dans le jardin.

On pourrait déduire de ces brèves remarques que je vécus une enfance solitaire et retirée dans la Maison de l'Orme, avec mes livres pour seule compagnie ; mais je n'étais pas sans camarades de jeu, encore qu'elles fussent toujours sélectionnées par Madame avec le plus grand soin.

Mon amie la plus chère était une fille du nom d'Amélie Verron, qui avait à pcu près mon âge et dont le père, fonctionnaire de l'administration, était notre voisin le plus proche avenue d'Uhrich. M. Verron était veuf, et je crois que Madame se sentait obligée, au nom des relations de bon voisinage, dc témoigner quelque attention à sa fille unique. Tous les matins des jours de semaine, ma nurse nous emmenait, Amélie et moi, nous promener au Bois, tandis que le dimanche après-midi son père et elle venaient prendre le thé chez nous.

Amélie était une enfant discrète et nerveuse, de constitution délicate, toujours prête à me laisser prendre l'initiative. Quand elle mourut, à l'âge de quatorze ans, elle laissa un vide dans ma jeune vie que personne ne fut capable de combler. L'un de nos passe-temps favoris consistait à organiser une petite salle de classe dans le salon ou, quand il faisait beau, sous le marronnier du jardin. Amélie s'asseyait sur un tabouret bas, et, le visage empreint d'une extrême concentration, entourée de ses camarades de classe – une assemblée muette de poupées de chiffon et d'animaux en peluche –, écrivait lentement et solennellement sur une ardoise, comme la petite disciple obéissante qu'elle était, tandis que je faisais les cent pas devant elle, enveloppée d'une nappe noire qui traînait par terre en guise de toge, et dictant d'une voix forte les noms des rois mérovingiens (tout à fait, j'en suis certaine, à la manière de Mr Thornhaugh) ou quelque autre bribe de savoir récemment glanée, soit dans l'enseignement de mon précepteur, soit dans mes propres lectures. Je rougis aujourd'hui quand je pense à quel point je devais être insupportable ; mais ma chère Amélie ne se plaignit jamais.

C'est à l'occasion de ces séances que je me découvris un goût marqué – et, sans fausse modestie, un talent certain – pour la récitation publique et commençai à caresser l'idée (pour le plus grand amusement de Mr Thornhaugh) que je pourrais un jour devenir actrice. Dans le but de satisfaire cette fantaisie, une petite scène, à laquelle ne manquaient ni les rideaux de peluche rouge ni l'arc de scène en carton-pâte peint de couleurs vives, fut érigée à mon intention dans une des pièces du haut. C'est là que, devant un auditoire constitué de Madame, d'Amélie et de Mr Thornhaugh, je déclamais de longs extraits du *Paradis perdu* (un des textes préférés de mon précepteur), que j'avais appris par cœur, ou que je jouais des scènes entières tirées de Molière ou de Shakespeare, incarnant les différents personnages à tour de rôle et donnant à chacun une voix particulière. J'étais loin alors d'imaginer de quel secours me seraient ces représentations, autant que mon aptitude à cacher ma vraie personnalité sous un masque, le jour où j'aurais à endosser le rôle de femme de chambre de Lady Tansor.

Je ne voudrais surtout pas donner l'impression que j'étais une enfant précoce, car je suis certaine que ce n'était pas le cas. Il reste toutefois que l'on me fournissait, à commencer par Mr Thornhaugh, toutes les occasions et tous les moyens de tirer le meilleur parti des talents que m'avait accordés le Seigneur, et que je ne manquais pas de les saisir.

Je me comportais souvent comme une vilaine enfant, parfois au point d'épuiser les réserves de patience, par ailleurs considérables, de Madame. On me punissait alors en m'exilant dans une mansarde sans confort, meublée en tout et pour tout d'un lit, d'une chaise et d'un guéridon où était posée une carafe d'eau, et c'était là que je purgeais la peine à laquelle j'avais été condamnée, privée de livres, de papier et de crayon, et de toute autre distraction, jusqu'au moment où l'on venait me libérer.

Je regrettais toujours mes incartades, et souvent même me détestais pour les avoir commises. La vérité est que je ne supportais pas de voir Madame ou Mr Thornhaugh peinés par ma mauvaise conduite. En conséquence, quand un de mes méfaits était découvert, je témoignais d'une certaine inventivité (je n'irai pas jusqu'à employer le mot de malhonnêteté) afin de me trouver des excuses, non pas pour échapper à la punition que je savais mériter, mais pour éviter qu'ils me jugent mal. Après quoi, je prenais la résolution solennelle de ne plus jamais être mauvaise. Ce qui, bien sûr, et en dépit de mes meilleures intentions, s'avérait toujours impossible. Toutefois, avec le temps, je découvris en moi un sens aigu du devoir, ainsi qu'une conscience de plus en plus exigeante et commençai à m'amender quelque peu, même s'il nous arrivait encore des années plus tard à Madame et à moi de nous fâcher à la suite de quelque acte inconsidéré de ma part. On ne pouvait plus alors m'envoyer purger ma peine dans mon ancien lieu de bannissement, mais le sentiment de culpabilité généré par mes offenses constituait un substitut plus qu'efficace.

J'entendais à présent de nouveau la voix contraignante du Devoir. Madame m'avait assigné une tâche, notre Grand Dessein. Quel qu'il pût être, quoi qu'elle me demandât, j'étais bien décidée à ne pas la décevoir.

De retour dans ma chambre, après m'être occupée de la toilette de Milady, je pensais à Amélie en sortant mon cahier pour y consigner le deuxième des faits (le premier avait trait à la date et au peintre du portrait du Corsaire accroché dans le vestibule) qui allaient bientôt devenir une véritable mine de renseignements relatifs au château et à son contenu :

> Le boudoir de Lady T. Petit portrait ovale. Jeune garçon de l'époque des Cavaliers en hauts-de-chausses de soie bleue. Très beaux cheveux longs. Œuvre d'un certain Sir Godfrey Kneller.
>
> *Pour mémoire* – Kneller, peintre allemand.

Milady n'ayant plus besoin de mes services avant le dîner, je restai un moment à m'interroger sur la manière de m'occuper jusque-là. Il fallait que je me fasse connaître de la gouvernante, Mrs Battersby, et je m'étais engagée à écrire à Madame le plus tôt possible après mon arrivée. Je souhaitais également reprendre mon exploration des lieux. Je me rappelai alors que Mr Perseus s'était offert à me servir de guide. Le seul fait qu'il me remarque et, mieux encore, qu'il engage la conversation m'avait grandement surprise. Avait-il parlé sérieusement ? Peut-être s'était-il contenté de taquiner la nouvelle femme de chambre, afin de voir si elle serait assez stupide pour le prendre au mot. Pourtant, même si son visage avait gardé une expression sévère et indéchiffrable, sa voix avait paru sincère. Eh bien, ma foi, j'allais aller le trouver dans la bibliothèque, quitte à passer pour une bécasse.

Tandis que je fermais ma porte, j'entendis quelqu'un monter l'escalier. Un instant plus tard, une petite personne hors d'haleine, munie d'une serpillière et d'un grand seau d'eau prêt à déborder, apparaissait sur le palier juste en dessous.

C'était une jeune fille au visage couvert de taches de son, âgée de vingt-deux ou vingt-trois ans et portant un long tablier à rayures et un curieux bonnet en forme de dôme, qui évoquait celui d'un boulanger et, bien qu'ajusté très bas sur le front, laissait échapper quelques anglaises châtain clair.

En me voyant, elle s'arrêta, posa sa serpillière et son seau, me fit une révérence et m'adressa un grand sourire.

« Bonjour, miss », dit-elle.

Je m'engageai dans l'escalier et elle s'écarta quand j'arrivai à son niveau.

« Qui êtes-vous donc ? lui demandai-je avec un sourire, car elle avait l'air d'une charmante petite créature.

– Sukie Prout, miss. Bonne des étages supérieurs.

– Eh bien, Sukie Prout, bonne des étages supérieurs, je suis très heureuse de faire votre connaissance. Je suis Miss Gorst, la nouvelle femme de chambre de Lady Tansor. Mais vous pouvez m'appeler Alice.

– Oh non, miss, dit Sukie, visiblement alarmée. Ça, je pourrais pas. Mrs Battersby le permettrait jamais. Elle trouverait trop familier pour un domestique de s'adresser à vous de cette façon et me gronderait sûrement si elle m'entendait le faire. Il faut que je vous appelle "miss", miss, si vous n'y voyez pas d'inconvénient. »

J'avais envie de rire, mais l'air si sérieux affiché sur son drôle de petit visage m'en empêcha. Peu désireuse d'encourir les foudres de Mrs Battersby (dont je me faisais déjà une idée singulièrement peu flatteuse), je suggérai à Sukie de m'appeler « Miss Alice » hors de la présence de la gouvernante.

« Tu as peur de Mrs Battersby, Sukie ? lui demandai-je voyant qu'elle restait craintive.

– Peur ? Non, pas vraiment, miss. Mais il y a chez elle quelque chose qui fait qu'on se dépêche d'obéir à ses instructions. Et des fois, quand elle est en colère, elle a des mots qui blessent, même si elle vous crie jamais dessus, comme le faisait la vieille Mrs Horrocks. Non, elle crie pas, mais c'est pire en un sens, si vous voyez ce que je veux dire, miss. Je sais pas bien l'expliquer, et peut-êt' que je le ressens plus que les autres, même si tout le monde, y compris Mr Pocock, est à ses ordres, tous les gens d'en bas, j'veux dire. J'ai entendu Mr Pocock déclarer que c'est une affaire de personnalité, mais je suis pas bien sûre de ce que ça signifie.

– Pour autant, dis-je, je tiens à ce que tu m'appelles "Miss Alice", en privé, que ça plaise ou non à la Grande Battersby. Me feras-tu ce plaisir ? »

Sukie acquiesça, non sans quelque réticence.

« C'est donc entendu, répliquai-je. Je suis ravie d'avoir fait ta connaissance, Sukie Prout, bonne des étages supérieurs, et j'espère vraiment que nous deviendrons amies.

– Amies ! La femme de chambre de Madame la baronne voudrait devenir l'amie de Sukie la toquée ! »

Elle poussa un petit couinement de plaisir et porta la main à sa bouche.

« C'est ainsi qu'on t'appelle, Sukie ? demandai-je.

– Oh, j'y fais pas attention, dit-elle d'un air de défi tranquille, je sais bien que j'suis qu'une pauvre toquée. Si j'étais plus grande et moins bête, je suppose qu'on m'appellerait autrement, alors à quoi bon se plaindre ?

– Tu ne me parais pas toquée le moins du monde, Sukie. Pour tout dire, je trouve que tu es la personne la plus gentille et la plus sensée que j'aie rencontrée ici depuis mon arrivée. »

Une légère rougeur envahit ses joues rebondies.

« Peux-tu me dire une chose que j'ai très envie de savoir, Sukie ? demandai-je au moment où elle reprenait son seau. Pour quelle raison Miss Plumptre a-t-elle été renvoyée ? »

Reposant son seau, elle jeta un coup d'œil furtif dans l'escalier et baissa la voix pour me répondre :

« Alors là, miss, ça a fait un beau scandale. On a dit qu'elle avait pris une broche de prix que Madame la baronne avait laissée sur sa coiffeuse un jour avant de partir à Londres. Elle a nié, bien sûr, mais Barrington a juré qu'il l'avait vue quitter les appartements de la baronne juste au moment où la broche a disparu, et quand on a fouillé sa chambre, c'est là qu'on l'a trouvée. Le plus curieux dans l'affaire, c'est qu'elle a continué à nier, ce que personne a compris, vu que le bijou était bel et bien dans sa chambre. La baronne en a été contrariée comme pas possible et l'a envoyée se faire voir ailleurs, sans même une lettre de recommandation. Remarquez bien, elle avait jamais réussi à donner satisfaction. Finalement, c'est plutôt une bonne chose, vu que c'est vous qui la remplacez, miss. »

Le bruit d'une porte qui se refermait à l'étage inférieur lui fit jeter un regard apeuré dans cette direction.

« Il faut que j'y aille, miss – Miss Alice, je veux dire –, avant de me faire attraper par Mrs Battersby. »

Ayant dit, ma nouvelle amie me gratifia d'une révérence, me souhaita une bonne journée, et s'empara de son seau et de sa serpillière avant de reprendre son chemin.

II

LA SALLE DES DOMESTIQUES

J'allai jusqu'à l'escalier circulaire en pierre dont Mr Perseus m'avait dit qu'il descendait de la galerie des portraits à la bibliothèque.

En haut des marches, j'hésitai.

J'avais très envie de voir la fameuse bibliothèque Duport, dont mon précepteur m'avait assuré qu'elle était célèbre dans toute l'Europe, mais était-il convenable d'accepter la flatteuse invitation de Mr Perseus ? Que dirait Lady Tansor ? Je pouvais peut-être simplement jeter un coup d'œil à l'intérieur, voir si Mr Perseus était là, et ensuite seulement décider de la conduite à tenir.

Une fois l'escalier descendu, je me retrouvai dans un hall étroit, doté d'un curieux plafond entièrement recouvert de motifs compliqués de coquillages. À ma droite, une porte vitrée ouvrait sur la terrasse que je voyais de ma chambre ; à l'autre bout du hall, il y avait une porte plus petite, peinte en blanc, que j'entrepris d'ouvrir, le plus discrètement possible.

Le spectacle qui se présenta à moi était à couper le souffle.

Devant moi s'étendait une immense salle rectangulaire, resplendissante de blanc et d'or. Offrant une vue sur la terrasse et les jardins au-delà me faisaient face huit très hautes fenêtres aux architraves semi-circulaires, qui montaient jusqu'à un plafond aux moulures délicates et laissaient entrer à flots la lumière de ce début de journée. Entre chacune d'elles, et courant sur toute la longueur du mur opposé, s'élevaient des bibliothèques grillagées, tandis que de part et d'autre de l'allée centrale se déployaient deux rangées de rayonnages ouverts et un certain nombre de vitrines sur pied. Je n'avais jamais vu autant de livres rassemblés dans un même lieu, et m'émerveillai de la prodigieuse dépense de temps, d'énergie et d'argent qu'avait dû exiger une telle collection.

Dans la personne qui, assise à l'autre bout de la pièce, me tournait le dos, occupée à lire devant un secrétaire, je reconnus sans peine Mr Perseus Duport.

Que faire ? Ayant grande envie de répondre à son invitation, mais convaincue à présent qu'il valait mieux que je me retire pour aller explorer par moi-même quelque autre partie de la demeure, je commençais à refermer lentement la porte quand j'entendis quelqu'un pénétrer dans le hall depuis la terrasse.

Le nouvel arrivant, j'en étais certaine, était Mr Randolph Duport.

Il y avait entre les deux frères un contraste frappant. Mr Randolph avait une bonne tête de moins que Mr Perseus, une carrure plus large sur un corps plus trapu mais néanmoins bien proportionné, qui donnait l'impression d'une constitution robuste faite pour les activités physiques. À son teint bronzé et son allure assurée, on devinait d'emblée un homme de plein air ; point n'était besoin pour cela de voir la longue redingote de cheval usée et les bottes crottées tout aussi fatiguées.

Son visage, qui se signalait surtout par une épaisse chevelure auburn et ondulée et des yeux marron d'une grande douceur, m'apparut aussitôt comme le signe de quelqu'un d'ouvert et d'humeur égale. Quand son possesseur m'aperçut, il s'illumina d'un large sourire.

« Bonjour, bonjour ! s'exclama-t-il, refermant la porte de la terrasse et s'avançant vers moi. Et qui donc avons-nous là ? Ah, j'y suis. La nouvelle femme de chambre de ma mère, c'est ça ? Ravi de faire votre connaissance, Miss Girst... Garst... Gorst. Je l'ai enfin ! Miss Gorst ! »

Il riait à présent, un rire généreux, franc, spontané, qui déclencha le mien.

« Mais, attention, reprit-il, baissant la voix pour adopter un ton plus confidentiel et prenant une expression soudain grave, nous ne devrions pas rire, vous savez. Je suis venu annoncer à mon frère le décès de Slake. »

Devant mon air perplexe, il m'expliqua que le bibliothécaire, le professeur Lucian Slake, avait succombé à une attaque le matin même.

« Le coup de tonnerre dans un ciel serein, dit-il en secouant la tête. Totalement inattendu. En pleine forme, le vieux Slake, si vous m'aviez demandé mon avis. Je l'ai vu pas plus tard qu'hier, il était frais comme un gardon. Et aujourd'hui, fini. Que voulez-vous, la mort vient à son heure, sans prévenir. »

Ayant émis cette réflexion certainement digne de considération, il me souhaita une bonne journée et pénétra dans la bibliothèque.

Abandonnant les deux frères à leur conversation, je décidai de poursuivre mon exploration au grand air.

Je franchis la porte de la terrasse et passai sous un porche en ogive, puis descendis quelques marches peu élevées menant à une pelouse à l'herbe rase éclairée par le soleil et parsemée d'arceaux de croquet. À l'autre bout de la pelouse, ouverte dans un reste en partie éboulé de vieux mur crénelé, une porte, cloutée et noircie par le temps, semblait me faire signe.

Un instant plus tard, j'étais au paradis.

Je me trouvai dans une ancienne cour intérieure, semblable à celles qu'on peut voir à côté d'une cathédrale ou dans un de ces *colleges* d'Oxford ou de Cambridge dont Mr Thornhaugh m'avait montré les images. Sur trois côtés se déployaient les sombres colonnes d'un cloître ; le quatrième, dans lequel s'inscrivait un grand vitrail, lui aussi très ancien, constituait l'extrémité est de la chapelle. Au centre de la cour murmurait une fontaine au gazouillis suave.

Il y avait au centre, sur les dalles jonchées de pétales, un grand nombre d'urnes et d'auges, les unes en plomb, les autres en pierre, d'où retombaient à foison fougères, pervenches et géraniums de fin d'été. Parmi elles s'élevaient plusieurs colonnes cannelées assez basses, dont certaines supportaient le buste de quelque empereur romain aux yeux vides (je reconnus sur-le-champ Septime Sévère, dont le nom me ravissait tant quand j'étais enfant). D'autres, où s'enroulait un lierre d'un vert vif, étaient dépourvues de toute sculpture et fort endommagées.

Gagnant l'autre extrémité de la cour, je m'assis sur un petit banc en fonte et appuyai la tête sur la pierre tiède du mur de la chapelle.

Le clapotis de la fontaine se mêlait délicieusement aux roucoulements d'un couple de tourterelles qui venaient à l'instant de se poser dans un léger froissement d'ailes sur un extraordinaire colombier dessiné à l'image de la grande demeure elle-même. Tout en savourant ce moment magique, je songeais à Madame et à ce qu'elle pouvait être en train de faire à cette heure, puis à Mr Thornhaugh, privé maintenant de son élève. Comme il apprécierait Evenwood, et tout particulièrement ce petit coin de paradis !

C'était Mr Thornhaugh qui m'avait lu les légendes du roi Arthur, et m'avait montré des scènes comparables à celle-ci, peintes dans les couleurs les plus brillantes, dans un livre d'heures datant du Moyen

Âge qu'il avait en sa possession. Et voilà que je me trouvais dans un endroit semblable, Camelot soudain devenu réalité : solide, très présent à mes sens, et pourtant hors du temps, du domaine du rêve.

Une horloge en forme de soleil, brillamment colorée, et située au-dessus de l'entrée de la cour, sonna la demie de midi et me fit prendre conscience des heures écoulées depuis que Barrington m'avait apporté mon petit déjeuner. Je bondis donc sur mes pieds pour me mettre en quête de la salle de l'intendant, où j'espérais pouvoir prendre mon repas de midi.

Je n'avais pas poussé bien loin mes recherches quand je tombai sur Sukie en train de vider son seau dans un caniveau.

Elle me salua d'un sourire enjoué et d'un timide geste de la main, avant de jeter un regard inquiet autour d'elle, comme pour s'assurer que personne ne l'avait vue commettre cet acte abominablement présomptueux.

Je lui demandai de m'indiquer le chemin de la salle de l'intendant.

« Certainement, miss », dit-elle en posant son seau. Puis, après un nouveau coup d'œil par-dessus son épaule, elle baissa la voix pour me chuchoter dans un petit rire : « Miss Alice, je devrais dire, pas vrai ? »

Elle me conduisit jusqu'à une porte, à l'autre bout de la cour, puis me fit emprunter une série de marches qui nous menèrent à un passage ouvrant sur la salle des domestiques – une sorte d'antre éclairé par une rangée d'œils-de-bœuf percés très haut dans le mur faisant face à un foyer et un fourneau énormes qui occupaient une grande partie de la salle, et devant lesquels une demi-douzaine des gens d'en bas étaient assis autour d'une grande table, occupés à prendre leur repas.

« C'est la porte là-bas, Miss Alice », murmura Sukie en me désignant une vitre opaque au fond de la pièce.

Je sentis sur moi le regard curieux des autres domestiques tandis que je traversais la salle. Un ou deux me sourirent, et un vieux monsieur à la barbe grisonnante se leva à mon passage et me salua d'une courbette cérémonieuse.

Sur le seuil de la porte, je m'arrêtai.

Assises autour d'une table, trois personnes étaient engagées dans une discussion animée.

« À neuf heures ce matin », disait l'une d'elles, un petit homme d'âge mûr, pratiquement chauve en dehors de quelques rares mèches de cheveux roux soigneusement pommadés. Il s'avéra que c'était le majordome, Mr Pocock.

« Au cinquième coup, enchaîna-t-il. Voilà quelque chose à faire graver sur une pierre tombale !

– C'est incroyable, Mr Pocock ! Au cinquième coup ? Eh ben, dites donc. »

Cette remarque ironique venait d'un jeune homme en livrée plutôt bien en chair, à l'air sardonique.

« Aucun doute là-dessus, répliqua Mr Pocock avec un hochement de tête catégorique. On a fait venir le docteur Pordage, et sa montre à répétition, comme vous n'êtes pas sans le savoir, Henry Creswick, est toujours exacte. »

Là-dessus, la troisième personne, un homme plus âgé, au visage buriné orné d'épais favoris gris, émit l'opinion que tout cela était bel et bon, mais exhorta toutefois Mr Pocock à ne pas oublier les corneilles. L'explication de cette curieuse remarque ne tarda pas à suivre.

« Les corneilles, elles savent, Mr Pocock. Elles le sentent à l'avance. J' les ai vues, moi, comme j'vous vois, y en avait cinq ou six de ces diablesses, quand on a monté la côte hier matin. Elles arrêtaient pas d'piquer et d'tournailler autour de lui, comme des envoyées de la mort. C'est là qu'j'ai dit à Sam Waters, y s'ra mort demain matin, et ça a pas raté. »

C'est alors que je compris qu'ils parlaient de la mort subite ce matin-là du professeur Slake.

« Vous pouvez m'en croire, allez, poursuivit-il, elles savent toujours, ces créatures. J'les ai jamais vues s'tromper. Ç'a été pareil pour le père de la baronne, en 53. J'l'ai vu partir sur son cheval pour Stamford, accompagné par les ancêtres de ces mêmes diablesses noires qui ont suivi le professeur. Alors j'ai dit, y va falloir qu'y fasse attention… mais ça, Robert Pocock, tu peux pas t'en souvenir. C'était avant ton temps. Mais j'l'ai dit, pour sûr, et j'avais raison. »

Après avoir bu une longue rasade dans une grande chope en étain, l'homme d'un certain âge – Mr Maggs, le chef jardinier, comme je devais l'apprendre par la suite – s'apprêtait à poursuivre sur le même sujet, quand une jeune femme entra dans la pièce, chargée d'un plateau où se trouvaient une bouteille de vin et un verre vide.

III

LA GOUVERNANTE

Elle s'immobilisa un moment, me considérant avec un curieux sourire, comme si elle me connaissait, alors que je ne l'avais jamais vue auparavant. Les autres, remarquant que son attention était retenue par quelque objet, tournèrent tous la tête dans ma direction.

« Excusez-moi de vous déranger », dis-je, mal à l'aise sous les regards conjugués qui m'étudiaient sans détours ; mais j'étais désormais une actrice, comme je rêvais de l'être dans mon enfance, douée du pouvoir de l'acteur consistant à persuader son public qu'il est autre que ce qu'il est. J'endossai donc prestement le rôle de la docile Miss Gorst, récemment engagée comme femme de chambre de la baronne.

Mr Pocock se leva, un sourire de bienvenue aux lèvres.

« Miss Gorst, je présume, dit-il. Entrez, entrez donc… si je puis me permettre de parler en votre nom, Mrs Battersby ? »

Il jeta un regard interrogateur en direction de la jeune femme au plateau, laquelle hocha la tête à son intention, posa son plateau sur une desserte et gagna le haut bout de la table. Sans se préoccuper de me saluer, ni de se présenter plus avant, elle resta quelques instants à me dévisager avant de s'asseoir.

C'était donc là la redoutable Mrs Battersby. D'après le peu que j'en avais appris auprès de Sukie, je m'étais représenté une vieille employée tyrannique, irritable et bornée, une espèce de harpie pleine de préjugés et de manies ; or, la personne que j'avais devant moi était à cent lieues d'un tel portrait.

Elle ne devait pas avoir plus d'une trentaine d'années, et, bien que de petite taille, était mince et élégante. Des cheveux châtain clair, rassemblés sous un joli bonnet de dentelle, encadraient un minois bien proportionné, que, malgré un léger empâtement du menton et du cou, beaucoup auraient estimé d'une beauté discrète. Je fus particulièrement frappé par ses mains, doigts longs et effilés, ongles manifestement entretenus avec soin, qui ne ressemblaient en rien aux mains rugueuses de campagnarde de la Mrs Battersby que je m'étais imaginée.

Tout aussi surprenante était sa façon d'être. Je m'étais attendue à un abord abrupt et vulgaire, à une étroitesse d'esprit toute provinciale. Au lieu de quoi, il y avait chez elle une sorte de réserve raffinée, cet air que l'on voit aux personnes dotées d'une intelligence critique toujours en éveil. Impression rendue troublante et intrigante à la fois par le dessin très particulier de sa bouche, qui se relevait d'un côté et s'abaissait de l'autre, comme si elle était figée dans un demi-sourire permanent, cynique en même temps qu'attirant. Si bien qu'elle avait l'air de porter un masque à deux facettes, l'une aimable et bienveillante, l'autre revêche et désapprobatrice, les deux se combinant pour plonger l'observateur dans l'incertitude la plus complète quant à la véritable nature de ses sentiments. Comme je devais le découvrir, il n'y avait rien de direct ni de spontané chez Mrs Jane Battersby : tout était retenu, mûrement réfléchi, ou faisait l'objet des insinuations les plus ambiguës.

« Je suis ravie de faire votre connaissance, Miss Gorst, dit-elle enfin, avec une expression dont je n'aurais su dire si c'était ou non un sourire, et heureuse que vous ayez décidé de vous joindre à nous pour prendre vos repas, comme c'était l'habitude de celle qui vous a précédée. Voulez-vous un peu de rosbif ? »

Elle avait une voix douce et profonde, teintée d'un accent indubitablement distingué, et parlait d'une manière très posée. Elle fit un signe de tête au jeune homme, Henry Creswick, qui, s'étant présenté comme le valet de chambre de Mr Perseus Duport, tira une chaise à mon intention, puis me fit passer une assiette, un verre et des couverts, avant de me servir de rosbif et de pommes de terre.

Les autres m'observèrent sans un mot tandis que je mangeais et buvais mon orgeat. J'appris plus tard que Lady Tansor n'autorisait le vin et la bière à ses domestiques qu'au repas du soir, et ce en quantités strictement limitées.

Personne, semblait-il, ne se sentait en droit de m'adresser la parole tant que Mrs Battersby n'aurait pas donné l'exemple, en rompant le silence résolu qu'elle observait. Ce n'est que quand mon assiette fut vide qu'elle ouvrit la bouche, pour me demander ce que je pensais d'Evenwood.

Je répondis que c'était l'endroit le plus merveilleux que j'eusse jamais vu.

« Merveilleux, sans aucun doute, dit-elle, son sourire déconcertant ayant pour effet de tempérer l'amertume qui de toute évidence l'animait, pour ceux qui n'ont rien à faire que d'y vivre et de contempler les lieux ; mais un travail colossal, bien sûr, pour tous les autres. »

Sur quoi, elle se tourna vers Mr Pocock.

« Il y a une nouvelle fuite dans le toit, au niveau de la vieille nursery, et des débris de plâtre partout sur le sol. J'ai dû y envoyer Sukie Prout ce matin. Lady Tansor a été informée il y a un mois de cela qu'il fallait qu'elle contacte Badger pour effectuer les réparations, mais elle n'en a rien fait, et Badger ne bougera pas si ce n'est pas elle qui le sollicite en personne.

– D'après Mr Baverstock, la maison est de moins en moins bien entretenue, dit Mr Pocock en secouant la tête. Ce n'est pas l'argent qui fait défaut, mais elle laisse aller les choses, et Mr Baverstock dit qu'elle n'écoute pas quand on lui parle des travaux qu'il y aurait à faire. Ça ne serait jamais arrivé du temps de Lord Tansor, et le défunt colonel, Dieu le bénisse, ne l'aurait pas permis non plus. Je pensais que peut-être Mr Perseus prendrait conscience de la situation, mais il est trop occupé avec sa poésie.

– Ah, intervint Mr Maggs, faut dire qu'elle a pas la poigne du vieux lord. Ça, c'était un homme qu'était puissant, vous pouvez m'croire. Se mêlait d'toutes les affaires du pays. À c't'époque, tout l'monde venait à Evenwood, même le Premier ministre, rien qu'pour avoir l'opinion de m'sieur l'baron. Même la reine qu'a débarqué une fois, avec son Allemand d'Albert. Mais l'gratin de Londres, c'est fini, y vient plus. »

Lui aussi secoua la tête avec regret.

« Non, j'vous l'dis, elle a pas la poigne du baron, et elle l'aura jamais.

– Ça suffit, Timothy Maggs.

Sensible à la réprimande, Mr Maggs chercha à échapper au regard aimablement impérieux de Mrs Battersby en se reversant contre le dossier de sa chaise et en tirant trois bouffées de sa longue pipe en terre.

« Et où étiez-vous auparavant, Miss Gorst ? »

C'était Henry Creswick qui avait posé la question.

« J'avais une place de femme de chambre chez Miss Helen Gainsborough.

– Miss Gainsborough ? intervint Mrs Battersby. De High Beeches ?

– Non, répliquai-je, ayant recours avec assurance à l'histoire qu'avait concoctée Madame à propos de la personne imaginaire censée m'avoir eue à son service. De Stanhope Terrace, à Londres. »

La gouvernante réfléchit un instant.

« Vous savez quoi, Miss Gorst, dit-elle en souriant plus largement, je ne crois pas connaître qui que ce soit de ce nom à Stanhope Terrace. J'ai brièvement occupé un emploi tout près de là, et je pensais connaître tout le monde dans le quartier. C'est curieux, non ?

– Miss Gainsborough n'y réside plus depuis bien longtemps, dis-je d'un ton dégagé, après avoir bu un peu d'orgeat en guise de manœuvre de diversion, sans compter qu'elle voyage beaucoup. Personnellement, je n'ai guère le goût des voyages, et c'est pourquoi j'ai cherché une autre place.

– Ah, dit Mrs Battersby, cela expliquerait en effet les choses. »

Je me tournai vers Mr Pocock.

« Vous excuserez, j'espère, ma question, mais quand je suis entrée, vous étiez en train de parler du professeur Slake, n'est-ce pas ?

– Alors vous, miss, dit le majordome avec un sourire aimable, vous êtes une maligne. Vous connaissez les nouvelles quasiment avant nous. »

Tout en expliquant les circonstances dans lesquelles j'avais appris la mort du professeur par l'intermédiaire de Mr Randolph Duport, je vis le visage de Mrs Battersby prendre une expression nettement soupçonneuse.

Avais-je dit quelque chose de déplacé ? Elle avait l'air de penser qu'il était inconvenant pour une femme de chambre nouvellement arrivée de soulever le sujet de la mort du professeur.

« C'est donc Mr Randolph Duport qui vous a appris la nouvelle ? » demanda-t-elle.

Sa question était posée poliment, et, bien entendu, avec le sourire ; mais, une fois de plus, j'eus le sentiment d'être accusée d'une transgression. Je ne craignais pas qu'elle ait des soupçons à mon égard, en dépit de ses questions concernant Miss Gainsborough, convaincue que j'étais d'avoir bien joué mon rôle lors de ma première représentation publique à Evenwood. Je lui retournai donc un sourire ingénu, tout en lui rapportant la manière dont j'avais rencontré par hasard Mr Randolph devant la bibliothèque, alors qu'il allait entrer pour annoncer la mort du professeur Slake à son frère.

« Ah ! s'exclama Mr Maggs d'un air ironique. Grincheux et Joyeux ! »

Ce trait d'esprit provoqua un éclat de rire appréciateur chez Henry Creswick, ce qui valut à ce dernier, ainsi qu'à Mr Maggs, un regard sévère de la part de Mr Pocock.

« Allons, allons, Timothy Maggs, dit le majordome. En voilà assez.

– C'est rien qu'la vérité vraie, Robert Pocock, riposta l'autre. Y a pas b'soin d'êt' bien malin pour l'voir. Grincheux et Joyeux, c'est c'qu'y z'ont toujours été, depuis qu'y sont gamins, et c'est c'qu'y s'ront toujours. »

« Et qu'avez-vous pensé de Mr Randolph Duport ? me demanda Mrs Battersby, dont l'œil interrogateur ne m'avait pas quittée pendant le précédent échange. L'avez-vous trouvé agréable ?

– Oh, oui. Très agréable, répondis-je avec un empressement inconsidéré.

– Ça, c'est bien vrai, opina Mr Pocock. Demandez aux gens lequel des deux frères ils préfèrent, et tous vous répondront que c'est Mr Randolph.

– Je soupçonne que c'est aussi l'avis de Miss Gorst, fit remarquer Mrs Battersby, son sourire énigmatique m'empêchant à nouveau de savoir si sa remarque était accusatrice, cette fois-ci pour m'être permis d'exprimer une préférence pour le fils cadet de mon employeur, même si je voyais comment la prendre autrement.

À cet instant, le tintement d'une sonnette interrompit la conversation.

Mr Pocock appela quelqu'un dans la salle voisine, et on lui répondit : « Salon jaune. Mr Perseus, probable. L'autre est sorti.

– Barrington est avec toi ?

– Non. Il n'y a que Peplow.

– Alors envoie Peplow », dit Mr Pocock.

Le majordome s'apprêtait à se réinstaller confortablement et à boire un peu d'orgeat quand Mrs Battersby se leva ; aussitôt, il fit de même, son verre intact à la main, imité par Henry Creswick et Mr Maggs.

« Bien, Miss Gorst, dit la gouvernante, un sourire à présent franc et direct sur les lèvres. Je suis ravie d'avoir fait votre connaissance et j'espère que vous vous sentirez bientôt à l'aise au sein de notre petit cercle. Bien entendu, vous pourrez vous adresser à Mr Pocock, ou à moi-même, si vous avez besoin de quoi que ce soit. Vous allez rejoindre Lady Tansor ?

– Non, elle n'aura pas besoin de mes services d'ici le dîner.

– Alors profitez au mieux d'une aussi belle journée », répondit-elle, toujours souriante.

Là-dessus, elle fit demi-tour et gagna la porte par laquelle elle était entrée.

Je m'apprêtais moi aussi à quitter les lieux, quand je songeai à une question à poser à Mr Maggs.

« Je n'ai pas pu m'empêcher d'entendre ce qui se disait tout à l'heure, quand vous parliez du père de Lady Tansor. Lui aussi est mort d'une attaque ?

– L'vieux Carteret ! Une attaque ! s'exclama Mr Maggs. Certainement pas. Assassiné, miss, de sang-froid, pour son argent, juste au moment où il entrait dans l'parc.

– Non, Maggs, là tu fais erreur, intervint Mr Pocock. Pas pour son argent. Je te l'ai déjà dit, j'ai entendu des choses à ce propos, et je crois qu'en l'occurrence il n'avait pratiquement pas d'argent sur lui, seulement une sacoche avec des documents.

– N'empêche qu'ceux qui l'ont attaqué croyaient, eux, qu'il en avait, objecta Mr Maggs. Y a pas à sortir d'là, même si les corneilles, elles, se fichaient pas mal d'savoir comment qu'il allait mourir. Ça leur est égal la façon qu'les pauv' mortels comme le Paul Carteret y vont à la mort. Elles savent juste qu'ils y vont, et y a rien d'aut' à dire. »

La conversation se poursuivit un certain temps dans cette veine, entre un Mr Maggs réaffirmant sa croyance inébranlable dans les dons prophétiques des corneilles, et un Mr Pocock désireux d'introduire une tonalité plus rationnelle dans le débat.

Je m'apprêtais une fois de plus à prendre congé quand Mr Pocock s'offrit à me montrer un escalier de service, qui, selon lui, me conduirait directement à ma chambre.

« Il va de soi que la femme de chambre de la baronne est libre d'emprunter le grand escalier, dit-il. Mais l'escalier de service est plus rapide. »

Nous quittâmes la pièce par la porte empruntée par Mrs Battersby pour pénétrer dans un étroit couloir blanchi à la chaux, sur les murs duquel s'alignaient de vieilles gravures et des cartes du comté, avant de déboucher au pied d'un escalier en bois.

« Nous y sommes, miss, dit Mr Pocock. À partir d'ici, vous ne pouvez pas vous tromper. Vous n'avez qu'à compter les étages, et vous arriverez à côté de votre chambre. »

Je le regardais repartir vers la salle des domestiques, quand une autre pensée me traversa l'esprit.

« Oh, Mr Pocock ! »

Il s'arrêta et se retourna.

« Je voulais vous demander quelque chose. Il y a un tableau, dans le salon de Lady Tansor, représentant un jeune garçon en costume d'époque. Savez-vous de qui il s'agit ?

– Ah, dit-il, revenant vers moi. C'est le 19e baron Tansor, enfant. Anthony Charles Duport, peint par Sir Godfrey Kneller. Né en 1682… si je me souviens de ce détail, c'est parce que c'est exactement cent ans avant l'année de naissance de mon père.

– Merci, Mr Pocock.

– Je vous en prie, miss. Heureux de vous rendre service.

– Eh bien, en ce cas, puis-je encore vous demander, sans trop abuser, s'il y a jamais eu – ou s'il y a encore – un Mr Battersby ?

– Non, non, répondit le majordome en secouant la tête. Battersby est son nom à elle. La coutume a toujours voulu qu'on appelle la gouvernante Mrs dans cette maison, que la personne soit mariée ou non. Je vois bien ce qui vous turlupine : vous trouvez que le nom ne lui va pas, entre son physique, sa jeunesse et le reste… Pour tout vous dire, miss, vous n'êtes pas la première à être de cet avis.

– C'est bien vrai, opinai-je. Le nom ne lui convient pas du tout. Mais s'il n'y a pas de Mr Battersby, il est étonnant qu'il n'y ait pas encore de Mr Autre Chose. Elle ne doit pas manquer de soupirants.

– Ça, je ne pourrais pas vous dire, miss, fit Mr Pocock, non sans quelque raideur. Elle a son quant-à-soi, Mrs Battersby, pour sûr. »

Puis il se rapprocha un peu.

« Tout ce que nous en savons, dit-il d'un ton plus confidentiel, c'est qu'elle est arrivée ici après avoir servi dans une honorable famille du Suffolk, et qu'avant elle avait une place à Londres. Mais, pour autant qu'on sache, elle est sans attaches.

– Pas de famille, alors ?

– Pas vraiment, non. Apparemment, les parents sont morts. Pas de frères ni de sœurs. Uniquement une tante célibataire à Londres, à laquelle elle rend visite de temps à autre. »

C'est à cet instant que l'écho lointain d'une sonnette dans la salle des domestiques interrompit Mr Pocock, lequel me laissa là, intriguée par ce qu'il venait de me dire. Je montai à grand bruit l'escalier de bois pour me retrouver sur le palier, trois étages plus haut, tout près de ma chambre.

Je restai allongée sur mon lit une demi-heure, à regarder le ciel bleu, tout en faisant défiler les événements de la matinée.

Puis je me levai pour rédiger une courte lettre à Madame, dans laquelle je l'assurais que tout allait bien et lui promettais de lui écrire plus longuement en temps voulu. Je descendis ensuite déposer ma missive à l'endroit prévu pour le courrier en partance, après l'avoir adressée à une dame – sur laquelle je reviendrai bientôt – domiciliée à Londres, afin d'éviter les questions embarrassantes des domestiques.

Peu avant trois heures, je sortis dans l'intention de poursuivre mes explorations, avant qu'il soit l'heure de me rendre auprès de Milady.

Le soleil de septembre baignait encore d'une douce lumière dorée la forêt de flèches et de tours, de cheminées et de tourelles, qui donne au château d'Evenwood ce découpage si particulier contre le ciel, et posait des ombres feutrées sur les pelouses soigneusement entretenues et les allées gravillonnées. Du côté sud, je découvris un grand bassin à poissons rectangulaire, fermé par de hauts murs et envahi d'orpins jaune vif. Je m'attardai là un moment, contemplant les eaux sombres et paisibles où les poissons, souvent de grande taille, nageaient paresseusement, jusqu'à ce que l'heure vienne pour moi de rentrer.

L'horloge de la chapelle sonnait cinq heures, quand, après m'être lavé le visage, brossé les cheveux et avoir lissé les plis de ma robe, je frappai à la porte des appartements de Milady.

3

Fin du premier jour

I

QUESTIONS ET RÉPONSES

Je trouvai Milady à demi allongée sur la banquette de la fenêtre, un livre à la main, telle que je l'avais laissée.

« Venez vous asseoir près de moi, Alice, dit-elle, posant le livre avec un soupir las. Je ne descendrai pas dîner ce soir, tout compte fait.

– Très bien, Milady, dis-je en prenant place à côté d'elle.

– Racontez-moi donc vos pérégrinations. Quel étrange emploi, devez-vous penser, que celui où l'on vous donne congé toute la journée ! N'allez pas croire cependant qu'il en sera toujours ainsi. J'ai l'intention de vous faire travailler très dur à partir de demain. »

Elle souriait : un pauvre sourire mélancolique, certes ; mais je voyais dans ses yeux que ses propos n'étaient pas sans bienveillance.

Je lui rapportai mon exploration du matin dans l'aile est, sans pourtant faire allusion à mes rencontres avec Mr Perseus et Mr Randolph, ni au fait que j'avais lié connaissance avec Sukie Prout.

« Vous pourriez passer votre vie à explorer Evenwood, dit-elle, sans cesser de découvrir des merveilles insoupçonnées. Quelqu'un a dit un jour de cette demeure qu'elle était sans fin, toujours prête à dévoiler de nouvelles facettes. Il y a des parties que même moi je n'ai jamais visitées ; et d'autres, j'en suis sûre, dont j'ignorerai jusqu'au bout l'existence. Peut-être, Alice, ferez-vous certaines découvertes à ma place, et viendrez-vous me révéler vos trouvailles, car je vous crois curieuse. »

Puis elle me demanda si je pensais que je serais heureuse à son service.

« Oh oui, Milady, plus encore qu'avant, maintenant que je me suis quelque peu familiarisée avec mon nouvel environnement et que j'ai fait la connaissance de quelques personnes qui vivent ici – en particulier la vôtre, Milady. »

Elle reçut le compliment avec un petit sourire toujours aussi triste, avant de me demander ce que je pensais de Mrs Battersby.

Je répondis qu'elle m'avait fait l'impression d'une personne fort capable.

« Capable ! s'exclama-t-elle, en tapant dans sa main en guise d'appréciation. On ne saurait mieux la décrire ! Jane Battersby est sans aucun doute une personne fort capable. Une jeune femme remarquable à bien des égards, assez mystérieuse, et dotée d'une expérience du monde sans commune mesure avec son âge. Et qui d'autre avez-vous rencontré aujourd'hui ?

– Mr Pocock, bien sûr, et Henry Creswick, ainsi que Mr Maggs.

– Personne d'autre ? »

Elle avait à présent les yeux fixés sur moi, de cette façon déconcertante qui n'appartenait qu'à elle. Décidant qu'un peu de vérité était de mise, je lui dis que j'avais rencontré Sukie Prout sur le palier, à l'étage en dessous de ma chambre.

« Sukie Prout ? »

Elle réfléchit un moment.

« Ah oui, une des bonnes d'en bas.

– La bonne à tout faire des étages supérieurs, Milady.

– Tout à fait. Et personne d'autre ? »

Je compris alors qu'elle était au courant de mes rencontres fortuites avec ses fils. Je restai un moment sans savoir que répondre, mais elle reprit la parole.

« Mon fils Perseus me dit qu'il a déjà fait votre connaissance. Son frère aussi, je crois. »

Je n'avais plus d'autre possibilité désormais que de reconnaître les faits avec tout le détachement dont j'étais capable, encore que je ne visse point en quoi j'étais fautive.

« C'était donc une telle vétille que vous l'ayez oubliée ? demanda-t-elle.

– Je vous demande pardon, Milady ?

– Oui, de faire la connaissance de l'héritier de la baronnie Tansor, et de son frère cadet ? »

Je crus qu'elle allait me réprimander, mais je vis alors un léger sourire jouer sur ses lèvres.

« Ne vous alarmez pas, ma chère, dit-elle, en se penchant vers moi et en me tapotant la main. Je ne saurais vous tenir rigueur d'avoir pensé que vous ne pouviez pas me parler de ces rencontres. Je vois que vous sentez très bien la délicatesse de telles situations. Mais, dites-moi, lequel de mes fils avez-vous préféré ? Perseus ou Randolph ? »

J'avoue que je trouvai la question assez choquante. Quelle mère oserait poser semblable question à propos de ses fils, lesquels me paraissaient, chacun à sa manière, éminemment dignes d'admiration ?

Elle me vit hésiter.

« Dites-le-moi, je vous en prie ! me pressa-t-elle avec une impatience goulue qui me sembla déplacée. Il me tarde de savoir !

– Je ne saurais trop dire, Milady. Je les connais à peine, et, pour tout dire, nous n'avons échangé que quelques mots.

– Mais Perseus est le plus beau des deux, non ?

– Il est beau de sa personne, c'est vrai, concédai-je. Mais Mr Randolph Duport l'est aussi.

– Mais d'une manière différente, convenez-en. Les traits de ce pauvre Randolph sont moins aristocratiques, hélas, et selon son humeur peuvent même être quelque peu grossiers. Il tient davantage de feu son père et de la famille de ce dernier. Force m'est d'admettre par ailleurs qu'il ne possède pas les talents de son frère. J'en suis peinée, mais c'est la stricte vérité.

« Perseus, voyez-vous, est incontestablement doué pour la poésie, poursuivit-elle. Il a écrit une tragédie en vers, que nous espérons voir publiée très bientôt. Le sujet en est Merlin et Nimue, ce que je trouve personnellement très original pour un drame poétique.

– Mr Tennyson n'a-t-il pas déjà écrit sur le sujet dans les *Idylles du roi* ? demandai-je, tout en sachant fort bien que c'était le cas. Sauf que je crois me rappeler que Nimue, chez lui, a pour nom Viviane. »

Elle me lança un regard de vif reproche pour m'être permis de douter de l'originalité dont son fils avait fait preuve.

« La façon dont Mr Tennyson a traité les personnages est entièrement différente de ce que l'on trouve chez mon fils, dit-elle d'un ton froid, et, selon moi, inférieure à tous égards. Il ne les fait pas vivre comme des êtres humains, comme le fait Perseus par son recours à la forme théâtrale. C'est là son grand talent. »

Je demandai alors si Mr Perseus Duport avait l'intention de faire de la poésie sa profession.

« Un gentleman qui jouit de la position de mon fils aîné n'a aucun besoin d'avoir une profession, comme vous dites, de quelque nature qu'elle soit. Mais le génie ne se laisse pas facilement brider. Comme la bonne éducation, il finit toujours par ressortir. Je soupçonne que, une fois l'ouvrage publié, ses mérites peu communs seront universellement reconnus. Je vous montrerai le manuscrit un jour, afin que vous puissiez juger par vous-même. Vous m'avez dit lire beaucoup de poésie, je crois.

– Oui, Milady.

– Et comment pareil goût vient-il à une femme de chambre ?

– Ma tutrice m'en a lu dès mon plus jeune âge, répondis-je, passant outre l'insulte contenue dans ses paroles. Même quand le sens des mots m'échappait, leurs sonorités m'apaisaient et me faisaient rêver. Ensuite, j'ai toujours été encouragée à lire beaucoup, aussi bien en français qu'en anglais, par mon précepteur, Mr Basil Thornhaugh.

– Parce que vous aviez un précepteur ! C'est bien la première fois que j'ai une femme de chambre qui a connu un tel privilège. Et quel genre d'homme était Mr Basil Thornhaugh ?

– L'un des plus intelligents qui soit, répondis-je, doté, qui plus est, de beaucoup de goût et de discernement.

– Un précepteur tout à fait remarquable, à vous entendre. D'après mon expérience, ces gens sont le plus souvent ternes et sans envergure ; mais votre Mr Thornhaugh semble être une exception dans tous les domaines. Et pourtant il paraît s'être contenté d'instruire une petite fille. C'est étrange, non ? Ne pouvait-il viser plus haut et occuper un autre emploi ? »

J'étais incapable de fournir une réponse satisfaisante, puisque je ne savais pratiquement rien du passé de mon ancien précepteur. Tout ce que je pouvais dire, c'est que Mr Thornhaugh avait d'autres intérêts, en dehors de ses devoirs de pédagogue, et qu'il travaillait depuis longtemps à un grand ouvrage d'érudition.

« Ah ! s'écria Lady Tansor. Un chercheur ! Je connais le genre. Toujours à rêver d'écrire le *magnum opus* qui fera vivre leur nom pour les générations futures. Je comprends mieux maintenant. Rares sont les gens de cette espèce qui réalisent leurs ambitions. Elles ne font que les consumer, car elles sont sans bornes. »

Elle détourna la tête et l'appuya un moment contre une des fenêtres à petits carreaux. Puis elle leva un doigt et se mit à tracer distraitement sur la vitre des figures ou peut-être une suite de lettres.

Après le dîner, elle me demanda de lui faire la lecture d'un autre ouvrage de Phoebus Daunt, *The Heir : A Romance of the Modern*[1].

« Vous connaissez cette œuvre ? » me demanda-t-elle en me tendant le volume.

Je lui dis que je n'avais pas encore eu le plaisir de la lire.

« En ce cas, ce sera un plaisir autant pour l'une que pour l'autre, dit-elle. Voulez-vous commencer ? »

J'ouvris le livre et m'exécutai.

Les talents poétiques de Mr Daunt semblaient avoir trouvé leur expression naturelle dans la forme de l'épopée. Je supposai que *Le Paradis perdu*, œuvre que j'admirais depuis que Mr Thornhaugh me l'avait fait connaître dans mon enfance, avait été constamment présent à son esprit quand il s'était agi pour lui de s'essayer à ce que l'on pourrait appeler la poésie de la grandeur. Dans le cas de Milton, l'expression renvoie à la noblesse du sujet, ainsi qu'aux sublimes qualités du poète ; dans celui de Mr Daunt, il conviendrait de prendre le terme « grandeur » dans une acception plus étroite : ce dernier semblait croire en effet que plus il écrivait de vers, plus l'effet produit était impressionnant. En conséquence de quoi, une bonne heure s'écoula avant que j'en arrive péniblement à la moitié du deuxième livre d'une production qui en comportait douze.

« Vous sentez-vous fatiguée, Alice ? » me demanda Lady Tansor lorsque je butai sur un distique particulièrement inepte (le barde avait en effet rejeté la clarté austère du vers blanc au profit du distique rimé, souvent au détriment du sens).

« Oh, non, Milady, je serai heureuse de continuer aussi longtemps que vous le voudrez.

1. « L'héritier, une épopée d'aujourd'hui ». Publié par Edward Moxon en 1854, l'année de la mort de Daunt. Comme dans le roman en vers d'Elizabeth Barrett Browning, *Aurora Leigh*, postérieur puisque publié en 1856, le cadre est contemporain, mais la forme (comme le souligne Miss Gorst) et la langue s'inspirent ouvertement du modèle épique miltonien. L'ouvrage raconte l'histoire de l'héritier d'un grand domaine, Sebastian Montclare, qui se retrouve spolié par un cousin sans scrupules, Everard Burgoyne. L'absurdité de l'intrigue n'a d'égale que l'ineptie de bon nombre des vers, ce qui n'empêcha pas l'œuvre d'être bien reçue et de connaître une certaine popularité ; aujourd'hui encore, quelques passages témoignent d'une grandeur et d'une verve, certes ostentatoires, mais révélatrices d'un réel talent, malheureusement galvaudé.

– Allons, allons, dit-elle. Vous êtes fatiguée, je le vois bien. Je vous ai gardée trop longtemps. Voyez quelle maîtresse attentionnée je fais ! N'allez pas croire, pourtant, que je traite toutes mes femmes de chambre avec une telle partialité, car je ne l'ai jamais fait auparavant. »

Elle me regardait avec l'air d'attendre quelque chose ; mais, voyant que je ne répondais pas, elle quitta la fenêtre et alla s'absorber dans la contemplation du feu.

« Non, dit-elle sur le ton de la confidence, je n'ai pas toujours été aussi attentionnée. Mais vous avez des qualités, Alice, poursuivit-elle en me jetant un coup d'œil par-dessus son épaule, qui font de vous un être à part. Je les ai perçues d'emblée. »

Elle s'interrompit, comme soudain traversée d'une idée.

« Voulez-vous que je vous dise, votre situation me rappelle étrangement celle de Mrs Battersby. »

Elle eut un petit rire devant mon air perplexe.

« Ce que j'entends par là, c'est que, comme vous, elle occupe à présent une position sensiblement inférieure à celle pour laquelle elle semble avoir été préparée, même si vous-même, bien entendu, paraissez avoir joui d'avantages qu'elle n'a jamais connus – et maintenant, un précepteur, me dites-vous ! Vous parlez français, vous lisez des romans et de la poésie. Et je suppose que vous jouez du piano et chantez, que vous savez dessiner et peindre, et vous comporter en tout point comme une lady. En fait, je dirais que vous êtes une véritable lady, par la naissance et l'éducation. Et pourtant, un peu à l'image de votre Mr Thornhaugh, qui donne l'impression d'être à tous égards un gentleman, vous avez accepté une place qui ne correspond ni à vos capacités ni à votre condition naturelle. N'y a-t-il pas là une curieuse symétrie ?

– N'oubliez pas, Milady, répondis-je, un peu nerveuse devant son air dubitatif, que je n'ai guère eu le choix. À la mort de Mrs Poynter, la vieille amie de ma mère avec laquelle je vivais alors à Londres, je me suis vue privée de moyens de subsistance. Je ne disposais que d'un usufruit qui me venait de mon père et suffisait à peine à pourvoir à mes besoins. Comme je ne voulais pas retourner en France, je me suis adressée à une agence, qui m'a proposé une place chez Miss Gainsborough, que j'ai eu la chance d'obtenir.

– La chance, en effet, dit-elle. Car compte tenu du fait que vous n'aviez aucune expérience du service domestique, vous auriez pu vous attendre à ne trouver d'abord que de petits emplois, peut-être chez un pasteur, ou un boutiquier. Cela dit, je ne suis pas le moins du monde surprise que vous ayez favorablement impressionné Miss Gainsborough, qui me semble être une personne fort sensée. Je ne doute pas qu'elle ait été de mon avis. Elle a dû se rendre compte, comme je l'ai fait moi-même, que vous étiez exceptionnelle, ce qui est une qualité rare chez un domestique. »

Elle avait à peine fini de parler qu'on frappa à la porte, et qu'un valet de pied entra, apportant une lettre sur un petit plateau d'argent.

« Ce pli est arrivé pour vous, Madame la baronne. »

Il s'inclina et fit demi-tour pour quitter la pièce.

« Attendez ! s'écria Lady Tansor. Cette lettre a dû être déposée par quelqu'un. Où est la personne qui l'a apportée ?

– Je ne saurais dire, Madame la baronne, répondit le valet. Elle a été glissée sous la porte d'entrée. Personne n'a vu celui qui l'a mise là. »

La missive ne contenait guère plus d'une demi-douzaine de lignes ; mais elles eurent sur ma maîtresse un effet dévastateur. Son visage se décomposa au fil de sa lecture. Quand elle eut fini, elle froissa la feuille qu'elle enfouit dans la poche de sa robe.

« Je crois que je vais aller faire quelques pas sur la terrasse avant de me retirer pour la nuit, dit-elle, essayant de faire comme si de rien n'était. Il y a des eaux sales à vider dans la chambre, et il vous faudra allumer le feu. Il commence à faire un peu frais. Ensuite vous préparerez ma tenue de nuit, et attendrez jusqu'à ce que je revienne. Ne quittez pas la chambre. Vous m'avez bien comprise ?

– Tout à fait, Milady », répondis-je, heureuse de me conformer à ses ordres, même s'ils me laissaient quelque peu perplexe.

Encore pâle et mal à l'aise, en dépit de ses efforts pour donner le change, elle s'arrêta à la porte.

« Souvenez-vous bien de ce que je vous ai dit, Alice, dit-elle sans se retourner vers moi. Ne quittez pas la chambre jusqu'à mon retour. »

Elle ouvrit la porte et, dans un ample mouvement de jupe, passa dans la galerie des portraits, me laissant seule dans la pièce soudain sombre.

II

L'ARRIVÉE DE MR THORNHAUGH

Une fois Milady rentrée de sa promenade sur la terrasse et remplies les diverses tâches qu'elle m'assigna, je fus autorisée à me retirer.

Ma maîtresse me renvoya sans ménagement, manifestement contrariée et inquiète, aussi avare de paroles qu'elle s'en était montrée prodigue auparavant.

Au moment où je quittais la pièce, je lui demandai si tout allait bien.

« Évidemment, me lança-t-elle d'un ton coupant. Ne faites donc pas tant d'histoires, Alice. Je ne le supporte pas.

– Ce n'était pas mon intention, Milady, répondis-je d'un air contrit. Mais vous êtes si pâle. Puis-je aller vous chercher quelque chose avant que vous vous retiriez ? »

Son visage se détendit quelque peu, et elle se laissa aller dans un fauteuil proche du lit.

« Non, rien, dit-elle, avant d'esquisser un sourire et d'ajouter : Mais je vous remercie, Alice, je n'ai guère connu de femmes de chambre prêtes à faire montre d'autant de prévenance.

– Alors, c'est qu'elles ne méritaient pas d'occuper cette place, Milady, dis-je dans un moment d'inspiration. J'estime qu'il m'incombe de me soucier constamment du bien-être de votre Grâce.

– Voilà des paroles que l'on n'a pas l'habitude d'entendre dans la bouche d'une femme de chambre ; mais aussi, vous n'avez rien d'une femme de chambre ordinaire. Bonsoir, Alice. L'heure habituelle, demain matin, je vous prie. »

Au moment où je me détournai pour prendre congé, je vis des larmes briller dans ses yeux.

Toujours intriguée par le comportement étrange de Lady Tansor, je consacrai une heure ou plus à consigner les événements de la soirée dans mon Livre des Secrets. Puis je m'allongeai sur mon lit et donnai libre cours à mes pensées.

Il ne me fallut pas longtemps pour songer à nouveau à Madame, puis à mon vieux précepteur, qui avait tant éveillé l'intérêt de Milady.

Cher Mr Thornhaugh ! Comme il me manquait ! À l'instar de Madame, il avait toujours été une présence constante et rassurante, aussi loin que remontaient mes souvenirs. La première image que je garde de lui est celle de sa haute silhouette un peu voûtée marchant de long en large dans le jardin de la Maison de l'Orme par une chaude après-midi d'été où il avait passé une bonne vingtaine de minutes en grande conversation avec Madame. À l'exception de Jean, le valet de Madame, j'avais pris l'habitude de vivre exclusivement au milieu de femmes. La vue de cet homme étrange, avec son long visage ridé, son teint foncé et ses cheveux prématurément grisonnants qui lui tombaient sur les épaules, m'inquiéta d'abord, jusqu'à ce que Madame vienne m'annoncer qu'il allait être mon précepteur. Dès que je vis ses yeux étonnants, mes craintes s'évanouirent, et je sus qu'un nouvel ami était entré dans ma vie.

« Comment allez-vous, mademoiselle ? me demanda-t-il.

– *Réponds en anglais, ma chère enfant** [1] », me dit Madame en souriant.

L'anglais m'étant d'ores et déjà aussi familier que le français, car Madame le parlait couramment, je répondis à Mr Thornhaugh, dans sa langue maternelle, que j'étais honorée et ravie de faire sa connaissance, tendant la main, ce faisant, avec un incroyable sérieux, avant de me fendre d'une révérence digne d'une vraie dame, pour faire bonne mesure.

Il rit de bon cœur et m'appela « Petite Reine » ; puis il me posa un certain nombre de questions afin de juger de mes connaissances. Son interrogatoire exigeait une grande concentration, mais je m'acquittai fort bien de ma tâche, pour mon plus grand plaisir et ma plus grande fierté.

« Vous avez fait du bon travail, Madame, dit-il à ma tutrice. Je vois qu'elle se rendra à ses leçons en parfaite amoureuse des études. »

J'espère ne pas passer pour une enfant prodige détestable. Mon intelligence, si c'est vraiment de cela qu'il s'agissait, je la devais simplement à de grandes capacités naturelles de mémorisation et à un penchant à emmagasiner un savoir factuel. En dehors de cette

1. Les mots en italique suivis d'un astérisque sont en français dans le texte. [NdT]

aptitude toute mécanique à absorber puis à régurgiter ce que j'avais appris, je crois avoir été assez lente d'esprit et passablement stupide : je n'ai jamais pu maîtriser les longues divisions ni les fractions, j'avais la multiplication en horreur et trouvais la géométrie et l'algèbre parfaitement incompréhensibles, tandis que les différentes branches de la science devaient me rester à jamais fermées, même lorsque plus tard Mr Thornhaugh s'efforça de me les ouvrir.

Mon examen une fois terminé à la satisfaction générale, Madame proposa que nous ressortions dans le jardin, où nous nous assîmes tous les trois à l'ombre du marronnier, pour prendre le thé et goûter d'un gâteau au citron.

Mr Thornhaugh ne cessa de parler, mais je suis incapable aujourd'hui de me rappeler le moindre de ses propos. Seule me reste en mémoire l'impression d'un flot ininterrompu de mots superbes et d'opinions originales. Aux yeux de quelqu'un qui brûlait déjà d'acquérir toute espèce de notions, il apparaissait comme une sorte de magicien de légende qui aurait reçu le pouvoir de savoir tout ce qui avait jamais été donné à l'homme de savoir, et tout ce qui le serait jamais.

Telle fut l'arrivée de Mr Basil Thornhaugh dans la maison de Mme de l'Orme, avenue d'Uhrich. On mit à sa disposition quatre pièces spacieuses au dernier étage, dont l'une, celle qui jouxtait son bureau rempli de livres, servait de salle de classe. On accédait à cet étage par un escalier séparé, qui conduisait dans le jardin de derrière et permettait à Mr Thornhaugh d'aller et venir à sa guise. Je l'ai rarement vu dans une autre partie de la maison que la sienne, ni même dans le jardin, et il prenait ses repas seul. Si je m'éveillais pendant la nuit, je l'entendais souvent arpenter son bureau, juste au-dessus de ma tête, et me sentais réconfortée de savoir qu'il était toujours là, à quelques mètres seulement de mon lit.

Je me demandais ce qu'il allait faire maintenant que son élève s'était envolée du nid. Il était resté chez Madame une fois mon enfance terminée, se consacrant à ses lectures et à ses recherches, tout en continuant à me dispenser son enseignement dans les matières qui m'intéressaient le plus quand la chose nous agréait à tous deux. Pourtant, même si j'en étais venue à le considérer davantage comme un ami que comme un professeur, je n'arrivais pas à le faire parler de lui-même ou de sa famille, et il éludait toujours, et parfois avec humeur, mes questions sur le sujet. Si bien que je ne savais rien de lui et ignorais d'où il venait. C'est sans doute en raison de ce refus qu'il m'apparaissait – davantage que quiconque que j'ai pu connaître depuis – désireux de vivre entièrement dans le moment présent, par un effort de volonté presque délibéré ; et si je m'avisais de l'interroger, comme les jeunes filles n'ont que trop tendance à le faire, sur quelque aspect de son passé, avant son arrivée chez Madame, il me répondait invariablement que sa vie antérieure ne le concernait absolument plus, et ne devait en conséquence concerner personne.

Il ne me fournit qu'une seule réponse, le jour où je m'informai du lieu de sa naissance. Il me dit avoir vu le jour sous des cieux français, ce qui me plut énormément, mais refusa d'entrer dans les détails.

III

MRS RIDPATH

Le moment arriva où, tous les préparatifs en vue de mon départ pour l'Angleterre étant terminés, je quittai Paris, au cours de la troisième semaine du mois d'août 1876.

Madame et Mr Thornhaugh m'accompagnèrent à Boulogne, où nous passâmes la nuit à l'Hôtel des Bains. Le lendemain, nous nous rendîmes à la gare, dans le faubourg de Capécure, où je devais prendre le train-bateau pour Folkestone. C'est là, sur le quai bruyant et encombré, que je fis mes adieux émus à Madame.

« Sois forte, ma chère enfant, dit-elle en m'embrassant. Je sais à quel point tout ceci est pénible pour toi, mais tout ira bien si tu acceptes de me faire confiance et me permets de te guider. À mesure que tu en sauras plus sur les raisons de cette grande entreprise, il faudra apprendre à te fier à ton instinct et à agir en conséquence. Car, sois-en sûre, tu as en toi ce qu'il faut pour accomplir ton destin. »

Nous nous séparâmes sur ces mots, et j'agitai mon mouchoir jusqu'à ce qu'elle disparaisse de ma vue, avant de me laisser aller sur mon siège, submergée par toutes les émotions que la séparation – peut-être définitive – peut faire naître.

J'avais toutefois une consolation : il avait été convenu que Mr Thornhaugh m'accompagnerait à Londres, afin de me voir installée dans le logement temporaire qui devait être le mien jusqu'à mon départ pour Evenwood. Sans sa présence tout au long du voyage, je ne sais comment j'aurais supporté le terrible sentiment de perte de tout ce qui m'était cher. Peu à peu, toutefois, tandis que se rapprochait la côte anglaise, je commençai à reprendre le dessus, et, grâce aux paroles réconfortantes et pleines d'attentions de mon précepteur, je recouvris bientôt ma détermination.

Une fois à Folkestone, nous descendîmes au West Cliff Hotel, avant de prendre le train, le lendemain matin, pour Londres. Nous atteignîmes enfin Devonshire Street, où j'allais séjourner chez une vieille amie de Mr Thornhaugh jusqu'à ce que vienne pour moi le moment de mon entrevue avec Lady Tansor.

La personne chez qui je devais résider temporairement était une dame frêle d'une cinquantaine d'années, aux cheveux blond-roux, au visage bienveillant et aux yeux vifs et brillants, qui me mit aussitôt à mon aise. Tout en nous pressant de questions sur notre voyage, elle nous fit asseoir dans le salon, avant de sonner pour demander que l'on apporte des rafraîchissements.

« Esperanza, je te présente Mrs Elizabeth Ridpath, m'avait dit Mr Thornhaugh au moment où nous entrions. C'est une vieille amie, en qui j'ai toute confiance et qui prendra le plus grand soin de toi tant que tu resteras ici. » Puis, d'un ton plus sérieux, il ajouta : « Elle est au courant de tout, Petite Reine. »

Mrs Ridpath se pencha vers moi et me prit la main.

« Je sais que vous retrouver ici doit vous paraître étrange et troublant ; n'hésitez donc pas à me dire ce que je puis faire pour vous faciliter les choses et rendre agréable votre court séjour avec moi. Mr Thornhaugh et Mme de l'Orme m'ont mise dans la confidence, et je veux que vous sachiez que je ne trahirai jamais la confiance qu'ils ont placée en moi. Vous pouvez être assurée de mon dévouement, autant que vous l'êtes du leur. »

Après m'avoir embrassée sur la joue, elle dit que, après le thé, elle me montrerait ma chambre, où je pourrais alors me reposer si je le souhaitais ; sinon, nous irions faire quelques pas dans Regent's Park, qui était tout proche.

« Oh oui, allons nous promener ! m'écriai-je, soudain pleine d'espoir et de confiance. Je ne suis pas le moins du monde fatiguée ! »

Nous nous mîmes donc en route tous les trois après le thé et nous retrouvâmes bientôt dans le parc.

Mr Thornhaugh tenait à me montrer le zoo, où nous passâmes une heure fort agréable. Nous visitâmes ensuite le jardin botanique et, après être passés devant les terrains de la Société de tir à l'arc, rentrâmes à Devonshire Street. Tout au long de cette flânerie, Mr Thornhaugh nous avait régalées, avec son entrain habituel, de sa connaissance du parc et de Londres en général. J'aurais aimé qu'il restât plus longtemps que prévu en Angleterre ; j'allai jusqu'à l'importuner de mes prières réitérées, mais rien n'y fit : il avait un billet de retour pour le train-bateau qui partait de Charing Cross le lendemain matin et tenait absolument à ne pas laisser Madame seule à Paris plus longtemps qu'ils en étaient convenus, car elle serait inquiète à mon sujet, et impatiente d'avoir de mes nouvelles.

Dans la mesure où il voulait profiter de son séjour à Londres, où il avait vécu autrefois et où il n'était pas revenu depuis plus de vingt ans, pour revoir d'anciens amis, Mr Thornhaugh devait passer la nuit dans un hôtel du Strand.

« Au revoir, Petite Reine, me dit-il sur les marches de la maison de Devonshire Street. Inutile de te dire que tu ne quitteras pas nos pensées, et que nous avons tout fait pour te protéger de tous les dangers possibles et imaginables. »

Puis il me posa une question totalement inattendue.

« Madame t'a-t-elle jamais dit pourquoi tu t'appelais Esperanza ? »

Force me fut de reconnaître que je ne me l'étais jamais demandé.

« Elle m'a dit un jour que c'était parce que tu représentais pour ton défunt père une grande espérance, à la réalisation de laquelle il n'avait cessé d'œuvrer. Ne me demande pas plus de détails : tu comprendras bientôt. À présent, il faut que je parte. Je n'ai pas d'autre discours d'adieu à te faire. Madame t'a dit tout ce que tu avais besoin de savoir. J'ajouterai simplement ceci · sois courageuse, Petite Reine, car c'est une grande chose que tu vas accomplir, comme tu l'apprendras un jour. »

Sur quoi, il me serra chaleureusement la main et la retint plus longuement que nécessaire entre les siennes.

Puis il me laissa aller, sourit, et disparut bientôt à ma vue.

Le moment vint enfin où je quittai Devonshire Street, quelques jours après avoir fêté mon dix-neuvième anniversaire avec cette bonne Mrs Ridpath. Le voyage dans le Northamptonshire se déroula sans incident, et, comme je l'ai narré plus haut, j'obtins la place de caméristе de Lady Tansor.

Ma première journée à Evenwood était à présent arrivée à son terme. Les semaines et les mois qui suivraient devaient s'avérer fort différents ; mais ces premières vingt-quatre heures marquèrent la frontière entre la vie que j'avais connue avec Madame et ma nouvelle vie au service de Lady Tansor. Elles constituèrent également la première étape de cette grande entreprise que m'avait assignée Madame sans m'en révéler la nature.

Du moins avais-je atteint mon but. Les graines de mon avenir étaient semées ; mais pour quelle moisson ?

Pour l'instant, je gardais de ces quelques heures un mélange de souvenirs très nets et d'impressions confuses : une grande salle de réception rouge et or ; des visages d'ancêtres austères me regardant passer ; l'odeur d'innombrables livres restés longtemps sans être ouverts et endormis dans leurs cercueils de cuir ; les boucles rebelles de Sukie Prout et son visage couvert de taches de son ; une cour intérieure secrète et silencieuse, avec une fontaine au babil délicat en son centre, et des tourterelles blanches qui voletaient dans l'azur du ciel ; les tresses noires de Milady démêlées par une brosse à cheveux en argent, et ses doigts traçant des lettres sur une vitre ; un jeune garçon aux longs cheveux de l'époque des Cavaliers, portant des hauts-de-chausses de soie bleue et des chaussures ornées de rosettes ; une eau tranquille et sombre où nageaient en silence des poissons ; et, encore présents à mon esprit tandis que le sommeil me gagnait doucement, les visages – si frappants chacun à sa manière et si étrangement contrastés – des deux fils de Milady.

4

Cauchemars et souvenirs

I

JE RÊVE D'ANTHONY DUPORT

Cette nuit-là, je m'éveillai terrorisée, ramenée, toute tremblante, à la conscience à la suite d'un nouveau cauchemar.

Je rêvais que j'étais poursuivie à travers un néant cotonneux, impénétrable de tous côtés. Ce n'était ni de la brume ni de la neige, ni le brouillard lourd et miasmatique de Londres, mais quelque chose de plus dense et de plus étrange. Un froid intense mordait mon visage et mes pieds nus tandis que je courais, sans savoir où ni pourquoi, sans connaître non plus mon poursuivant, simplement convaincue qu'il me fallait lui échapper à tout prix. Ma terreur augmenta quand je commençai à entendre dans mon dos le bruit d'une respiration saccadée : celui qui me pourchassait gagnait du terrain à chaque pas.

Pour finir, je n'arrivais plus à courir du tout et appelais au secours. Mais à l'instant même où mes cris se perdaient dans le vide ambiant, un grand silence se fit, semblable à celui qui tombe sur une ville enfouie sous la neige.

Je n'entendais plus ni la respiration, ni le bruit des pas derrière moi. Étais-je hors de danger ?

Je restai un moment à regarder autour de moi, essayant de détecter une éventuelle présence, jusqu'à ce que, émergeant de cette blancheur épaisse, apparaisse un petit garçon aux cheveux longs, portant des hauts-de-chausses bleu et des chaussures ornées de rosettes.

Qui me sourit : un doux sourire, tout d'innocence et de séduction.

« Je ne connais pas mon nom », dit-il, les yeux pleins de larmes. Puis, d'un ton si implorant que j'en ai presque le cœur brisé, il ajoute : « Je vous en prie, pouvez-vous me dire qui je suis ? »

Je voudrais pouvoir lui tendre les bras et le réconforter, lui dire que je connais effectivement son nom, qu'il s'appelle Anthony Charles Duport, qu'il est né en 1682, cent ans avant le père de Mr Pocock, et qu'un jour il deviendra le 19e baron Tansor. Mais au moment où je m'avance vers lui, son beau visage implorant commence à se déformer, avant de se désagréger peu à peu – cheveux, chair, un trait après l'autre – pour ne plus être bientôt qu'un crâne hideux et grimaçant, toujours juché sur le même petit corps élégamment vêtu.

C'est le bruit d'une sonnerie qui me sortit de mon rêve.

En reprenant peu à peu conscience, je me rendis compte que la cause en était la sonnette qui se trouvait dans un coin de ma chambre, juste au-dessus de la cheminée, et dont Milady m'avait dit qu'elle se servirait pour m'appeler si elle avait besoin de mes services pendant la nuit.

J'enfilai ma robe de chambre et, encore agitée par mon cauchemar, allumai une chandelle, puis descendis précipitamment l'escalier jusqu'aux appartements de ma maîtresse.

Elle était assise dans son lit – un véritable monument, tout noir, tendu de lourds rideaux de velours cramoisi, abondamment sculpté de grotesques figures de faunes, de satyres et autres créatures mythologiques –, la tête rejetée sur une pile d'oreillers.

J'avais posé ma chandelle sur une table près de la porte, abandonnant le reste de la pièce à la seule lueur des braises encore rougeoyantes du feu que j'avais allumé dans la soirée. Je parvins néanmoins à distinguer le visage de Lady Tansor dans la pénombre : il était pâle comme un linge, et ses cheveux étaient étalés en désordre sur les oreillers, pareils aux plis ondulants d'une cape.

Elle me dévisageait d'un regard fixe, et pourtant son esprit semblait être ailleurs, comme si elle était sous l'effet d'une transe hypnotique. Je me précipitai vers elle, redoutant qu'elle soit tombée malade.

« Milady ! m'écriai-je. Que vous arrive-t-il ? Pouvez-vous parler ? »

Elle tourna vers moi son visage dévasté, et je vis les gouttelettes de transpiration qui perlaient sur son front. J'y vis aussi inscrits les ravages inexorables du temps.

Elle me regardait toujours, sans un mot. Peu à peu, cependant, la couleur revint à ses joues, et elle ouvrit la bouche pour parler.

« Alice, ma chère enfant, murmura-t-elle d'une voix rauque, j'ai entendu un cri. Était-ce vous ?

– Un mauvais rêve, Milady, répondis-je. Rien de plus.

– Un mauvais rêve ! »

Elle eut un rire sans joie, véritablement terrifiant.

« Ce rêve, Alice, était-il aussi mauvais que le mien ? Je ne le crois pas.

– Puis-je aller vous chercher quelque chose, Milady ? demandai-je. Un peu d'eau, peut-être ? Ou faut-il envoyer Barrington quérir le médecin ? J'ai peur que vous ayez pris froid en sortant hier soir sur la terrasse.

– Qu'avez-vous dit ? »

Elle était maintenant assise toute droite dans son lit, me dévisageant d'un air affolé.

« Êtes-vous restée tout au long dans la chambre, comme je vous l'avais ordonné ?

– Oui, Milady, bien sûr. Je pensais simplement que l'air de la nuit vous avait peut-être… »

Elle leva la main pour m'interrompre, puis se renversa à nouveau sur les oreillers.

« Je vais tout à fait bien à présent, soupira-t-elle. Je n'ai besoin que de l'oubli que procure un sommeil paisible. Croyez-vous que l'on puisse dormir sans être troublé par des rêves ? Je pense que oui, et que ce doit être un état fort enviable. Vous faites souvent des cauchemars, Alice ? »

Je lui dis que je souffrais de terreurs nocturnes depuis l'enfance, même si elles troublaient moins mon sommeil aujourd'hui que par le passé.

« Nous sommes donc compagnes d'infortune dans ce domaine, dit-elle. Mais vous avez plus de chance que moi ; car je constate que mes cauchemars ne font que se multiplier au fil des ans. Ah, c'est une terrible chose, Alice, que de se voir constamment voler son précieux sommeil, nuit après nuit, sans qu'il vous soit jamais rendu ! »

Elle m'avait saisi la main tout en parlant, et je vis la terreur revenir momentanément dans ses grands yeux sombres.

« Peut-être pourriez-vous me faire à nouveau la lecture, dit-elle d'une voix étouffée, juste quelques instants. »

Elle me désigna du doigt un petit volume, à la couverture marbrée et au dos doré, posé sur la table de chevet.

« Page cent vingt, dit-elle. Le premier poème. »

Je m'emparai du livre et l'ouvris après avoir jeté un coup d'œil à la page de titre. Il s'agissait bien entendu d'un autre ouvrage de Mr Daunt : le mélange de poèmes, chansons et traductions intitulé *Rosa Mundi* [1], qu'elle lisait le jour de mon entretien avec elle.

Ayant ouvert le livre à la bonne page, je le posai sur mes genoux, allumai la bougie sur la table de chevet et commençai à lire.

Le poème ne comportait que six strophes. Quand je l'eus terminé, Lady Tansor me demanda de le relire. Elle resta tout au long parfaitement immobile, la tête renversée sur les oreillers, le regard perdu au-delà des épais rideaux rouges du lit, en direction de la fenêtre, qui encadrait un pâle croissant de lune, au-dessus des bois lointains.

« Encore une fois, Alice », dit-elle sans bouger.

Je lus donc le poème une troisième fois, puis une quatrième ; à ce stade, je le connaissais par cœur.

« C'est assez, soupira-t-elle. Laissez-moi, maintenant. Je vais dormir, je crois. Je vous sonnerai si j'ai besoin de vous. Sinon, présentez-vous de bonne heure demain, j'ai beaucoup à faire. Sept heures, je vous prie. »

Elle ferma les yeux, et je soufflai la chandelle. Après avoir refermé doucement la porte derrière moi, je regagnai ma chambre, épuisée.

1. *Rosa Mundi et autres poèmes* (Londres, Edward Moxon, 1854), le premier des deux ouvrages de Daunt (l'autre étant *L'Héritier*, voir note p. 71) à avoir été publiés l'année de la mort du poète. Les deux dernières strophes du poème en question, qui a pour titre « Du persan », avaient été recopiées par le meurtrier de Daunt, Edward Glyver, sur un morceau de papier retrouvé dans la main de la victime. Comble de l'ironie, l'auteur avait envoyé à son assassin, un ancien camarade de classe, un exemplaire dédicacé de l'ouvrage.

II

PÉNITENCE ET PUNITION

Un peu avant quatre heures, je m'installai à nouveau dans mon lit et rabattis la couverture sur ma tête. Quelques minutes plus tard, j'étais profondément endormie, et passai le reste de la nuit sans cauchemar, jusqu'au moment où je fus réveillée par des coups frappés à ma porte.

Quand je l'ouvris, ce fut pour trouver Mrs Battersby devant moi.

« Miss Gorst, dit-elle, apparemment soulagée. Vous êtes là. J'espère que vous voudrez bien m'excuser, mais Lady Tansor vous réclame. J'ai cru comprendre que vous étiez en retard ce matin. Il se trouve que Madame la baronne m'a fait appeler pour un problème d'intendance, et je me suis proposée pour venir vous chercher. »

Je me tournai afin de regarder la pendule. L'heure à laquelle j'étais censée me présenter était passée de presque une demi-heure.

« J'y vais immédiatement, dis-je. Merci, Mrs Battersby.

– Je vous en prie, Miss Gorst, répondit-elle. Vous savez, j'en suis sûre, que Lady Tansor est très à cheval sur la ponctualité. »

La remarque avait l'air d'un rappel amical, mais je ne pus m'empêcher de sentir, une fois de plus, que l'on me remettait gentiment mais fermement à ma place, même si la gouvernante n'avait aucune autorité sur moi.

« À propos, Miss Gorst, me dit-elle au moment de me quitter, j'ai pensé que vous aimeriez peut-être prendre le thé avec moi, si vos obligations vous le permettent, bien entendu. Descendez dans la salle des domestiques et demandez à quelqu'un de vous indiquer la pièce de la gouvernante. Disons, quatre heures ? »

Quand j'entrai dans le boudoir de Lady Tansor, je la trouvai, vêtue de sa robe de chambre en soie rouge et verte, assise à son écritoire, en train de rédiger une lettre.

« Occupez-vous du feu dans le dressing-room, Alice, je vous prie, dit-elle sans lever la tête. Ensuite, vous aérerez ma literie et préparerez mon bain.

– Oui, Milady. Je suis navrée…

– Pas un mot », m'interrompit-elle, tout en continuant à écrire.

Ayant accompli mes tâches, je revins dans le boudoir.

« Maintenant, je vais prendre mon bain », dit-elle en fermant l'enveloppe avant de la poser sur l'écritoire. Sans un regard, elle passa devant moi dans un froissement de sa robe de chambre et pénétra dans le dressing-room.

Aucun mot ne fut prononcé pendant les ablutions de Milady. C'est seulement quand elle en eut terminé et que j'étais en train de lacer son corset qu'elle finit par me regarder en face.

« Vous m'avez déçue, Alice, dit-elle, me tenant prisonnière de son regard inflexible. Ne vous avais-je pas dit de manière catégorique que j'aurais besoin de vous à sept heures ?

– Si, Milady.

– Et qu'avez-vous comme excuse ? »

Je répondis franchement que je n'en avais aucune.

« Bien. Essayer de biaiser n'aurait pas joué en votre faveur. Comme je m'y attendais, vous avez pris le parti de l'honnêteté. Mais cela ne doit pas se reproduire, Alice, quelles que soient les circonstances, vous risqueriez de le regretter. Quand je donne une heure, je compte qu'elle sera respectée. C'est compris ?

– Tout à fait, Milady.

– Je suis mécontente de vous, bien sûr, continua-t-elle en se dirigeant vers la psyché, car j'attendais mieux de votre part, et je croyais vous avoir clairement fait comprendre que certaines règles devaient être respectées à la lettre. Je ne vous punirai pas, pour cette fois, mais il va vous falloir faire pénitence. »

Elle s'éloigna du miroir et s'assit devant sa coiffeuse, avant de commencer à fouiller dans un coffret à bijoux.

« Pénitence, Milady ?

– Oh, rien de méchant, dit-elle d'un ton délibérément désinvolte. Une promenade, par cette belle matinée de septembre, c'est tout. Jusqu'à Easton, pour porter une lettre. Ce ne sera pas trop pénible, me semble-t-il ?

– En aucune façon, Milady.

– Vous pourrez partir dès que ma toilette sera terminée ; je crois que je mettrai la robe en taffetas bleu aujourd'hui. »

Je coiffai ses cheveux à sa convenance, puis l'aidai à passer sa robe que, suivant les instructions de Mrs Beeton, je défroissai et lissai doucement avec un mouchoir en soie, pendant que ma maîtresse s'inspectait dans la glace. Quand elle fut satisfaite, elle retourna à la coiffeuse et ouvrit le coffret contenant le médaillon en forme de larme sur son ruban de velours noir, qu'elle passa autour de son cou.

« Ce médaillon excite votre curiosité, n'est-ce pas, Alice ? Vous vous demandez pourquoi il m'est si précieux ?

– Un peu, Milady, avouai-je.

– Eh bien, je vous le dirai un jour, mais pas maintenant, car vous avez votre pénitence à exécuter, et moi j'ai d'autres lettres à écrire. Celle que je veux vous voir porter à Easton se trouve sur l'écritoire. Vous vous rendrez au Duport Arms, sur la place du marché, et la laisserez à la réception, je dis bien à la réception. Ne la remettez pas vous-même au destinataire, sous aucun prétexte. Après quoi, vous rentrerez directement. Bien entendu, il est inutile de parler de cette petite pénitence à quiconque, et ce pour votre bien. »

Puis, à ma grande surprise, elle m'annonça, comme si l'idée lui était venue à l'instant, qu'elle devait prendre le train express pour Londres, où l'appelait une affaire urgente.

« C'est assommant, soupira-t-elle, moi qui déteste Londres maintenant. Mais je ne peux pas faire autrement. Je rentrerai ce soir. Pendant mon absence, et quand vous aurez porté la lettre, j'aimerais vous voir accomplir quelques menues tâches. »

Voici la liste des « quelques menues tâches » – en sus de ma « pénitence » – qui m'attendaient à mon retour d'Easton.

La robe qu'elle avait portée la veille avait souffert d'un léger accroc à l'ourlet et demandait à être raccommodée ; Miss Plumptre avait laissé ses chaussures dans un état déplorable, et toutes avaient besoin d'un sérieux nettoyage ; ses chapeaux ne valaient guère mieux (« J'adore les chapeaux, me dit-elle en se tournant vers moi avec un sourire, et j'en ai beaucoup »), et chacun avait besoin d'être brossé, les fanfreluches changées ou réparées si nécessaire (« Encore que je ne puisse me rappeler ce que sont devenues les pinces à fleurs. Demandez à Mrs Battersby »), et correctement rangé.

« La chambre, évidemment, a besoin d'un bon coup de balai, poursuivit-elle, que vous devriez, en fait, passer tout de suite ; mais vous pourrez le faire en rentrant d'Easton. Voilà, je pense que c'est tout. Allez vite maintenant, et occupez-vous du lit, pendant que je mets un peu de parfum et que je termine ma correspondance. Ne traînez pas, de manière à vous mettre en route le plus tôt possible. Et n'oubliez pas : à la réception, la lettre. Inutile de vous attarder ni d'attendre une réponse. »

III

LA VIEILLE FEMME

Le chemin que j'empruntai pour me rendre à Easton me faisait traverser l'Evenbrook et, par les grilles sud, entrer dans le village d'Evenwood. En approchant de la maison du gardien – une sorte de petit château écossais, austère et noir, dont le porche voûté se hérissait des barreaux rouillés d'une fausse herse –, j'aperçus sur ma droite une jolie petite maison à travers un épais bouquet d'arbres. Ce devait être là, pensai-je, l'ancienne habitation de Milady, la Dower House, où, d'après ce que m'avait dit Madame, ma maîtresse avait vécu avec son père veuf, Mr Paul Carteret, jusqu'à la mort prématurée de ce dernier.

Je m'arrêtai un instant pour contempler le paysage.

Aucune habitation n'aurait pu me rappeler davantage la maison de poupées que m'avait fait faire Mr Thornhaugh à l'occasion de mon huitième anniversaire. C'était un cadeau d'une taille et d'une munificence telles que même Madame en avait été étonnée ; à en croire Mr Thornhaugh, toutes les petites filles devaient avoir une maison de poupées, même les plus intelligentes qui aimaient leurs livres presque davantage que leurs poupées ; il avait donc balayé d'un haussement d'épaules et d'un sourire les protestations de Madame quand celle-ci avait fait remarquer qu'il avait dû lui en coûter une fortune ; peut-être en effet n'avait-il pas les moyens de se permettre une telle fantaisie.

J'avais été sous le charme dès l'instant où Mr Thornhaugh avait ôté le morceau de tissu dans lequel elle était enveloppée et m'avait dit que je pouvais ouvrir les yeux, qu'à sa demande j'avais gardés bien fermés, afin de décupler l'attente.

Comme j'aurais voulu pouvoir rapetisser, par quelque tour de magie (car on m'a toujours trouvée grande pour mon âge), le temps de pousser la minuscule porte d'entrée et d'explorer les pièces, les unes après les autres ! J'aurais particulièrement aimé pouvoir écarter les rideaux de mousseline à ramages accrochés aux fenêtres et regarder le monde gigantesque au dehors, puis grimper le joli escalier en colimaçon, afin d'aller sautiller et danser dans les pièces à l'étage, avant de me pelotonner dans un des lits miniatures.

La Dower House avait les mêmes proportions délicates et harmonieuses que celles de ma maison de poupées, et je me surpris à éprouver le même désir enfantin de jeter un coup d'œil à l'intérieur. Mais, consciente des ordres stricts de Milady, je franchis le porche voûté de la sombre maison de gardien et m'engageai sur la route.

Au moment où j'entrai dans le village, l'horloge de l'église sonnait la demie de neuf heures. À l'angle du chemin menant à l'église et au presbytère qui la jouxtait, je remarquai une silhouette familière qui sortait de l'un des cottages et détalait dans le sentier, comme une petite souris.

« Sukie ! » appelai-je.

Elle s'arrêta, se retourna et revint vers moi en courant.

« Miss Alice ! Mais que faites-vous ici ? »

Je lui expliquai que je me rendais à Easton pour porter une lettre de Lady Tansor destinée à une personne qui séjournait à l'auberge Duport Arms.

« Qui cela peut bien être ? dit-elle. Et pourquoi avoir pris une chambre à Easton, au lieu de venir au château ?

– C'est là que tu habites ? demandai-je, en regardant le cottage d'où je l'avais vue sortir.

– Oui, répondit-elle. Le docteur passait voir ma mère, et Mrs Battersby m'a accordé une demi-heure, le temps de venir jusqu'ici pendant qu'il était là. »

Je lui dis que j'espérais que l'état de sa mère n'était pas trop grave.

« Non, merci bien, rien de grave, pour autant qu'on sache. Elle va sur ses soixante-douze ans, un bel âge, je trouve, mais qui n'est pas sans ennuis. »

En l'entendant prononcer le nom de Mrs Battersby, je fus sur le point de lui demander de m'en dire un peu plus sur le compte de la gouvernante, laquelle commençait à piquer ma curiosité ; mais je savais qu'il me fallait arriver à Easton le plus tôt possible, avant de m'atteler aux différentes tâches que m'avait assignées ma maîtresse. Sukie, elle aussi, avait hâte de rentrer au château, afin de ne pas encourir le mécontentement de Mrs Battersby. Nous prîmes donc congé l'une de l'autre, et je regardai sa petite personne repartir en courant sur le sentier, ses boucles voletant et tressautant dans le vent.

Une fois sortie du village, et après avoir traversé les hameaux d'Upper Thornbrook et de Duck End, je pris la route qui gravissait l'escarpement boisé en pente douce sur lequel se trouve la ville d'Easton, les arbres de part et d'autre formant une plaisante voûte de feuillage, qui filtrait la lumière du soleil de ce début d'automne.

La place centrale était déjà fort encombrée quand j'arrivai, car c'était jour de marché, et il y avait beaucoup de monde devant le Duport Arms, ainsi que dans les tavernes.

Comme il n'y avait personne à la réception, je sonnai à plusieurs reprises jusqu'à ce qu'un vieil homme revêche, voûté, un œil masqué par un bandeau noir crasseux, finisse par sortir de derrière un rideau.

« Je voudrais laisser cette lettre. »

Il la prit et l'approcha de son bon œil pour l'examiner.

« B.K. », marmonna-t-il, avant de répéter les initiales, plus lentement cette fois-ci, les yeux au ciel, comme si l'information qu'il cherchait pouvait se trouver là. Puis il se mit à hocher la tête.

« Vous connaissez ce monsieur ? demandai-je.

– Un m'sieur ? Par Dieu, non, ma p'tite dame. C'est pas un m'sieur.

– Pas un monsieur ? Un commerçant, peut-être ?

– Ha, ha. Pour sûr, pas elle.

– Ah, je vois qu'il s'agit d'une dame. »

Je m'apprêtais à partir quand il me rappela. Baissant la voix, et penchant vers moi son visage moustachu, si près que je sentis son haleine chargée de bière, il me dit : « C'est pas non plus une dame. C'est les initiales d'une vieille bonne femme. Celle que vous voyez, là-bas. »

Il me désigna du menton la porte du bar, par la vitre de laquelle je distinguai, assise au coin du feu sur un banc à haut dossier, une femme d'une soixantaine d'années occupée à vider un verre.

« Gin à l'eau, m'informa l'homme, dans un ricanement râpeux. C'est ben l'troisième ou l'quatrième. » Il ricanait toujours quand il posa la lettre à l'endroit sur le comptoir, à côté de la sonnette, et disparut derrière le rideau.

J'aurais dû quitter le Duport Arms pour rentrer sur-le-champ à Evenwood, conformément aux instructions de Lady Tansor ; mais, me souvenant des exhortations de Madame à faire preuve d'initiative dans la poursuite de notre Grand Dessein, je décidai de rester un moment de plus, de façon à pouvoir garder une image plus précise de la vieille femme mystérieuse.

Voici les impressions que je jetai à la hâte dans mon carnet, pour être transcrites plus tard mot à mot dans mon Livre des Secrets :

LA VIEILLE FEMME (B.K.) DU DUPORT ARMS

Âge : la soixantaine. Cheveux gris, traits tirés, air mauvais, nombreuses rides autour des yeux, nez rouge. Petite taille. Dos voûté. Ongles sales. Porte une robe qui était sans doute à la mode il y a une vingtaine d'années, mais aujourd'hui passée et raccommodée en plusieurs endroits. Bottines éraflées et poussiéreuses, le talon gauche réduit à presque rien par l'usure. Trou dans le bas droit, juste au-dessus de la cheville.

Je regardai la femme réclamer un autre verre de gin à l'eau et me demandai ce qui avait pu l'amener en ce lieu, pour y prendre une lettre délivrée par porteur et rédigée de la main de Lady Tansor. Quelle affaire pressante Milady pouvait-elle bien avoir à traiter avec une telle personne ?

Ayant vidé son verre jusqu'à la dernière goutte, la vieille femme s'essuyait maintenant la bouche sur la manche crasseuse de sa robe. Elle avait quelque chose d'intimidant, avec son air rusé, rompu aux turpitudes du monde. Même dans son état présent de semi-ébriété, ses yeux restaient vifs, en éveil, comme si elle était à l'affût de quelque danger. S'agrippant à la table, elle se mit debout et s'avança d'un pas hésitant vers la porte du bar.

Je m'écartai en la voyant approcher, mais fus arrêtée dans mon élan par un groupe de paysans qui entraient à cet instant. Obligée de reculer pour leur céder le passage, je sentis bientôt la présence de la femme dans mon dos.

Quand ces hommes furent passés, je me dirigeai aussi vite que possible vers la porte d'entrée, mais c'est le moment que choisit le portier borgne pour ressortir de derrière son rideau et appeler la vieille femme.

« M'dame, m'dame ! Une lettre pour vous. »

Moitié marchant, moitié titubant, la vieille femme s'approcha du comptoir et prit la lettre que lui tendait le portier.

« Qui c'est qui l'a apportée ? aboya-t-elle.

– La jeune dame là, répondit le borgne, lui désignant ma personne du doigt.

– Et qui vous êtes, jeune demoiselle ? me demanda-t-elle en s'approchant de moi, arborant un sourire factice, fort peu convaincant. J'crois pas avoir eu le plaisir de faire vot' connaissance, ma chère. »

Je n'avais aucune intention de révéler mon nom à cette désagréable personne, et me contentai de dire que j'étais la femme de chambre de Lady Tansor. Puis, après une rapide excuse, je tentai d'atteindre la sortie.

« Non, non, restez donc un moment, ma chère », dit-elle en posant une main crochue et sale sur la mienne. Je sentis ses doigts se resserrer et m'efforçai aussitôt de me dégager, mais il y avait une force peu commune dans cette étreinte, et je dus obtempérer.

L'espace d'un bref instant, j'eus peur et je m'en voulus de ne pas être repartie à Evenwood au moment où j'aurais dû le faire.

« La femme de chambre de Lady Tansor, vous dites ? Et une bien jolie femme de chambre, ma p'tite. Voulez pas venir bavarder un peu avec une pauv' vieille qu'a pas un ami en ce bas monde ? »

Avant que j'aie eu le temps de répondre, et alors qu'elle me retenait toujours la main, mon attention fut attirée par la silhouette d'un homme bien bâti se découpant dans l'embrasure de la porte.

« Ah, qui vois-je donc là ? dit l'homme en m'apercevant. Mais c'est Miss Gorst, bien sûr ! »

5

Une promenade avec Mr Randolph

I

JE REÇOIS UNE CONFESSION

La voix qui me saluait ainsi était celle de Mr Randolph Duport.

La vieille femme ne l'eut pas sitôt vu entrer et s'avancer vivement vers moi qu'elle relâcha son étreinte et retourna précipitamment dans le bar, où elle s'assit, l'air furieux, tandis que Mr Randolph s'avançait, un large sourire aux lèvres.

« Qu'est-ce qui vous amène ici, Miss Gorst, un jour de marché ? demanda-t-il. L'achat d'une vache ? »

Je lui fis la faveur d'un petit rire, même si son arrivée me posait un dilemme.

Impossible de lui révéler la raison de ma présence au Duport Arms, puisque Lady Tansor voulait que ma course reste secrète ; d'un autre côté, je ne pouvais pas me résoudre à lui mentir délibérément. J'eus donc recours à un demi-mensonge : sa mère m'avait accordé ma matinée, et j'étais entrée à l'auberge pour prendre un rafraîchissement avant de retourner à Evenwood. Je n'appréciai guère d'avoir à recourir à ce subterfuge, aussi véniel fût-il, mais il ne faisait aucun doute que d'autres, et bien pires ceux-là, me seraient nécessaires dans l'accomplissement de notre Grand Dessein, alors autant m'y habituer.

« Et ce rafraîchissement, vous l'avez pris ? me demanda-t-il. Oui ? Parfait ! Et votre compagne ?

– Ma compagne ?

– La vieille dame qui était avec vous quand je suis entré. Une rencontre de hasard, peut-être ?

– Oh, non ! me hâtai-je de répondre. Je ne la connais absolument pas. Elle m'a prise pour quelqu'un d'autre. Je ne l'ai jamais vue de ma vie.

– Très bien, dit-il, manifestement soulagé. En ce cas, si plus rien ne vous retient ici, puis-je vous raccompagner à Evenwood ? Non, non, ça ne me dérange aucunement. J'insiste, vraiment ! C'est une matinée idéale pour marcher. Je vous en prie, dites oui. »

J'acceptai la proposition avec joie, sur quoi il partit s'occuper de faire ramener son cheval à Evenwood, tandis que je l'attendais dans le hall.

J'en profitai pour jeter un coup d'œil derrière moi dans le bar. La mystérieuse « B.K. » avait disparu.

Mr Randolph ne tarda pas à revenir, m'offrit son bras, et nous voilà dehors, sur la place du marché ensoleillée et animée, envahie de gens de la campagne, et encombrée d'enclos de bétail beuglant et de divers étals.

Mon compagnon bavarde de la façon la plus gaie et la plus naturelle qui soit, comme si nous étions déjà de vieux amis, me signalant, au passage, les divers bâtiments publics – l'hôtel de ville, la halle aux blés, la salle des fêtes, l'imposante église St John the Evangelist – et les habitations de certains des notables de la ville, dont la demeure en brique rouge du docteur Pordage, le médecin de Lady Tansor.

« À propos, Miss Gorst, me dit-il au moment où nous quittons la ville et empruntons la longue descente bordée d'arbres qui mène au hameau de Duck End, comment trouvez-vous Evenwood ? »

Je lui dis que, si je me fie à mes premières impressions, il doit être bien difficile de ne pas y être heureux.

« Je ne voudrais pas être d'un avis contraire, dit-il d'un air sceptique, mais l'affliction n'épargne aucun d'entre nous, vous savez, pas même ceux qui vivent dans un endroit comme Evenwood. »

Je me risque à faire remarquer que, dans une demeure aussi belle et harmonieuse, le malheur, quand il arrive, est sans doute plus facile à supporter, tout comme un lieu sans goût ni grâce le rend plus insupportable.

« Oh, je n'avais jamais songé à la chose en ces termes, me dit-il d'un air rasséréné. Comme vous êtes subtile, Miss Gorst… »

Il s'interrompt alors qu'il semblait sur le point d'ajouter quelque chose.

« Vouliez-vous ajouter “pour une femme de chambre” ? » lui demandai-je. Je vois cependant qu’il rougit légèrement et, comme je ne souhaite pas l’embarrasser davantage, je lui dis que je ne cherchais qu’à le taquiner, et que je ne me sens pas le moins du monde offensée, que je suis, en fait, tout à fait consciente du statut qui est le mien à Evenwood.

« Et pourtant, vous êtes bien différente de Miss Plumptre, et des autres femmes de chambre qu’a eues ma mère jusqu’ici, constate-t-il, ajoutant sur un ton emphatique : bien différente, en vérité. »

Je fais semblant de ne pas comprendre, car j’ai envie de savoir quelle opinion il a de moi.

« Ce que j’entendais par là, explique-t-il, c’est que vous ne semblez pas être née pour occuper une place de femme de chambre, que vous avez dû connaître une vie fort différente. C’est la raison pour laquelle Mère vous a préférée aux autres. Vous ne leur ressembliez pas du tout, et n’aviez rien d’ordinaire. Elle s’en est rendu compte d’emblée, tout comme moi.

– Je ne suis pas du tout sûre de savoir pour quoi j’étais née, réponds-je, prenant goût à mon personnage. Tout ce que je sais, c’est que les circonstances m’ont obligée à faire mon chemin seule dans la vie, aidée des quelques avantages apportés par mon éducation – comme cela a été le cas, je crois, de Mrs Battersby.

– Mrs B ? »

L’espace d’un moment, il paraît déconcerté par mon allusion à la gouvernante, jusqu’à ce que je lui explique que Lady Tansor m’a elle-même fait remarquer les similitudes qui semblent exister entre nos situations respectives, dans la mesure où nous sommes l’une comme l’autre venues à la domesticité après avoir joui d’un rang plus élevé.

« Ah, je vois », dit-il avec une sorte de soulagement, comme s’il s’était attendu à une réponse différente de ma part, et il s’empresse d’ajouter que toute comparaison avec Mrs Battersby serait nettement en ma faveur. Bien entendu, je me récrie, mais il paraît décidé à poursuivre dans la même veine.

« Allons, allons, Miss Gorst ! s’écrie-t-il, feignant d’adopter un ton de reproche. Pas de fausse modestie, je vous prie ! Le père de Mrs B était – c’est là du moins ce que j’ai cru comprendre – un pasteur aux moyens limités. Un revers de fortune l’a privé, lui et ses enfants, du peu qu'il avait. Il est mort sans un sou, je crois. Vous, en revanche… »

Je le regarde, attendant la suite avec impatience.

« Eh bien, je dirais qu'il y a une différence de statut entre vous et Mrs Battersby. Naturellement, je ne saurais me permettre d'insister, dans la mesure où je viens tout juste de faire votre connaissance, pour savoir si j'ai deviné juste. Tout ce que je sais, et que je tiens de Mère, c'est que vous êtes orpheline. Élevée par une parente, je suppose ?

– Par une tutrice, désignée par mon père avant sa mort.

– Vous avez grandi à la campagne ?

– Non, à Paris. »

Je suis soudain consciente d'avoir baissé ma garde. Il me faut être plus circonspecte, même si je n'ai rien dit jusque-là qui ne soit déjà connu de sa mère. C'est pourquoi, afin de prévenir toute question embarrassante, je choisis de changer de sujet et lui demande s'il a lu le poème de son frère sur Merlin et Nimue.

Il rejette la tête en arrière et éclate de rire.

« Moi, lire le poème de Perseus ! Non, non. Pas du tout mon style, j'en ai peur. Donnez-moi plutôt une canne à pêche et un bon cheval, ça oui. Non, Miss Gorst, je ne l'ai pas lu, ce poème, et ne pense pas le faire un jour. Dommage pour moi, sans doute. C'est certainement une belle chose, mais c'est ainsi. Voyez-vous, je passe d'ordinaire pour le cancre de la famille. C'est l'opposition classique des muscles et de la cervelle. Et la cervelle, c'est Perseus qui en a hérité.

« Tout vient de Mère, poursuit-il. Elle a encouragé Perseus dès son plus jeune âge. Il n'arrêtait pas d'écrire, était toujours plongé dans un livre de poésie, et elle lui faisait constamment la lecture – surtout des extraits de Mr Tennyson ou de Mr Phoebus Daunt, l'homme qu'elle devait épouser et qui a été assassiné par un fou qu'il avait connu à l'école. Une épouvantable affaire. Mère ne s'en est jamais vraiment remise. Vous avez entendu parler de Mr Daunt, je suppose ? »

Je lui dis que son nom m'est familier, et que je commence aussi à connaître son œuvre, grâce aux lectures que j'en fais à sa mère.

« Eh bien, dit-il avec un sourire ironique, voilà bien une chose que je ne vous envie pas. Mère refuse, bien entendu, d'entendre un seul mot prononcé contre le barde éternellement regretté. C'est un sujet tabou. Je suppose que c'est pour cette raison qu'elle a toujours poussé Perseus à l'imiter, faisant de lui une sorte de substitut. Quant à Mr Daunt, il continue à hanter la vie de ma mère : il est là, jour après jour, constamment présent dans ses pensées, qu'il ne quittera jamais. Et la semaine prochaine, c'est le 11.

– Le 11 ?

– Le 11 de chaque mois est pour Mère l'occasion d'un rite qu'elle observe à la mémoire de Mr Daunt, mort le 11 décembre 1854. Ce jour-là, elle se rend au mausolée où repose le pauvre homme.

– Cela n'a pas dû être facile pour votre père, fais-je observer, que de vivre avec le fantôme constamment présent du premier amour de son épouse.

– Pas tant que cela, dit-il, regardant au loin d'un œil triste et absent. Père l'a toujours accepté. Il savait que rien ne la ferait changer. Pauvre père ! Il n'a jamais pu rivaliser avec le souvenir laissé par Mr Daunt, pas plus que je ne pourrai jamais égaler Perseus. Mère aimait Père, à sa manière ; mais elle vit beaucoup trop dans le passé, l'époque qui a précédé le moment où elle l'a connu. Elle ne voit aucun mal à cela, mais il est bel et bien dangereux de ressasser ce qui ne peut plus être modifié, vous ne croyez pas ?

– Certainement, dis-je, songeant aux parents que je n'ai jamais connus. D'un autre côté, n'avons-nous pas un devoir envers le passé, et l'obligation morale d'entretenir la mémoire de nos chers disparus pour les garder présents dans nos cœurs ?

– Si fait, bien sûr, dit-il. Surtout dans une famille comme la mienne. On n'échappe pas au passé quand on est un Duport. »

Je ne pus m'empêcher d'être flattée par de telles confidences, librement exposées à une quasi-étrangère, qui plus est une domestique. C'était ridicule de ma part, je le sais, mais je les pris pour un compliment, preuve qu'il appréciait ma personne, un peu plus peut-être que le reste des gens.

« Votre père était militaire de carrière, je crois ? dis-je, quand nous eûmes marché un moment en silence.

– Dans l'armée prussienne. A fini avec le grade de colonel. Polonais de naissance, pourtant.

– Polonais ? Comme c'est intéressant.

– Vous trouvez ? Je n'y ai jamais beaucoup réfléchi, je dois dire. Je n'ai jamais mis les pieds en Pologne, et Père ne parlait pas beaucoup de son pays. Il disait toujours qu'il préférait l'Angleterre, et que sa rencontre avec Mère et sa venue ici avaient changé sa vie. On ne s'est guère intéressés à ce côté-là de la famille. Mère n'a rien fait dans ce sens.

– Et vous êtes né en Pologne ?

– Non, ici même, à Evenwood. Perseus, lui, est né en Bohême, là où Père et Mère se sont rencontrés. Il n'y a pas un roi de Bohême dans Shakespeare ?

– Si, dis-je en riant. Dans *Le Conte d'hiver*, le roi Polixène.

– Ah, c'est ça. Mon frère est une sorte de roi en puissance, je suppose. Mais peu m'importe. Le fait est, Miss Gorst, que je suis plutôt reconnaissant à la nature d'avoir placé toutes les responsabilités sur les épaules de Perseus. Je n'aurais pas fait un très bon héritier, je le crains, et je suis ravi que ce soit lui et non moi qui doive un jour porter la couronne. Voyez-vous, je suis très heureux comme je suis et ne changerais pour rien au monde. »

Son frère était l'héritier et le fils préféré de leur mère, mais il ne semblait pas y avoir chez Randolph la moindre trace de cette rancune et de cette jalousie face à la position supérieure de l'aîné que l'on rencontre chez certains cadets. Je lui fis alors remarquer que le statut d'aîné de son frère n'était qu'un simple accident de naissance.

« Mais aurais-je été capable de gérer la situation – d'être l'héritier du domaine, j'entends – si j'étais né le premier ? C'est là la question. Non, je vivrai toujours dans l'ombre de mon frère. Si je prenais mal la chose, ce serait différent, mais tel n'est pas le cas. Au moins, cela me laisse libre de… »

Il hésita un instant, puis eut un haussement d'épaules amusé.

« Disons… libre de continuer à chercher une ouverture. Je ne suis pas d'un naturel oisif, tant s'en faut, et il va bien falloir que je fasse quelque chose de ma vie.

– Avez-vous une idée de ce que vous aimeriez faire ? Un projet précis ? »

Il me regarda un instant avec un air évasif très inhabituel pour lui.

« Non, pas vraiment, finit-il par répondre. À une époque, j'ai envisagé de devenir ingénieur, mais Mère n'a pas voulu en entendre parler. Bien sûr, si j'étais allé à l'université, comme Perseus, j'aurais peut-être aujourd'hui une idée plus claire de l'occupation qui pourrait me convenir ; là encore, Mère pensait que je n'étais pas fait pour l'université, et elle a préféré m'envoyer dans un institut privé. Alors, je continue à chercher, dans l'espoir, comme je le disais, que quelque chose finira par se présenter. »

De nouvelles questions de ma part l'amenèrent à me confier que Mr Perseus avait bénéficié de tous les avantages en matière d'éducation, tandis que la sienne semblait avoir été passablement, pour ne pas dire délibérément, négligée.

L'héritier avait été envoyé à Eton, une tradition de longue date chez les Duport, pour passer ensuite dans l'établissement fondé en même temps que l'école, le King's College de Cambridge. Mr Randolph, dans le même temps, avait été placé entre les mains d'une série de précepteurs aux compétences douteuses, avant d'être expédié dans le Suffolk pour compléter ses études dans le petit pensionnat d'un homme d'Église, ex-membre de Brasenose College à Oxford. Il y était resté, en compagnie d'une demi-douzaine d'autres jeunes gens de condition semblable, pendant près de deux ans.

« Naturellement, ce n'était pas tout à fait la même chose que l'université, mais je n'ai jamais été aussi heureux que quand j'étais chez le docteur Savage, me dit-il l'air nostalgique en détournant le regard, et je m'y suis fait quelques bons amis – dont un, en particulier. Mais on m'a bientôt retiré de l'endroit et j'ai dû rentrer à la maison, où je suis resté… à chercher autour de moi. »

Nous avions traversé Upper Thornbrook, un petit groupe de cottages au toit de chaume alignés de chaque côté de la grand-route venant d'Easton, et nous entrions à présent dans le village d'Evenwood. Sur notre gauche s'étendait un grand pré communal qui descendait jusqu'à la rivière. Nous nous arrêtâmes en haut d'un chemin qui séparait le pré du cimetière et du presbytère adjacent, la demeure où avait vécu Phoebus Daunt à l'époque où son père était pasteur de la paroisse, aujourd'hui occupée par Mr et Mrs Thripp.

« Nous pouvons prendre par là, dit Mr Randolph en me montrant le presbytère, c'est plus court que de monter jusqu'aux grilles du domaine. »

Nous descendîmes donc le chemin, pour pénétrer dans le parc. De là, un étroit sentier gravissait une petite éminence avant d'aller rejoindre l'allée principale. Au croisement s'offrit à nous une vue magnifique du château à nos pieds, avec ses huit tours surmontées de coupoles, dont les contours sombres se détachaient sur un ciel du bleu pastel le plus délicat.

« Vous retournez prendre votre service auprès de Mère ? demanda-t-il, tandis que nous commencions à descendre vers la rivière.

– Non, répondis-je. Lady Tansor est à Londres.

– À Londres ? C'est étrange. Elle ne m'en a rien dit, mais il est vrai qu'en principe je suis toujours le dernier informé. Une affaire à régler, je suppose, encore que, maintenant, elle ait tendance à envoyer Perseus à sa place. »

Nous nous arrêtâmes bientôt sur l'élégant pont en pierre qui franchit l'Evenbrook. Mr Randolph me désignait un endroit, un peu en amont, tout en m'expliquant qu'il aimait y venir le matin avec sa canne à pêche et ses filets, quand soudain voilà qu'il s'interrompt et se tourne brusquement vers moi.

« Miss Gorst, dit-il, ôtant son chapeau et passant une main fébrile dans ses cheveux. Je ne voudrais pas que vous ayez mauvaise opinion de moi, et il faut donc que je vous dise quelque chose… que je vous fasse un aveu. »

J'exprime ma surprise à l'idée qu'il puisse avoir quoi que ce soit à m'avouer, à moi, alors que nous nous connaissons à peine.

« C'est précisément la raison, répond-il. Je tiens à ce que notre relation parte du bon pied. »

Permission de poursuivre lui est donc accordée, et j'attends – non sans une vive curiosité – qu'il veuille bien parler.

Son visage s'empourpre, et il ôte à présent sa longue redingote, qu'il pose sur le parapet à côté de son chapeau.

« Eh bien, voilà, Miss Gorst, commence-t-il. Notre rencontre de ce matin, voyez-vous, n'était pas le fait du hasard. Je traversais le village à cheval quand je vous ai vue prendre la route d'Easton. Alors, j'ai attendu un moment, avant de partir à mon tour, en empruntant les chemins de campagne jusqu'à la ville, où je suis arrivé juste à temps pour vous voir entrer au Duport Arms. J'ai mis mon cheval à l'écurie, et je suis allé attendre sur la place que vous sortiez. Quand j'ai vu que vous ne veniez pas, j'ai décidé d'entrer pour voir ce que vous deveniez. Voilà ! Vous avez entendu ma confession. Me pardonnerez-vous ?

– Mais de quoi donc ? dis-je, amusée par la gravité de son expression qui, étrangement, vient de m'évoquer le petit visage sérieux d'Amélie Verron, penchée sur quelque prétendu devoir de classe que je lui ai donné à faire.

– Je pensais que vous trouveriez peut-être le procédé un peu, disons, cavalier, dans la mesure où je vous connais à peine, et je ne voulais pas courir ce risque. »

Je l'assure de ce que je n'ai rien vu là de cavalier, ni d'inconvenant, tout en ajoutant que Mrs Battersby ne serait peut-être pas de cet avis.

« Vous croyez ? dit-il, en se tournant pour prendre son manteau et son chapeau sur le parapet. Pourquoi dites-vous cela ? »

Je réponds qu'elle semble avoir une idée très stricte des convenances qui doivent régir les relations entre les domestiques et leurs supérieurs.

Il se contente de hocher la tête, mais semble à nouveau étrangement soulagé par ma réponse.

Tandis que nous approchons de la maison, il me montre le travail de fer forgé du portail et des hautes grilles qui l'entourent, sa tête tout près de la mienne pour s'assurer que mes yeux se portent bien sur les détails qu'il souhaite me faire remarquer. Nous traversons ensuite la large cour gravillonnée, passant devant la fontaine turbulente incrustée de tritons, dans son ovale de gazon parfaitement entretenu, pour arriver enfin au pied des marches de la porte d'entrée.

Il s'apprête à prendre congé, quand je l'arrête avec une question qui me trotte dans la tête depuis que nous avons quitté le pont : pourquoi m'a-t-il suivie jusqu'à Easton ?

« Oh, un simple coup de tête, dit-il, un sourire enjoué aux lèvres. Je n'avais rien à faire, j'ai eu envie de savoir ce qui pouvait bien vous conduire à Easton à une heure aussi matinale, alors que vous auriez dû être auprès de Mère. Simple curiosité, rien de plus. Mais je ne voulais pas que vous me soupçonniez d'avoir agi, disons, sournoisement, en vous suivant comme je l'ai fait, pour prétendre ensuite vous avoir rencontrée par hasard. Bon, nous voici arrivés à bon port. Je vous souhaite une bonne journée, Miss Gorst. Cette promenade a été fort agréable. »

Il semble soudain pressé de partir, porte la main à son chapeau et s'éloigne à la hâte en direction des écuries.

C'est alors que je prends conscience d'une présence dans l'embrasure de la porte, au bas d'une des tours. Mrs Battersby. Elle suit des yeux Mr Randolph qui quitte la cour, puis, après avoir regardé dans ma direction, sans manifester le moindre signe de reconnaissance, elle rentre et referme la porte derrière elle.

II

CONVERSATION AUTOUR D'UNE TASSE DE THÉ

Je passai l'après-midi à accomplir les diverses tâches que m'avait assignées Milady, pendant qu'elle était à Londres, et Dieu que cela m'échauffa et me mit en rage !

Des chaussures, des chaussures, encore des chaussures ! En quantités telles que c'est à peine si j'arrivais à tenir le compte ; et qu'il fallait sortir les unes après les autres, pour les brosser, les cirer, les passer au lait, avant de les remballer et de les remettre en place.

Puis ce fut le tour des chapeaux, des bonnets et autres coiffures, tout aussi innombrables. À sortir, l'une après l'autre, de leur carton, afin de les épousseter au plumeau, d'en brosser le velours, de remettre en état les garnitures froissées ou détachées – et ce sans l'aide de la pince à fleurs, car je n'avais nulle envie de descendre la demander à Mrs Battersby, comme l'avait suggéré Milady.

Une fois rangé le dernier carton à chapeaux, je sortis l'aiguille et le fil pour raccommoder la robe déchirée la veille, avant de me mettre à nettoyer et frotter la chambre, vidant les eaux usées, et remplissant les brocs d'eau claire.

Pour finir, alors que commençait à décliner la lumière de ce bel après-midi, je m'effondrai sur le sofa du salon de Milady, épuisée, sale et de fort méchante humeur.

Je dus m'assoupir, car, quand je m'éveillai en sursaut, ce fut pour constater qu'il était quatre heures et demie, alors que Mrs Battersby m'avait invitée à prendre le thé à quatre heures. Seigneur, encore en retard ! me dis-je, avant de descendre précipitamment jusqu'à la salle des domestiques.

Situé à l'autre bout de cette dernière par rapport à celle de l'intendant et au sommet de quelques marches en colimaçon, le salon de la gouvernante était petit mais gai, pourvu de deux fenêtres à meneaux qui donnaient sur la cour où j'avais trouvé Sukie en train de vider son seau. Un sofa confortable, un fauteuil à dossier capitonné et une table basse étaient disposés devant un feu qui ronronnait doucement. Le reste du mobilier se composait d'un vénérable buffet en chêne, chargé de vaisselle, d'une petite table à abattants, de deux chaises entre les fenêtres, d'une bibliothèque contenant une bible in-folio et un certain nombre d'autres ouvrages, de deux gravures en couleurs représentant des paysages montagneux accrochées sur le mur à côté du buffet, et, de façon quelque peu incongrue, d'un cheval à bascule.

Mrs Battersby était assise dans le fauteuil devant la cheminée, occupée à lire, quand un des valets m'introduisit dans la pièce.

Je lui demandai d'excuser mon retard, reconnaissant m'être endormie après avoir fait le tour des diverses tâches que j'avais à accomplir.

« Ne vous excusez pas pour si peu, Miss Gorst, dit Mrs Battersby en reposant son livre (*Les Beautés sauvages du pays de Galles* de Mr Borrow, comme je le remarquai aussitôt). Le travail d'une femme de chambre – comme celui d'une gouvernante – ne laisse pas d'être souvent pénible, et, qui plus est, vous avez ce matin fait le trajet aller-retour jusqu'à Easton à pied. »

Sa voix, je m'en rends compte à présent, a quelque chose de légèrement chantant, musical – peut-être les restes d'un accent qui ne m'est pas familier. Mais Dieu que son sourire est dénué d'amabilité ! Et équivoque, plein de sous-entendus, exaspérant tant il est indéchiffrable ! Je sais qu'elle m'a vue revenir au château en compagnie de Mr Randolph : elle sait où je suis allée, sans toutefois, j'en suis sûre, en connaître la raison. Je suis convaincue qu'elle désapprouve le fait que Mr Randolph m'ait raccompagnée, de même qu'elle trouverait inconvenant que Sukie s'adresse à moi par mon prénom ; et pourtant son accueil déborde d'affabilité tandis qu'elle me tend une tasse de thé qu'une des filles de cuisine vient d'apporter sur un plateau, et son visage n'exprime en aucune façon la critique. Ce n'est qu'une fois notre thé terminé, cérémonie pendant laquelle notre conversation se limite à des banalités, que je commence à déceler chez elle une hostilité latente.

« Eh bien, Miss Gorst, dit-elle quand la fille de cuisine a disparu avec le plateau, j'espère que vous avez apprécié votre promenade avec Mr Randolph Duport. C'était une bien belle matinée pour un tel exercice, j'imagine, encore que je n'en aie personnellement guère vu la couleur, mes tâches m'ayant retenue à l'intérieur. »

Et voilà ! Une petite flèche empoisonnée, critique et provocatrice, bien qu'adroitement enrobée ; j'en ressens néanmoins la piqûre, comme c'était son intention.

« J'ai beaucoup apprécié, en effet, réponds-je, affectant un air de détachement ingénu. Mr Duport a été d'excellente compagnie, et la matinée, comme vous le dites, était fort belle.

– Vous avez raison, dit-elle en s'emparant de sa tasse. Mr Randolph est effectivement de très bonne compagnie. D'un abord si facile et si franc… et tellement différent de son frère. Mr Perseus a la réputation d'être fier et d'un tempérament difficile, toutes choses qui sont étrangères à son frère. »

Un silence. Une gorgée de thé. Un sourire.

« Vous vous êtes rendue à Easton pour votre propre compte, je suppose ?

– Oui. Comme elle était obligée d'aller à Londres, Milady a eu la bonté de me donner ma matinée.

– Mes compliments, Miss Gorst. Vous êtes à peine arrivée à Evenwood que Lady Tansor vous accorde déjà une matinée de liberté ! Je crois bien que le phénomène est sans précédent dans cette maison. En tout cas, celle qui vous a précédée n'a jamais bénéficié d'une telle faveur.

– Miss Plumptre ?

– En effet. Miss Dorothy Plumptre. Il faut dire qu'elle n'était guère engageante, ce qui a beaucoup joué en sa défaveur.

– Mais j'ai entendu dire qu'elle ne donnait pas satisfaction à Milady, glissai-je non sans fourberie. On m'a parlé aussi d'un incident fort pénible, qui a malheureusement entraîné son renvoi. Peut-être ne devrais-je pas aborder le sujet ?

– Je vous en prie. Les propos que nous échangeons ici sont de nature privée et ne sortiront pas de cette pièce, et ce que vous dites est parfaitement exact. Il s'est en effet produit un incident on ne peut plus regrettable autour du vol présumé d'une des broches de Madame la baronne. Pour ma part, je n'aurais jamais cru Miss Plumptre capable d'un tel acte. Elle n'a jamais voulu reconnaître le vol, même si l'on a fini par retrouver l'objet dans sa chambre. Mais tout cela est du passé. Vous êtes ici, Miss Gorst, pour la remplacer, et je suis certaine que vous avez devant vous un avenir bien différent. »

Je lui rends son sourire, comme si j'étais touchée par ce qui a toute l'apparence d'un compliment, mais je m'abstiens de répondre.

« Mr Pocock avait raison, poursuit-elle. “Une maligne”, c’est ainsi, je crois, qu’il vous a qualifiée ? Quoi qu’il en soit, vous êtes déjà bien informée de ce qui se passe ici. Le parfait petit agent secret ! D’abord le professeur Slake, et maintenant Miss Plumptre… sans parler de la rapidité avec laquelle vous semblez vous être acquis la bonne opinion de Lady Tansor et de Mr Randolph. Mr Perseus Duport est sans doute le suivant sur la liste, à moins qu’il ne figure déjà au nombre de vos conquêtes ? Quel triomphe, en ce cas ! L’héritier en personne ! »

Un rire tranquille vient compléter le perpétuel demi-sourire, accompagné d’un coup d’œil de complicité taquine. Nous sommes déjà de bonnes amies, voudrait me faire croire ce regard enjôleur, et des amies peuvent échanger de tels propos, sans risque ni d’offenser ni de prendre offense. Mais je n’y crois pas un instant. Cette femme ne m’aime pas, et n’a nulle envie de devenir mon amie, même si je peine à comprendre ce que j’ai bien pu faire pour mériter pareille hostilité. La cause en serait-elle le fait que je me suis permis, en toute innocence pourtant, de laisser Mr Randolph me raccompagner à Evenwood, moi, une simple femme de chambre ? À moins qu’elle soit jalouse de la partialité de Lady Tansor à mon égard ? Il se pourrait aussi qu’elle sente sa position dominante dans la hiérarchie domestique menacée par ce qu’elle perçoit comme étant l’égalité de nos conditions.

Je l’ai décrite à Lady Tansor comme une personne « capable », et capable, elle l’est indubitablement, ainsi qu’accomplie, d’une manière qui la place au-dessus du reste de la domesticité. Je sens bien que cela lui confère un statut particulier au Royaume du Service – pratiquement celui d’adjointe ou de fondée de pouvoir de Lady Tansor elle-même –, qu’elle tient absolument à conserver. Quelle que soit la raison de son antipathie à mon égard, je suis curieuse de la découvrir. Pour l’instant, tout ce que je sais, c’est que je me suis fait une ennemie.

C’est alors que la fille de cuisine qui nous a apporté le thé frappe à la porte pour annoncer que les rats se sont introduits dans la réserve et que la présence de la gouvernante est requise sur-le-champ.

« Et voilà, l’appel du devoir ! dit Mrs Battersby avec un soupir résigné, une fois la bonne partie. Un appel incessant. C’était censément mon heure de repos, mais bon… Je crains que nous soyons obligées de mettre un terme à cette intéressante conversation, et que

Mr Borrow doive attendre que vienne l'heure pour moi d'aller me coucher, ce qui, j'en ai peur, risque fort de ne pas être avant minuit. Il en est rarement autrement. »

Nouveau soupir.

« On ne dispose tout bonnement pas de ce luxe qu'est la liberté de faire ce dont on a vraiment envie. On est sans arrêt sollicité, par une chose ou une autre. Il ne manquait plus que les rats ! »

Elle se lève, tout en parlant, pour remettre Mr Borrow sur son rayon.

« Mais laissons cela. J'ai été ravie de passer ce moment avec vous, Miss Gorst. À Evenwood, comme vous le verrez, vous n'avez, tout comme moi, de comptes à rendre qu'à Madame la baronne, et personne d'autre. Mais si, dans ces premiers jours, et le temps que vous vous familiarisiez avec les habitudes de la maison, je puis vous apporter aide ou conseils, je le ferai avec plaisir. D'aucuns ici, je le sais, jugent mes façons un peu strictes. Et peut-être le sont-elles. Mais pas avec ceux sur lesquels je n'ai aucune autorité, et je ne serai donc jamais stricte avec vous, Miss Gorst. »

Elle a maintenant ouvert la porte pour m'inviter à sortir. Nos regards se croisent.

« Vous reviendrez, j'espère ? demande-t-elle tandis que je passe dans le couloir.

– Mais certainement, Mrs Battersby, et avec le plus grand plaisir, dis-je en la gratifiant de mon sourire le plus accommodant. Dans la limite de nos loisirs. »

III

UN ACTE DE CHARITÉ

Il était presque sept heures quand Milady rentra de Londres, et je fus immédiatement appelée afin de l'habiller pour le dîner. Comme moi, elle semblait épuisée et tendue après les fatigues de la journée.

« Avez-vous accompli votre petite pénitence ? furent ses premières paroles, prononcées d'un ton froid.

– Oui, Milady.

– Et vous êtes rentrée sur-le-champ d'Easton, conformément à mes instructions ? »

Elle me vit hésiter et pinça les lèvres.

« Avez-vous quelque chose à me dire ? »

Consciente de ce qu'il me fallait à tout prix gagner sa confiance, je n'eus pas d'autre choix que de lui avouer ma rencontre avec « B.K. ». En m'entendant dire que j'avais non seulement vu la destinataire de la lettre, mais que je lui avais également parlé, Lady Tansor manifesta une grande nervosité et alla se planter devant la fenêtre, où elle resta, le dos tourné, à tripoter le ruban de velours noir qui lui encerclait le cou.

« Alors, vous lui avez parlé ? reprit-elle, en continuant à regarder par la fenêtre.

– Très brièvement, Milady… et uniquement pour lui faire savoir que j'étais obligée de rentrer au plus vite.

– Rien d'autre ?

– Non, Milady.

– Et elle, vous a-t-elle dit quelque chose ?

– Non, Milady. Rien d'important. »

À ces mots, elle poussa un soupir et parut se détendre quelque peu.

« Et qu'avez-vous pensé de cette personne ? » me demanda-t-elle ensuite.

Peu désireuse de me fourvoyer dans une situation embarrassante, je me contentai de remarquer qu'elle m'avait donné l'impression d'être dans le besoin, me hasardant à ajouter – ce qui, de fait, était la seule conclusion à laquelle j'étais arrivée quant à l'identité de cette femme – que c'était peut-être une ancienne domestique qui vivait une période difficile.

« C'est exactement ça ! s'exclama Lady Tansor, dont l'humeur sembla soudain s'éclaircir. Vous avez deviné juste ! Vous êtes vraiment étonnante, Alice. Je vais devoir me montrer plus prudente à l'avenir, sinon vous risquez de découvrir tous mes petits secrets ! Cette personne est effectivement ce que vous dites : une vieille domestique, une ancienne bonne d'enfants, en fait, qui pendant un temps s'est occupée de moi et de ma sœur. Cette chère Mrs Kennedy !

– Elle s'appelle donc Kennedy ?

– Oui, oui, dit Lady Tansor, qui ajouta, après une brève hésitation : Mrs Bertha Kennedy. Nous l'appelions toujours "B.K." quand nous étions enfants.

– A-t-elle un mari ?

– Elle est veuve, hélas, et traverse une très mauvaise passe. Bien entendu, je me suis sentie obligée de lui offrir un peu d'aide, de nature pécuniaire, quand elle s'est adressée à moi – ce qu'elle a fait avec la plus grande circonspection, je dois le dire, et à la stricte condition que notre arrangement reste confidentiel. La lettre que vous lui avez portée contenait un peu d'argent, destiné à la maintenir à flot dans les temps difficiles qu'elle connaît en ce moment. C'est là la raison pour laquelle je tenais à ce que vous rentriez le plus vite possible, voyez-vous, de manière à ne pas la mettre dans l'embarras. Pauvre femme ! La voir dans une telle impasse après toutes ces années. Quel choc !

– Vous l'avez donc vue en personne, Milady ? »

Un instant, elle sembla désarçonnée, mais elle se reprit rapidement.

« Ai-je dit "voir" ? Je ne faisais évidemment que me référer au moment où j'ai lu sa lettre il y a peu, dans laquelle elle me faisait part de ses problèmes. »

Elle se laissa aller sur la banquette de la fenêtre, un sourire tranquille aux lèvres, censé exprimer une douce nostalgie au souvenir de son ancienne nurse, mais plutôt révélateur à mes yeux, tandis que je revoyais la femme sale et revêche qui avait retenu ma main entre ses doigts crochus, d'un grand soulagement, aussi étrange que puisse me paraître une telle impression.

Après avoir habillé Milady pour le dîner, je regagnai enfin ma chambre, consignai longuement les événements de la journée dans mon Livre et lus quelques pages de Mr Wilkie Collins en attendant de descendre prendre mon propre souper.

Assis en rang d'oignons à la table de la salle de l'intendant, occupés à prendre leur repas du soir, se trouvaient, dans l'ordre, Mr Pocock, Mr Maggs, Henry Creswick et John Brimley, le valet de Mr Randolph, jeune godelureau joufflu et satisfait de sa personne, les cheveux gominés à souhait, le visage empreint d'une expression ironique qui donnait à penser qu'il était le seul individu sur terre à avoir découvert les secrets de la marche du monde.

Mrs Battersby occupait en silence sa place habituelle, au haut bout de la table. À son côté se tenait une autre personne que l'on me présenta, en même temps que John Brimley : Mr Arthur Applegate, l'intendant en personne.

« Vous disiez que les funérailles devaient avoir lieu mercredi prochain, Mr Pocock, dit Mr Applegate, un homme au visage carré, rasé de près, cheveux gris coupés court, voix rauque un peu essoufflée.

– C'est cela même, répondit le majordome en buvant une gorgée de sirop d'orgeat. Le 13, à onze heures. D'après ce que j'ai cru comprendre, Mr Candy est gravement malade, et il se pourrait même qu'il ne passe pas la semaine ; c'est donc à notre Mr Thripp qu'il reviendra d'officier. Ah, si seulement le docteur Daunt était encore des nôtres ! Il n'y avait pas meilleur que lui pour ce genre d'occasions.

– Vous étiez donc déjà ici, Mr Pocock, du temps du docteur Daunt ? demandai-je.

– Vers la fin, oui, répondit-il. Je suis arrivé ici en 57, comme sous-majordome du vieux Mr Cranshaw. Le pasteur a abandonné sa charge l'année suivante, mais il a laissé dans la région le souvenir d'un homme d'une grande amabilité et d'un grand savoir.

– On pourrait pas mieux dire, acquiesça Mr Maggs, qui avait quitté la table pour aller fumer sa pipe au coin du feu. Vous parlez d'un changement quand l'nouveau est arrivé !

– Pas vraiment "nouveau", Maggs, objecta Mr Pocock, encore que vous ayez raison quand vous suggérez que Mr Thripp est très différent de son prédécesseur. Non, c'est certain, le docteur Daunt était parfait pour les enterrements. J'étais là quand il a officié pour les funérailles de Bob Munday – pratiquement son dernier enterrement, si je me souviens bien –, et je n'avais jamais entendu plus beau sermon. Mais Dieu que ça a dû être dur, même pour un homme rompu à ce genre de chose, que d'enterrer son fils unique, et cela tout juste un an après avoir accompagné au cimetière son vieil ami, le père de Madame la baronne. Ça l'a achevé, aucun doute là-dessus.

– C'est bien vrai, commenta Mr Applegate en hochant la tête.

– Lady T se déplacera, je suppose ? demanda Henry Creswick. Pour les funérailles du vieux prof.

– Peuh ! Évidemment, l'interrompit ce je-sais-tout de John Brimley, un sourire méprisant à l'adresse de son homologue.

– Et qu'est-ce que tu en sais, John Brimley ? contra aussitôt l'autre.

– J'en sais plus long que toi, en tout cas.

– Bien sûr qu'elle ira », intervint Mr Pocock, lançant aux deux jeunes gens un regard sévère avant d'avaler un peu d'orgeat. Quand il eut reposé son verre, je lui demandai pendant combien de temps le défunt professeur Slake avait occupé le poste de conservateur de la bibliothèque.

Il réfléchit un moment, puis appela par la porte grillagée restée ouverte un homme élégamment vêtu d'une queue-de-pie à l'ancienne avec un col de velours, qui, debout à côté de la cheminée dans la grande salle, s'adressait à un jeune valet.

« James Jarvis ! Quand est-ce que le professeur Slake est arrivé ici ?

– En 55. Février 55, nous parvint aussitôt la réponse.

– On peut toujours compter sur James Jarvis, dit Mr Pocock, de toute évidence satisfait de la perspicacité dont il venait de témoigner en posant sa question à un tel prodige de mémoire. Il est portier ici depuis trente ans, et je ne l'ai jamais vu oublier une date. Le professeur Slake, Miss Gorst, était un vieil ami du docteur Daunt et du père de Madame la baronne, Mr Paul Carteret. Peut-être savez-vous, Miss Gorst, que Mr Carteret était un cousin du défunt Lord Tansor, même s'il était aussi son secrétaire ? »

Avant que j'aie le temps de répondre, une sonnette se mit à tinter sur un tableau à l'autre bout de la pièce.

« Salle de billard, dit Mr Pocock, qui se leva en gloussant. Probable que Mr Randolph a encore battu son frère à plates coutures. Il faut toujours que Mr Perseus fasse passer sa défaite avec un cognac bien tassé. La chasse à courre et le billard, voilà à peu près les seuls domaines où Mr Randolph l'emporte sur son frère, soit dit sans l'offenser. Mais il est le plus gentil et le plus fiable des hommes, pas de doute là-dessus.

– Et qui veut savoir ça ? »

La question – sans lien aucun avec la conversation en cours – émanait du susmentionné James Jarvis, qui s'encadrait à présent dans l'embrasure de la porte grillagée.

« Comment, Jarvis ? demanda Mr Pocok.

– Qui veut savoir quand le professeur Slake est arrivé ici ?

– Miss Gorst, ici présente. »

Mr Jarvis se dit heureux de faire ma connaissance et se fendit d'une profonde courbette.

« Vingt et un ans et sept mois, presque jour pour jour, annonça-t-il alors à la cantonade, avec un regard défiant quiconque de mettre en doute l'exactitude de ses souvenirs ou de ses calculs. Et pendant tout ce temps, il n'a pas cessé d'assommer le monde.

– De quelle manière ? m'entendis-je demander, car j'étais curieuse de le savoir, en dépit de l'œil réprobateur de Mrs Battersby posé sur moi.

– De quelle manière ? s'exclama l'irritable Mr Jarvis, l'air exaspéré. Mais en racontant à qui voulait l'entendre – et à beaucoup d'autres qui n'en avaient aucune envie – que l'on avait agressé le vieux Carteret pour lui voler des do-cu-ments et pas son argent. Des do-cuments, je t'en fiche, oui ! C'est pas avec des documents qu'on peut s'offrir une bière.

– Allons, allons, James Jarvis. »

La réprimande, émise sur un ton tranquille mais ferme, émanait de Mrs Battersby.

« On vous a déjà dit, je crois, de ne pas parler à tort et à travers, poursuivit-elle, et je suis sûre que Mr Applegate ne veut pas entendre de tels propos chez lui. »

Mr Applegate, dont l'autorité dans ses propres quartiers semblait pour le moins chancelante, bafouilla un : « En effet, Mrs Battersby », tout en se grattant la tête.

« Et depuis quand, Jane Battersby, ce serait parler à tort et à travers que de clamer l'honnête vérité ? » s'enquit Mr Jarvis, se redressant de toute sa hauteur et affrontant le regard de la gouvernante – un acte de rébellion ouverte qui me fit pousser un grand hourra intérieur.

« Vous seriez aimable de tenir votre langue, James Jarvis, répondit Mrs Battersby, son éternel sourire réduit à sa plus simple expression, sinon vous risquez de le regretter. Il ne plairait guère à Madame la baronne d'apprendre que son portier a pris la liberté de se livrer à de tels commérages à propos d'affaires concernant son défunt père, affaires qui ne le regardent en aucune façon. »

Le reproche, cinglant bien que formulé d'une voix calme, et la menace qu'il contenait auraient décontenancé une nature moins bien trempée ; mais l'homme avait l'air rompu à semblables confrontations avec la gouvernante et balaya ses paroles d'un haussement d'épaules désinvolte, ajoutant que ce qu'il avait dit n'était ni plus ni moins que la vérité, quoi que certains puissent penser.

« Des documents, à d'autres ! grommela-t-il à part lui, tandis qu'il retournait dans la grande salle d'un pas lourd et furieux. À quoi pourraient bien servir des documents ? »

Dans les jours qui suivirent, ma vie commença à suivre le cours qui devait être le sien jusqu'à... non, je ne terminerai pas ma phrase, car il y a plus à dire concernant ces premières semaines à Evenwood. Je vivais dans l'appréhension, voire dans la crainte constante de ce qui m'attendait, ignorant encore ce que Madame allait exiger de moi, mais éprouvant, dans le même temps, une joie étrange à la perspective de connaître une grande aventure.

Je me levais de bonne heure et, s'il faisait beau, descendais l'escalier tournant qui menait à la terrasse, sous ma fenêtre, où Lady Tansor prenait son exercice matin et soir, puis m'en allais marcher dans les jardins et les terrains alentour jusqu'à l'heure du petit déjeuner que je prenais dans la salle de l'intendant. Je remontais ensuite habiller ma maîtresse, et tandis qu'elle descendait à son tour déjeuner, en compagnie de Mr Perseus et de Mr Randolph, j'aérais son lit avant de le refaire et m'employais à mettre de l'ordre pour son retour, qui se situait d'ordinaire aux environs de onze heures, une fois qu'elle avait lu son courrier et réglé diverses affaires avec son secrétaire, Mr Baverstock, et l'administrateur du domaine, Mr Lancing, souvent en présence de Mr Perseus.

Milady m'avait fourni une liste de tâches (elle n'avait pas son pareil pour les listes) que j'étais censée exécuter régulièrement. Un jour sur deux, en partant du lundi, je devais répandre des feuilles de thé séchées sur les tapis de ses appartements, avant de les balayer. Le lundi également, toutes les glaces – et il n'en manquait pas –, ainsi que divers bibelots en verre, devaient êtres nettoyés. Le mercredi, il fallait descendre les livres des rayons et les épousseter ; le vendredi, cirer les lambris et les boiseries.

Un samedi sur deux, je devais sortir toutes les robes, une par une, d'hiver comme d'été, qu'elles aient été portées ou non, les inspecter avec soin et les brosser l'une après l'autre, enlever les taches ou les salissures, les raccommoder si besoin était, avant de les replacer dans leurs garde-robes et leurs armoires respectives. Ce labeur était pénible, tout autant que gratuit la plupart du temps : des heures et des heures passées à brosser de la laine ou du tweed, à frotter des robes de soie au chiffon de laine, à secouer et repasser de la mousseline froissée. J'en abhorrais la perspective, car ce travail ne me laissait pas un instant de liberté et m'épuisait au point que, en remontant dans ma chambre le soir après le souper, je n'avais qu'une idée : m'écrouler sur mon lit. Il m'arrivait souvent de me réveiller des heures plus tard dans l'obscurité silencieuse, encore tout habillée.

Un ou deux après-midi par semaine, Milady faisait ses visites, m'obligeant à l'accompagner dans diverses maisons du voisinage, où je passais des heures seule, reléguée dans quelque recoin sombre des régions inférieures. Je ne m'en plaignais pas, car j'emportais toujours un livre avec moi, et ne tardais pas à m'absorber avec délices dans un récit de mystère ou d'aventures. Certains des domestiques devaient me trouver bien fière ; mais je m'en moquais. C'était un grand soulagement que d'être libérée, ne fût-ce que pour un court moment, de l'obligation de jouer ce rôle de personnage accommodant qui était le mien, et de me faire tout simplement plaisir.

Le soir, bien entendu, j'habillais Milady pour le dîner, puis préparais sa chambre pour le moment où elle se retirait dans ses appartements. Quand elle revenait, elle me demandait en règle générale de lui lire des extraits d'un des interminables poèmes épiques de Mr Phoebus Daunt, ou parfois (quel soulagement dans ces moments-là !) certaines de ses poésies lyriques, dans l'ensemble plus acceptables ; ensuite, tandis qu'elle faisait sa promenade du soir sur la terrasse, je rangeais ses vêtements et préparais tout pour la nuit, avant de l'aider à se déshabiller.

Comme je m'abîmais les mains avec les tâches fastidieuses qu'elle exigeait de moi ! Le raccommodage, la lessive ; la préparation des shampooings, des pommades et des onguents ; le nettoyage des brosses et des peignes, celui des cols avec une éponge imbibée de gomme adragante diluée dans l'eau ! Le seul travail que j'anticipais avec plaisir, c'était celui qui consistait à remplir les flacons de parfum de Milady. Je me persuadai assez rapidement qu'il ne s'agirait là que d'une transgression vraiment mineure – et ni plus ni moins que mon dû – si lors de l'opération je prélevais quelques gouttes de mes parfums préférés pour mon usage personnel.

Le vendredi après-midi de ma première semaine, alors que Milady était sortie pour une visite sans m'emmener avec elle, j'avais emporté un de ses cols de dentelle dans ma chambre pour le raccommoder, car je voulais noter quelques détails dans mon Livre, chose que la fatigue m'avait empêchée de faire la veille.

Au bout d'une heure ou deux, pensant qu'elle n'était pas encore rentrée, je redescendis dans les appartements de ma maîtresse avec l'intention de remettre le col à sa place. Quand j'entrai sans frapper, quelle ne fut pas ma surprise de la trouver assise sur le sofa, avec à son côté un monsieur d'apparence saisissante.

« Oh, Milady ! m'écriai-je, alarmée par mon indiscrétion. Pardonnez-moi. Je croyais…

– Alice, ma chère, dit-elle en se tournant vers son visiteur tout en parlant. Nous avons un invité. Je vous présente Mr Armitage Vyse. »

6

Où l'on ouvre la première lettre de Madame

I

ENTRÉE DE MR VYSE

En le voyant, je me creusai la cervelle pour trouver le mot, le mot juste, qui me permettrait de décrire le personnage singulier de Mr Armitage Vyse.

Mes premières impressions, notées par la suite dans mon Livre, furent les suivantes :

MR ARMITAGE VYSE

Physique : Âge : quarante ou quarante-cinq ans. Grand et maigre : un corps dégingandé, des membres d'une longueur exceptionnelle, surtout les jambes. Donne l'impression d'une énergie et d'une force contenues peu communes, et prêtes à répondre à la moindre sollicitation. Musclé. Sourcils noirs et droits. Menton carré, rasé de près, bleuâtre. Favoris taillés court. Moustache très fournie, aux extrémités effilées et cirées – un peu à la Napoléon III, encore que plus ramassée, mais lui donnant tout de même un air peu anglais. Épais cheveux noirs, légèrement ondulés sur les côtés, pommadés et rejetés en arrière, dégageant nettement le front et les tempes. Nez extraordinairement long et droit, très pointu. Yeux petits et foncés, froids mais vifs. Remarquable à bien des égards, je dirais même beau, encore que pas à mon goût. Costume de prix. Gilet à carreaux noirs et blancs et revers de soie noire. Montre en or

retenue par une chaîne épaisse. Grosse chevalière à la main droite. Linge blanc impeccable. Bottes cirées à la perfection.
Personnalité : imbu de lui-même et sûr de lui. Un prédateur égoïste, à mon avis, et totalement centré sur lui-même, qui considère le monde comme son domaine réservé et donne l'impression de penser que tout, et tout un chacun, ici-bas, n'est là que pour servir ses besoins et ses plaisirs.
Conclusion : intelligent et charmant en surface, mais en réalité sournois et dangereux.

Tandis que j'étais là, à me pénétrer de ces impressions, tout en constatant que, bien malgré moi, j'étais fascinée par le regard fixe et calculateur de Mr Vyse, l'image qui s'appliquerait le mieux à lui me vint soudain à l'esprit.

Celle du loup. Mr Vyse était un loup ; et tout en lui suggérait cet animal.

« Comment allez-vous, Alice ? » dit-il, en se levant avec lenteur et en m'adressant un sourire aimable, fruit sans doute d'une longue pratique. Un bon mètre quatre-vingts, à tout le moins ; il s'aida d'une canne en ébène à pommeau d'argent pour se redresser. Quand il fit un pas pour s'approcher de moi, je m'aperçus qu'il avait une raideur dans la jambe droite.

« Bien, monsieur, merci », répondis-je, tout en lui tirant une petite révérence. Je demandai ensuite à Milady si je pouvais aller remettre le col ravaudé à sa place. Une fois le col rangé dans son tiroir, je m'apprêtais à revenir quand j'entendis Mr Vyse dire à Lady Tansor :

« Ainsi donc, c'est elle ?

– Oui, répondit-elle, *sotto voce*. Mais Mrs K ne lui a rien dit.

– Vous en êtes certaine ?

– Tout à fait. »

Je ne pouvais rester plus longtemps l'oreille collée à la porte entrouverte sans éveiller les soupçons ; je secouai donc la poignée et pénétrai dans le salon.

« À propos, Alice, dit Lady Tansor d'un ton détaché, j'ai écrit à Miss Gainsborough, sur le conseil de Mr Vyse, pour lui demander confirmation de la lettre de références qu'elle vous avait fournie. En homme de loi avisé et scrupuleux en affaires, Mr Vyse m'a dit que j'avais fait preuve de négligence en omettant de le faire quand je vous ai offert la place. Mais je suis tombée de manière tellement inattendue sous votre charme que je n'ai pas procédé comme à l'accoutumée, lorsque j'engage un nouveau domestique. Il s'agit d'une simple formalité, bien entendu.

– Une simple formalité, répéta le souriant Mr Vyse.

– De fait, je viens tout juste de recevoir la réponse de Miss Gainsborough. »

Elle prit une lettre sur l'écritoire. Je jetai un coup d'œil inquiet à l'écriture, pour constater aussitôt que ce n'était pas celle de Madame, ni celle de Mr Thornhaugh.

« Tout est en ordre, comme je m'y attendais d'ailleurs, dit Lady Tansor.

– Absolument comme prévu, renchérit Mr Vyse, avec un autre de ses sourires rassurants mais pleins de condescendance.

– Merci, Milady, répondis-je, heureuse de voir que les dispositions prises par Madame se révélaient aussi efficaces. Aurez-vous besoin de moi à l'heure habituelle ce soir ?

– Oui, Alice. Vous pouvez disposer à présent. »

À l'heure dite, je regagnai les appartements de Lady Tansor pour l'habiller.

« Qu'avez-vous pensé de Mr Vyse, Alice ? demanda-t-elle tout en se regardant dans sa psyché.

– Je ne sais trop, Milady, répliquai-je. Il m'a paru fort aimable.

– Aimable ? Ma foi, oui, Mr Vyse sait en effet être fort aimable, à ses heures. Quoi d'autre ?

– Je ne peux vraiment dire, Milady.

– Vous ne pouvez pas, ou vous ne voulez pas ? me demanda-t-elle, apparemment irritée par ma réticence à lui fournir une opinion un tant soit peu détaillée de son visiteur. Allons, allons, Alice, je suis persuadée que vous avez plus à dire sur le compte de Mr Vyse, même après une rencontre aussi brève. Nous aurons du mal à nous entendre, vous savez, si vous ne vous montrez pas plus franche avec moi.

– Je vous assure, Milady…

– Vous m'assurez ! Vous osez m'assurer ! »

Le regard que je lui avais vu le jour où elle m'avait enjointe de toujours m'adresser à elle sous la forme de « Milady » assombrissait à présent son visage, comme lorsqu'un nuage noir masque soudain le soleil, et elle était manifestement très en colère, sans que j'arrive à comprendre comment ma conduite avait pu provoquer une telle réaction.

« Vous n'êtes pas en position de m'assurer quoi que ce soit, mais simplement de faire ce que je vous demande, quand je le demande. Vous ne pouvez pas ne pas avoir une opinion de Mr Vyse. Et vous allez me la donner immédiatement. »

Je reste un moment à chercher une réponse, mais elle porte soudain les mains à ses tempes et se détourne, comme si elle avait mal. Je me rends compte alors que sa colère doit avoir une autre origine.

« Vous sentez-vous tout à fait bien, Milady ? lui demandai-je.

– Oui, oui, me dit-elle d'un ton sec. Je vous en prie, ne faites pas tant d'histoires. Je veux simplement que vous me disiez ce que vous pensez de Mr Vyse, et qu'ensuite vous me laissiez. Vous a-t-il plu ? »

Je lui fis respectueusement remarquer que, ignorant tout de ce monsieur, je n'étais pas en position d'exprimer une opinion le concernant, en particulier sur la question de savoir s'il m'avait plu ou non ; mais elle ne voulut rien entendre. Je résistai, refusant de céder devant son entêtement ; mais, à nouveau sollicitée, je finis par lui livrer un fade résumé de mes impressions, pour conclure en disant que Mr Vyse m'avait paru posséder de grandes aptitudes naturelles, un trait toujours détectable chez un certain type d'homme (d'où me vint cette assertion pleine d'assurance, je serais bien en peine de le dire), avant d'ajouter qu'il m'avait en conséquence semblé être quelqu'un vers qui on pouvait se tourner en toute sécurité pour réclamer aide et conseil en cas de difficultés, tout en ayant la certitude d'obtenir l'une et l'autre.

« Pardonnez-moi, Alice. »

Sans un mot de plus, Milady se dirigea rapidement vers sa chambre et referma la porte derrière elle.

J'attendis une bonne dizaine de minutes, pour voir si elle ressortait ; mais, la porte restant close, je remontai dans ma chambre, m'attendant à ce qu'elle sonne à tout moment.

Une demi-heure s'écoula, peut-être davantage. Devant le silence prolongé de la sonnette, je finis par descendre à la salle à manger rouge et or et jetai un coup d'œil par la porte entrouverte.

Elle était là, au haut bout de la table, Mr Vyse et Mr Perseus assis de part et d'autre, Mr Randolph, à côté de son frère.

Ma maîtresse était comme métamorphosée. Elle avait l'air rassérénée et pleine d'entrain, se tournant tantôt vers son fils aîné, tantôt vers Mr Vyse, pour faire une remarque ou exprimer une opinion, souriant et riant, échangeant des plaisanteries, pas troublée le moins du monde, apparemment, par ce qui venait de la bouleverser.

Elle ne semblait pratiquement pas consciente de la présence de son fils cadet, et pas plus elle que les deux hommes ne faisaient le moindre effort pour l'inclure dans leur conversation. En conséquence, Mr Randolph mangeait et buvait son vin en solitaire et en silence, laissant les autres discuter à leur guise.

Mr Perseus n'était rentré à Evenwood que l'après-midi même, après quelques jours passés à Londres, et c'était la première fois que je le croisais depuis que nous nous étions rencontrés par hasard le lendemain de mon arrivée.

Je voyais à présent les deux frères côte à côte, et leur disparité me frappa plus encore que dans mon souvenir. On retrouvait Lady Tansor dans l'aîné bien plus que dans le cadet, non seulement pour ce qui était des ressemblances physiques, mais aussi des petites manies que j'avais commencé à relever chez ma maîtresse : cette façon qu'il avait de rejeter légèrement la tête en arrière et de regarder de haut quand Mr Vyse s'adressait à lui, comme j'avais vu sa mère le faire quand quelqu'un s'adressait à elle ; la petite moue qui lui venait aux lèvres quand il réfléchissait à quelque problème ; et surtout, son aptitude à prendre, dans l'instant, un regard d'une fixité déconcertante, qui transformait son beau visage en un masque figé.

J'étais perdue dans ma contemplation quand je pris soudain conscience d'une présence derrière moi.

« Eh là ! À quoi est-ce qu'on joue ici ? Un espion parmi nous ! »

Celui qui m'adressait ainsi la parole était un jeune homme en livrée d'environ dix-huit ans, hilare, les joues rouges comme des pommes, les cheveux en bataille, rebelles à toute pommade censée les discipliner, le col bien trop serré pour lui. Il portait un plateau de coupes de glaces, mais ne semblait pas particulièrement pressé de porter ses friandises aux convives.

« À qui ai-je l'honneur ? demandai-je.

– Skinner, Charlie, annonça-t-il, mais inutile de me dire, vous, qui vous êtes, j'le sais déjà, s'empressa-t-il d'ajouter avec un clin d'œil. Sukie Prout m'a parlé de vous. Vous êtes Miss Gorst, et je suis ravi – vraiment ravi – de faire votre connaissance. »

J'étais parfaitement consciente de son regard qui me détaillait de la tête aux pieds, mais d'une façon si comiquement ouverte et transparente que je pouvais difficilement m'en offusquer.

« Eh bien, Charlie Skinner, répliquai-je, moi aussi je suis heureuse de vous connaître. Êtes-vous un ami de Sukie ?

– Plus que ça. On est cousins tous les deux.

– Et savez-vous où je puis trouver votre cousine, à cette heure ? Est-elle chez elle ?

– Certainement. Dès que j'ai fini ici, je vous y emmène, si vous voulez. »

Je lui dis que c'était inutile, puisque je savais déjà où Sukie et sa mère habitaient. À ces mots, la déception se peignit sur son visage.

« Attendez un peu, dit-il, en jetant un coup d'œil par-dessus mon épaule vers une fenêtre toute proche. Vous ne pouvez pas y aller maintenant, miss. Il fait presque nuit, et il a commencé à pleuvoir. »

Ce qui était vrai. Les dernières lueurs du jour qui brillaient encore quand j'étais descendue s'étaient maintenant éteintes, et des gouttes de pluie ruisselaient sur la vitre.

« Fort bien, Charlie Skinner. La prochaine fois que vous verrez votre cousine, dites-lui, je vous prie, que Miss Gorst lui présente ses compliments et demande à lui parler, dès qu'elle en aura le loisir. Le ferez-vous ?

– Oui, miss, avec plaisir », répondit-il, rejetant les épaules en arrière, comme un soldat à la parade, avec une telle fougue que je craignis de lui voir renverser son plateau.

À ce moment, Mr Pocock apparut sur le seuil de la porte de service.

« Alors, Skinner, dit-il, à quoi pensez-vous ? Dépêchez-vous d'aller me porter ces glaces avant qu'elles soient fondues.

– Tout de suite, Mr Pocock », répondit Charlie, qui entra vivement dans la salle à manger, non sans m'avoir adressé un nouveau clin d'œil au passage.

« Oh, à propos, miss, dit Mr Pocock, il y avait une lettre pour vous au courrier de cet après-midi. Manners aurait dû vous la monter, mais je viens de m'apercevoir qu'elle est toujours sur la console de l'entrée. Voulez-vous que j'aille vous la chercher ? »

Lui ayant dit que j'allais le faire moi-même, je me hâtai de gagner le vestibule, récupérai la lettre et remontai dans ma chambre, dont je verrouillai la porte derrière moi.

Après avoir allumé ma lampe, je m'assis devant ma table, tenant dans mes mains tremblantes la première des trois Lettres d'Instructions que Madame avait promis de m'expédier et dans lesquelles elle devait me livrer, progressivement, des informations destinées à préciser la nature du Grand Dessein, et me mettre au courant de ce qu'elle avait appelé « d'autres affaires », dont il était nécessaire que j'eusse connaissance.

De l'enveloppe s'échappèrent plusieurs feuillets, couverts de l'écriture très particulière de Madame, ainsi qu'un certain nombre de pages imprimées, pliées et maintenues ensemble par une épingle argentée. Écartant pour l'instant ces dernières, j'étalai les feuillets sous la lumière de la lampe et entamai ma lecture.

II

MADAME DE L'ORME À MISS ESPERANZA GORST

LETTRE I

Maison de l'Orme
Avenue d'Uhrich, Paris

Ma très chère enfant,

Quand tu liras ceci, tu auras commencé ta nouvelle vie à Evenwood. Je n'ai aucun mal à imaginer ce que tu dois ressentir – seule et si loin de tout ce qui t'est cher et familier, perdue au milieu d'étrangers, dans une maison étrangère, ignorant toujours la raison pour laquelle tu y as été envoyée. Laisse-moi donc commencer, comme promis, par t'éclairer sur ce mystère, encore que je ne puisse pour l'instant aller très loin dans cette voie.

Le temps passant, il faudra que tu saches – et je m'y engage formellement – tout ce que tu as besoin de savoir ; ce que je te révélerai, très bientôt, concerne ta propre histoire, ainsi que celle d'autres personnes auxquelles ton destin est indissolublement lié. Mais il te faut d'abord en savoir plus sur ta maîtresse ; car, comme j'ai souvent cherché à t'en convaincre, il est impératif que tu gagnes sa confiance – pleine et entière –, aussi bien que son affection. Sinon, tu ne réussiras pas dans la tâche que tu es censée accomplir.

Son cœur, comme je te l'ai déjà laissé entendre, est une forteresse qui soutiendra n'importe quel siège ; néanmoins, à l'image de plus d'un être fier et indépendant, elle peut s'attacher à une compagne dans une relation intime où elle se sentira en position de force et qui lui permettra de contrôler et de mesurer les confidences qu'elle aura choisi de partager avec elle. À toi de devenir cette compagne.

Mais il s'agit d'une femme inconstante, gouvernée par son seul intérêt. Tu ne saurais compter sur une approbation ou une bienveillance soutenues de sa part : il te faudra sans cesse lutter pour les obtenir. Joue le rôle de la compagne complaisante et docile qu'elle appelle de ses vœux ; mais sache, chère enfant, qu'elle ne sera JAMAIS ton amie, quand bien même elle te jurerait le contraire ; car ses intérêts et les tiens sont, et seront toujours, diamétralement opposés, comme tu l'apprendras en temps voulu.

En un mot, encore que tu puisses avoir du mal à le croire aujourd'hui, elle est – et sera toujours – ton ENNEMIE. Sache-le ; ne l'oublie jamais ; que ce soit ton mot d'ordre, ton unique précepte dans tout ce que tu entreprendras à Evenwood, car c'est en connaissant sa vraie nature que tu garderas l'avantage sur elle. Ne baisse jamais ta garde ; et veille à ne jamais succomber à ses flatteries. Reste sur le qui-vive ; méfie-toi d'elle à tout moment, comme tu le ferais d'un serpent dans l'herbe.

Par-dessus tout, efforce-toi de comprendre ses faiblesses. Dont la plus grande – sa passion suprême – reste l'adoration aveugle qu'elle voue à l'homme auquel elle était fiancée, Mr Phoebus Daunt. Si je dis qu'il s'agit là d'une faiblesse, c'est parce que, au même titre que toutes les passions dévorantes et éternelles, elle la prive de raison, chose qui ne peut que te bénéficier.

Je t'ai déjà parlé de Mr Daunt. Dans le but de compléter ces informations, je joins à ma lettre des articles de presse, que je te demande de lire soigneusement, avant de les détruire.

Voilà, pour l'instant, tout ce que je voulais te dire ; mais tu peux compter sur un autre courrier dans peu de temps.

Je prie pour toi tous les soirs, ma très chère enfant, et pense à toi à chaque heure du jour. Sois forte et courageuse. Tu n'imagines pas la récompense qui t'attend, si nous réussissons dans notre entreprise.

Écris-moi quand tu le pourras.

Mr Thornhaugh t'envoie ses plus chaleureuses salutations.

Avec toute mon affection,

M.

Je restai assise un moment, le regard perdu dans l'obscurité derrière ma fenêtre.

J'avais espéré que la lettre de Madame affermirait ma résolution et m'aiguillonnerait dans la poursuite de ma tâche ; peine perdue. Tout restait vague et flou.

Les intérêts de Lady Tansor et les miens étaient apparemment inconciliables, mais j'en ignorais et la raison et la nature. Il me fallait mettre ma maîtresse à genoux, sans savoir pourquoi, ni connaître les moyens à appliquer. Tel un soldat aveugle, envoyé sans arme au combat, j'étais contrainte de me battre pour une cause inconnue, et contre un ennemi envers lequel je n'éprouvais aucune hostilité.

Devais-je accorder foi aux parcimonieuses révélations de Madame ? Sans doute, car je la savais incapable de duplicité. C'était là mon seul réconfort, et il me fallait m'y accrocher.

Arrachant une dizaine de pages de mon cahier, je me mis à écrire, ligne après ligne, colonne après colonne, jusqu'à en avoir mal à la main :

Lady Tansor est mon *Ennemie*.
Lady Tansor est mon *Ennemie*.
Lady Tansor est mon *ENNEMIE*.

7

In memoriam P.R.D.

I

EXTRAIT DE LA *LONDON MONTHLY REVIEW*
1er DÉCEMBRE 1864

Je mis la lettre de côté et passai aux deux articles de presse joints à l'envoi. Il s'agissait, pour l'un comme pour l'autre, de pages extraites de la *London Monthly Review*.

Le premier était emprunté au numéro de décembre 1864, il avait été publié à l'occasion de l'anniversaire de la mort de Phoebus Daunt, décédé dix ans plus tôt.

Madame avait signalé certains paragraphes à mon attention et avait également souligné quelques mots ou expressions isolés. Je lus l'article de bout en bout à deux reprises, afin d'en fixer le contenu dans ma tête ; puis j'en transcrivis les passages les plus marquants dans mon Livre, avant de jeter au feu l'original.

IN MEMORIAM P. RAINSFORD DAUNT
1819-1854

Le meurtre brutal, et selon toute apparence gratuit, du célèbre poète, Phoebus Rainsford Daunt, le 11 décembre 1854, a fait sensation dans le pays tout entier et a même éclipsé pendant quelques jours les nouvelles de Crimée. Ceux d'entre nous qui vivaient alors à Londres n'oublieront jamais l'horreur insoutenable de cet événement. À la suite de la tragédie, un torrent d'indignation jaillit des pages de la presse nationale autant que des bouches des membres, à juste titre scandalisés et inquiets, des classes cultivées de la société, qui s'apprêtaient à célébrer Noël en cette froide fin d'année.

Que l'auteur d'œuvres aussi immortelles et universellement appréciées que *Le Fils du pharaon* ou, ce qui reste sa réussite la plus aboutie, *La Conquête du Pérou*, ait pu être ainsi assassiné dans la demeure d'un pair du royaume – et pas n'importe lequel, mais le 25e baron Tansor – apparut alors à nombre d'entre nous comme une menace susceptible d'ébranler les fondements mêmes de la civilisation britannique.

Le même cri s'éleva de toutes parts: « Il faut agir ! » Si un honorable citoyen ne pouvait plus se considérer comme à l'abri de tout danger mortel quand il fumait un cigare dans le jardin d'une résidence de Park Lane, où il avait soupé en compagnie d'amis et d'invités issus des hautes sphères de la société, et parmi eux le Premier ministre en personne, où fallait-il chercher pour trouver un refuge contre la violence criminelle ?

Au cours de ce dîner, Mr Daunt avait été fêté en tant qu'héritier des biens et possessions de Lord Tansor, privé de fils ou de fille pour lui succéder. Le baron avait toujours tenu Mr Daunt en haute estime, et ce à juste titre. C'est grâce à son prestige que ce dernier avait été envoyé à Eton, comme élève boursier. Très populaire et naturellement sociable, il y avait fort bien réussi, obtenant les plus hautes distinctions que l'école avait à offrir, avant de poursuivre ses études au King's College de Cambridge, objet de l'admiration de ses nombreux amis.

Peu de temps après avoir obtenu sa licence, il avait entamé sa carrière littéraire en publiant son premier recueil de poèmes, *Ithaca: A Lyrical Drama*, édité en 1841 par Mr Edward Moxon. Le succès fut immédiat. Encouragé par l'accueil réservé à sa première tentative, le poète s'attela aussitôt à la composition d'une œuvre plus ambitieuse, dans le style épique cette fois-ci, intitulée *The Maid of Minsk*. À nouveau, les critiques furent unanimes dans leurs éloges, et l'ouvrage se vendit fort bien, pour la plus grande satisfaction de Mr Moxon. Suivit une série d'œuvres remarquables, qui assurèrent définitivement à Mr Daunt une place au panthéon de nos plus grands poètes dramatiques.

Si l'on se tourne à présent vers les circonstances qui ont entraîné la mort du poète, force est de constater qu'elles demeurent mystérieuses et sont loin d'avoir été éclaircies. L'identité du meurtrier, un certain Edward Glyver, ne fait, elle, aucun doute. Mr Daunt et lui avaient été condisciples à Eton, où ils avaient même longtemps partagé une amitié profonde; une brouille survenue lors de leur dernière année avait néanmoins, selon toute apparence, donné à Glyver des raisons de détester son ancien ami, encore qu'on ignore toujours si l'offense dont il estimait avoir été victime aux mains de Daunt était réelle ou imaginaire.

Ceux qui l'ont personnellement connu estiment qu'il est impossible que Mr Daunt ait été capable, même adolescent, d'une conduite méprisable et blessante au point de pousser quelqu'un à commettre un meurtre à son encontre au bout de dix-huit ans, a fortiori quelqu'un qui, de l'avis général, avait fait preuve autrefois d'un solide attachement pour sa future victime.

Après avoir quitté Eton, ce qu'il fit de manière assez précipitée en 1836, à la mort de sa mère, Edward Glyver partit étudier à l'université de Heidelberg, puis voyagea pendant plusieurs années sur le Continent. Ce n'est qu'en 1848 qu'il revint en Angleterre, où, sous le pseudonyme d'Edward Glapthorn, il trouva un emploi dans un cabinet d'avocats renommé de la City, Tredgold, Tredgold & Orr, dans Paternoster Row, conseillers juridiques de la famille Duport depuis de nombreuses années; il y travailla comme adjoint de l'associé principal, feu Mr Christopher Tredgold, encore qu'il ne semble avoir bénéficié d'aucune formation juridique.

Il apparaît aussi que, grâce à la position qu'il occupait au sein du cabinet, Glyver avait découvert que Lord Tansor avait l'intention de léguer ses biens à Mr Daunt, ce qui contribua à ranimer son animosité à l'égard de ce dernier, hostilité désormais aggravée par une jalousie féroce à l'idée que son ancien condisciple puisse hériter d'une telle fortune, alors que lui-même n'avait pour vivre qu'un modeste salaire.

Il ne se décidait pourtant pas à agir, se contentant d'observer sa future victime en secret. Au cours de l'automne 1854, toutefois, une crise se produisit, qui précipita la catastrophe finale. Ce qui avait si longtemps couvé dans l'esprit dérangé de Glyver s'enflamma brusquement, avec le résultat que l'on sait.

Il semble probable que ce furent les fiançailles de Mr Daunt avec l'ex-Miss Emily Carteret, l'actuelle Lady Tansor, qui mirent le feu aux poudres; car on sait de source sûre que Glyver – toujours sous le nom de Glapthorn – avait rendu visite à Miss Carteret dans le Northamptonshire, prétendument en sa qualité de représentant de Mr Tredgold, chargé de régler certaines questions relatives aux affaires du défunt père de la jeune femme. À la suite de quoi, selon les déclarations de Miss Carteret elle-même, il se mit à la poursuivre de ses assiduités, auxquelles elle eut bientôt le plus grand mal à se soustraire, même quand elle séjournait à Londres chez une parente. Afin de décourager ses visites, qui lui devenaient de plus en plus pesantes, Miss Carteret fut obligée de s'absenter de chez elle à Evenwood pendant de longues périodes, mais Glyver n'en continua pas moins à la harceler, jusqu'au moment où elle se vit obligée de lui annoncer son prochain mariage avec Mr Daunt, avant de lui enjoindre, dans les termes les plus catégoriques, de cesser de la voir.

La jalousie venait maintenant s'ajouter à l'orgueil blessé et à la convoitise de biens matériels dans l'esprit dérangé d'Edward Glyver. Ce qui avait débuté comme une simple brouille entre camarades d'école semblait s'être transformé chez lui en un désir irrépressible de se débarrasser, une bonne fois pour toutes, de l'homme qu'il voyait, dans sa fureur aveugle, comme celui qui contrecarrait irrévocablement ses propres visées amoureuses à l'endroit de Miss Carteret, visées, répétons-le, totalement utopiques et sans écho chez la jeune femme.

Arriva bientôt l'issue fatale, que nous connaissons tous, du 11 décembre 1854, lors d'un dîner désormais tristement célèbre donné par Lord Tansor dans sa résidence de Park Lane, destiné à célébrer les fiançailles de Mr Daunt et de Miss Carteret aussi bien qu'à marquer la conclusion de la procédure juridique visant à faire de Mr Daunt l'héritier de tous les biens du baron.

Déguisé en valet, Glyver suivit Mr Daunt dans le jardin, à l'arrière de la maison, et c'est là qu'il assouvit sa vengeance si longuement méditée en le poignardant à mort. Il laissa derrière lui une offrande on ne peut plus étrange : serrée entre les doigts déjà raidies de la main droite du cadavre, on trouva une transcription, de la main du meurtrier, de quelques vers extraits du célèbre poème de Mr Daunt, « From the Persian », qui associe la nuit à la mort.

En dépit des efforts réitérés de la police, le meurtrier n'a toujours pas été retrouvé à ce jour. Personne ne saurait dire s'il est mort ou vivant, en Angleterre ou à l'étranger. S'il a été rappelé par son Créateur, il est à espérer qu'il subit désormais, et pour l'éternité, le châtiment que lui vaut sa noire cruauté et auquel il a échappé ici-bas.

Sur l'insistance généreuse de Lord Tansor, le poète a été inhumé dans le mausolée des Duport à Evenwood, le 20 décembre 1854.

Dix ans se sont écoulés depuis que le monde stupéfait a appris que le poète avait été fauché alors qu'il atteignait sa pleine mesure et se préparait un avenir plus brillant encore.

À l'approche de l'anniversaire de cette terrible nuit, il a semblé opportun d'offrir au public britannique ce compte rendu, bref et par force incomplet, afin tout à la fois de commémorer les succès du poète et de rendre hommage à l'homme – être d'une probité et d'une générosité naturelles, d'une sociabilité, d'une affabilité et d'un esprit qui lui valaient l'estime et l'affection d'un large cercle d'amis et de connaissances, au nombre desquels l'auteur de ces lignes est fier de se compter.

A.V.

En réfléchissant aux initiales qui concluaient l'article, je ne tardai pas à me convaincre de ce que l'auteur de cet hommage n'était autre que ce loup de Mr Armitage Vyse, l'homme qui venait ce soir même de partager le dîner de Lady Tansor.

Quel rôle ce singulier et, j'en étais certaine, dangereux personnage jouait-il aujourd'hui dans la vie de Milady ? Je n'en avais aucune idée. C'était là un nouveau mystère, à ajouter à l'énigme représentée par « Mrs Kennedy ».

Laissant pour l'instant mes conjectures de côté, je passai au second des articles.

II

EXTRAIT DE LA *LONDON MONTHLY REVIEW*
1er JANVIER 1865

Les coupures cette fois-ci étaient extraites du courrier des lecteurs. Le texte avait été rédigé par un abonné au magazine, en réponse à l'article commémoratif du numéro précédent, consacré à Phoebus Daunt et signé « A.V. ». Elles aussi portaient des marques à l'encre de la main de Madame, soulignant les passages qu'elle voulait me voir retenir. En haut de la première page, elle avait écrit : « E, cet extrait, comme tu t'en rendras compte immédiatement, est à prendre comme un rectificatif indispensable de l'autre. Accorde à ces lignes la plus grande attention. M. »

Je fis de celui-ci ce que j'avais fait du premier : après l'avoir lu avec attention et relevé les passages les plus pertinents dans mon Livre, je le livrai aux flammes.

HEATH HALL, CO. DURHAM
26 décembre 1864

Monsieur,

Je viens tout juste de lire l'article intitulé « In Memoriam P. Rainsford Daunt », paru dans le numéro de décembre de votre magazine et signé « A.V. ». J'espère que vous voudrez bien m'accorder dans vos colonnes l'espace nécessaire à une réponse.

Je me dois de féliciter votre auteur anonyme pour avoir rappelé au public britannique les terribles événements du 11 décembre 1854. Loin de moi l'idée de médire des morts, surtout quand il s'agit d'une personnalité aussi connue que celle de feu Mr Phoebus Daunt, victime d'une mort aussi horrible qu'imméritée. Il reste cependant que, dans la mesure où j'ai personnellement connu la victime autant que son meurtrier, je me sens tenu d'offrir un autre avis sur les acteurs de cette tragédie.

Ancien élève d'Eton de 1832 à 1839, j'ai eu maintes fois l'occasion d'observer les personnalités respectives de Mr Daunt (que j'ai également fréquenté par la suite à Cambridge) et de son ami, Edward Glyver. En conséquence de quoi, je crois pouvoir affirmer, sans craindre d'être contredit, que le portrait que trace « A.V. » du premier est sujet à caution.

Qu'il me soit permis de répéter qu'il n'est nullement dans mes intentions de salir la réputation posthume de Mr Phoebus Daunt. Devant l'assertion de « A.V. » selon laquelle, pour ceux qui le connaissaient personnellement, Mr Daunt aurait été incapable d'un acte méprisable ou blessant, je ne soulèverai donc pas d'objection, si ce n'est pour rappeler les mots de saint Paul : nous avons tous besoin de la gloire de Dieu, et pour faire remarquer que certains d'entre nous en ont davantage besoin que d'autres. Je me contenterai dans la présente de m'en tenir aux faits.

On pourrait conclure de quelques-unes des observations de « A.V. » que Mr Daunt était entouré à Eton d'un large cercle d'amis, dont Mr Glyver n'était qu'un membre parmi d'autres. Ce n'était pourtant pas le cas. En réalité, le futur poète semblait peu enclin à rechercher l'approbation de ses condisciples. Mieux même, jusqu'à la classe de terminale je ne me souviens pas de l'avoir vu en compagnie de quiconque à l'exception de Mr Glyver, qu'il suivait comme son ombre. Ce fait notoire, cependant, est entièrement passé sous silence par « A.V. », or il est d'autant plus remarquable que Mr Glyver jouissait, lui, d'une profusion d'amis, autant parmi les élèves logés en ville que parmi les boursiers, internes comme lui, et n'avait nul besoin de s'en tenir à la seule fréquentation de Mr Daunt, ce qu'il faisait souvent au détriment de sa propre vie sociale.

Contrairement à Mr Daunt, Mr Glyver était universellement admiré et apprécié, et ce pour d'excellentes raisons. C'était, à tous égards, un être d'exception : belle prestance, commerce stimulant, capacités intellectuelles hors du commun. Ces qualités, auxquelles s'ajoutaient des dons indéniables pour les activités sportives, comme en témoignaient ses performances sur la rivière et le terrain de cricket (ses passages à la batte lors du match contre Harrow en 36 lui conférèrent un statut de héros à nos yeux), ainsi que ses prouesses au cours de l'annuel Jeu du Mur [1], faisaient de lui un des garçons les plus populaires de l'école. Voilà donc une autre omission notable dans le compte rendu de « A.V. » – omission d'autant plus surprenante si l'on songe au portrait excessivement élogieux que dresse Mr Daunt lui-même de son

1. Sorte de football pratiqué au *college* et donnant lieu à un grand match le 30 novembre, jour de la Saint-André. La première rencontre, qui opposait les « Oppidiens » aux internes, eut lieu en 1776. Le sport se pratique sur une étroite bande d'herbe bordée par un mur de brique légèrement incurvé d'environ 11 mètres de long, construit en 1717. Les règles en sont complexes, mais le jeu consiste en bref pour chaque équipe à essayer de pousser le ballon (sans le prendre avec les mains) jusqu'au bout du mur, puis de marquer. Il s'agit d'un exercice très physique dans lequel chaque joueur s'efforce de progresser à travers une mêlée apparemment impénétrable d'adversaires.

ami dans l'article « Souvenirs d'Eton », publié dans la *Saturday Review* en octobre 1848. Un individu peut changer, certes, pour le meilleur ou pour le pire; mais la connaissance qu'on a de lui lorsqu'il a quinze ou seize ans est d'ordinaire un indice assez fiable de ce qu'il deviendra. Je suis persuadé que la remarque s'applique en l'occurrence à Edward Glyver.

Je ne me fais pas l'avocat de Mr Glyver: il est impossible de défendre un homme qui en tue un autre de sang-froid, quoi que l'on puisse avancer en matière de circonstances atténuantes. Si je m'exprime ici, c'est simplement parce que je l'ai connu autrefois, et que je ne renie pas ce souvenir. Rien ne saurait excuser son acte haïssable, et toute personne sensée ne peut que déplorer qu'il ait échappé aux rigueurs de la loi et à un juste châtiment. J'oserai cependant soutenir que cet atroce forfait n'était pas dû à quelque déficience mentale innée, affection dont, à ma connaissance, Mr Glyver n'a jamais souffert, contrairement à ce que sous-entend « A.V. ».

Je n'ai pas qualité pour juger si l'envie face aux attentes de Mr Daunt aux termes du testament de Lord Tansor, ou une jalousie aveugle eu égard à la personne (aujourd'hui anoblie) à laquelle Mr Daunt était fiancé, ont pu se combiner aux vestiges d'une animosité antérieure pour pousser Mr Glyver au meurtre. La thèse est certes envisageable, encore que peut-être partielle et partiale aux yeux de ceux qui peuvent prétendre avoir mieux connu Edward Glyver que notre auteur anonyme.

Laissons là le domaine des suppositions pour évoquer un dernier point. Peindre Mr Glyver comme différent de ce qu'il était en réalité n'est pas rendre service à la mémoire de sa victime, laquelle, pendant plusieurs des années les plus formatives de sa vie, a considéré cet homme d'honneur – car c'est sans conteste ce qu'il était – comme le meilleur des amis.

« Mystérieuses », « loin d'avoir été éclaircies », c'est ainsi que « A.V. » qualifie les causes de la mort de P. Rainsford Daunt. Je déplore sincèrement, profondément, les circonstances de cette mort, et partage avec lui l'espoir que, s'il est toujours en vie, le meurtrier puisse encore être traduit en justice, ou que, s'il n'est plus de ce monde, il ait été soumis au jugement auquel nous serons tous un jour confrontés. Il demeure que les faits, dans cette affaire, sont rares, et les conjectures plus ou moins gratuites fort nombreuses, « A.V. » en ayant ajouté plusieurs de son cru. Il est par ailleurs à souhaiter que l'avenir mettra un jour en lumière ce que les suppositions sans fondement et les préjugés étroits continuent à obscurcir.

Je reste, monsieur, votre dévoué serviteur,

J.T. HEATHERINGTON

Il était manifeste que Madame souhaitait me voir juger l'article signé « A.V. » à la lumière de la réponse critique de Mr Heatherington. Mais, sans aucun argument pour fonder mon opinion, auquel des deux devais-je accorder foi ? En dépit des soupçons que je nourrissais instinctivement à l'endroit de Mr Vyse, le fait qu'il était presque certainement l'auteur du panégyrique concernant Phoebus Daunt ne rendait pas nécessairement suspecte son évaluation de la personnalité du poète, ni de celle de son meurtrier. Inversement, je n'avais aucun moyen de savoir si l'on pouvait se fier aux points de vue contraires exprimés par Mr Heatherington.

Une autre question, cependant, m'importait bien davantage : quel était le lien existant entre le meurtrier, Edward Glyver, et moi-même, ou notre Grand Dessein, et pourquoi Madame désirait-elle que j'aie de lui une opinion plus favorable que celle qui ressortait de l'éloge commémoratif de Mr Vyse ? On ne me fournissait aucune réponse à ce sujet.

J'étais lasse de toutes ces devinettes et j'en voulais à Madame d'ajouter des énigmes à celles qui m'occupaient déjà l'esprit. Si bien que, après avoir mis mon Livre à jour, épuisée et perplexe, j'allai me coucher, car Milady avait besoin de moi de bonne heure le lendemain.

FIN DE L'ACTE UN

ACTE DEUX

Premières révélations

Je vis alors qu'il existait un chemin pour l'enfer,
depuis les portes mêmes du paradis.

John Bunyan, *The Pilgrim's Progress* (1678)

8

Où l'on enterre le professeur Slake

I

SUR LA ROUTE DE BARNACK

Les voitures qui devaient nous emmener à Barnack pour l'enterrement du professeur Slake avaient été requises pour dix heures.

Une minute à peine après l'heure dite, je descendis à la suite de Milady l'escalier menant à la cour d'honneur, où Mr Perseus et son frère, ainsi que les autres membres de notre petit groupe, étaient déjà rassemblés.

Le temps, un peu froid et nuageux plus tôt dans la matinée, nous promettait à présent le soleil, et une délicieuse odeur boisée de début d'automne montait dans l'air humide, qui m'évoquait ces matins de septembre brumeux où j'allais me promener au bois de Boulogne en compagnie de Madame.

Ma maîtresse s'était montrée assez silencieuse tandis que je l'habillais, et je n'avais de mon côté fait aucun effort pour engager la conversation. Pâle, les traits tirés, elle monta dans la voiture aidée de Barrington, et, une fois assise, tourna des yeux las en direction des bois à l'ouest. Bien qu'elle ne m'eût pas appelée à son chevet pendant la nuit, je voyais bien qu'elle avait été à nouveau la proie de ses terreurs nocturnes.

Une autre voiture avait été prévue pour transporter Mr Lancing, l'administrateur du domaine, Mr Baverstock, le secrétaire de Milady, notre révérend (sans madame), qui devait officier à la place de Mr Candy, le pasteur de Barnack, et moi-même. Je me dirigeais vers ce second véhicule quand ma maîtresse m'appela.

« Non, Alice. Venez avec nous.

– Mais oui, Miss Gorst. Nous avons plus de place qu'il nous en faut. »

C'était Mr Randolph Duport qui avait parlé, et qui, debout à côté de la voiture, le visage éclairé d'un sourire affable, me tendait la main pour m'aider à monter la marche.

C'était une marque de faveur tellement insigne que je me sentis rougir et hésitai un instant ; mais il gardait la main tendue, si bien que je la pris légèrement dans la mienne, avant de m'installer prestement sur mon siège, en face de Lady Tansor. Mr Randolph vint ensuite s'asseoir à côté de moi, tandis que son frère, vêtu d'un long raglan noir, prenait place près de sa mère.

Au moment où Barrington refermait la portière de la voiture, je jetai machinalement un coup d'œil derrière moi et aperçus Mrs Battersby, seule sur les marches de l'entrée, qui observait notre départ, et qui avait sans doute remarqué, en le désapprouvant, le geste qu'avait eu Mr Randolph à mon égard. Puis nous partîmes, en direction de l'ouest, pour traverser d'abord la section arborée qui s'étendait le long du mur d'enceinte du parc, et continuer ensuite vers les grilles ouvrant sur la route d'Odstock.

Milady n'avait pas cessé de regarder par la fenêtre, le visage impassible, si l'on excepte ces lèvres pincées que j'avais appris à interpréter comme révélatrices d'un trouble intérieur délibérément maîtrisé. Tandis que nous approchions des grilles, elle tendit soudain la main et, d'un geste presque rageur, abaissa le store. Elle ne le remonta qu'à bonne distance du château.

Après le village d'Odstock, nous devions bifurquer vers le nord pour traverser Ashby St John et atteindre ensuite la grand-route qui reliait Easton à Stamford. Mr Randolph avait tenté à plusieurs reprises, avec entrain, d'entamer la conversation avec sa mère et son frère, mais aucun des deux n'avait répondu favorablement à son initiative. Puis, comme nous quittions Ashby St John, il se tourna vers moi et me demanda si je savais quelque chose du défunt professeur Slake.

« Simplement qu'il était conservateur de la bibliothèque, répondis-je, consciente du fait que, étant donné l'atmosphère ambiante, il était préférable d'en dire le moins possible.

– Et un grand érudit, à ce que l'on dit, enchaîna Mr Randolph, bien que, personnellement, j'ignore tout de ce genre de chose. Peut-être ne le savez-vous pas, Miss Gorst, mais il avait eu le temps avant sa mort de compléter l'histoire de notre famille commencée par mon grand-père.

– Je suppose que vous voulez parler de Mr Paul Carteret ? »

À la mention du nom de son père, Milady me gratifia d'un regard terrible, tout à la fois indigné et furieux ; mais elle ne dit mot et se détourna bientôt pour se figer à nouveau dans la contemplation du paysage.

« Slake était peut-être un grand érudit, mais en tant qu'homme, il était bien inférieur à Grand-Père en matière de tempérament et de personnalité. »

Ainsi venait de parler Mr Perseus, lequel cachait mal son irritation devant l'attitude de son frère.

« La plupart des hommes, poursuivit-il d'un ton pontifiant, traversent la vie comme des moutons dans un pré, sans se préoccuper des mystères qui les entourent au quotidien. Et c'est tant mieux pour le bien des peuples. Le professeur Slake, lui, était d'une conviction diamétralement opposée, et faisait partie de cette clique d'excentriques casse-pieds qui voient des mystères et des énigmes partout, même là où – comme c'est presque toujours le cas – il n'y a rien d'obscur ou d'inexplicable. Ce genre de comportement finit par empoisonner la vie de tout le monde.

– Cela suffit, mon chéri, dit sa mère d'une voix douce, sans cesser de regarder par la vitre. Ne disons pas de mal des morts, je vous en prie.

– Mais ce que tu décris est une forme supérieure de curiosité, non ? objecta Mr Randolph. Qui me semble à coup sûr digne d'admiration.

– Uniquement si elle connaît des limites raisonnables et s'applique à bon escient, rétorqua son frère. Pour un chercheur, la curiosité intellectuelle est bien évidemment une nécessité impérative ; dans la vie de tous les jours, toutefois, cette même tendance peut chez certains individus prendre la forme d'une curiosité de bas étage, qui fait d'eux de simples fouineurs mettant leur nez dans les affaires des autres.

– Perseus, mon chéri, avez-vous parlé au docteur Pordage, comme je vous en avais prié ? »

La question de Lady Tansor mit un terme à la petite diatribe de Mr Perseus, pendant laquelle je m'étais efforcée de prendre un air aussi détaché que possible. Je fis délibérément tomber mon réticule, puis, après l'avoir ramassé, en sortis un mouchoir pour me tamponner l'œil comme si j'avais attrapé une poussière, espérant ce faisant donner l'impression que j'étais trop occupée par mes petits problèmes pour prêter attention à ce qui se disait.

« Pordage se rend directement à Barnack avec Glaister, dit Mr Perseus, mais il reviendra ensuite à Evenwood avec Lancing et les autres. Il y a suffisamment de place pour tout le monde. »

Après m'avoir lancé un regard qui semblait sous-entendre qu'il n'aurait pas dû y avoir de place libre dans l'autre voiture, il se drapa dans son raglan et ferma les yeux.

Percevant mon malaise, Mr Randolph leva vers moi un sourcil compatissant, puis il m'adressa un sourire dans lequel je lus tout à la fois une excuse pour les propos désinvoltes de son frère et le désir de me rappeler que lui et moi partagions d'ores et déjà un degré d'amitié qui nous mettait à part des autres occupants de la voiture.

Poursuivant notre chemin, nous atteignîmes Stamford sans encombre. Au croisement où se trouve le George Hotel, la voiture prit une route qui nous fit longer les grilles de Burghley, la grande demeure de la famille Cecil, pour nous amener finalement au village de Barnack.

II

LA TERRE RETOURNE À LA TERRE

Depuis que nous avions quitté Stamford, Mr Perseus n'avait pas dit un mot et était resté les yeux clos, la tête appuyée contre le dossier rembourré de la banquette. Au moment où nous entrions dans Barnack, il parut soudain se réveiller et me regarda droit dans les yeux.

« J'ai cru comprendre que vous lisiez beaucoup de poésie, Miss Gorst, dit-il. Connaissez-vous Clare le Fou, l'un des bardes paysans de la région ? »

Je reconnus que tel n'était pas le cas.

« Il fréquentait cet endroit, dit Mr Perseus. Regardez, là – le lieu qu'on appelle ici les Trous et les Bosses, et d'où l'on extrayait l'ardoise. »

Il désigna d'un signe de tête un terrain curieusement accidenté, derrière un groupe de cottages.

« Vous pourriez également mentionner Mr Kingsley, mon chéri. »

Opinion exprimée par Milady avec un sourire forcé, comme si parler lui demandait des efforts considérables.

« Kingsley ? s'enquit Mr Perseus. Ah, celui des Bébés d'eau. Il a vécu ici quand il était enfant, je crois, Miss Gorst, chez son père, qui était pasteur.

– Ton grand-père m'a raconté que le père de Mr Kingsley était venu dîner un jour à la Dower House, dit Milady à Mr Perseus. Je me souviens même de l'année : 1829, au cours de la semaine qui a précédé la mort de ma sœur. »

Sa voix avait pris une tonalité étrange, rêveuse, et son front était moite de transpiration.

« Vous ne vous sentez pas bien, Mère ? demanda Mr Randolph, en se penchant vers elle et en posant une main pleine de sollicitude sur la sienne.

– Mais si, très bien, merci, Randolph. Comme je vous l'ai dit au petit déjeuner, je me suis levée ces deux derniers jours avec une violente migraine, c'est bien pourquoi j'ai demandé à Perseus de faire venir le docteur Pordage. Mais ce n'est rien. Ah, nous voici arrivés. »

La voiture s'était arrêtée devant la vénérable église de St John the Baptist, où une foule nombreuse de gens en deuil et de badauds s'était déjà rassemblée.

Nous descendîmes, et les rangs de curieux s'ouvrirent docilement – tels les flots de la mer Rouge devant Moïse –, tandis que Milady et ses deux fils, suivis des autres membres du groupe d'Evenwood et de moi-même, qui fermais la marche, traversions en ordre solennel le cimetière pour aller nous asseoir dans l'église aux places d'honneur qui nous avaient été réservées.

Ultime manifestation de son excentricité (à laquelle j'applaudissais chaleureusement), le professeur Slake avait donné des instructions rigoureuses concernant son inhumation, laquelle devait se dérouler dans la plus grande simplicité. On ne pouvait donc que se féliciter de l'absence de la pompe et des afféteries habituelles : pas plus de ces sinistres barbus engagés pour pleurer le mort ou de ces hideux épouvantails emplumés que de corbillard habillé de noir, semblable à quelque omnibus de la mort. J'avais été témoin de telles horreurs à Londres, lors de mon séjour chez Mrs Ridpath, et ce spectacle m'avait emplie de dégoût.

Le cercueil en bois brut fit son entrée dans l'église sur une charrette à bras, ornée des dernières fleurs de l'été et de rubans bleu foncé (le professeur était un ancien d'Oxford), tirée par le jardinier du défunt et son fils. Derrière le cercueil marchait la figure solitaire de Mr Montagu Wraxall, neveu du professeur et unique parent encore en vie de celui-ci (ainsi que m'en informa par la suite le docteur Pordage), portant devant lui, comme il l'aurait fait d'une offrande, un exemplaire de l'œuvre célèbre du professeur sur l'histoire des peuples païens (information fournie avec l'aimable concours du même Dr P) [1].

L'office commença, conduit par Mr Thripp – pompeusement conscient de l'honneur qui lui était conféré de façon si inattendue –, lequel monta en chaire au moment voulu pour nous abreuver, quarante minutes durant, de ses considérations ô combien prolixes sur notre mortelle condition. Alors qu'il arrivait au bout de sa péroraison, au soulagement manifeste de l'assemblée, le bruit d'une violente averse se fit soudain entendre.

« Exactement le même temps que le jour où l'on a enterré Mr Carteret, votre prédécesseur, murmura à Mr Baverstock le docteur Pordage, assis dans la rangée derrière moi.

– Exactement le même », acquiesça le secrétaire de Milady.

1. Lucian Rawson Slake (1805-1876), *Histoire analytique et descriptive des peuples païens* (Smith, Elder, 1868), une histoire exhaustive, mais malheureusement pratiquement illisible, des Assyriens, Babyloniens, Mèdes, Perses, Grecs et Romains. Un ouvrage concurrent, de George Smith (1800-1868), avait été publié par Longman, Brown, Green & Longmans en 1853. Le coup fut sans doute rude pour Slake, qui travaillait sur son *magnum opus* depuis 1833, mais qui n'en poursuivit pas moins sa tâche. Il est à craindre qu'il n'ait pas trouvé beaucoup de lecteurs.

III

PYTHAGORAS LODGE

L'averse, aussi brève que brutale, avait presque cessé quand nous nous rassemblâmes autour de la tombe. Il fut cependant nécessaire de trouver promptement des parapluies, et pour les dames de préserver leurs jupes sur le sentier dont les ornières s'étaient transformées en flaques.

Quand le cercueil, avec la cérémonie qui s'imposait, eut été descendu dans la tombe, dont les parois étaient encore parcourues de petites rigoles boueuses, Mr Wraxall s'avança, le livre de son oncle à la main. Il s'employa alors à l'entourer d'un des longs rubans bleu foncé qui ornaient la charrette, puis il mit un genou en terre et laissa se dérouler le ruban, permettant ainsi à l'ouvrage d'atterrir sans heurt sur le couvercle du cercueil.

Personne en dehors de moi ne parut le moins du monde surpris par ce cérémonial singulier. Pour tout dire, nombreux devaient être les gens du cortège à s'attendre à ce geste, car j'entendis quelqu'un dire à son voisin que le bruit courait depuis longtemps dans le village que le professeur désirait voir l'œuvre de sa vie placée avec lui dans la tombe (mais non à l'intérieur du cercueil) : ce serait ainsi le premier objet à paraître à la lumière lors de la Résurrection, événement qu'il avait fixé en toute confiance au premier jour de l'année 1900.

Une collation avait été préparée à l'intention des membres les plus distingués de l'assemblée – au premier rang desquels figuraient, bien entendu, les gens d'Evenwood – dans l'ancienne maison du professeur Slake, Pythagoras Lodge, qui se trouvait un peu en dehors du village, sur la route de Helpston.

À entendre le nom de l'habitation, je m'étais attendue à un édifice gothique imposant et rébarbatif, et, pleine d'espoir, m'étais représenté un château d'Otrante miniature dressé au milieu de la campagne tranquille de l'East Anglia. Si bien que je fus un peu déçue quand notre voiture s'arrêta devant une petite villa proprette, qui n'avait sans doute pas plus d'une cinquantaine d'années, recouverte d'un treillage vert foncé, et plantée au milieu d'un grand carré de pelouse soigneusement entretenue, où seul un vieux cèdre brisait la perspective.

Mr Wraxall nous accueillit à la porte, puis escorta Lady Tansor jusqu'à la salle du petit déjeuner, où la collation avait été installée sur deux longues tables.

Le neveu du défunt professeur m'avait intriguée dès le moment où il était entré dans l'église, derrière le cercueil de son oncle. Il avait environ soixante-cinq ans – ce qui me fut confirmé par le docteur Pordage –, était rasé de près et entièrement chauve à l'exception de deux mèches duveteuses et argentées autour de chacune des oreilles. Pourtant, il émanait de lui un rayonnement sans âge qui lui donnait l'air de n'avoir jamais connu les souillures ni le fardeau des maux et des désillusions propres au commun des mortels. On voyait par ailleurs à l'œuvre dans ses yeux gris pétillants une intelligence si vive et vigoureuse qu'on aurait pu le prendre pour un jeune homme qui vient de s'embarquer dans la vie, plein d'ambition et d'un optimisme sans bornes.

Je suivis Milady et ses fils dans la salle du petit déjeuner, mais m'arrêtai quand Mr Wraxall les présenta à un groupe de dames et de messieurs, avant qu'ils aillent prendre place autour du feu à l'autre bout de la pièce. C'est le moment que choisit le docteur Pordage pour venir me rejoindre et, sans y être invité, me parler de Mr Montagu Wraxall.

Notre hôte était à présent retiré du Barreau, mais il avait été, au sommet de sa gloire, considéré comme un des plus redoutables procureurs sur la place de Londres, où il était resté célèbre pour la rigueur et la patience avec lesquelles il préparait ses dossiers et pour la logique impitoyable et inattaquable dont il faisait preuve dans les débats. Nombreux étaient les grands procès d'assises dans lesquels il avait triomphé contre vents et marée. L'homme avait des qualités d'affabilité, mais se retrouver poursuivi par Mr Montagu Wraxall, avocat de la Couronne, constituait apparemment une perspective peu enviable : dans les rangs des criminels de la capitale, on tenait à une époque pour une vérité quasi universelle que vous étiez bon pour la potence si vous aviez le malheur de vous retrouver devant Wraxall alors que vous étiez passible de la peine de mort.

« Et modeste avec ça, ma chère, me confia le docteur, qui se pencha vers moi tout en caressant sa barbe carrée et grisonnante pour plus d'effet. D'une modestie quasi incorrigible. Et, vous savez quoi, je tiens cette sorte d'autodénigrement pour parfaitement sincère. Incroyable, non ? »

Je répondis d'un sourire et demandai au docteur Pordage s'il aurait la bonté de m'apporter un verre d'eau glacée, car j'avais la gorge un peu sèche.

Il avait à peine tourné les talons que Mr Wraxall en personne se matérialisait à mes côtés.

Je commençai, bien entendu, par lui présenter mes condoléances. Je me rendis compte aussitôt que j'avais été stupide de penser qu'il était imperméable aux soucis de ses semblables, quand je vis une ombre passer sur son visage.

« Vous êtes Miss Gorst, j'en suis certain, affirma-t-il. Votre réputation vous précède. »

Il vit mon air ébahi et sourit.

« Je voulais simplement dire que l'on vous tient pour une personne peu ordinaire, Miss Gorst, ce qui fait toujours beaucoup marcher les langues dans les villages, encore que vous devriez vous sentir flattée d'être l'objet de tant de bavardages. Vous êtes un phénomène, vous savez.

– Je ne vois vraiment pas ce que vous voulez dire, monsieur, dis-je en toute honnêteté.

– Réfléchissez un peu : vous n'avez pas l'air d'une femme de chambre, ni n'en avez la façon de parler ; et je soupçonne fort que vous n'en avez pas non plus la façon de penser. Je ne suis pas le seul à avoir été frappé par cette discordance, et il est naturel que les gens s'interrogent sur les raisons que peut avoir une jeune personne telle que vous à entrer dans la domesticité. Je me le demande moi-même, voyez-vous. Bon, c'est dit, mais ne m'en veuillez pas.

– Vous en vouloir, monsieur ?

– Oui, d'avoir été assez impertinent pour vous dire ce qui est la simple vérité. Je crains que ce soit là un de mes principaux travers – même si, bien sûr, j'en ai beaucoup d'autres.

– Ce serait donc un travers que de dire le vrai ?

– La vérité n'est pas toujours agréable à entendre. »

Il me dit ensuite qu'il espérait bien avoir le plaisir de me revoir à Evenwood.

« Vous savez peut-être que mon défunt oncle avait été autorisé à occuper le pavillon de gardien attenant aux grilles nord du domaine pendant les jours où ses obligations lui imposaient l'usage de la bibliothèque. Il y a là quantité de documents et d'autres effets qui demandent à être examinés – si mon oncle était un peu négligent, pour ne pas dire assez désordonné, dans la gestion de ses propres affaires, il était d'une efficacité scrupuleuse dans la conduite de celles de son employeur. Lady Tansor m'a très aimablement accordé la permission d'occuper le pavillon nord, le temps pour moi de mener à bien ce travail ; il se peut donc que nos chemins se croisent à nouveau. En tout cas, je l'espère. »

Sur ces mots, nous prîmes congé l'un de l'autre.

Je me dirigeais vers l'endroit où se trouvaient Milady et ses fils quand le docteur Pordage m'appela.

« Miss Gorst ! Votre eau ! »

Que faire sinon me retourner et prendre le verre qu'il me tendait, geste qui s'accompagna d'une forte pression de sa main moite sur la mienne ; je me dégageai vivement, renversant du même coup une bonne partie de l'eau contenue dans le récipient.

« Quel maladroit je fais ! s'exclama-t-il en sortant son mouchoir. Je vous en prie, pardonnez-moi, Miss Gorst.

– Ce n'est rien, monsieur. Maintenant, si vous voulez bien m'excuser. »

Lui tendant le verre presque vide, je me hâtai de m'éloigner.

« Où étiez-vous donc passée, Alice ? me demanda Milady, l'air contrarié. Votre place était ici, avec nous. »

Je lui dis que j'avais bavardé avec Mr Wraxall.

« Bavardé avec Mr Wraxall ! Bien, bien. En ce cas, je ne puis que vous pardonner, je suppose.

– Votre robe est toute mouillée, Miss Gorst, intervint Mr Randolph. Vous ne voulez pas vous approcher du feu pour la faire sécher ? »

Je le remerciai, mais lui dis que je préférais me tenir debout.

« Allons, allons, Miss Gorst, vous ne pouvez pas rester ainsi. »

C'était Mr Perseus qui avait parlé, et qui, à ma grande surprise, m'offrait maintenant sa chaise.

« Regardez-les se disputer vos faveurs, Alice, dit Lady Tansor. A-t-on jamais vu femme de chambre être l'objet d'autant d'attentions ? »

Elle eut beau vouloir masquer la causticité de sa remarque en la ponctuant d'un petit rire, je vis Mr Randolph rougir légèrement, tandis que Mr Perseus, le visage impassible, debout derrière la chaise, les mains sur le dossier, attendait que je prenne place.

Je le remerciai de sa prévenance, mais répétai que j'étais très bien debout.

« Fort bien, dit-il. Alors vous voudrez bien m'excuser, j'espère. J'ai besoin d'un cigare.

– Vous ne voulez pas grignoter quelque chose d'abord, mon chéri ? lui demanda sa mère. Vous devriez.

– Je n'ai aucune envie de déjeuner, répondit-il, et fumer sur un estomac vide constitue une stimulation intellectuelle inappréciable. J'ai le dernier chant de mon poème à terminer, comme vous savez, et un cigare va m'aider à donner forme à mes idées. »

Quand il fut parti, Lady Tansor se tourna vers moi.

« Les exigences du génie, voyez-vous, Alice, sont terribles. Elles vous obligent constamment à différer la satisfaction des besoins les plus élémentaires. Mais que deviendrions-nous sans des êtres d'exception tels que mon fils, dont les efforts ne visent qu'à donner au monde beauté et harmonie ? Le talent poétique hors du commun dont il est détenteur confère à Perseus une conscience aiguë de ses devoirs tant envers la présente génération que celles à venir. Nous devons nous rendre à Londres très bientôt… vous ai-je déjà parlé de cela ? Perseus va montrer son travail à un éditeur. Je suis convaincue qu'il l'appréciera, et que la publication connaîtra un grand succès ; mais, bien entendu, il faut d'abord que l'œuvre soit achevée. Et il doit faire ce qu'il estime nécessaire pour cela, même si je n'approuve guère la consommation de cigares. »

Puis elle se tourna vers son fils cadet.

« Randolph, mon chéri, finalement, je mangerais bien un petit quelque chose. Pouvez-vous aller me chercher un morceau de pâté en croûte ? »

9

Où l'on ouvre la deuxième lettre de Madame

I

UNE VISION DU JUGEMENT À VENIR

Nous sommes deux jours après l'enterrement du professeur Slake, et l'aube vient de se lever.

Mr Perseus a fumé un nombre suffisant de cigares pour lui permettre de terminer son poème, et nous partons demain pour Londres, où nous rencontrerons l'éditeur potentiel et passerons quelques jours dans l'hôtel particulier de Milady.

L'ancienne résidence londonienne de feu Lord Tansor dans Park Lane, théâtre du meurtre de Phoebus Daunt, a été vendue dès que Milady a hérité du titre, en 1863. Elle possède désormais une belle maison dans Grosvenor Square, bien qu'elle n'y réside pas souvent.

Elle m'a appelée à trois reprises la nuit dernière. La première fois pour lui brosser les cheveux, la deuxième pour lui lire des extraits de la *Penelope* [1] de Mr Daunt, et la dernière, un peu après trois heures, pour m'avoir assise en face d'elle, à côté du feu, tandis qu'elle contemplait les flammes qui dansaient dans la cheminée.

« Vous avez dû être élevée dans la religion catholique, j'imagine ? » me demanda-t-elle soudain.

Je lui dis la vérité : enfant, j'allais régulièrement à l'église, apprenais mon catéchisme et lisais la Bible, mais ma tutrice, bien qu'elle-même pratiquante, avait choisi de ne pas m'imposer cette religion. Selon ses dires, pareille attitude serait allée à l'encontre des

1. *Penelope : A Tragedy, in Verse* (Bell & Daldy, 1853).

vœux de mon père protestant. C'est pourquoi j'avais été autorisée à décider par moi-même de la question, une fois que j'aurais atteint l'âge de raison.

« Et quelle a été votre décision ? s'enquit Milady.

– Je ne professe aucune croyance ni n'appartiens à aucune confession particulière ; j'ai néanmoins une sorte de foi primaire.

– Qui consiste en quoi ?

– Je crois, répondis-je, voyant là une occasion de mettre la conscience de ma maîtresse à l'épreuve, qu'il existe un Pouvoir créateur éternel, que nous nommons Dieu, et que nous serons tous un jour appelés en jugement sous Son regard omniscient. »

C'étaient là les paroles de Mr Thornhaugh, et elles reflétaient ses propres convictions religieuses. Leur effet sur Milady fut instantané.

« En jugement ? »

La bûche que j'avais jetée sur le feu s'embrasa brusquement, illuminant son visage. Il était livide, et je vis qu'elle agrippait les bras de son fauteuil, comme si quelque force invisible tentait de l'en arracher.

« Assez parlé sur ce compte, dit-elle au bout d'un moment. Je suis fatiguée et j'aimerais dormir si je le puis. »

Je l'aidai à se réinstaller dans son énorme lit sculpté et tirai les lourdes tentures rouges autour d'elle, ne laissant entrouvertes que celles qui se trouvaient le plus près du feu.

« Vous n'aurez plus besoin de rien, Milady ? demandai-je après lui avoir rempli un verre d'eau.

– Non, Alice. Bonne nuit. »

Elle ferma les yeux un instant, puis, poussant un profond soupir, se tourna sur le côté pour ne plus voir le feu, ses longs cheveux encore plus noirs sur le blanc de sa chemise de nuit.

Bonne nuit, Milady, dis-je en moi-même. Faites de beaux rêves.

Quand je m'éveillai, au son apaisant des roucoulements des pigeons sur le toit recouvert de plomb, je fus surprise de constater que, en dépit des perturbations de la nuit, je n'étais nullement fatiguée, et je décidai d'aller prendre l'air de l'aube, avant de me rendre chez ma maîtresse pour l'habiller.

Ouvrant les rideaux, je jetai un coup d'œil dehors. Le spectacle qui s'offrit à ma vue était passablement sinistre.

Une lumière d'un gris sale tentait de naître, et une brume épaisse et lourde, semblable au brouillard miasmatique impénétrable du cauchemar dans lequel je faisais la rencontre du petit Anthony Duport, masquait le parc au-delà des jardins d'agrément : une vraie brume de début d'automne qui annonçait déclin et pourriture. Qui évoquait aussi l'image de pommes véreuses jonchant l'herbe humide d'un verger à l'abandon, et de tas de feuilles en décomposition, grasses sous le pied. La mort était dans l'air. Je frissonnai et m'apprêtai à quitter la fenêtre, ayant renoncé à mon projet de promenade, quand quelque chose attira mon regard.

Une silhouette indistincte – celle d'un homme bien bâti –, debout de l'autre côté du saut-de-loup qui marquait la lisière des jardins.

J'observai l'homme une ou deux minutes, mais il ne bougeait pas. Il était grand, coiffé d'un tuyau de poêle, et avait une canne à la main : je n'en discernais pas plus. Que faisait-il donc à cette heure, par un petit matin aussi lugubre ? Attendait-il quelqu'un ? L'aube naissante le démentait. C'était plus vraisemblablement un insomniaque, qui s'était arrêté le temps d'admirer le château, car Evenwood, même par une aussi triste journée, restait capable d'émouvoir.

La vapeur de mon souffle avait embué la vitre, et je voulus l'effacer avec ma manche. Quand je regardai à nouveau, l'homme avait disparu, englouti par la brume.

Après le petit déjeuner, Barrington m'arrêta au pied de l'escalier de service et me remit une lettre. Je vis aussitôt qu'elle était de Madame ; mais, comme il me fallait habiller Milady, puis consacrer toute la matinée à diverses tâches, ce n'est qu'après le repas de midi que je réussis enfin à m'échapper pour remonter dans ma chambre et la lire.

C'était, comme je l'espérais, la deuxième Lettre d'Instructions.

II

MADAME DE L'ORME
À MISS ESPERANZA GORST

LETTRE 2

Maison de l'Orme
Avenue d'Uhrich, Paris

Ma très chère enfant,

Tes lettres me sont une consolation. Je les garde précieusement à portée de main et les relis aussi souvent qu'il m'est possible. Car j'ai, moi aussi, besoin de courage, et l'exemple que tu me donnes – toi qui te montres si brave et si forte – m'aide aujourd'hui à te présenter la demande qu'il me faut te faire. Mr Thornhaugh me prie de te dire qu'il a lui aussi la plus haute admiration pour la manière dont tu te comportes dans la situation difficile où tu as été placée. Je m'inquiète constamment pour toi, chère enfant, mais Mr Thornhaugh m'est d'un grand secours, grâce à la confiance inébranlable qu'il a en toi, et d'où tu devrais pouvoir, à ton tour, tirer force et réconfort.

Dans ta dernière lettre, tu me suppliais à nouveau de te révéler la nature ultime de notre projet. Il serait prudent d'attendre encore un peu pour ce faire, le temps que tes relations avec Lady T soient fermement établies. Mais je te promets, chère enfant, de satisfaire toutes tes interrogations, de façon aussi claire et exhaustive qu'il me sera possible, dans ma troisième missive, que tu recevras vers la fin de l'année.

Je t'ai dit que ta maîtresse était ton ennemie. Tu vas maintenant découvrir qu'elle est encore bien davantage.

Une hypocrite, une menteuse, un être indigne de confiance ; une usurpatrice sans foi ni loi, complice, qui plus est, du crime le plus abject qui soit.

Tu vas sans doute te demander, si tu admets que je te dis la vérité, les rapports qui peuvent exister avec notre Grand Dessein.

Sois persuadée, chère enfant, que la femme qui se dit aujourd'hui ta maîtresse t'a causé le plus grand tort et a été à ton égard coupable de la plus monstrueuse des injustices. Je ne peux, pour l'instant, t'en dire plus, de crainte, je le répète, de compromettre ta situation, avant que tu aies réussi à obtenir la totale confiance de ta maîtresse. Je dois donc, tout comme toi, prendre mon mal en patience.

Mais retiens bien ceci. La condition actuelle de Lady Tansor – l'aisance matérielle et la considération sociale dont elle jouit depuis si longtemps – est fondée sur la duplicité, la trahison... et bien pire encore. Ce qui nous manque pour l'heure, ce sont des preuves – tangibles et juridiquement inattaquables – de ses transgressions, mais tu nous aideras, je l'espère, à les découvrir. Ce faisant, tu serviras tes propres intérêts d'une manière que tu es loin de soupçonner.

Passons maintenant au problème posé par Mr Armitage Vyse. Ce que tu dis de ce monsieur nous a vivement intéressés. Comme tu l'as deviné, il est sans conteste l'auteur de l'article très partial que je t'ai envoyé. D'après les renseignements qu'a réussi à glaner Mr Thornhaugh, nous avons appris qu'il est avocat et possède un cabinet dans Old Square, Lincoln's Inn, même s'il ne pratique plus officiellement depuis plusieurs années et paraît vivre de ses rentes. Nous savons également qu'un ami commun l'a jadis présenté à Mr Phoebus Daunt, ce qui expliquerait la relation qu'il entretient avec ta maîtresse (qui n'était alors que Miss Carteret). Il a commencé à faire des visites régulières à Evenwood après le décès de son ami Daunt, visites qui se sont multipliées après celui du colonel Zaluski. Nous savons par ailleurs que Lady T s'est rendue à son cabinet d'Old Square à de nombreuses reprises au cours de ces derniers mois. Il ne semble pas que ce soient des affaires d'ordre juridique qui motivent ces entrevues, car Lady T s'adresse maintenant à l'étude Orr & Son, de Gray's Inn, dont l'associé principal, Mr Donald Orr, a d'abord été associé chez Tredgold, Tredgold & Orr, les anciens conseillers juridiques de la famille. On aurait pu s'attendre à ce que Lady T, en héritant de la baronnie, perpétue la longue association des Tansor avec le cabinet Tredgold ; mais elle a décidé alors de confier ses affaires à Orr & Son, la nouvelle étude créée à la suite d'un différend survenu entre Mr Donald Orr et Mr Christopher Tredgold.

Il convient bien entendu de nous interroger sur le genre d'affaires

que Mr Armitage Vyse peut avoir à mener aujourd'hui avec Lady T, alors que la baronne dispose des services de l'étude Orr & Son. Mr Thornhaugh est d'avis que de nouvelles recherches s'imposent, dont il chargera les amis et les anciennes connaissances qu'il a encore à Londres. De ton côté, tout renseignement complémentaire que tu pourrais obtenir concernant la nature de la relation existant entre Mr V et ta maîtresse devra m'être communiqué dans les plus brefs délais, et consigné dans ton Livre. Il faut maintenant que je termine. Écris-moi vite, ma très chère enfant, car il nous tarde d'avoir de tes nouvelles, et de savoir que ta résolution ne faiblit pas. Fais très attention à toi, et crois bien que je reste
Ta toujours dévouée,

M.

10

Dark House Lane

I

LE MÉDAILLON

La pendulette sur la tablette de ma cheminée indiquait cinq heures et demie, ce qui me laissait le temps de descendre prendre mon petit déjeuner dans la salle de l'intendant avant d'aller habiller Milady en prévision de notre départ pour Londres.

J'avais la tête pleine de la deuxième Lettre d'Instructions de Madame, qui m'avait laissée aussi exaspérée que la première, tant elle frustrait mon désir d'informations précises sur la conduite à tenir en vue de la réalisation du Grand Dessein.

On me demandait de démasquer Milady et de la faire apparaître pour ce qu'elle était. Mais qu'était-elle ? À en croire Madame, une hypocrite, une menteuse, un être indigne de confiance, une usurpatrice sans foi ni loi… et pire encore. Pour ma part, je ne voyais pas comment je pourrais obtenir les preuves susceptibles de corroborer de telles accusations, ni ne comprenais en quoi l'anéantissement de la personnalité et de la réputation de ma maîtresse pouvait servir mes intérêts.

Une fois de plus, je n'avais pas d'autre choix que de croire Madame sur parole, laissant un sens du devoir inconditionnel et une confiance aveugle triompher de mes doutes et de mes incertitudes. Deux Lettres d'Instructions m'étaient déjà parvenues ; il en restait une. Si celle-ci ne clarifiait pas toute l'affaire sans équivoque et de manière définitive, j'abandonnerais la partie et rentrerais avenue d'Uhrich pour affronter les conséquences de ma décision. Dans l'intervalle, étant donné la situation dans laquelle je me trouvais, et – j'ai quelque honte à l'admettre – l'attrait que la perspective de l'aventure et du mystère continuait à exercer sur moi (et dont je rejette sans hésiter la responsabilité sur Mr Wilkie Collins), je ferais de mon mieux pour suivre la seule instruction explicite contenue dans la deuxième lettre de Madame : chercher les documents, à supposer qu'ils existent, qui permettraient d'arracher à Milady ses secrets.

En arrivant dans la salle des domestiques, la première personne que je vis fut Sukie, seule à table, en train de boire un bol de thé. Deux autres domestiques, que je ne connaissais ni l'un ni l'autre de nom, bavardaient à l'autre bout de la pièce, qui ne me prêtèrent aucune attention quand j'entrai. Jetant un coup d'œil dans le hall de l'intendant, pensant y trouver Mr Pocock ou Mr Applegate, je constatai qu'il était vide.

Une semaine s'était écoulée depuis que j'avais dit à Charlie Skinner que je souhaitais parler à sa cousine, mais je n'avais eu aucune nouvelle de celle-ci ni ne l'avais aperçue dans la maison. Elle leva les yeux à mon entrée.

« Ah, Miss Alice, s'exclama-t-elle. Je suis si contente de vous voir. » Sur quoi, elle éclata en sanglots.

« Sukie, chère petite, mais que se passe-t-il ? »

Je me dépêchai d'aller m'asseoir à ses côtés et lui passai un bras autour des épaules.

« Maman ne va pas bien depuis un bout de temps déjà, dit-elle à travers ses larmes, mais son état s'est encore aggravé hier matin. Le docteur Pordage est venu dans l'après-midi, mais il a dit qu'elle risquait de ne pas passer la semaine. Je me suis fait un sang, Miss Alice, vous ne pouvez pas savoir. Et puis Charlie m'a dit que vous vouliez me voir, mais Mrs Battersby m'a envoyée aider Kate Warboys à débarrasser le grenier de l'aile est, et entre ça et le reste, ça nous a pris toute la semaine, et on a même pas fini, et puis…

– Calme-toi, chère petite, dis-je en remettant une de ses boucles rebelles sous son bonnet et en sortant mon mouchoir de ma poche pour essuyer ses pleurs. C'est sans importance. Ce que je voulais te demander peut très bien attendre. »

Elle finit par recouvrer un peu de l'humeur enjouée que je lui connaissais. Puis, quand la grande horloge au-dessus de la cheminée sonna sept heures moins le quart, elle bondit soudain sur ses pieds, disant qu'il lui fallait se mettre au travail avant que Mrs Battersby commence sa tournée d'inspection du matin et donne ses instructions pour la journée, ce qu'elle faisait immanquablement à sept heures sonnantes.

« Nous partons pour Londres aujourd'hui, Sukie, dis-je, ce que tu sais sans doute déjà ; mais je viendrai te trouver dès mon retour, et j'espère de tout cœur que le docteur Pordage se trompe et que, d'ici là, ta mère sera rétablie. »

Une fois Sukie partie, j'eus à peine le temps de me beurrer une tranche de pain et de me verser la moitié d'une tasse du thé qu'elle s'était préparé, avant de me précipiter dans l'escalier pour être à la porte de Milady à sept heures précises.

Quand j'eus fini de l'habiller et accompli les tâches matinales quotidiennes, elle me demanda de prendre sur la table de toilette le coffret qui contenait le médaillon en forme de larme et de le lui apporter.

« Je vous avais promis de satisfaire votre curiosité à propos de ce médaillon, Alice, dit-elle, et je vais le faire.

– Fort bien, Milady. Si c'est là votre volonté. »

Elle s'assit, posa le coffret sur ses genoux, et en sortit le médaillon passé sur son ruban de velours noir. Quand elle appuya sur un petit poussoir, le bijou en argent s'ouvrit, révélant une épaisse mèche de cheveux noirs.

« Cette mèche, annonça-t-elle avec une solennité impressionnante, a été prélevée sur la tête de Mr Phoebus Daunt, juste après son assassinat. Cela vous choque-t-il ?

– Pourquoi devrais-je être choquée, Milady ? J'ai cru comprendre que vous aviez été fiancée à ce gentleman. Conserver avec vous un tel souvenir me semble une chose aussi louable que naturelle.

– Je suis heureuse que vous soyez de cet avis, dit-elle en refermant le médaillon, mais je ne crois pas que vous compreniez vraiment, Alice. Je l'ai coupée alors même que son sang tachait encore la neige dans laquelle il était couché. J'ai vu, de mes yeux, ce qu'on lui avait fait, et cette vision ne m'a plus jamais quittée depuis. Elle continue aujourd'hui à me priver des bienfaits du sommeil, et pourtant il ne s'est pas écoulé un jour sans que je porte ce médaillon en souvenir de cette tragédie, même à l'époque où j'étais mariée à mon défunt époux. Vous ne trouvez pas cela étrange, Alice ? N'aspirer qu'à être libérée du souvenir obsédant de cette nuit-là, et pourtant m'imposer jour après jour son retour ? »

Elle fixait le médaillon, les mains tremblantes. Puis elle releva les yeux.

« Je continue donc à porter ce bijou, et j'ai comme règle stricte que personne, je dis bien PERSONNE, ne doit le toucher, ni lui ni son contenu. Je sais que vous respecterez cette règle, Alice.

– Bien sûr, Milady. C'est une pièce magnifique, et vous la portez à merveille. »

Avec une expression de plaisir, elle me dit que le médaillon avait été commandité spécialement pour elle par feu Lord Tansor.

« Monsieur le baron est devenu presque un père pour moi, après la tragédie. La considération exceptionnelle dont il témoignait à mon égard est quelque chose que je n'oublierai jamais ; c'est pourquoi, si je porte ce médaillon, c'est aussi en souvenir de lui, à qui je dois tant. Et maintenant, Alice, il faut nous hâter. La voiture ne saurait tarder. »

Elle se leva, prise d'une énergie soudaine, et alla se planter devant son miroir. Ayant passé le médaillon autour de son cou, elle se tourna vers moi.

« Voilà, dit-elle en souriant. Mon devoir quotidien est accompli, et je suis prête à affronter le monde. »

II

GROSVENOR SQUARE

Les confidences dont m'avait gratifiée Lady Tansor à propos du médaillon m'encouragèrent, car elles me prouvaient que j'avais réussi à gagner sa confiance, en dépit de son caractère capricieux et de ses brusques sautes d'humeur.

La voiture qui devait nous emmener prendre le train express à Peterborough se présenta devant la porte d'entrée à huit heures. Mr Perseus faisait déjà les cent pas dans la cour d'honneur, sa montre de gousset à la main, cachant mal son impatience, quand Milady et moi descendîmes les marches du grand escalier.

« Ah, vous voilà enfin, Mère ! s'écria-t-il en se dirigeant à grandes enjambées vers la voiture. Eh bien, allons-y. »

Nous prîmes place et laissâmes bientôt derrière nous Evenwood Park, encore noyé dans un océan de brume.

Mr Perseus passa tout le trajet depuis Peterborough à lire et corriger le manuscrit de son poème, qu'il avait sorti de son sac dès notre montée dans le train. Milady, en revanche, bien qu'elle se fût munie d'un livre, semblait tout à fait disposée à converser, et c'est ainsi qu'elle ne tarda pas à me questionner à nouveau sur mon enfance et mon adolescence à Paris, ville où elle-même avait vécu plusieurs années.

J'avais été dûment préparée par Madame en prévision de questions de ce genre, et Milady écouta avec attention ma petite histoire, soigneusement apprise, concernant « Mme Bertaud », cette Anglaise veuve d'un soyeux lyonnais, créée de toutes pièces par Madame, qui en avait fait l'amie d'enfance de ma défunte mère.

« Et vous n'avez aucun souvenir de vos parents ? me demanda ma maîtresse.

– Aucun, Milady. Ils sont arrivés à Paris, je crois, peu de temps avant ma naissance, même s'ils n'y connaissaient personne en dehors de Mme Bertaud. Ma mère est morte alors que j'étais encore trop jeune pour pouvoir m'en souvenir, et, après sa mort, mon père est parti : on ne m'a jamais dit où ni pourquoi. Tout ce que je sais, c'est qu'il est décédé en 1862, et qu'il est enterré aux côtés de ma mère, au cimetière Saint-Vincent. »

C'est sur une suggestion judicieuse de Mr Thornhaugh que nous avions pimenté notre fable d'un grain de vérité, au cas où Lady Tansor enverrait un émissaire faire des vérifications. Dans cette éventualité, on trouverait les tombes de ma mère et de mon père là où je les avais situées.

« Votre père avait-il une profession ? »

Là encore, j'étais préparée.

« Il vivait de ses rentes, m'a-t-on dit. C'est tout ce que je sais de lui.

– Et qu'en est-il de votre mère ? Vous dites qu'elle et votre tutrice étaient de vieilles amies.

– Oui, Milady. Elles avaient grandi ensemble. Je crois que c'est par son intermédiaire que mon père et ma mère s'étaient rencontrés. »

Fort heureusement, je disposais, pour chacune de ses questions, d'une réponse assurée et plausible. Pour finir, jugeant apparemment qu'elle s'était suffisamment renseignée sur mon compte, Milady reprit son livre et s'y plongea ; mais il s'écoula peu de temps avant qu'elle me regarde à nouveau et me demande si Mr Thornhaugh habitait toujours la maison de « Mme Bertaud ».

« Oui, Milady. Ma tutrice a insisté pour qu'il conserve son appartement, de façon à pouvoir poursuivre ses recherches.

– Mais j'imagine qu'il a cessé depuis un certain temps déjà d'agir en qualité de précepteur auprès de vous ? »

Je lui répondis qu'il était désormais pour moi un vieil ami, avec lequel m'entretenir librement, et dont l'expérience et les conseils me seraient toujours précieux.

« Et pensez-vous qu'il viendra vous rendre visite à Evenwood ? J'aimerais tant le rencontrer. »

À cela, je répliquai qu'une telle éventualité était peu probable, dans la mesure où Mr Thornhaugh avait tout d'un ermite.

« Mais ne pourrait-on pas le convaincre, par quelque incitation, à renoncer à son existence solitaire, ne serait-ce que pour un temps très court ? La bibliothèque, bien sûr : voilà qui attirerait un homme de savoir, vous ne croyez pas ? Mais que je suis donc sotte ! Peut-être est-il déjà âgé ?

– Non, je ne dirais pas âgé, Milady.

– Quel âge a-t-il, alors ?

– Je n'en suis pas certaine, Milady. Dans les cinquante-cinq ans, peut-être.

– Pas du tout âgé, donc, comme vous le dites. À peu près le même âge que le mien, en fait. Voyons s'il y a moyen de faire sortir le fascinant Mr Thornhaugh de sa tanière, en lui faisant miroiter la perspective d'explorer notre fameuse bibliothèque à loisir. Voudriez-vous lui écrire dans ce sens, de ma part ? Votre tutrice serait la bienvenue, elle aussi, si elle voulait se joindre à lui. »

Je la remerciai de manière éhontée de sa charmante invitation et lui dis que je la transmettrais à « Mme Bertaud » et à Mr Thornhaugh. Je n'avais bien entendu nullement l'intention de m'exécuter, et je ne comprenais pas pourquoi Milady tenait tellement à faire la connaissance de mon précepteur et de ma tutrice imaginaire.

Pendant tout ce temps, en dépit de quelques coups d'œil circonspects dans ma direction, que je feignais de ne pas remarquer, Mr Perseus n'avait cessé de s'absorber dans la lecture de son manuscrit. Ce n'est que lorsque nous atteignîmes les abords de la métropole qu'il rangea enfin ses papiers et leva les yeux.

« Bon, dit-il en se tournant vers sa mère. Je crois que ça ira.

– Que ça ira ! s'exclama celle-ci, avec toute l'indignation d'une mère en adoration devant sa progéniture. Mais c'est une évidence. Vous êtes bien trop modeste, mon chéri. C'est une œuvre d'un mérite considérable, et vous le savez. Mr Freeth en sera persuadé, lui aussi, dès qu'il l'aura lue. »

Puis elle se tourna vers moi.

« Mr Freeth est le directeur d'une nouvelle maison d'édition, Freeth & Hoare, qui affiche de grandes ambitions. On nous l'a présenté comme un homme d'une grande perspicacité et d'un goût littéraire très sûr, qui souhaite se faire un nom dans la profession en publiant les meilleurs poètes de la jeune génération. Nous sommes convaincus que Perseus sera le premier d'entre eux à voir son œuvre publiée. »

Au sortir de la gare, une voiture nous attendait, qui nous emmena à Grosvenor Square. Quand j'eus fini de défaire ses bagages et de suspendre ses robes, ma maîtresse me laissa le loisir d'aller inspecter le logement qui m'avait été réservé : une chambre petite mais aérée au troisième étage, qui donnait au sud sur la place. Je déballai ma petite valise, le cœur en fête, heureuse d'être à nouveau dans une grande ville, même si ce n'était pas celle que je connaissais ou aimais le plus.

Environ une heure plus tard, Milady me fit appeler.

« Mon fils et moi, Alice, n'allons pas tarder à nous rendre dans les locaux de Mr Freeth, dans Leadenhall Street. Ensuite, j'ai une affaire personnelle à régler. Comme il est inutile que vous nous accompagniez, vous pouvez sortir, si vous en avez envie... à condition d'être de retour à cinq heures. Et veillez, je vous prie, à ne pas être à nouveau en retard, Alice. Le dîner est à sept heures. »

Libre ! Mon cœur bondit de joie à cette perspective. J'avais un peu visité Londres lors de mon séjour chez Mrs Ridpath ; mais avoir le loisir d'explorer à ma guise la plus grande ville du monde était proprement enivrant.

Où aller ? Par où commencer ? Les magasins de Regent Street ? St Paul peut-être, ou Whitehall, là où le pauvre roi Charles avait été assassiné ? Ou alors les tableaux de la National Gallery ? Puis je me dis que je ferais peut-être mieux de me rendre au British Museum, où je serais en mesure de remplir de ces faits et dates que j'affectionnais tant de nombreuses pages de mon carnet.

Tandis que je passais en revue les diverses possibilités qui s'offraient à moi, toutes plus tentantes les unes que les autres, j'entendis bientôt à mon oreille la voix sévère du Devoir, qui m'incitait à faire un usage plus utile de mon temps, au lieu de le gaspiller pour mon seul plaisir.

Je finis par écarter l'idée de tout divertissement. Il n'y aurait ni magasins, ni monuments. Au lieu de quoi, m'en remettant au hasard, j'irais faire un tour du côté d'Old Square, dans Lincoln's Inn.

III

MR VYSE SUR LE CHEMIN DE L'EAST END

Après le déjeuner, armée d'un exemplaire du *Guide to London* de Murray et d'un plan de poche de la métropole que m'avait prêté Mr Pocock, je quittai la maison en direction de l'est, empruntant Brook Street, puis Regent Street. Je gagnai ensuite Picadilly, puis Trafalgar Square, pour arriver sur le Strand. Là, j'entrai dans l'Hôtel Morley pour prendre un rafraîchissement et consulter mon plan, avant de poursuivre ma route.

Je parvins bientôt dans Chancery Lane, et me trouvai enfin devant le grand porche de Lincoln's Inn, une construction de brique pleine de noblesse portant la date 1518 (que je consignai dûment dans mon carnet).

Je franchis les grilles et entrai dans une charmante cour à trois côtés. Je n'avais aucun plan précis en tête et m'arrêtai donc pour examiner les lieux.

La cour étant déserte, je décidai de pénétrer plus avant dans l'intérieur de la vénérable institution. Au moment où j'approchais de la chapelle, un monsieur corpulent, une sacoche passée sur l'épaule, une quantité impressionnante de documents coincée sous l'autre bras, émergea d'un porche, se dirigeant vers moi. Il avait un air bonhomme, si bien que je l'interceptai quand il arriva à ma hauteur pour lui demander s'il pouvait m'indiquer le cabinet de Mr Armitage Vyse.

« Mr Vyse, dites-vous ? »

Il réfléchit un moment.

« Hum. Attendez… ah, oui. Vyse. Old Court. Numéro 24. Vous avez dû passer devant, si vous êtes entrée par le grand porche. Numéro 24, c'est bien ça. Les anciens bureaux de Thurloe. Bonne journée, miss. »

« Numéro 24 ! cria-t-il encore une fois dans mon dos. Dans l'angle. »

Revenant sur mes pas, je repérai aussitôt, de l'autre côté de la cour, l'entrée que m'avait indiquée le monsieur, avec le numéro 24 gravé au-dessus dans la pierre. La porte elle-même et les quatre étages auxquels elle donnait accès formaient un angle bizarre qui faisait saillie dans la cour. Tandis que je restais là à me demander lesquelles des fenêtres étaient celles de Mr Vyse et quelle conduite adopter, une dame pénétra dans la cour par l'arche de la loge et se dirigea, tête baissée mais d'un pas assuré, vers le numéro 24, avant de s'engouffrer dans l'escalier.

Si une dame peut fort bien dissimuler son visage au monde sous un voile, elle ne saurait camoufler la robe de jour que sa femme de chambre l'a aidée à passer le matin même. Tiens, tiens, Milady, chuchotai-je à part moi. Quelle affaire vous amène donc ici ?

Je n'avais plus rien d'autre à faire qu'attendre et réfléchir à la tournure étrange et inattendue que prenaient les événements.

« J'ai une affaire personnelle à régler », avait dit Milady. Manifestement, c'était avec Mr Armitage Vyse. Il se pouvait bien sûr qu'elle fût tout à fait anodine, mais ce voile noir n'augurait rien de tel.

Reculant de quelques pas, je m'installai sur un banc en bois, d'où je pouvais surveiller l'entrée du vingt-quatre.

Un quart d'heure s'écoula, pendant lequel le ciel s'assombrit et devint menaçant. Tandis que tombaient les premières gouttes, Milady apparut sur le seuil du numéro 24, seule, et sortit à la hâte de la cour. Quelques minutes plus tard, il y eut un cliquetis sur les marches de bois, et la silhouette caractéristique de Mr Armitage Vyse surgit dans l'embrasure, portant un sac de toile.

Quelque peu alarmée, je le vis se diriger droit sur l'endroit où j'étais assise. Je me réfugiai précipitamment, la tête dans les épaules, sous le porche de la chapelle toute proche. À mon grand soulagement, il ne parut pas remarquer ma présence tandis qu'il traversait la cour. Il s'éloigna en claudiquant, les pans de son long manteau battant derrière lui, sa canne rythmant chacun de ses pas sur les dalles mouillées. Prise d'une impulsion soudaine, je décidai de le suivre.

La pluie redoublait de violence, mais j'étais déterminée à m'en tenir à mon plan.

Le gibier que je voulais poursuivre venait maintenant de tourner dans New Square. Au moment où il disparut à ma vue, je me glissai hors de ma cachette et lui emboîtai le pas.

En atteignant Fleet Street, j'eus peur de le perdre dans la foule dense, mais son long manteau et son haut chapeau, en même temps que sa taille hors du commun, me permettaient de le repérer sans difficulté, et je parvins bientôt à le rattraper.

Après avoir marché un moment dans Fleet Street, il s'arrêta à une station de cabs et adressa quelques mots au conducteur de la première voiture. Puis il monta, et le véhicule démarra.

Pour ma part, je n'avais jamais pris de cab de ma vie, et, de surcroît, j'étais seule dans une ville étrangère ou presque. Suivre plus longtemps Mr Vyse, sans destination connue, me parut vite relever d'une folie; mon incorrigible impétuosité me poussait pourtant à laisser mes craintes de côté. L'aventure à laquelle j'avais tant aspiré se présentait enfin. Convaincue que Madame aurait voulu me voir saisir l'occasion qui s'offrait à moi d'une manière si inattendue, et – considération certes plus terre à terre – sur le point d'être trempée jusqu'aux os par la pluie battante, je pris une longue inspiration, relevai mes jupes mouillées et courus aussi vite que je pus jusqu'à la station.

Je donnai mes instructions au premier cocher disponible et me retrouvai bientôt sur les pentes de Ludgate Hill, mon plan de la ville ouvert sur les genoux afin de pouvoir suivre notre trajet, dans le sillage de la voiture qui emportait Mr Vyse vers l'est. De temps à autre, je sortais la tête pour m'assurer qu'il était toujours en vue, mais il faisait de plus en plus sombre, et il y avait un tel enchevêtrement de véhicules – charrettes, cabs, équipages, fardiers, haquets et omnibus bondés – qu'il était impossible de savoir si nous étions toujours sur la piste de Mr Vyse. Dans Poultry, je criai au cocher :

« Vous le voyez toujours ?

– Oui, miss. Juste là devant. V'faites pas de bile. On l'perdra pas, allez. »

Après être passés devant Mansion House, nous tournâmes dans King William Street, pour prendre ensuite la direction du London Bridge. L'idée que nous puissions traverser le pont me remplit de crainte, car le quartier devenait peu fréquentable. Je m'apprêtais à dire au conducteur d'abandonner la partie et de me ramener à Grosvenor Square, quand, une fois dans Lower Thomas Street, le cab ralentit, avant de s'arrêter.

Celui de Mr Vyse avait fait de même un peu plus loin devant nous, à un croisement avec une rue étroite qui semblait mener au fleuve. L'air empestait le poisson. Je me tournai vers le cocher – un gros homme au visage rond, pourvu d'un nez remarquablement bulbeux et veiné de violet – pour lui demander où nous étions. À la vue de mon air dégoûté, il eut un petit gloussement.

« Billingsgate, miss, dit-il, avant de montrer de son fouet l'endroit où s'était arrêté le fiacre de Mr Vyse pour le laisser descendre, et d'ajouter : Dark House Lane. »

IV

L'ANTIGALLICAN

Dark House Lane portait bien son nom : sombre en effet, et immonde ; une chaussée et des trottoirs gras rendus glissants par la boue, les écailles de poisson luisantes et toutes sortes d'autres détritus. La rue était encombrée de marchands coiffés d'étranges bonnets en cuir, beaucoup transportant sur la tête des plateaux où s'entassaient poissons, anguilles et coquillages et, plus rarement, quantité d'oranges.

Quel enchevêtrement de carrioles et de chevaux, quel vacarme assourdissant de cris, d'appels, de hurlements mêlés, le tout noyé dans une odeur de poisson fétide, envahissante ! Je n'avais jamais vu d'endroit plus bruyant ni plus déplaisant. Je me tenais à l'entrée de la rue, essayant de repérer le chemin qu'il me faudrait prendre si je voulais continuer à filer Mr Vyse. En cet instant, Evenwood et Grosvenor Square me semblèrent appartenir à un autre monde ; quant à ma vie avec Madame avenue d'Uhrich, elle avait tout d'un rêve.

Tandis que je me demandais si je devais ou non poursuivre mon expédition, j'entendis des pas derrière moi.

« Si vous avez vraiment dans l'idée d'vous aventurer toute seule là-bas, mam'zelle, z'auriez p't-être intérêt à met' ça. »

Le cocher qui m'avait amenée jusqu'ici depuis Fleet Street me tendait un châle écossais taché et déchiré pour que je m'en enveloppe, de manière à me faire un peu moins remarquer. Je compris la sagesse d'un tel conseil, remerciai l'homme et m'emparai du châle.

« Y a pas de quoi, miss. Vous m'rappelez ma chère petite. J'aurais pas voulu la voir se promener dans Dark House Lane, avec tous ces types louches pour la r'luquer. J'veux bien êt' pendu si j'comprends c'que vous v'nez fabriquer dans un coin pareil. Bon, que vot' mari lui, il...

– Excusez-moi, l'interrompis-je, mais je ne suis en rien liée à ce monsieur.

– Ah bon ? Ça m'regarde pas, c'est sûr, mais z'auriez intérêt, si j'peux m'permettre, à attendre dans ma voiture que l'monsieur r'vienne et r'monte dans la sienne.

– Non, dis-je, me couvrant la tête du châle et réprimant avec difficulté un mouvement de recul devant l'odeur de bière et de tabac froid dont il était imprégné, mais je vous remercie de votre gentillesse. Si cela ne vous dérange pas de m'attendre, je serai de retour dès que possible.

– En ce cas, si vous ça vous dérange, miss, j'm'en vais vous accompagner. J'resterai derrière, ayez pas peur. L'quidam que vous suivez, y vient juste d'entrer à l'Antigallican, et c'est pas un endroit pour une dame comme il faut qu'est toute seule. Je m'présente : Mr S. Pilgrim – le S, c'est pour Salomon, le Sage –, à vot' service. »

Il ponctua sa présentation d'une petite courbette.

« C'est inutile, Mr Pilgrim », dis-je d'une voix ferme ; mais il leva une grosse main gantée pour prévenir toute contestation.

« Non, non, miss. Si ma Betsy était à vot' place, j'espère bien qu' quelqu'un f'rait la même chose pour elle. Même si, c'est sûr, poursuivit-il d'une voix enrouée par le chagrin, elle y est pas à vot' place, et qu'elle y sera pus jamais, pisqu'elle est avec les anges pour l'heure.

– Vous voulez dire qu'elle est morte, Mr Pilgrim ? demandai-je.

– Six mois qu'elle a passé maintenant, miss, répondit-il, en secouant lentement la tête de façon pitoyable.

– Une petite fille ?

– Oh non, miss ! Pas p'tite. À peu près votre âge. La fièv' typhoïde. »

Je lui assurai alors à quel point j'étais désolée de l'apprendre, tout en insistant pour poursuivre seule.

« Dans ce cas, miss, dit-il, voyant qu'il n'arriverait pas à me faire changer d'avis, on va choisir la solution du moind' mal. J'vais m'bourrer ma pipe et vous attendre ici, d'où que j'peux voir toute la rue, jusqu'à c'que vous r'ssortiez. Si vous êtes pas r'venue dans un quart d'heure, j' vais vous chercher. »

Touchée par ses attentions, j'acceptai sa proposition. Serrant le châle autour de moi et me couvrant le nez de mon mouchoir, je m'engageai dans Dark House Lane, en direction de l'Antigallican.

De part et d'autre de la voie, sur laquelle je progresse à pas précautionneux, s'alignent des étals de poissons et d'horribles échoppes d'où s'échappent une vapeur et une chaleur insupportables, et où l'on plonge cruellement homards et crabes dans de grands chaudrons d'eau bouillante. C'est presque avec soulagement que j'arrive enfin en vue du fleuve, devant la bâtisse d'aspect sordide dans laquelle vient de pénétrer Mr Vyse : la taverne appelée l'Antigallican.

Je pousse la porte et reste un instant sur le seuil à observer la scène qui s'offre à moi.

À travers un épais nuage de fumée, je finis par distinguer Mr Vyse, assis seul à une table, le dos tourné vers moi, dans le coin le plus reculé de la salle. Il a échangé son haut chapeau pour un calot, et porte à présent une écharpe noire qui lui cache une partie du visage ainsi qu'un manteau taché et rapiécé, dont je suppose qu'il les transportait dans son sac de toile.

La salle jonchée de sciure, basse de plafond et dépourvue de fenêtre est confinée et sans air. Comme la rue, elle regorge de marchands de poissons et de vendeurs à la criée, auxquels s'ajoutent ici et là des groupes de bateliers. Des chandelles de suif placées sur le bar et quelques lampes à huile brûlant faiblement au bout de leurs chaînes rouillées distribuent une lumière parcimonieuse. Plusieurs des clients de l'établissement se retournent à mon entrée pour me jeter un regard soupçonneux, et je commence à regretter l'imprudence dont j'ai fait preuve en refusant les services de Mr Pilgrim.

Tandis que je pénètre à pas nerveux dans la pénombre enfumée, hésitant sur la conduite à tenir, une femme aux vêtements crasseux et au visage rougeaud s'approche de moi en titubant, soulève mon mouchoir d'un geste brusque et crie à la cantonade : « Eh ben, en v'là une beauté ! » Saluée par un concert de cris et de sifflets, elle esquisse une danse d'ivrogne grotesque, puis, s'étant soulagée au passage dans un crachoir, repart, toujours chancelante, vers le comptoir, tout en ricanant et marmonnant des propos répugnants.

Mr Vyse, quant à lui, est assis dans son coin, seul et indifférent à ce qui se passe autour de lui. L'atmosphère étouffante qui règne ici me donne la nausée, mais je me force à poursuivre ma surveillance : l'homme est manifestement venu là dans une intention précise, que je suis bien décidée à découvrir. Les minutes passent, sans qu'il bouge d'un pouce, courbé au-dessus de la table, sur laquelle il tambourine avec impatience.

La porte derrière moi s'ouvre en grinçant. Je tourne légèrement la tête et me retrouve face à un jeune homme cadavérique, coiffé d'une casquette en cuir à visière, d'où dépassent de longues mèches de cheveux noirs graisseuses, semblables à des queues de rat, qui lui pendent sur les oreilles et le cou.

Nous restons face à face un instant ; puis, avec un dernier regard haineux, le jeune homme passe devant moi et se dirige vers la table de Mr Vyse.

Je tremble de frayeur, car je suis certaine que je viens de plonger les yeux dans ceux d'un assassin dépourvu de toute conscience. Ne me demandez pas comment je peux savoir dans l'instant, instinctivement, ce que d'autres me confirmeront par la suite comme un fait avéré. Je ne peux que jurer que tel est bien le cas. Ce que j'ai entraperçu dans ces deux fentes noires me laisse pétrifiée de terreur.

Le nouveau venu s'assied en face de Mr Vyse. Tête contre tête, ils se mettent à discuter.

Incapable d'entendre ce qui se dit à cette distance, et peu désireuse de risquer d'être reconnue par Mr Vyse, je m'apprête à sortir quand je vois l'avocat plonger la main dans sa poche et en ressortir des pièces qu'il fait glisser sur la table vers son compagnon. Au même moment, le jeune homme me regarde ; nos yeux se croisent à nouveau, et mon sang se fige dans mes veines.

Sans un mot, les yeux toujours fixés sur moi, il commence à se lever de sa chaise. Consciente du danger où je me trouve, et avant que Mr Vyse puisse se retourner pour suivre l'autre du regard, je sors en courant et replonge dans le vacarme de Dark House Lane… et dans les bras grands ouverts de Mr Solomon Pilgrim.

« Eh ben, eh ben, miss ! s'exclame celui-ci en me relâchant. Qu'est-ce qui s'passe ? »

Je n'ai pas le temps de lui répondre, car le jeune homme est à présent sorti lui aussi de l'Antigallican et nous jette un regard noir et menaçant. Aussitôt, Mr Pilgrim m'empoigne par la main et m'entraîne précipitamment le long de la rue vers la sécurité de son cab.

« Billy Yapp, crie-t-il, le visage sombre, tandis que nous nous frayons un chemin dans la cohue. Connu dans l'coin sous le nom de "Sweeney".

– Sweeney ? demandé-je, forcée de crier moi aussi.

– De la confrérie des barbiers. »

Il se passe un doigt en travers de la gorge, et je saisis alors l'allusion à la légende de Sweeney Todd, le tristement célèbre barbier de Fleet Street, dont m'a parlé un jour Mr Thornhaugh.

« Le jeune Billy, y vous débit'rait sa grand-mère en morceaux pour les j'ter aux poissons, qu'ça lui f'rait ni chaud ni froid, poursuit Mr Pilgrim, histoire de préciser sa pensée. Il est pourri jusqu'à l'os. C'qu'un beau monsieur comme le vôt' peut avoir à faire avec un Billy Yapp, ça m'dépasse. »

Levant ses sourcils broussailleux, il me jette un regard clairement destiné à me pousser à quelques confidences concernant Mr Vyse, à lui révéler par exemple la raison pour laquelle je l'ai suivi jusqu'ici, mais je feins de ne pas comprendre. À l'instar de Mr Pilgrim, toutefois, j'ai moi-même du mal à imaginer ce qui a pu amener quelqu'un comme Mr Armitage Vyse, homme respectable et respecté, ne manquant pas par ailleurs de moyens, à venir, sous un déguisement, dans un endroit aussi dépravé et dangereux, pour rencontrer un individu tel que Billy Yapp, et ce aussitôt après avoir reçu Milady dans son cabinet de Lincoln's Inn. Tout en me demandant si elle savait, en le quittant, où il s'apprêtait à se rendre et qui il devait rencontrer, je ne peux m'empêcher d'éprouver une petite bouffée de satisfaction ; car je tiens là un indice que Milady n'a certainement pas envie de voir ébruité – un secret qu'il nous faudra découvrir, et dénoncer au grand jour.

Nous sommes maintenant pratiquement revenus à l'entrée de la rue, et je regarde derrière moi ; mais il n'y a aucune trace de Yapp. Nous arrivons bientôt à Lower Thames Street, où je rends son châle à Mr Pilgrim et monte, toujours tremblante, dans son cab. Un instant plus tard, après un claquement sec de son fouet, nous quittons Dark House Lane et l'Antigallican, en direction de l'ouest.

Quand nous passons devant St Bride's Church, j'entends sonner cinq heures. Aussitôt, une nouvelle vague d'angoisse m'étreint le cœur.

J'ai laissé passer l'heure, et je serai une fois de plus en retard.

11

Une nouvelle dans le *Times*

I

OÙ L'ON DÉCLINE UNE INVITATION

Une fois descendue du véhicule de Mr Pilgrim dans Brook Street, car je ne voulais pas qu'on me voie rentrer en cab, je franchis en courant la courte distance qui me séparait de Grosvenor Square.

« Ça va aller à présent, miss, m'avait dit mon nouvel ami en me quittant.

– Je le crois aussi, Mr Pilgrim.

– Eh ben, allez, on s'dépêche, dit-il, feignant d'adopter sans grand succès une sévérité toute paternelle. Faut qu'je gagne ma croûte, moi. Mais si jamais vous d'vez r'tourner vous promener là où qu'vous avez rien à faire, j'compte bien qu'vous f'rez appel au service de transport urbain de S. Pilgrim : on l'trouve toujours, le m'sieur, quand il est pas déjà avec des clients, à la station de Fleet Street, là où v'z'avez eu la chance d'le trouver aujourd'hui. Lieu d'résidence, en cas d'besoin : Shoe Lane, au numéro 4. Z'avez qu'à frapper et demander Sol. »

Là-dessus, un petit claquement de fouet, et le voilà parti.

Quand j'atteignis la maison, je me précipitai dans la cuisine en sous-sol, où je trouvai Mr Pocock et Barrington en grande discussion.

« Bonsoir, Miss Gorst, dit le majordome. Nous nous demandions où vous étiez passée. Madame la baronne vous a réclamée. »

Son clin d'œil me signifiait le mécontentement de Milady face à mon manquement. Je remerciai rapidement Mr Pocock pour le prêt de son guide et de son plan et montai à ma chambre, sous l'œil impassible de Barrington.

Ma robe était trempée et empestait le tabac, après mon passage à l'Antigallican, et je me dépêchai d'enfiler la seule autre tenue dont je disposais, avant de redescendre – le cœur battant la chamade, le visage en feu, quelque peu indisposée par l'épisode de Dark House Lane – au deuxième étage, où se trouvait le boudoir de Milady.

Le coup que je frappai à la porte resta sans réponse ; je le renouvelai, et entrai doucement.

La première pièce était vide, mais la porte qui donnait sur la chambre voisine était entrouverte, et je frappai.

« Qui est là ? »

La voix était tendue, et j'entendis distinctement un bruit de papier froissé.

« Alice, Milady.

– Attendez, je n'en ai pas pour longtemps. »

Tandis que je me retirais, je souris en apercevant un voile noir jeté sur le bras du sofa.

Quand Milady sortit de sa chambre, je remarquai que son visage habituellement pâle était marbré de rougeurs, et qu'elle portait ses lunettes, comme si elle avait été occupée à lire.

« Où étiez-vous passée ? me demanda-t-elle en s'asseyant le dos à la fenêtre qui donnait sur la rue.

– Je suis désolée, Milady. Je n'ai pu faire autrement que de m'abriter de la pluie un moment, et puis…

– Assez ! s'écria-t-elle. Votre conduite est inadmissible, Alice. Il est plus de cinq heures et demie et vous aviez pour consigne d'être rentrée à cinq heures dernier délai. Vous savez pertinemment que je ne supporte pas l'absence de ponctualité, et c'est la troisième fois que vous êtes en retard. Je me suis montrée compréhensive avec vous jusqu'ici, mais cette fois-ci je vais vous retenir vos gages pour la journée. Maintenant, dites-moi où vous êtes allée. »

Je m'attendais à ce genre d'interrogatoire, et je m'étais donc préparée dans le cab de Mr Pilgrim, sur le chemin du retour, en me renseignant sur les sites touristiques les plus connus de la capitale à l'aide du guide de Mr Pocock.

« À la cathédrale, Milady.

– St Paul ? Ce n'est pas tout près. Vous y êtes allée à pied ?

– Oui, Milady.

– Et avez-vous pensé que cela méritait un si long trajet ?

– Oh, oui, Milady. Vraiment.

– Il y a des années que je n'y suis pas allée, dit-elle, poussant un soupir rêveur tout en ôtant lentement ses lunettes. Êtes-vous montée jusqu'à la galerie des échos ?

– Oui, Milady.

– Et après, vous avez continué ?

– Non, Milady.

– On peut monter plus haut, vous savez. Beaucoup plus haut. Jusqu'à avoir l'impression qu'on est au milieu des nuages. »

Elle se tut un instant, regardant le feu, laissant pendre négligemment ses lunettes.

« Miss Lucasta Bligh et sa sœur, Miss Serena Bligh, des parentes âgées du côté de ma mère, dîneront avec nous ce soir, reprit-elle alors d'une voix neutre et indifférente, le regard toujours plongé dans les flammes. Ainsi que Mr Roderick Shillito, un ancien camarade d'école de Mr Phoebus Daunt, que je n'ai pas revu depuis fort longtemps. Mr Vyse sera également des nôtres. »

La mention de ce dernier nom me troubla un instant, et je me sentis rougir.

« Quelque chose ne va pas, Alice ? demanda Lady Tansor. Je vous trouve les joues bien rouges.

– Ce n'est rien, Milady. C'est parce que j'ai couru pour rentrer. »

C'est alors qu'un coup frappé à la porte mit un terme à d'autres questions éventuellement embarrassantes, et Mr Perseus Duport entra dans la pièce, un journal à la main.

« Merci, mon chéri », dit Lady Tansor, en le lui prenant.

Mr Perseus se tourna ensuite vers moi et marqua un temps d'arrêt avant de s'éclaircir la voix.

« Avez-vous passé un agréable après-midi, Miss Gorst ? »

Milady, qui sembla soudain s'animer, répondit à ma place :

« Alice est allée à la cathédrale St Paul, et Dieu sait où encore, avec ce temps épouvantable ! Au fait, chère Alice, j'ai oublié de vous demander ce que vous aviez vu d'autre, au cours de votre expédition sous la pluie. »

Je crus déceler dans sa voix quelque vague insinuation, bien qu'elle fût à présent tout sourire. Je me remémorai à la hâte certains des monuments que j'avais sélectionnés dans le guide Murray.

« J'ai vu la colonne de Nelson, Milady, et bien sûr la National Gallery, quoi que je n'y sois pas entrée, quand j'ai traversé Trafalgar Square pour me rendre à la cathédrale. Et puis, en rentrant, j'ai fait un détour par Temple Gardens.

– Ah, j'adore cet endroit, dit Lady Tansor. Tellement romantique ! Vous savez que c'est là, dit-on, qu'a commencé la guerre des Deux-Roses ? Mais bien sûr, je vois à votre expression que vous le savez. J'ai tendance à oublier à quel point vous êtes instruite.

– Temple Inn est effectivement un endroit très romantique, Milady, acquiesçai-je, mais je suppose que les autres Inns of Court le sont tout autant. J'aimerais beaucoup voir Lincoln's Inn, dont les bâtiments, à ce que j'ai lu, sont très beaux. »

À ma grande satisfaction, je vis le rouge lui monter aux joues, ce qui l'obligea à se détourner, censément pour poser le journal sur une table voisine, en fait pour cacher son trouble. Mais elle se reprit presque aussitôt, frappa dans ses mains d'un air enjoué et dit à Mr Perseus qu'il devait nous laisser afin qu'elle puisse s'habiller pour le dîner.

« Peut-être, Miss Gorst, dit-il, une fois sur le seuil et d'une manière qui laissait supposer qu'il avait mûrement pesé ses mots, si ma mère est prête à vous accorder encore quelques heures de liberté pendant que nous sommes en ville, me permettrez-vous de vous escorter à la National Gallery, puisque vous n'y êtes pas allée aujourd'hui ? Il faut vraiment que vous voyiez ces tableaux, vous savez. Il y a là des œuvres d'une extrême beauté. Aimez-vous la peinture ? »

Pressentant que Milady n'apprécierait guère de voir sa femme de chambre accepter une telle invitation et bien que rien n'eût pu me faire davantage plaisir, je déclinai la proposition, avec toute la déférence requise, arguant du fait que mes obligations ne me laisseraient plus désormais de temps libre.

« Alice a parfaitement raison, dit Lady Tansor avec un coup d'œil sévère à l'adresse de son fils. En fait, je souhaite rentrer à Evenwood dans les plus brefs délais. Je déteste de plus en plus Londres. Comment les gens peuvent supporter de vivre dans cette ville plus de quelques jours, voilà qui me dépasse. Nous ne sommes ici que depuis quelques heures, et je suis déjà malade à l'idée de devoir y séjourner davantage. Nous resterons demain, bien entendu, pour terminer notre affaire avec Mr Freeth ; mais je suis bien décidée à rentrer jeudi. Mais vous, Perseus, pouvez rester, si vous le souhaitez. Venez, Alice. »

Sur ces mots, elle me fit signe de la suivre dans sa chambre, laissant Mr Perseus, le visage fermé, planté devant la porte.

Une fois sa toilette achevée à sa satisfaction, Milady me donna ses instructions pour la soirée.

« Vous pourrez prendre votre repas avec Pocock et les autres, une fois notre dîner terminé, dit-elle. Jusque-là, il y a un peu de couture à faire. Il y a un accroc à la manche de la robe que j'ai mise la semaine dernière pour rendre visite à Miss Bristow. Vous voyez ce dont je parle ? Bien. Je suis contrariée d'avoir à attirer moi-même votre attention là-dessus. C'était à vous de le remarquer quand vous avez fait les bagages. Mais, bon, oublions cela.

– Merci, Milady, dis-je, en baissant la tête d'un air contrit, fort marrie d'une telle réprimande.

– Vous pouvez également cirer les bottines vernies que j'ai portées aujourd'hui, poursuivit-elle. Elles se sont beaucoup salies avec la pluie.

– Ce sera tout, Milady ?

– Oui... non, attendez. J'ai remarqué que les brosses et les peignes que je garde dans cette maison sont dans un piètre état. Je n'ai jamais réussi à faire comprendre à Miss Plumptre combien la propreté importait dans ce domaine. Nettoyez-les comme il faut, voulez-vous, Alice ? »

Ces tâches font partie intégrante des obligations de toute femme de chambre ; mais il était manifeste que Lady Tansor, en m'en chargeant ce soir-là, cherchait à réaffirmer son autorité sur moi et à me rappeler ma condition. Même si j'allais ainsi à l'encontre des instructions de Madame, j'avais commencé à me prendre d'affection pour ma maîtresse ; en de telles occasions, pourtant, quand elle passait de la franche cordialité au mépris le plus désinvolte, je n'avais aucun mal à sentir naître en moi l'antipathie que Madame m'avait encouragée à éprouver à son égard. C'est ce qui m'arrivait à présent, face à cette nouvelle manifestation de morgue dédaigneuse, même si je savais qu'il me fallait continuer à jouer mon rôle de femme de chambre docile.

« Et je vous prierai de préparer le feu dans la chambre avant d'aller prendre votre repas, était-elle en train de dire. Miss Lucasta et Miss Serena Bligh ne resteront pas très tard ; je me retirerai donc de bonne heure et laisserai ces messieurs à leur cigare et leur cognac. Ah, j'entends quelqu'un à la porte d'entrée. »

II

UNE DÉCOUVERTE

Lasse et affamée, après avoir pratiquement achevé ma pénitence en cirant les bottines de Milady et en nettoyant ses brosses et ses peignes, j'étais assise devant le feu dans son boudoir richement meublé, en train de raccommoder l'accroc de sa robe tout en songeant aux événements de la journée.

Posant un instant mon aiguille et mon fil, je m'adossai sur mon siège, ôtai mes chaussures et plaçai mes pieds gainés de bas sur le garde-feu pour les réchauffer.

La place, dehors, était silencieuse. Seuls le tic-tac de l'horloge de grand-mère dans un angle de la pièce et, de temps à autre, les rires lointains des invités au rez-de-chaussée brisaient le silence ambiant. Goûtant le luxe de la chaleur et du calme, je repensai à la deuxième lettre de Madame.

Les secrets de Milady – à l'instar de tous les secrets, comme je l'avais lu quelque part – aspiraient peut-être à voir le jour ; mais il m'appartenait de les découvrir. Et pour ce faire, je devais me transformer en espionne. Ouvrir placards et tiroirs, fouiller dans les poches, retourner les sacs à main, les coffrets et les bourses et en étudier le contenu. Pourquoi ne pas commencer sur-le-champ, ici même, dans sa résidence londonienne ?

Pendant une demi-heure, l'oreille aux aguets, un œil sur la porte au cas où ma maîtresse reviendrait à l'improviste, je parcourus la pièce, examinant chaque meuble à tour de rôle. Je soumis ensuite la chambre à la même inspection, ouvrant tout, fouillant partout avec le plus grand soin. Sans succès.

Épuisée et irritée, je me jetai sur le lit de Milady. Comment

Madame pouvait-elle attendre de moi que j'exhume des preuves des forfaits de Milady, si elle refusait de me révéler en quoi consistaient ces derniers ? Comment étais-je censée trouver, sans savoir ce que je cherchais ?

Je restai plusieurs minutes dans cet état d'impuissance et d'abattement, jusqu'à ce que mon attention soit attirée par une feuille qui dépassait de l'oreiller, à quelques centimètres de ma tête.

Je tendis la main et sortis le morceau de papier plié, sur lequel étaient griffonnées quelques lignes :

> Je suis soulagé que vous rentriez sans tarder à la campagne. Londres est un endroit dangereux. Pas plus tard que dimanche dernier (un dimanche, qui plus est), comme je crois vous l'avoir annoncé cet après-midi, on a retrouvé le corps d'une femme, terriblement mutilé, dans la Tamise. Quelle horreur ! Au cas où vous n'en auriez pas encore pris connaissance, le compte rendu se trouve dans le *Times* d'hier, en page 6. Dans quel monde vivons-nous !

Je relus le mot, qui me parut alors avoir des allures de message codé. Il y avait un sens caché là-dessous, que j'étais incapable de déceler. Replaçant le papier sous l'oreiller, je revins dans le boudoir.

Le journal que Mr Perseus avait apporté à sa mère était toujours sur la table à côté de la fenêtre. C'était un numéro du *Times* de la veille, et il était ouvert sur la page 6. Mon attention fut aussitôt attirée par un article en bas de page :

HORRIBLE MEURTRE

Comme il en a été brièvement fait mention dans l'édition d'hier, dimanche dernier, 17 septembre, le corps d'une femme a été retrouvé dans la Tamise, près de Nicholson's Wharf, portant d'abominables blessures à la gorge. La femme a depuis été identifiée : il s'agit de Mrs Barbarina Kraus, soixante-quatre ans, domiciliée à Chalmers Street, Borough.

Le vendredi précédent, Mrs Kraus avait été aperçue quittant la taverne de l'Antigallican, dans le voisinage de Billingsgate. Elle était sortie ce matin-là, au dire de son fils, pour rencontrer un vieil ami.

Son fils, Conrad Kraus, s'est inquiété en ne la voyant pas rentrer ce soir-là et, le lendemain matin, a demandé à leur logeuse, Mrs Jessie Turripper, d'avertir la police.

Les autorités n'ont jusqu'ici aucun indice quant à l'identité de l'ami en question, et le vol ne semble pas avoir été le mobile de cette agression mortelle. La victime vivait depuis quelques années dans la gêne et n'avait pas d'argent sur elle.

Le médecin légiste a conclu que le corps a été jeté dans le fleuve vingt-quatre heures au plus avant sa découverte.

L'enquête, confiée à l'inspecteur Alfred Gully, de la police métropolitaine, suit son cours.

Deux choses retinrent immédiatement mon attention. La première était la mention de l'Antigallican, où j'avais récemment vu Mr Armitage Vyse discuter avec Billy Yapp, un criminel notoire. La seconde était les initiales de la victime : « B.K. »

La coïncidence était pour le moins troublante. Mrs Barbarina Kraus, aperçue vivante pour la dernière fois au moment où elle quittait la taverne de l'Antigallican, avait les mêmes initiales que celles de la vieille femme dont Milady avait prétendu qu'elle se nommait Bertha Kennedy et qu'elle était son ancienne nourrice. Si elles s'avéraient appartenir à une seule et même personne, il s'ensuivait que ma maîtresse et Mr Vyse étaient impliqués dans un meurtre.

Je n'eus pas le temps de m'appesantir davantage sur cette terrible déduction, car, à cet instant précis, un bruit sur le palier me précipita vers mon siège devant la cheminée. Je m'étais à peine emparée de mon ouvrage, adoptant la pose de l'innocente domestique absorbée dans son travail, que Mr Perseus Duport faisait son entrée.

III

ORGUEIL BLESSÉ

Il referme la porte sans bruit derrière lui et reste un bon moment à me regarder avec ce visage indéchiffrable si déconcertant qui me rappelle tant sa mère.

« Ah, Miss Gorst, je suis venu chercher cet exemplaire du *Times* que j'ai apporté tout à l'heure. »

Puis, remarquant l'aiguille et le fil dans ma main, il ajoute : « Je crains que ma mère soit une maîtresse fort exigeante. »

Quel joli tableau je dois offrir, assise là dans ma sobre tenue noire, mon ouvrage à la main, l'image même de l'innocence et de la docilité ! Comment pourrait-il deviner la véritable nature et les visées de Miss Gorst, femme de chambre consciencieuse, ou les effroyables soupçons qu'elle nourrit à présent à l'égard de sa mère.

Dans le bref silence qui s'ensuit, je suis à nouveau frappée par le physique hors du commun de cet homme : grand, mince, le dos très droit, une barbe noire taillée court et de longs cheveux qui évoquent un souverain assyrien arrivé jusqu'à nous, après avoir traversé les siècles.

Fort beau, indéniablement ; et je suppose que, ses talents littéraires s'ajoutant à sa virile beauté, j'aurais dû le trouver digne de rivaliser avec tous les héros de légende et de fiction dont j'avais jamais rêvé. Il n'est pas impossible qu'une telle pensée m'ait secrètement habitée, même si je prenais grand soin de n'en rien montrer et restais décidée à ne pas me pâmer devant lui, comme auraient pu le faire maintes demoiselles de mon âge. Pourtant, il me fascinait et, malgré son attitude peu démonstrative et souvent hautaine, je me flattais d'être l'objet d'une partialité fort inhabituelle de sa part.

« Vous souvenez-vous, est-il en train de dire, du jour où nous avons parlé du labyrinthe du Minotaure ?

– Oui, monsieur, dis-je, intriguée par sa question. Je m'en souviens très bien, ainsi que de l'offre aimable que vous m'aviez faite de me guider dans le labyrinthe d'Evenwood.

– Je m'y étais engagé, en effet. »

Il retombe dans le silence, avant de froncer les sourcils pour me regarder de ses yeux noirs perçants – les yeux de sa mère.

« Mais vous n'êtes pas venue me trouver, si bien que je n'ai pu honorer ma promesse.

– Je crains, monsieur, de ne pas m'être sentie en droit de prendre sur votre temps.

– Vous semblez très consciente de la position qui est la vôtre dans cette maison, Miss Gorst.

– Mais c'est dans l'ordre des choses, monsieur. Une femme de chambre doit toujours conserver présente à l'esprit l'idée qu'elle n'a qu'un seul devoir : se plier aux ordres de sa maîtresse. En dehors de cela, elle n'a aucune individualité, aussi longtemps qu'elle reste au service de celle-ci.

– Voilà une philosophie passablement sévère, Miss Gorst, et je vous soupçonne de n'y pas adhérer totalement.

– Oh, je vous assure bien que si, monsieur, dans la mesure où je n'ai pas d'autre but que de servir votre mère. Mes propres envies ne comptent pas.

– Puis-je savoir quelles envies étaient les vôtres face à la proposition que je vous faisais de vous montrer Evenwood ? »

Il est maintenant assis sur le sofa, l'index posé sur un côté du nez, la tête légèrement penchée, dans l'attente de ma réponse.

« Il m'eût été fort agréable, j'en suis certaine, monsieur, d'explorer le château en votre compagnie, mais sans doute peu convenable. Je suis sûre que, à la réflexion, vous êtes de mon avis.

– Peu convenable ! s'exclame-t-il avec un rire sans joie. Non, il n'aurait certes pas été convenable pour moi de faire visiter la demeure de ma mère à sa nouvelle femme de chambre. Mais aussi, ma proposition ne s'adressait pas à la première domestique venue, n'est-ce pas ? C'est à vous que je la faisais, Miss Gorst, *in propria persona*. Savez-vous ce que ces mots veulent dire ?

– Oui, monsieur.

– Évidemment que vous le savez. Eh bien, dites-le-moi.

– Cela signifie "en tant que personne".

– Exactement. Et en répondant correctement à cette question, comme vous l'aviez fait quand je vous ai interrogée sur le labyrinthe du Minotaure, vous dévoilez un peu plus votre véritable personnalité. Femme de chambre, vraiment !

– C'est pourtant ce que je suis, monsieur.

– C'est ce que vous prétendez être. »

Ses mots jettent le trouble dans mon esprit ; mais je m'aperçois rapidement qu'il ne fait là qu'exprimer ce que sa mère, tout comme son frère ou Mr Wraxall pensent être la vérité à mon sujet, à savoir que je ne suis femme de chambre que par nécessité.

« Vous gardez le silence, Miss Gorst, poursuit-il. Allons, avouez-le. Vous ne nous montrez pas votre vrai visage, mais il transparaît de temps à autre de manière fascinante. Ce que nous voyons de vous n'est pas ce que vous êtes.

– C'est sans importance aucune, monsieur. La vie que j'ai pu connaître autrefois appartient au passé, et je suis parfaitement satisfaite de celle qui est la mienne aujourd'hui. Maintenant, si vous voulez bien m'excuser, monsieur, j'ai du travail avant le retour de ma maîtresse. »

Un long moment s'écoule avant qu'il reprenne la parole. Quand il le fait, c'est pour aborder un tout autre sujet.

« Vous ne m'avez rien demandé à propos de mon poème. N'aimeriez-vous pas connaître les résultats de notre entrevue avec Mr Freeth ? Et ne me dites pas qu'il ne serait pas convenable de votre part de poser pareille question. Cela ne ferait que me contrarier, car je sais que vous êtes curieuse de nature.

– Je crois avoir entendu dire à Milady que vous deviez revoir Mr Freeth demain, pour conclure définitivement un accord. J'en déduis que votre rencontre s'est avérée satisfaisante.

– "Satisfaisante" est en effet le mot qui convient. Mr Freeth est convaincu que *Merlin et Nimue* sera un grand succès, qui assoira ma réputation en un temps record. Que dites-vous de cela ?

– Mr Freeth est-il un juge compétent ? »

Je lis dans ses yeux l'incrédulité devant cette question sans doute impertinente, même si je m'efforce de donner l'impression que je me suis exprimée avec toute la naïveté requise.

« Compétent ? Freeth ? Bien sûr qu'il est compétent ! Quelle question !

– Mais Milady, il me semble, a dit que Freeth & Hoare était une nouvelle maison. J'imagine que Mr Freeth et Mr Hoare avaient une expérience préalable de l'édition avant d'ouvrir leur propre établissement. »

Cette fois, son visage s'assombrit carrément.

« Peut-être pensez-vous avoir vous-même les compétences requises dans ce domaine, Miss Gorst, dit-il en se levant et en allant prendre le *Times* sur la table, vous qui êtes, si j'en crois ma mère, si férue de poésie.

– Certainement pas, monsieur, répliquai-je, navrée de l'avoir mis en colère. Je ne lis que pour le plaisir, et je sais que mes goûts en la matière sont conventionnels et frustes. En tout état de cause, je suis certaine que l'opinion d'une simple femme de chambre n'intéresse personne. »

Mon propos n'a pour but que de l'apaiser. Je suis sincèrement peinée de constater qu'il semble en avoir pris ombrage et avoir pensé que je dénigrais son poème.

« C'est bon, Miss Gorst, dit-il d'un ton courroucé, en pliant le journal, je ne vous retiendrai pas plus longtemps. » Quand il atteint la porte, il se retourne et ajoute : « Ah, je viens tout juste de me rappeler que j'avais plusieurs rendez-vous demain, et que je n'aurais donc pas pu vous montrer les tableaux de la National Gallery en définitive. Je suis désolé d'avoir interrompu votre raccommodage. »

12

Réminiscences de Mrs Prout

I

LES CONJECTURES DE MR THORNHAUGH

Le matin prévu pour notre retour à Evenwood, Milady sortit en voiture de bonne heure, après m'avoir informée qu'avant de quitter Londres elle devait rendre une brève visite à une vieille amie malade. Ce n'était là, j'en étais certaine, qu'un prétexte fallacieux, mais dans la mesure où il me fallait faire les valises et ranger ses appartements, il ne m'était pas loisible de la suivre, même si, Dieu sait, l'envie ne m'en manquait pas.

Quand elle rentra, elle était manifestement très contrariée et resta tout au long du trajet tour à tour irritable et renfermée, se plaignant de ce qu'il faisait tantôt trop chaud, tantôt trop froid, ou bien de ce que le roulis lui donnait la nausée, avant de retomber dans un silence boudeur et agité, lorsqu'elle essayait de lire ou de regarder distraitement par la fenêtre, incapable de se tenir à l'une ou l'autre de ces activités.

À l'approche de Peterborough, cependant, son visage s'éclaira.

« Presque arrivées ! s'écria-t-elle, se débarrassant de son livre et du plaid qui lui couvrait les jambes. Il est hors de question que je retourne à Londres à moins d'y être contrainte et forcée. Dorénavant, c'est Perseus qui s'y rendra pour régler nos affaires. À moins que les gens viennent me voir chez moi.

– Mais vous ne trouvez pas Londres fascinant, Milady ? demandai-je.

– Fascinant ? »

Elle ôta ses lunettes et contempla le paysage.

« Autrefois, peut-être. Plus maintenant. L'endroit est sale, dangereux, et j'y ai par ailleurs des souvenirs qui sont loin d'être agréables. Il y a certes des monuments superbes et des merveilles, qui resteront toujours captivants, mais je les ai vus et ne souhaite pas les revoir. Je n'aspire à rien d'autre qu'à Evenwood, et je ne m'en lasserai jamais. »

Puis elle tourna à nouveau son visage vers moi.

« Au fait, Alice, vous l'ai-je dit ? Mr Freeth a été captivé, tout simplement captivé, par le poème de Perseus. Au bout des six premières pages du manuscrit, il nous a déclaré que point n'était besoin pour lui de lire plus avant pour pouvoir se prononcer. Il a affirmé, de manière catégorique, qu'il s'agissait indiscutablement d'une œuvre de génie, qui devait à tout prix figurer sur leur liste de premières publications. Il nous a fait parvenir un contrat ce matin. Il a consulté son associé, Mr Hoare, et ils se proposent de la publier en décembre, dans une édition *de luxe**, et à raison de deux cent cinquante exemplaires. Malheureusement, dans la mesure où leur affaire ne fait que démarrer, ils sont dans l'incapacité d'endosser eux-mêmes les frais de publication, sans parler du fait que, d'après Mr Freeth, le marché pour des œuvres poétiques d'un tel calibre et d'une telle ambition n'est pas en ce moment très favorable. Mais il a toute confiance : dès que les critiques auront informé le public de ses mérites hors du commun, l'ouvrage se vendra sans difficultés. Ah, nous voici enfin arrivées ! Nous serons à la maison sans tarder maintenant. »

J'en avais long à raconter à Madame, entre mon aventure dans Dark House Lane et le mot trouvé sous l'oreiller de Milady, et je veillai bien après minuit, le temps de rédiger ma lettre. Je m'étais attendue à recevoir une réponse rapide, et quand aucune n'arriva mon inquiétude et mon irritation s'aggravèrent. Une semaine s'écoula, dix jours, et toujours rien. C'est dans la première semaine d'octobre qu'une lettre me parvint enfin, rédigée cependant de la main de Mr Thornhaugh, lequel m'apprenait que, sa sœur étant tombée gravement malade, Madame avait dû se rendre auprès d'elle à Poitiers. Mr Thornhaugh semblait lui aussi s'être absenté, mais ne m'en fournissait pas la raison.

« Ce que vous dites au sujet de Mr Armitage Vyse, et de sa visite à cette taverne de Billingsgate, écrivait-il, a vivement intéressé Madame. »

Quelle merveilleuse détective vous faites, Petite Reine ! Et quel courage, quel esprit d'initiative il vous aura fallu pour filer ainsi Mr V. Pour autant, ne prenez pas de risques inutiles. Il s'agit là d'un ordre à suivre à la lettre. Je ne peux qu'ajouter mes propres avertissements au conseil de votre nouvelle connaissance, Mr Pilgrim (à qui je donnerais volontiers une chaleureuse poignée de main) : ne retournez jamais, je dis bien jamais, dans un endroit comme l'Antigallican sans être accompagnée.

Pour en revenir à Mr V, Madame est de votre avis : il y a dans la relation entre cet individu et Lady T un mystère, qui, s'il était élucidé, contribuerait sans doute à faire avancer notre cause. Madame ne sait rien, pour l'instant, de cette Mrs Kraus, en dehors du compte rendu qu'elle a lu, comme vous-même, dans le *Times*, et n'est donc pas certaine qu'il s'agit de la « B.K. » que vous avez rencontrée. Mais elle partage votre avis : la coïncidence des initiales est telle qu'elle n'autorise guère d'autre conclusion.

Cela dit, il reste qu'une femme a été atrocement assassinée, et que celle-ci entretenait d'une manière ou d'une autre un lien avec votre maîtresse. Peut-on déduire de ces indices, peu nombreux mais nonobstant éloquents, que la femme Kraus a été tuée à l'instigation de Lady T et de Mr V, grâce aux bons offices de Sweeney Yapp ? Madame et moi-même le pensons ; quant à savoir pourquoi il a fallu qu'une personne apparemment aussi insignifiante connaisse un sort pareil, voilà, je l'avoue, une chose qui pour le moment nous dépasse l'un et l'autre.

Madame me dit de vous faire savoir qu'elle est bien consciente du fait que vous attendez avec impatience sa troisième, et dernière, Lettre d'Instructions, dans laquelle vous sera enfin révélée la raison de votre séjour à Evenwood. Elle me prie de vous assurer, une nouvelle fois, que celle-ci sera entre vos mains, ainsi qu'elle s'y est engagée, avant la fin de l'année.

Dans l'intervalle, elle vous recommande d'observer Lady T avec une attention renouvelée. Si nos suppositions sont correctes, la mort de la femme Kraus aura presque inévitablement des conséquences auxquelles même votre maîtresse ne saurait échapper – avec ou sans l'aide de Mr A.V.

Madame a remarqué par ailleurs que vous parlez peu des frères Duport, ce qui ne laisse pas de la surprendre. Elle aimerait savoir si vous avez eu des contacts avec eux, et l'impression qu'ils vous ont laissée.

Affectueusement vôtre,

B. THORNHAUGH

II

LA VENUE AU MONDE DE L'HÉRITIER

Par un matin sombre et hivernal, peu de temps après avoir reçu la lettre de Mr Thornhaugh, je m'éveillai d'un rêve où tombait la neige.

Depuis mon arrivée en Angleterre, j'ai souvent des rêves de ce genre : je cherche, en courant à travers des tourbillons de flocons légers et piquants à la fois, à échapper non à l'horreur cauchemardesque qui me talonne sous la forme du petit Anthony Duport, mais à une réalité qui, de façon inexplicable, m'est familière. Et pourtant, j'ai beau être convaincue que je ne suis pas en danger, je n'aspire qu'à fuir ce qui me pourchasse ; si bien qu'à mon ardent désir de rester hors d'atteinte s'ajoute la curiosité tout aussi ardente de savoir pourquoi je fais autant d'efforts pour me dérober, alors que je ne cours aucun risque.

Finalement, je sais que j'ai réussi à semer mon poursuivant, et j'éprouve un sentiment d'intense soulagement, comme si j'étais soudain libérée d'un fardeau oppressant. Je me laisse aller dans la neige et, allongée sur le dos, lève les yeux – une joie étrange au cœur, les flocons blancs caressant doucement mon visage et mes cheveux – vers le ciel chargé de nuages gris.

Un coup léger frappé à ma porte me tira de mon rêve. Quand j'ouvris, je tombai sur le visage couvert de taches de son de Sukie.

« Je vous ai réveillée, Miss Alice ?

– Peut-être bien, répondis-je, mais il était temps que je me lève et que je m'active. Entre, chère petite. »

Ayant posé son seau et sa serpillière, elle regarda nerveusement autour d'elle.

« Mrs Battersby ? demandai-je.

– Il faut que je me dépêche, dit-elle après avoir acquiescé. Madame la baronne veut qu'on déménage toutes ses vieilles robes dans l'aile nord. Elle pense qu'elles vont s'abîmer s'il y a encore des fuites dans le toit. Et c'est un travail, vous n'avez pas idée ! Je crois que toutes les robes qu'elle a jamais portées depuis son enfance sont dans ces armoires, et même des neuves qu'elle n'a déjà plus envie de mettre... sans compter les chaussures et le reste. Il faut tout transporter et nettoyer l'endroit après. Megan Bates est déjà montée, mais il fallait que je vous voie pour vous le dire.

– Me dire quoi, chère petite ?

– Mais que ma mère va beaucoup mieux ! Le docteur Pordage dit qu'il a jamais vu pareille guérison, et, bien entendu, à l'entendre, tout le mérite lui en revient. Mais aussi, c'est une Garland, ma mère, et les Garland, c'est des gens solides, tout le monde vous le dira. »

J'étais évidemment ravie d'apprendre pareille nouvelle, et nous continuâmes à bavarder un moment jusqu'à ce qu'elle me dise qu'elle devait partir, dans la mesure où Mrs Battersby n'allait certainement pas tarder à venir voir si le déménagement des robes de Lady Tansor s'effectuait correctement.

« Mais Charlie m'a dit que vous vouliez me parler, Miss Alice », dit-elle en ramassant son seau et sa serpillière.

Je lui dis que j'étais curieuse d'en savoir un peu plus sur le mariage de Lady Tansor avec le colonel Zaluski.

« Ah, c'est sûr que je pourrais vous raconter des choses à ce sujet, répondit-elle, mais c'est ma mère qui vous en dirait bien plus, et je suis sûre qu'elle serait toute contente de le faire. »

C'est ainsi qu'il fut convenu que je rendrais visite à Sukie et à Mrs Prout le dimanche suivant après l'office.

Le dimanche arriva bientôt. Le sermon de Mr Thripp (sur les paroles : « Il prend les sages dans leur propre ruse ») s'éternisa pendant près d'une heure, et Milady eut du mal à cacher son déplaisir, car elle avait maintes fois demandé à son officiant de limiter ses commentaires à une vingtaine de minutes, durée somme toute raisonnable. Après quoi, je le vis, près du porche du cimetière, blêmir quand sa bienfaitrice, le regard fulminant, lui adressa quelques mots, avant de monter dans sa voiture, aidée de Mr Perseus.

Cet après-midi-là, comme convenu, Sukie m'attendait au bas de School Lane. Le docteur Pordage avait enjoint à sa mère de garder le lit ; mais, quand nous arrivâmes au cottage, elle était assise dans un fauteuil à bascule devant sa cuisinière, un gros chat tigré sur les genoux, fredonnant d'un air enjoué et respirant la santé. Je vis aussitôt ce qu'avait voulu dire Sukie en parlant de la solidité des Garland. Loin d'être affaiblie par sa récente maladie, Mrs Prout, petite femme trapue, à l'œil vif et pétillant, semblait afficher un mépris tranquille à l'égard des maux susceptibles d'affecter le corps.

« Fais pas tant d'histoires, Suke, dit-elle, quand elle se fit gentiment morigéner par sa fille pour avoir quitté son lit. Cet idiot de Pordage n'y connaît rien. Rester au lit, et puis quoi encore, quand il y a des patates à éplucher ! »

Sukie eut un coup d'œil vers le buffet, sur lequel trônait un saladier rempli de pommes de terre fraîchement épluchées, et secoua la tête d'un air exaspéré.

« Et maintenant, Suke, poursuivit Mrs Prout, passant outre de nouvelles remontrances, présente-moi ton invitée, et je te permettrai de nous préparer le thé. Tu vas encore penser que ça va me tuer si c'est moi qui m'en charge.

– Je te présente Miss Gorst, Maman, dit Sukie, avant de poser la bouilloire sur le feu. La nouvelle femme de chambre de la baronne. »

Mrs Prout me fit savoir qu'elle était heureuse de faire ma connaissance, et nous ne tardâmes pas à bavarder, tout en dégustant notre thé, de manière agréable et conviviale.

Dès que j'en eus l'occasion, j'orientai la conversation sur Lady Tansor et son défunt mari.

« Bien sûr, mademoiselle, dit Mrs Prout, que j'ai connu le colonel. Je travaillais alors comme sous-gouvernante au château, où mon défunt mari servait comme cocher. Nous aimions tous beaucoup le colonel, un homme bien aimable, même si nous avons tous été très surpris quand Miss Carteret l'a ramené avec elle. »

Une fois mise sur les rails, Mrs Prout n'eut guère besoin d'incitations de ma part pour s'étendre longuement, à grands renforts de détails, sur le mariage de Milady avec le colonel Zaluski. Voici le résumé des notes que je pris en sténographie sur le moment.

Au mois de janvier de l'année 1855, un mois à peine après le meurtre de Phoebus Daunt par Edward Glyver, Miss Carteret (c'est le nom qu'il convient encore de lui donner pour le moment), qui, bien entendu, portait toujours le deuil, quitta l'Angleterre pour le Continent, et une destination inconnue. Son départ se fit, semble-t-il, avec la bénédiction de son parent, Lord Tansor, avec lequel, à la suite du décès de l'héritier officiellement désigné de celui-ci, elle avait promptement établi de nouveaux liens, apparemment très intimes.

Le changement qui s'était opéré dans leur relation surprit par sa soudaineté, mais on l'attribua à un chagrin partagé. Lord Tansor, qui avait toujours témoigné d'une évidente froideur à l'égard de sa cousine au second degré, se préoccupait désormais constamment de son bien-être. Mrs Prout se souvenait parfaitement d'avoir entendu à plusieurs reprises le baron presser Miss Carteret, d'un ton soucieux, de s'éloigner d'une fenêtre ouverte, par crainte d'un mauvais courant d'air, ou du feu, afin d'éviter de s'échauffer le sang. « La modération, ma chère, se souvenait-elle de l'avoir entendu dire, voilà la clé de toutes choses. Éviter les extrêmes, c'est la meilleure règle de conduite. »

D'après Mrs Prout, il semble que, de son côté, Miss Carteret ait fait preuve d'une sollicitude réciproque et presque filiale envers son noble parent, en se faisant un devoir de lui épargner tout souci d'ordre domestique, si banal fût-il.

Et puis, à la surprise générale, Miss Carteret avait quitté Evenwood pour traverser la Manche, et n'y revenir qu'au printemps de 1856, c'est-à-dire quinze mois plus tard.

« À son retour, dit Mrs Prout, elle avait une belle bague au doigt, le colonel à ses côtés, et un poupon, Mr Perseus, enveloppé dans un grand châle. »

Le jour de leur arrivée dans le Northamptonshire, tout le petit monde d'Evenwood était venu les accueillir *en masse** : métayers, bonnes à tout faire, filles de cuisine, laitières, jardiniers, gardes-chasse, valets de pied ou d'écurie, et tous les membres de la domesticité, haute ou basse, nécessaires à la bonne marche du château et au confort du châtelain. Ils étaient tous là, dévorés de curiosité et alignés en bon ordre, vêtus de leurs plus beaux atours, dans la cour d'honneur.

Lord Tansor lui-même, se souvenait Mrs Prout, roucoulait de fierté et rayonnait de satisfaction – comme l'heureux parent qu'il était presque –, tandis que le fruit de l'union entre sa cousine et le colonel Zaluski était promené devant les rangs au milieu des applaudissements et des hourras de ceux qui allaient le servir.

Il faisait chaud cet après-midi-là, et pourtant le futur héritier était soigneusement enveloppé dans un volumineux châle blanc, qui ne laissait voir que ses yeux et le petit bouton de son nez – ce qui ne manqua pas de provoquer les commentaires déçus de beaucoup des femmes présentes qui tendaient désespérément le cou, comme la plupart des femmes sont enclines à le faire en pareilles circonstances, pour entrevoir la petite merveille.

On donna au colonel et à son épouse une suite magnifique récemment redécorée et confortablement meublée, située dans l'aile sud de la maison et donnant sur le bassin à poissons ; et une nourrice fut engagée pour s'occuper du jeune prince.

« Nous avions tous grande envie de voir le bambin, se souvenait encore Mrs Prout, mais Mrs Zaluski s'était prise d'une étrange lubie, qu'elle tenait d'un docteur qui l'avait soignée à l'étranger : le bébé devait être tenu à l'écart des gens et aussi au chaud que possible, même en été, jusqu'à ce qu'il ait au moins huit mois. Le petit lui était si précieux, et sa confiance dans la méthode du docteur si grande, que rien ne put la dissuader d'agir ainsi.

« Un jour, pourtant, une ou deux semaines après leur retour, je passais devant la porte ouverte de la nursery, quand, jetant par hasard un coup d'œil à l'intérieur, je vis la nurse, Mrs Barbraham, qui portait Master Perseus, encore vêtu de son vêtement de nuit, à sa mère. C'était la première fois que je le voyais vraiment, et par Dieu, quel beau bébé c'était ! Le plus bel enfant de trois mois que j'avais jamais vu : les grands yeux de sa mère, et une épaisse calotte de cheveux noirs. Pourquoi sa mère s'obstinait-elle à prendre toutes ces précautions, je ne voyais vraiment pas, mais, bien sûr, personne n'osait rien lui dire.

« Bref, un ou deux jours plus tard, il se trouva que je croisai ce cher vieux professeur Slake, qui lui aussi avait aperçu le nourrisson. Je me souviens encore de ce qu'il m'a dit à cette occasion : "Ils ne lui ont pas donné le nom qu'il fallait, Mrs Prout. Ils auraient dû l'appeler Nimrod, car il ne va pas tarder à parcourir le parc, c'est certain, tuant lions et léopards par dizaines, pour les déposer aux pieds de Lord Tansor." Après, il m'a expliqué qui était Nimrod, et qu'un léopard c'était comme une panthère, et j'ai compris ce qu'il voulait dire. Ses paroles, elles me sont toujours restées, tant elles semblaient justes. »

Le colonel et Mrs Zaluski donnaient au monde l'image d'un couple heureux. Selon Mrs Prout, le colonel était un homme d'une grande amabilité, même s'il était de santé fragile et avait toujours l'air soucieux. Il parlait un excellent anglais, avec à peine une pointe d'accent, et traitait les gens, grands ou petits, avec une courtoisie naturelle. Honnêtement, on ne pouvait pas dire qu'il n'avait pas les qualités pour attirer une épouse… mais une épouse telle que l'ex-Miss Emily Carteret, et si peu de temps après la mort de ce fiancé tant aimé ? La question ne laissait pas d'être débattue, autant parmi les domestiques d'Evenwood qu'au-delà de leur cercle.

La femme du colonel semblait satisfaite de son choix, même si son mari était bien différent, à tous égards, de l'homme qu'elle aurait dû épouser. Mrs Prout se souvenait des sourires heureux qu'elle lui adressait, et de la manière dont elle lui pressait doucement la main, quand ils passaient la soirée ensemble, à lire et à bavarder, ou que Mrs Barbraham descendait Master Perseus à ses parents pour qu'ils le fassent sauter sur leurs genoux, avant de le remonter dans la nursery.

Pendant tout l'été de cette année 1856, Mrs Zaluski, avec l'approbation sans réserves de Lord Tansor, continua à suivre à la lettre les conseils de son médecin étranger, gardant son fils adoré et choyé à l'extrême enveloppé dans de grands châles, et refusant que quiconque, en dehors de Mrs Barbraham, le prenne dans ses bras, de peur qu'il attrape quelque maladie. Peu à peu, cependant, alors que l'automne approchait, on se mit à sortir davantage l'enfant ; et tous déclarèrent que c'était un magnifique petit bonhomme.

« Ah, Miss Gorst, je vous assure que vous n'avez jamais vu plus bel enfant que le jeune Perseus, si grand pour son âge, si fort et si plein de vie. Tout le monde était d'accord là-dessus. Et tout le portrait de sa mère, sans rien du colonel ou presque. Lord Tansor n'en était que plus fou du petit ; car, même s'il appréciait le colonel (comme tout un chacun), Monsieur le baron le traitait en invité, pas comme un membre à part entière de la famille. Alors que Mrs Zaluski, elle, était devenue une fille pour lui, ce qui finissait de mettre ce pauvre colonel à l'écart.

« Quant à Lord Tansor, c'était le plus fier et le plus heureux des hommes. Je dirais pas que ça l'avait changé, parce que c'était un vieux grincheux – il l'avait toujours été et il le resterait. Mais ça l'a un peu amolli, comme qui dirait, parce que la mort de son petit garçon, Master Henry, et puis celle de Mr Daunt l'avaient terriblement aigri. Et voilà que Master Perseus était venu les remplacer tous les deux. »

Au fil du temps, l'arrivée de Mr Randolph l'année suivante accrut encore la satisfaction de Lord Tansor, même si, dès le début, le second fut éclipsé par son aîné, lequel était comblé de toutes les attentions par sa mère et par celui qui, sous tous rapports, sauf celui du nom, était considéré comme son grand-père. Éteinte l'aversion qu'avait pu ressentir Lord Tansor pour la branche collatérale de sa famille. La succession Duport était assurée, semblait-il ; et la grande ambition de sa vie – ce désir profond, obsédant, longtemps inassouvi de transmettre ce que lui-même avait reçu – s'accomplissait. Monsieur le baron avait enfin l'esprit au repos.

III

RETOUR SUR UN MEURTRE

Après avoir quitté Mrs Prout et Sukie, j'empruntai le chemin qui traversait le village et pénétrai dans le parc par la grille sud.

Je ne pus me défendre de l'envie de jeter à nouveau un coup d'œil à la Dower House, cet édifice qui m'avait tant charmée quand je l'avais vu pour la première fois, et je m'arrêtai quelques minutes, juste au-delà du bois, entre la pelouse et l'allée carrossable, pour regarder l'endroit où Milady avait grandi.

Je n'étais pas là depuis très longtemps quand une petite grille sur le côté de la maison s'ouvrit, livrant passage à Mr Montagu Wraxall. Il portait un sac de voyage. En m'apercevant, il agita la main et traversa la pelouse pour venir à ma rencontre.

« Miss Gorst, quelle bonne surprise ! dit-il, en s'inclinant profondément. Un grand nombre de lettres adressées par mon défunt oncle à Mr Paul Carteret, lequel, comme vous le savez, j'en suis sûr, vécut ici autrefois, ont récemment refait surface. Je suis venu les chercher, bien que je ne manque pas de documents à lire en ce moment. Mon cher oncle en a laissé des pleines brouettes. Mais quel bon vent vous amène ici ? »

Je lui racontai alors que la Dower House me rappelait la maison de poupées que Mr Thornhaugh m'avait offerte dans mon enfance, et lui dis à quel point j'aurais aimé vivre dans un tel endroit.

« Vraiment ? dit-il, en se retournant pour regarder le bâtiment, dont la brique rougeoyait sous le soleil de l'après-midi. Oui, c'est un lieu enchanteur, quoique marqué par la tragédie. Mr Carteret était pour mon oncle un ami très cher, poursuivit-il. Difficile d'imaginer la gentillesse et la bonté de cet homme. Dire qu'on l'a tué pour rien. Mais vraiment pour rien.

– Pardonnez-moi, Mr Wraxall, dis-je, mais j'avais cru comprendre que Mr Carteret avait été volé à son retour de la banque.

– Non, je me suis mal fait comprendre, reprit Mr Wraxall en secouant la tête. Je n'ai pas dit qu'il avait été agressé sans raison ; mais on ne l'a pas volé pour son argent, si c'est ce que vous voulez dire. Il n'en avait pratiquement pas sur lui. »

J'avançai alors l'opinion de Mr Maggs selon laquelle ses agresseurs l'ignoraient peut-être.

« C'est possible, dit Mr Wraxall, dubitatif, encore que je ne partage pas cet avis. J'ai quant à moi la conviction que ses assaillants – en admettant qu'il y en ait eu plusieurs, ce dont je doute également – savaient exactement ce que transportait Mr Carteret à ce moment-là, et ce n'était pas de l'argent. Voulez-vous faire un bout de chemin avec moi ? »

Nous traversâmes le bois pour nous retrouver sur l'allée carrossable à proximité des grilles sud, avant de gravir la longue pente connue sous le nom de la Butte, au sommet de laquelle on avait une magnifique perspective sur le château, qui se dressait dans toute sa splendeur de l'autre côté de l'Evenbrook.

Mr Wraxall avait l'air préoccupé et ne dit pratiquement rien tandis que nous redescendions vers le pont.

« Puis-je vous demander, monsieur, finis-je par dire, trouvant ses silences embarrassants, ce que, d'après vous, Mr Carteret transportait, si ce n'était pas de l'argent ?

– La question est pour l'instant sans réponse, répondit-il, en souriant d'un air entendu.

– Ce devait être quelque chose de valeur, non ?

– De valeur ? Oh, oui, aucun doute là-dessus. Mais je crois que vous jouez les *ingénues**, Miss Gorst. Je suis sûr que vous êtes déjà au courant de certains détails, et si vous voulez que je vous mette dans la confidence, vous n'avez qu'un mot à dire. »

Il avait posé sur moi ses yeux clairs, mais je n'y vis aucun reproche, seulement une sincérité amusée.

« Rien ne pourrait me faire davantage plaisir, monsieur, répondis-je.

– Le plaisir est partagé, Miss Gorst, je vous assure. Mais ce n'est peut-être ni l'heure ni le lieu pour de telles confidences. Je suis obligé de rentrer à Londres demain soir, puis de me rendre en Écosse pour des affaires de famille. Êtes-vous toujours libre le dimanche après-midi ? Oui ? En ce cas, peut-être accepteriez-vous de venir prendre le thé à North Lodge à mon retour ? Jugeriez-vous cette proposition inconvenante ?

– Pas le moins du monde.

– Moi non plus. C'est donc décidé. Je vous tiendrai informée de mon retour. »

Nous prîmes congé à l'entrée du pont qui permet à l'allée carrossable de franchir l'Evenbrook, Mr Wraxall pour traverser le parc en direction de North Lodge, où il disait avoir à travailler sur les documents de son oncle, et moi pour retrouver ma chambre, et Mr Wilkie Collins.

Ce soir-là, alors que je m'apprêtais à souffler ma bougie avant de me mettre au lit, je jetai un coup d'œil par la fenêtre et aperçus une lumière qui brillait faiblement de l'autre côté du parc, du côté de North Lodge. Il était minuit passé, mais de toute évidence Mr Wraxall était encore à son labeur.

Le lendemain matin, je me levai de très bonne heure, avant l'aube, car je voulais terminer mon roman avant d'entamer les tâches de la journée.

Le parc était encore plongé dans une obscurité traversée ici et là par un arc mince de lumière gris argent qui se déployait lentement à l'orient, et le coq de la ferme du domaine ne s'était pas encore manifesté. J'ouvris la fenêtre pour laisser pénétrer un peu de cet air délicieux, caractéristique du moment où la nuit ne s'est pas tout à fait envolée et où l'éclat du jour reste encore à naître.

La lumière que j'avais aperçue au moment d'aller me coucher brûlait toujours à North Lodge. Cette nuit-là, semblait-il, il n'y avait pas eu de repos pour Mr Montagu Wraxall.

13

Dans la maison de la mort

I

SAUVETAGE D'UNE DEMOISELLE EN DÉTRESSE

Mrs Battersby avait bien tenté de me donner l'impression qu'elle souhaitait nous voir devenir amies, mais il reste que je n'avais pas reçu d'autre invitation à prendre le thé. Pour tout dire, je l'avais peu vue, si ce n'est, de temps à autre, à l'heure des repas dans la salle de l'intendant – repas auxquels je n'assistais pas souvent, soit que je choisisse de manger dans ma chambre, soit que je fusse retenue par Milady ; elle était alors assise au haut bout de la table, parlant peu et ne s'attardant pas plus que nécessaire. La situation me convenait parfaitement, dans la mesure où j'étais fort accaparée. J'avais envie néanmoins de satisfaire ma curiosité concernant la gouvernante, convaincue que j'étais désormais qu'il y avait à son antipathie à mon égard, si habilement déguisée fût-elle, une raison plus profonde qu'un simple rejet instinctif, ou le sentiment sans fondement que je représentais une menace pour son statut aux yeux des autres domestiques.

Plus de deux mois s'écoulèrent avant qu'elle m'invite à nouveau à venir la voir. Elle m'apparut pleine d'amabilité et d'attention, et me déclara en préambule, avec des accents de regret qu'elle voulait convaincants, qu'elle était désolée mais que ses obligations l'avaient empêchée de « jouir du plaisir tant attendu » de ma compagnie.

Nous passons une demi-heure à parler à bâtons rompus ; puis elle me demande si ma situation actuelle est conforme à mes attentes ou si, jeune et instruite comme je le suis, avec toute la vie devant moi, j'ai envisagé peut-être de renoncer à la domesticité pour un autre genre d'occupation «plus adapté à mes talents», ainsi qu'elle le formule avec un sourire. Je trouve que c'est là une question bizarre à poser à quelqu'un qui vient tout juste de débuter dans son emploi; mais je passe outre, me contentant de répliquer que je suis très heureuse au service de Milady et que je ne vois rien pour l'instant qui puisse m'inciter à chercher une autre place ou quelque autre moyen de gagner ma vie, ce qu'il faut bien que je fasse.

«Je suis si heureuse de l'entendre, me dit-elle avec une telle chaleur que je serais presque tentée de la croire, car je suis sûre que Madame la baronne n'a aucune envie de vous perdre… et ai-je besoin d'ajouter que tout le monde, ici à notre niveau, considérerait votre départ comme une perte irréparable. Vous avez fait une forte impression parmi nous, Miss Gorst, une très forte impression, comme vous devez, j'en suis sûre, en être consciente – si modeste que vous soyez. D'un autre côté, nous ignorons ce que le destin nous réserve, n'est-ce pas? Notre situation peut changer d'un instant à l'autre, pour le meilleur ou pour le pire.»

À cette platitude cordialement exprimée, je ne réponds rien, n'ayant aucune réponse à fournir; si bien que nous buvons notre thé dans le plus grand silence pendant un bon moment, chacune de nous parfaitement consciente du fait que ce qui vient d'être exprimé ne saurait être pris au pied de la lettre.

Je suis soulagée quand on frappe à la porte et qu'apparaît le visage rose de Charlie Skinner dans l'entrebâillement.

«Mes excuses, Mrs Battersby, dit-il. La cuisinière veut vous parler rapport à la viande pour demain. C'est encore Barker. Il a pas livré toute la commande.

– Merci, Skinner, répond Mrs Battersby. Dites à Mrs Mason que j'arrive.»

S'étant acquitté de sa tâche, Charlie retire sa grosse tête, couronnée de cheveux tout raides, et referme la porte, non sans m'avoir gratifiée d'un clin d'œil subreptice.

«Vous voyez, Miss Gorst! dit Mrs Battersby avec un soupir résigné. La dernière fois, autant qu'il m'en souvienne, c'étaient les rats dans les réserves qui avaient interrompu notre bref moment de loisir. Aujourd'hui, c'est la viande pour le dîner de demain! C'est d'autant plus regrettable que nous méritons bien une petite pause de temps à autre, vous et moi. Mais que faire ? On ne peut tout de même pas laisser la crème de la gentry locale mourir de faim… qui plus est en pareille occasion. »

Son regard chargé de sous-entendus semble en dire plus que ces propos somme toute banals. Nouvel exemple de cette curieuse ambiguïté qui caractérise le moindre de ses mots ou de ses gestes et que je désespère de jamais pénétrer, comme me désespérait autrefois mon incapacité à saisir quelque subtilité philosophique ou mathématique que Mr Thornhaugh cherchait à m'inculquer.

L'occasion mentionnée par Mrs Battersby était celle du grand dîner qui devait avoir lieu le lendemain soir en l'honneur du vingtième anniversaire de Mr Randolph Duport. J'en avais entendu parler pour la première fois la semaine précédente, quand Milady avait prévenu un après-midi qu'elle serait prise avec son secrétaire pendant les deux heures à venir et n'aurait en conséquence pas besoin de mes services.

« Il faut que je m'occupe de la liste des invités pour le dîner en l'honneur de Randolph, avait-elle dit en soupirant, comme si le poids du monde reposait sur ses épaules, que je vérifie les menus, que je donne mon avis sur le choix des vins, et Dieu sait quoi encore. Ce genre de choses m'ennuie à mourir… mais bon, c'est mon fils, et c'est ce que l'on attend de moi ; il faut bien que je m'y plie, j'imagine. Il va de soi que la célébration de la majorité de Perseus en décembre prochain, le jour même de Noël, sera une tout autre affaire. Voilà qui sera l'occasion d'une véritable fête, un événement à la préparation duquel j'ai l'intention de me consacrer corps et âme ! Ah, pendant que j'y pense, Alice, je tiens à vous avoir auprès de moi au repas de demain. Cela me sera d'un grand secours, et ce sera pour vous une expérience qui vous servira par la suite, car je veux que vous sachiez que je songe à vous mettre un peu en valeur. Je n'en dirai pas plus pour l'instant, mais si vous continuez à bien vous comporter, il se pourrait que votre situation dans cette maison s'améliore dans un avenir proche.

« Vous assisterez donc au dîner de Randolph, Alice… mais pas en tant qu'invitée, bien entendu, il faut que ce soit clair. Dans des circonstances normales, je ne tolérerais pas que ma femme de chambre se joigne à la compagnie en pareille occasion, mais je suis prête à faire une exception dans votre cas, dans la mesure où j'aimerais, comme je viens de vous le dire, que vous côtoyiez la meilleure société, et où je suis convaincue que vous saurez vous conduire comme il sied. »

Mrs Battersby, qui continuait à parler des préparatifs pour le dîner et des nombreux invités de distinction qui viendraient aussi bien de Londres que des environs, s'était maintenant levée.

« Il est regrettable, Miss Gorst, que des personnes comme vous et moi ne puissent faire partie des convives demain soir, surtout si l'on songe à tout le travail que cela nous aura demandé, chacune dans notre domaine respectif. Madame la baronne pense sans doute que nous ne saurions pas nous tenir. »

Ses yeux sont pleins de ressentiment, malgré le ton qui se veut badin, et bien qu'elle ne puisse ignorer l'impossibilité pour une gouvernante, si éduquée soit-elle, de jamais prendre place parmi les invités de Lady Tansor. Sans doute pense-t-elle aussi que la femme de chambre de Milady est dans la même situation ; mais je lui réserve une surprise de ma façon.

« Si je comprends bien, dis-je, affichant un étonnement innocent, Milady ne vous a pas mise au courant ?

– Au courant de quoi ?

– Eh bien, je dois l'assister de ma présence pendant le dîner. Je n'en parlais pas, tant j'étais persuadée que vous le saviez déjà. »

Je vis aussitôt, non sans un sentiment de satisfaction coupable, que mes mots avaient frappé juste. Les signes furent à peine perceptibles : légère contraction des sourcils, léger plissement des yeux, coloration fugace des joues. Mais ils n'en étaient pas moins éloquents et témoignaient de son mécontentement et de son incrédulité devant la faveur insigne dont j'étais à nouveau l'objet.

« Ma foi, dit-elle, détournant le regard et feignant de remettre de l'ordre sur le plateau du thé, sans parvenir tout à fait à cacher son humeur, voilà un honneur fort rare, en vérité, pour une femme de chambre ! Encore une fois, tous mes compliments, Miss Gorst. On se demande où s'arrêteront les choses. »

Elle n'en dit pas davantage, même s'il était évident que son esprit s'attardait sur ce que je venais de lui confier. Me priant de l'excuser et me souhaitant un bon après-midi d'un ton sec, elle me reconduisit à la porte et partit, avec un déplaisir mal déguisé, s'occuper du problème posé par la commande de viande.

Quelle perspective alléchante que celle du dîner d'anniversaire de Mr Randolph ! J'avais la tête pleine de visions fantaisistes, dont l'objet n'était pas Mr Randolph lui-même, mais curieusement, son frère. Je me demandai aussitôt quel effet je produirais sur Mr Perseus, vêtue d'une robe que sa mère ne portait plus et qu'elle m'avait autorisée à emprunter pour la soirée, quelle serait ma place à la table, peut-être près de Mr Perseus, et, en ce cas, quelle conversation je pourrais avoir avec lui… jusqu'à en arriver aux suppositions les plus folles.

Mais il n'était peut-être pas si étrange que mon esprit, avec une délicieuse fréquence, se complaise dans de telles chimères. Il convient que j'avoue maintenant à mes lecteurs ce que j'ai tenu secret jusqu'ici… et que je ne m'étais pas encore avoué à moi-même.

Quand Madame s'était enquise, par l'intermédiaire de Mr Thornhaugh, de la raison pour laquelle je ne parlais pas des deux frères dans mes lettres, elle avait, sans le savoir, touché un point sensible. La vérité est que, si j'étais parfois rebutée par sa morgue et les manifestations de son orgueil exacerbé, je me sentais de plus en plus attirée par l'aîné des Duport. Des sentiments plus profonds étaient bien évidemment hors de question, même si je me flattais de croire que la considération dont il témoignait à mon égard pouvait se transformer en une émotion autre qu'une sympathie de bon aloi. Je laissais pourtant libre cours à mon imagination, ne voyant aucun mal à m'absorber dans des rêves dont je savais, le matin venu, qu'ils ne pourraient jamais se réaliser. Craignant de voir Madame désapprouver fortement une obsession qu'elle jugerait de nature à me détourner de la réalisation de notre Grand Dessein, j'avais jugé prudent de garder le silence.

J'étais incapable de donner un nom aux sentiments que j'éprouvais pour Mr Perseus. Ils m'étaient totalement nouveaux, ma seule expérience en la matière remontant à une passade pour un neveu de Madame nommé Félix. Quelle signification accorder, songeais-je, au fait que Mr Perseus se glissait dans mes pensées aux moments les plus inattendus, ou que j'étais à l'affût de la moindre occasion de le croiser, ne fût-ce qu'un instant, le matin dans l'escalier du hall d'entrée, dans la bibliothèque ou tout autre endroit où je pensais avoir une chance de le trouver ? Je ne comptais plus les stratagèmes auxquels j'avais recours pour provoquer ces rencontres prétendument fortuites, quitte à voir ma peine récompensée d'un maigre « Bonjour, Miss Gorst » ou d'un laconique « Comment allez-vous, Miss Gorst ? ». Ces miettes chèrement gagnées me comblaient, et je m'en nourris bientôt avec avidité, sans cesser d'en désirer toujours davantage.

Un changement notable dans mes sentiments pour Mr Perseus s'opéra un matin, peu de temps après notre retour de Londres, à la suite d'une petite aventure que je vais maintenant conter.

Milady, qui avait passé une mauvaise nuit et souhaitait rester au lit, m'avait envoyée à Easton dans le cabriolet chercher quelques babioles commandées chez la modiste. Elle avait en effet pour habitude de se servir chez les commerçants locaux quand elle le pouvait.

C'était une de ces matinées fraîches et vivifiantes où l'on sent l'approche de l'automne et où l'éclat du soleil des derniers jours de l'été, même s'il n'est plus aussi chaud, suffit à rehausser les couleurs de la nature. Ayant décidé de rentrer à Evenwood à pied, je renvoyai le cabriolet avec les divers paquets et cartons que j'étais passée prendre et me mis en route.

J'avais atteint la bifurcation où l'on part d'un côté sur Thorpe Laxton, de l'autre vers le hameau de Duck End puis le village d'Evenwood, quand un homme à l'air brutal jaillit brusquement des bois en bordure de la route et me barra le chemin.

Il n'est pas grand ni solidement charpenté, mais une lueur désespérée et menaçante brille dans ses yeux. Tête nue, le menton hérissé de barbe, vêtu d'habits de travail tachés, chaussé de bottes crottées, il donne l'impression de quelqu'un qui a passé la nuit, voire plusieurs, à la belle étoile.

« Ah, ah, gronde-t-il, d'un ton on ne peut plus inquiétant. R'gardez un peu c' que j' vois là ! »

Je ne peux pas tourner les talons et remonter en courant la pente derrière moi, car il aurait tôt fait de me rattraper ; je ne peux pas non plus tenter de le contourner, la route est trop étroite et les fossés qui la bordent de chaque côté trop profonds. La seule solution est de l'affronter carrément, ce que, à ma grande surprise, je me découvre bien décidée à faire, tant je suis offusquée par sa manière de m'aborder. Affichant toute la hardiesse dont je me sens capable, bien que consciente du danger que je cours, je regarde l'individu droit dans les yeux.

« Excusez-moi », dis-je, me tenant prête à lui envoyer mon pied dans les tibias s'il refuse de s'écarter; mais au moment où je commence à m'avancer, il me saisit rudement par le poignet.

« T'es un sacré beau brin de fille, pour sûr », dit-il, en se léchant les lèvres de la façon la plus dégoûtante. Puis son œil est attiré par le réticule cousu de paillettes – un présent de Madame – qui pend à mon autre poignet.

« Oh, oh ! s'exclame-t-il, l'œil concupiscent. V'là qu'est encore mieux qu'une jolie frimousse. »

Sa main est prête à m'arracher le réticule, quand il lâche soudain un juron, pivote sur lui-même et s'enfuit dans les bois.

Au même moment, j'entends un bruit de sabots derrière moi. Me retournant, je vois un cavalier descendre la pente à cheval et, lorsqu'il s'approche, je m'aperçois, stupéfaite et soulagée, qu'il n'est autre que Mr Perseus.

Nul doute que l'attente de toute lectrice de romans, ou de contes et légendes, aurait été comblée si Mr Perseus, à l'instar de quelque chevalier errant, avait dévalé la colline sur sa jument grise (maigre substitut d'un coursier blanc), un fouet à la main (en lieu et place d'une épée), et précipité au sol le brigand ; mais je lui fus néanmoins infiniment reconnaissante de ce sauvetage, même s'il manquait un peu de panache.

« Miss Gorst ! s'écrie-t-il, arrêtant sa monture et mettant pied à terre. Il me semblait bien que c'était vous. Je vous ai vue un peu plus tôt devant chez Kipping. J'avais moi-même à faire à la salle des ventes, et, quand je suis ressorti, le cabriolet n'était plus là. Vous faisiez des courses pour ma mère, je suppose ?

– Des articles de mode, monsieur.

– Ah oui, bien sûr. Des fanfreluches. »

Il regarde en direction des bois, dans lesquels mon assaillant vient de disparaître.

« Il m'a semblé vous voir avec quelqu'un, à l'instant ?

– Non, monsieur, dis-je, ne voyant pas la nécessité de l'impliquer davantage, et ne voulant pas passer à ses yeux pour une faible damoiselle sans défense. Ce n'était qu'un autochtone qui traversait la route pour se rendre à Odstock. »

Il me lance un regard sceptique.

« S'est-il passé quelque chose, Miss Gorst ? s'enquiert-il. Vous êtes toute pâle. »

Heureuse de sa sollicitude, je l'assure que tout va bien, et nous poursuivons notre chemin, Mr Perseus conduisant sa jument grise par la bride.

Je ne me souviens guère des propos échangés tandis que nous traversions, côte à côte, le village d'Evenwood et pénétrions dans le parc. Mr Perseus attacha sa monture près des grilles, où un palefrenier viendrait la chercher, et nous prîmes notre temps pour longer la Dower House, gravir la Butte et redescendre vers le pont qui enjambe l'Evenbrook. Notre conversation fut sans doute très banale, de mon côté en tout cas, et, intrinsèquement, sans intérêt. Pourtant, une fois de retour au château, je sentis que ma vie avait pris un autre tour au cours de la demi-heure précédente.

Une demi-heure ! Un intervalle si court, qui semblait pourtant avoir transformé le monde qui m'entourait. Je ne comprenais pas pourquoi j'éprouvais pareil sentiment. Ma petite chambre sous les combles était telle que je l'avais laissée, chaque objet à sa place habituelle. La vue depuis mes fenêtres – la terrasse, les jardins et le parc au-delà, la ligne sombre des bois dans le lointain – était telle que dans mon souvenir. Mes sens me disaient que rien n'avait changé depuis le moment où j'étais partie ce matin ; mon cœur, lui, n'était pas dupe.

Pendant plus d'une heure, jusqu'à ce que vienne le moment de me rendre auprès de Milady, je restai allongée sur mon lit à penser à Mr Perseus Duport, toute à la joie de voyager au pays des rêves, où rien n'est impossible.

Le dimanche qui suivit mon aventure sur la route d'Easton, Mr Randolph annonça au moment où nous sortions de l'église qu'il préférait rentrer à pied plutôt qu'en voiture. Il me demanda alors s'il me plairait de l'accompagner. Cette proposition semblait pour le moins déplacée, et je jetai un coup d'œil interrogateur à ma maîtresse, convaincue qu'elle n'aurait pas son agrément. Mr Perseus, qui était à portée de voix, ne fit aucun effort pour cacher son déplaisir ; se drapant dans son manteau, il partit à grandes enjambées vers le porche du cimetière et la voiture qui attendait, son visage reflétant clairement la colère qui l'habitait.

« Je crois, monsieur, dis-je à Mr Randolph, que Milady souhaiterait me voir rentrer avec elle.

– Non, non, dit Lady Tansor, qui, à ma grande surprise, ne montrait aucun signe de désapprobation. Accompagnez donc Randolph, si vous le souhaitez. J'ai quelques lettres à écrire en rentrant, et Mr Thripp doit venir discuter de certaines affaires de la paroisse ; je n'aurai donc pas besoin de vous avant une heure ou deux. Et puis l'air frais vous fera du bien. Vous n'avez pas très bonne mine depuis quelque temps. »

La voiture qui emportait Milady et son aîné ne tarda pas à s'éloigner dans un cliquetis de clochettes, nous laissant, Mr Randolph et moi, nous engager sur le chemin que nous avions emprunté lors de notre premier retour d'Easton, pour ensuite entrer dans le parc.

Nous voici donc en train de parler du sermon de Mr Thripp, et de nous demander si cet homme verbeux apprendra jamais les vertus de la brièveté ; nous évoquons l'agressivité perpétuelle de Mrs Thripp à l'égard de son mari ; puis touchons à divers sujets, dont un résumé ne ferait que lasser mes lecteurs.

Pendant tout ce temps, Mr Randolph témoigne de sa bonne humeur habituelle ; mais quand nous approchons du pont, un changement se produit en lui. La conversation aimable et souriante cesse, comme s'il voulait me dire quelque chose qu'il aurait des difficultés à exprimer. Il garde le silence un moment tandis que nous contemplons le château par-dessus l'Evenbrook qui miroite dans le pâle soleil automnal. Puis, donnant l'impression d'avoir rassemblé tout son courage, il me demande si j'ai laissé beaucoup d'amis à Paris.

« Quelques-uns, dis-je, étonnée par sa question.

– Ils vous manquent ?

– Certains, oui ; mais j'ai eu une enfance très solitaire, et j'ai donc l'habitude de ne compter que sur moi-même pour toute compagnie. L'autonomie est une nécessité pour une personne dans ma position, qui n'a que ses seules ressources pour faire son chemin dans la vie.

– Mais n'y a-t-il pas quelqu'un qui vous manque plus particulièrement ?

– Non, personne, sauf quand j'étais très jeune », dis-je, songeant à Amélie, et toujours aussi perplexe.

Il réfléchit un moment.

« Vous n'avez donc personne, aucun ami, j'entends, à qui vous confier ? »

Je lui réponds que, n'ayant pas grand-chose à confier, je ne ressens pas le manque de confident.

« Mais vous-même, avez-vous un ami à qui raconter vos secrets ?

– Oui, je crois que oui, répond-il. Mon meilleur camarade à l'établissement du docteur Savage, Rhys Paget, un garçon remarquable. Bien sûr, j'ai maintes connaissances dans les environs ; mais Paget est plutôt, disons, comme un frère – non pas que je pourrais jamais confier quoi que ce soit à Perseus, ni n'en aurais d'ailleurs jamais l'envie.

« Vous savez, Miss Gorst, poursuit-il au bout d'un nouveau silence embarrassant, je pense vraiment que vous devriez avoir un ami à qui vous confier, et qui se confierait à vous. Vous-même – et lui ou elle – trouveriez un grand réconfort à pouvoir parler en toute liberté de... eh bien, de tout ce dont vous ne pouvez parler aux autres. Chacun de nous a ses petits secrets, et il n'est pas bon de les garder enfouis en soi, vous savez. Un secret partagé est... je ne me rappelle pas la suite, si même il y en a une. Ce que je veux dire, c'est que c'est une très bonne chose.

– Vous avez peut-être raison, monsieur, dis-je, pensant aux sentiments que je porte à son frère. La difficulté pour moi serait de trouver une telle personne. Mon cercle de connaissances est très restreint.

– J'entends bien, dit-il en me rendant mon sourire. Mais vous êtes d'accord sur le principe ?

– Oui, bien sûr, je suis d'accord. »

C'est à ce moment précis que Mr Thripp descend la Butte au petit trot, son terrier gambadant autour de sa monture, en route pour le rendez-vous que lui a fixé Lady Tansor. Nous échangeons quelques mots quand il franchit le pont, puis Mr Randolph et moi poursuivons notre chemin, bavardant de nouveau à bâtons rompus, avant de nous séparer devant les grilles de la cour d'honneur.

II

LE GRAND JOUR

Le soir du dîner donné à l'occasion du vingtième anniversaire de Mr Randolph arriva enfin. Milady avait pris grand plaisir à me parer d'une robe de la saison précédente dont elle ne voulait plus, me disant qu'elle me seyait à merveille et que j'avais belle allure, et ajoutant, sur ce ton entendu de complicité féminine, qu'elle serait étonnée si je ne faisais pas une ou deux conquêtes au cours de la soirée.

Au dîner, je me trouvai assise en bout de table dans la salle à manger rouge et or, à côté de Miss Arabella Pentelow, jeune fille à peu près de mon âge au visage laiteux et à l'air soumis, qui n'avait pratiquement rien à dire. Mon autre voisin n'était autre que le ridicule Mr FitzMaurice, qui passa tout le repas à répondre par monosyllabes à chacune de mes tentatives de conversation, trop affairé qu'il était à lancer des coups d'œil énamourés à Milady, qui trônait dans toute sa splendeur entre ses deux fils.

Héritière d'une fortune colossale, Miss Pentelow était l'une des jeunes filles – accompagnées de leurs chères mamans, toutes discrètement combatives – que Milady avait sélectionnées comme partis possibles pour Mr Randolph, car elle désirait ardemment le voir marié et « en être débarrassée » (ainsi s'était-elle exprimée un jour en ma présence), sitôt qu'il aurait atteint sa majorité.

Entourée de pareils voisins, je fus heureuse que Milady trouve à m'occuper, tout au long du dîner et au-delà, quand ces dames se retirèrent. Une cascade de requêtes me fut transmise par l'intermédiaire de Barrington, qui, à intervalles réguliers, apparaissait silencieusement dans mon dos pour me les déverser dans l'oreille. Madame la baronne sentait un courant d'air, et me voilà dépêchée en quête d'un châle. Madame la baronne avait un peu chaud, et me voilà remportant le châle dans la pièce voisine pour lui apporter son éventail japonais préféré. Madame la baronne craignait que l'évêque fût placé trop près du feu, et me voilà en train de me rendre auprès de l'intéressé pour lui demander s'il était à son aise (il l'était). Ils n'arrêtaient pas d'arriver, ces ordres habilement conçus, et ils n'avaient pour but, j'en étais persuadée, que de me rappeler que si j'étais ici, c'était en tant que femme de chambre ou factotum, et non en tant qu'invitée.

On porta plusieurs toasts à la santé de Mr Randolph, après quoi, un magnat du voisinage, Lord Tingdene, un homme replet, doté d'un visage de batracien, fit un discours qui n'avait rien à envier aux sermons de Mr Thripp en matière de mortelle prolixité, et dans lequel il vanta avec une flagornerie éhontée les vertus et les hauts faits de la famille Duport depuis l'époque du premier baron, tout en vouant aux gémonies tous ceux qui aujourd'hui mettaient en doute le bien-fondé, pourtant évident, des privilèges héréditaires.

Mr Randolph reçut vœux et félicitations avec toutes les apparences du contentement. Son frère, qui avait proposé les toasts, ne se départit pas de son habituelle expression indéchiffrable, seulement adoucie de temps à autre par un sourire las, tandis que Milady brillait de tous ses feux, souriait et se comportait en hôtesse prévenante, même si je fus peut-être la seule à discerner de petits signes de tension et de fatigue autour de ses yeux.

La soirée finit par toucher à sa fin. Mes folles attentes avaient été déçues. Mr Perseus avait semblé absent, et c'est à peine si nous avions échangé deux mots. Peu après que ces dames et ces messieurs furent à nouveau réunis dans le salon chinois, il avait été entraîné vers la salle de billard par une bande de jeunes gens à la démarche nettement chancelante, et je ne le revis point. Je continuai à assister ma maîtresse jusqu'à ce que les voitures soient appelées, aux environs d'une heure ; et, une fois les derniers invités partis, j'eus encore à la déshabiller et à l'installer dans son lit, alors que j'avais du mal à garder les yeux ouverts.

« Vous avez été parfaite ce soir, Alice, me dit-elle tandis que je m'apprêtais à la quitter. Tout le monde vous a admirée, comme je m'y attendais. Allez vite maintenant. J'aurai besoin de vous à l'heure habituelle, alors ne cherchez pas d'excuses. »

Il était presque deux heures quand je refermai la porte du salon de Milady pour sortir dans la galerie. Au même moment, quelqu'un sortit de l'ombre en haut de l'escalier.

« Mr Pocock m'a fait savoir que le dîner avait été très réussi, dit Mrs Battersby.

– Je le pense aussi.

– J'en suis heureuse, pour Mr Randolph. »

Nous restons un moment à nous regarder, immobiles.

« Bon, eh bien, bonne nuit, Miss Gorst, finit-elle par dire. J'ai encore beaucoup à faire avant d'aller me coucher, mais vous vous en avez terminé, je suppose. Faites de beaux rêves. »

Sur ces mots, elle fit demi-tour et disparut aussi soudainement qu'elle était apparue.

Mr Randolph avait quitté Evenwood peu de temps après son anniversaire, avec l'intention d'aller passer quelques semaines au pays de Galles chez son ami, Mr Rhys Paget, lequel n'avait pu assister au dîner en raison d'obligations familiales. À ma grande déception, Mr Perseus, parti pour Londres, était lui aussi absent. Si bien que rien ne venait rompre la monotonie des jours, tandis que j'attendais son retour et le renouveau des rêves qui pourraient éclairer l'insipidité de ma vie de domestique.

Pour couronner le tout, je n'avais rien à raconter à Madame. Mr Armitage Vyse n'était pas réapparu à Evenwood, et, en dépit d'efforts répétés, je n'avais trouvé aucun document incriminant ou suspect dans les appartements de Milady, ni rien qui fût susceptible de l'impliquer directement dans le meurtre de Mrs Kraus, en dehors du petit mot que j'avais découvert sous son oreiller à Grosvenor Square. Et j'attendais toujours la troisième lettre de Madame. Je n'avais guère le choix, semblait-il, que de continuer à ravauder, laver, nettoyer, et parer Milady de ses atours, jusqu'à ce jour tant attendu où me serait enfin révélée la nature du Grand Dessein.

Décembre arriva, et, avec lui, l'anniversaire de la mort de Phoebus Daunt, scrupuleusement observé tous les ans par Milady sous la forme, comme me l'avait dit Mr Randolph, d'une visite à son tombeau dans le mausolée des Duport.

Le matin du 11, quand je l'eus habillée, ma maîtresse m'informa d'une voix tendue et voilée qu'elle n'aurait pas besoin de mes services avant deux heures de l'après-midi. Elle aimerait alors que je lui fasse la lecture pendant une heure ou deux.

« Savez-vous quel jour nous sommes, Alice ? me demanda-t-elle.

– Oui, Milady, répondis-je sans hésitation.

– Mais oui, bien sûr », dit-elle en posant la main sur le médaillon qui renfermait la boucle de cheveux de son cher disparu.

Je la quittai, mais ne retournai pas à ma chambre, car j'avais décidé de mettre à exécution un plan hardiment conçu.

Le mausolée des Duport, étrange construction évoquant un temple égyptien et surmontée d'un dôme, se dresse, lugubre et isolé, à l'extrémité sud-est du parc, au milieu d'une clairière bordée de grands arbres au feuillage épais et de bouquets plus petits d'ifs et de sureaux. L'allée qui conduit aux grandes portes de fer, curieusement décorées de torches renversées, était boueuse, recouverte d'un épais tapis glissant d'aiguilles de pin et de feuilles en décomposition, provenant des arbres tout proches. Les portes, gardées de chaque côté par deux anges de pierre à l'allure sévère, armés d'une épée, grêlés et envahis de mousse, étaient soigneusement verrouillées ; je me retirai donc à l'écart et me dissimulai sous un arbre qui dégouttait, pour attendre l'arrivée de Milady.

Je passai un moment très inconfortable, parcourant mon carnet, histoire de tromper l'ennui, jusqu'à ce que j'entendisse enfin le bruit d'un véhicule qui approchait.

Une minute plus tard, Milady descendait de voiture, une grosse clé à la main, et remontait lentement le sentier jonché de feuilles. La voiture repartit, nous laissant seules dans cet endroit à tout le moins mélancolique.

Quand elle entra dans le mausolée, je quittai ma cachette et courus jusqu'aux portes, dont l'une, restée entrouverte, laissait pénétrer suffisamment de lumière dans le bâtiment pour me permettre de me faire une idée des lieux : un vestibule rectangulaire, puis un grand espace central contenant plusieurs tombeaux imposants, autour duquel se distribuaient trois ailes symétriques.

Milady avança, d'un pas décidé et solennel, vers l'aile directement face à l'entrée. Quand elle eut disparu, je me glissai à mon tour dans la pénombre.

La chambre principale était faiblement éclairée par la lanterne aux vitres sales qui couronnait le dôme, et à la lumière de laquelle je m'avançai aussi discrètement que possible jusqu'à l'entrée en voûte que venait de franchir Lady Tansor, où je m'arrêtai.

J'avais maintenant sous les yeux un espace voûté semi-circulaire dans les murs duquel étaient encastrés plusieurs tombeaux fermés par des grilles. C'est devant l'un d'eux que se tenait Milady, dans une immobilité de statue. Le silence pesant n'était interrompu que par le bruissement de quelques feuilles desséchées dispersées sur le sol par un brusque courant d'air.

Pour la première fois depuis que j'étais entrée dans le mausolée, je pris conscience du danger que je courais. Que ma présence soit découverte, et j'étais perdue. Sans compter qu'il me fallait réussir à ressortir avant Milady, si je ne voulais pas me retrouver enfermée dans cet endroit sinistre. Mais si vive était ma curiosité que je fus assez stupide pour faire taire mes craintes et m'avancer sur la pointe des pieds.

Milady n'était qu'à quelques mètres de moi, tandis que je restais dissimulée dans l'ombre de la voûte, osant à peine respirer. Puis elle glissa lentement sur les genoux devant l'un des tombeaux et posa la joue contre les grilles cadenassées.

Avec un gémissement de douleur, elle leva les mains, puis, prise d'une sauvagerie soudaine, elle agrippa les grilles. Elle resta ainsi quelques instants, avant de se mettre à tirer de toutes ses forces sur les barreaux, de plus en plus violemment, dans une tentative aussi futile que désespérée pour, semblait-il, les arracher grâce à sa seule énergie et pouvoir ainsi rejoindre son amant dans l'alcôve où il reposait pour l'éternité.

Secouant la tête d'un côté et de l'autre, elle se mit alors à pleurer – des sanglots déchirants et d'une détresse telle que je n'en avais jamais fait l'expérience auparavant. Quel réconfort, qu'il vînt du ciel ou de la terre, pourrait jamais apaiser pareils tourments ? Quel spectacle que de voir ma maîtresse si fière humiliée de la sorte, et terrassée par un mal auquel, toute 26e baronne Tansor qu'elle fût, elle ne pouvait remédier ! La mort lui avait ravi Phoebus Daunt et ne le lui rendrait jamais.

Que d'efforts nous faisons pour chercher à cacher notre vrai visage ! Elle avait beau faire, l'ombre du temps qui passe gagnait jour après jour celle qui avait été la radieuse Miss Carteret, comme elle nous gagne tous, laissant sur nous les marques indélébiles de son passage. Elle n'aurait pas supporté que quelqu'un la vît dans cet état de sujétion totale, pas plus qu'elle n'aurait toléré l'idée qu'on la surprenne au saut du lit sans son masque de lotions et de poudre délicatement appliquées, armes dérisoires grâce auxquelles elle tentait jour après jour de combattre les années. Mais j'avais vu, moi, ce qu'elle essayait de cacher, de même que j'étais à présent le témoin de son impuissance à se libérer des chaînes du passé.

Hors de cette maison de la mort et de la décomposition des corps, c'était une femme influente, enviée, encore désirée, inattaquable ; mais pas ici. Qui donc, en ce moment, à voir ses yeux rougis et sa détresse, aurait reconnu la fière Lady Tansor ? Elle possédait la puissance de la richesse, celle du rang et de l'autorité, mais l'esclave du souvenir de Phoebus Daunt qu'elle était faisait d'elle un être faible et sans défense.

La vue de cette pauvre créature perdue, à genoux, versant des pleurs incontrôlables devant le tombeau de son amant, était pitoyable et ne laissa pas de m'émouvoir ; mais je ne pouvais lui offrir ni secours ni réconfort, comme je l'aurais fait avec tout autre de mes semblables. Je me détournai, les larmes aux yeux.

Les minutes passaient, et Milady restait agenouillée devant le tombeau, tirant sur les barreaux de fer avec la même pathétique violence. Puis, tout à coup, je la vois qui se relève, fait demi-tour et se dirige vers la voûte où je suis cachée.

III

OÙ JE CÔTOIE LA MORT

Mon hésitation m'a été fatale, il est trop tard à présent pour que je puisse quitter les lieux sans être vue. Le cœur battant à tout rompre, aussi silencieusement que possible, je recule de quelques pas dans la chambre centrale et m'accroupis derrière le tombeau le plus proche. J'ai à peine eu le temps de rejoindre mon abri que Milady revient dans la chambre et passe de l'autre côté du tombeau, la traîne de sa robe produisant un petit crissement sec au milieu des feuilles mortes qui jonchent le sol. Lentement, tel un fantôme, elle continue d'avancer et atteint le vestibule.

La panique s'empare de moi. Il faut que je sorte d'ici, mais comment le faire sans révéler ma présence ?

Comme dans un rêve, je regarde la silhouette haute et raide de Milady traverser le vestibule et sortir dans la lumière brumeuse. Puis elle se retourne pour tirer derrière elle la porte, qui se referme avec un claquement sonore. Un instant plus tard, la clé tourne dans la serrure.

Éperdue, je cours regarder par le trou de la serrure.

Le dos tourné vers moi, ma maîtresse se tient debout à l'entrée du chemin, juste au-delà du portique à piliers. Au loin, assourdies par la brume, les cloches de St Michael and All Angels sonnent onze heures. Le dernier coup vient à peine de retentir que j'entends la voiture qui revient.

Je vois le cocher aider Lady Tansor à monter dans le véhicule. Je n'ai plus le choix maintenant.

Je me mets à tambouriner sur la porte et à appeler au secours, mais, quand je m'arrête, seul le silence me répond. Lorsque je regarde à nouveau par le trou de la serrure, la voiture n'est plus là.

Je m'affaisse sur les dalles de pierre, le dos contre les portes, perdue dans la contemplation effarée de mon sort. Je ne peux m'empêcher de me demander à quoi peut ressembler une mort lente – car c'est là, semble-t-il, ce qui m'attend –, prolongée minute après minute, heure après heure, jour après jour. Je me dis d'abord qu'on s'apercevra forcément de mon absence, et qu'on enverra certainement des gens à ma recherche ; mais au fil des minutes, mes espoirs s'amenuisent, mon optimisme faiblit. Qui pensera à venir me chercher ici ? Et si personne ne vient, avant qu'il soit trop tard, que trouvera-t-on ? Rien d'autre qu'une forme grimaçante et ratatinée, enveloppée d'une cape en worsted, vidée des sucs de la vie par la mort gourmande.

Dans un effort futile pour écarter des pensées aussi morbides, je décide de prendre quelques notes, du mieux que je peux dans la faible lumière, sur ce qui m'entoure.

Je commence par consigner le nom des occupants des tombeaux qui se dressent dans la chambre centrale, en terminant par celui du baron Julius Verney Duport, 25e du nom, le cousin de Milady dont elle a hérité le titre et les biens – un homme d'une richesse et d'une puissance politique presque inégalées réduit aujourd'hui à un tas d'ossements et de chair flétrie, comme je le serai bientôt moi-même si personne ne vient à mon secours.

Puis je me rends dans la chambre voisine, m'arrêtant d'abord devant le tombeau mural de Phoebus Daunt pour transcrire l'inscription qui s'y trouve :

DÉDIÉ À LA MÉMOIRE DE
PHOEBUS RAINSFORD DAUNT
POÈTE ET ÉCRIVAIN

FILS UNIQUE ET CHÉRI DU RÉVÉREND
ACHILLES B. DAUNT
PASTEUR D'EVENWOOD
NÉ EN 1820
CRUELLEMENT ARRACHÉ À SES PROCHES
LE 11 DÉCEMBRE 1854
DANS SA 35e ANNÉE

Que signifie la nuit sinon la mort ?
Cette ombre éternelle
Dans laquelle sombre toute vie,
Et tout espoir expire.

P.R.D.

Par comparaison, l'inscription qui figure sur le tombeau voisin est des plus brèves, mais elle retient aussitôt mon attention :

LAURA ROSE DUPORT
1796-1824

SURSUM CORDA

C'était donc ici que reposaient les restes de la première épouse de Lord Tansor, la femme si belle dont le portrait dans le vestibule m'avait tellement attirée la première fois que je l'avais vu et qui ne cessait depuis d'exercer sur moi une extraordinaire fascination. Quand je le regardais, j'avais parfois l'impression de me regarder moi-même dans une vie passée ; à d'autres moments, j'en arrivais bizarrement à me convaincre que j'avais connu cette femme – en chair et en os, même si le souvenir que j'en gardais était nimbé du flou d'un objet vu de très loin. C'était impossible, bien entendu, car elle avait été conduite à sa dernière demeure plus de trente ans avant ma naissance ; et pourtant, chaque fois que je contemplais son beau visage, j'éprouvais un fort sentiment d'affinité qui me restait totalement inexplicable et me ramenait sans cesse devant ce tableau. Aujourd'hui, comme son époux, elle n'était plus qu'ossements et poussière.

C'était peine perdue. Je ne parvenais pas à me défendre des

funestes pensées qui accompagnent la contemplation de tels monuments. Refermant mon carnet, je revins dans le vestibule et me laissai glisser sur le sol, à nouveau submergée par l'horreur de ma situation. Et je restai là, incapable d'endiguer mes larmes, jusqu'à ce qu'elles soient enfin taries.

Depuis combien de temps Milady était-elle rentrée au château ? Une heure ? Davantage ? Je serais bientôt en retard ; une autre heure s'écoulerait, puis une autre. La nuit commencerait à tomber, en même temps que s'évanouirait la faible clarté qui régnait dans le mausolée. C'est alors que, sans aucun doute, la terreur m'anéantirait.

J'ai dû m'assoupir, combien de temps, je l'ignore ; mais je suis réveillée en sursaut par un bruit, à quelques centimètres au-dessus de ma tête.

Je crois d'abord avoir rêvé ; mais le bruit se répète. Celui d'une clé qui tourne dans la serrure.

Bondissant sur mes pieds, je fais face à la porte. Qui ne s'ouvre pas. J'hésite, pensant que c'est peut-être Milady qui revient. J'envisage un instant d'aller me cacher dans un coin du vestibule, avant de tenter de m'enfuir sans être vue. Mais personne n'entre.

Je tends la main et ouvre la porte.

Personne. La clairière est déserte, et pas la moindre trace d'une présence sur le chemin.

Surpris par ma brusque apparition, un ramier, perché sur la tête d'un des anges de pierre, s'envole bruyamment dans l'obscurité ; mais tout le reste n'est que silence. Je sors, puis je me retourne vers les portes.

La clé a disparu, et, avec elle, l'inconnu qui m'a libérée.

14

Un présent de Mr Thornhaugh

I

OÙ L'ON ME PRÉSENTE DES EXCUSES

Je courus sur le sentier défoncé qui longe l'enceinte du parc, mon cœur battant la chamade, immensément soulagée d'avoir été délivrée d'un pareil sort, mais inquiète à l'idée que l'heure à laquelle Milady m'avait donné l'ordre de me présenter était sans doute passée depuis longtemps.

Je m'étais dit que j'allais peut-être rattraper mon sauveur, mais j'atteignis les grilles sud, juste à côté de la Dower House, sans rencontrer âme qui vive, et le chemin carrossable qui gravissait la Butte était lui aussi désert.

En arrivant dans la cour d'honneur, en sueur, hors d'haleine, je levai les yeux vers l'horloge de la chapelle : deux heures moins dix. Je ne serais finalement pas en retard.

« Comment avez-vous occupé votre matinée, Alice ? me demanda ma maîtresse quand j'entrai, en s'emparant de l'*Epimetheus* [1] de Phoebus Daunt, œuvre dont elle était particulièrement entichée ces derniers temps.

– À lire, Milady.

– Et qu'avez-vous lu ?

– *No Name* de Mr Wilkie Collins, Milady. »

Elle me regarda d'un air sévère.

« Je ne connais pas les livres de Mr Collins, dit-elle de cette façon

1. *Epimetheus, et autres poèmes posthumes* (2 volumes, Edward Moxon, 1854 au lieu de 1855).

ridiculement pompeuse qui était parfois la sienne. Je m'étonne, Alice, poursuivit-elle, que vous ne fassiez pas meilleur usage de vos heures de loisir. Il ne doit pas manquer de livres que vous n'avez pas lus et qui seraient beaucoup plus enrichissants. Je suis certaine que votre Mr Thornhaugh serait de mon avis. »

Je fus tentée de répondre que le roman pouvait, à sa manière, être aussi enrichissant que la poésie, et que mon précepteur était un grand admirateur de Mr Collins, et de ce type de littérature en général, mais je m'abstins prudemment.

« À propos, s'enquit-elle ensuite, lui avez-vous écrit pour lui demander s'il lui plairait de venir vous voir ? »

Je répondis bien évidemment que j'avais écrit à cet effet, mais que, pris par ses recherches, il était absent de Paris depuis quelque temps.

« Ah, c'est vrai. Ses recherches. Quel dommage ! Savez-vous que je trouve déjà votre Mr Thornhaugh tout à fait fascinant et assez mystérieux dans son genre, alors que je ne l'ai même jamais rencontré ? N'est-ce pas curieux ? Bon, eh bien, commençons, voulez-vous ? »

Elle me tendit le livre.

« Une minute… »

Elle regardait le bas de ma jupe.

« Qu'avez-vous là ? Des toiles d'araignée ? »

Je suivis son regard et constatai avec effroi qu'effectivement, le bas de ma jupe était semé d'un lacis de toiles d'araignée grises et poussiéreuses, ramassées au cours de mon emprisonnement temporaire dans le mausolée.

« On le dirait bien, en effet, Milady.

– Mais d'où sortent-elles ? »

Je réfléchis à toute vitesse.

« J'ai pris l'habitude d'explorer le château, Milady, avant de venir vous retrouver le matin… j'espère que vous ne m'en voudrez pas. L'histoire est une autre de mes passions, et il y a ici tant de choses d'intérêt. Ce matin, de bonne heure, je suis descendue voir la crypte de la chapelle. Je n'avais pas pris de lampe, et l'endroit est très sale et très sombre. C'est là que j'ai dû me salir. Je vous prie de m'excuser, Milady, de ne pas l'avoir remarqué plus tôt.

– Et c'est de la boue que vous avez sur le bas de votre robe et sur vos chaussures ?

– Je suis navrée, Milady, mais je sors d'une promenade dans la roseraie. J'aurais dû m'en apercevoir.

– Oh, ce n'est pas bien grave. Sans doute aviez-vous la tête trop pleine de Mr Wilkie Collins pour remarquer l'état de votre robe. Avez-vous assez de lumière ? Bien. J'aimerais que vous me lisiez "Le chant des Israélites", puis la série de sonnets qui suit. »

Elle se renversa dans son fauteuil et ferma les yeux.

« Page 96 », dit-elle, elle qui, seulement quelques heures plus tôt, était à genoux, au supplice, devant le tombeau de son amant défunt. Il ne restait aucune trace de cet être pathétique ; disparu ce visage grimaçant sous l'effet de terribles tourments, sur lequel était si clairement gravé le secret de son histoire. Il n'y avait plus à sa place que ce masque habituel d'impassibilité hautaine et insondable. Mais, moi, j'avais été témoin de sa défaite, et c'est avec un curieux sentiment de triomphe que je commençai à lire :

Ah, qui peut lutter
Contre la colère des anges,
Ou résister au courroux
Du juste ?

Même si les fortes gelées des derniers jours semblaient maintenant terminées, elles furent suivies d'une période de violentes bourrasques de pluie, qui interdirent à Milady de prendre son exercice habituel du matin et du soir sur la terrasse de la bibliothèque. Confinée dans ses appartements, en dehors des heures des repas et des moments passés chaque matin en compagnie de son secrétaire, elle devint irritable et cassante, me renvoyant souvent avec rudesse quand elle n'était pas satisfaite de mon travail. Lorsqu'elle m'appelait à nouveau, elle tentait de se faire pardonner ses sautes d'humeur, en ouvrant par exemple le dernier livre de gravures consacrées à la mode parisienne et en me demandant ce que je pensais de tel ou tel modèle, ou en me faisant admirer un bijou de chez Giuliano ou quelque autre fantaisie hors de prix qu'on lui avait envoyée de Londres.

La veille du jour où le temps commença enfin à s'arranger, tandis que nous étions assises devant le feu, elle me demanda de lui faire la lecture. J'avais à peine commencé qu'elle me pria de m'arrêter, se plaignant d'avoir mal à la tête. Puis elle exprima le désir de parler de divers sujets d'actualité, avant de se déclarer rapidement assommée par la conversation et de se jeter, avec un soupir d'exaspération, sur la banquette de la fenêtre, me laissant attendre, sans instructions, pendant près d'une demi-heure, tandis que, dans le silence le plus complet, elle contemplait au-delà du parc fouetté par la pluie les contours brouillés des bois dans la grisaille.

J'avais repris mon fil et mon aiguille pour continuer un ouvrage abandonné un peu plus tôt, tout en gardant un œil vigilant sur Milady, toujours perdue dans sa contemplation. Je me demandais à quoi elle pouvait bien penser. Quels orages de craintes et de culpabilité grondaient sous cette surface impénétrable ? J'étais habituée à ses brusques sautes d'humeur ; mais il n'était que trop apparent que son esprit était en ce moment plus perturbé qu'à l'accoutumée.

Aux environs de quatre heures, elle se leva soudainement, déclarant qu'elle souhaitait se reposer.

« Venez m'enlever mes épingles, s'il vous plaît, Alice », dit-elle, en se dirigeant vers sa chambre.

Je posai mon ouvrage et la suivis jusqu'à sa coiffeuse, où je commençai à défaire les longs cheveux noirs.

« Mon Dieu, Alice, soupira-t-elle. Que la vie est donc difficile ! »

À son air, je vis qu'elle n'attendait pas de réponse, et je continuai donc à ôter en silence les épingles de ses cheveux et à les brosser.

« Depuis quand êtes-vous ici, Alice ?

– Trois mois et six jours, Milady.

– Trois mois et six jours ! Ah, c'est bien de vous, cette précision. Je jurerais que vous pourriez me donner aussi le compte des heures et des minutes.

– Sans doute pas, Milady. Mais il est vrai que je suis très attentive à ce genre de détail. »

Nos regards se croisent alors dans la glace, et, l'espace d'une fraction de seconde, je crains qu'elle n'ait percé mon déguisement ; mais elle détourne les yeux, s'empare d'un miroir en argent et examine ses sourcils avec une nonchalance étudiée.

« Vous avez été un trésor, vous savez, en dépit de votre absence occasionnelle de ponctualité. »

Elle m'adresse un petit sourire, que je lui retourne avec modestie.

« Les bons domestiques sont de plus en plus difficiles à trouver. Ils ne sont plus ce qu'ils étaient, surtout les femmes. J'ai eu par le passé, à l'époque où je vivais à la Dower House, une femme de chambre, une certaine Elizabeth Brine, qui pendant des années m'a donné entière satisfaction, et puis un jour elle a changé du tout au tout, et j'ai dû m'en défaire. Depuis, aucune de celles qui ont occupé la place n'a répondu à mes attentes… vous exceptée, ma chère. J'espère que vous vous plaisez ici. Je n'aimerais pas avoir à vous perdre.

– Oh, Milady, l'assurai-je gaiement, je suis très heureuse et flattée de la bonne opinion que vous avez de moi. C'est un plaisir quotidien que de vous servir et que de le faire dans un aussi bel endroit qu'Evenwood. Je ne saurais rêver d'une meilleure place, ni d'un meilleur foyer.

– C'est fort gentiment tourné, Alice. Si seulement tous les domestiques pensaient comme vous, car je suis convaincue qu'il n'existe guère de cadres aussi enchanteurs que celui d'Evenwood. Il me semble qu'un tel décor devrait largement compenser les désagréments de la condition ancillaire. J'espère que vous resterez très longtemps, Alice… peut-être même vieillirez-vous ici. Ma bonne et fidèle servante !

– Voilà qui me plairait, Milady, comme me plairait l'idée de vous être aussi chère que votre vieille nourrice, Mrs Kennedy. »

Tout en parlant, je m'étais penchée pour poser une des épingles à cheveux sur la coiffeuse. Au même moment, Milady poussa un petit cri et lâcha son miroir, qui se brisa en tombant. Repoussant sa chaise, elle tourna son visage vers moi.

Ses yeux noirs étaient écarquillés, comme pétrifiés par un spectacle d'une horreur indicible ; mais bientôt son visage s'empourpra, et elle se mit à m'abreuver d'injures.

« Petite idiote ! Maladroite ! Regardez donc ce que vous m'avez fait faire ! Ce miroir appartenait à ma chère maman, et le voilà brisé par votre faute. Juste au moment où je pensais que vous étiez différente de ces stupides créatures ! Je vois que vous ne valez pas mieux. Disparaissez ! Laissez-moi ! »

Ce disant, elle se précipita vers le grand lit sculpté et ses draperies rouge sang, ses cheveux dénoués en désordre sur ses épaules. Se jetant sur la courtepointe, elle attira à elle un des oreillers, qu'elle serra contre elle comme un enfant.

Je n'étais pas de retour dans ma chambre depuis dix minutes que la sonnette tintait.

Quand je pénétrai à nouveau chez Milady, elle m'attendait, bras tendus, vêtue d'une robe de soie noire, un foulard rouge foncé de la même matière enroulé autour de la tête à la façon d'un turban, laissant retomber ses cheveux toujours dénoués sur ses épaules. Elle souriait, mais ce sourire était si figé, si énigmatique que je fus aussitôt sur mes gardes.

« Ma très chère Alice ! »

Sa voix était douce et profonde, son sourire maintenant plus large, engageant, amène, mais dangereux, pareil à celui d'une sorcière perfide.

« Approchez, je vous en prie ! »

Elle me faisait signe à présent, les mains toujours tendues, ses longs doigts me signifiant son intention de me voir les prendre dans les miens.

Un moment, je restai sous le charme, pétrifiée par le spectacle qu'elle offrait, puis, reprenant mes esprits, je fermai la porte derrière moi et m'avançai lentement vers elle. Ce n'était ni Circé ni Méduse qui se tenait là devant moi, mais une simple mortelle, en proie à des soucis inhabituels, vaine et capricieuse, constamment assaillie par des terreurs obscures, et cherchant désespérément à repousser les ravages du temps. Elle avait voulu faire montre d'énergie, en m'apparaissant ainsi, mais je ne vis dans ce déploiement qu'impuissance et fragilité.

Nos doigts se rencontrent et s'enlacent doucement.

« Chère Alice ! murmure-t-elle. Que devez-vous penser de moi ? Voulez-vous venir vous asseoir ? »

Souriant toujours, elle me conduit jusqu'à la banquette sous la fenêtre.

« Me pardonnerez-vous ?

– Vous pardonner, Milady ?

– Pour ma conduite épouvantable. Ce n'était pas votre faute si le miroir s'est brisé. Je suis inexcusable d'avoir cherché à vous en rendre responsable. Et je vous demande à présent d'accepter mes excuses. »

Bien entendu, je lui dis que des excuses ne s'imposent pas, ni ne sont même attendues ; sur quoi, elle se penche vers moi et – à ma plus grande stupéfaction – m'embrasse tendrement sur la joue.

« Quel être extraordinaire vous faites ! dit-elle. Si patiente et si douce ! Je ne pensais pas un mot des horreurs que je vous ai dites ; mais j'avais une raison, chère petite, qu'il vous faut maintenant entendre.

– À votre guise, Milady. »

Elle tend la main et me caresse légèrement l'autre joue. Le contact de ses longs ongles sur ma peau me fait courir un frisson le long du dos, et je ne peux me défendre d'un mouvement de recul.

« Oh, Alice ! s'écrie-t-elle en retirant sa main. Avez-vous peur de moi ?

– Non, Milady, je vous assure.

– Mais je vois que vous êtes encore bouleversée, et qui songerait à vous en vouloir ? Vous qualifier d'idiote, vraiment ! Comment ai-je pu me montrer aussi cruelle ? Mais, voyez-vous, chère petite, la seule mention du nom de Mrs Kennedy a eu sur moi l'effet d'un coup de poignard. »

Elle s'arrête, comme si elle s'attendait à ce que je prenne la parole. Devant mon silence, elle se lève et va vers la cheminée.

« J'ai appris récemment une terrible nouvelle, dit-elle à voix basse, la tête baissée, le dos toujours tourné vers moi. Cette pauvre chère Mrs Kennedy… est morte !

– Morte, Milady ? »

Elle acquiesce de la tête.

« La nouvelle, comme vous pouvez l'imaginer, a été pour moi un choc épouvantable, et quand vous avez prononcé son nom, par hasard, j'ai réagi instinctivement, d'une manière injuste et cruelle, pour laquelle j'espère être à présent pardonnée. »

Naturellement, je dis combien je suis choquée moi aussi par la mort de cette « chère Mrs Kennedy », et Milady me remercie avec effusion.

« C'est dans le journal que vous avez appris la nouvelle, Milady ? »

Elle se raidit légèrement et détourne à nouveau la tête.

« Non, non. C'est Mr Vyse qui m'en a fait part.

– Il y aura un enterrement, je suppose, auquel vous voudrez assister ?

– Hélas ! soupire-t-elle. Il a fallu du temps avant que la nouvelle me parvienne. Ma pauvre vieille nourrice a été enterrée il y a déjà plusieurs semaines. Alice, ma chérie, reprend-elle au bout d'un instant de réflexion, maintenant que nous sommes réconciliées, j'ai un aveu à vous faire.

– Oui, Milady ? »

Le sourire indulgent et nostalgique s'est évanoui, remplacé par une expression qui me jette dans une inquiétude perplexe.

« Je ne veux plus vous avoir comme femme de chambre. »

Tout à coup, il semble que les rôles soient renversés, mon secret découvert.

« N'avez-vous rien à dire ? »

Son regard impérieux ne me lâche pas. Puis aussi soudainement qu'il avait disparu, son sourire revient. Faisant un pas dans ma direction, elle m'embrasse encore une fois sur la joue, et prend ma main dans les siennes.

« Chère Alice, vous ne pensiez tout de même pas que j'avais dans l'idée de vous congédier ? Petite sotte ! Comment avez-vous pu le croire un seul instant ?

– Je ne sais pas, Milady. Vous sembliez tellement…

– Non, non, loin de moi cette pensée. Je n'ai aucunement l'intention de me défaire de vous ; il y a cependant que j'ai pris une décision qui va changer le cours de votre existence. J'y réfléchis depuis longtemps – pour tout dire, pratiquement depuis le jour de votre arrivée. Voici donc ce que j'ai décidé, Alice : je ne veux plus de vous comme femme de chambre… mais comme dame de compagnie. Voilà, c'est dit ! Qu'avez-vous à répondre ? »

Sa dame de compagnie ! Rien n'aurait pu me ravir davantage qu'une relation plus intime avec elle, seule susceptible de m'offrir l'occasion de l'observer de plus près et de m'ouvrir certains pans de sa vie qui, pour l'instant, me restaient interdits. C'est donc avec une satisfaction non déguisée que je lui fis part de mes remerciements et de ma gratitude, en échange de quoi j'eus droit à un autre baiser et à des manifestations redoublées de plaisir et d'estime.

« Il va sans dire que vous serez généreusement rémunérée : il est impensable que ma dame de compagnie soit toujours tristement vêtue de noir ; et puis il va falloir que l'on trouve à vous loger convenablement. Il y a à l'étage au-dessus une charmante suite, dotée d'un petit salon confortable, qui devrait faire l'affaire. Vous occuperez évidemment une position bien supérieure dans la hiérarchie de cette maison, encore que les choses doivent rester en l'état pour l'instant, tant qu'on ne vous aura pas remplacée... »

Elle continuait à parler, mais c'est à peine si je l'entendais. Je me représentais la surprise et le plaisir de Madame quand elle apprendrait la nouvelle, et me réjouissais déjà à la perspective de m'engager, pour de bon cette fois, dans la réalisation du Grand Dessein, sitôt que j'aurais reçu la troisième lettre de ma tutrice.

Quand Milady voulut bien me rendre enfin ma liberté, je me précipitai dans ma chambre pour envoyer un mot à Madame, avant de redescendre, le cœur léger et triomphant, prendre mon souper – peut-être pour la dernière fois – dans la salle de l'intendant.

II

SUR LE SEUIL

Nous sommes le 23 décembre. Milady est dans un de ses accès de mauvaise humeur et me renvoie sèchement dès que j'ai fini de l'habiller. Je vais faire quelques pas dans les jardins, et au moment où je reviens dans la cour d'honneur, je vois s'arrêter une voiture, dont sort la silhouette dégingandée de Mr Armitage Vyse : le premier des invités à arriver et, de mon point de vue, le moins opportun.

Je passe l'heure suivante dans ma chambre, m'attendant à être appelée à tout instant ; mais la sonnette reste obstinément muette, et je descends demander à Mr Pocock si Lady Tansor est toujours occupée à son courrier du matin.

« Non, miss, répond-il. Madame la baronne est sortie dans la calèche en compagnie de Mr Vyse. Je crains bien de ne pas savoir où ils sont allés, ni l'heure à laquelle ils seront de retour. »

Perplexe devant cette excursion secrète, mais heureuse, en même temps, d'avoir du temps libre devant moi, je me rends, munie d'un livre, dans un de mes lieux d'élection – une banquette de fenêtre isolée, au dernier étage d'une des tours qui donnent sur la cour d'honneur et offrent une vue enchanteresse du parc et du tracé sinueux de la rivière – pour y guetter le retour de Milady.

Il était près de midi. Où étaient-ils donc passés ? Que préparaient-ils ? C'est alors que, jetant par hasard un coup d'œil par la fenêtre, je remarquai, debout sur le pont, un homme qui regardait le château. Il était trop loin pour que je puisse distinguer les traits de son visage, mais sa taille et sa large carrure m'évoquèrent aussitôt le souvenir de celui que j'avais aperçu dans le brouillard en train d'observer ma fenêtre. Aujourd'hui, cependant, dans la claire lumière du matin, je parvins à discerner une autre caractéristique, spécifique, celle-là, de mon observateur : la manche droite de son manteau pendait mollement à son côté. Je plissai les yeux, afin de m'assurer que je ne me trompais pas. Non, j'avais vu juste : l'homme était manchot.

À cet instant précis, un véhicule apparut au sommet de la Butte : la calèche de Milady.

En entendant les chevaux approcher, l'inconnu se retourna aussitôt, puis s'écarta pour laisser passer la voiture. Milady regarda l'homme au passage, et celui-ci continua à suivre la calèche des yeux tandis qu'elle tournait pour franchir la grande grille et s'arrêter devant l'escalier d'honneur. Il témoignait toujours du plus vif intérêt pour la scène, s'abritant les yeux de sa main, quand Mr Vyse aida Milady à descendre de voiture et l'escorta jusqu'en haut des marches. Arrivée à la porte, elle se retourna vers le pont ; mais l'homme remontait à présent la Butte à grandes enjambées décidées, en direction des grilles sud.

Pensant que Milady ne tarderait pas à avoir besoin de mes services, je regagnai rapidement ma chambre afin d'y attendre ses ordres ; mais la sonnette resta silencieuse. Une heure s'écoula encore sans qu'elle m'appelle. Puis on frappa à ma porte. C'était Barrington.

« Ceci est arrivé pour vous, miss », me dit-il, me tendant un paquet dans un papier d'emballage.

Je pensai d'abord qu'il s'agissait enfin de la troisième lettre de Madame, et je fus prise d'une impatience fébrile ; puis je constatai que l'envoi avait été posté à Londres, et que l'adresse était rédigée d'une écriture qui m'était inconnue.

À l'intérieur, je trouvai un mot assez bref, une lettre de Mr Thornhaugh, adressée à « Miss E.A. Gorst, Personnel », et un livre format in-octavo relié en tissu bleu foncé.

Le mot était de Mrs Ridpath.

12, Devonshire Street
22 décembre 1876

MA CHÈRE ESPERANZA,

À la demande de Mr Thornhaugh, je me suis procuré l'ouvrage ci-joint, qu'il avait des difficultés à trouver à Paris, mais que Madame et lui tiennent absolument à ce que vous lisiez, une fois que vous aurez pris connaissance de la lettre qui se trouve également dans cet envoi.

Est-il besoin de vous dire que ce livre s'accompagne de ses meilleurs vœux, ainsi que de ceux de Madame, et, bien entendu, des miens.

Madame me demande par ailleurs de vous dire que, afin de ne point éveiller les soupçons, elle suggère que toute correspondance entre vous, à l'avenir, me soit d'abord adressée. Je vous transmettrai les lettres que je recevrai de Paris, et procéderai de même avec celles que vous m'enverrez. Une adresse de domiciliation plausible et sûre dans le voisinage, où je pourrais faire suivre votre courrier, constituerait une précaution non négligeable.

J'espère que tout se passe bien pour vous à Evenwood, dont j'ai entendu dire que c'était un endroit absolument idyllique. Idyllique ou pas, j'ose espérer que, le jour où vous aurez besoin d'un refuge, vous vous souviendrez que Devonshire Street n'est pas si loin.

Très affectueusement vôtre,

E. RIDPATH

Au comble de l'impatience, je déchirai l'enveloppe qui contenait la lettre de Mr Thornhaugh, espérant y trouver quelque communication de Madame. Je vis d'emblée qu'il n'en était rien. Voici ce que je lus :

Avenue d'Uhrich, Paris
20 décembre 1876

PETITE REINE,

Madame me prie de vous faire savoir qu'après avoir longtemps et mûrement délibéré elle se sent dans l'obligation de différer l'envoi de sa troisième Lettre d'Instructions, qu'elle avait pourtant l'intention de vous faire parvenir cette semaine. À la vérité, ces deux derniers jours, elle s'est entièrement consacrée à sa rédaction, à l'exclusion de toute autre occupation. La tâche, cependant, s'est avérée plus ardue que prévu.

Ce qu'il est absolument nécessaire que vous sachiez et que vous compreniez, surtout par rapport à votre histoire personnelle, est d'une telle ampleur que Madame ne se sent pas capable de vous en faire part en une seule fois. Il ne lui sera pas davantage possible, pour l'instant, de vous parler de vive voix, de façon à éclaircir les nombreux points sur lesquels vous ne manquerez pas de demander un complément d'explications et d'informations.

Il reste que nous sommes tombés, il y a peu et par le plus curieux des hasards, sur une source de renseignements tout à fait inattendue, et Madame a souhaité que je vous fasse parvenir une copie du document par l'intermédiaire de Mrs Ridpath. Voici les circonstances de notre découverte.

Il y a quelques semaines de cela, un vieil ami de Madame, qui vit aujourd'hui à Londres, lui a envoyé une annonce parue dans l'*Illustrated London News*. Elle émanait d'un certain John Lazarus, lequel demandait à Mr Edwin Gorst, s'il était toujours de ce monde, et, dans le cas contraire, à un membre de sa famille ou une de ses connaissances, d'entrer en contact avec lui dans les meilleurs délais.

Vous imaginerez sans peine l'intérêt immédiat que la chose a éveillé chez Madame et moi-même. J'ai aussitôt écrit à Mrs Ridpath, laquelle s'est rendue chez ce monsieur pour l'informer qu'Edwin Gorst était décédé, mais qu'elle-même avait été mandatée pour répondre à l'annonce par un vieil et fidèle ami de Mr Gorst. Il semble que ce Mr Lazarus souhaitait non seulement remettre à votre père un exemplaire de ses souvenirs, dans lesquels celui-ci occupe une place de choix, mais aussi renouer la brève amitié qui avait été la leur il y a de cela tant d'années. Madame pense que ces souvenirs vous permettront de découvrir bien des choses que vous aimeriez savoir sur votre père et votre mère, mais plus particulièrement sur le premier. J'ai pris la liberté de signaler à votre attention les deux chapitres qui prépareront le terrain pour la lettre de Madame, laquelle arrivera, comme promis, avant la fin de l'année.

Afin de compléter l'ouvrage de Mr Lazarus, vous recevrez dans quelques jours la transcription d'un journal intime que votre mère a tenu pendant la période où elle a rencontré votre père, et que Madame a gardé en sécurité depuis la mort de celui-ci.

Madame espère que vous lui pardonnerez de vous avoir caché jusqu'ici l'existence de ce journal, mais elle n'a agi ainsi que pour se conformer à l'obligation que lui avait faite votre père de ne vous le transmettre qu'à votre majorité. Elle estime aujourd'hui devoir rompre cette obligation, d'une part pour servir la réalisation du Grand Dessein, d'autre part parce qu'elle est d'avis que vous ne devez pas rester plus longtemps dans l'ignorance du contenu de cet écrit.

Madame m'a prié de transcrire les documents en sténo, pour plus de sûreté. Il nous faut nous méfier des regards trop curieux.

Je reste votre ami tout dévoué,

B. THORNHAUGH

La déception que j'éprouvai en ne recevant pas la dernière lettre de Madame était bien entendu de taille ; mais la curiosité éveillée par la missive de Mr Thornhaugh était, pour l'instant, plus grande encore, dans la mesure où elle engendrait une fébrilité sans égal : la plus insistante, la plus torturante des questions semblait devoir enfin trouver une réponse.

Qui étais-je ?

FIN DE L'ACTE DEUX

ACTE TROIS

L'éveil du passé

Des avis différents sont le signe que la vérité
Existe quelque part, à condition de savoir où la chercher.

William Cowper, « Hope » (« Espoir ») (1782)

15

La résurrection d'Edwin Gorst

I

MR LAZARUS

Le livre envoyé par Mr Thornhaugh contenait les souvenirs, imprimés à compte d'auteur, d'un agent maritime londonien, le Mr Lazarus mentionné ci-dessus, qui avait passé plusieurs années à faire le commerce du vin dans l'Atlantique.

Ce personnage m'était inconnu, et obscur le rapport qui pouvait exister entre sa profession et les rares renseignements que m'avait fournis Madame sur mon père. Questions et incertitudes se bousculèrent d'abord dans ma tête ; mais quand je me penchai sur le premier chapitre signalé à mon attention par Mr Thornhaugh, je fus aussitôt captivée.

Là, sur la toute première page, figurait le nom de mon père : *Edwin Gorst*.

À la vue de ce nom exposé à tous les regards, je fus parcourue d'un frisson d'excitation. Je ne l'avais jamais vu écrit nulle part, si ce n'est sur cette dalle de pierre du cimetière Saint-Vincent. Je me rappelai que, enfant, j'avais parfois la curieuse idée que seules trois personnes, Madame, Mr Thornhaugh et moi-même, se souvenaient encore que mon père avait seulement existé. Mais il avait forcément vécu dans le monde des hommes, jouant son rôle – grand ou petit – dans les drames d'autres vies que la sienne ; il s'était fait des amis, des relations, peut-être même des ennemis. Et voilà que Mr John Lazarus en apportait la preuve.

Sentir que j'étais sur le point, semblait-il, de tout apprendre sur moi-même et sur ceux qui m'avaient donné la vie, connaissance à laquelle j'aspirais en secret depuis si longtemps, fut une expérience dont je ressentis la solennité jusqu'aux tréfonds de mon âme. Je restai plusieurs minutes sans bouger, osant à peine commencer, le cœur battant à tout rompre, me demandant avec appréhension ce que j'allais découvrir.

Pendant plus d'une heure, le vent avait soufflé en violentes rafales ; mais il venait tout juste de tomber, et il régnait alentour un silence de mort, comme si la grande maison tentaculaire et le vaste monde au-delà, dont j'ignorais presque tout, retenaient leur souffle, tout comme moi.

Quelle singulière sensation que celle d'écouter aux portes, pour ainsi dire, de sa propre vie. N'ayant aucun souvenir personnel de mon père, je me trouvais maintenant dans l'obligation de m'approprier ceux d'un parfait inconnu. Ne valait-il pas mieux rester dans l'ignorance ? Les réminiscences de Mr Lazarus, nécessairement imprécises et fragmentaires, ne pouvaient prétendre être autre chose qu'un pâle reflet de cet individu de chair et d'os qui avait un jour vécu sous le nom d'Edwin Gorst. Pouvait-on même s'y fier ?

C'est ainsi que je tergiversai, jusqu'au moment où, après m'être enfin levée pour aller verrouiller ma porte afin de prévenir toute intrusion, et m'être éclairci la voix d'une manière tout à fait professionnelle, comme si je m'apprêtais à m'acquitter d'un exercice donné par mon précepteur, je commençai à lire.

Lire ? C'est peu dire. Je ne tardai pas à dévorer les mots sous mes yeux, comme un animal affamé à qui l'on a jeté quelques maigres morceaux en pâture. Prenez donc place à mes côtés, tandis que je laisse Mr John Lazarus, résident de Billiter Street, dans la City, vous raconter avec ses mots ce que j'avais toujours ignoré jusqu'à cet après-midi de décembre : les circonstances qui permirent à mon père, grâce à Mr Lazarus, de sauver sa vie du déclin et d'une mort certaine ; la manière dont il fit la connaissance de ma mère, sur l'île de Madère, en 1856, et les conséquences de leur union.

II

EXTRAIT DE *MA VIE DANS L'ATLANTIQUE*, PAR J.S. LAZARUS : *SOUVENIRS DU PORTUGAL, DES ÎLES CANARIES, DES AÇORES ET DE MADÈRE, DURANT LES ANNÉES 1846 À 1859* [1]

Après avoir assisté aux funérailles de ma mère, comme je l'ai rapporté au précédent chapitre de cet ouvrage, je quittai une fois de plus les rivages de l'Angleterre, au cours de la dernière semaine de l'année 1856, pour régler au plus vite une affaire à Madère, avant de continuer jusqu'aux Canaries, où j'avais des marchés à conclure avec mon vieil ami, le Señor J, qui résidait à Teguise, sur l'île de Lanzarote.

Il se trouva qu'au bout de trois jours seulement je fus obligé de reprendre le bateau pour Madère ; mais je ne voulais pas quitter les Canaries sans rendre visite à cet Anglais, Mr Edwin Gorst, auquel on m'avait présenté l'année précédente et à qui, comme déjà dit, j'avais eu l'occasion de rendre un petit service : j'avais rapporté en Angleterre un coffret contenant des documents personnels, qu'il souhaitait voir déposer, par mesure de sécurité, entre les mains de son notaire.

Il paraîtra peut-être étrange au petit cercle de parents, d'amis et d'anciens collaborateurs auxquels ce livre est destiné, que je puisse consacrer autant d'espace à ce personnage. S'il en est ainsi, c'est parce notre amitié, si brève fût-elle, reste l'une des plus mémorables de toute mon existence. Je n'ai jamais oublié, ni n'oublierai jamais, cet homme remarquable. Je ne m'excuserai donc pas de présenter ici le récit détaillé de cette amitié (que tout le monde ignore, en dehors de ma défunte épouse), convaincu que je suis qu'il peut intéresser mes lecteurs à plus d'un égard.

Dans la mesure où j'ai toujours été très scrupuleux dans ma pratique du journal intime, j'ai toute confiance dans l'exactitude de mon compte rendu, même si je dois reconnaître qu'il m'a fallu, en de nombreux endroits, reconstruire ma propre version des dialogues, mais en les confrontant toujours aux données de mon journal.

1. Jarrold & Sons, Norwich,1874 (édition limitée).

J'étais revenu aux Canaries une fois depuis que je m'étais acquitté de ma commission pour Mr Gorst, et lui avais rendu visite chez lui, dans le village d'Y, mais il était alors absent. Je tenais, naturellement, à lui assurer que les documents avaient dûment été communiqués à leur destinataire, comme il m'en avait prié, et à lui remettre en mains propres – le notaire avait lourdement insisté là-dessus – une lettre que ce dernier m'avait chargé de lui transmettre. Pressé par le temps – je n'avais que cinq minutes devant moi –, je finis par ouvrir la porte de la petite maison de la calle E. S. et déposai la lettre, accompagnée de quelques mots de ma main, sur une table qui se trouvait là, avant de quitter les lieux.

Le lendemain, toutefois, à bord du bateau qui devait me ramener à Madère, je commençai à regretter de n'avoir pas attendu le retour de Mr Gorst, de manière à pouvoir lui remettre en mains propres la lettre en question. Je décidai donc que lors de mon prochain passage aux Canaries, fixé à trois mois de là, je ferais un effort tout particulier pour me rendre à la maison de la calle E. S., afin de m'assurer qu'il avait bien trouvé le courrier là où je l'avais déposé, et ainsi de recouvrer ma tranquillité d'esprit.

Mr Gorst m'avait été présenté lors d'une petite réunion de résidents britanniques et m'avait dès l'abord fait très forte impression. Je ne savais rien de son histoire, ni de la raison pour laquelle il s'était exilé dans un endroit aussi reculé, afin, selon toute apparence, d'y finir ses jours ; mais j'avais glané quelques renseignements qui m'avaient convaincu de la terrible tragédie qu'il avait connue et qui l'avait obligé à quitter définitivement son pays natal.

À l'époque où j'avais pris possession du coffret de documents qu'il voulait me confier, il habitait à Y depuis seulement quelques mois. Physiquement, il était d'une taille et d'une carrure exceptionnelles, et son visage se distinguait par une moustache luxuriante et des yeux marron d'une grande limpidité. Ma nouvelle connaissance en imposait par son air et sa prestance. (Les gens de l'endroit, comme je l'appris plus tard, l'appelaient *Il émperador inglés.*) Il avait par ailleurs une conversation des plus stimulantes et possédait de vastes connaissances sur les sujets les plus abscons.

Bien qu'il affichât un air alerte et détendu, il m'apparut d'emblée qu'il ne s'agissait là que d'une façade ou d'un masque, destinés à dissimuler une profonde blessure. Il témoignait de temps à autre d'une grande nervosité, d'autant plus surprenante qu'elle contrastait avec sa forte présence physique. Ses grandes mains tremblaient quand il versait un verre de vin, ou qu'il passait l'une d'elles, geste fréquent chez lui, dans ses longs cheveux, et, alors que je ne lui donnais guère plus de trente-cinq ou trente-six ans, ses tempes étaient déjà bien dégarnies.

La curiosité qu'avait tout de suite éveillée en moi Mr Gorst, ainsi que la compassion, assez inexplicable, que j'éprouvais à le voir dans une telle situation, ne firent qu'augmenter au fil de l'après-midi et furent renforcées par une remarque qu'il fit en me remettant le coffret de documents qu'il souhaitait me voir remporter en Angleterre.

Il avait parlé avec attendrissement, et aussi beaucoup d'enthousiasme, de l'époque où il vivait à Londres, ville pour laquelle il semblait nourrir une affection sans bornes.

« C'est la plus belle ville du monde, soutenait-il. Vous n'imaginez pas à quel point je regrette ces matins anglais, clairs et mordants, avec cette brume qui commence à monter du fleuve, où je descendais le Strand, sans but particulier, sinon d'aller où l'envie me portait et de sentir le souffle de la grande cité sur mon visage.

– Vous vous faites une idée très romantique de la métropole, lui fis-je remarquer en souriant. Vous en parlez comme s'il s'agissait d'une créature vivante, et non d'une fabrication de l'homme.

– Mais c'est effectivement une créature vivante ! s'exclama-t-il dans un soudain accès de passion. C'est précisément ce qui fait d'elle une ville à nulle autre pareille. Elle a un cœur qui bat, ainsi qu'une âme. Mais je suppose que vous avez raison. »

Il se tut, se passa une nouvelle fois une main tremblante dans les cheveux et se tourna pour regarder par la fenêtre le petit morceau de terrain poussiéreux qui séparait l'arrière de la maison d'une étendue désertique et sinistre de cendres volcaniques noires s'étirant jusqu'à l'horizon.

« C'est vrai que j'ai un rapport assez particulier avec Londres, reconnut-il, et sans doute est-il encore exacerbé par l'éloignement. »

C'est alors qu'il alla ouvrir un placard dont il sortit un coffret en bois, sur lequel était collée une étiquette portant le nom et l'adresse de son notaire.

« C'est ma vie que je dépose entre vos mains, Mr Lazarus, dit-il en posant le coffret sur une table. Je sais qu'avec vous elle sera en sûreté, et que vous veillerez à ce que cet objet arrive à bon port. Ce qu'il me reste ici n'a plus rien d'une vie, ce ne sont que des lambeaux d'une existence dont je souhaite qu'elle s'éteigne avant longtemps, car je suis las de ce monde, et n'aspire qu'à le quitter. »

Il prononça ces derniers mots avec des accents de tristesse et de regret si sincères que j'en fus profondément affecté.

« Tout de même, lui opposai-je, vous ne pensez pas ce que vous dites. Vous êtes encore jeune, plus jeune en tout cas que moi, et je me refuse pour ma part à croire que ma vie est à son terme, tant s'en faut. Il est vrai que j'ignore ce qui vous a amené ici, et pourquoi vous choisissez de vivre dans un endroit aussi inhospitalier, et je ne me permettrais pas de vous le demander ; mais vous vous exprimez comme si quelque force obscure vous empêchait de le quitter. Pourquoi ne pas essayer de trouver un lieu de retraite plus agréable, si vous avez décidé de vivre à l'écart du monde ?

– Parce que, répliqua-t-il, une étrange lueur dans les yeux, je suis ici prisonnier, en dépit d'une apparente liberté ; et la vérité est que j'ai perdu énergie et courage, comme il arrive à tout prisonnier qui se voit privé jour après jour de ces libertés si banales mais si infiniment précieuses qu'il prenait pour acquises, mais dont il ne pourra jamais plus jouir. Et pourtant, je ne saurais me plaindre, et n'y songe pas. Je suis mon propre geôlier, voyez-vous, et ne reste incarcéré en ces lieux que par l'exercice constant de ma volonté. »

C'est sur ces paroles étranges et, pour moi, incompréhensibles qu'il me tendit le coffret. Nous nous serrâmes la main, et je pris congé.

Je ne revis Mr Gorst que lorsque mes affaires avec le Señor J me ramenèrent aux Canaries, comme je l'ai précédemment expliqué. Je le trouvai fort changé, amaigri et voûté. Il avait l'œil hagard, le cheveu rare et cassant, le teint cireux, et montrait tous les signes d'une santé déclinante.

Nous nous assîmes dans la courette à l'arrière de sa maison, et je lui dis que j'avais remis le coffret en mains propres à son notaire. À mon grand soulagement, il me confirma avoir effectivement trouvé la lettre que j'avais laissée à son intention lors de mon précédent passage.

Au cours de la conversation qui suivit, Mr Gorst me confia que son petit pécule avait fondu, et qu'il s'était vu dans l'obligation de subvenir à ses besoins en proposant des leçons d'anglais, et, dans la mesure où les élèves étaient rares dans cette forteresse volcanique, en devenant une sorte d'homme à tout faire. Esquissant un pâle sourire, il me dit qu'il s'était découvert à sa grande surprise des talents cachés de réparateur de clôtures et de peintre en bâtiment. Ces modestes travaux lui permettaient, prétendait-il, de gagner suffisamment pour payer son loyer et remplir son assiette ; mais je ne vis que trop bien que son état n'était pas loin d'atteindre un seuil critique.

Même si nous ne nous connaissions que depuis peu et si je ne pouvais deviner la cause de l'exil qu'il s'imposait – était-il torturé par sa conscience, rongé par un chagrin extrême ? –, il m'apparut impossible de le laisser dans ce pitoyable état. À l'évidence, ses jours étaient comptés s'il continuait à mener une existence aussi négligée, et c'est pourquoi, au moment de prendre congé, je lui fis une proposition, malgré le peu d'espoir que j'avais de la voir acceptée.

Une fois de plus, mes affaires exigeaient que je fasse un séjour prolongé à Madère, île dont le climat sain et tempéré ne manquerait pas d'avoir un effet bénéfique sur la santé de Mr Gorst. Si j'arrivais à le persuader de se joindre à moi pendant la durée de mon séjour dans cette île, peut-être envisagerait-il d'y résider en permanence ; dans le cas contraire, j'avais les moyens d'assurer son retour à Lanzarote sans qu'il lui en coûtât un sou.

Telle fut donc la proposition que je fis à Mr Gorst sur le seuil de sa maison, au moment où nous nous serrions la main.

« Me promettez-vous d'y réfléchir ? lui demandai-je. À l'évidence, vos conditions de vie ne sont pas des meilleures et votre situation matérielle – vous voudrez bien pardonner ma franchise – est pour le moins difficile. Il serait, bien entendu, mal venu de ma part d'essayer de vous faire changer d'avis si vous avez résolu de demeurer ici. Tout ce que je vous demande, c'est de ne pas écarter d'emblée mon offre, ne serait-ce qu'au nom de notre nationalité commune. »

Il sourit, mais garda le silence ; je lui tendis alors une carte qui portait l'adresse du Señor J à Teguise, en le pressant instamment de lui faire parvenir un mot d'ici au lendemain soir s'il acceptait de m'accompagner.

« J'ai une charmante petite villa à Madère, sur les hauteurs de

Funchal, dis-je, où vous disposeriez de tout le confort souhaitable et seriez libre d'aller et venir à votre guise. »

Il ne répondait toujours pas, se contentant de fixer la carte d'un air absorbé. Puis il leva les yeux.

« Vous êtes d'une grande bonté, dit-il doucement, les mains prises d'un tremblement visible. D'une bonté que je ne mérite pas.

– Sottise ! répliquai-je. Semblable arrangement serait entièrement à mon avantage. Je suis las de voyager seul sur ces eaux atlantiques ; et même si j'ai beaucoup de vieux amis à Madère, je n'y connais aucun Anglais avec qui partager mes longues soirées. En un mot, je vous serais très reconnaissant de votre compagnie – s'il vous plaisait de me la donner –, jusqu'à ce qu'il soit temps pour moi de repartir pour l'Angleterre. Vous me ferez signe avant demain soir si vous comptez vous joindre à moi ? »

Il acquiesça en silence, et nous prîmes congé l'un de l'autre.

J'avoue que je ne comptais plus guère à ce stade jamais recevoir de nouvelles de Mr Gorst ; or, à six heures le lendemain soir, une lettre arrivait au domicile du Señor J. Je l'ai encore en ma possession et la retranscris donc ici :

> CHER MR LAZARUS,
> Je vous écris, comme vous m'avez si aimablement invité à le faire, pour vous signifier que j'accepte volontiers votre généreuse proposition.
> Il n'est que trop vrai que mes conditions actuelles d'existence ont eu, et ont toujours, un effet délétère sur ma santé ; et bien que je n'aie que peu d'appétit pour la vie, je découvre, après avoir reconsidéré les choses à la lumière de votre offre, et non sans surprise de ma part, que j'éprouve une aversion que je crois naturelle et communément répandue pour la seule solution de remplacement. C'est donc avec plaisir et gratitude que je passerai quelques semaines en votre compagnie à Madère, le temps pour moi, je l'espère, d'envisager de reprendre ma vie ici avec un peu de mon ancienne vigueur, une fois que vous-même serez reparti pour cette chère vieille Angleterre ; car il me faut avouer que je suis aussi faible qu'un enfant, et que la perspective d'un labeur physique prolongé, même s'il est honnête et constitue mon unique moyen de subsistance, m'est en l'état actuel des choses intolérable.

Ce sera donc Madère pour un temps (cette île dont il me souvient – et je constate avec plaisir que ma mémoire pour ce genre de chose ne me fait pas totalement défaut – qu'elle était la Purpuraria des Romains). Le répit, si court qu'il soit, n'en sera pas moins le bienvenu.

Je dois cependant vous demander de me pardonner par avance si j'impose une condition à mon séjour chez vous : je ne vous parlerai ni de ma vie en Angleterre, ni de la raison pour laquelle j'ai choisi de m'exiler. Il s'agit là d'une page que j'ai définitivement tournée. Nous devrons donc nous contenter de conversations portant sur des sujets impersonnels et d'intérêt général. Si cet arrangement vous paraît acceptable, alors j'attendrai vos instructions concernant l'organisation pratique de notre voyage.

Acceptez, cher monsieur, mes meilleurs sentiments,

E. GORST

Même si j'étais naturellement très curieux d'en savoir plus sur mon compagnon de voyage et invité, il m'était impossible de ne pas accéder à sa requête. Quelles que fussent les raisons qui empêchaient Mr Gorst d'aller retrouver son rivage natal et les personnes qu'il avait laissées derrière lui, il s'agissait là d'un mystère dont je devais accepter qu'il restât à jamais entier.

III

SOUVENIRS DE MR JOHN LAZARUS SUITE

Les préparatifs en vue de notre départ furent rondement menés, et, deux jours plus tard, Mr Edwin Gorst et moi-même commencions notre voyage vers le nord en direction de Madère, à bord du brick *Bellstar*.

Pendant la première partie du trajet, mon nouveau compagnon parut absent et peu enclin à bavarder. Il passait de longues heures seul, absorbé dans la contemplation de l'horizon, qu'il semblait ne pas voir, comme hypnotisé par quelque autre spectacle de mer, de ciel et de nuages, visible de lui seul.

Puis, quand notre destination se fit plus proche, il devint soudainement plus loquace et se mit à parler à nouveau avec animation de la fabuleuse vitalité de Londres, de la nostalgie qu'il avait de cette vieille Tamise aux eaux sales et de ces rues bruyantes, ruisselantes de pluie. Il me demanda si j'étais monté à la Golden Gallery de St Paul, ce que j'avouai n'avoir jamais fait, alors que j'avais habité tout près de la cathédrale pendant des années.

« C'est une vision enivrante, dit-il, même par un jour sans soleil, mais n'y allez pas seul. Emmenez quelqu'un avec vous pour partager le plaisir. »

Il me parla également avec ferveur des bouquinistes de Leicester Square, chez qui il avait trouvé un jour un exemplaire de la célèbre traduction de Plutarque par Thomas North, passant ensuite de ce souvenir heureux à un autre, puis à un autre encore.

Il était impossible, à l'entendre parler, de ne pas penser que cet attachement passionné pour sa vie citadine de jadis devait en rendre l'abandon pratiquement insupportable. Une question venait alors tout naturellement à l'esprit : quelles circonstances impitoyables pouvaient bien l'attacher, par des chaînes qu'il avait lui-même forgées, à une vie si différente à tous égards de celle qu'il avait précédemment menée ? Cependant, comme j'avais accepté de ne point l'interroger sur son passé, j'étais condamné à ne pas pouvoir satisfaire ma curiosité – qui était de fait bien plus que cela : un intérêt des plus marqués pour sa personne, né d'une authentique sollicitude.

Finalement, un peu avant midi par une belle matinée d'août, nous entrâmes dans le port de Funchal avec une petite brise du sud-ouest, et jetâmes l'ancre à quelque distance du quai.

Très haut au-dessus de la ville, des nuages noirs et menaçants s'amassaient autour des pics montagneux dénudés, et de longues traînées de brume grisâtre coulaient le long des ravins boisés qui rayonnaient à partir des sommets arides ; mais dans le port, le soleil nous chauffait agréablement le dos, les vagues étincelaient et dansaient, et les maisons blanches réfléchissaient une lumière aveuglante. Aveuglantes également étaient les couleurs qui s'offraient à nos yeux émoussés par le spectacle de la mer : nuances vives des lauriers-roses, bleus des hortensias et des héliotropes, fleurs blanches des caféiers, et, à l'est, au-delà des murailles de la vieille ville, sur les pentes du Mount et du Palheiro [1], or brillant des genêts.

Me tournant vers mon compagnon, alors que nous étions sur le pont avant, je m'aperçus qu'il se souriait à lui-même. Aussitôt, je lui en demandai la raison.

« Oh, une vétille, dit-il. Je me faisais simplement la réflexion que vous vous appelez Lazarus, or, c'est vous qui m'avez réveillé, moi, d'entre les morts en m'amenant ici, où je vais peut-être revivre et être heureux, ne serait-ce que pour une courte période.

– Eh bien, je serai ravi d'être l'agent de votre rétablissement ; car vous êtes incontestablement malade, et cet endroit, croyez-moi, est tout indiqué pour vous rendre la santé. Vous aurez tôt fait de constater que le climat est bénéfique, et j'espère vous voir sur pied dans un très proche avenir. »

Ce n'étaient pas des paroles en l'air : j'avais été témoin, chez les malades venus de l'étranger pour élire domicile dans l'île, de nombreux cas de guérison définitive à la suite d'affections débilitantes graves. Le frère de ma propre femme, Mr Archibald Fraser, avait passé deux ans ici, et, alors qu'il était arrivé dans un état pitoyable après avoir occupé un poste diplomatique en Inde, était rentré chez lui complètement rétabli.

J'étais précisément en train de raconter l'histoire de ce retour à la santé miraculeux dû au climat de Madère, quand nous fûmes accostés par le bateau d'inspection, le drapeau bicolore du Portugal flottant gaiement à la proue, avec à son bord le représentant de l'autorité portuaire, l'officier de santé et un médecin, la tâche de ces deux derniers consistant à déterminer si un vaisseau entrant dans le port pouvait être autorisé à communiquer avec la terre ou s'il devait, au contraire, être mis en quarantaine. Cette délégation fut rapidement suivie par le bateau des douanes ; puis, une fois les formalités d'arrivée accomplies à la satisfaction de chacun, Mr Gorst et moi-même prîmes place dans le canot qui devait nous permettre de quitter le *Bellstar*.

Nous débarquâmes sur la plage de galets mêlés à un sable noir

1. Le Mount est plus connu aujourd'hui sous le nom de la paroisse de Monte, célèbre pour les toboggans installés depuis longtemps qui permettent de descendre jusqu'à Funchal. Le Palheiro de Ferreiro, ou Smith's Cottage, fut construit, ainsi que les terrains avoisinants complantés, par João, premier comte de Carvalhal.

très fin, et mon compagnon resta un moment à contempler les flancs boisés des montagnes qui s'élevaient derrière la ville, laquelle s'enorgueillit d'une église épiscopale, la cathédrale Sé. Puis il se mit à genoux pour ramasser une poignée de sable, qu'il laissa couler entre ses doigts.

« Ainsi, l'entendis-je dire à voix basse, s'écoule ma vie, dispersée aux quatre vents. »

Je ne saurais dire s'il avait voulu que je l'entende ; mais je fis comme si de rien n'était, et lui envoyai une claque chaleureuse dans le dos en lui souhaitant la bienvenue à Madère.

Un *carro de bois* [1] nous attendait pour nous emmener le long des rues et des ruelles escarpées vers les premières pentes de la Serra. C'était là que, entourée de tous côtés par des bois denses de pins et de châtaigniers, se trouvait la modeste *quinta*, ou maison de maître, la Quinta da Pinheiro, que j'avais acquise, comme je l'ai précisé dans un chapitre précédent, en 1849.

À notre arrivée, je demandai qu'on nous serve le thé, et nous restâmes à converser sur la terrasse, abrités de la chaleur de midi par les gigantesques frondaisons d'un très vieux palmier, en attendant que nos bagages nous soient apportés de la maison de la douane.

« Croyez-vous que ce sera suffisamment confortable pour vous ici ? » demandai-je.

Il ne répondit pas tout de suite, mais continua à contempler les Desertas, les trois îles arides et inhabitées qu'on voyait émerger de la mer turquoise et saphir au sud-est de Funchal. Puis il tourna vers moi son long visage bruni par le soleil.

« Bien plus confortable que je ne le mérite, dit-il, un sourire triste aux lèvres.

– Allons, allons, lui remontrai-je. Vous êtes trop dur avec vous-même. Nous méritons tous un peu de confort.

– Permettez-moi de ne pas partager votre avis », fut toute sa réponse.

C'était là une occasion qui aurait pu me permettre de m'enquérir de son histoire, et ainsi de découvrir la raison de son exil forcé ; mais cette voie m'était interdite, et je me contentai donc de faire remarquer que nous avons souvent tendance à juger de nos actions

1. Moyen de locomotion particulier à Madère : sorte de traîneau couvert tiré par une paire de bœufs.

avec plus de sévérité qu'elles n'en méritent, et qu'aucun homme n'est au-delà de la rédemption.

« Si seulement je pouvais m'en convaincre », dit-il. Je n'eus pas le temps de répondre que déjà il avait changé de sujet et me demandait si j'avais des journaux anglais.

« Il y a bien longtemps que je n'en ai pas vu, poursuivit-il. Mon seul petit plaisir, de temps à autre et quand je le peux, est d'alléger ma réclusion grâce à quelques nouvelles défraîchies du pays. »

J'allai promptement lui chercher un vieux numéro de l'*Illustrated London News*, que j'avais emporté avec moi en quittant Londres. Il s'en saisit avec fébrilité, disant qu'il s'agissait là d'une de ses publications préférées, se carra dans son fauteuil et s'absorba aussitôt dans sa lecture.

À ce moment, un coup frappé à la porte et des bruits de voix dans le hall d'entrée annoncèrent l'arrivée de nos bagages, et j'abandonnai Mr Gorst à son journal. Quand je revins, une dizaine de minutes plus tard, il avait disparu.

Le journal avait été jeté à terre, les deux premières feuilles arrachées, déchirées, puis à l'évidence piétinées – délibérément ou par accident, je n'aurais su le dire. Stupéfait, je ramassai les pages en lambeaux pour voir si elles me livreraient un indice susceptible d'expliquer ce qui avait pu pousser Mr Gorst, à ce qu'il semblait, à passer sa fureur sur elles.

À première vue, elles ne paraissaient rien contenir de remarquable : un article de fond sur la question américaine, le compte rendu d'un bal masqué à la Royal Academy of Music, et un autre de l'ouverture des nouveaux docks à Hartlepool. Y avait-il là de quoi provoquer le courroux de mon hôte, ou bien étaient-ce des articles sur la guerre de Sécession au Kansas, ou un complot pour assassiner la reine d'Espagne qui l'avaient enflammé à ce point ? J'avais du mal à le croire.

Je passai ensuite aux nouvelles brèves, nationales et internationales, qui figuraient sur la deuxième feuille.

La première dépêche, et la plus longue, concernait l'arrivée depuis le Continent d'une certaine Mrs Tadeusz Zaluski, ex-Miss Emily Carteret, accompagnée de son époux, le colonel Zaluski, et de leur nouveau-né, et leur installation à Evenwood, la résidence campagnarde du distingué parent de la dame, Lord Tansor. Je jetai un coup d'œil aux autres nouvelles, beaucoup plus courtes, qui toutes semblaient inoffensives. Puis je revins à la première dépêche. Était-ce une simple coïncidence si elle portait l'empreinte de la chaussure de Mr Gorst, comme si celui-ci avait tenté d'effacer l'information qu'elle contenait ?

Je me rendis dans mon bureau où j'enfermai les pages déchirées dans un tiroir, quoique j'eusse été bien en peine de dire pourquoi il m'apparaissait nécessaire de garder quelque chose dont la signification m'échappait complètement. Puis je me mis en quête de mon hôte.

Je finis par le trouver au fond du jardin, regardant, l'œil vide, la base moussue d'un vieux datura. M'entendant approcher, il tourna vers moi un visage ravagé par le désespoir.

« Mr Gorst, mon cher monsieur ! Mais qu'y a-t-il donc ?

– Vous voyez, me dit-il dans un murmure pitoyable, cette histoire me poursuit jusqu'ici, dans ce petit paradis. Je ne m'en débarrasserai jamais. »

Je ne trouvai rien à répondre à ces étranges paroles, lesquelles, de toute évidence, avaient un rapport direct avec ce qu'il avait lu dans l'*Illustrated London News*. Il s'aperçut de mon malaise, mais ne fit rien pour le soulager, ni n'offrit d'expliquer son comportement. De mon côté, je ne fis aucune allusion aux pages de journal trouvées, déchirées, sur la terrasse.

« Allons, venez, dis-je, d'une voix aussi enjouée que possible. Ce voyage vous aura épuisé. Il vous faut prendre quelque repos. Je dois me rendre en ville pour affaires, mais je serai de retour à six heures, pour le dîner. »

Il acquiesça de la tête, et nous reprîmes en silence l'allée ombragée pour gagner la cour pavée à l'arrière de la maison, où je le laissai remonter seul dans la chambre qui avait été préparée à son intention.

16

Miss Blantyre à la rencontre de son destin

I

RETOUR AU RÉCIT DE LA NARRATRICE

J'interrompis ma lecture au moment où la pendule sur la tablette de la cheminée sonnait quatre heures. Toujours aucun appel de Milady. Tant mieux. Je n'étais pas dans l'humeur de jouer les femmes de chambre ou les dames de compagnie, et je me demandai ce que j'aurais fait si la sonnette s'était soudain mise à tinter. Comment m'en tenir à mon rôle habituel, alors que j'étais sur des charbons ardents ?

Mon père ! Mon père chéri ! Je le voyais à présent en imagination avec la netteté que procure une reconnaissance instantanée, comme lorsque l'on retrouve un vieil ami très cher perdu de vue depuis des années. La description de Mr Lazarus correspondait à l'image que j'en étais venue à me faire de lui : un intellect hors du commun, une largeur d'esprit et une personnalité affirmée propres à le faire remarquer n'importe où. Le genre d'individus que l'on n'oublie pas, car ils laissent leur empreinte sur le monde. Mr Thornhaugh était de ceux-là. Mon père, lui aussi, j'en étais convaincue, l'avait été.

Mais il restait bien des mystères, des secrets et des questions, sur lesquels Mr Lazarus n'était pas en mesure de faire la lumière. Mon père avait vécu à Londres, mais quelle profession y avait-il exercé ? Était-il né dans la capitale, et dans quel milieu ? Et surtout, pourquoi avait-il quitté l'Angleterre pour aller se cloîtrer dans ce repaire si inhospitalier de Lanzarote ?

Tout impatiente que j'aie été de voir ma curiosité satisfaite sur ces différents points, je brûlais de connaître la réponse à une autre question qui me taraudait.

Elle était en rapport avec l'incident, décrit par Mr Lazarus, concernant le numéro de l'*Illustrated London News* qui rendait compte de l'arrivée en Angleterre du colonel Zaluski et de son épouse, l'ex-Miss Emily Carteret – celle-là même qui était désormais ma maîtresse. Il paraissait évident qu'un lien avait existé entre mon père et cette femme, et que c'était là la raison de son accès de fureur, quand il avait appris le mariage de cette dernière avec le colonel polonais.

Ce renseignement, qui semblait corroborer ce que m'avait laissé entendre Madame à propos du rôle déterminant joué par Lady Tansor dans ma vie, me donnait une envie folle d'en apprendre davantage ; mais Mr Lazarus était-il en mesure de me révéler ce que je désirais tant savoir ?

Priant le ciel pour que la sonnette reste muette, je repris ma lecture.

II

SOUVENIRS DE MR JOHN LAZARUS
SUITE

Le lendemain matin, je me levai de bonne heure et, laissant Mr Gorst à son sommeil, je descendis au port, où plusieurs affaires réclamaient ma présence. Deux ou trois heures plus tard, une fois celles-ci réglées, je pris un *carro de bois* pour me rendre chez une vieille connaissance.

J'avais, pour aller trouver Mr Danvers Pryce, une raison bien précise qui n'avait rien à voir avec les transactions commerciales grâce auxquelles nous avions été mis en relation lors de mon premier séjour dans l'île. Je trouvai également Mrs Pryce chez elle, et j'en fus tout heureux car c'était avec elle que je souhaitais m'entretenir.

Cette dame s'intéressait de très près à tous les événements, petits ou grands, affectant ce que nos grands-pères appelaient le *haut ton**.

La *Gazette de la Cour* était sa lecture favorite, et je suis persuadé qu'elle aurait pu donner la liste de tous les lords et de toutes les ladies d'Angleterre, ainsi que celle de leurs rejetons, de leurs manoirs à la campagne et de leurs résidences en ville, fournir le montant de leurs revenus annuels et détailler leurs allées et venues, dont elle prenait connaissance soit dans la presse soit grâce aux commérages de la rumeur publique. C'est donc avec la quasi-certitude de voir ma curiosité concernant ce noble personnage amplement satisfaite que je mentionnai le nom de Lord Tansor.

« Lord Tansor ! s'exclama-t-elle, en lâchant brusquement l'ouvrage qui l'occupait. Ah, mon cher John, ne me dites pas que vous avez oublié !

– Oublié quoi ? demandai-je.

– Cette affaire épouvantable ! Vous ne pouvez pas ne pas vous en souvenir ! »

Force me fut d'avouer mon forfait.

« Je veux parler du meurtre de son héritier, mon cher, Mr Phoebus Daunt, le poète. Alors, y êtes-vous maintenant ? »

Le nom de Phoebus Daunt, dont les œuvres tant célébrées faisaient depuis longtemps l'admiration de ma chère femme, ne m'était évidemment pas inconnu. Je me souvins alors que j'étais aux Açores au moment de sa mort, en décembre 1854, et que la nouvelle de cette tragédie nationale ne m'avait par conséquent atteint, moi et les autres nomades de l'Atlantique, que plusieurs semaines plus tard. Peu après, je m'étais trouvé dans l'obligation de m'embarquer pour Lisbonne et avais été ainsi privé de tout renseignement complémentaire sur l'événement et ses suites.

J'appris de la bouche de Mrs Pryce que, peu avant sa mort, Mr Daunt avait été désigné par Lord Tansor pour hériter de son immense fortune, et que, de surcroît, il devait épouser une parente du baron, Miss Emily Carteret. Nom que je reconnus aussitôt comme étant celui de la dame mentionnée sur la page de l'*Illustrated London News* qu'avait déchirée Mr Gorst ; j'écoutai donc avec le plus grand intérêt quand Mrs Pryce me raconta que Miss Carteret avait ensuite succédé à son fiancé assassiné comme légataire universelle de Lord Tansor. À cette différence près, cependant : en plus de la fabuleuse fortune de son cousin, et de sa résidence d'Evenwood, elle hériterait aussi, en vertu des liens du sang, son titre et deviendrait baronne Tansor, 26ᵉ du nom.

« Rester sans enfant après la mort de son fils unique, voilà quelque chose dont le vieil homme ne s'est jamais remis », intervint Mr Pryce, lequel se fit aussitôt rabrouer par sa femme pour oser utiliser ce qu'elle appela une « épithète malsonnante ».

« Pour autant que je sache, répliqua-t-il, Lord Tansor a deux bras et deux jambes, et marche debout ; il mérite donc le qualificatif d'homme. Par ailleurs, il n'est plus tout jeune ; je ne vois donc pas pourquoi je ne le qualifierais pas de vieux. »

S'ensuivirent quelques remarques supplémentaires échangées sur le même ton de badinage ; puis Mrs Pryce, se laissant entraîner par son sujet, évoqua avec un luxe de détails la détresse de Lord Tansor au moment de la disparition de son héritier, pour qui il s'était pris d'une affection hors du commun, et parla de la femme qui l'avait remplacé.

« Miss Carteret – ou plutôt Mrs Zaluski, puisque tel est désormais son nom – est une personne distante, fière et hautaine, mon cher, tout le monde vous le dira. Et pourtant c'est une femme accomplie et d'une grande beauté, poursuivit-elle sur le ton de la confidence, en se penchant vers moi ; la mort de ce pauvre Mr Daunt lui a littéralement brisé le cœur. D'autant que son père avait déjà été victime d'une agression meurtrière. Vous vous rendez compte ! Son futur époux et son père, tués l'un et l'autre !

– Mais elle est remariée maintenant, semble-t-il, fis-je remarquer.

– Remariée, en effet, répondit-elle d'un ton franchement désapprobateur. À un étranger sans le sou ; et tout cela alors que Mr Daunt avait à peine eu le temps de refroidir dans sa tombe ! »

À ces mots, Mr Pryce émit un « Pfft », en guise d'objection.

« Pas le temps de refroidir ? Six mois ! Bien assez froid pour moi.

– Je ne te le fais pas dire, six mois, répliqua sa femme. D'aucuns trouveraient pareille hâte pour le moins indécente. »

Nouveau « Pfft ! ».

« Vous aurez beau dire, Mr Pryce, poursuivit-elle avec un petit mouvement de tête, vous ne changerez rien à l'affaire. C'était là une sérieuse entorse à la bienséance. Elle a eu l'opinion publique contre elle.

– La bienséance ! L'opinion publique ! s'écria Mr Pryce. Je vous demande un peu ce que l'héritière de Lord Tansor en a à faire !

Elle se moque bien de l'une comme de l'autre. Sans compter, ma chère épouse, que, d'après ce que je me suis laissé dire, elle a agi avec la pleine approbation de Lord Tansor. Alors, qu'avez-vous à répondre ? »

Cette mise en demeure sembla produire son effet, car, lorsque Mrs Pryce reprit la parole, ce fut sur un ton plus conciliant.

« Il est possible, je suppose, que sa conduite ait été dictée par un désir tout à fait naturel de répondre aux souhaits de son noble parent. C'est, je l'admets, un élément à prendre en compte.

– Ce qu'entend par là Mrs Pryce, dit son mari en se tournant vers moi, c'est que le *vieux* Tansor (regard espiègle mais appuyé à l'intention de sa femme) n'avait guère plus de chance de trouver – et encore moins d'engendrer – un autre héritier que de traverser la Manche à la nage. Vous aurez beau vous récrier, Mrs Pryce, c'est la pure vérité. Cette épouse dont il est affligé…

– Seconde épouse, l'interrompit Mrs Pryce.

– C'est vrai, concéda Mr Pryce, cette seconde épouse ne lui donnera jamais d'héritier, c'est certain ; et un héritier, comme chacun sait, est ce qu'il désire par-dessus tout. Évidemment, il préférerait un fils bien à lui, ou quelqu'un qu'il pourrait traiter comme tel ; mais l'ex-Miss Carteret, dans les veines de laquelle coule le vieux sang des Duport, fera l'affaire. D'autant plus que la voilà maintenant avec un fils, si bien que tout va pour le mieux dans le monde de Lord Tansor. »

Incapable d'appréhender le rapport qui pouvait exister avec Mr Gorst, je demandai à Mrs Pryce si ce nom avait jamais été prononcé devant elle.

« Gorst ? interrogea-t-elle, avant de secouer la tête avec la certitude de celui qui rend un oracle. Personne de ce nom n'a jamais été mentionné dans les comptes rendus que j'ai pu lire sur la famille, et je n'ai jamais entendu ce patronyme dans la bouche de quiconque.

– Vous en êtes sûre ? » insistai-je.

Nouveau « Pfft » retentissant de la part de Mr Pryce, comme si suggérer que les informations de sa femme en la matière puissent être si peu que ce fût discutables était pure folie.

« Absolument certaine.

– Ne pourrait-il s'agir d'un ancien admirateur de Miss Carteret ?

– Je n'ai évidemment aucune certitude sur ce point, concéda-t-elle, mais je ne crois pas avoir jamais entendu parler de l'existence d'un tel individu. On a bien dit que le meurtrier de Mr Phoebus Daunt avait conçu un attachement pour Miss Carteret, mais il ne s'appelait pas Gorst. »

Je remerciai mes vieux amis de leur hospitalité et repris le chemin de la maison, ma curiosité à l'égard de Mr Gorst plus vive que jamais.

III

SOUVENIRS DE MR JOHN LAZARUS
SUITE ET FIN

Mr Gorst passa le reste du mois d'août 1856, ainsi que le mois suivant, à la Quinta da Pinheiro.

Sa santé, comme je l'avais espéré, s'améliora progressivement au cours de cette fin d'été. Il faisait de longues marches dans les bois de pins voisins, ou, plus volontiers, gravissait les pentes du Mount, où il paraissait particulièrement apprécier de s'asseoir devant le portail de l'église Nossa Senhora pour regarder, par-delà la ville à ses pieds, la ligne lointaine de l'horizon. À d'autres moments, en rentrant de Funchal après une journée de travail, je le trouvais dans le jardin, endormi dans un hamac tendu entre deux pommiers, un chapeau de paille sur le visage, ou bien assis sur la terrasse, les pieds sur la balustrade, en train de lire en fumant un cigare.

Il avait toute liberté pour user de ma modeste bibliothèque, laquelle lui procurait un plaisir manifeste, car c'était, comme je n'étais pas sans le savoir à présent, un bibliophile averti, et il n'était jamais plus heureux, semblait-il, que lorsqu'il pouvait parler reliures, colophons, cotes et tout le reste, et ce avec un enthousiasme communicatif. Il n'y avait pas grand-chose dans ma collection d'ouvrages susceptible de satisfaire les goûts d'un amateur aussi éclairé ; mais il était manifestement tout heureux de passer un après-midi avec entre les mains une obscure édition de Smollett ou de Fielding, et je me souviens d'un jour où un exemplaire à moitié déchiré des *Voyages de Gulliver* le mit aux anges.

« C'est la première fois que je relis cette œuvre depuis mon enfance ! » s'exclama-t-il, et je me réjouis de voir son visage soucieux s'illuminer d'un plaisir simple et sans mélange devant cette découverte.

Les choses allèrent ainsi jusqu'à la troisième semaine de septembre.

L'heure approchait pour moi de quitter Madère pour rentrer en Angleterre. La santé de mon compagnon s'était améliorée de manière significative, et, bien qu'il ne fût pas complètement rétabli, il me dit se sentir suffisamment revigoré pour reprendre sa vie à Lanzarote. J'étais quant à moi peu favorable à cette idée, car j'estimais qu'il ne tarderait pas à retomber promptement dans l'état de faiblesse où je l'avais trouvé.

« Pourquoi ne pas reporter votre décision et rester jusqu'à mon retour ? Repartir trop tôt à Lanzarote aurait pour effet d'annihiler les influences bénéfiques du climat de Madère, et vous risqueriez de retomber malade ; sans compter que savoir la maison occupée pendant mon absence, et qui plus est entre de bonnes mains, me serait un grand soulagement.

– Il est vrai, répondit-il, que je n'ai guère de raisons de retourner à Lanzarote, en dehors de la résolution, aujourd'hui chancelante, que j'avais prise d'y finir mes jours. Et il est évident par ailleurs qu'il me sera difficile de quitter ce petit paradis. Mais je pense malgré tout que je dois m'y résoudre. »

Durant les semaines que nous avions passées ensemble, il ne m'avait rien révélé de son passé et, fidèle à la parole donnée, je n'avais fait aucune tentative pour aborder le sujet. Mais un changement s'était produit en lui : sa volonté de rester exilé à Lanzarote était loin d'être aussi ferme. Je m'en étais clairement rendu compte à mesure que s'écoulait le mois de septembre, et j'en trouvais à présent confirmation dans les propos peu convaincus qu'il venait de me tenir. Edwin Gorst était en train de reprendre espoir et goût à la vie.

En bref, au bout de plusieurs échanges prolongés, il finit par accepter de demeurer à la Quinta da Pinheiro jusqu'à mon retour et de repousser jusqu'alors sa décision : rentrer aux Canaries, rester à Madère ou adopter une troisième voie.

Huit jours avant mon départ me parvint un mot de mon vieil ami George Murchison, attaché au consulat de Grande-Bretagne, qui nous invitait, mon hôte et moi, à une réception donnée le lendemain soir dans sa *quinta* en l'honneur de visiteurs récemment débarqués.

À notre arrivée, il y avait déjà foule dans le grand salon. Homme au tempérament jovial et exubérant, Murchison nous serra vigoureusement la main en signe de bienvenue, et nous fit aussitôt entrer pour nous présenter les invités d'honneur.

« Mr Blantyre, puis-je vous présenter mon vieil ami, Mr John Lazarus ? John, je te présente Mr James Blantyre, directeur de Blantyre & Calder. »

C'était là un nom que je connaissais bien, car l'entreprise où Mr Blantyre, désormais veuf, était premier associé se trouvait être un des principaux importateurs de vin de Madère, encore que je n'eusse jusqu'ici jamais eu affaire avec lui. Il était accompagné de son frère aîné, Mr Alexander Blantyre, qui dirigeait conjointement l'entreprise. Le groupe se composait également du fils de Mr James Blantyre, prénommé Fergus, de Mrs Alexander Blantyre et de ses filles, Marguerite et Susanna, ainsi que de la mère de Mr Alexander et de Mr James, vieille dame frêle aux cheveux blancs dont la santé précaire avait en grande partie motivé le voyage à Madère.

Nous fûmes présentés tour à tour à chacun des membres de la famille, la fille aînée de Mrs Blantyre, Miss Marguerite, clôturant la série. Alors qu'il s'était contenté jusque-là d'une légère courbette et d'un « Bonsoir » plutôt distant, Gorst gratifia Miss Blantyre d'un petit discours de bienvenue fort galant, où il l'assura que Madère était un petit paradis et lui souhaita de passer un agréable hiver sur l'île, sans oublier de former des vœux pour que sa grand-mère trouve le climat aussi bénéfique pour sa santé que ce dernier l'avait été pour lui-même.

« Vous êtes donc ici depuis quelque temps, Mr Gorst ? entendis-je lui demander la jeune fille.

– Seulement quelques semaines, répondit-il, et pourtant les effets sur ma santé ont été spectaculaires. Et j'espère que mon état va continuer à s'améliorer, puisque Mr Lazarus m'a aimablement permis de rester chez lui jusqu'à son retour. »

Nous parlâmes encore un moment de mon départ imminent, puis Mr James Blantyre nous interrompit pour nous présenter à un ami de son fils, un certain Mr Roderick Shillito, qui allait séjourner avec le reste de la famille dans la *quinta* qu'ils avaient louée pour l'hiver.

Je dois avouer que cet homme, dont je devinai qu'il devait avoir à peu près l'âge de Gorst, me déplut d'emblée, au moins autant qu'à Gorst, lequel, sitôt présenté, s'empressa de s'excuser et de traverser la pièce pour aller se joindre à un groupe comprenant notamment mon ami le docteur Richard Prince, l'un des médecins anglais les plus renommés de Funchal. Lors des présentations, Mr Shillito s'était déclaré honoré de faire ma connaissance, mais il s'était montré à peine poli à l'égard de Gorst, se contentant d'un signe de tête, accompagné d'un clignement d'yeux et d'un léger froncement de sourcils, comme s'il faisait un gros effort pour se rappeler quelque chose.

Après le départ de Gorst, je restai un moment à observer Miss Marguerite Blantyre. C'était une jeune fille avenante d'une vingtaine d'années, plutôt petite et frêle, aux cheveux châtain clair, au menton creusé de fossettes, à l'air doux et ouvert. J'appris plus tard dans la soirée de la bouche de sa mère, qui semblait en veine de confidences, même auprès de l'étranger que j'étais, que son mariage avec son cousin Fergus, une fois atteinte sa majorité, était une affaire entendue depuis longtemps.

« C'est tellement réconfortant, me dit-elle, de voir deux jeunes gens si profondément épris l'un de l'autre, vous ne trouvez pas, Mr Lazarus ? »

J'abondai dans son sens, évidemment, par courtoisie, mais dans l'abstrait, pour ainsi dire, car je n'avais guère vu de manifestations d'affection entre les deux cousins. Quant au dénommé Fergus, jeune homme au visage bouffi, au front étroit et au cou tronqué, il semblait peu susceptible de devenir l'objet d'une passion féminine, surtout de la part d'une jeune fille aussi manifestement sensée et indéniablement jolie que Miss Blantyre.

Le père du garçon, Mr James Blantyre, me fit, lui, l'impression d'un homme décidé ; rasé de près, corpulent, la mâchoire ferme, en tout point différent de son frère aîné, individu émacié au long menton, à la bouche étroite et aux épais favoris gris, qui se tint à l'écart du reste de la famille pendant la plus grande partie de la soirée et ne se mêla que rarement à la conversation.

Je trouvai curieux que, bien qu'il fût l'aîné, Mr Alexander Blantyre parût déférer en toute chose à Mr James, lequel avait d'emblée assumé une position d'autorité au sein du groupe. Ce fut Mr James qui orienta la conversation vers des sujets d'intérêt général, qui fit en sorte que Mrs Blantyre mère soit confortablement installée et ne manque de rien; lui encore qui complimenta ses nièces sur la perfection de leurs bouquets; et c'est l'approbation de Mr James que quêtèrent les autres membres de la famille quand Murchison suggéra que la compagnie aimerait peut-être faire un tour sur la terrasse afin de voir les lanternes vénitiennes suspendues dans les arbres majestueux qui constituaient l'attraction principale du parc.

Pendant tout ce temps, Gorst avait continué de s'entretenir avec le docteur Prince à l'autre bout du salon; mais quand il vit les Blantyre, Mr Shillito dans leur sillage, lever le camp *en masse** pour gagner la terrasse, il revint vers l'endroit où j'étais resté en compagnie de notre hôte.

«Que pensez-vous de nos nouveaux résidents, Mr Gorst?» demanda Murchison.

Mon compagnon garda le silence, ce qui m'obligea à répondre à sa place.

«La famille semble être des plus agréables et des plus intéressantes, dis-je, et, bien entendu, la réputation de Blantyre & Calder n'est plus à faire.

– Là-dessus, vous avez entièrement raison, répondit Murchison, et je vais vous dire mieux. Mr Fergus Blantyre n'a qu'à bien se tenir cet hiver. Il y a plus d'un jeune homme à Madère qui donnerait cher pour lui prendre sa place auprès de sa jolie cousine... n'est-ce pas, Gorst?»

À ma grande surprise, la réponse ne se fit pas attendre.

«Miss Blantyre est vraiment charmante et ferait honneur à n'importe quel cercle.»

Tandis qu'il prononçait ces mots, nous le vîmes tous deux diriger son regard vers la terrasse, où la jeune personne, debout aux côtés de sa mère, était en train d'admirer les lanternes vénitiennes.

«Ah, ah, dit Murchison, avec un sourire entendu. Il en va donc ainsi? Moi qui ne faisais que tâter le terrain, je ne croyais pas si bien dire. Que dites-vous de ça, Lazarus?»

Je ne savais trop qu'en dire. Je ne pouvais guère reprocher à Gorst, qui, après tout, était célibataire, de trouver Miss Blantyre à son goût; il y avait simplement que je ne m'étais pas attendu à semblable manifestation de sentiment de la part d'un homme que je savais très peu enclin à baisser sa garde. Je repensai à notre première rencontre, à cet exilé dépressif qui s'était coupé de tout commerce avec les hommes et de toute compassion par un extraordinaire acte de volonté et qui n'attendait que la mort pour le libérer du fardeau dont il refusait de s'ouvrir à quiconque, et je me sentis tout à la fois heureux et reconnaissant d'avoir été l'humble instrument de sa renaissance.

La soirée touchait à sa fin, et je commençai à faire le tour de la pièce pour saluer les nombreuses connaissances et relations d'affaires invitées par Murchison pour accueillir les frères Blantyre et leur famille à Madère. Mr Shillito avait passé l'essentiel de son temps dehors sur la terrasse, à fumer cigare sur cigare et à faire les cent pas en grande conversation avec Mr Fergus Blantyre. Je m'étais félicité du fait qu'ils soient restés à l'écart, dans la mesure où cette absence interdisait toute éventualité d'affrontement avec Gorst, chez qui Mr Shillito semblait avoir éveillé une antipathie profonde et inexplicable. Il arrive parfois, certes, que nous éprouvions spontanément de l'hostilité à l'égard d'un étranger ; mais, en l'occurrence, je ne pus m'empêcher de penser qu'il y avait plus en jeu, même si la cause du phénomène – comme tant d'autres éléments dans la vie de mon nouvel ami – me restait mystérieuse.

Mes civilités une fois accomplies, Gorst et moi nous apprêtâmes à partir. Murchison se tenait dans le hall d'entrée, souhaitant le bonsoir à ses invités. Au moment où il serrait la main de Gorst, les Blantyre firent leur apparition, précédés de Mr Shillito.

« Ah, vous voilà, Gorst, dit ce dernier d'une voix froide et dure. Je voulais vous demander… vous êtes sûr que nous ne nous connaissons pas ? Je me suis creusé la cervelle toute la soirée pour savoir où j'avais bien pu vous rencontrer, car je jurerais vous avoir déjà vu. »

À cet instant éclata au grand jour le changement qui s'était opéré chez mon invité au cours des heures passées à marcher dans les bois de pins, et des semaines de détente et de récupération dont il avait bénéficié à la Quinta da Pinheiro.

Mr Shillito n'avait pas fini de parler que Gorst parut déborder d'une énergie presque menaçante. Les poings serrés, les épaules rejetées en arrière, les pieds fermement plantés et légèrement écartés sur les dalles en pierre, comme prêt à bondir en avant, il rendit à l'autre son regard insolent et provocateur

J'avoue avoir eu du mal à le reconnaître pendant les quelques secondes que dura l'incident, tant je le voyais transformé. Son attitude, bien qu'il se fût redressé de toute son imposante stature, me rappela celle d'un terrier qui a flairé un animal nuisible et s'apprête à fondre sur lui.

Ce surprenant changement n'échappa pas à Mr Shillito. Le visage soudain pâle, celui-ci recula nerveusement d'un pas, comme si Gorst avait fait remonter quelque effrayant souvenir, longtemps refoulé. L'instant d'après, Murchison était là, riant et serrant la main des messieurs, s'inclinant devant les dames, et demandant galamment à Mrs Blantyre mère si elle l'autorisait à la raccompagner jusqu'à son palanquin [1]. Tandis que s'éternisaient les formalités du départ, Gorst s'éclipsa dans l'obscurité.

Quand je le rattrapai, il se trouvait sur le sentier qui longeait la *quinta* de Murchison, regardant les pics montagneux éclairés par la lune et fumant un cigare.

« Quelque chose ne va pas, Gorst ? demandai-je.

– Non, non, tout va bien. Un cigare ? »

Je déclinai son offre, et nous fîmes quelques pas sur la pente abrupte en silence.

« Il y a un *carro de bois* qui nous attend, dis-je. Voulez-vous le prendre ?

– Je crois que je vais rentrer à pied, si vous n'y voyez pas d'inconvénient. Je vais partir par là pour regagner la maison.

– Je vous accompagne…

– Non, non, m'interrompit-il non sans brusquerie. Ne vous donnez pas cette peine. » Puis, d'une voix plus calme : « Si cela ne vous ennuie pas. »

Dans la mesure où j'étais passablement fatigué, cela ne me gênait nullement ; je tenais simplement à m'assurer qu'il retrouverait effectivement le chemin de la Quinta da Pinheiro, distante d'environ un kilomètre et demi ; mais il semblait sûr de lui, et nous prîmes donc congé l'un de l'autre.

C'était une nuit claire et tranquille. Je regardai sa haute silhouette remonter l'étroit sentier, longer les hauts murs d'enceinte qui disparaissaient sous les feuilles des palmiers, le chèvrefeuille et les branches de divers arbres chargées de fruits. Arrivé à une courbe, il s'arrêta et se retourna. Au-dessus de la porte d'une petite maison à tourelles brûlait une lanterne, qui jetait sur les pavés un éclat jaune

1. Litière couverte, habituellement véhiculée par quatre porteurs.

pâle. Il resta un moment dans la lumière, puis, après avoir tiré sur son cigare, agita la main dans ma direction. L'instant d'après, il avait disparu.

Puis arriva le jour de mon départ. Mes valises et mes malles avaient été descendues au port, et j'avais donné mes instructions à mes trois domestiques en leur expliquant que, en mon absence, ils devaient considérer Mr Gorst comme leur maître.

Gorst était dans le hall, son chapeau à la main, tout juste rentré d'une de ses promenades dans les bois, quand je sortis de mon bureau pour emprunter la charrette qui me descendrait en ville.

« Au revoir, Gorst, dis-je. Je vous écrirai pour vous faire savoir comment vont les choses dans cette chère vieille Angleterre. Vous en ferez autant de votre côté, j'espère, pour me dire comment vous allez et à quoi vous vous occupez ?

– Vous pouvez y compter, dit-il. Avec le plus grand plaisir. »

Il s'interrompit, puis me tendit la main – une main ferme et assurée, désormais, qui ne tremblait plus, comme à l'époque où nous étions à Lanzarote.

« Merci, Lazarus. » Il n'en dit pas plus, mais ces mots me touchèrent profondément, car je savais qu'ils venaient du fond du cœur.

Ce furent là les derniers que je l'entendis jamais prononcer.

17

Où Lady Tansor ouvre son cœur

I

JE ME VOIS RÉPRIMANDÉE

Je refermai le livre des souvenirs de Mr John Lazarus dans un état d'extrême désolation. J'en savais désormais davantage sur mon père, sans pour autant en tirer le moindre réconfort. Je n'éprouvais qu'un désir exacerbé, impossible à satisfaire, de faire l'expérience de sa présence, de le voir tel qu'il avait été dans la réalité, et non à travers les souvenirs lointains d'un tiers.

Mais Mr Lazarus (dont j'avais maintenant une haute opinion) m'avait également permis de me faire une idée de ma mère, dont je n'avais jamais entendu parler jusque-là, ainsi que de ma famille côté Blantyre.

Marguerite. L'image de cette pierre tombale recouverte de mousse dans le cimetière Saint-Vincent me vint une nouvelle fois à l'esprit tandis que j'évoquais mes tentatives désespérées pour me représenter celle qui portait un nom aussi mélodieux : grande ou petite, brune ou blonde ? Était-elle d'un naturel aussi doux que l'avait suggéré son nom à mon imagination d'enfant ? À en croire Mr Lazarus, elle était bien ainsi, même si son image demeurait floue et fantomatique. Bientôt, espérais-je, les transcriptions de son journal intime, que Mr Thornhaugh avait promis de me faire parvenir, m'aideraient à me faire une idée plus précise de son physique et de son tempérament. Pour l'instant, je devais me contenter de ce que j'avais : un petit fragment des souvenirs du bon Mr Lazarus.

Je m'allongeai sur mon lit, soudain découragée, et assaillie d'interrogations pressantes. Une personne mentionnée par Mr Lazarus me préoccupait tout particulièrement : ce Mr Roderick Shillito, dont je savais seulement qu'il était un ancien camarade de classe de Phoebus Daunt, mais dont le nom m'avait aussitôt dit quelque chose. Il était présent au dîner donné par Milady dans sa maison de Grovesnor Square lors de notre séjour à Londres, et elle me l'avait décrit comme « un ancien ami de feu mon fiancé ». Que cet homme ait connu mes parents à Madère vingt ans plus tôt relevait peut-être d'une coïncidence, tout aussi étrange que celle qui s'attachait aux initiales « B.K. » ; mais, en dépit du fait que les coïncidences, même les plus extraordinaires, sont plus fréquentes dans la vie qu'on le suppose généralement, j'hésitais à attribuer à ce phénomène la relation qu'entretenait aujourd'hui Mr Shillito avec Lady Tansor. Se pouvait-il que l'antipathie manifeste de mon père à l'égard de cet individu vînt de ce qu'il l'avait connu autrefois ? Se pouvait-il qu'un lien ait existé entre mon père et le camarade d'école de Mr Shillito, Phoebus Daunt ?

C'est ce moment que choisit la sonnette pour interrompre le cours de mes pensées. Milady m'appelait.

« Miss Gorst ! s'exclama Mr Armitage Vyse. Entrez, entrez, je vous prie ! »

C'était lui qui m'avait ouvert la porte quand j'avais frappé, et il se tenait sur le seuil, tout sourire, appuyé sur sa canne. Milady était assise près du feu, le regard perdu dans les flammes, une enveloppe cachetée à la main.

« Comment allez-vous, Miss Gorst ? me demanda-t-il avec la plus grande cordialité.

– Très bien, monsieur, merci, dis-je, en m'inclinant docilement.

– Parfait ! Parfait ! Venez donc vous asseoir près du feu, voulez-vous ? »

Il me conduisit jusqu'au petit sofa qui se trouvait en face de Lady Tansor, puis s'assit près de moi – trop près –, sans se départir de son sourire aimable, aussi étrange qu'inquiétant. Toujours absorbée dans la contemplation du feu, Milady n'esquissa pas un geste.

Pour finir, elle se tourna vers moi. Elle avait les traits tirés, les yeux cernés.

« C'est pour vous, dit-elle d'un ton froid en abaissant les yeux sur l'enveloppe. De la part de Mr Wraxall.

– Mr Montagu Wraxall, précisa Mr Vyse, qui étira ses longues jambes et mit ses mains derrière la nuque dans une attitude pleine de désinvolture et de suffisance. Un homme épatant ! Une véritable légende dans notre profession, vous savez. Il est malin, le bougre ! Très malin ! »

Le tout sur le ton de la confidence et de la franche cordialité, mais la lueur qui jouait dans ses yeux me fit frissonner, car j'eus l'impression que je m'étais par inadvertance aventurée sur un terrain dangereux. Je pressentais que le fait d'entretenir une relation avec Mr Wraxall n'avait l'approbation ni de Mr Vyse ni de ma maîtresse, comme si elle risquait, pour une raison ou pour une autre, de nuire à leurs intérêts.

« Il se trouve que nous sommes passés par hasard à North Lodge ce matin, me dit Milady d'une voix égale et neutre, qui ne laissa pas néanmoins de m'alarmer, et Mr Wraxall nous a demandé si nous pouvions vous remettre ce pli. Il s'est aussi enquis de votre personne, et s'est déclaré désolé d'avoir été retenu loin d'Evenwood par ses affaires plus longtemps que prévu. J'avoue que j'ignorais que vous étiez sur un tel pied de familiarité.

– Il n'en est rien, Milady ! protestai-je avec un empressement motivé par la note d'hostilité que je perçus dans sa voix. Ce n'est pas du tout ce que vous croyez.

– Pardonnez-moi, Alice, mais j'avais l'impression que vous vous étiez rencontrés pour la première fois aux funérailles du professeur Slake.

– C'est exact, Milady.

– Il semble que vous ayez poursuivi cette relation à mon insu », souligna-t-elle.

Pourquoi s'acharnait-elle ainsi ? Je ne voyais là rien d'inconvenant. Il était clair cependant que Milady, tout comme Mr Vyse, voyait la chose d'un mauvais œil. L'idée me vint alors que cela avait peut-être à voir avec le meurtre de Mr Paul Carteret, auquel le défunt professeur s'était intéressé de très près. Je résolus donc de ne rien dire de la conversation que j'avais eue avec Mr Wraxall à ce sujet.

Soutenant son regard, je lui expliquai que j'avais rencontré Mr Wraxall, tout à fait par hasard, alors qu'il sortait de la Dower

House, et qu'il avait exprimé l'intention, à son retour à North Lodge, de m'inviter à prendre le thé.

« Oh, oh ! s'exclama Mr Vyse avec un ricanement cynique. Prendre le thé ? Voilà qui est de mieux en mieux !

– En ce cas, dit Milady en me tendant l'enveloppe, vous pouvez prendre le billet. »

S'ensuivit un moment de silence.

« La Dower House, avez-vous dit ? demanda-t-elle ensuite, à la manière de quelqu'un qui a retourné dans sa tête une question embarrassante.

– Je vous demande pardon, Milady ?

– Vous dites avoir rencontré Mr Wraxall par hasard devant la Dower House.

– C'est exact, Milady. Il venait chercher des lettres que le professeur Slake avait écrites à… »

J'hésitai, et me rendis compte aussitôt que je n'aurais pas dû. Le visage de Milady s'était soudain animé, et ses grands yeux noirs étaient rivés sur les miens.

« Oui, Alice ?

– Des lettres écrites à votre défunt père, repris-je avec tout le sang-froid dont j'étais capable.

– À mon père ?

– Oui, Milady.

– Mr Wraxall vous a-t-il parlé du contenu de ces lettres ?

– Non, Milady. Il n'en avait pas encore pris connaissance. Tout ce que je sais, c'est qu'il y en avait beaucoup. »

Elle se leva et alla jusqu'à la fenêtre. Mr Vyse toussota et me gratifia d'un sourire avunculaire.

« À propos, Miss Gorst, j'ai cru comprendre que vous alliez être élevée à de nouvelles dignités, dit-il. Dame de compagnie de Milady, c'est cela ?

– En effet, monsieur. »

Je baissai la tête d'un air modeste, décidée à en dire le moins possible ; mais Mr Vyse semblait, lui, tout aussi déterminé à ne pas abandonner le sujet.

« Vous le méritez amplement, c'est certain ; même si vous avez pu être en droit d'escompter davantage… en vertu de votre naissance, j'entends.

– J'étais orpheline, monsieur, comme vous le savez, je crois ; et bien que j'aie bénéficié des privilèges d'une bonne éducation, je ne puis prétendre – et n'en ai d'ailleurs point l'intention – à aucune des prérogatives de la naissance. Je suis parfaitement satisfaite de ma position actuelle, qui représente bien plus que tout ce que j'aurais pu espérer à une époque, et je suis reconnaissante à Milady des faveurs qu'elle continue à me prodiguer et dont je m'efforcerai de me montrer toujours digne. »

Joli petit discours, songeai-je, destiné autant à Milady qu'à Mr Vyse, lequel s'apprêtait à me donner la réplique quand ma maîtresse intervint.

« Je ne suis pas du tout certaine, dit-elle, que vous ayez été bien avisée d'accepter la proposition de Mr Wraxall. Cependant, je ne veux pas vous interdire formellement de vous rendre à son invitation, même si j'espère que vous comprenez maintenant à quel point vous vous êtes montrée imprudente, voire un tant soit peu présomptueuse, en l'acceptant sans m'avoir consultée au préalable. J'ai fait preuve de beaucoup d'indulgence, vous ne pourrez le nier, relativement à la position que vous occupez dans cette maison, une indulgence qui n'a jamais été à ce jour accordée à quiconque dans votre situation ; mais ma tolérance a des limites.

– Des limites, absolument, opina Mr Vyse avec componction.

– J'avais espéré, ajouta-t-elle, qu'il n'y aurait plus de secrets entre nous. »

Tant d'hypocrisie me laissa pantoise. Des secrets, quel toupet, vraiment ! Sa vie n'était faite que de secrets, et voilà qu'elle me reprochait de vouloir garder les miens !

« Peut-être, suggéra Mr Vyse, que si Miss Gorst vous laissait, Madame la baronne, lire le mot de Mr Wraxall, cela contribuerait à vous convaincre qu'il n'y a rien d'inconvenant dans l'affaire, et ainsi les choses seraient placées dans leur juste perspective. Vous n'y verriez pas d'inconvénient, n'est-ce pas, Miss Gorst ? En fait, je suis certain que vous auriez montré ce mot à Madame la baronne de votre propre chef, dès réception. Je me trompe ? »

Il me tenait, et il le savait, tranquillement assis là, avec son large sourire, sa chaîne de montre et sa chevalière qui jetaient des éclairs à la lueur du feu, son assurance, son affabilité soigneusement étudiée, et cette curieuse impression qu'il donnait d'être parfaitement à l'aise.

N'ayant pas le choix, je m'approchai de Lady Tansor et lui tendis l'enveloppe non encore décachetée.

« Plus de secrets entre nous, Alice, murmura-t-elle.

– Non, Milady. »

Il ne lui fallut que quelques secondes pour parcourir le billet, qu'elle me rendit en me lançant un regard noir. Puis, sans un mot, elle gagna sa chambre à grands pas, claquant la porte derrière elle.

Je jetai un coup d'œil aux quelques lignes qui figuraient sur la feuille :

> CHÈRE MISS GORST,
> Me voici enfin de retour.
> Noël est presque là, mais si vous êtes toujours disposée à accepter mon invitation, je serai très heureux de vous recevoir à North Lodge dimanche prochain 31, à trois heures.
> J'aurai un autre invité, un jeune ami à moi, venu de Londres passer la période des fêtes auprès de son père malade. Il sera accompagné de son épouse, si bien que vous ne serez pas sans chaperon.
> Avec mes meilleurs sentiments,
> M.R.J. WRAXALL

« À la bonne heure, entendis-je dire Mr Vyse, tandis que je finissais ma lecture et mettais le billet dans ma poche. Tout est bien qui finit bien. Et demain, c'est la veille de Noël. Une bien agréable perspective, non ? »

Il était maintenant debout, le dos au feu, appuyé sur sa canne, me gratifiant d'un autre de ses sourires déconcertants, l'image même de la bienveillance, du charme et de la sollicitude. Mais il ne me trompait pas ; je savais quel danger il représentait, car j'avais toujours présente à l'esprit la vision de l'homme qui, sous un déguisement, s'était longuement entretenu à voix basse avec l'infâme Billy Yapp.

Je me demandais si je devais attendre là que Milady ressorte de la chambre, ou s'il valait mieux que je remonte à l'étage jusqu'à ce qu'elle m'appelle à nouveau, quand un seul coup frappé à la porte précéda l'apparition de Mr Perseus, immobile sur le seuil, le visage figé et impassible, comme à l'accoutumée. Je le vis serrer et desserrer le poing, tandis que ses yeux, après s'être posés sur moi, jaugeaient les allures de dandy de Mr Vyse. Ce geste instinctif, si discret qu'il fût, traduisait bien son ressentiment à l'égard de Mr Vyse, campé avec insolence devant le feu dans les appartements privés de sa mère, dans une attitude laissant à penser qu'il y était chez lui.

« Ah, Vyse, dit-il, courtois mais glacial, vous êtes là… ainsi que Miss Gorst.

– Je suis là, en effet, répondit l'autre, nullement décontenancé et le saluant bien bas avec une cordialité exagérée. Mais entrez donc, je vous en prie. »

L'affront était délibéré. Comme si Mr Perseus avait besoin de l'invitation d'un hôte de la maison pour entrer dans les appartements de sa propre mère.

Refermant la porte derrière lui, Mr Perseus s'avança dans la pièce et jeta un coup d'œil alentour.

« Où est ma mère ? demanda-t-il.

– Hélas, elle s'est levée ce matin avec une de ses migraines, dit Mr Vyse d'une voix traînante. À ma suggestion, nous avons fait une promenade dans la calèche, bien emmitouflés, évidemment. J'ai constaté qu'il n'y a pas meilleur remède contre la migraine qu'une bonne dose d'air pur. Je suis heureux de dire que mon conseil a rencontré l'approbation de Milady et qu'elle est rentrée revigorée, encore qu'un peu fatiguée. En ce moment, elle se repose. »

Vous avez le mensonge facile, monsieur, songeai-je, tandis qu'il me coulait un regard de connivence.

« Très bien, en ce cas, je ne la dérangerai pas, dit Mr Perseus. Je venais la prévenir que mon frère était rentré du pays de Galles, et que Shillito était arrivé. Il est dans le grand salon et demande après vous. Je suppose que vous avez tout loisir d'aller le rejoindre ? »

Son antipathie à l'égard de Mr Vyse était évidente, mais la suffisance rayonnante de celui-ci n'en fut pas le moins du monde ébranlée.

« Tout à fait, répondit-il, avant de se tourner vers moi et d'ajouter : Je crois que vous pouvez vous retirer, Miss Gorst. Madame la baronne vous sonnera si elle a besoin de vous. »

Je lui fis un petit signe de tête en guise de réponse et me préparai à quitter la pièce. Au même moment, il s'adressa à nouveau à Mr Perseus.

« Je viens de féliciter Miss Gorst pour sa bonne fortune. Le temps des corvées pour elle arrive à son terme. Dame de compagnie, que dites-vous de cela ? Voilà un remarquable exemple du triomphe de l'éducation sur le hasard des circonstances. Le naturel ne meurt jamais, il revient toujours au galop ! »

Passant outre ce commentaire assez désinvolte, Mr Perseus s'avança pour m'ouvrir la porte, inclinant légèrement la tête sur mon passage. Puis, l'espace d'une seconde, nos regards se croisèrent, et dans ce bref instant je vis quelque chose qui, je l'avoue, me fit soudain bondir le cœur. Qu'était-ce au juste ? Je n'aurais su le dire ; mais je quittai les appartements de Milady le cœur inexplicablement plus léger que lorsque j'y étais entrée.

Les souvenirs de Mr Lazarus se trouvaient toujours sur ma table. J'allumai ma bougie et, ouvrant le volume au hasard, je tombai sur le récit de la réception donnée en l'honneur des Blantyre, au cours de laquelle mon père et ma mère s'étaient connus, et sur la description de Mr Roderick Shillito, l'homme qui, en ce moment même, devait prendre ses aises dans le grand salon en compagnie de Mr Vyse.

Qu'arriverait-il quand je lui serais présentée, comme cela ne pouvait manquer d'arriver ? Le nom de Gorst lui rappellerait-il l'homme dont il avait fait la connaissance vingt ans plus tôt à Madère ? Voilà qui risquait de m'exposer aux soupçons, voire à certains dangers. En tout état de cause, j'étais prévenue, même si ce n'était là qu'un maigre réconfort.

À cet instant, la sonnette retentit, et je descendis rejoindre Milady dans ses appartements.

II

OÙ JE GRAVIS UN NOUVEL ÉCHELON

Elle était assise au coin du feu, contemplant les bûches embrasées. Aucun signe de Mr Vyse ni de Mr Perseus.

À mon entrée, elle tourna son visage, blême et hagard, dans ma direction.

« Venez vous asseoir, Alice, dit-elle doucement. J'aimerais vous dire quelque chose. »

Je repris ma place sur le sofa en face d'elle. À ma grande surprise, elle se pencha vers moi et prit tendrement mes mains entre les siennes.

« J'ai eu une amie à une époque, commença-t-elle, la voix pleine de nostalgie, la plus chère au monde, la seule que j'aie jamais eue. Quand nous étions ensemble, nous étions inséparables, comme deux sœurs. »

Elle détourna les yeux un instant. Je vis qu'ils étaient embués, et je m'apprêtai à parler quand elle leva la main.

« Non, Alice, ne dites rien. Aujourd'hui encore, ces souvenirs me sont douloureux, et la mort de ma sœur chérie, qui nous fut enlevée alors que j'étais très jeune – on vous a sans doute raconté que la pauvre petite était tombée dans l'Evenbrook et s'était noyée – ne les a rendus que plus pénibles. Des années plus tard, pendant une période à laquelle je repenserai toujours avec la plus profonde tendresse, cette amie combla le vide laissé par ma sœur. Nous partagions tout : confidences, espoirs, rêves, et c'est dans cet état d'affection et de confiance réciproques que nous avons abordé ensemble l'âge adulte.

« Elle venait séjourner à Evenwood tous les étés, et mon père l'aimait beaucoup. Et puis, certaines… circonstances ont rompu le lien qui nous unissait et ont mis un terme à notre ancienne intimité.

– Et vous ne l'avez jamais revue ?

– Jamais, soupira-t-elle. Pas la moindre nouvelle depuis vingt ans, et personne n'a pu la remplacer. J'ai certes beaucoup de relations ici à la campagne, tout comme à Londres ; mais je n'ai jamais retrouvé quelqu'un comme elle.

« Il y avait entre nous une harmonie exceptionnelle, voyez-vous, même si nous étions très différentes par bien des côtés. Elle pouvait se montrer capricieuse, irresponsable, et goûtait la vie en toute insouciance et en toute légèreté, alors que, de mon côté, je considérais le monde avec sérieux et agissais avec prudence et délibération. Mais je suppose que nous nous complétions et que l'équilibre naissait de nos différences. Physiquement, nous n'avions rien en commun. Elle avait tout d'une petite poupée, avec ses merveilleux cheveux blonds et ses yeux d'un bleu très pâle, tandis que j'étais brune et aussi grande qu'un homme. Nous devions avoir une drôle d'allure, ensemble ! »

Elle eut un petit rire triste et me lâcha les mains, avant de se carrer dans son fauteuil, perdue dans ses réminiscences.

Nous restâmes plusieurs minutes sans rien dire, à écouter le crépitement des bûches dans la cheminée. Puis elle se pencha pour reprendre mes mains dans les siennes et me regarda au fond des yeux.

« J'en viens, ma chère Alice, à ce que je voulais vous dire. Dès l'instant où je vous ai vue, j'ai su que nous deviendrions amies un jour, de vraies amies, comme celles que cette jeune fille et moi-même étions à une époque. Vous êtes arrivée ici comme simple domestique ; mais, je vous l'ai déjà dit, j'ai aussitôt percé à jour votre déguisement. Je vous ai reconnue pour ce que vous étiez vraiment. »

Ah, ces yeux qui me paralysaient, noirs comme des pétales de pensée, semblables à ceux de quelque icône byzantine ouverts à jamais sur l'éternité ! Si beaux, si captivants, si infiniment mystérieux ! Je me sentis sombrer dans leurs profondeurs troubles et traîtresses, victime impuissante de leur pouvoir, comme tant d'autres avant moi. Ses paroles m'avaient d'abord alarmée, jusqu'à ce que je m'aperçoive qu'elles ne contenaient aucune menace. Au contraire, elles étaient empreintes d'une sincérité attendrie dont elle n'avait jamais fait montre jusqu'ici, et j'en étais ensorcelée.

« Vous trouverez sans doute mes propos étranges, poursuivit-elle. Après tout, je ne vous connais que depuis peu. Tout aussi étrange que je trouve moi-même, je l'avoue, cette affinité difficilement explicable qui nous lie, je le sens. Je me suis efforcée de résister, au nom de la disparité de nos conditions sociales, et j'ai essayé – de toutes mes forces – d'observer l'attitude qui doit normalement régir les rapports entre une maîtresse et son employée, comme je l'ai fait tout à l'heure à propos de l'invitation de Mr Wraxall. Mais j'avoue ne pas pouvoir résister plus longtemps.

« Vous n'allez pas me croire, mais j'ai des problèmes à ne savoir où donner de la tête, et personne à qui me confier. Je lis l'incrédulité sur votre visage, mais c'est la pure vérité. J'ai, bien entendu, mon cher Perseus, mais il y a des choses qu'une mère ne saurait confier même à ses enfants… et d'autres, peut-être, qu'elle doit leur cacher, et ce dans leur propre intérêt.

« Le résultat, c'est que je suis absolument seule au monde et que je ne supporte plus l'idée d'avoir à finir mes jours sans pouvoir m'attacher à une personne de mon sexe, sans connaître une intimité du genre de celle que j'ai partagée jadis avec cette amie, et que j'appelle chaque jour de mes vœux.

« Voici donc ma requête, enchaîne-t-elle alors. Accepterez-vous, Alice, d'être pour moi cette amie dorénavant, en même temps qu'une dame de compagnie appointée ? Une amie fidèle et dévouée ?

– Milady, je ne sais que répondre, dis-je, affectant un embarras ému, mais jubilant intérieurement. Tout ceci est tellement… inattendu… et je le mérite si peu…

– Oh, Alice, chère petite bécasse ! s'exclame-t-elle en riant. Il faut dire oui tout de suite ; et puis vous devez cesser de me donner du “Milady”, du moins quand nous sommes seules toutes les deux, comme en ce moment. Mon nom est Emily Grace Duport ; donc – excepté quand nous serons en présence de tiers ou de mes fils – il vous faudra désormais m'appeler Emily.

– Mais, protesté-je, vous et votre ancienne amie aviez le même âge, alors que moi je suis si jeune, et je manque tellement d'expérience. C'est une amie de votre âge dont vous avez besoin.

– Sottise ! se récrie-t-elle. Vous êtes certes jeune par le nombre des années, mais vous avez la tête sur les épaules. Et puis, pourquoi n'aurais-je pas une compagne plus jeune, surtout si je sens que nous partageons la même vision du monde ? Vous-même pressentiez, je le sais, que nos vies étaient destinées à se trouver mêlées. Ne dites pas le contraire ! »

Impossible de nier, en effet, car c'était la stricte vérité, et la raison même de ma présence en ces lieux. J'acquiesçai donc dans un murmure ; sur quoi, elle tomba à genoux devant moi, me jeta les bras autour du cou et m'embrassa.

« Voilà ! dit-elle. Notre amitié scellée par un baiser ! »

On imaginera sans peine ma stupéfaction à la vue de ma maîtresse agenouillée devant moi dans une attitude de suppliante et me parlant d'une manière aussi démonstrative. Le tableau me rappela la fois où je l'avais vue, submergée par la douleur, à genoux devant la tombe de Phoebus Daunt ; si ce n'est que, à présent, un espoir impatient illuminait son visage, et, au comble de la stupéfaction, je me trouvai en train de lui rendre son étreinte et de sombrer dans un curieux état de soumission volontaire dont j'eus le plus grand mal à sortir.

Je n'arrivais pas à imaginer ce qui avait pu provoquer en elle un changement aussi surprenant, une transformation si brutale et radicale que, même à mes yeux soupçonneux, elle paraissait dénuée de tout subterfuge. J'avoue que j'étais complètement déconcertée :

d'un côté, je savais que je ne devais lui accorder aucune confiance, de l'autre, je ne pouvais m'empêcher d'être flattée et touchée par cette offre d'amitié enthousiaste de la part de la seule personne en ce monde qu'il me serait à jamais interdit de traiter en amie.

Milady reprit place dans son fauteuil avec un grand soupir de contentement.

« Vous souvient-il, me demanda-t-elle, de la première fois où vous vous êtes trouvée devant moi, et où je vous ai demandé si vous pensiez que nous pourrions devenir amies ? »

Je répondis que je m'en souvenais fort bien, mais que je n'avais jamais osé espérer voir pareille chose se réaliser.

« Même si, bien entendu, ajoutai-je, j'aspirais à ce qu'il en fût ainsi.

– C'est le Destin, voyez-vous. J'en suis certaine, comme je l'ai rarement été, et j'en suis très, très heureuse.

– Je le suis également, dis-je, tendant la main et prenant la sienne. Vraiment. »

Nous restâmes ainsi un long moment sans rien dire, chacune absorbée dans ses pensées.

« Bien sûr, ce ne sera pas facile pour vous, Alice, fit-elle observer au bout d'un moment. Vous allez sans doute vous sentir empruntée et mal à l'aise suite à ce soudain changement dans nos relations. Mais j'espère que vous serez aussi heureuse en ma compagnie que je le serai en la vôtre ; il va falloir que vous vous efforciez de surmonter votre délicatesse naturelle, laquelle est tout à votre honneur, et que vous tentiez de me traiter en égale… quand nous serons en privé, j'entends, loin du regard des autres, jamais, en revanche, devant les domestiques. En public, il conviendra de nous montrer plus circonspectes. Vous serez alors ma dame de compagnie, dûment appointée, et il nous faudra veiller à nous conduire en conséquence.

– Bien sûr, dis-je, on ne peut plus accommodante, les convenances doivent être observées. Amies dans l'intimité, maîtresse et dame de compagnie en public.

– Exactement ! s'écria-t-elle. Chère Alice, vous comprenez toujours tout. »

Oh, que oui, Milady, pensai-je en mon for intérieur, je comprends parfaitement.

Nous continuâmes à deviser pendant environ une demi-heure ; ou, plus exactement, je laissai ma nouvelle amie bavarder seule, ce qu'elle semblait on ne peut plus encline à faire, pendant que je souriais et approuvais avec force hochements de tête complaisants, jusqu'à ce que la nuit commence à tomber et qu'il soit l'heure d'allumer les lampes.

« Vous savez quoi, Alice, dit-elle en se levant et en tendant les mains vers le feu, tout compte fait, je pense que j'aimerais aller passer quelque temps à Londres. Avec vous pour me tenir compagnie, ce sera très différent, je suis sûre que je ne détesterai plus cette ville. Nous irons ensemble au théâtre, au concert. Ah, les concerts ! Le dernier auquel j'ai assisté remonte… à la nuit des temps. Cela vous plairait, n'est-ce pas, très chère ? »

La pluie tambourinait à présent contre les vitres, balayée par un vent violent.

« Et puis, poursuivit-elle, captivée par sa vision et se levant sans attendre ma réponse pour aller jusqu'à la banquette sous la fenêtre et contempler le parc noyé sous la pluie, nous ferons des excursions – au jardin zoologique, peut-être, ou à la Tour de Londres. Sans compter les gens que vous allez devoir rencontrer et auxquels je vous présenterai, afin de vous introduire dans la meilleure société, comme je vous ai dit vouloir le faire. »

Elle était magnifique dans sa longue robe gris foncé qui épousait à merveille sa haute silhouette et mettait parfaitement en valeur son teint pâle. Qui ne l'aurait admirée et n'aurait voulu l'avoir comme amie ?

À la voir ainsi debout devant moi, si mystérieusement attirante dans la lueur rougeoyante des flammes, je sus d'emblée que je ne pourrais jamais avouer à Madame ce que j'avais du mal à m'avouer à moi-même : j'étais en train de tomber sous le charme de celle-là même dont je devais révéler les iniquités au grand jour. Que le cœur humain est donc déroutant et plein de contradictions, lui qui peut être tout à la fois attiré et repoussé par le même objet, entraîné, malgré lui, vers ce qu'il cherche à détruire !

C'est donc ainsi que, tout juste trois mois après mon arrivée à Evenwood, je cessai d'être la femme de chambre de la 26e baronne Tansor, pour devenir l'amie d'élection d'Emily Grace Duport, *née** Carteret – la femme dont mon ange gardien, Mme de l'Orme, m'avait assuré qu'elle était mon ennemie jurée.

18

Trente convives, et ce qui s'ensuivit

I

EN TENUE DE SOIRÉE

Nous continuâmes à bavarder, Milady et moi, jusqu'à ce que vienne l'heure de s'habiller pour le dîner.

« Accepterez-vous de m'aider à m'habiller, Alice ? Comme une amie le ferait, j'entends, et non comme ma femme de chambre ? La semaine prochaine, une fille vient se présenter pour un entretien, une connaissance de Pocock. Si elle fait l'affaire, je ne prendrai pas la peine d'en voir d'autres. Jusque-là... »

Je m'empressai de lui assurer que je serais heureuse de l'aider à sa toilette jusqu'à l'arrivée de la nouvelle femme de chambre, déclaration qui la fit battre des mains et me donner un autre baiser.

Avant cette interruption, elle était à nouveau en train d'évoquer, dans les termes les plus enthousiastes, le souvenir de son ancienne amie et des moments de bonheur qu'elles avaient partagés.

« Quelle tristesse que cette époque soit révolue, dis-je. Vous avez mentionné certaines circonstances...

– Pardonnez-moi, Alice, dit-elle, soudain grave. Il m'est impossible d'en parler.

– En ce cas, bien sûr, je n'insisterai pas, répondis-je, désireuse pourtant de manifester une légère contrariété devant ce refus. Si j'ai fait cette remarque, c'est parce que je pensais que vous souhaitiez avoir quelqu'un à qui vous confier. Mais même deux amies, je suppose, peuvent avoir des secrets l'une pour l'autre.

– Ce n'est pas un secret, Alice, dit-elle, doucement mais fermement.

Les circonstances auxquelles j'ai fait allusion mettent en jeu des confidences que je ne saurais en aucun cas trahir, même pour une amie. »

Sa voix s'était durcie, et l'éclat autoritaire que je lui connaissais bien réapparut dans ses yeux. Un moment, je craignis d'être allée trop loin ; puis elle sembla soudain se reprendre.

« Mais tout cela c'est du passé, dit-elle. Oublions-le. Nous prenons ensemble un nouveau départ, et j'espère que nous serons capables de partager nos secrets, comme de vraies amies. »

Je restai stupéfaite de tant d'hypocrisie, car je savais pertinemment qu'elle ne m'ouvrirait jamais de son plein gré les arcanes de son cœur.

Tandis que je finissais de l'habiller, elle m'annonça qu'elle souhaitait me voir me joindre aux invités ce soir-là, et que je partagerais dorénavant mes repas avec la famille.

« Je suppose que l'on va jaser, soupira-t-elle, qu'il y aura force hochements de tête, et que les gens vont croire que je suis complètement folle d'élever ainsi mon ancienne femme de chambre ; mais ne nous laissons pas intimider, ma chère Alice. Chacun verra bientôt que vous n'étiez pas née pour la domesticité, et applaudira alors le bon sens dont j'ai fait preuve en vous libérant de cet état. »

Elle poursuivit son bavardage jusqu'à ce que j'aie fini de la coiffer et que je lui tende le coffret où se trouvait le précieux médaillon, sur son ruban de velours noir.

« Merci, dit-elle en le passant autour de son cou. À propos, j'ai demandé à Barrington de monter vos affaires dans la chambre de la tour demain matin, de manière à ce que vous puissiez vous réveiller le jour de Noël dans votre nouveau lit. Et maintenant, qu'allez-vous porter ce soir ? Il faut que vous fassiez bonne impression sur nos invités, vous savez. Le jour de Noël est aussi celui de la majorité de mon cher Perseus. Mon Dieu, quel beau moment en perspective ! »

Sautant prestement de sa chaise, la voilà qui se précipite sur l'une des grandes armoires, comme une jeune fille à la veille de son premier bal, et se met à sortir des robes, qu'elle lève d'abord devant elle pour les examiner, avant de les jeter avec impatience sur le sol où elles ne tardent pas à former un amas impressionnant.

« Ah ! s'exclame-t-elle enfin, après avoir choisi une élégante robe de soie gris argenté, dénudée aux épaules, ornée de volants et de nœuds dans une soie d'un gris plus foncé, rehaussée de roses rouges. Voilà, j'ai trouvé ! Celle-là fera parfaitement l'affaire, je crois. Venez, laissez-moi voir à quoi vous ressemblez là-dedans. Je vais vous aider à la passer. »

Ce disant, elle commence à déboutonner avec empressement la pauvre robe noire qui me tient lieu d'uniforme, puis ouvre la tenue qu'elle a sélectionnée pour que je puisse entrer dedans.

Il y avait quelque chose de troublant à me trouver ainsi habillée par Milady, comme si elle était la femme de chambre et moi la maîtresse ; mais elle semblait insensible à ce renversement incongru des rôles. Mieux, elle paraissait y prendre plaisir et continuait à babiller gaiement tandis qu'elle boutonnait la robe, posait une couronne de perles et de fleurs en papier crépon sur mes cheveux et m'entraînait jusqu'à la psyché.

« Et voilà ! s'écria-t-elle, admirative. Une vraie métamorphose ! »

Elle était derrière moi, les mains sur mes épaules nues dans un geste protecteur, occupée à contempler avec moi mon reflet dans la glace.

La robe m'allait à la perfection, car nous étions à peu près de la même taille, et, en dépit de la différence d'âge, Milady avait gardé une silhouette presque aussi svelte que la mienne. Entre nos cheveux noirs et certains traits du visage qui nous étaient communs, on aurait pu, j'en eus la révélation soudaine, nous prendre pour mère et fille. La même idée lui vint sans doute, car elle eut un sursaut et ôta précipitamment les mains de mes épaules.

« Mon Dieu ! » s'exclama-t-elle, davantage pour elle-même que pour moi. Puis, dans un souffle : « J'avais raison !

– Quelque chose ne va pas, Milady ? demandai-je, perplexe.

– Pourquoi ? Qu'est-ce qui pourrait ne pas aller ? Il y a simplement que… sous cette lumière… vous ressemblez étrangement à quelqu'un que j'ai connu autrefois. Vous m'avez toujours rappelé cette… personne ; mais ce soir… ici, maintenant… la ressemblance est particulièrement frappante. J'ai été surprise, c'est tout.

– Une autre amie ? » m'enquis-je.

Cette fois-ci, elle s'abstint de répondre, se contentant d'aller ouvrir sur la coiffeuse un coffret à bijoux en ivoire.

« Une dernière chose, pour compléter la toilette, dit-elle en sortant du coffret un superbe collier en opales et diamants, qu'elle voulut me passer autour du cou.

« Oh, non ! protestai-je, en m'écartant. Je ne saurais… Non, vraiment, je ne peux pas.

– Sottise ! dit-elle en enclenchant le fermoir, avant de reculer d'un pas pour juger de l'effet. Ces choses sont faites pour vous. Regardez comme vous le portez bien. »

C'était vrai. La glace me renvoyait l'image d'une demoiselle bien née, habituée à l'argent et parfaitement à l'aise dans le luxe. Où était donc passée, songeai-je, l'humble domestique ?

Il se trouva alors que je posai les yeux sur le coffret en ivoire, toujours ouvert sur la coiffeuse. Au milieu du petit tas formé par les bagues et les bracelets sur la doublure en velours rouge foncé, je remarquai une petite clé au bout d'un ruban de soie noire. Ma curiosité fut immédiatement éveillée, car là où il y a clé, il y a forcément serrure.

« Venez, Alice, dit Milady en prenant mon bras. Il nous faut descendre. Nos invités attendent. »

II

MR SHILLITO A LA MÉMOIRE DÉFAILLANTE

Les invités de Noël sont déjà rassemblés dans le salon chinois : trente personnes en tout. Au moment où nous entrons, Milady et moi, toutes les têtes se tournent dans notre direction.

Nous avançons lentement dans la pièce décorée avec extravagance et soudain silencieuse, et Milady me présente à chacun à tour de rôle en ces termes : « Miss Gorst, ma nouvelle dame de compagnie. »

Je suis heureuse de constater que Mr Wraxall a été invité, et, comme Milady dit un mot à Sir Lionel Voysey, lui et moi échangeons quelques paroles à propos de ma visite prochaine à North Lodge.

Tandis que Milady m'introduit auprès de son cousin, le major Hunt-Graham, nous sommes rejoints par Mr Randolph.

« Bonsoir, Miss Gorst. J'espère que vous allez bien », tels sont les premiers mots qu'il m'adresse. Puis il me dit combien il me trouve charmante ce soir et s'enquiert de ce que j'ai fait depuis son départ pour le pays de Galles. Les questions rituelles sont posées, les réponses dûment faites ; mais ses yeux semblent parler un tout autre langage. L'absence a opéré pour lui son œuvre proverbiale. Au milieu du brouhaha et des conversations, des allées et venues des serviteurs, j'ai soudain la certitude – aussi extraordinaire que cela puisse paraître – que Mr Randolph Duport est en train de tomber amoureux de moi.

Je suis à la fois flattée et inquiète, car la satisfaction que je m'autorise à éprouver est aussitôt tempérée par la conviction que je ne pourrai jamais éprouver pour lui des sentiments semblables. J'ai aimé peu de gens dans ma vie davantage que Mr Randolph, mais je ne l'aime pas ni ne l'aimerai jamais d'amour.

Qu'il soit bien de sa personne ou pas, jeune ou vieux, l'homme que j'épouserai devra me rendre tout mon amour, être plein de sollicitude et d'attentions et me traiter en égale dans tous les domaines (ambition certes élevée, mais née de la croyance que de tels hommes existent). Il faudra surtout que ce soit quelqu'un dont je puisse apprendre, comme j'ai appris de Mr Thornhaugh, et partager la vie intellectuelle. Mr Randolph est chaleureux, attentionné, tout le monde l'apprécie ; mais il n'a pas ces qualités d'esprit que devra posséder l'homme de mon choix.

Mr Perseus, en revanche, correspond bien davantage à mon idéal : poète, homme de goût, de discernement et de culture, et doté, qui plus est, d'atouts matériels non négligeables puisqu'il héritera un jour d'une pairie fort ancienne et de la fortune qui l'accompagne. Il émane de lui, par ailleurs, cette aura de mystère toujours fascinante pour les natures romantiques comme la mienne. Il m'a intriguée dès notre première rencontre. J'ai perçu en lui des zones d'ombre qui demandent à être éclaircies. Son frère semble toujours transparent, donnant au monde une image de lui-même conforme à sa vraie nature, celle d'un être ouvert, franc et sans complication. Mr Perseus, au contraire, est secret, réservé, continuellement sur ses gardes. Mais pour se défendre de quoi ? Faut-il voir là le signe d'un tempérament fier et renfermé, ou imaginer un cœur vulnérable et sensible sous ces airs de dédain impénétrable ?

Ces pensées se bousculent encore dans ma tête quand leur cours tumultueux est interrompu par l'arrivée de Mr Perseus en personne, qui s'incline avec raideur et me souhaite le bonsoir.

« Alors, Miss Gorst, observe-t-il, son regard glissant sur ma robe d'emprunt pour se poser sur le collier que sa mère a insisté pour me voir porter, vous avez subi votre mue, à ce que je vois. Vous voilà toute neuve.

– Allons, mon chéri, ne vous moquez pas, le rabroue gentiment Milady en lui tapotant le bras.

– Oh, mais je ne me moque point, je vous assure. Je ne me moque jamais, je vous l'ai déjà dit. Et je suis en l'occurrence on ne peut plus sérieux. Je ne vois rien que de très heureux dans cette métamorphose. Vous vous êtes épanouie, Miss Gorst, de manière remarquable, et ce en quelques heures. Où vous arrêterez-vous, je me demande ? Vous serez bientôt notre reine à tous.

– Comme je l'ai déjà dit moi aussi, monsieur, réponds-je, ne sachant toujours pas s'il plaisante ou non, je n'ai point d'autre ambition que de servir Milady, et je le ferai comme dame de compagnie, comme je l'ai fait en qualité de femme de chambre, au mieux de mes capacités. L'habit ne fait pas le moine : je suis telle que j'étais.

– Vous vous trompez, réplique-t-il, plus calmement mais sans renoncer à son propos. Vous êtes transformée, ou plus exactement, vous avez retrouvé votre véritable personnalité. Qu'en penses-tu, Randolph ? »

Il accompagne sa question d'un regard provocateur, comme s'il mettait son frère au défi de le contredire ; mais avant que quiconque puisse en dire davantage, Mr Vyse vient se joindre à nous, avec dans son sillage un homme corpulent tout en sueur, dont je présume aussitôt qu'il s'agit de Mr Roderick Shillito.

Me voici confrontée à l'épreuve que je redoutais : je vais être présentée au nouveau venu. Mon nom va-t-il lui évoquer le souvenir de mon père ?

Mr Vyse, appuyé sur sa canne à pommeau d'argent, son éternel sourire de loup plaqué sur le visage, s'incline silencieusement devant Milady puis tend la main vers moi.

« Shillito, puis-je avoir l'honneur de vous présenter Miss Esperanza Gorst, la nouvelle dame de compagnie de Madame la baronne ? Miss Gorst est devenue un bel ornement de la société d'Evenwood, et j'ose dire qu'elle ne s'arrêtera pas en si bon chemin. »

Il recule d'un pas, comme pour mieux juger de l'effet de ses paroles sur son ami. Mais laissez-moi d'abord vous présenter ce dernier à mon tour, en reproduisant ici la description que j'en ai faite dans mon Livre des Secrets :

MR RODERICK SHILLITO

Âge et Physique : la cinquantaine. Presque aussi grand que Mr Vyse, mais corpulent, et emprunté de sa personne. Peau rose tendue à l'extrême sur un large visage lunaire. Petite bouche mauvaise ; yeux porcins, humides et rapprochés, cils pâles. Calvitie sur le sommet du crâne où la chair est marbrée, et, de part et d'autre, mèches de cheveux raides et blond filasse, coiffés à l'arrière et pareils à de l'herbe desséchée. En résumé, donne l'impression d'un putto vieillissant et vicieux.
Personnalité : l'image même de l'égoïste uniquement préoccupé de sa personne. Sournois, sensibilité atrophiée, incapable de la moindre marque de générosité spontanée ou de sympathie pour autrui. Un parasite accompli, de la pire espèce. Associé mal assorti de Mr Vyse (auquel il s'en remet le plus souvent), dont il n'a ni l'extravagance raffinée ni la vive intelligence.
Conclusion : à bien des égards, un bouffon repoussant, mais aussi, j'en suis sûre, une brute et un lâche.

À l'énoncé de mon nom, Mr Shillito gratte son crâne adipeux et pince ses grosses lèvres mouillées.

« Gorst, dit-il lentement. C'est un nom qui me dit quelque chose, encore que je serais bien en peine de savoir quoi. Vous êtes-vous jamais trouvée à Dublin, Miss Gorst ?

– Non, monsieur. Jamais.

– Vraiment ? Hum. »

Il retourne la chose dans sa tête un moment, puis la lumière du souvenir commence à filtrer dans ses yeux pâles.

« J'y suis ! s'exclame-t-il. J'ai rencontré un homme un jour à Madère, du nom de Gorst. C'est ça ! Alors, Miss Gorst, je me trompe ? Vous êtes-vous jamais trouvée à Madère ?

– Jamais de ma vie, monsieur, fais-je, sentant le rouge me monter aux joues, consciente du fait que Milady et Mr Vyse s'intéressent maintenant de près au tour qu'a pris la conversation.

– C'est bizarre, grogne Mr Shillito, qui regarde les autres comme s'il attendait d'eux qu'ils le confortent dans l'attitude méprisante qu'il a adoptée. Gorst, c'est peu courant, pas vrai ? Je suis sûr que je n'ai jamais connu qu'une seule personne de ce nom. En voilà maintenant une deuxième, mais il semblerait qu'elle n'a aucun lien avec ce type rencontré à Madère. C'est loufoque ! »

Nouveau grognement sceptique, comme pour prouver le bien-fondé de sa position.

Je décide que le mieux pour moi est de garder le silence ; mais c'est alors que Milady s'interpose.

« Quand exactement avez-vous fait la connaissance de cet homme, Mr Shillito ? demande-t-elle.

– Voyons voir, répond-il. Ce devait être en 55… non, attendez, 56. Oui, je m'en souviens maintenant, 56. Sûr et certain.

– Donc pas plus d'un an avant votre naissance, Alice, fait observer Milady. Croyez-vous possible qu'il se soit agi d'un de vos parents – peut-être même de votre père ? Avez-vous jamais entendu dire qu'il était allé à Madère ? »

Naturellement, je nie avoir jamais eu connaissance d'un tel fait ; c'est alors que Mr Perseus, qui n'a pas lâché des yeux Mr Shillito durant l'échange, coupe court à toute demande ultérieure au moyen d'une interjection aussi bienvenue qu'inattendue. Fixant Mr Shillito de l'un de ses regards les plus réfrigérants et déguisant à peine son mépris, il émet l'opinion selon laquelle il est passablement inconvenant pour un gentleman (il insiste lourdement sur le mot) de soumettre une dame à un interrogatoire aussi embarrassant.

Mr Shillito hausse les épaules sans un mot, l'air indifférent. Mr Vyse rompt alors le silence pesant qui s'est établi.

« Voilà qui est bien parlé, monsieur. Nous sommes ici pour célébrer une fête, soyons donc d'humeur festive. Tenez, Mr Pocock a ouvert les portes. Que diriez-vous de passer à table ? »

Offrant son bras à Milady, il la conduit hors de la pièce, distribuant au passage courbettes et sourires, comme s'il était le maître incontesté des lieux. Deux par deux, les autres invités leur emboîtent le pas.

Impossible de ne pas voir la réaction de Mr Perseus au spectacle de Mr Vyse escortant sa mère jusqu'à sa chaise. Je l'entends distinctement murmurer : « Qu'il aille se faire pendre, celui-là ! », avant de quitter la pièce d'un pas rageur.

C'est Mr Randolph Duport qui prend mon bras, laissant Mr Shillito accompagner avec une mauvaise grâce évidente la fille du pasteur, Miss Jemima Thripp, avec ses grandes mains osseuses et ses taches de son.

« Quel goujat, ce Shillito, de vous questionner de cette manière ! me dit Mr Randolph tandis que nous pénétrons dans la salle rouge et or. Je suis surpris que mère l'y ait encouragé.

– Que pensez-vous de son ami, Mr Vyse ?

– Un homme habile, ce Vyse, répond-il, sans trop s'avancer. Depuis la mort de père, mère dépend de plus en plus de lui… pour la conduite de ses affaires, j'entends. Perseus n'a pas bonne opinion de lui. Il pense qu'il exerce sur elle une influence néfaste. »

La remarque me fait aussitôt dresser l'oreille.

« Une influence néfaste ? Que voulez-vous dire ?

– Eh bien, une sorte de pouvoir ou d'emprise. Perseus en est convaincu. Il est vrai que Mr Vyse était un grand ami de Mr Phoebus Daunt : ils s'entendaient comme larrons en foire, à en croire la rumeur. Shillito, lui, était en classe avec Daunt, ce qui explique qu'ils soient tous deux bien en cour auprès de Mère.

– Vous ne me ferez pas croire que Milady apprécie Mr Shillito, tout de même ? » dis-je.

Il secoue la tête.

« Certainement pas, mais elle se fait un devoir de le supporter, en mémoire de Mr Daunt. Voyons, où vous a-t-on placée ? »

Nous étions à présent devant la table somptueusement dressée, et j'eus un instant de panique à l'idée de me retrouver assise dans le voisinage Mr Shillito, voire à ses côtés ; mais Mr Randolph, qui était allé parler à Mr Pocock, revint bientôt pour me dire que Milady avait donné des instructions afin que je sois placée à côté d'elle. Mr Shillito, quant à lui, je fus soulagée de le constater, était en milieu de table, à un endroit d'où il ne pourrait guère me créer de difficultés.

C'est ainsi que je me retrouvai en train de dîner en compagnie de tous les invités de Noël, assise au haut bout de la table avec Milady et ses deux fils, sous le grand plafond en berceau, éblouie par l'éclat de l'orfèvrerie et les miroitements du cristal, entourée des reflets infinis et changeants qui jouaient dans les grandes glaces.

Je levai les yeux vers la galerie d'où – il n'y avait pas si longtemps – j'avais observé une assemblée tout aussi choisie que celle de ce soir, quand les rideaux poussiéreux s'entrouvrirent pour laisser apparaître le visage de Mrs Battersby. Elle garda les yeux fixés sur moi plusieurs secondes, puis Mr Randolph fit une remarque et, quand je levai à nouveau la tête, la gouvernante avait disparu.

Que Milady était donc radieuse ce soir-là ! Quel maintien, quelle grâce ! Que d'assurance et de sérénité ! Elle attirait irrésistiblement les regards masculins dès qu'elle se levait, ce qu'elle faisait de temps à autre, en hôtesse accomplie qu'elle était, pour circuler parmi ses invités à l'autre bout de la longue table, s'enquérant ici, échangeant là quelques mots à voix basse, souriant et riant gaiement ; puis, une fois ses royales faveurs dispensées, elle s'en revenait avec grâce reprendre sa place.

Je continuai pour ma part à recevoir d'elle les attentions les plus flatteuses ; en conséquence de quoi, je devins moi aussi l'objet d'un examen et d'une observation soutenus, surtout de la part de ces dames. Pourtant chaque nouveau sourire, chaque tendre contact de sa main sur la mienne, chaque regard affectueux, me compliquaient la tâche : comment me persuader qu'elle était cette ennemie que j'avais pour mission de détruire ? Déjà, je me sentais succomber à ses charmes subtils, tout en sachant que je devais résister, sinon tout serait perdu.

III

OÙ L'ON PROJETTE UNE EXCURSION

On desservait le troisième plat quand Mr Perseus, qui n'avait presque rien dit depuis le début du repas, se pencha vers sa mère et lui murmura quelques mots à l'oreille. Puis, s'excusant auprès de ses plus proches voisins, il quitta la salle.

« Perseus ne se sent pas très bien, expliqua Lady Tansor en soupirant. Je crains qu'il ne fume trop. Je ne cesse de lui demander de renoncer à ses cigares et de s'alimenter de façon plus régulière, mais il refuse de m'écouter.

– Et vous, Miss Gorst, qu'en pensez-vous ? demanda Mr Randolph. Croyez-vous que mon frère fume trop ?

– Je ne saurais avoir d'avis sur la question. C'est là, apparemment, une habitude largement répandue chez les messieurs.

– Il faut bien que les jeunes gens aient quelques plaisirs, fit remarquer le major Hunt-Graham. Fumer n'est pas si mauvais, vous savez. Je connais des habitudes bien pires. Et je crois que, dans le cas de mon jeune parent, c'est une aide non négligeable à la composition poétique. »

Le major était un personnage très attirant. Grand et bien bâti, le cheveu lisse et argenté, le teint hâlé par ses nombreuses années passées en Inde, il avait un regard calme, plein d'une autorité naturelle, qui, allié à des traits d'une noblesse toute patricienne dans un long visage à l'allure impériale, n'était pas sans m'évoquer un buste de Jules César conservé par Mr Thornhaugh dans son bureau de l'avenue d'Uhrich.

« Mon propre fils est un fumeur de cigares invétéré, poursuivit-il. Ma défunte épouse n'a jamais réussi à le persuader d'arrêter ; mais je crois qu'il est tout aussi naturel pour une mère de s'inquiéter d'une telle habitude que pour un fils de s'y adonner.

– Moi-même, je ne me refuse pas un cigare à l'occasion, intervint Mr Vyse, qui était assis à côté du major. Je dirais pour ma part que cela facilite la digestion, plutôt que la composition poétique, et j'ai constaté que je dors beaucoup mieux quand j'en fume un juste avant d'aller me coucher. Cela étant, il faut s'en tenir aux meilleurs. Mes goûts en la matière ont été formés par un vieil ami, qui ne fumait que des Ramón Allones ; c'est pourquoi, suivant son exemple, je n'ai jamais essayé d'autres marques. Et, ce qui ne gâte rien, les boîtes sont très jolies. Colorées et utiles à la fois. »

Un sourire plein de bonhomie éclairait son visage.

« Je crois savoir que vous étiez au pays de Galles ? dit le major à Mr Randolph.

– C'est exact, monsieur. J'y suis allé pour voir un ami, et aussi les montagnes, dont je raffole. »

Il fit entendre un rire creux et sonore avant d'avaler une nouvelle gorgée de vin, et j'eus la nette, et surprenante, impression qu'il était un peu ivre.

« Un ami, dites-vous ? Du temps où vous étiez chez le docteur Savage ? demanda le major sur un ton, me sembla-t-il, plein de sous-entendus.

– Oui, oui. Mr Rhys Paget, de Llanberis. Un type épatant. Le plus épatant qui soit, répondit Mr Randolph, qui ajouta d'un air pensif : Quelle merveilleuse époque ! »

C'est le moment que choisit Milady pour se lever et signifier aux dames qu'il était temps de se retirer au salon chinois. Elle partit d'un pas décidé, sans un mot, le dos roide, m'obligeant presque à courir derrière elle. Alors que je passais sous la galerie pour gagner le corridor, Mr Randolph me rattrapa.

« Je vous dois des excuses, Miss Gorst.

– Des excuses ? Mais pour quoi donc, mon Dieu ?

– Je ne suis pas tout à fait moi-même ce soir. Je ne voudrais pas que vous croyiez… enfin… je n'aimerais pas que vous ayez une mauvaise opinion de moi, voilà.

– Je ne vous comprends pas, monsieur. Pourquoi devrais-je avoir une mauvaise opinion de vous ? »

Il hésita, tandis que plusieurs dames occupées à bavarder entre elles passaient devant nous pour se rendre au salon.

« Parce que je crains d'avoir un peu trop bu ce soir, et parce que – je suis sûr que vous le savez, Miss Gorst, et je m'en flatte – je vous tiens en haute estime. J'espère qu'il en est de même pour vous à mon égard, et que vous savez avoir en moi un ami aussi vrai que celui que j'espère avoir en vous. »

À nouveau, je crus lire autre chose dans ses yeux, qui avait tout à voir avec ce qu'il avait tenté de me transmettre quand nous étions rentrés de l'église à pied. Il ne cherchait pas simplement à être mon ami. Il m'aimait – j'en étais certaine – et croyait, à tort, que son amour pourrait être partagé.

Il est là devant moi, à se passer la main dans les cheveux, incapable d'en dire plus. Puis il semble soudain se décider.

« Êtes-vous déjà allée au Temple des vents, Miss Gorst ? finit-il par me demander. Il est dans un piètre état à l'heure actuelle, mais on a de là-haut une fort belle vue du château. »

Je lui dis que je n'ai pas encore exploré cette partie-là du parc, et que j'aimerais effectivement beaucoup voir le temple en question.

« Formidable ! s'exclame-t-il. En ce cas, nous pourrions peut-être faire le tour du lac ensemble, et ensuite monter jusqu'au temple, si vous en êtes d'accord ? »

Il est donc convenu qu'une excursion sera organisée, une fois les festivités de Noël terminées, et à un moment où mes obligations m'en laisseront le loisir.

Il est sur le point de retourner à la salle à manger, quand son visage se charge d'une nouvelle intensité, intime, et cependant lointaine, comme s'il ne regardait pas ma personne, mais, à travers moi, quelque chose qu'il serait seul à voir.

Un léger bruit derrière moi me fait tourner la tête.

Mrs Battersby est en bas des marches qui descendent de la galerie. Nous restons tous les trois à nous observer en silence dans le corridor soudain désert, un air d'attente sur le visage, comme si chacun de nous venait à l'instant de se mettre en place pour entamer une danse étrange et silencieuse.

« Vous désirez quelque chose, Mrs Battersby ? demandé-je, soudain consciente de ma nouvelle autorité sur elle, et désireuse d'en faire étalage.

– Non, non, Miss Gorst », répond-elle, avant de passer son chemin, ses pas résonnant sur les dalles noires et blanches du corridor.

Mr Randolph suit des yeux la gouvernante jusqu'à ce qu'elle disparaisse par une porte au fond du couloir ; puis, après avoir ajouté quelques mots, il s'excuse et retourne à la salle à manger, me laissant rejoindre Milady dans le salon chinois.

« Où étiez-vous passée, très chère ? me demande cette dernière.

– Un besoin naturel, Milady. »

Les tables de jeu ont été installées, et des groupes se forment pour jouer aux cartes. On propose des parties de whist. Je n'affectionne guère ce jeu, mais je n'ai évidemment pas d'autre choix que de servir de partenaire à Milady. À mon grand soulagement toutefois, au moment où nous nous apprêtons à nous asseoir, Mrs Bedmore – l'ex-Miss Susan Lorimer, une vieille connaissance de Milady – vient demander à celle-ci si elle veut bien d'elle comme partenaire, ce qui me permet de céder ma place, tout en affichant la plus sincère déception.

Je reste assise près du feu pendant une dizaine de minutes, le temps de m'assurer que Milady est complètement absorbée par la partie. Puis, un peu avant dix heures, je m'esquive discrètement.

Une tâche m'attend.

19

Une voix venue du passé

I

LE PLACARD SECRET

Le coffret en ivoire se trouvait toujours sur la coiffeuse. J'en sortis la clé sur son ruban de soie noire et regardai autour de moi.

Je connaissais tout le mobilier pour avoir déjà fouillé dans chaque tiroir et chaque placard, inspecté chaque boîte et chaque coffret. J'entrepris de les passer à nouveau en revue, mais en vain. Disposant de peu de temps avant d'être obligée de redescendre, je parcourus rapidement les autres pièces, sans pouvoir trouver un meuble ou quoi que ce fût qui réclamât une clé pour être ouvert.

Il n'était pas impossible que, si petite qu'elle soit, celle que j'avais à la main fût celle du bureau de Milady au rez-de-chaussée, pièce à laquelle elle seule avait accès ; j'étais certaine, malgré tout, d'être passée à côté d'une cache secrète ici même, dans ses appartements, sinon pourquoi aurait-elle conservé l'objet à portée de main dans son coffret à bijoux ? Alors que j'envisageais de différer mes recherches à un moment plus propice, mes yeux tombèrent par hasard sur le portrait du petit Anthony Duport dans son costume de Cavalier.

Il était légèrement de travers, comme si quelqu'un l'avait heurté par mégarde. Chargée hier encore de veiller à l'ordre et à la propreté des appartements, je voulus, par simple habitude, le redresser. Je m'approchai donc, et me reprochai aussitôt ma stupidité, car j'aperçus alors ce que je cherchais : le contour d'un petit placard aménagé dans le panneau lambrissé, et habituellement caché à la vue par le tableau de Master Duport dans ses hauts-de-chausses bleus. Le placard, bien évidemment, était fermé à clé.

Après avoir descendu le portrait, j'insérai la clé dans l'écusson en laiton. Elle tourna sans difficulté, et la petite porte carrée s'ouvrit. Le cœur battant, je plongeai les yeux à l'intérieur.

Des lettres – cinq ou six paquets épais, chacun attaché avec le même ruban noir que celui auquel s'accrochait la clé ; et, dressé contre le fond de la cavité, un portrait photographique dans un cadre doré tarabiscoté, sur un fond de velours noir.

La pendule sur la cheminée sonna le quart. J'avais quitté la salle depuis trop longtemps. On allait s'apercevoir de mon absence, et je n'aurais aucune excuse plausible. Les lettres allaient devoir attendre, mais je ne pus résister à l'envie de sortir la photographie.

Elle représentait un homme d'une trentaine d'années, de taille moyenne, mais large d'épaules, très élégamment et richement vêtu d'un manteau à revers de soie, d'un pantalon gris clair et de bottes à bouts ronds au lustre impeccable. Il était assis de trois quarts sur une chaise à haut dossier, devant une toile peinte figurant un jardin d'été. À côté de lui, sur un piédestal drapé, trônait un buste en marbre, une belle tête de jeune homme, ou de dieu peut-être.

Dans le dessin des traits, le séduisant visage à barbe noire de l'homme me rappela quelque peu celui de Mr Perseus, mais ce que le portrait suggérait de la personnalité de son modèle était bien différent de la réserve hautaine du fils aîné de Milady. Ici, le regard fixe et troublant laissait deviner d'emblée aussi bien des capacités intellectuelles hors du commun, et une grande intrépidité physique, que l'énergie et la volonté nécessaires à la mise en œuvre impitoyable de ces qualités. En bref, un homme que l'on serait mal avisé de contrarier.

J'eus l'impression que je le connaissais déjà, et, l'espace d'un bref moment de joie, l'idée folle m'habita qu'il pouvait s'agir de mon père, dont j'étais désormais certaine qu'il avait fréquenté Milady à une époque. Puis je remarquai les initiales « P.R.D. », suivies d'une date, août 1853, inscrites au dos de la photographie. Le modèle n'était évidemment autre que l'objet de la passion indéfectible de Milady : Phoebus Rainsford Daunt, lui-même.

Phoebus Daunt, de son vivant, était sans aucun doute un personnage plus impressionnant et mémorable que l'image peu avenante que je m'en étais faite. Sans raison précise, je m'étais imaginé un homme falot et sans consistance, fat et ridiculement pompeux. Au lieu de quoi, il se dégageait du portrait une force indubitable et palpable – force de caractère, du corps, de l'esprit –, inscrite tant dans l'expression que dans la posture. Quel couple admirable et enviable ils avaient dû former, la belle Miss Emily Carteret et son séduisant amant, poète à ses heures !

Une minute s'écoula, puis une autre, et je restais là sans bouger, victime de la fascination exercée par le visage troublant et inquiétant de Phoebus Daunt. Peut-être avait-il été un piètre poète, mais je croyais comprendre maintenant pourquoi Lord Tansor avait souhaité faire de lui son héritier et comment il avait pu enchaîner à jamais le cœur de l'ex-Miss Carteret.

Je remis la photographie à sa place et m'apprêtai à refermer le placard quand, au dernier moment, je m'emparai de l'un des paquets de lettres. Elles étaient toutes de la même main, et, pour avoir vu diverses inscriptions dans les recueils de poèmes que j'avais lus à Milady, j'identifiai aussitôt celle de Daunt. Et toutes étaient adressées à Milady.

Convaincue d'avoir fait une découverte capitale, je reposai le paquet de lettres, refermai le placard à clé et raccrochai au mur le portrait du jeune Anthony.

Il était évidemment hors de question pour moi de sortir les lettres de leur cachette : le risque était trop grand que Milady veuille ouvrir le placard, peut-être au cours d'une de ces nuits sans sommeil, pour contempler le visage de son défunt amant. Il faudrait que je m'arrange pour les lire et les transcrire une par une, soit *in situ*, à un moment où je serais certaine de ne pas être dérangée, soit à l'abri dans ma chambre où je les emporterais l'une après l'autre.

De retour dans le salon chinois, je fus soulagée de constater que Milady n'avait toujours pas terminé sa partie de whist avec Mrs Bedmore et les autres, et que mon absence ne semblait pas avoir été remarquée.

Le reste de la soirée se déroula sans incident, même s'il me fallut constamment éviter le regard scrutateur de Mr Shillito. Les cloches du château sonnaient minuit quand je remontai enfin l'escalier pour aller dormir une dernière fois dans ma petite chambre sous les toits.

Je passai la veille de Noël à emballer mes affaires tout le matin. Mon nouvel appartement se composait d'un charmant salon, d'une chambre à coucher, et d'une autre pièce contiguë, aujourd'hui vide mais autrefois utilisée comme débarras. Le salon, décoré d'un délicat plafond en stuc aux motifs héraldiques datant de l'époque élisabéthaine, occupait un angle de la tour qui s'élevait à l'extrémité est de la terrasse de la bibliothèque. Comme celles des appartements de Lady Tansor à l'étage au-dessous, les hautes croisées offraient une belle vue, par-delà les allées gravillonnées des jardins, sur les bois de Molesey dans le lointain. Il y avait de beaux tapis épais au sol, une imposante cheminée en pierre et un grand sofa. La pièce symbolisait d'une manière on ne peut plus satisfaisante mon nouveau statut au sein de la maisonnée.

Arriva le jour de Noël, un jour à marquer d'une pierre blanche, puisque c'était celui où l'on devait aussi fêter la majorité de Perseus.

Le matin, nous prîmes nos places habituelles dans l'église St Michael and All Angels, où nous dûmes endurer l'une des fastidieuses homélies de Mr Thripp, laquelle, toutefois, fut sagement réduite à une vingtaine de minutes suite à une série de regards menaçants de la part de Lady Tansor. Les festivités se clôturèrent sur un grand dîner, d'une magnificence incomparable, au cours duquel l'héritier fut fêté et louangé dans des proportions presque embarrassantes.

Les jours suivants furent consacrés aux activités de saison habituelles. Nous consommâmes pudding et champagne en quantités déraisonnables ; des séances de théâtre furent organisées, dans lesquelles Mr Maurice FitzMaurice, qui cherchait à impressionner Lady Tansor avec ses talents d'acteur mais ne réussit qu'à se rendre ridicule, occupa une place prépondérante ; dans le salon d'apparat fut donné un grand bal, pour lequel on avait fait venir de Londres un groupe de musiciens et de chanteurs. Nous passâmes notre temps à chanter et danser, à jouer aux cartes et au billard, à cancaner sans retenue.

Tandis que les messieurs sortaient avec leurs fusils, nous autres, les dames, consacrions les longs après-midi annonciateurs de neige à lire nos romans au coin du feu, à contempler d'un œil vide l'Evenbrook gelé à travers des vitres dentelées de givre, ou simplement à bayer aux corneilles en attendant que vienne l'heure de s'habiller pour le dîner.

Le matin du lendemain de Noël, à mon grand soulagement, Mr Shillito reçut une lettre le rappelant de toute urgence à Londres pour une affaire de famille. Je l'observai tandis qu'il traversait la cour d'honneur en se dandinant pour rejoindre sa voiture, accompagné de Mr Vyse, avec lequel il échangea quelques mots à voix basse, entrecoupés de regards et de hochements de tête en direction de la maison, que je qualifierais d'entendus. Puis il partit, m'épargnant ainsi toute question embarrassante concernant mon patronyme et la relation qu'il pouvait avoir avec l'homme rencontré à Madère vingt ans plus tôt.

C'est à peine si l'on vit Mr Perseus. Quand il descendit enfin se joindre à nous, il se montra distant et préoccupé, et ne dit pratiquement rien. Une brève remarque de nature météorologique, un sourire réservé de temps à autre, un regard de côté au moment où je quittai la pièce furent tout ce dont on me gratifia ; pour autant, je ne me sentis ni ignorée ni rejetée. Bien au contraire, j'acquis la curieuse certitude qu'il pensait à moi, au plus fort de ses absences et de sa distraction.

Dans la mesure où j'étais obligée de rester auprès de Milady et me trouvais souvent en compagnie de ses invités, l'occasion ne s'était guère présentée d'une conversation en privé avec Mr Randolph. Néanmoins, ses regards ne cessaient de me convaincre que je ne me trompais pas, et j'étais certaine qu'il n'attendait qu'un moment favorable pour effectuer avec moi cette promenade au Temple des vents et se déclarer. Quelle serait alors mon attitude, je l'ignorais, et je décidai de n'y plus penser pour l'instant.

Milady, quant à elle, continuait à se montrer pleine d'attentions, amusante, en veine de confidences (sur des sujets mineurs), et agréable en tout point. En public, elle me gardait constamment à ses côtés, et, dans l'intimité de ses appartements, déployait un charme auquel il était difficile de résister. Nous nous découvrîmes de nombreux sujets d'intérêt communs ; il nous arrivait de pouffer de rire comme des écolières, de nous moquer des invités de manière éhontée, et nous passions des heures à examiner des gravures de mode. Je me surpris même à attendre avec une impatience coupable ces moments d'intimité, au cours desquels, soustraites au regard des autres, nous riions et bavardions sur le sofa de son salon ou sur la banquette de la fenêtre, et nous conduisions à tous égards comme les véritables amies qu'elle voulait nous voir devenir. Quand je la trouvais seule, cependant, figée dans un fauteuil au coin du feu, ou errant tristement sur la terrasse, je sentais à l'évidence que son esprit était toujours hanté par une profonde angoisse, à laquelle les heures agréables que nous connaissions ensemble n'apportaient qu'un allégement passager.

Je continuais à l'habiller et, plus généralement, à l'aider dans sa toilette, comme j'avais promis de le faire jusqu'à l'arrivée de la nouvelle femme de chambre ; mais les tâches moins nobles qui m'avaient incombé jusqu'ici étaient désormais – sur ma recommandation – la responsabilité de Sukie.

Suivant la suggestion de Mrs Ridpath, il avait été convenu que toutes les communications émanant de l'avenue d'Uhrich, et de Mrs Ridpath elle-même, devaient dorénavant être envoyées aux bons soins de Miss S. Prout, Willow Cottage, tandis que mes lettres à Madame seraient postées à Easton par Sukie. La chère petite avait mis un tel empressement à m'obliger, en retour de la sympathie que je leur avais manifestée, à elle et à sa mère, qu'elle ne chercha pas un instant à savoir pourquoi de telles précautions étaient nécessaires.

Ces dispositions avaient été expérimentées pour la première fois à l'occasion d'une lettre adressée à Madame, dans laquelle je lui parlais des progrès de notre entreprise et lui annonçais que, grâce à l'amitié que j'avais nouée avec Lady Tansor, j'étais désormais prête à passer à la phase suivante.

Un soir, alors que Milady était occupée dans son bureau, je lisais dans ma chambre au coin du feu, attendant son retour, quand Sukie entra, un petit paquet à la main.

« Ceci est arrivé pour vous, Miss Alice, chuchota-t-elle. Expédié par la dame de Londres. »

Elle me tendit l'objet et je constatai, au vu de l'écriture, qu'il venait en effet de Mrs Ridpath.

« Merci, chère petite. Comment va ta mère ?

– Bien, merci, mademoiselle, elle vous envoie son respectueux souvenir. Et Barrington m'a donné ceci pour vous », ajouta-t-elle en me tendant un autre petit paquet.

Je jetai un coup d'œil rapide sur l'étiquette :

J.M. PROUDFOOT & SONS
PHARMACIENS PATENTÉS
MARKET-SQUARE, EASTON

Je savais que, sous le papier d'emballage, le paquet contenait une commande que j'avais récemment passée auprès de cette officine pour un flacon de gouttes Battley [1] – un narcotique que mon précepteur prenait souvent pour combattre l'insomnie, et pour lequel j'avais un usage bien précis en tête ; je plaçai le paquet, sans l'ouvrir, dans le tiroir de mon bureau. Puis, quand Sukie fut partie, je m'intéressai au premier envoi.

J'y trouvai un mot de Mrs Ridpath et, épinglée à la première page d'une liasse de feuillets couverts de signes sténographiques, une lettre de Mr Thornhaugh :

> PETITE REINE,
>
> En toute hâte, je vous envoie ci-joint, comme promis, des extraits – sténographiés – du journal de votre mère, qu'il vous faudra transcrire, avant de les détruire, en même temps que les présents feuillets. Je ne ferai aucun commentaire sur ce que vous vous apprêtez à lire, si ce n'est pour vous dire à quel point Madame est heureuse de pouvoir, enfin, vous faire entendre la voix de votre mère.
>
> Votre dernière lettre a rempli Madame d'aise. Que vous ayez réussi – aussi pleinement et en si peu de temps – à vous assurer l'affection et l'estime de Lady T l'encourage à penser que notre affaire ne tardera pas à trouver une heureuse conclusion, et peut-être plus tôt que prévu.
>
> Mais je vous en supplie, Petite Reine, ne prenez pas de risques inconsidérés. Lady T demeure une ennemie extrêmement dangereuse et pleine de ressources, et ses liens avec Mr Vyse continuent à nous inquiéter tous les deux. Je suis parvenu à obtenir des renseignements sur cet individu, par l'intermédiaire de quelques vieilles connaissances londoniennes, et je ne peux qu'en conclure que c'est quelqu'un qu'il vous faut éviter à tout prix ; dans la mesure où il est clair qu'il entretient une relation avec Lady T, il constitue une menace directe pour vos intérêts.
>
> À propos de votre post-scriptum, je puis vous assurer que la dernière Lettre d'Instructions de Madame a été rédigée et qu'elle sera entre vos mains, comme promis, au plus tard le dernier jour de l'année. Alors, vous saurez tout.
>
> Prenez le plus grand soin de vous.
>
> Affectueusement, votre vieux précepteur,
>
> B. THORNHAUGH

1. *Battley's Sedative Solution* : préparation pharmaceutique de laudanum, à base d'opium, d'alcool, d'hydrate de calcium et d'eau distillée.

Je fermai ma porte à clé et m'attelai à la transcription des feuillets. Quand j'en eus terminé, longtemps après avoir rempli mes obligations du soir auprès de Milady, je tombai sur mon lit, épuisée, mais dans un état d'extrême exaltation..

Voici donc les deux premiers extraits du journal de ma mère. Vous imaginerez ce que j'ai pu ressentir à mesure que la sténographie de Mr Thornhaugh donnait vie à la voix de Marguerite Alice Blantyre, future Mrs Edwin Gorst, dont le corps repose auprès de celui de mon père dans le cimetière Saint-Vincent.

II

JOURNAL DE MISS MARGUERITE BLANTYRE
EXTRAIT 1 : MA RENCONTRE AVEC MR GORST

Quinta dos Alecrins [1]
Funchal

17 septembre 1856

Mr George Murchison, attaché au consulat de Grande-Bretagne, nous a réservé un charmant accueil dans l'île de Madère, au cours d'une soirée donnée dans sa jolie villa située un peu en dehors de la ville.

Papa, soucieux et de mauvaise humeur, ne voulait pas se rendre à l'invitation, ce qui a fortement déplu à Maman, et a été l'occasion d'un échange houleux ; mais il ne pouvait décemment s'y soustraire, étant donné que la réception était donnée en notre honneur. Cela me peine de voir à quel point Papa a changé, et combien il vit désormais dans l'ombre d'Oncle James. Il ne pouvait pas prévoir

1. « Villa des romarins ». À Madère, les touffes de romarin atteignent une taille impressionnante, jusqu'à pouvoir former des haies.

la faillite de nos intérêts aux Antilles. Pour autant, Oncle James refuse de lui pardonner, et je crains qu'il ne passe son temps à lui rappeler ses déboires.

Il n'en reste pas moins que la soirée fut très agréable. Notre hôte, Mr Murchison, contribue activement à la réussite de ce genre d'occasion, dans la mesure où il se dépense sans compter et se montre constamment désireux de plaire à ses invités.

Il nous a présentés à un certain nombre des résidents éminents de l'île, parmi lesquels Mr John Lazarus, une des figures les plus en vue du commerce maritime sous ces latitudes, et son compagnon, Mr Edwin Gorst, homme remarquable d'environ trente-cinq ans, je dirais, encore qu'il ait l'allure de quelqu'un de grande expérience qui aurait vécu deux fois ce nombre d'années. Il réside pour un temps chez Mr Lazarus, dans la villa que ce dernier a achetée il y a quelques années.

Mr Lazarus est un homme simple et direct, au teint de noix muscade et aux yeux bleu pâle pleins de bonté, en bref, une personne qu'il est impossible de ne pas apprécier – du moins ne puis-je, moi, m'imaginer en train de ne pas l'apprécier. Ma sœur, bien entendu, l'a trouvé épouvantablement terne ; mais aussi Susanna est encore dangereusement jeune, et selon son juvénile credo tout homme stable, sensé et fiable est une sorte de fléau de l'humanité.

Mr Shillito était également présent. Aux yeux de Fergus, il a tout d'un demi-dieu dans la mesure où, comme lui mais avec davantage d'obstination, il ne s'inquiète que de satisfaire ses caprices et ses désirs. La pensée que, pour le bien-être de papa, je vais devoir épouser mon cousin Fergus, cet homme égoïste et sans substance, m'est à certains moments franchement insupportable ; mais c'est là le prix – en même temps que l'abandon de ce qui aurait dû me revenir aux termes du testament de Grand-Mère – qu'a exigé Oncle James en échange de la possibilité pour nous de continuer à vivre dans le confort que nous avons connu jusqu'ici, et pour Papa de conserver sa position dans l'entreprise. C'est ainsi que, pour le bien de Papa et Maman, je dois faire taire mes sentiments. Fergus et moi sommes de pauvres captifs désarmés, liés à la volonté de leurs aînés, laquelle leur interdit de vivre à leur guise.

En rentrant chez nous, après la réception, nous avons rattrapé Mr Gorst qui gravissait la pente près de la villa de Mr Murchison. Il s'est arrêté au moment où notre palanquin le dépassait, et, instinctivement, je me suis penchée et je lui ai souhaité une bonne nuit. En conséquence de quoi, j'ai été prise à partie sans pitié par Susanna, qui n'a pas arrêté de me demander, à sa manière provocante, ce que penserait Fergus d'une telle conduite. À quoi je me suis contentée de répondre que je me moquais bien de ce que Fergus dirait ou penserait d'un acte de la plus élémentaire courtoisie. Susanna a fait entendre un de ces petits reniflements dédaigneux qui mettaient Papa si fort en colère dans le temps, mais qui le laissent aujourd'hui indifférent, tant il est absorbé par ses soucis.

Il se pourrait pourtant que Susanna ait perçu dans mon geste plus que ce dont j'ai moi-même été consciente sur le moment ; car il y a chez Mr Gorst quelque chose qui tout à la fois m'intrigue et me fascine, et qui (je ne puis l'avouer que dans l'intimité de mon journal) aurait de quoi rendre un fiancé jaloux, s'il était autre que Fergus Blantyre.

Mr Gorst a fait preuve de beaucoup d'attentions à mon égard au cours de la soirée, c'est vrai, mais d'une manière discrète et naturelle qui m'a d'emblée mise à l'aise. Il est grand, bien plus que Fergus ; et on lit dans ses yeux immenses un long passé de souffrances, mais rien qui suggère le ressentiment ou l'apitoiement sur soi. Ce sont là des yeux magnifiques, captivants, dont je constate qu'ils ne cessent de hanter mes pensées. Est-ce mal de ma part ? Peut-être, et peut-être que mon simple « Bonne nuit » ne relevait pas seulement d'une élémentaire courtoisie.

Mais je doute de pouvoir à nouveau rencontrer Mr Edwin Gorst. Son hôte, Mr Lazarus, part bientôt pour l'Angleterre et ne reviendra pas à Madère avant un ou deux mois. Pendant son absence, Mr Gorst demeurera chez lui ; mais, dans la mesure où il ne connaît pas grand monde sur l'île et où il a, d'après ce que m'a dit Mr Lazarus, un tempérament et des habitudes de reclus, il est probable qu'il restera à la Quinta da Pinheiro et évitera tout contact avec l'extérieur. Je ne puis cependant m'empêcher d'espérer qu'il en ira autrement.

Et c'est sur cette coupable pensée que je pose ma plume pour ce soir.

III

JOURNAL DE MISS MARGUERITE BLANTYRE
EXTRAIT 2 : LE MOUNT

Quinta dos Alecrins
Funchal

19 septembre 1856

Nous rentrons d'une excursion au Mount, et je m'empresse de consigner mes impressions pendant qu'elles sont encore fraîches.

Nous sommes partis sous un ciel sans nuages et un beau soleil ; mais, le temps que nous atteignions notre destination, nous nous sommes retrouvés dans une brume de plus en plus épaisse. Puis une pluie battante s'est mise à tomber, qui nous a obligés à nous abriter sous le porche de l'église Nossa Senhora, après avoir gravi en toute hâte les marches de basalte abruptes (Dieu merci, pas sur les genoux, comme le font les pénitents catholiques) [1].

Nous sommes restés là un moment, à regarder le rideau de pluie gris qui nous cachait maintenant la vue de la ville à nos pieds. Papa était allé s'asseoir seul dans l'église, tandis qu'Oncle James arpentait le porche avec impatience.

Il y avait une demi-douzaine de visiteurs, qui s'abritaient comme nous de l'averse et s'étaient rassemblés à une extrémité du porche. La pluie se calmant un peu, deux ou trois de ces personnes se sont avancées légèrement, révélant du même coup une haute silhouette assise sur un banc en pierre adossé au mur de l'église. J'ai aussitôt reconnu Mr Gorst, vêtu d'une cape et coiffé d'un chapeau de paille noir, une longue canne dans la main gauche. J'avoue avoir légèrement tressailli en le voyant, même si je me suis reprise aussitôt et me suis tournée vers Maman pour lui dire que nous allions sans doute bientôt pouvoir redescendre. Ce qui ne m'a pas empêchée de

1. L'église, dotée d'une vue spectaculaire, fut achevée en 1818, et se trouve sur l'emplacement d'une ancienne chapelle du quinzième siècle, détruite lors du tremblement de terre de 1748. Le jour de la fête de l'Assomption (le 15 août), les pénitents montent, encore aujourd'hui, à genoux les soixante-quatorze marches.

me tourner encore une fois vers l'endroit où était assis Mr Gorst, pour savoir s'il avait remarqué ma présence. Mais il avait l'air totalement absorbé, indifférent à tout ce qui pouvait se passer autour de lui.

Quelques minutes plus tard, la pluie avait presque cessé, même si les nuages restaient noirs et menaçants. Oncle James, tapant vivement dans ses mains, a envoyé Susanna chercher Papa à l'intérieur, déclarant qu'il nous fallait saisir la chance de rentrer à Funchal pendant l'éclaircie. Tandis que nous enjambions les petites flaques qui s'étaient formées sur le parvis devant le porche, j'ai jeté un coup d'œil derrière moi : Mr Gorst s'était levé et s'apprêtait à descendre les marches à notre suite, mais il ne semblait toujours pas nous avoir reconnus.

Avec le recul, j'ai presque honte de devoir avouer mon effronterie, mais je suis restée délibérément en arrière, et, un moment plus tard, ai entendu derrière moi la canne de Mr Gorst.

Quand il est arrivé à ma hauteur, j'ai continué, sottement, à faire semblant de ne pas le voir ; mais à l'instant où il était sur le point de me dépasser, j'ai bafouillé un bonjour hésitant, comme si je n'étais pas sûre de l'avoir reconnu. Il s'est alors arrêté et s'est tourné vers moi.

Portant la main à son chapeau, il m'a saluée avec toute l'apparence du contentement, me gratifiant d'un sourire franc et chaleureux. En entendant cet échange, Oncle James et les autres s'étaient arrêtés un peu plus loin sur le parvis pour nous regarder. J'ai fait une remarque d'une consternante banalité, dont je ne me souviens même plus, et me suis apprêtée à aller rejoindre ma famille. Je voyais Susanna pouffer de rire comme une gamine, tandis que Maman, après avoir porté les yeux d'abord sur moi, puis sur Susanna, affichait un air courroucé.

Oncle James, qui observait les nuages d'un œil suspicieux, m'a crié de me dépêcher, sinon nous risquions tous d'être trempés, nos charrettes à bœufs se trouvant plus bas sur la route (au souhait qu'avait exprimé Susanna d'effectuer la descente vertigineuse jusqu'à Funchal en toboggan, Oncle James avait opposé un refus catégorique). J'ai pris congé de Mr Gorst en toute hâte, mais au moment où je faisais mine de m'éloigner, il m'a arrêtée pour me demander si nous avions d'autres projets d'excursion. Je lui annonçai alors que nous devions nous rendre à Camacha le lendemain.

Camacha est un endroit fort plaisant, m'a-t-il dit, qu'il prend souvent comme but de promenade. Puis il m'a souhaité une bonne journée et a poursuivi son chemin d'un pas vif, s'inclinant au passage devant Oncle James et les autres, avant de disparaître dans la brume.

Je constate, à ma grande consternation, que cet incident, si plat et insignifiant qu'il ait été, est resté gravé dans mon esprit toute la journée ; et maintenant que j'en consigne la relation dans mon journal, je le trouve, s'il se peut, plus banal encore. Une simple rencontre de hasard. Un échange de remarques conventionnel. Rien de plus. Pour quelle raison me trouverait-il aussi intéressante qu'il peut l'être à mes yeux ? Rien, pas plus dans son visage que dans son regard, qui le laisse à penser, et je ne puis que m'en réjouir… puisque je suis promise à mon cousin Fergus… ce qui met un point final au débat.

20

Où Mr Vyse montre les dents

I

MR VYSE PARLE FRANC

Le lendemain du jour où je reçus le paquet de Mr Thornhaugh, j'allai trouver Charlie Skinner.

« Puis-je vous demander un service, Charlie ? »

Il bondit de sa chaise, rejeta les épaules en arrière et se mit au garde-à-vous.

« À vos ordres, miss. »

Cinq minutes plus tard, il était de retour avec un trousseau de clés, qu'il me tendit, avant de me gratifier d'un nouveau salut militaire et de repartir en sifflotant.

Lors d'une de mes expéditions matinales à travers le château, j'étais tombée sur un étroit escalier en pierre qui menait des régions inférieures à un couloir au plancher mal dégrossi à l'arrière des appartements de Milady. Ce passage, sombre et voûté, se terminait par une arche munie d'un rideau, donnant sur la galerie des portraits. À peu près en son milieu, une porte basse ouvrait sur un réduit où l'on rangeait les malles de voyage, les cartons à chapeaux et autres objets du même genre, et d'où l'on accédait au salon de Milady.

Je savais par Sukie que la porte en question était verrouillée depuis des années. Sukie elle-même n'avait pu me dire où trouver la clé, mais elle pensait que Charlie Skinner, qui n'ignorait rien de ce genre de détails, le saurait peut-être, ce qui s'était avéré être le cas.

Après avoir quitté Charlie, je montai jusqu'au couloir et ne tardai pas à trouver sur son trousseau une clé rouillée qui s'adaptait à la serrure. La porte s'ouvrit non sans peine en grinçant sur ses gonds, et je pénétrai dans le réduit, me servant de la clé pour refermer derrière moi.

La porte intérieure donnant directement sur le salon de Milady était percée de chaque côté de deux petites ouvertures rondes au verre jaune pâle. Celles-ci offraient une bonne vue sur la pièce derrière, et j'estimai qu'en laissant le battant légèrement entrebâillé, je serais en mesure d'entendre tout ce qui pourrait s'y dire.

Je m'apprêtais à ressortir quand la porte du salon s'ouvrit et que Milady entra, suivie de Mr Vyse.

Ils restèrent d'abord hors de portée de mon oreille, debout tous les deux près de la fenêtre à l'autre bout de la pièce, parlant à voix basse, le dos tourné vers moi ; mais bientôt Milady, accusant un air d'appréhension extrême, vint s'asseoir dans son fauteuil au coin du feu, à un mètre ou deux du réduit, où elle fut rejointe par Mr Vyse.

Restez donc à mes côtés pour assister à la scène qui se déroula entre Lady Tansor et Mr Armitage Vyse par cette froide matinée d'hiver.

Remarquez d'abord cette expression égarée dans les yeux de Milady, expression que je lui ai souvent vue quand ses terreurs nocturnes la privent de sommeil.

« Mais pourquoi est-il encore ici ? » demande-t-elle d'un ton plaintif, tandis que Mr Vyse, qui a perdu son éternel sourire, se renverse, l'air épuisé, sur le sofa en face d'elle. « Il sait. Ce n'est pas possible autrement.

– Je vous en prie, ne vous inquiétez pas, dit Mr Vyse d'une voix traînante. Il n'est pas au courant. Ce n'est rien.

– Rien ? s'exclame-t-elle. Vous parlez à votre aise !

– C'est pur hasard s'il est ici en ce moment. Ni plus, ni moins.

– Comment pouvez-vous en être aussi sûr ?

– On m'a dit que son père était gravement malade, et que ses supérieurs lui avaient accordé la permission de prolonger son séjour dans le Northamptonshire. Il est inutile d'aller chercher plus loin, et vous devriez vous fier à mon jugement en la matière. Car vous me faites confiance, n'est-ce pas, Milady ?

– Bien entendu, répond-elle. Vous m'avez été d'un grand secours et d'un grand réconfort depuis la mort du colonel, et je vous serai éternellement reconnaissante de la loyauté indéfectible dont vous avez fait preuve envers la mémoire de mon cher Phoebus. J'aimerais simplement être sûre que nous ne sommes pas en danger d'être découverts. Je crois savoir que ce Gully jouit d'une certaine réputation.

– Peuh ! Une réputation ? L'homme n'est que du menu fretin ! s'exclame Mr Vyse avec véhémence. Un simple amateur !

– Mais il passe son temps avec Wraxall, autre homme de réputation dans ce domaine. Vous savez bien que son oncle n'a jamais cru... à quoi bon en dire plus ? Et voilà que nous apprenons qu'il a en sa possession des lettres écrites par Slake à mon père. Peut-être contiennent-elles des éléments qui permettraient de déduire... »

Mr Vyse l'interrompt avec impatience.

« Il se peut qu'il y ait quelque chose dans ces lettres... ou rien ; à mon avis, rien, car si elles avaient contenu quoi que ce soit d'important, pour quelle raison Slake n'aurait-il jamais révélé leur existence ? Soyez rassurée, Milady. Tout va bien. Et tout IRA bien.

– Si seulement je pouvais...

– Écoutez-moi. »

Il se penche vers elle, les deux mains sur le pommeau de sa canne.

« Il faut cesser de vous alarmer. Je suis là pour régler les problèmes. Vos intérêts sont ce que j'ai le plus à cœur, et vous pouvez compter sur moi, comme je pense vous l'avoir prouvé à l'occasion de notre récente petite affaire, pour entreprendre toute action – je dis bien TOUTE – exigée par la situation. »

Elle ne répond rien et se contente de regarder ses mains, croisées sur ses genoux.

« Vous vivez trop dans le passé, Milady, poursuit Mr Vyse, sur un ton de reproche. Pour ce qui est de Wraxall et de son oncle, je vous ai déjà dit que vous n'avez pas à vous tourmenter quant aux circonstances de... la triste fin de votre père. N'oubliez pas que la vérité n'est connue que de nous deux. Slake était un fouineur incorrigible, mais il est mort et enterré, et avec lui a disparu tout risque pour nous d'être découverts. Songez qu'il n'a jamais pu produire la moindre preuve à l'appui de ses conjectures. Où serait-elle, cette preuve ? Et celle qui permettrait d'établir que vous avez trempé dans l'affaire ? Où, je vous le demande ? Les traces écrites peuvent être fatales dans ce genre d'histoire, mais vous m'avez assuré à maintes reprises, n'est-ce pas, Milady, n'en avoir laissé aucune susceptible de vous incriminer.

« Quant à la vieille bonne femme, je ne puis que vous réitérer l'assurance que vous n'avez… que *nous* n'avons rien à craindre. Gully n'a rien. Il ne tardera pas à l'oublier, si ce n'est déjà fait. Il y aura toujours assez de cadavres dans la Tamise – pardonnez ma brutalité – pour le tenir occupé. Qui plus est, la piste s'est refroidie maintenant, le fils n'est qu'un simple d'esprit, et Yapp sait pertinemment qu'il n'a pas intérêt à se mettre en travers de ma route. »

Il s'interrompt et reprend son souffle de manière audible.

« La fille, en revanche, c'est une autre histoire.

– Que voulez-vous dire ? demande Milady, manifestement abasourdie par la remarque. C'est d'Alice que vous parlez ? »

À la mention de mon nom, je sens mon estomac se nouer. Mr Vyse m'aurait-il percée à jour ?

« Je vois bien que – comment dire ? – une nouvelle relation, intime et plutôt surprenante, s'est établie entre vous et Miss Esperanza Gorst, dit Mr Vyse en détachant toutes les syllabes de mon prénom avec une délectation malsaine. J'ai accepté, un peu précipitamment, que cette fille devienne votre dame de compagnie, mais je désapprouverais formellement si les choses devaient aller plus loin. Ce serait incontestablement dangereux. Vous pourriez toujours laisser échapper quelque chose. Vous me comprenez ?

– Vous vous rappellerez, Armitage, répond-elle d'un ton sec, que – sur votre conseil – j'ai obtenu de Miss Gainsborough des références tout à fait satisfaisantes au sujet d'Alice, et que nous avons nous-mêmes pu vérifier la véracité de ce qu'elle nous a dit de son enfance et de son adolescence. Je suis certaine qu'elle est bien celle qu'elle déclare être et n'ai absolument aucune raison de douter d'elle.

– Que vous êtes donc naïve, Milady ! s'écrie Mr Vyse avec un petit rire cynique. Vous pensez peut-être que ce genre de chose ne peut être monté de toutes pièces ?

– Mais dans quel but ? Si elle a menti sur son identité, alors qui est-elle, et que recherche-t-elle en venant ici ? »

Il ne répond pas, mais se redresse sur son siège et tapote à coups rapides de sa canne le pied du sofa, comme un chat en colère qui agiterait la queue.

« C'est là, je l'avoue, ce qui m'échappe, finit-il par dire, avant d'ajouter sur un ton inquiétant : Du moins pour l'instant.

– Vous cherchez à m'effrayer avec des soupçons sans fondements ? »

Sa consternation est clairement en train de tourner à la colère.

« Non, pas tout à fait sans fondements. Shillito est certain qu'elle est liée d'une manière ou d'une autre à l'homme qu'il a rencontré à Madère. En fait, il pense qu'elle pourrait être sa fille. »

Milady rejette la tête en arrière et éclate d'un rire moqueur.

« Eh bien, en voilà une accusation ! Vouloir l'apparenter à l'homme que votre ami a croisé il y a vingt ans de cela ! Avez-vous oublié qu'elle est orpheline, qu'elle n'a même jamais connu ses parents ? Et puis, quand bien même Mr Shillito aurait raison, quel mal y aurait-il à cela ?

– C'est ce qui reste à voir, réplique-t-il. Le mal qui pourrait en résulter doit être sérieusement pris en compte, il convient d'évaluer les risques et de se préparer en conséquence. Il est toujours préférable d'envisager le pire. Je sais de quoi je parle, croyez-moi.

– Je n'arrive toujours pas à comprendre comment…

– Alors permettez-moi de vous l'expliquer. Shillito est certain d'avoir connu le dénommé Gorst *avant* de lui avoir été présenté à Madère. Il est malheureusement incapable pour l'instant de se rappeler dans quelles circonstances, mais il est sûr – et c'est là l'important, Milady – que l'autre, à l'époque, ne s'appelait pas Gorst.

– Vraiment, Armitage, tout cela est absurde ! Mr Shillito peut fort bien se tromper ; et, dans le cas contraire, que nous importe que cet homme se soit un jour fait appeler d'un autre nom, ou qu'Alice ait pu être sa fille ?

– Eh bien, dit Mr Vyse d'une manière significative, cela dépend de qui il était. »

Milady secoue la tête avec vigueur.

« Non, non, vous ne me ferez pas changer d'avis. Je sens ce genre de chose d'instinct, et je ne me suis jamais trompée. Il n'y a rien à craindre d'Alice, croyez-moi. C'est une jeune femme innocente, au naturel très doux, qui s'est montrée à la fois loyale et pleine de considération. Il n'y a en elle ni hypocrisie ni duplicité.

– Et que faites-vous de l'invitation de Wraxall ? Ne vous l'avait-elle pas tue ? »

Un instant décontenancée, Milady se reprend vite.

« Simple oubli. Elle n'avait aucune intention cachée. Là-dessus, vous vous trompez, Armitage, même s'il est vrai que je me suis effectivement prise d'affection pour elle, au point de la considérer désormais comme une amie à part entière ; eh oui – ne prenez pas ce sourire exaspérant –, je dis bien une amie, même s'il y a évidemment certains sujets que je ne serai jamais libre d'aborder avec elle, ce que je regrette, croyez-le bien. Vous m'obligeriez, Armitage, en ne parlant plus de cela. J'espère que c'est clair ?»

Elle le fixe de son œil impérial et impérieux, à la manière de la Lady Tansor que je connais.

« Parfaitement », dit Mr Vyse en frappant le sol de sa canne. Je ne distingue pas son visage, mais j'imagine qu'il a accompagné le mot d'un de ses sourires les plus patelins.

Ils restent un moment sans rien dire ; puis Mr Vyse se penche en avant et pose une longue main parfaitement manucurée sur celle de Milady.

« Puis-je vous demander, Milady, si vous avez réfléchi à l'affaire dont nous avons parlé lors de notre sortie en calèche ?

– Je vous en prie, Armitage, ne soyez pas si pressant. Je ne puis vous donner de réponse pour l'instant… et certainement pas celle que vous espérez. »

Elle retire sa main, se lève et va jusqu'à la fenêtre, où elle s'absorbe dans la contemplation du parc constellé de givre. Mr Vyse, ses longues jambes étendues vers le feu, demeure sur le sofa, balançant sa canne devant lui.

« Permettez-moi de vous faire remarquer, dit-il, que vous m'avez donné quelque encouragement, sans quoi je n'aurais pas évoqué la question aussi tôt. Vous reconnaîtrez par ailleurs, j'en suis sûr, que j'ai fait preuve d'une patience exemplaire. »

Il est à présent debout, juste derrière Milady, la cachant à ma vue. Elle a beau être grande, il a une tête de plus qu'elle, et, ainsi redressé de toute sa hauteur, il apparaît extrêmement menaçant ; mais Milady garde le silence.

« Bon, disons les choses autrement. »

Son ton glacial me fait frissonner. Le loup montre les dents.

« Il y a une dette à payer. Une dette considérable.

– Je n'ai rien promis. »

Elle s'écarte un peu, mais toujours sans le regarder.

« C'est exact. Mais la dette, elle, demeure. Vous avez largement profité de moi, Milady ; j'exige d'être remboursé, et je le serai. Voyez toutefois combien je puis me montrer accommodant ! J'accède à votre requête. Je ne vous presserai pas davantage… pour le moment. Mais comprenons-nous bien. Votre prospérité et votre position actuelles, c'est moi qui vous les ai assurées, au prix de risques considérables.

Cela me peinerait beaucoup, si… certaines affaires, comme vous le dites si joliment, venaient à être connues, d'avoir à vous priver de tout ce dont vous jouissez à l'heure actuelle. Vous avez tant à perdre, Milady, tant à perdre. Mais brisons là, et soyons amis. Plus d'aigreur entre nous. Le ciel est à nouveau serein, et je vous laisse à vos pensées. »

Il se dirige vers la porte, tout en fredonnant, puis se retourne pour lui adresser une petite courbette.

« À ce soir, donc. »

Il n'est pas plus tôt sorti que Milady se précipite dans sa chambre, dont elle claque la porte derrière elle.

De retour dans la mienne, je parcourus les notes que j'avais prises de la conversation entre Milady et Mr Vyse.

Ce que je venais d'entendre suffit à me convaincre qu'ils étaient complices du meurtre de Mrs Kraus, encore que j'eusse du mal à imaginer pourquoi un acte aussi horrible s'était révélé nécessaire. Je compris également ce que devait souffrir Milady dans ses moments de solitude, entre le poids de la culpabilité, la crainte constante d'être découverte, et – conformément aux soupçons de Mr Perseus à l'endroit de Mr Vyse – la perspective d'une ruine totale si elle ne cédait pas au désir évident qu'avait son complice de l'épouser, en contrepartie des services rendus.

Une autre certitude commençait à se faire jour dans mon esprit : la mort du père de Milady vingt ans plus tôt n'était pas sans rapport avec le meurtre de Mrs Kraus. « La vérité n'est connue que de nous deux », avait assuré Mr Vyse à Milady. Mais cette vérité, quelle était-elle ? Et quel rôle avait joué Lady Tansor dans toute cette histoire ?

Ce que signifiait la conviction qu'avait Mr Shillito d'avoir un jour connu mon père sous un autre nom, voilà qui m'échappait également. Mr Shillito pouvait se tromper, certes ; mais, dans le cas contraire, quelles pouvaient être les implications ? Même si je n'aurais su dire pourquoi, cette question me causait un profond malaise et ne servait qu'à accroître mon désir déjà grand d'en apprendre davantage sur mon père.

Après le dîner, ce soir-là, je me retirai de bonne heure, afin de réfléchir à tous ces problèmes et de tenir à jour mon Livre des Secrets. Je rédigeai également une lettre à Madame, l'informant de ce que j'avais entendu en écoutant aux portes, avec l'intention de la porter chez les Prout le lendemain après-midi.

Il était tard quand je reposai ma plume, mais, avant d'aller me coucher, j'étais impatiente de lire la transcription que j'avais faite du journal de ma mère.

Joignez-vous donc encore une fois à moi, pour voyager vers des temps plus anciens et des cieux plus cléments, et échanger l'hiver anglais de 1876 pour l'île ensoleillée de Madère vingt ans plus tôt.

II

SCANDALE À MADÈRE

Quelques jours après sa première rencontre avec Mr Gorst à la réception de Mr Murchison, ma mère, accompagnée de sa sœur et de son oncle, firent une excursion à Camacha pour rendre visite à Mr William Lambton, l'un des principaux viticulteurs de Madère.

Ils quittèrent Funchal de bonne heure le matin, arrivant à destination à temps pour le petit déjeuner, après quoi ma mère s'installa avec un livre dans un petit abri de jardin en bois situé sur le domaine de la grande *quinta* de Mr Lambton. Elle était à peine assise qu'elle entendit le cliquetis d'une canne sur la surface caillouteuse du chemin voisin, annonçant l'approche d'un passant. Puis le silence retomba. La personne s'était arrêtée juste de l'autre côté de la grille.

Ma mère attendit, dans l'idée qu'elle allait entendre le promeneur passer son chemin, mais le silence persista. Prise d'une impulsion soudaine, semble-t-il, elle se glissa furtivement jusqu'à la grille, l'ouvrit pour jeter un coup d'œil à l'extérieur.

C'est le visage souriant de Mr Gorst qui l'accueillit. Comme elle le rapporta plus tard dans son journal :

> Nous nous saluâmes, et je lui demandai ce qui l'avait poussé à entreprendre la longue ascension jusqu'à Camacha par une matinée aussi chaude.
>
> Il marchait beaucoup, me dit-il, ayant découvert les vertus apaisantes de l'exercice. Il avoua aussi avoir espéré me revoir et me remplit de bonheur lorsqu'il ajouta : « C'est en fait, Miss Blantyre, la seule raison qui m'a poussé à monter jusqu'ici par une journée comme celle-ci. »
>
> Ce sont là ses paroles exactes, et, en les retranscrivant maintenant, j'éprouve à nouveau la sensation qui fut la mienne lorsque je les entendis de sa propre bouche ; car j'ai bien vu alors qu'il ne souriait plus ; que le ton n'était plus à l'aimable badinage mais à une sincérité non feinte, à un sérieux qui en disait long.
>
> Ce moment a été, pour moi, merveilleux, à la fois parce qu'il était tellement enivrant dans son imprévisibilité et parce que – oui, je le concède ! – je savais au fond de mon cœur qu'il était intensément désiré. Mais il me faisait peur aussi, car je sentais s'éveiller en moi une dangereuse fascination – qui ne m'a pas quittée depuis –, comme si un cordon tressé de nombreux fils de soie, splendide mais fatal, s'enroulait lentement autour de mon cœur. Car nous étions encore des étrangers ou presque l'un pour l'autre. D'où venait en ce cas ce tumulte soudain qui faisait battre mon cœur à tout rompre et me laissait dans un état d'agitation et d'insatisfaction extrêmes, tout en me donnant une folle envie de revivre indéfiniment ce moment délicieux, et en me poussant à oublier tous mes devoirs vis-à-vis de moi-même et de celle que j'aurais dû être ?

Mon père lui demanda ensuite si elle était déjà allée à la cathédrale Sé, et elle répondit par la négative. Il lui dit alors que l'édifice était intéressant à plus d'un titre et que, comme nombre d'endroits de ce genre, il mettait une distance salutaire entre nous-mêmes et le monde, car il nous rappelait notre vraie place dans l'univers. Elle lui demanda s'il était de confession catholique. À quoi il répondit qu'il n'observait aucune religion établie, mais ne se considérait pas comme païen par nature. Puis, après avoir échangé encore quelques mots, il poursuivit son chemin.

À son retour de Camacha, ma mère écrivit ceci dans son journal :

« Que dois-je penser du jour qui vient de s'achever ? Est-ce un tournant dans ma vie ou une bagatelle sans lendemain ? Non ! Ce ne peut ni ne doit être ce que je souhaite pourtant tellement que ce soit. Dans six mois, en effet, je serai Mrs Fergus Blantyre, il en sera fini de ma vie, et tout ceci ne sera plus qu'un rêve évanoui. »

Mais sa prédiction se révéla fausse. Après l'office, le dimanche suivant, elle réussit à se rendre seule à la cathédrale, où elle ne vit pas trace de mon père. Même déconvenue le dimanche suivant. « S'il avait ressenti seulement la moitié de ce que j'ai éprouvé à Camacha, écrivit-elle alors, il serait venu à la cathédrale, comme j'avais cru comprendre qu'il le ferait. Mais il n'y était pas. Et il ne nous a pas rendu visite. Et moi je ne suis qu'une pauvre idiote d'avoir attendu autre chose. »

Trois semaines passèrent. Puis, un lundi, par une matinée lumineuse et ventée, ma mère retourna à la cathédrale Sé, s'étant juré que c'était là son ultime tentative. S'il ne s'y trouvait pas, elle saurait alors que son destin était ailleurs.

Elle se posta juste derrière la porte, observant avec soin les gens qui entraient et sortaient, et les quelques silhouettes agenouillées en prière, jusqu'à ce qu'un groupe de touristes anglais, qui se tenaient un peu plus loin dans la nef centrale, attire son attention.

Elle le reconnut aussitôt, en train de parler à un membre du groupe en question, canne et chapeau dans une main, tandis qu'il montrait de l'autre le plafond de bois sombre, orné d'incrustations d'ivoire compliquées.

Elle continua à l'observer pendant plusieurs minutes, jusqu'au moment où il serra la main de son interlocuteur, s'inclina devant le groupe, et descendit lentement la nef dans sa direction.

> Je restai pétrifiée sur place, mon cœur battant la chamade, tandis qu'il approchait de l'endroit où je me trouvais.
> Le portail derrière moi était entrouvert, si bien qu'un large rayon doré inondait les dalles de pierre. C'est dans cette flaque de lumière que pénétra Mr Gorst, les yeux baissés, aussi absorbé dans ses pensées qu'il m'était apparu lors de notre visite au Mount. Puis, brusquement, il leva les yeux et m'aperçut.
> Il n'esquissa pas même un salut, mais je ne m'alarmai point, car je lus d'emblée dans ses yeux tout ce que j'avais déjà vu dans son fabuleux sourire et dans la façon si particulière dont il m'avait

regardée, comme s'il ne désirait qu'une chose au monde : me voir moi, et personne d'autre.
Je ne dis pas cela par complaisance ou par aveuglement, mais parce que je savais, sans aucun doute possible, qu'il en était ainsi, tout comme je sus, à cet instant, que – quelles que fussent les conséquences et le prix à payer – j'aimais Edwin Gorst.

Lorsqu'ils eurent échangé quelques mots, mon père lui demanda si elle disposait d'une demi-heure pour descendre avec lui jusqu'à la mer, puisque la journée promettait d'être si belle. Je cite dans son entier la description qu'elle fit plus tard de cette promenade :

C'est dans une sorte d'état second que je l'accompagnai dans la rue. Je me souviens d'avoir bavardé avec lui tout en marchant, mais sans pouvoir me rappeler nos propos… rien d'important, en tout cas.
Pour finir, nous atteignîmes les restes de la jetée que l'on avait commencé à construire quelques années auparavant mais qui avait été détruite lors d'une tempête d'hiver, si bien qu'elle s'arrête aujourd'hui au bord de l'eau. C'est un lieu de prédilection pour les plus vaillants des invalides de l'île, et quelques-uns d'entre eux étaient assis, ici et là, sur les énormes rochers qu'avait épargnés la tempête.
Nous trouvâmes un endroit où nous asseoir, un peu à l'écart des autres, et offrant une belle vue sur les Desertas qui miroitaient faiblement sous les rayons intermittents du soleil.
Le vent du large était frais, mais nullement désagréable, ce qui n'empêcha pas Mr Gorst de craindre que je prenne froid et de me demander à plusieurs reprises si je souhaitais rentrer. Mais je n'aurais quitté ces lieux pour rien au monde, même si je redoutais que quelqu'un nous aperçoive ensemble et le rapporte à Oncle James et à Fergus. Assise là aux côtés de Mr Gorst, le grondement des vagues dans les oreilles et le vent de l'immense Atlantique me fouettant le visage, comment aurais-je pu m'inquiéter de l'éventualité de conséquences désagréables ? J'aurais tout le temps de m'en préoccuper si elles se présentaient un jour.
Nous parlions peu : une observation de la part de Mr Gorst, une remarque de la mienne en réponse, et des sourires échangés en silence face au charme de notre situation ; rien de plus. Puis,

dans toute sa gloire majestueuse, le soleil sortit d'un amoncellement de nuages, et, comme à un signal, Mr Gorst tourna vers moi les lacs profonds et dangereux de ses yeux, dans lesquels je n'aspirais qu'à me noyer.

« Je tiens à ce que vous sachiez, Miss Blantyre, dit-il d'une voix douce, que je vous ai admirée dès l'instant où je vous ai vue chez Mr Murchison. » Il avait certainement tort de parler ainsi, poursuivit-il, et il s'en était défendu tout au long des dernières semaines et des derniers jours, mais il constatait aujourd'hui qu'il ne pouvait plus garder le silence.

Je ne peux, ni ne veux, en écrire davantage, même si mon cœur et ma tête sont près d'exploser ; car je suis incapable de me rappeler les paroles qui tombèrent de sa bouche ; ne reste que le sentiment de joie irrépressible qui m'emporta alors, et m'emporte encore, alors que, assise à mon petit bureau devant la fenêtre ouverte, je contemple le couvent de Santa Clara sous le clair de lune.

Me voici au début du chemin que je dois suivre désormais, en m'écartant de mes devoirs envers ma famille.

Nous restâmes là une heure ou plus, rivalisant d'empressement pour confesser les secrets qu'abritaient nos cœurs et qui nous avaient amenés – de façon si soudaine et inattendue – au moment présent.

Je n'éprouvais, pas plus que je n'éprouve maintenant, ni honte, ni remords ; les transgressions dont la perspective me faisait si peur et qu'il convenait d'éviter à tout prix au nom de la décence et de l'honneur, je les embrassais à présent avec l'ardeur d'un martyr. Le mot amour – ce mot sacré – n'avait pas été prononcé. Mais quel besoin avait-il de l'être ? Je savais que je l'aimais, comme je savais qu'il m'aimait en retour. Il n'avait nul besoin de me le dire. Et n'en aurait nul besoin aussi longtemps que je continuerais à lire dans ses yeux ce que j'y avais lu cet après-midi-là.

Nous rentrâmes en passant devant l'église du Colégio, et nous arrêtâmes un moment pour contempler les quatre niches de la façade abritant les statues de divers pères jésuites. Mr Gorst me demanda s'il pouvait me raccompagner jusqu'à notre *quinta*, mais je lui dis que je préférais rentrer seule.

« En ce cas, puis-je venir vous voir demain ? »

Me voyant hésiter, il n'insista pas. Nous n'avions pas parlé de mes fiançailles avec Fergus, lesquelles, à présent, obscurcissaient notre horizon comme un gros nuage noir, effaçant la promesse de belles journées. C'était à moi désormais de faire face à ce qui ne pouvait plus être évité.

Quelques mots encore, et nous nous séparâmes.

Les dés étaient jetés. D'autres rencontres secrètes s'ensuivirent, et des projets grandioses furent échafaudés. C'est au début du mois de décembre 1856 que fut franchi le point de non retour. En guise d'addendum au récit des dernières semaines de ma mère à Madère, je propose ici, sans la commenter, une lettre adressée par mon père à Mr John Lazarus, et incluse dans la relation des souvenirs de ce dernier.

QUINTA DA PINHEIRO
FUNCHAL

Le 21 décembre 1856

MON CHER LAZARUS,

Quand vous lirez ceci, vous aurez déjà appris que Miss Blantyre et moi-même avons quitté Madère. Ce qu'il vous faut également savoir – et que vous ignorez peut-être pour l'instant –, c'est que nous allons nous marier.

Je n'imagine que trop bien ce que vous devez penser de moi. Un homme que vous avez sauvé de la décrépitude et d'une mort certaine, à qui vous avez ouvert l'usage de votre domicile, que vous avez présenté à vos amis, et qui, en conséquence, vous doit une reconnaissance éternelle, vous paie de vos bontés en faisant montre à votre égard du mépris le plus vil.

Vous devez me croire, cher monsieur, quand je dis être conscient – personne ne saurait l'être davantage – de mériter toutes les épithètes d'opprobre et de dégoût qui vous viendraient à l'esprit, en n'ayant qui plus est – ce qui est presque pire – aucune excuse à offrir pour ce que j'ai fait, en dehors de celle-ci, qui en réalité n'en est pas une mais constitue plutôt une constatation de fait : vous avez réussi au-delà de toute espérance en me faisant venir à Madère. Non seulement vous m'avez permis de recouvrer la santé mais vous avez rallumé en moi une flamme que je croyais éteinte à jamais.

Il ne m'est toujours pas possible de vous exposer ma situation,

mais je puis au moins vous assurer de ceci : j'entretiendrai toujours la plus profonde affection pour Miss Blantyre, et ferai tout ce qui est en mon pouvoir pour la rendre aussi heureuse qu'elle le mérite ; elle m'accompagne de son plein gré, et dans un respect mutuel, sans que sa réputation soit en aucune façon entachée ; mes intentions à son égard ont été, sont à cette heure et seront toujours, d'une nature parfaitement honorable.
Sachez enfin ceci, cher ami, et soyez-en heureux : en me rendant la vie, vous avez été – avec l'aide de Dieu, ou du Destin – l'artisan involontaire d'une autre restauration, bien plus grande et digne de vos efforts, celle-là, que vous n'auriez jamais pu l'imaginer.
Bien à vous dans la peine, l'amitié fidèle et la gratitude pour ce que vous avez fait pour moi,

E. Gorst

III

MR PERSEUS PREND OMBRAGE

Le lendemain, par une sombre et rude après-midi, glissant sur des plaques de verglas qui crissaient et craquaient sous mes pas, je traversai le parc pour me rendre à Willow Cottage, avec la lettre que j'avais rédigée à l'intention de Madame, la tête encore pleine du récit émouvant des circonstances dans lesquelles ma mère s'était enfuie avec mon père.

Alors que nous buvions notre thé près de la cuisinière, je demandai à Mrs Prout si l'on savait pourquoi Lady Tansor avait retiré Mr Randolph de l'institut du docteur Savage.

« C'est un mystère, miss, depuis toujours, dit-elle en reposant sa tasse. Mr Pocock a appelé ça une énigme, car le jeune monsieur a jamais été plus heureux que quand il était chez le docteur Savage. Des bruits ont couru, bien sûr.

– Des bruits ?

– Eh oui, vous ne pouvez pas empêcher les gens de se poser des questions quand un beau jeune homme plein d'avenir se retrouve libre pour la première fois, loin de chez lui et de l'œil autoritaire de sa mère, et qu'il est tout d'un coup ramené chez lui, tambour battant, avec une explication orageuse à la clé.

– Quel genre de questions ?

– Voyons, ma chère, il y avait une femme là-dessous, c'est ce que tout le monde a pensé. Mais il ne semble pas y avoir eu de suites. Il a fait la tête, c'est sûr, pendant un temps, et il est parti plusieurs semaines chez son ami au pays de Galles. Tout passe, Dieu merci, ce qui est une bénédiction, même si nous sommes convaincus du contraire.

– Et qui était donc la femme, si tant est qu'elle ait existé ? demandai-je tandis que Sukie remplissait à nouveau la théière d'eau chaude.

– On l'a jamais su, miss, et je crois pas qu'on le saura jamais. La seule certitude, c'est que Madame la baronne l'a tout de suite enlevé de l'école. Il a beau être le cadet, Mr Randolph est tout de même tenu de faire un beau mariage, et sa mère était bien décidée à s'assurer qu'elle aurait son mot à dire. Mon Dieu, quel gentil garçon que ce monsieur Randolph ! J'espère vraiment qu'il sera heureux. »

Je rentre à présent en passant par le cimetière, où je m'arrête un moment pour m'asseoir sous le porche.

Je n'y suis pas depuis bien longtemps quand j'entends le bruit de pas qui approchent sur l'allée gravillonnée. Je sors de ma rêverie, lève les yeux, et je vois Mr Perseus qui, un livre à la main, me regarde depuis le haut des marches.

« Bonjour, Miss Gorst, dit-il, esquissant un sourire gauche. Je vous ai vue sortir du cottage des Prout et j'ai pensé que vous aimeriez peut-être un peu de compagnie sur le chemin du retour. »

Cette proposition me réjouit fort ; mais l'accepter risquerait de déplaire à Milady, et je m'oblige à la décliner poliment, disant que je préférerais m'attarder ici quelques minutes. Je suis convaincue de lui avoir donné une réponse suffisamment courtoise, toute peinée que je sois d'avoir à rejeter son offre. À ma grande surprise, pourtant, son visage s'assombrit.

« Par ma foi, Miss Gorst, s'exclame-t-il dans une soudaine explosion de colère, vous rendez les choses bien difficiles, alors que l'on ne cherche qu'à vous être agréable. »

Sa réaction au refus que je lui ai opposé semble hors de toute proportion par rapport à l'offense supposée, et je ne peux m'empêcher d'être blessée par son ton acerbe.

« J'espère, monsieur, réponds-je, tandis que le rouge me monte aux joues, n'avoir jamais fait preuve à votre égard que du respect et de la considération dus à votre rang, et conformes à ma position dans votre maison.

– Il s'agit bien de respect ! Et de considération ! »

Il tape du pied, comme un enfant en colère, et me tourne le dos, près de s'éloigner ; puis il pivote à nouveau sur lui-même pour me faire face.

« Voilà qui est mal venu de votre part, Miss Gorst, dit-il, descendant les marches qui pénètrent sous le porche. Bien mal venu. Vous m'accorderez, je l'espère, que dès le moment où nous nous sommes rencontrés, j'ai toujours fait de mon mieux pour vous tendre une main amicale ? »

Ne comprenant toujours pas très bien en quoi j'ai pu l'offenser, j'ai du mal à formuler une réponse ; en conséquence de quoi, je me tais, ce qui ne fait qu'aggraver sa colère.

« Vous ne dites toujours rien, je vois, fait-il, l'air outragé. Joueriez-vous à quelque petit jeu avec moi, Miss Gorst ? »

Devant cette accusation totalement injustifiée, je juge à nouveau plus prudent de ne pas répondre. Je me lève du banc de pierre sur lequel j'étais assise et m'apprête à partir, mais il tend le bras pour me barrer le passage.

« Voudriez-vous simplement satisfaire ma curiosité, Miss Gorst, en me notifiant ce qui vous apparaît répréhensible dans mon comportement ? Certains, savez-vous, diraient que je m'abaisse en faisant montre d'une telle considération à l'égard d'une ancienne domestique, même si celle-ci était au départ, semble-t-il, destinée à une autre vie. »

C'est alors que je m'aperçois que son explosion n'est due qu'en partie à mon premier refus et qu'elle a en fait une tout autre origine. Plus curieux encore, maintenant que je le regarde dans les yeux, ma contrariété devant ses propos inconsidérés s'est complètement dissipée.

« Si vous voulez bien m'excuser, monsieur, je pense que moins nous en dirons sur ce sujet, et mieux ce sera. »

Concluant à juste titre que je suis décidée à mettre un point final à la conversation, il s'écarte pour me permettre de monter les marches.

Je le laisse planté sous le porche et me dirige d'un pas pressé vers le portillon, que je m'apprête à ouvrir, quand il me rattrape.

« Ceci est pour vous, me dit-il d'une voix où ne perce plus la moindre colère, tout en me tendant le livre qu'il avait à la main. Je l'ai dédicacé, donc autant vous le donner maintenant. Faites-en ce que bon vous semblera. »

Je prends le volume, et il s'éloigne dans School Lane pour rejoindre la grand-route.

C'est un exemplaire de *Merlin et Nimue*, dans l'édition *de luxe** publiée par MM. Freeth & Hoare. Sur la page de garde, il a écrit, d'une plume élégante et fluide :

À Miss Esperanza Gorst, affectueusement, de la part de l'auteur.
Décembre MDCCCLXXVI

21

Une enfant est née

I

MILADY VEUT ÊTRE RASSURÉE

Mr Perseus ne descendit pas dîner ce soir-là, ce qui m'épargna l'embarras que je redoutais, même si je regrettai son absence. Mr Randolph se montra discret et préoccupé, et ne tarda pas à quitter la table. Milady ne semblait pas au mieux non plus.

Nous nous retrouvâmes dans son salon, assises au coin du feu, notre ouvrage dans les mains. À un moment, elle leva les yeux de son aiguille.

« À propos, Alice, dit-elle, quelles nouvelles de votre fascinant Mr Thornhaugh ? Travaille-t-il toujours à son *magnum opus* ?

– Il y consacre tout son temps, répondis-je, comme l'exigent toutes les entreprises ambitieuses et de grande envergure.

– Oui, j'imagine. M'avez-vous jamais révélé le sujet de ce vaste projet ?

– C'est une histoire de l'alchimie, depuis ses origines.

– L'alchimie ? La transformation de vils métaux en or ?

– C'est davantage que cela, en fait. Un système de philosophie mystique… une philosophie de la transformation spirituelle.

– La transformation spirituelle, répéta-t-elle d'un air songeur. Eh bien, dites donc. Noble sujet, s'il en est. Et quand ce travail sera-t-il terminé ? Tout compte fait, je pense que cela m'intéresserait de le voir.

– À ma connaissance, Mr Thornhaugh n'a pas de date précise en vue.

– Ces chercheurs sont tous les mêmes, soupira-t-elle. Ils ne savent jamais s'arrêter, mais continuent à creuser, creuser, jusqu'à ce qu'ils tombent raides morts, si bien que l'affaire reste en plan. Mon père était un chercheur consciencieux, et d'une rigueur peu commune ; mais même lui n'a pas eu le temps de terminer l'histoire de notre famille ; son labeur n'a jamais porté ses fruits, en dépit de l'aide que je lui ai apportée lors des dernières phases de compilation et d'organisation des documents pertinents. »

Elle revint à son ouvrage. Le feu crépitait dans la cheminée ; la pendule faisait entendre son tic-tac ; la pièce baignait dans une confortable tiédeur ; seule la pluie qui tambourinait sur les vitres troublait le silence.

« Alice, très chère. »

Je levai sur elle un regard interrogateur.

« Il faut que je vous pose une question, et j'espère que vous pourrez y répondre franchement, et sans en prendre ombrage. Me promettrez-vous de le faire, très chère… comme une véritable amie ? »

Que lui dire sinon que je ferais de mon mieux pour la satisfaire ?

« Sauf, naturellement, ajoutai-je, en faisant malicieusement allusion au refus de sa part de me divulguer la raison pour laquelle la grande amitié de sa vie avait été brisée, au cas où il me faudrait trahir un serment antérieur.

– Cela va de soi.

– Dites-moi alors ce que vous désirez savoir.

– Eh bien, voici. Vous êtes-vous montrée totalement franche, depuis votre arrivée à Evenwood, quand vous m'avez parlé de vous, de la manière dont vous avez été élevée, et de tout ce qui vous concerne ? Il n'y a eu aucune tromperie, n'est-ce pas, très chère ? Aucune duplicité ni faux-semblant délibéré ? Pouvez-vous m'en donner l'assurance, sur ce que vous avez de plus sacré ? »

Je me déclare alors surprise et blessée par sa question et lui demande si elle a des raisons de me soupçonner.

« Non, non ! s'écrie-t-elle, apparemment désireuse de me rassurer. Ne vous méprenez pas. Bien sûr que je vous fais confiance, et je n'ai pas la moindre raison de mettre vos paroles en doute.

– Quelqu'un vous aura prévenue contre moi, dis-je sur un ton chagriné.

– Personne n'a rien fait de tel, Alice. Je voulais simplement être sûre que je n'accordais pas ma confiance et mon affection à quelqu'un qui risquait de les rejeter, comme… excusez-moi, je vous prie… »

Elle pose son ouvrage, et porte une main pathétique à son front.

Un peu de compassion me paraît alors s'imposer ; je lui prends doucement la main, et, la regardant avec commisération, lui demande si elle fait allusion à son ancienne amie.

Elle acquiesce en silence et détourne le regard.

« Je vois que la blessure n'est toujours pas refermée.

– Pardonnez-moi, chère Alice. Je n'aurais pas dû vous mettre dans cette situation. Oui, j'ai eu tort de vous poser pareille question, comme si vous m'aviez jamais donné des raisons de me défier de vous. Mais il faut que je sois sûre, absolument, que notre amitié repose sur de solides fondations, une confiance et une franchise réciproques. Je ne supporterais pas d'être à nouveau déçue par la rupture d'un lien qui me tient tellement à cœur. Il faut à tout prix que nous nous jurions fidélité.

– Pas de secrets, dis-je avec un nouveau sourire plein de sous-entendus.

– Pas de secrets.

– Bien, poursuivis-je d'un ton vif mais conciliant, je vais donc répondre à votre question. Je ne vous ai rien caché me concernant. Je suis bien la personne que vous me croyez être : Esperanza Alice Gorst, née un mois avant terme à Paris le 1er septembre 1857. Voulez-vous que je vous résume à nouveau brièvement son histoire ?

« Elle est orpheline, n'a connu ni sa mère ni son père, et a été élevée par une vieille amie de sa mère, Mme Bertaud. Elle est venue en Angleterre habiter chez une autre des amies de sa mère, Mrs Emma Poynter, en octobre 1875 et a obtenu deux mois plus tard son premier poste de femme de chambre chez Miss Helen Gainsborough. Elle a ensuite fait acte de candidature à un emploi de même nature auprès de vous, Milady, et l'a obtenu… contre toute attente, mais à sa plus grande satisfaction. Voilà, si brève qu'elle soit, la vérité, et toute la vérité, sur Esperanza Alice Gorst.

– Bravo, Alice ! s'écrie Milady. Vous avez fait montre d'un réel courage sous le feu de l'ennemi, et vous en êtes sortie avec les honneurs. Je n'en attendais pas moins de vous. Mais vous m'avez bel et bien caché quelque chose, vous savez.

– Et quoi donc ?

– Votre véritable personnalité. Vous avez cessé d'être soumise, Alice, je le sens, même si vous continuez à prétendre que c'est là votre vraie nature. Ne prenez pas cet air surpris ! Je ne vous en aime que davantage. Cela confirme ce que j'ai toujours su, à savoir que nous sommes des âmes sœurs. C'est votre condition qui cache celle que vous êtes réellement. Mais je vous ai libérée de cette soumission, et vous pouvez enfin être vous-même ! »

Écoutez ! Vous l'entendez ? C'est le bruit d'une canne – tap-tap-tap – qui résonne dans l'air froid du soir. C'est Mr Armitage Vyse qui descend les marches de la porte d'entrée pour gagner sa voiture, car s'achève maintenant sa visite de Noël à Evenwood.

Au moment de monter, il se retourne et lève les yeux, son visage maigre aux moustaches luxuriantes illuminé par la lanterne que tient son valet, Digges. Nos regards se croisent.

Il sourit… et de quelle façon ! Un sourire large et prolongé, à la fois doucereux et menaçant, qui semble dire : « Prenez garde à vous, Miss Esperanza, car je vous ai dans ma ligne de mire. » S'il cherche à me faire peur, il y réussit pleinement. Je m'efforce de garder contenance, mais, sachant de quoi il est capable, j'ai le cœur qui commence à battre à grands coups. Puis, s'inclinant légèrement et sans se départir de son sourire, il ôte son chapeau, le remet lentement et monte dans le véhicule.

Debout devant une des fenêtres de la galerie des portraits, je regarde les lanternes de sa voiture, qui s'éloigne en cahotant avant de disparaître dans l'obscurité. Milady a la migraine et s'est retirée de bonne heure. Au moment où je l'ai quittée, elle m'a annoncé sa décision d'aller passer quelques jours à Londres, ayant, à l'entendre, surmonté son aversion d'antan pour la capitale, et m'a réitéré son intention de m'introduire dans la bonne société. Nous devons donc partir pour Grosvenor Square le premier de l'an, jour que Milady n'a pas l'habitude de célébrer. La perspective me remplit d'appréhension, mais, en dépit de la proximité de Mr Vyse, je serai heureuse de changer d'environnement, et, si l'occasion s'en présente, de revoir Mrs Ridpath.

Après le départ de Mr Vyse, comme je m'apprête à remonter dans ma chambre, Sukie arrive hors d'haleine, un paquet à la main.

« Je suis vraiment désolée, Miss Alice. J'aurais dû vous l'apporter ce matin, mais j'ai oublié de me réveiller, et, après, ça m'est sorti de la tête. C'est arrivé hier. »

Le paquet contient une nouvelle liasse d'extraits en sténo du journal de ma mère. Deux heures plus tard, alors que minuit va sonner, j'ai fini de les transcrire.

Je verse un peu d'eau dans une cuvette pour rincer mes doigts tachés d'encre. Puis je pleure.

II

DÉPART POUR LA FRANCE
EXTRAIT DU JOURNAL
DE MISS MARGUERITE BLANTYRE

Après avoir fui Madère en secret, en se servant du peu d'argent personnel dont disposait ma mère, complété par la vente de quelques-uns de ses bijoux, mes parents arrivèrent à Majorque. Ils descendirent dans une pension située non loin de la cathédrale de La Seo, à Palma, prenant pour un temps le nom d'Edward et Mary Gray, censément frère et sœur. Ils y restèrent peu de temps, mon père étant convaincu qu'ils risquaient des poursuites, et embarquèrent bientôt pour Marseille.

Ils partirent vers le nord et, après un voyage long et laborieux, arrivèrent à Cahors, où ils finirent par se marier, le 15 janvier 1857. Voici le commentaire de ma mère sur cet événement mémorable, consigné le lendemain à l'Hôtel des Ambassadeurs :

> Pour la première fois de ma vie, je prends la plume aujourd'hui pour rédiger mon journal sous le nom de *Mrs Edwin Gorst*... car c'en est fini de Marguerite Blantyre, ou de Mary Gray !
> Edwin et moi nous sommes mariés hier, jeudi 15 janvier, à l'église du Sacré-Cœur. Il a fallu si peu de temps pour que je devienne quelqu'un d'autre : l'épouse de mon très cher Edwin,

que j'aimerai toujours, jusqu'à ce que la mort nous sépare. Je suis à lui désormais – véritablement et complètement –, comme une femme doit l'être à son mari, et je n'imagine pas vivre en dehors de sa chère présence.

L'auberge n'est pas très propre, mais la nourriture est excellente, et la ville, qui est celle où le prélat Fénelon a fait ses études, est très agréable. Ce matin, en descendant au petit déjeuner, j'ai été appelée, pour la première fois, Mme Gorst par un des serveurs ! « Madame », et plus « Mademoiselle », quel drôle d'effet ! On aurait dit une femme mûre. Mais au cours de la journée, à mesure que je m'y habituais, je me suis surprise à vouloir être appelée ainsi par tous les gens qui nous croisaient dans la rue, tant ces mots m'emplissaient d'aise. Mme Gorst ! Mrs Gorst !

Edwin, qui s'était montré distant et silencieux durant la dernière partie de notre voyage depuis Montauban, a changé du tout au tout : optimiste, plein d'affectueuses attentions, merveilleusement éloquent sur les bâtiments et les monuments historiques qui nous entourent.

Tandis que nous nous promenions dans la ville ce matin, bras dessus bras dessous, sous le pâle soleil hivernal, tout en riant et souriant des mille petits riens pourtant infiniment précieux dont se délectent ceux qui s'aiment, j'ai senti que je ne serais jamais aussi heureuse qu'à cet instant, et que peu m'importait si ce devait être le cas.

Au cours de ces heures si pleines, je me suis sentie plus vivante, je crois, que jamais, incapable d'imaginer plus merveilleuse plénitude dans ce monde ou dans l'autre. Quoi que me réserve l'avenir, quelles que soient les épreuves à subir, je serai armée contre le désespoir – contre les terreurs de la mort elle-même – grâce au souvenir d'avoir un jour, ne serait-ce qu'un bref instant, connu le paradis en compagnie de mon très cher Edwin.

III

AVENUE D'UHRICH
EXTRAIT DU JOURNAL
DE MARGUERITE GORST

Au cours de la dernière semaine de janvier 1857, mes parents arrivèrent à Paris et louèrent un meublé au-dessus de la boutique d'un marchand de couleurs, quai Montebello, sur la rive gauche de la Seine, et donnant sur l'île de la Cité. Ils avaient l'intention d'y demeurer jusqu'au moment où ils pourraient rejoindre l'Angleterre en toute sécurité, sans craindre de se voir poursuivre par l'oncle de ma mère ou ses agents : son cousin et ex-fiancé, Fergus Blantyre, et son ami, Mr Roderick Shillito.

Le propriétaire de la boutique, un certain monsieur Alphonse Lambert, homme d'une soixantaine d'années, doux et généreux, avait à sa charge une épouse invalide. Sa bonté naturelle fit qu'il laissa à mes parents une grande marge de manœuvre dans le paiement du loyer : quand ils débarquèrent à Paris, leur petit pécule avait en effet presque entièrement fondu.

Un jour, ma mère offrit au propriétaire de l'aider dans la boutique, de façon à le dédommager jusqu'à ce qu'ils trouvent l'argent du loyer. Elle fut vite à l'aise au milieu des chevalets, des palettes, des toiles, des pinceaux, des moulages et autres articles que vendait M. Lambert, lequel en vint tout aussi vite à la considérer comme un élément indispensable à la bonne marche de son affaire.

Non contente de charmer les clients, ma mère manifesta d'emblée une aptitude particulière à la préparation des couleurs, et, dans la mesure où elle-même peignait et dessinait depuis toujours, révéla un don certain dans les esquisses et les tableaux qu'elle commença bientôt à faire du voisinage et qu'elle finit par placer timidement sous les yeux professionnels de M. Lambert afin d'avoir son opinion.

C'est ainsi que, par une belle matinée de printemps, à la plus grande surprise et la plus grande joie du propriétaire, un monsieur, venu avec sa fille dans le but de lui acheter couleurs et pinceaux, tomba par hasard sur l'une de ces œuvres, l'admira et demanda si elle était à vendre. Ma mère fut bientôt obligée d'abandonner le magasin, et M. Lambert l'installa dans une pièce sous les combles où elle put multiplier à loisir des vues de la cathédrale et des quais qui trouvèrent sans peine un marché auprès des visiteurs de ce pittoresque quartier.

Mon père, lui, s'occupait à des travaux littéraires intermittents ou jouait le rôle d'agent artistique de son épouse. Il passait des heures à chercher de nouveaux acheteurs, à livrer ses dessins et ses peintures, et à choisir des sujets inédits pour ses toiles.

En rentrant un jour, après avoir livré une représentation de la Conciergerie à quelqu'un qui habitait rue Saint-Antoine, mon père annonça à brûle-pourpoint qu'ils allaient quitter le quai Montebello dans la semaine.

Ma mère fut abasourdie, mais mon père lui expliqua que, tout à fait par hasard, il avait rencontré une ancienne connaissance : une certaine Mme de l'Orme, qu'il avait connue, par l'intermédiaire d'une amie commune, à l'époque où il vivait à Londres quelques années plus tôt. Cette personne, qui avait à peu près l'âge de mon père, était veuve à présent, mais son défunt mari l'avait laissée largement pourvue. En apprenant dans quelle situation se trouvaient mes parents, et comme elle vivait seule dans une grande maison de l'avenue d'Uhrich, elle avait suggéré qu'ils viennent habiter chez elle, à titre gracieux. Ils occuperaient le deuxième étage de la demeure, soit six pièces confortables et bien aménagées, parmi lesquelles une chambre d'angle spacieuse et bien éclairée pourrait servir d'atelier.

Mon père avait accepté la proposition sans que Mme de l'Orme ait eu apparemment beaucoup à insister. Ma mère, qui, elle, était moins prête à quitter le quai Montebello et la vie modeste mais suffisamment confortable qu'ils menaient chez M. Lambert, finit par se rendre, non sans réticence, aux arguments de mon père. Et c'est ainsi que, en juin 1857, ils déménagèrent leurs maigres possessions, ainsi que le matériel de peinture, chez Mme de l'Orme.

Pendant tout le temps qu'ils passèrent quai Montebello, le mariage de mes parents avait été dans l'ensemble heureux, même si leurs finances étaient souvent précaires, et ce en dépit de la vente régulière des œuvres de ma mère. Le projet qu'ils avaient nourri d'aller vivre en Angleterre avait en conséquence été abandonné, et ils avaient décidé d'un commun accord que Paris serait désormais leur lieu de résidence permanent.

Peu après avoir déménagé avenue d'Uhrich, cependant, et comme en témoignent plusieurs entrées dans le journal de ma mère, quelques lézardes commencèrent à apparaître dans leur union, dont la cause, jamais explicitée, fut source pour ma mère de souffrance et d'angoisse. Le désaccord et les dissensions semblent être nés en partie de l'obstination que montra mon père à interdire à sa femme toute communication avec sa famille, interdiction tout à fait déraisonnable (à mes yeux aujourd'hui, comme alors à ceux de ma mère), qui la frappa cruellement ; elle aimait en effet beaucoup ses parents et sa sœur, et avait espéré que, maintenant qu'elle était mariée, une réconciliation serait possible – avec ses plus proches parents, sinon avec son oncle.

Même si je répugne à le dire, j'ai par ailleurs le sentiment qu'une mystérieuse antipathie opposait ma mère à Mme de l'Orme, à quoi je dois ajouter deux ou trois allusions voilées à certains événements antérieurs, datant de l'époque où mon père vivait en Angleterre, et dont les conséquences durables paraissent n'avoir pas peu contribué à l'affliction grandissante de ma mère.

Quelles qu'aient pu être les causes de leurs ennuis, mon père devint distant et imprévisible ; il lui arrivait de s'isoler pendant de longues périodes et de quitter la maison la nuit venue pour aller errer dans les rues. Je ne sais si cette triste situation persista jusqu'au bout ou si les choses finirent par s'arranger, car, à partir du début du mois d'août 1857, les extraits du journal cessent. Ils ne reprennent, et encore de manière fort brève, qu'en décembre de cette même année. C'est le 16 de ce mois que je suis née, aux environs de trois heures de l'après-midi, dans une chambre donnant sur le jardin ceinturé de hauts murs de la maison de Mme de l'Orme.

IV

LES DERNIERS MOTS DE MARGUERITE GORST

Ma mise au monde fut fatale à ma pauvre mère. Elle mourut le 9 janvier 1858 et fut enterrée au cimetière Saint-Vincent, sous la dalle de granit qui devait me devenir si familière par la suite.

La dernière entrée de son journal, trois jours avant sa mort, évoque la joie qui fut la sienne à ma naissance et les nombreux espoirs qu'elle fondait sur mon avenir. Elle y exprime également, de manière extrêmement poignante, son regret de savoir ses parents toujours dans l'ignorance de son mariage, et désormais de l'existence d'une petite-fille en pleine santé. Voici les derniers mots qu'elle écrivit jamais, et c'est avec eux que je conclurai ce chapitre :

> *6 janvier 1858*
> Ma vie s'achève, même si le docteur Girard est assez gentil pour continuer à soutenir qu'il n'en est rien. Je ne reverrai ni mes chers parents, ni mon adorable sœur et son insupportable impétuosité, tandis qu'eux ne verront jamais leur belle petite-fille et nièce. C'est là une privation aussi terrible qu'aberrante, qui me cause une souffrance indicible ; mais Edwin a insisté pour qu'il en soit ainsi, et mon amour pour lui reste si fort – en dépit de tout ce qui s'est passé entre nous – que je ne peux ni ne veux contrarier ses désirs, même dans mes derniers instants. Car je sais que la mort m'a prise dans ses rets et qu'elle ne tardera pas à m'appeler.
> J'avais quitté Madère portée par l'espoir d'un bonheur éternel ; et j'ai effectivement connu avec Edwin pendant un temps le plus grand bonheur de ma vie. Mais tout a changé – lui surtout – dès le moment où nous sommes partis de chez M. Lambert, et singulièrement depuis la naissance de notre fille chérie, dont Edwin est absolument fou.
> Quand il ne se montre pas agité et nerveux, il est distrait et préoccupé, comme si son esprit était incapable d'échapper au ressassement impitoyable d'un problème qui l'obsède. Il s'enferme

dans son bureau, griffonnant dans son carnet ou écrivant des lettres – à qui, je l'ignore –, arpente le jardin, plongé dans ses pensées, des heures durant ; le soir venu, il sort pour ne rentrer qu'au petit jour.

Il est silencieux pendant les repas, même avec M-, néglige son travail et depuis quelque temps se plaint de maux de tête, que seules ses gouttes, prétend-il, sont capables de soulager.

M'aime-t-il ? M'a-t-il jamais vraiment aimée ? Il a toujours été l'ami, le compagnon le plus cher et le meilleur qui soit, mon roc et mon soutien ; même au plus fort des heures sombres de ces derniers mois, j'ai retrouvé en lui, en maintes occasions, l'Edwin que j'ai connu et que je ne cesserai jamais d'aimer, jusque dans la tombe. Mais l'amour, cet amour vrai, entier, profond, semblable en tout point à celui que moi je lui porte et lui ai porté depuis notre première rencontre, l'a-t-il jamais éprouvé pour moi ? Je ne cesse de me poser la question, sans pouvoir y répondre.

M- a insisté pour rester avec moi jusqu'au retour d'Edwin, bien que je lui aie dit préférer être seule. Elle est assise devant la fenêtre tandis que j'écris, et contemple le jardin. De temps à autre, elle tourne la tête vers moi et me sourit. Nous parlons peu, n'ayant plus rien à nous dire ; mais nous en sommes arrivées, pour le bien d'Edwin, à une sorte d'entendement qui, je crois, nous satisfait l'une et l'autre.

Depuis mon lit, j'aperçois les branches nues du marronnier et le haut mur gris, surmonté de piques en fer forgé, qui nous sépare de notre voisin, M. Verron. Bientôt, ces branches vont éclore d'une vie nouvelle, et ma fille chérie, ma petite Esperanza, mon précieux espoir, sera couchée sous leur voûte de verdure vaporeuse dans la douce lumière du soleil, agitant ses petites jambes ou faisant des rêves connus d'elle seule. J'aurais tant aimé qu'il en fût autrement, mais je me suis résignée à l'idée qu'elle grandira entre ces murs, sous le toit de M-. Je me console en pensant qu'elle ne manquera de rien et qu'elle entrera dans la vie comme une vraie dame.

La douleur est à nouveau là, et toujours aucun signe d'Edwin ni du docteur Girard. J'aimerais tant qu'il revienne !

22

Où l'on ouvre la troisième lettre de Madame

I

AU BORD DU LAC

C'est ainsi que ma mère mourut, et qu'avec elle prit fin prématurément le dernier témoignage écrit sur mes débuts dans la vie, avenue d'Uhrich. J'avais appris tout ce qu'il m'était possible de savoir au sujet de mes parents grâce aux extraits de journal expédiés par Mr Thornhaugh, et aux souvenirs de Mr John Lazarus, mais j'étais cruellement déçue de constater qu'il restait encore beaucoup à élucider.

J'aurais surtout apprécié d'en savoir davantage sur la période qui avait suivi la mort de ma mère, pendant laquelle mon père avait été mon unique parent, ainsi que sur les circonstances de sa propre mort, en 1862, alors que j'avais cinq ans.

Au dire de Madame, mon père m'avait laissée à sa charge en quittant l'avenue d'Uhrich, un an après la disparition de sa femme. Il s'intéressait depuis longtemps aux anciennes civilisations du Proche-Orient et avait en conséquence projeté un voyage dans ces régions dans le but de rassembler suffisamment de matériaux pour un ouvrage de vulgarisation sur l'empire babylonien, destiné à être publié par la petite maison d'édition pour laquelle il travaillait comme traducteur. Son expédition ne devait pas durer plus de six mois, mais, au bout de deux seulement, ses lettres à Madame cessèrent, et personne n'entendit plus parler de lui pendant plusieurs années. Pour finir, en avril 1862, une lettre arriva de l'ambassade de

Grande-Bretagne à Constantinople, informant Madame qu'il était mort de la scarlatine dans cette ville une semaine plus tôt.

On engagea les démarches nécessaires, et son corps fut rapatrié, afin d'être enterré aux côtés de celui de sa femme.

Curieusement, si je me rappelle Madame en train de m'apprendre que mon père ne reviendrait plus jamais à la maison, je n'ai aucun souvenir de son enterrement, seulement d'une visite au cimetière, quelques jours plus tard, quand je vis pour la première fois les deux dalles de pierre sous lesquelles reposaient les restes de Marguerite et d'Edwin Gorst.

Je n'éprouvai alors aucun chagrin, je m'en souviens fort bien, à l'évocation de la mort de mes parents, car il m'était impossible de me rappeler ne serait-ce que le plus petit détail à leur sujet. Ils n'étaient guère plus que des noms, gravés dans le granit sans âme de ces deux pierres tombales. Madame était devenue ma seule famille ; et elle serait bientôt rejointe par ce cher Mr Thornhaugh. J'aurais versé des larmes amères sur Madame si on l'avait mise en terre ; mais je ne pleurai pas Edwin et Marguerite Gorst, car ils étaient alors pour moi des étrangers, leur réalité effacée par l'affection dont me comblait Madame. Ce n'est qu'à un âge plus avancé que la douleur liée à cette perte commença à répandre en moi son subtil poison ; et ce n'est qu'aujourd'hui, au château d'Evenwood, que je pleurais leur mort.

Le sommeil m'emporta rapidement ce soir-là, et je ne me réveillai que bien après mon heure habituelle. Mais c'était dimanche, le dernier jour de l'année, et l'office n'avait pas lieu avant dix heures.

Quand j'entrai dans la salle du petit déjeuner, j'y trouvai Mr Randolph seul, en train de boire son café. Il leva sur moi des yeux pleins d'impatience.

« Ah, Miss Gorst, vous voilà ! s'exclama-t-il en m'adressant un de ses sourires les plus chaleureux. Je vous attendais. Si le cœur vous en dit, nous pourrions peut-être aller faire notre promenade au Temple des vents aujourd'hui, après l'office… si toutefois vous en avez le loisir. »

Le loisir, je l'avais, et un peu plus tard dans la matinée, après avoir enduré les adieux de Mr Thripp à l'année qui s'achevait, nous voilà partis en direction du lac, à l'autre bout duquel, juché sur un tertre en terrasses, se dresse le Temple des vents.

Bien que le ciel soit couvert, des trouées qui vont s'élargissant déchirent d'une lumière pâle l'amoncellement des nuages gris. Nous évoquons les incidents marquants de ces récentes fêtes de Noël. Nous rions à nouveau au souvenir de la performance théâtrale involontairement comique de Mr Maurice FitzMaurice ; tombons d'accord pour penser que Sir Edgar Fawkes a le visage encore plus rouge et la taille encore plus épaisse ; nous demandons si la sœur de Miss Marchpain a retrouvé ses gants (Mr Randolph est d'avis que c'est le galant capitaine Villiers qui les a dérobés, en guise de trophée amoureux).

Nous faisons le tour du temple, qui constituait autrefois une addition élégante aux agréments du parc, mais qui aujourd'hui tombe en ruines, et revenons lentement sur nos pas le long du sentier en direction de la route carrossable. Nous bavardons depuis un moment de tout et de rien, quand Mr Randolph cesse brusquement de parler. Puis, manifestement nerveux, il me demande si j'accepterais qu'il m'appelle par mon prénom.

« Mais bien sûr, lui dis-je, ne voyant aucun mal à cela. Votre mère m'a toujours appelée Alice ; mais, comme vous devez le savoir, j'ai un autre prénom, au cas où vous le préféreriez au premier.

– Croyez-moi si vous voulez, mais c'est effectivement le cas. Il est tellement particulier et mystérieux, et il vous convient beaucoup mieux qu'Alice. C'est dit, ce sera Esperanza. Cela signifie "Espoir", n'est-ce pas ?

– En effet.

– Alors, il exprime exactement ce que je ressens… j'entends par là l'espoir que j'entretiens depuis de longues semaines à présent de devenir pour vous ce que je souhaite tant que vous soyez pour moi. »

Puis, sans crier gare, il me demande s'il peut venir me voir en privé, en un lieu et un moment qui m'accorderont, afin de me parler d'un sujet de la plus haute importance.

« J'ai à vous entretenir d'une chose bien précise, poursuit-il, le regard animé d'une grande détermination. Je cherche à vous parler – en fait, à vous présenter une requête – depuis le jour où nous sommes revenus ensemble du Duport Arms. À dire vrai, j'ai eu l'intuition, dès l'instant où je vous ai vue, de ce qui pourrait exister entre nous. Vous ne trouvez pas cela étrange ? Moi, si. Plus étrange encore que j'aie pu être aussi sûr de moi, aussi vite. Mais ça n'en est pas moins vrai. J'ai su d'emblée, voyez-vous, que … oh, zut ! je suis d'un lourdaud dans ce genre d'affaire. Mon frère, lui, saurait comment formuler la chose pour que vous compreniez, mais moi pas. Alors, me laisserez-vous venir vous trouver, quand vous serez prête à m'entendre, afin que je puisse vous demander… ce que je désire tant vous demander ? »

Cette déclaration hésitante est-elle un prélude à une demande en mariage ? Encore que j'aie peine à y croire, c'est ce que j'en conclus devant la ferveur maladroite de ses paroles et l'exaltation que je lis dans ses yeux. Depuis mon arrivée à Evenwood, j'ai appris à beaucoup apprécier Mr Randolph. Je suis profondément touchée qu'il semble avoir fait de même de son côté, et qu'il ait manifesté si clairement le désir de se lier d'amitié avec moi. Il semble cependant que j'aie raison de soupçonner que sont mises en jeu maintenant des motivations plus profondes, et que son récent discours sur l'amitié en cache un autre, plus lourd de sens.

M'être emparée du cœur de Mr Randolph Duport est une chose merveilleuse, et je m'en veux presque, tout en me sentant honteuse, à l'idée qu'il va me falloir rejeter la demande que, j'en suis certaine, il a l'intention de me présenter. Je m'acquitterai, non sans regret, de cette tâche avec toute la gratitude qui s'impose pour l'honneur qu'il me fait ; mais je ne puis envisager entre nous d'autres liens que ceux d'une amitié sincère et solide. Si précieuse que soit une telle relation, je ne saurais m'en contenter. Quand je me marierai, ce sera par amour – pas moins.

« Vous vous exprimez très clairement, lui dis-je, et je suis tout à fait disposée à entendre ce que vous avez à me dire. Mon temps, cependant, ne m'appartient pas, car je suis dans l'obligation d'être constamment disponible pour votre mère.

– Oh, dit-il d'un ton enjoué, nous finirons bien par trouver un moment. »

Je suis sur le point de tergiverser encore un peu, mais les mots s'éteignent sur mes lèvres.

Nous sommes arrivés près d'un hangar à bateaux peint en vert. D'un côté du chemin, la surface miroitante du lac s'étend jusqu'au pied du Temple des vents, juché sur son tertre ; de l'autre, une grande bande de terre plantée de jeunes arbres descend en pente douce jusqu'au bord de l'Evenbrook.

« Hé, vous là-bas ! s'écrie soudain Mr Randolph. Que diable faites-vous là ? »

Je suis son regard.

Tapi derrière une rangée de buissons, au-delà du hangar à bateaux, il y a un homme. Il porte une casquette en cuir, et ses cheveux noirs tombent en longues mèches graisseuses. Je le reconnais aussitôt, car il a souvent hanté mes rêves depuis notre retour de Londres.

C'est Billy Yapp, plus connu, comme me l'a appris Mr Solomon Pilgrim dans Dark House Lane, sous le nom de « Sweeney ».

Je crois d'abord m'être trompée. Mais, quand l'homme se précipite hors de sa cachette et se met à courir vers la rivière, je distingue nettement le visage brutal et décharné qui m'a tant terrifiée à la taverne de l'Antigallican. Pas d'erreur possible, c'est bien lui.

En un instant, Mr Randolph se lance à sa poursuite, mais, bien qu'il soit solidement bâti et en bonne condition physique, il n'est pas de taille à lutter avec Yapp, qui a tôt fait de disparaître en gagnant le couvert des bois le long de la rive nord de l'Evenbrook.

J'attends que Mr Randolph revienne, atterrée, car j'imagine que Yapp a été envoyé à Evenwood sur l'ordre de Mr Armitage Vyse. Mais dans quel but ? Pour m'espionner… ou pour me faire subir le sort qu'il a, j'en suis sûre, réservé à Mrs Barbarina Kraus ?

Au bout d'environ cinq minutes, à mon grand soulagement, Mr Randolph revient à travers les arbres, le chapeau à la main, hors d'haleine.

« Je l'ai perdu, dit-il dans un souffle. Il court sacrément vite, le cochon.

– Qu'est-ce qu'il faisait là, à votre avis ?

– Rien de bon pour personne, je parierais gros là-dessus. À son allure, ce n'est pas quelqu'un du coin. Mais ne vous inquiétez pas. Nous allons rentrer, et j'enverrai quelques hommes faire le tour du parc, encore que je veuille bien être pendu si le lascar s'attarde dans les parages. »

Au moment où nous arrivons au croisement avec la voie carrossable, je vois une haute silhouette à cheval venir vers nous depuis les grilles ouest. Le cavalier se rapproche, et je vois qu'il s'agit de Mr Perseus.

Parvenu à notre hauteur, il met son cheval au pas, me jette un regard désapprobateur, puis, sans un mot, repart au galop vers le château.

Quand je pénètre dans le vestibule, j'y trouve Mr Perseus, cravache à la main, qui fait les cent pas devant le portrait du Corsaire turc à qui il ressemble tant. Il semble m'avoir attendue.

« Vous étiez encore en train de vous promener, je vois, Miss Gorst », observe-t-il sur un ton de reproche, tout en faisant claquer sa cravache sur sa jambe d'un air irrité.

Consciente de n'avoir commis aucune inconvenance, je me contente de confirmer la chose et lui demande poliment s'il veut bien m'excuser.

« Permettez-moi de vous faire remarquer, dit-il alors que je m'apprête à emprunter l'escalier, que vous semblez manifester un penchant particulier à l'égard de mon frère. Je ne suis pas sûr que cette conduite soit très appropriée de la part de la dame de compagnie de ma mère, mais peut-être celle-ci est-elle d'un avis différent. Elle est, j'en suis sûr, au courant de votre ... »

Il s'interrompt, comme s'il cherchait le mot juste.

« Attachement, termine-t-il, avec l'air de celui qui lance un défi verbal.

– Je vous demande pardon, monsieur, dis-je, piquée au vif par ses insinuations, mais vous faites erreur. Il n'y a pas d'"attachement", pour reprendre votre terme, entre Mr Randolph et moi-même, et, par suite, pas lieu pour Milady d'avoir un quelconque avis.

– Vos promenades avec mon frère ne sont pas passées inaperçues, vous savez. »

Je n'ai aucune envie de m'engager sur ce terrain, car je suis encore sous le choc de ma rencontre avec Billy Yapp et n'aspire qu'à retrouver ma chambre. Je le prie donc à nouveau de m'excuser, mais au moment où je me détourne, il me saisit soudain par le poignet pour m'arrêter. Voyant l'expression effarée qui s'inscrit sur mon visage, il me lâche aussitôt, sans pour autant s'excuser de son geste.

« Votre statut au sein de cette maison est en train de changer, Miss Gorst, poursuit-il d'un ton calme mais pénétré, et je soupçonne qu'il va continuer à évoluer. J'en suis heureux, croyez-moi. Madame ma mère vous apprécie beaucoup, et c'est une bonne chose, à mon sens, que vous occupiez désormais une position plus en rapport avec votre condition naturelle. Je pense toutefois qu'il est de mon devoir de mentionner un élément d'importance à propos de mon frère, même si je suppose que je ne vous apprendrai rien. »

Je veux l'assurer encore une fois de ce qu'il se trompe en pensant que je pourrais éprouver pour Mr Randolph autre chose que ce qu'autorise notre rang respectif, ou que j'ai des desseins plus ou moins inavouables à son sujet, mais il m'interrompt.

« Écoutez-moi bien, Miss Gorst. Je n'ai pas d'autre but que de vous épargner déception et chagrin. Mon frère ne saurait se soustraire aux devoirs qu'il a envers cette grande famille et envers ceux qui ont contribué à sa grandeur. Peut-être n'êtes-vous pas consciente du fait qu'il existe chez les Duport une tradition qui veut que même les fils cadets se marient bien. Mon frère ne fait pas exception à la règle. Il lui incombe en conséquence de trouver une épouse qui contribuera à accroître les intérêts de la famille, et Lady Tansor est fermement résolue à le voir agir en ce sens. Suis-je assez clair ? »

Il est maintenant aussi insupportable qu'il sait l'être : pompeux, arrogant, autoritaire, l'héritier Duport dans toute sa splendeur. Le regard dont il me gratifie me fait enrager, car je ne le comprends que trop bien. Bien que je jouisse d'une position incroyablement privilégiée dans la maison, ces yeux impérieux se chargent de me rappeler que je dois veiller à ne point trop présumer de moi-même. Je suis arrivée à Evenwood avec le statut de simple domestique. Je suis pauvre, orpheline, et j'ignore tout ou presque de mes parents. De quel avantage pourrais-je bien être pour les puissants Duport ? Voilà ce que je lis, entre autres, dans son regard glacial.

Je ne peux, bien entendu, lui révéler ma conviction que son frère est amoureux de moi, ni l'intuition qui me dit qu'il a l'intention de me demander en mariage ; mais, poussée comme je le suis dans mes derniers retranchements, j'émets l'idée, avec toute la déférence qui s'impose, que, dans l'hypothèse où je serais assez heureuse pour être l'objet de l'attention affectueuse de Mr Randolph Duport, et où, de surcroît, je lui rendrais ce sentiment, il s'agit là d'une affaire purement personnelle.

« C'est justement là que vous faites erreur, Miss Gorst, réplique-t-il. Comme je me suis efforcé à l'instant de vous l'expliquer, c'est une affaire dans laquelle d'autres personnes auront leur mot à dire – à commencer par Madame ma mère –, et les conséquences, je vous le garantis, ne seront pas en votre faveur. Si je puis me permettre, vous semblez vous être persuadée un peu vite que votre nouvelle position vous donnait le loisir d'agir à votre guise. Faites marche arrière, Miss Gorst, ne vous aventurez pas trop loin, c'est un conseil d'ami… Vous ne dites toujours rien ? »

Nous restons un long moment silencieux, tandis que je réfléchis à une éventuelle réponse. Pour finir, je lui fais savoir que le devoir m'appelle auprès de Milady, et l'assure pour la troisième fois que, quelques sentiments que je puisse éprouver pour son frère, ils n'ont absolument rien d'exceptionnel.

« Je suis heureux de vous l'entendre dire, Miss Gorst. Vous me pardonnerez, j'espère, ma franchise. Mon seul souci était de vous éviter tout désagrément. »

Il s'incline avec raideur, et je fais demi-tour pour me diriger vers l'escalier, sentant ses yeux sur moi à chaque pas.

Je n'ai rien à cacher à Milady concernant mes sentiments pour son plus jeune fils, et je suis certaine d'avoir toujours son appui. Pourquoi me soucier, en ce cas, de l'opinion de Mr Perseus ?

Et pourtant, même si je prétends le contraire, je me soucie bel et bien de ce que pense de moi Mr Perseus Duport, et de ce qu'il puisse croire que je suis amoureuse de son frère. Oui, je m'en soucie vraiment beaucoup.

II

MADAME DE L'ORME
À MISS ESPERANZA GORST

LETTRE 3

J'avais à peine refermé ma porte que Sukie frappait et me tendait une lettre. D'emblée, je sus qui en était l'auteur, et ce qu'elle contenait.

Le jour était enfin venu où j'allais découvrir ma véritable identité et la raison pour laquelle j'étais à Evenwood ; car je tenais là, dans mes mains tremblantes, la troisième Lettre d'Instructions de Madame, si longtemps attendue.

Ce fut un jour comme je n'en avais jamais connu jusque-là, et comme j'espère ne jamais en connaître. Les mots de Madame étaient autant de flèches enflammées qui me transperçaient. Les feux qu'elles déclenchèrent alors ne sont toujours pas éteints, et continueront à couver jusqu'à mon dernier souffle.

Voici donc ce que je lus, assise à mon bureau dans la chambre de la tour d'Evenwood, en ce jour mémorable qui mettait un terme à l'année 1876.

Avenue d'Uhrich
Paris

TRÈS CHÈRE ENFANT,

Le moment est enfin venu pour moi de te révéler, clairement et sans équivoque, les tenants et aboutissants de notre Grand Dessein, et je vais donc m'y employer de manière aussi succincte que possible.

Ce qu'il me faut d'abord te dire, en guise de préparation à ce qui suit, va te causer, je le crains, beaucoup de peine, et peut-être pour longtemps, au moins autant de peine qu'il m'en coûte à moi d'écrire ces mots ; il va donc te falloir être forte, mon ange, et affronter l'ultime vérité sur ton histoire avec ce courage admirable dont tu fais preuve dans le rôle qui est le tien à Evenwood.

Tu as eu maintes occasions dans ton enfance de voir le nom de ton père, sur la tombe du cimetière Saint-Vincent. Comme tu le sais, la pierre porte le nom d'Edwin Gorst, décédé en 1862.

Ce n'est pourtant pas là le véritable patronyme de ton père, mais un nom d'emprunt qu'il a adopté après avoir vécu une terrible tragédie dont les conséquences l'avaient contraint à quitter pour toujours son pays natal.

Sache donc que ton père est Edward Charles Duport, fils légitime de Julius Verney Duport, 25e baron Tansor, et de sa première épouse, née Laura Fairmile. Tu as certainement vu le portrait de Lord et Lady Tansor, avec leur second fils, Henry Hereward, dans le vestibule d'Evenwood. Il s'agit là de tes grands-parents et de ton oncle.

Cependant, bien que ton père soit l'unique et véritable héritier du titre, autant lui que son propre père, le défunt Lord Tansor, n'en ont jamais eu connaissance, et ce parce que sa mère l'avait voulu ainsi. Il a donc grandi dans l'ignorance la plus complète de sa véritable identité, et de l'héritage qui lui revenait de droit. C'est lui, et non ta maîtresse, qui aurait dû succéder au 25e baron.

C'est une histoire longue et pénible, qui devra attendre encore un peu pour t'être racontée dans le détail. Pour résumer, ta grand-mère, sans même que son mari ait eu connaissance de l'existence de son fils, a donné ton père à une autre pour qu'elle l'élève, et ce dans le but de punir Lord Tansor d'avoir été à l'origine de la ruine de son propre père, incident qui, telle était son intime conviction, avait provoqué la mort prématurée de celui-ci. En agissant ainsi, elle a déclenché la cascade d'événements qui, un demi-siècle plus tard, t'ont amenée jusqu'à Evenwood.

En cachant à son époux l'existence de son fils, Lady Tansor lui infligeait une blessure quasi mortelle, même s'il devait ne jamais être conscient du préjudice subi. Il est vrai qu'elle s'est par la suite repentie de ce grand péché et a été la proie, dans ses derniers jours, de terribles remords ; mais il était alors trop tard pour une quelconque réparation, et les conséquences de son acte ont pris une ampleur et une gravité qu'elle aurait été bien incapable de prévoir.

Comme tu le sais à présent, Lord Tansor, sans héritier de son second mariage, choisit de laisser ses biens et sa fortune à Phoebus Daunt, le fils de son pasteur, à la seule condition que ce dernier accepte de prendre le nom des Duport, ce qu'il était tout prêt à faire. Point n'est besoin non plus de revenir sur ce que tu as lu dans l'hommage posthume rendu à Daunt par Mr Vyse, notamment au sujet du meurtre du poète perpétré par Edward Glyver, son ami et condisciple d'antan. À présent, je te supplie d'être forte, ma chère enfant, car le coup va être terrible.

La femme à laquelle Laura Tansor avait laissé son enfant, Edward Duport, afin qu'elle l'élève comme le sien, était sa plus ancienne et sa meilleure amie. Naturellement, le garçon grandit sous le nom de femme de sa mère d'adoption. Qui s'appelait Glyver. Comprends-tu, maintenant ?

Edward Glyver, l'homme qui tua Phoebus Daunt, était ton père.

Ah, ma chérie ! Je n'imagine que trop bien la violence du choc que ces mots vont provoquer en toi. Comment amortir ce qui n'est que l'horrible et simple vérité ? Laisse-moi tout de même essayer.

Surtout ne crois jamais, ma chère petite, que ton père n'était qu'un vulgaire meurtrier, ou qu'il n'a agi que par jalousie ou vengeance aveugle. Il est vrai que s'il a été renvoyé d'Eton, c'était uniquement à cause de Daunt, lequel l'avait à tort accusé d'avoir volé un livre de bibliothèque d'une grande valeur ; vrai, également, que cette accusation, si fausse qu'elle ait été, l'a empêché d'emprunter la voie qu'il ambitionnait par-dessus tout : obtenir un poste à l'université, et se consacrer à la recherche. Le souvenir de cette injustice criminelle a hanté ton père pendant de nombreuses années, tout au long desquelles il a été consumé du désir de voir Daunt connaître l'amertume de l'ambition brisée, ce dont lui-même avait souffert. Mais il n'avait pas l'intention de le lui faire payer de sa vie ; il n'a commencé à envisager une solution aussi radicale que du jour où il a été confronté à une trahison et à un préjudice d'une telle ampleur qu'aucune autre issue ne lui a plus semblé possible.

Au moment où l'irréparable a été commis, ton père était depuis quelque temps privé de raison : il avait perdu tout sens moral et était en proie au plus grand désespoir. Son ancienne maîtrise de soi et toutes les nobles qualités dont parle Mr Heatherington dans sa réponse au panégyrique très partial de Mr Vyse se trouvaient temporairement en sommeil. Ne lui restait que sa formidable volonté.

C'est ainsi qu'il connut une brève période de folie, pendant laquelle rien ne compta hormis la destruction de son ennemi, non parce que celui-ci était responsable de son renvoi d'Eton, ni parce qu'il avait été désigné comme l'héritier de Lord Tansor, car cette décision, ton père en était certain, pouvait être récusée par les tribunaux, grâce aux preuves qu'il avait rassemblées, lesquelles établissaient sa véritable identité sans conteste possible.

Non, si Phoebus Daunt est mort, c'est parce qu'il a été l'instigateur, avec la complicité de la femme que ton père aimait pardessus tout, d'une machination diabolique. Par le biais de la plus cruelle des tromperies, Daunt et cette femme ont réussi à se procurer les documents que ton père avait travaillé si longtemps à découvrir, et qui apportaient la preuve de sa légitimité en tant qu'héritier de Lord Tansor. Ils les ont ensuite détruits, privant ainsi ton père à jamais des moyens de faire valoir ses droits.

Et cette femme sans cœur et sans conscience, qui l'a encouragé à croire qu'elle lui rendait son amour ; qui a ensuite anéanti tous ses espoirs de bonheur et de prospérité futurs en lui déclarant qu'elle n'avait jamais aimé d'autre homme que Phoebus Daunt, qu'elle avait l'intention de l'épouser, et que les preuves de sa véritable identité, qu'il lui avait confiées, dans l'innocence du parfait amour, pour qu'elle les mette à l'abri, avaient été transmises à son ennemi afin d'être détruites… cette créature perfide, qui crois-tu qu'elle soit ?

Qui d'autre sinon l'actuelle baronne Tansor, l'ex-Emily Carteret, la femme dont tu as coiffé les cheveux, brossé et reprisé les robes, dont tu es devenue la dame de compagnie, et qui se dit aujourd'hui ton amie.

Comprends-tu à présent, chère enfant, pourquoi Lady Tansor est ton ennemie, comme elle a été celle de ton père, et pourquoi elle ne cessera jamais de l'être ? Elle t'a volé les droits qui sont les tiens par la naissance, ainsi que ceux de tes enfants à venir, comme elle avait conspiré à lui voler les siens.

L'honnêteté m'oblige pourtant à reconnaître que ton père l'a aimée et qu'il a continué à le faire, même après qu'elle l'eut trahi. Encore un détail : malgré la noirceur de son âme, je crois qu'elle n'était pas sans ressentir, au plus profond d'elle-même, de l'affection pour lui, bien que ce sentiment ne pesât guère en regard de sa passion dévorante pour Daunt.

Pendant un temps, ton père a refusé de rendre Miss Carteret responsable de la catastrophe dans laquelle elle avait contribué à le précipiter, car il se sentait incapable de la condamner pour un acte commis au nom de l'amour, alors que lui-même aurait fait n'importe quoi, commis n'importe quel crime, par amour pour elle. Peu à peu, toutefois, au cours de son exil solitaire, alors qu'il vivait à Lanzarote sous le nom d'Edwin Gorst, coupé de tout ce qui avait donné à sa vie sa saveur, loin de son pays et de la ville qu'il aimait, il s'est mis à voir les choses sous un jour différent, considérant son propre malheur à la lumière d'une injustice plus grande encore. Car, en privant ton père des droits que lui donnaient sa naissance et son sang (ce qui parachevait l'œuvre de Laura Tansor), Miss Carteret et Phoebus Daunt avaient également privé ses descendants de ce qui leur revenait de droit. Ton père a alors décidé qu'il lui fallait absolument redresser ce tort fait aux générations futures. Mais comment ?

Pour finir, le destin – c'est ainsi qu'il voyait la chose – lui en a fourni les moyens. Il a été délivré de son exil, comme tu le sais désormais, grâce aux bons soins de Mr John Lazarus. Une fois remis sur pied, il a conçu un plan – désespéré, téméraire, et sans grande chance de réussite, mais susceptible tout de même de déboucher sur un rétablissement, non pas de sa position à lui, car celle-ci lui était à jamais perdue en raison du crime qu'il avait commis, mais des droits qu'auraient ses descendants légitimement engendrés à hériter à sa place de la baronnie Tansor.

Son projet était simple, encore que pavé d'incertitudes et de dangers ; mais la responsabilité dont il se sentait investi à l'égard de sa lignée suffisait à vaincre toute objection d'ordre pratique.

Peu après son arrivée à Madère, comme tu te souviendras de l'avoir lu dans l'ouvrage Mr Lazarus, ton père a appris, par le plus grand des hasards, que Miss Carteret avait épousé le colonel Zaluski, et qu'un fils était né de leur union. C'est cette nouvelle, jointe à une autre, selon laquelle Miss Carteret était désormais l'héritière légale de Lord Tansor, et verrait en conséquence à sa mort son fils accéder à la fois au titre et aux biens, qui le poussa à l'action.

La première condition préalable était de trouver à se marier, dès que se présenterait une épouse qu'il pourrait aimer d'une affection sincère. Une fois encore, il crut en l'intervention providentielle du destin : il n'était pas depuis longtemps à Madère quand on lui présenta ta mère, l'ex-Miss Marguerite Blantyre.

Comme tu le sais, ton père et Miss Blantyre s'enfuirent puis se marièrent, et un enfant naquit bientôt de cette union. Cet enfant – toi, mon ange – devint l'instrument grâce auquel ce qui avait été perdu pourrait, si le destin l'autorisait, être recouvré.

Car, toi aussi, tu étais une Duport, conçue en toute légitimité, au même titre que lui. Vous étiez tous les deux, de ce fait, tenus à un devoir supérieur envers la longue lignée ininterrompue de vos ancêtres aussi bien qu'à l'égard de vos futurs descendants. La malveillance et la trahison l'avaient empêché de remplir cette obligation ; mais, grâce à toi, sa fille adorée, cette grande injustice pouvait enfin être réparée.

J'en viens maintenant à ce que ton père souhaitait accomplir grâce à toi.
Avant son départ pour l'Orient, après la mort de ta mère, je lui ai solennellement juré de t'élever comme ma propre enfant, et, le moment venu, de mettre en œuvre le dessein qu'il avait conçu : te placer près de la femme qui vous a tous deux dépossédés.
C'est dans le but de récupérer les biens et les droits perdus et de rendre ainsi la succession Tansor aux héritiers en ligne directe que ton père t'a chargée, toi son unique et très chère enfant, de cette obligation, lourde il est vrai, mais pour lui capitale : gagner l'affection durable, et si possible l'amour, de l'actuel héritier de la dynastie Duport.
Voici donc la mission que depuis la tombe il te demande de remplir, par ce que tu as de plus sacré.
Il te faut épouser Perseus Duport.

FIN DE L'ACTE TROIS

ACTE QUATRE

Entre amour et devoir

Nos péchés, semblables à nos ombres, sont à peine visibles
au zénith de notre vie ; le crépuscule venu,
comme ils apparaissent grands et monstrueux !

Sir John Suckling, *Aglaura* (1638)

23

À North Lodge

I

JE RENOUVELLE MA RÉSOLUTION

Après avoir lu la lettre de Madame, je sombrai dans une sorte d'enfer, d'où je crus bien ne jamais revenir. Les fondations de mon ancienne vie s'étaient écroulées, me laissant dans un état d'abattement profond et de grande confusion mentale, comme si j'avais été soudain rejetée sur un rivage désolé et sans relief, sans aucun espoir d'être secourue. Je revins à maintes reprises sur les paroles de ma tutrice jusqu'à ce qu'elles soient gravées dans ma mémoire, tantôt arpentant désespérément ma chambre, tantôt couchée sur mon lit dans une sorte de stupeur, le regard perdu dans l'entrelacs des motifs en stuc du plafond.

Je tentai vainement de prendre la mesure de ce que me disait Madame : que j'étais Esperanza Duport, l'héritière légitime, par le biais de mon père dépossédé, de feu Lord Tansor ; que j'avais été spoliée de mon droit acquis à la naissance par l'actuelle Lady Tansor et son ancien amant ; et que, pour mener à bien le Grand Dessein – le recouvrement de ce droit, pour moi-même autant que pour ceux qui viendraient après moi –, il fallait que Lady Tansor soit enfin traduite en justice et que j'épouse son fils aîné.

Autant d'éléments déjà suffisamment difficiles pour moi à appréhender et à absorber ; mais apprendre que mon père était responsable de la mort de Phoebus Daunt allait au-delà du supportable.

Comment cela se pouvait-il ? Ce père chéri dans mon imagination, l'infâme meurtrier, Edward Glyver ? Dans un premier temps, même si l'instinct me poussait à prendre la défense de mon père et à m'opposer aux injonctions de ma conscience, je refusai d'accepter les justifications de son crime proposées par Madame. Elle prétendait qu'il avait failli sombrer dans la folie après avoir été trahi par la femme qu'il aimait ; mais existait-il une quelconque justification – même un désordre mental temporaire – pour un acte aussi atroce ? Je m'apitoyai sur mon père, le pleurai, mais je me sentis incapable de lui pardonner son acte. Tout ce que j'avais rêvé qu'il fût était réduit à néant par son crime, dont l'ombre pesait à présent sur moi, sa fille innocente, marquée à vie par cet héritage coupable.

Lentement, douloureusement, le sentiment filial pourtant reprit le dessus. Quoi qu'il ait pu faire, quel qu'ait été le nom qu'il ait choisi de porter – Glyver, Gorst ou un autre –, il restait le père que j'avais tant désiré connaître, l'homme extraordinaire que j'avais rencontré sous la plume de Mr Lazarus ou celle de ma mère, et dont la puissante personnalité avait produit sur moi une si forte impression, grâce à ces témoins de première main. Il avait commis un acte horrible, impardonnable, mais s'il était entré dans ma chambre à cet instant, me serais-je détournée de lui, dans un sursaut de révolte, ou bien jetée dans ses bras ?

Pour finir, après bien des réflexions angoissées du même genre, accompagnées d'un déluge de larmes, je parvins à un compromis précaire avec ma conscience, et mes pensées se tournèrent à nouveau vers le présent.

Je savais désormais ce qu'il me fallait faire pour recouvrer le patrimoine volé. La tâche était dure, en vérité, et, vraisemblablement, impossible à accomplir. Mr Perseus ne me considérerait jamais comme un parti convenable, étant donné ma condition actuelle. S'il ne me trouvait pas suffisamment bien pour son frère, comment pourrait-il m'estimer digne de devenir un jour l'épouse du prochain Lord Tansor ? Il apparaissait maintenant que nous étions cousins, mais je n'avais pas de preuves, pour l'instant, de ma véritable identité, et risquais de ne jamais en avoir. Aux yeux de Mr Perseus, je resterais Esperanza Gorst, l'ex-femme de chambre de sa mère.

Et pourtant je sens bientôt que cette tâche, toute insurmontable qu'elle puisse sembler, ne m'effraie pas. Mieux, tandis que je réfléchis aux paroles de Madame, je suis emplie d'exaltation face à l'épreuve qui m'est assignée. Il y a tant de choses que je n'aime pas, voire que je méprise, chez Mr Perseus ; d'un autre côté, il y en a davantage encore qui m'attirent. Il m'est arrivé d'entrevoir – de manière certes fugitive, mais ô combien fascinante – un autre Perseus Duport, ce qui m'a conduite à penser qu'il cherche constamment à étouffer sa vraie personnalité. Il me fait l'impression d'une grande mer gelée, froide et égale en surface, mais bouillonnant d'une vie secrète dans ses profondeurs. Il semble qu'il ne veuille pas apparaître autrement que comme l'héritier Duport, fier, invulnérable, l'homme qui se doit de répondre à la perfection à ce que l'on attend de lui, et qui devra un jour s'employer, à l'image du redoutable parent de sa mère, le 25e baron, à maintenir le vénérable rang des Duport parmi les premières familles du royaume. C'est une lourde responsabilité, et il est clair qu'il ne la vit pas autrement. Pour la première fois, je commence à discerner une forme de vertu dans son orgueil et son égocentrisme, et dans sa dévotion austère à quelque chose de plus grand que lui. Quant à mes propres sentiments, je me contenterai de dire que la perspective d'épouser Mr Perseus était loin – vraiment très loin – de m'être désagréable, si par miracle elle parvenait à se concrétiser.

Je finis par m'écrouler sur mon lit et tombe aussitôt dans un profond sommeil. Quand je me réveille, une heure plus tard, je suis étrangement calme ; je me sens apaisée, pleine d'une résolution renouvelée.

Je ferai mon devoir vis-à-vis de mon père, de Madame, de cette très vieille famille que je dois à présent faire mienne, et de ceux de mon sang qui viendront après moi ; et je m'en acquitterai la joie au cœur, car la récompense est immense. Je me lève, épuisée, mais l'esprit revigoré, et j'en fais le serment, sur l'âme innocente d'Amélie Verron, l'amie la plus chère et le plus loyale que j'aie jamais connue.

Il n'y aura pas de retour en arrière possible. J'avancerai, même si je n'ai guère d'espoir de réussite, jusqu'à ce que je ne puisse aller plus loin. Car j'ai entendu l'appel de mon père depuis la tombe. Tout meurtrier qu'il ait été, je ne l'abandonnerai pas, je le jure.

II

LE TRIUMVIRAT

« Nous sommes, tel le prophète, dans une vallée d'ossements desséchés [1], dit Mr Montagu Wraxall d'un ton solennel. Il est de notre devoir d'habiller ces restes autrefois vivants des muscles et de la chair de la vérité, et de les animer du souffle de la vie, pour que justice, enfin, soit faite. »

Nous étions trois à prendre le thé dans le salon exigu et jonché de papiers de North Lodge, nos genoux se touchant presque : Mr Wraxall, moi-même et un homme jeune à l'apparence singulière.

Ce dernier m'avait été présenté comme l'inspecteur Alfred T. Gully, de la police criminelle – l'homme auquel Mr Vyse avait fait allusion dans la conversation avec Lady Tansor que j'avais entendue, cachée dans mon réduit, et, d'après ce que j'avais lu dans le *Times*, l'officier chargé de l'enquête sur le meurtre de Mrs Barbarina Kraus. Rien d'étonnant, songeai-je, à ce que sa présence ait alarmé Milady.

Il y avait une quatrième personne dans la pièce : Mrs Gully, jeune femme petite et soignée de sa personne, d'allure réservée, mais manifestement intelligente. Elle était assise à l'écart, près du feu, occupée à lire un volume d'essais de Mr Matthew Arnold, tout en levant la tête de temps à autre pour jeter un regard affectueux à son époux.

Celui-ci, comme je viens de le mentionner, était passablement singulier, tant par l'apparence que par la personnalité. Voici la description que j'en fis après coup dans mon Livre des Secrets :

MR ALFRED GULLY

Âge : environ vingt-cinq ans. Né à Easton, fils d'un inspecteur de police de la ville.

Physique : celui d'un jeune garçon. Joues pleines et vermeilles, bouche large et charnue, curieux nez retroussé, qui donne l'im-

1. Allusion à la vision d'Ézéchiel de la vallée des ossements desséchés (Ézéchiel, chapitre 37).

pression que ses narines sont constamment remontées par l'hameçon de quelque canne à pêche invisible. Vêtu d'une redingote bleu foncé (très effrangée aux poignets), d'un pantalon écossais (fort lustré aux genoux) ; coiffé d'un chapeau qui, un peu trop petit pour sa grosse tête, a laissé une ligne d'un rouge éteint sur son front.

Impressions : Sa voix est un peu discordante et témoigne fréquemment des inflexions très reconnaissables de ce que j'identifie désormais comme l'accent local ; il parle néanmoins avec la facilité et l'assurance d'un homme instruit et cultivé, même si cette instruction n'est pas celle que dispensent les établissements traditionnels que sont les *public schools* et les universités.

Conclusion : un homme tout à fait remarquable dont, je le crois volontiers, la réputation est pleinement méritée grâce à des compétences hors du commun. Aimable, mais aussi redoutable sans en avoir l'air – un peu comme Mr Wraxall, à cet égard.

Une fois les présentations faites et les remarques d'usage échangées, nous nous étions installés de notre mieux sur trois chaises assez instables au dossier en forme de roue, placées devant un petit bow-window qui donnait à l'ouest sur la route d'Odstock. Mr Wraxall agita une clochette en laiton, et, presque aussitôt, Mrs Wapshott, la femme qui lui servait à la fois de cuisinière et de gouvernante, apporta le plateau du thé, sur lequel trônait un gros cake aux épices doré à point.

« Et comment allez-vous, Miss Gorst ? me demanda mon hôte, tout en me tendant une tranche de cake.

– Très bien, monsieur, répondis-je. Je suis ravie de ma nouvelle situation.

– Miss Gorst vient d'être promue. Elle est désormais la dame de compagnie de Madame la baronne », dit Mr Wraxall à l'inspecteur, lequel se contenta d'incliner légèrement la tête, signifiant par là qu'il était déjà au courant.

« Les devoirs d'une dame de compagnie sont très différents, je crois, de ceux d'une femme de chambre, poursuivit Mr Wraxall après un judicieux silence, et offrent de nombreuses occasions d'étudier les habitudes et la personnalité de celle qui l'emploie. La nature humaine est un sujet d'observation inépuisable et fascinant, vous ne trouvez pas, Miss Gorst ?

– Ah, la nature humaine ! s'écria Mr Gully avant que j'aie le temps d'ouvrir la bouche. Il s'agit là d'un champ d'études illimité dans lequel vous et moi, Mr W, travaillons sans relâche ! »

Il sortit un grand mouchoir pas très net et se moucha violemment, avant de secouer la tête et de pousser un soupir affligé.

« Vous l'ignorez sans doute, Miss Gorst, reprit Mr Wraxall, mais mon jeune ami ici présent est déjà un des hommes les plus en vue de la police criminelle de Londres, bien qu'il soit né à Easton, où son père a appartenu pendant des années à la police locale. J'ai eu la bonne fortune de bénéficier des talents exceptionnels de mon jeune ami dans ma dernière affaire devant les assises. Depuis, nous sommes devenus, si l'on peut dire, des frères d'armes.

– Très aimable à vous, Mr W, vraiment, dit l'inspecteur, manifestement touché par les compliments du grand homme.

– Mr Gully travaille en ce moment sur une affaire particulièrement troublante, poursuivit Mr Wraxall, à laquelle je m'intéresse vivement moi aussi, mais en tant qu'observateur amateur, cela va sans dire. Vous en avez peut-être entendu parler par les journaux ? Il s'agit du meurtre particulièrement révoltant – phénomène malheureusement assez répandu dans les quartiers dangereux de la capitale que notre profession nous amène, Mr Gully et moi-même, à fréquenter – d'une femme du nom de Barbarina Kraus. L'affaire est intéressante à plus d'un titre.

– Intéressante, Mr W, dit en écho l'inspecteur, c'est le mot. Et significative, qui plus est.

– Significative, en effet, corrobora Mr Wraxall avant de retomber dans le silence. Ah, et puis en voilà assez ! finit-il par s'exclamer, en tapant du pied et en reposant sa tasse dans un cliquetis sonore. Je vous fais insulte, Miss Gorst, en tournant autour du pot de manière aussi ridicule. Je vous présente mes sincères excuses. Dès notre première rencontre, j'ai vu en vous une amie et une alliée, et j'ose croire que vous avez fait de même avec moi – auquel cas, vous avez eu raison. Acceptez donc que je fasse amende honorable et permettez-moi de vous traiter comme telle.

« Je vous ai invitée ici, Miss Gorst, parce que vous avez semblé de ne pas être en désaccord avec les vues qui sont les miennes sur la mort du vieil ami de mon oncle, Mr Paul Carteret. Ai-je vu juste ? »

Je répondis en me montrant au regret d'ignorer presque tout de l'affaire, tout en ajoutant :

« Il me semble cependant, d'après ce que vous-même m'avez dit, et d'autres avec vous, que le verdict officiel soit… sujet à caution. »

Nouveau soupir affligé de la part de Mr Gully.

Mr Wraxall pencha son crâne luisant vers moi, et, dans un murmure délibérément audible pour Mr Gully, m'informa que Mr Gully père avait été l'officier chargé de l'affaire à l'époque, et qu'il avait toujours souscrit à la version officielle suivant laquelle l'agression dont avait été victime Mr Carteret relevait d'un simple vol avec coups et blessures.

« Notre Mr Gully, ici présent, n'était, bien entendu, qu'un jeune garçon à l'époque ; mais, au fil des années, il s'est fait, comme moi, une opinion différente de l'affaire. Laquelle a fini par devenir pour nous une sorte de cause privée ; nous en avons souvent débattu ensemble, ainsi qu'avec mon défunt oncle, dont l'attitude n'a pas été sans irriter certaines personnes quand il a refusé catégoriquement d'accepter les conclusions de l'enquête et réfuté l'idée que Mr Carteret aurait été la victime d'une bande de brigands itinérants, qui s'en seraient pris à des paysans rentrant chez eux avec l'argent du marché dans leurs poches. J'ai passé bien des nuits blanches à examiner le moindre bout de papier laissé par mon oncle, à l'affût de tout ce qui pourrait jeter quelque lueur sur cette tragédie, mais sans grand succès. Nous espérons, Mr Gully et moi-même, faire la lumière, sans qu'il subsiste le moindre doute, sur ce qui s'est passé lors de cette fatale journée, ainsi que – et c'est à ce jour ce qui nous importe le plus – sur les causes du drame.

« Aujourd'hui, vous êtes parmi nous, Miss Gorst, et, si vous êtes d'accord pour vous joindre à nous, j'aimerais officiellement, et avec le plus grand plaisir, vous accueillir au sein de ce qui est désormais, je l'espère sincèrement, un triumvirat d'enquêteurs à la poursuite de la vérité. »

Là-dessus, il me tendit la main, et je la serrai bien volontiers, ajoutant que je serais très heureuse de me compter parmi eux, si tel était leur désir, encore que je ne visse pas très bien quelle contribution concrète je pourrais apporter à leur entreprise.

« Mais voyons, Miss Gorst, protesta Mr Wraxall. Vous ne vous rendez pas justice. Je suis convaincu, absolument convaincu, que vous allez vous révéler un membre très utile de notre petite alliance.

– Très utile », approuva Mr Gully, la bouche pleine de cake.

« La position que vous occupez à Evenwood est tout à fait singulière, fit ensuite observer Mr Wraxall. Des occasions peuvent, que dis-je vont immanquablement se présenter, des découvertes se faire en raison même de cette position, et il se peut qu'elles promeuvent notre cause d'une manière dont nous ne sommes pas à même de juger pour l'instant.

« Il vous faut bien comprendre, cependant, que si nous nous intéressons à la mort de Mr Carteret, vieille aujourd'hui de vingt ans, ce n'est pas une question purement… comment dire, Mr Gully ?

– Académique, Mr W ? proposa l'inspecteur.

– Tout à fait, répliqua Mr Wraxall, approuvant de la tête. Et voilà où je veux en venir, Miss Gorst. Mr Gully et moi-même partageons le même point de vue sur certains événements, d'une nature plus que douteuse, concernant la noble dame que vous servez actuellement comme dame de compagnie. Ce point de vue, je le résumerai en disant qu'il est entaché de scepticisme, par quoi j'entends que nous ne sommes en aucune façon persuadés que Madame la baronne soit totalement innocente de toute implication dans les événements en question. Je crois, qui plus est, que vous n'êtes pas loin de partager notre point de vue, Miss Gorst. Suis-je dans le vrai ? »

Je réfléchis un moment à la réponse à donner, dans la mesure où j'ai toujours fait preuve de la plus grande prudence quand on me questionne sur moi-même ; mais il m'apparut impossible de douter de la sagesse de ces grands yeux gris, et, en conséquence, je remerciai Mr Wraxall de sa franchise et de la confiance qu'il m'accordait.

« Vous avez raison, concédai-je. Ma position, depuis que je suis femme de chambre de Lady Tansor, m'a mise en contact étroit avec elle, et je m'intéresse vivement à certains événements de sa vie, passés et présents.

– Ah, s'exclama Mr Gully. Certains événements ! Passés *et* présents ! Nous y voilà, Miss Gorst.

– Excellent ! s'écria Mr Wraxall, en se donnant une claque sur le genou. Un de ces événements pourrait être l'agression perpétrée contre Mr Paul Carteret, en octobre 1853, dont nous venons tout juste de parler. Un autre pourrait être l'affaire à laquelle nous avons déjà fait allusion, et dont Mr Gully s'occupe en ce moment : le meurtre brutal d'une femme dont le cadavre a été repêché, il y a à peine trois mois, dans la Tamise, près du marché aux poissons de Billingsgate.

« La question que j'aimerais vous poser maintenant, Miss Gorst, est la suivante : ces deux crimes apparemment sans lien – l'un passé, l'autre présent, tous deux non élucidés à ce jour – sont-ils en réalité dans la continuité l'un de l'autre ? Mon avis professionnel est que tel est le cas, et Mr Gully est d'accord avec moi. Si seulement nous en détenions la preuve ! Sinon qui sera prêt à admettre qu'une seule et unique suite de circonstances puisse relier le meurtre sauvage de Mrs Barbarina Kraus, une femme de basse extraction aux fréquentations criminelles avérées, et l'agression mortelle dont a été victime il y a tant d'années Mr Paul Carteret, ancien secrétaire et bibliothécaire de son parent, feu Lord Tansor, et père de l'actuelle baronne ? Cela paraît vraiment incroyable. La seule idée en est tout bonnement ridicule, n'est-ce pas ? Et pourtant, Miss Gorst, c'est un fait – un fait singulier, je vous l'accorde, mais incontournable – que, lorsqu'il a envisagé cette extraordinaire éventualité pour la première fois, Mr Gully a senti ses pieds le démanger. »

Une grande perplexité avait dû se peindre sur mon visage à ces mots, car l'inspecteur offrit aussitôt une explication.

« Je ne sais pas pourquoi, Miss Gorst, dit-il, mais chaque fois que je pense être sur une piste sérieuse, les pieds commencent à me démanger. Martha pourra vous le dire. »

Mrs Gully leva les yeux de sa lecture studieuse de Mr Matthew Arnold et confirma d'un hochement de tête.

« Ces démangeaisons, je les sens en ce moment, dit son époux en jetant un coup d'œil à ses bottes.

– Je l'ai vue, déclarai-je, souhaitant tout à coup faire avancer la discussion. La vieille femme, je veux dire. Je lui ai également parlé au Duport Arms.

– Ah ! s'exclama Mr Gully, sortant son carnet et se mettant aussitôt à prendre des notes.

– Vous faites allusion à la défunte Mrs Kraus ? demanda Mr Wraxall avec empressement.

– Oui.

– Et à votre avis, que faisait-elle à Easton ?

– Je crois qu'elle était venue à Evenwood voir Lady Tansor.

– Qu'est-ce qui vous le fait penser ? » demanda Mr Gully.

Je racontai alors que Milady m'avait ordonné de porter un mot au Duport Arms à l'attention de « B.K. », une femme dont Milady m'avait confié par la suite qu'il s'agissait de Bertha Kennedy, une ancienne domestique qui traversait une passe difficile, mais dont j'étais désormais certaine qu'elle n'était autre que Mrs Kraus.

« Une ancienne domestique ! » s'exclama Mr Wraxall tout heureux, en jetant un regard entendu à Mr Gully. Puis il ajouta mystérieusement : « Peut-être que ce n'était pas si loin de la vérité. Nous tenons là quelque chose, Gully.

– À n'en pas douter, Mr W », confirma l'autre.

Ils continuèrent à se regarder un moment, hochant la tête de concert, puis Mr Wraxall s'adressa à moi, d'un ton plus calme maintenant et empreint de sérieux :

« Voici donc, Miss Gorst, la chose succinctement résumée. Mr Gully et moi-même avons la conviction que la succession Duport est le seul fil qui relie les morts de Paul Carteret et de Mrs Kraus. Notre théorie, qui, en l'absence de toute preuve solide, doit nécessairement rester à l'état d'hypothèse, est que Mr Carteret était en possession d'informations qui auraient conduit à priver Mr Phoebus Daunt de son avenir en qualité d'héritier adoptif de Lord Tansor.

« Nous croyons également – et là nous sommes, pour l'instant, sur un terrain encore moins sûr – que Mrs Kraus a été assassinée parce qu'elle savait quelque chose qui compromettait l'accomplissement de ce que garantissait le premier crime.

« En bref, notre conclusion est que l'agression contre Mr Carteret a été le premier acte d'un drame de grande ampleur, qui a conduit d'abord au meurtre de Mr Carteret, puis à celui de Mr Phoebus Daunt, et aujourd'hui à celui de Mrs Barbarina Kraus. Souhaitez-vous ajouter quelque chose, Mr Gully ?

– Admirable résumé, Mr W, répondit le jeune homme, en refermant son carnet. Comme on pouvait s'y attendre. "Compromettait l'accomplissement de ce que garantissait le premier crime"... la formulation est excellente ! Rien à ajouter, si ce n'est peut-être un point sur lequel je voudrais insister, et que j'évoque pour vous sous la forme d'une question, Miss Gorst : *cui bono* ? Ou, à l'inverse, qui a le plus à perdre au cas où certaines affaires, enfouies depuis longtemps, viendraient à ressortir au grand jour ?

– Vous pensez à Lady Tansor ? demandai-je.

– Précisément.

– Vous seriez donc prêt à l'accuser du meurtre de son propre père ? »

L'inspecteur eut un coup d'œil interrogateur à l'adresse de l'avocat.

« Nous n'avons rien pour étayer une accusation aussi grave, dit ce dernier. Mais nous ne pouvons écarter la possibilité, voire la probabilité, que la baronne, agissant de concert avec Mr Phoebus Daunt, ait mis la tragédie sur ses rails, même s'il se peut qu'elle n'en ait pas prévu l'issue.

– Et Mrs Kraus ? demandai-je.

– Chantage, intervint Mr Gully d'un ton assuré. Pur et simple. C'est on ne peut plus clair. Quelle autre raison la victime aurait-elle eu de venir à Evenwood, sinon pour exiger quelque chose de Lady Tansor : de l'argent en échange de son silence, à propos d'une affaire de la plus grande importance pour la baronne ? Quant à la nature de cette affaire, eh bien, c'est le cœur même du mystère. Mais, grâce à vous, Miss Gorst, nous sommes sûrs désormais qu'il existe un lien entre la baronne et la femme assassinée.

– Soit la demande d'argent a été rejetée d'emblée, soit on a voulu donner l'impression à cette femme qu'elle serait satisfaite plus tard, fit remarquer Mr Wraxall. Quelle qu'ait été la solution choisie, c'est une troisième qui a été mise en œuvre et suivie de conséquences extrêmement fâcheuses pour Mrs Kraus. Bien entendu, Lady Tansor ne pouvait pas se charger elle-même de l'affaire, et elle a donc nécessairement eu un complice.

– Mr Armitage Vyse.

– Excellent, Miss Gorst ! s'exclama Mr Wraxall avec un sourire ravi à mon adresse. L'homme même que nous soupçonnons. Vous voyez, Gully, combien Miss Gorst va être utile à notre cause. Souvenez-vous de ce que je vous dis, la vérité, nous finirons par la trouver à présent que Miss Gorst est des nôtres. »

La grande horloge dans l'angle de la pièce sonna cinq heures ; aussitôt, Mr Gully sortit sa montre de gousset afin de vérifier la bonne synchronie des deux instruments.

« Il faut que je parte si je ne veux pas manquer mon train, dit-il en bondissant sur ses pieds, et en brossant du revers de la main quelques miettes de cake sur sa veste. Au revoir, donc, Miss Gorst, dit-il en me serrant vigoureusement la main. Nous nous reverrons bientôt, j'en suis certain. Au revoir, au revoir. »

III

MR WRAXALL EXERCE SON INTUITION

Après le départ de Mr Gully et de son épouse – cette dernière m'ayant gratifiée d'un simple « Bon après-midi, Miss Gorst, ravie de vous avoir rencontrée » –, Mr Wraxall et moi-même sortîmes dans le jardin fermé de murs à l'arrière de la maison.

« Vous semblez beaucoup aimer Mr Gully », fis-je remarquer.

Nous avions franchi une grille et nous trouvions maintenant dans un petit enclos. Au-delà de la clôture, la route carrossable montait à travers une frange d'arbres denses jusqu'aux grilles du parc qui donnaient sur Odstock Road.

« Un brave homme a été tué là-bas, dit Mr Wraxall d'un air songeur, tout en contemplant au loin la ligne de plus en plus sombre des arbres. Le temps n'a pas effacé, et n'effacera jamais, le souvenir de cette atrocité. »

Au-dessus de nos têtes, un vol de corneilles brusquement dérangées prit son essor, à grands coups d'ailes et de cris rauques. Je m'arrêtai pour regarder leur débandade déplumée, tandis que Mr Wraxall continuait à avancer, les yeux toujours fixés sur l'horizon à l'ouest ; puis il se tourna à nouveau vers moi.

« Pardonnez-moi, Miss Gorst. Vous parliez de Mr Gully, n'est-ce pas ? Oui, je lui suis effectivement très attaché. On a du mal à le croire simplement en le voyant, mais il a un esprit très ouvert et très original. Rares sont les jeunes gens dotés d'une telle instruction, et plus rares encore ses collègues de la police, qui lisent Platon au petit déjeuner ! Je n'aurai jamais de fils, il est trop tard maintenant, mais si c'était encore possible, je serais fier d'en avoir un comme l'inspecteur Alfred Gully.

– J'aurais aimé pouvoir parler plus longuement avec Mrs Gully, dis-je, tandis que nous revenions vers la maison. Elle semble être de ces personnes que l'on a envie de mieux connaître.

– Ah, Martha la Silencieuse, dit Mr Wraxall en riant. Une jeune femme d'intelligence et de raison. Elle est le bras droit officieux de Gully. Il dépend d'elle dans une grande mesure, et c'est elle qui, en maintes occasions, a fourni la dernière pièce du puzzle assurant le succès d'une enquête. Son histoire est un bel exemple de promotion sociale grâce à l'étude. Son père était boucher à Bermondsey, mais la jeune Martha nourrissait l'ambition tout à fait louable de devenir médecin. Naturellement, son milieu ne jouait pas en sa faveur… mais bref, cela ne nous concerne pas.

« Ce qui nous concerne, en revanche – ou qui le devrait –, ce sont les activités de Mr Armitage Vyse. Méfiez-vous de cet individu, ma chère. Ce n'est pas un ornement de notre profession, croyez-moi, et des bruits courent sur son compte qui m'inquiètent sérieusement. L'influence qu'il exerce sur Lady Tansor s'est beaucoup renforcée ces derniers temps, ce qui m'incite à penser qu'il est en train de tramer quelque chose, dont la découverte risque de mettre en péril celui ou celle qui en aura été l'agent. »

Il avait adopté un air qui me laissa perplexe, car il semblait m'inviter, sans le dire clairement, à me confier à lui. Je les avais très volontiers rejoints, lui et Mr Gully, pour les assister dans leur entreprise consistant à établir dans quelle mesure Lady Tansor était impliquée dans la mort de son père et celle de Mrs Kraus ; car si nous prouvions que nos soupçons étaient fondés, ma cause personnelle, aussi bien que la leur, y gagnerait beaucoup. Mais je n'étais pas prête, du moins pas encore, à me confier entièrement, même à Mr Wraxall. C'est pourquoi, je gardai mes pensées pour moi.

Quand nous atteignîmes la porte arrière de la maison, Mr Wraxall s'arrêta, la main sur la poignée.

« J'aimerais vous dire quelque chose, Miss Gorst, et je serai franc avec vous, comme un ami doit l'être. Vous êtes venue à Evenwood dans un but bien précis. Libre à d'autres de croire qu'une jeune femme dotée de votre éducation et de vos capacités ait pu se satisfaire d'un emploi de femme de chambre, mais ce n'est pas mon cas. C'est là un des grands inconvénients de ma profession : mettre en doute ce que l'on me dit jusqu'à ce que les preuves m'obligent à le croire. Dans ce cas particulier, même si je puis émettre des hypothèses sur le sujet, j'ignore – et du même coup je suis dans l'incapacité de prouver – qui vous êtes réellement, et la raison pour laquelle vous vous trouvez ici. Mais je suis sûr que je ne me trompe pas en pensant qu'il y a plus en vous, Miss Gorst, beaucoup plus, que ce que vous voulez laisser croire. »

Je m'apprêtai à louvoyer, mais il leva la main pour m'arrêter.

« Non, laissez-moi finir, je vous prie, ma chère. Mon intuition me dit que, si vous êtes ici, ce n'est pas avec des intentions condamnables ; mais que vous ayez un motif caché afin de vous faire passer pour quelqu'un que vous n'êtes pas est, à mon œil de professionnel, indubitable.

« Pour autant, ne craignez rien. Je me flatte de posséder des capacités intuitives exceptionnelles – ce sont elles qui m'ont procuré une vie très confortable pendant de nombreuses années –, et je suis convaincu que vous ne risquez pas d'être percée à jour. Je me rends fort bien compte par ailleurs que vous n'êtes pas prête à vous confier à moi, même si j'espère que cela changera. Non, ne dites rien, ma chère. C'est inutile. Nous nous comprenons parfaitement, je crois. Ce que je veux que vous sachiez, c'est que vous pouvez compter sur moi pour vous apporter toute l'aide dont je suis capable, au mieux de mes compétences et quelle que soit l'entreprise dans laquelle vous êtes engagée, persuadé que je suis qu'il doit s'agir d'une affaire de la plus grande importance, et que vous m'en informerez quand vous jugerez le moment venu. Rentrons, maintenant. Il commence à faire un peu froid, et il reste encore du cake. »

Pour finir, il s'avéra qu'il y avait bel et bien quelque chose que je voulais lui dire.

Quand nous fûmes assis au coin du feu, nos tasses à nouveau remplies, je résolus, encouragée par les propos que venait de me tenir Mr Wraxall, de raconter à mon nouvel ami et allié ce que je savais de Mr Armitage Vyse, y compris sa rencontre avec Billy Yapp à l'Antigallican, et la récente apparition de ce dernier à Evenwood.

Il m'écouta avec la plus grande attention. Quand j'eus terminé, il se leva et alla se planter devant la fenêtre, sans rien dire, perdu dans ses pensées.

« Sweeney Yapp. Voyez-vous ça. Gully avait raison. »

Je compris alors que l'inspecteur soupçonnait déjà Yapp, bien connu de la police criminelle, du meurtre de Mrs Kraus, ce que Mr Wraxall ne tarda pas à confirmer.

« Gully était certain que c'était là l'œuvre de Yapp, dit-il en se rasseyant. Les gens parlent, du moment qu'on sait les prendre ; mais il n'avait pas de preuves, et il n'en a toujours pas. À présent, nous savons au moins qui a mis Yapp sur le coup, et peut-être même pour le compte de qui cette dernière personne agissait. Eh bien, ma chère, il semblerait que Mr Gully va devoir garder un œil sur ses lauriers. Vous avez l'étoffe d'un excellent détective, et courageux qui plus est, si j'en juge par votre escapade dans un endroit tel que l'Anti-gallican, où je vous adjure de ne plus remettre les pieds.

« Mais il semble que les intuitions de Mr Vyse, à l'instar des miennes, fonctionnent à merveille. Il a des soupçons à votre endroit, ce qui vous met en danger. Vous avez tout à fait raison de penser que Yapp a été envoyé ici sur l'ordre de Vyse, et cela ne laisse pas d'être inquiétant pour nous. Il faut que je télégraphie à Gully le plus vite possible.

– Et demain nous partons pour Londres, dis-je.

– Vraiment ? En ce cas, je vous supplie de faire très attention à vous pendant votre séjour. N'hésitez pas à venir me trouver, à n'importe quelle heure, si le besoin s'en fait sentir, King's Bench Walk, numéro 14, et il faudra vous efforcer de ne pas sortir seule, sauf en cas de nécessité absolue. Me le promettez-vous ?

– Je crains bien que ce ne soit pas possible, répondis-je d'un air de regret, car je projetais déjà diverses sorties, si Milady m'en laissait la liberté.

– Dans ce cas, je vais demander à Gully de vous fournir une protection. Il y a un homme très bien dans son département, le sergent Swann. Je vais voir ce qu'on peut faire. »

Ainsi en fut-il convenu : Mr Wraxall ferait le nécessaire, après avoir pris l'avis de Mr Gully.

« Vous avez été très indulgent, monsieur, dis-je en me levant pour prendre congé, en n'insistant pas pour que je vous en raconte sur moi-même plus que je ne puis, en l'état actuel des choses, vous en révéler... même si je dois vous dire que votre fameuse intuition est dans ce cas précis prise en défaut.

– Bien sûr, dit-il, en souriant et en posant sur moi ses merveilleux yeux gris. Je ne prétends pas être infaillible.

– J'ai malgré tout une question pour vous... si vous êtes disposé à l'entendre.

– Allez-y, j'écoute.

– Comment en êtes-vous venu à soupçonner Lady Tansor d'avoir trempé dans le meurtre de Mrs Kraus ?

– Ah, une excellente question, chère petite. Excellente. Et tout à fait digne de Mrs Gully, qui a le chic pour mettre le doigt là où il faut. Cela nous a été suggéré – rien de plus – dans un mot envoyé à Mr Gully par un informateur anonyme. Nous n'avons aucune idée de l'identité de cette personne, et les choses doivent donc en rester là pour l'instant. Ma foi, cette rencontre aura été fort agréable, Miss Gorst, conclut-il en me tendant mes gants et mon chapeau. Vraiment fort agréable. Mon Dieu !

– Qu'y a-t-il ? demandai-je, quelque peu alarmée.

– Je viens juste de me rappeler quel jour nous étions.

– Le 31 décembre ?

– Effectivement. Je vous présente donc tous mes vœux pour cette nouvelle année 1877, en espérant que nos entreprises se verront couronnées de succès, et que tous les ossements desséchés seront enfin habillés de vérité. Et maintenant, chère petite, puis-je vous raccompagner jusqu'au château ? La nuit tombe, il vaut peut-être mieux que vous ne rentriez pas seule. »

24

Neige et secrets

I

UNE VISITE NOCTURNE

Nous nous séparâmes, Mr Wraxall et moi, devant les grilles de la cour d'honneur. Sur le chemin du retour, tandis que le soir tombait, la conversation avait continué à tourner autour de la mort du père de Lady Tansor.

« Vous avez dit, je crois, que Mr Carteret était un vieil ami du professeur Slake, observai-je.

– Tout à fait, deux grands érudits, bien que dans des domaines différents. Les intérêts de Mr Carteret étaient de nature historique et littéraire, tandis que mon oncle avait pour principale passion la philologie et les coutumes religieuses des Anciens, même s'il a consacré de nombreuses années à sa grande histoire des peuples païens. »

Je demandai ensuite à Mr Wraxall si son travail sur les papiers personnels du professeur Slake avançait à sa satisfaction.

« Satisfaction n'est peut-être pas *le mot juste**, dit-il en riant, mais je crois effectivement que je progresse, même s'il reste encore beaucoup à faire.

– Et pouvez-vous me dire, si je ne suis pas trop indiscrète, si les lettres de votre oncle à Mr Carteret que vous avez récupérées à la Dower House présentent un intérêt particulier ? »

Mr Wraxall, qui avait clairement perçu les implications de ma demande, me félicita à nouveau d'avoir posé la bonne question.

« J'ai attendu tout l'après-midi que vous m'interrogiez sur ces lettres, dit-il. Elles étaient fort nombreuses, et il m'a fallu pratiquement toute cette nuit-là pour les parcourir et les classer. La plupart portaient sur des sujets relevant de débats de spécialistes. Deux, cependant, ont tout spécialement retenu mon attention. La première avait un lien curieux avec le meurtre de Phoebus Daunt. »

Je sentis mon estomac se nouer et fus obligée de me détourner pour cacher mon émotion.

Mr Wraxall me demanda si quelque chose n'allait pas.

« Non, tout va bien, merci, lui assurai-je, consciente que mon visage me trahissait. Continuez, je vous en prie. »

Je savais déjà, par Madame, que le père du poète, le révérend Achilles Daunt, avait été nommé pasteur d'Evenwood grâce à l'influence de sa seconde épouse, la belle-mère de Phoebus Daunt, une parente de Lord Tansor [1]. J'apprenais maintenant de la bouche de Mr Wraxall qu'il avait une certaine réputation comme biographe et spécialiste de l'époque classique, et qu'il était surtout connu pour sa compilation de la *Bibliotheca Duportiana* : un catalogue complet des ouvrages conservés dans la bibliothèque d'Evenwood, auquel avait participé Mr Carteret par le biais de notes sur les manuscrits de la collection.

Il apparaissait que, quelque temps avant l'agression perpétrée contre Mr Carteret, le docteur Daunt avait mis au point pour publication une traduction de Jamblique, un écrivain de la Grèce antique auquel Mr Thornhaugh avait parfois fait allusion au cours de ses leçons, mais dont j'ignorais totalement les œuvres.

Quand le révérend avait reçu les épreuves de sa traduction, il les avait envoyées au professeur Slake afin d'avoir son opinion, mais il lui avait ensuite réécrit pour lui demander de les faire suivre directement à un certain Edward Glapthorn, un employé de l'étude Tredgold, Tredgold & Orr, familier, lui aussi, de Jamblique. Cette demande était le principal sujet de la lettre que Mr Wraxall avait récupérée à la Dower House.

« Et j'en viens, Miss Gorst, dit l'avocat, au lien dont je parlais. Glapthorn était le pseudonyme d'Edward Glyver, le meurtrier de Phoebus Daunt. »

Cela, j'en avais déjà connaissance, grâce à l'article de Mr Vyse

1. Caroline Daunt, *née** Petrie (1797-1874). Le 25e Lord Tansor était pour elle un cousin au second degré. Elle avait épousé Achilles Daunt en 1821.

que m'avait fait parvenir Madame après l'avoir découpé dans la *London Monthly Review*, ce qui ne m'empêcha pas de feindre la stupéfaction que l'on attendait de moi.

« Ce qui est peut-être plus intéressant encore, poursuivit Mr Wraxall, est l'opinion qu'avait mon oncle de ce monsieur – car c'en était un – et qu'il a exprimée dans plusieurs lettres écrites par la suite au docteur Daunt. Même si les deux hommes ne se sont jamais rencontrés, ils ont eu un bref échange épistolaire à propos de la traduction de Jamblique, échange qui a permis à mon oncle de se forger une impression extrêmement favorable de Mr Glapthorn – ou Glyver, bref, quel qu'ait pu être son vrai nom – à la fois comme homme et comme savant, impression confirmée par le docteur Daunt, qui l'avait rencontré à plusieurs reprises. Apprendre, à peine un an plus tard, que ce même homme était responsable du meurtre du fils de son ami a été pour mon oncle un choc terrible. »

Même si rien dans le discours de Mr Wraxall n'exonérait mon père de son crime, ces paroles me furent d'un grand réconfort, car elles venaient corroborer, en toute indépendance, l'estimation flatteuse de sa personne qu'en avait faite Mr Heatherington.

« Vous avez parlé d'une seconde lettre, dis-je au moment où nous allions nous séparer.

– En effet. Et je l'ai trouvée… suggestive.

– Mais encore ?

– Il semblerait, d'après la réponse de mon oncle à une lettre de son ami, que celui-ci avait mis à profit la bonne connaissance qu'avait sa fille du français pour l'aider à compiler l'histoire de la famille Duport, l'ouvrage que mon oncle a été chargé de terminer et de publier après la disparition de Mr Carteret. »

Je lui demandai, intriguée, en quoi cela était « suggestif ».

« Simplement en ceci : mon oncle mentionne le fait que Mr Carteret et sa fille s'étaient occupés de mettre de l'ordre dans certains papiers relatifs à la première épouse de Lord Tansor, Lady Laura, qui, à un moment donné de son mariage, fit un séjour prolongé sur le Continent, séjour qui n'est pas sans rappeler celui de Miss Carteret elle-même, après la mort de Phoebus Daunt.

– Sur le Continent ? demandai-je.

– Où elle a résidé, pour l'essentiel à Rennes, en Bretagne. Un étrange épisode. Très, très étrange.

– Je ne comprends toujours pas, j'en ai peur.

– Eh bien, ma chère, répondit un Mr Wraxall souriant, je ne suis pas mieux loti que vous ; mais ma bonne vieille intuition me dit que cette information va, d'une manière ou d'une autre, nous être précieuse ; même si la chose va devoir en rester là pour l'instant, ainsi que toutes les intéressantes questions que nous avons soulevées avec l'inspecteur Gully, jusqu'à ce que le brouillard se lève, comme j'espère et je crois qu'il le fera, avec le temps.

Il était de tradition chez les Duport, depuis qu'un fils aîné était mort un 31 décembre, lors de la Grande Peste, de ne point célébrer la fin de l'année, usage que Milady était heureuse de respecter. Le dîner de cette veille du Nouvel An 1876 fut donc des plus ennuyeux.

Il n'y avait, bien entendu, aucun invité, et je ne fis guère d'efforts pour me rendre agréable. Milady, en revanche, afficha une joyeuse volubilité, jacassant de façon tout à fait inhabituelle, enchaînant les banalités, énumérant encore une fois tous les endroits qu'elle voulait nous voir visiter pendant notre séjour, et tous les gens auxquels elle voulait me présenter, en une liste si longue et ennuyeuse que je dus me retenir pour ne pas hurler.

Mr Randolph était absent, sans que l'on sût où il se trouvait ; quant à son frère, l'air maussade et préoccupé, il ne se manifestait qu'en plaçant ici et là une interjection irritée ou un regard noir.

Depuis la troisième lettre de Madame, Mr Perseus était désormais l'objet de toute mon attention, même si je me gardais d'en rien montrer. Tandis qu'il mangeait en silence, je me remémorai notre récente rencontre sous le porche de l'église, et sa colère devant mon refus de reconnaître ses efforts pour « me tendre une main amicale », suivant sa formule. Je regrettais aujourd'hui de ne pas m'être montrée plus réceptive, mais il était malheureusement impossible de revenir en arrière. Je tirais toutefois quelque encouragement de cette manifestation de mécontentement, ainsi que des soupçons qu'il avait ensuite exprimés concernant les sentiments que j'aurais prétendument éprouvés pour son frère, car je me disais que ces éclats étaient peut-être dus non point tant à un orgueil forcené qu'au chagrin d'avoir vu dédaignées ses attentions pour moi. Je songeais également à l'exemplaire dédicacé de *Merlin et Nimue* qu'il m'avait donné, geste qui, avec le recul, semblait plus éloquent qu'il n'avait paru.

Peut-être la conquête des affections de Mr Perseus Duport s'avérerait-elle une tâche moins ardue que je l'avais d'abord cru, bien que la seule idée d'un mariage fût toujours impensable. J'avais du moins commencé à penser que, somme toute, il n'était pas totalement insensible, et que j'occupais une petite place dans son cœur.

« Comment s'est passée votre visite chez Mr Wraxall ? me demande Milady, alors que nous nous trouvons au salon un peu plus tard.

– Comme on pouvait s'y attendre, réponds-je d'un ton acerbe, sans même lever les yeux du tapis.

– Vraiment, Alice, proteste-t-elle, vous n'avez pas cessé d'être grognon ce soir. Je me demande ce qui peut bien vous tracasser, alors que tant de choses intéressantes nous attendent. Vous n'avez pas envie d'aller à Londres ?

– Bien sûr que si.

– J'ose l'espérer. Ce séjour vous sera d'un grand profit. »

Je ne dis rien, mais m'empare brusquement d'un exemplaire de la récente pièce de Mr Tennyson sur la reine Mary [1], qui se trouve sur une table voisine, et fais mine de lire ; presque aussitôt, pourtant, les lignes commencent à danser devant mes yeux épuisés, le livre me tombe des mains, et je laisse aller ma tête contre le dossier de mon fauteuil.

« Alice ! s'écrie Lady Tansor. Vous ne vous sentez pas bien ? »

À ce moment, alerté par le ton inquiet de sa mère, Mr Perseus, qui paressait seul dans son coin, à l'autre bout de la pièce, un exemplaire non ouvert du *Tinsley's Magazine* sur les genoux, bondit sur ses pieds et se précipite à nos côtés.

« Ça va, mère, l'entends-je dire. Je m'en charge. Alors, Miss Gorst, comment vous sentez-vous ?

– J'ai la tête qui tourne un peu, lui dis-je, mais ne vous inquiétez pas, je vous prie. Un peu de fatigue, rien de plus. Je n'ai pas bien dormi la nuit dernière.

– Il n'empêche, insiste-t-il, il faut que nous vous ramenions dans votre chambre, ensuite nous appellerons Pordage. »

J'ai beau protester que ce n'est pas nécessaire, il balaie mes objections d'un revers de main, soudain plein d'une sollicitude bourrue, et appelle un des valets de pied postés devant la porte. Ce n'est qu'à

1. *Queen Mary, a Drama*, pièce représentée pour la première fois au Lyceum Theatre en avril 1876, et publiée le mois suivant.

cet instant que je constate qu'il a pris mes mains – légèrement, mais délibérément – dans les siennes et les frotte avec douceur. Il va de soi que j'aurais dû les retirer aussitôt, mais je m'abstiens ; car sentir la tiédeur des mains blanches de l'héritier Duport autour des miennes me procure une agréable sensation de confort et de sécurité.

Une fois mise au lit, et après le départ bienvenu du docteur Pordage (dont il m'a fallu supporter, dans un silence révulsé, les mains moites quand il m'a tâté le front et le pouls, mais qui a prescrit, à juste titre, la nécessité d'une bonne nuit de repos), je sombre dans un sommeil profond.

Je suis brutalement éveillée par un mouvement à mon côté. Je me redresse en sursaut.

Le rideau n'a pas été complètement tiré, et la lune éclabousse mon lit de ses pâles rayons. Elle révèle une silhouette allongée près de moi.

Je l'appelle. Elle ouvre les yeux et me regarde d'un air ensommeillé.

« Alice, ma chère petite, murmure Milady, vous ai-je réveillée ? »

Je sors du lit pour allumer ma bougie. Milady se redresse, ses longs cheveux dénoués pendant sur ses épaules et dans son dos. Elle me donne l'impression curieuse d'être plus petite, d'avoir pour ainsi dire rétréci. Puis j'en comprends la raison.

La chemise de nuit qu'elle porte est une chemise d'homme. Les manches recouvrent ses mains fines, dont on ne voit que le bout des ongles ; sa silhouette est entièrement cachée par les amples plis du vêtement ; et sur le sein gauche, sous les armoiries des Duport, sont brodées trois initiales : P.R.D.

Le vêtement a appartenu à son amant.

La bougie à la main, je restai un instant à la regarder, interloquée, tandis que les ombres projetées par la flamme dansaient sur son visage, aussi blanc que sa chemise.

Où pouvait-elle bien garder cette relique ? Son aptitude à la dissimulation me stupéfiait. Puis elle prit la parole :

« Je n'arrivais pas à dormir. Des rêves, si étrangement nets, me poursuivaient... je rêvais à vous, chère Alice, et en même temps pas vraiment. Et je n'ai pas pu m'empêcher de monter vous voir, pour m'assurer que tout allait bien. Mais vous dormiez, si paisiblement ! Alors, je me suis dit que j'allais m'allonger à côté de vous, juste un moment ; mais je me suis endormie à mon tour. N'est-ce pas merveilleux ? Avoir sombré si facilement dans un si bon sommeil ! Ce lit est tellement confortable, bien plus que le mien. »

Elle fit entendre un petit rire sans joie, et se renversa à nouveau sur les oreillers.

« Il faut retourner dans votre chambre, lui dis-je d'un ton apaisant, avant de reposer la bougie et de m'asseoir sur le bord du lit. Venez, je vais vous accompagner. Avez-vous oublié que nous partons pour Londres demain matin ? Il faut vous reposer.

– Me reposer ? Si seulement je pouvais ! Mais je ne peux pas. Jamais plus je ne pourrai. »

Je lui tendis la main, mais elle n'eut pas un geste.

« Prenez-la, lui dis-je. Vous allez vous reposer cette nuit, je vous le promets. »

Elle plaça sa main dans la mienne, et nous descendîmes à ses appartements, mais pas avant que j'aie glissé dans la poche de ma robe de chambre un petit flacon bleu de gouttes Battley, en provenance de l'officine de J.M. Proudfoot & Sons, sise à Market Square, Easton.

Elle prit les gouttes bien volontiers, forte de mon assurance suivant laquelle elles l'aideraient à dormir, tout en ne lui causant aucun trouble.

« Là, là, murmurai-je, en ramenant sur elle la couverture et en lui caressant les cheveux. Dormez maintenant.

– Chère Alice. » C'est tout ce qu'elle dit, puis elle ferma les yeux.

Je restai assise une demi-heure à contempler les braises mourantes dans l'âtre, puis, certaine qu'elle dormait profondément, je pris ma bougie et gagnai le salon sur la pointe des pieds.

II

UNE ARME DE PAPIER

La clé tourna sans difficulté dans le petit écusson de cuivre, comme elle l'avait fait précédemment quand j'avais déverrouillé la porte du placard secret derrière le portrait d'Anthony Duport. Quand je tendis la main à l'intérieur, je fus confrontée au visage intimidant et barbu de Phoebus Daunt, qui, figé par l'art du photographe, me regardait, en partie dissimulé dans l'ombre.

Aussi vite que je le pus, les mains tremblantes, prêtant une oreille inquiète aux bruits qui auraient pu venir de la chambre voisine, je dénouai le ruban enroulé autour du premier paquet de lettres, que j'emportai sur la table où j'avais posé ma chandelle, et je commençai à lire.

Les lettres étaient classées par ordre chronologique. La première, expédiée en novembre 1852 depuis la résidence londonienne de Daunt à Mecklenburgh Square, contenait un compte rendu détaillé des funérailles du duc de Wellington. Les suivantes, de la même teneur, n'offraient rien de palpitant ni de significatif, si ce n'est qu'elles fournissaient d'abondantes preuves de l'affection réciproque existant entre leur auteur et Miss Carteret, à laquelle le premier s'adressait constamment dans les termes les plus tendres.

Le deuxième paquet était tout aussi dénué d'intérêt : des pages et des pages sur ses occupations, sur les gens qu'il rencontrait, les endroits où il dînait, ce qu'untel avait dit au Club, l'accueil favorable réservé à ses poèmes par la critique. Ou bien c'étaient de longs passages consacrés à des affaires qu'il avait traitées pour le compte de Lord Tansor – toujours réglées à la plus grande satisfaction de son protecteur –, ou des descriptions, tout aussi interminables, d'incidents mineurs qu'il avait pu connaître au cours de ses déplacements.

C'est dans une lettre du quatrième paquet que je trouvai le post-scriptum suivant, que je m'empressai de transcrire en sténographie sur une feuille du papier à lettres de Milady :

MA CHÉRIE,
Un mot rapide. P sort d'ici. Il est prêt, et semble, je dis bien semble, comprendre ce qu'il a à faire, si tu tiens toujours à voir exécuter ton plan. J'ai des inquiétudes, sachant de quoi P est capable, je n'ai pourtant pas ménagé ma peine pour lui faire entrer dans la tête qu'aucun mal ne devait arriver à P.S.C. et que nous ne voulions que les papiers. *J'espère* que j'ai réussi à le convaincre, mais n'en suis pas autrement sûr ; il reste donc un risque. Réponds-moi par retour ; un seul mot suffira : oui ou non. Je t'en supplie, *veille à bien détruire cette note*.

Le courrier était daté du 21 octobre 1853, soit quatre jours avant l'agression contre Mr Paul Stephen Carteret au moment où il entrait dans le parc ; et c'était lui, j'en étais certaine, la personne désignée par ses initiales dans le post-scriptum.

J'exultais. Je tenais enfin une preuve, écrite, sans équivoque, qui impliquait Milady dans le guet-apens tendu à son père, et dans les suites tragiques qui devaient en découler. Elle avait assuré à Mr Vyse qu'il n'y avait rien pour la relier à la mort de son père ; mais elle avait menti. J'en avais la preuve sous les yeux. Mr Vyse l'en avait pourtant avertie : toute trace écrite peut constituer une arme fatale.

Le post-scriptum révélait également que l'agression contre Mr Carteret avait été le fait d'une seule personne, le mystérieux « P », engagé, semblait-il, par Phoebus Daunt, lequel agissait sur les instructions de Miss Carteret, exactement comme Billy Yapp avait été recruté par l'agent de Milady, Mr Vyse, pour assassiner Mrs Kraus.

Le but du complot devenait également plus clair : il s'agissait d'obtenir certains papiers que transportait Mr Carteret. C'est alors qu'un éclair me traversa l'esprit.

Mr Carteret devait avoir découvert des documents indiquant qu'il existait peut-être un héritier légitime susceptible de priver Phoebus Daunt de son avenir doré. Se pouvait-il même qu'il ait fait cette découverte au cours de ses recherches sur l'histoire de la famille Duport, pour lesquelles sa fille lui avait apporté son concours ? Si c'était le cas, alors la succession Duport était effectivement l'élément qui reliait les morts de Mr Carteret, de Phoebus Daunt et de Mrs Kraus, exactement comme le soupçonnaient Mr Wraxall et l'inspecteur Gully.

III

UNE RENCONTRE DANS LE BROUILLARD

Le lendemain matin, Milady prit son petit déjeuner seule dans ses appartements privés, comme cela lui arrivait parfois ; je fis moi aussi un repas solitaire, dans la salle du petit déjeuner au rez-de-chaussée, déçue de voir que Mr Perseus était déjà parti à Easton pour affaires relatives au domaine.

Peu après dix heures, sous un ciel lourd de neige, transpercées par un vent d'est cinglant en dépit de notre hâte à descendre les quelques marches du perron de l'entrée principale, nous nous installions dans la voiture, nous enveloppions dans des plaids, et partions prendre notre train pour Londres.

Nous étions accompagnées de la nouvelle femme de chambre, Violet Allardyce, jeune fille dodue, au regard bovin, qui semblait constamment terrorisée autant par moi-même que par sa maîtresse, mais qui accomplissait ses tâches avec une relative efficacité, même s'il y aurait eu parfois matière à redire.

Emily – je m'étais mise à penser à elle en ces termes, et à l'appeler en privé par son prénom, comme elle en avait exprimé le souhait – se montra d'abord peu bavarde, encore qu'elle ne fît montre d'aucune réticence particulière à discuter. Nous n'évoquâmes ni l'une ni l'autre les événements de la nuit précédente. Au moment où nous arrivions au terminus, cependant, son humeur se fit plus légère, et, à l'approche de Grosvenor Square, elle avait déjà repris avec enthousiasme le catalogue de ses projets pour les jours à venir.

Quand la voiture s'arrêta devant la maison, des tourbillons de flocons recouvraient les trottoirs, les toits et les perrons du square d'un manteau blanc encore immaculé. Emily, la tête baissée pour se protéger du vent, son étole de fourrure noire constellée de flocons qui fondaient à peine déposés, entra aussitôt. Je m'attardai quant à moi au bas des marches de la voiture, savourant la sensation délicieuse de cette neige froide qui me caressait le visage, et écoutant les cris de plaisir des enfants qui jouaient à l'arrière d'une demeure voisine.

Nous allâmes souper ce soir-là chez Lord et Lady Benefield, dans leur hôtel particulier de Park Lane, non loin de là – et non loin, pour tout dire, de l'ancienne résidence de Lord Tansor, dans le jardin de laquelle Phoebus Daunt était tombé sous les coups de mon père. À notre arrivée, j'observai de près le visage d'Emily, mais, si elle éprouvait quelque trouble à se retrouver à proximité de l'endroit où son amant avait perdu la vie, par une autre nuit de neige, elle n'en montra rien.

Inutile de rapporter dans le détail la soirée qui suivit. Qu'il suffise de dire que je fus présentée à une dizaine de personnes nobles et fortunées, toutes aussi éminemment insignifiantes, que nous bûmes et mangeâmes dans le plus beau cristal et la porcelaine la plus fine, que nous parlâmes de tout, et surtout de rien, jusqu'à notre retour à Grovesnor Square, un peu après une heure du matin.

Le lendemain matin, la neige s'était pratiquement arrêtée, laissant les rues couvertes d'une gadoue sale et visqueuse, qui les rendait difficiles d'accès. Rien, cependant, n'aurait pu refroidir la détermination d'Emily à mettre ses projets à exécution, et c'est ainsi que, malgré des conditions défavorables, nous fîmes en sorte de rendre visite à plusieurs dames élégamment habillées mais béatement indolentes, dans le voisinage de Mayfair, qui toutes se déclarèrent enchantées de faire ma connaissance. Nous allâmes ensuite voir la collection de la reine à Buckingham Palace, puis les tableaux de la collection flamande du duc de Bedford dans Belgrave Square ; nous assistâmes, en matinée, à un concert de l'orchestre philharmonique, puis, le soir venu, à une pièce ; pour terminer par un souper informel *à deux** à l'Hôtel Grillon, établissement où Emily semblait avoir ses habitudes.

Notre deuxième journée, qui se déroula à peu près de la même manière, inclut une visite à la cathédrale St Paul, où Emily n'eut de cesse que nous montions jusqu'à la célèbre galerie des Échos. Avant de partir, elle insista pour que nous testions les merveilles acoustiques de l'endroit et m'envoya donc poser l'oreille contre le mur à l'autre bout de la galerie.

« Vous m'avez entendue ? demanda-t-elle, tout excitée, quand je revins.

– Non, répondis-je. Qu'avez-vous chuchoté ?

– Oh, rien. Un tout petit secret que j'avais envie de partager avec vous, dit-elle avec un soupir de déception. Je me demande pourquoi vous ne m'avez pas entendue. Il y a peut-être trop de visiteurs aujourd'hui. Allez, venez, descendons. »

À nouveau installées dans la voiture maculée de boue, nous fûmes emportées jusqu'à la Tour puis, de là, sous un grésil glacial, au musée de cire de Madame Tussaud, où, sur l'insistance d'Emily, nous nous acquittâmes de notre supplément de six pence pour voir la chambre des Horreurs. La journée se termina par un somptueux dîner à l'imposant hôtel particulier du banquier de la famille Duport, Mr Jasper Dinever, auquel assistait un certain nombre d'éminentes personnalités appartenant au monde de la finance et de la politique.

Je pense m'être bien acquittée de ma tâche ce soir-là, et avoir joué à la perfection le rôle qui m'incombait. Je fus tour à tour modeste, coquette mais sans excès, insouciante ou grave, selon les exigences de la situation. Parée de mes atours d'emprunt, j'écoutais avec attention et sollicitude, flattais et admirais, taquinais et amusais, selon le sexe et l'humeur de mes interlocuteurs. Ce faisant, je fus surprise de constater que, moi aussi, j'étais capable de séduction, laquelle me permettait de charmer les messieurs tout en me conciliant les bonnes grâces de leurs épouses. En bref, je fis un triomphe… qui manifestement combla Emily de joie.

Seigneur, qu'elle était fière de sa création ! Comme si elle y était pour quelque chose ! La vérité était en fait tout autre. C'était moi qui l'avais remodelée, elle. Elle était désormais ma créature, même si elle l'ignorait encore.

Jour après jour, j'avais vu s'opérer en Emily Tansor la transformation lente mais inexorable qui avait fait de la châtelaine froide et hautaine, sûre de sa beauté et de son pouvoir, auprès de laquelle j'étais venue chercher un emploi de domestique, une femme d'âge mûr indulgente, émotive et vulnérable, qui avait révélé, pour mon seul bénéfice, une capacité insoupçonnée aux grands élans d'affection.

Avec les autres, elle faisait toujours preuve de la même distance et de la même froideur, mais plus avec moi. Qu'était donc devenu ce cœur inexpugnable, capable de se jouer de tous les assauts ? C'était comme si j'avais trouvé la clé susceptible d'ouvrir cette grille réputée infranchissable, semblable à celle qui m'avait permis de pénétrer le placard secret.

Après avoir quitté le musée de Madame Tussaud, nous étions rentrées à Grosvenor Square, afin de nous reposer une heure avant le dîner.

Je disposais désormais d'une chambre plus que spacieuse et confortable au deuxième étage, donnant sur le jardin à l'arrière de la maison et bien supérieure à tous égards à celle que j'avais occupée lors de notre précédent séjour.

M'étant défaite de mon manteau, de mon chapeau et de mes bottines, j'étendais mes pieds douloureux devant le feu, savourant déjà la perspective d'une heure de tranquillité bienvenue, quand on frappa à ma porte.

Je découvris le large sourire de Charlie Skinner, lequel nous avait accompagnés, avec Mr Pocock, depuis Evenwood.

« Lettre pour vous, miss, dit-il, de cet air martial dont il ne se départait pas, en me tendant une enveloppe non affranchie.

– Merci, Charlie, dis-je en lui retournant son salut. Alors, comment trouvez-vous Londres ?

– Sale comme pas possible, miss », répondit-il, avant de porter une main à la tempe et de sortir à grandes enjambées.

Seule figurait sur l'enveloppe la mention « Miss Gorst ». À l'intérieur se trouvait un petit carré de papier bleu, sur lequel étaient tracées quelques lignes d'une écriture bouclée penchée vers l'arrière :

> CHÈRE MISS GORST,
> Je prends la liberté de vous faire savoir que mon officier supérieur, l'inspecteur Alfred Gully, m'a demandé de vous suivre, à distance respectueuse, chaque fois que vous quitterez G. Square seule, afin d'assurer votre protection. J'en suis très honoré, et vous fais tenir ce mot pour vous prier d'avoir la bonté de sortir de la maison, à votre convenance, afin que je puisse vous identifier, et que vous puissiez faire de même de votre côté.
> Je me trouve à l'angle de Brook Street et y resterai jusqu'à votre venue.
> Croyez, Miss Gorst, à mes sentiments dévoués,
> WHIFFEN SWANN (SERGENT)

Mr Wraxall avait bien tenu sa promesse ; je relaçai donc mes bottines en poussant un grand soupir de lassitude, attrapai manteau et chapeau et me glissai au rez-de-chaussée à la rencontre de mon nouveau garde du corps.

En arrivant à l'angle de Brook Street, je cherchai des yeux le sergent Swann, sans apercevoir quiconque susceptible de répondre à l'idée que je m'en faisais. Pour moi, un policier en civil devait pouvoir passer inaperçu avec le plus grand naturel. Je m'étais imaginé un homme mince, aux vêtements sombres, aux mouvements fluides, qui lui permettraient, les uns comme les autres et toujours selon moi, de se faufiler sans se faire remarquer dans les endroits les plus secrets. Mais il n'y avait personne dans les alentours qui répondît à mon idée préconçue du sergent Whiffen Swann. À dire le vrai, l'endroit était désert, car le froid était mordant, le brouillard épais, et les gens sensés tous enfermés chez eux, douillettement installés près du feu, comme j'aurais dû l'être moi-même.

Je fis les cent pas pendant encore quelques minutes, de plus en plus contrariée d'avoir été appelée à l'extérieur par une soirée pareille. Je m'apprêtais à rentrer quand de l'ombre du brouillard émergea un petit bonhomme trapu, portant lunettes et chapeau melon marron clair, et vêtu d'un Inverness à carreaux jaune vif qui se voyait à cent lieues à la ronde.

« Miss Gorst, je suppose ? »

Il avait la voix de basse la plus grave que j'eusse jamais entendue, semblable au grondement d'un gros chien en colère.

« En effet, répondis-je. Et vous êtes... ?

– Le sergent Whiffen Swann, de la police métropolitaine, à votre service, miss. J'espère que vous allez bien ?

– Très bien, merci, sergent Swann, répliquai-je, encore qu'il fasse un peu froid.

– Question d'habitude, miss !

– En effet, sergent, dis-je un peu sèchement, toujours irritée d'avoir dû l'attendre aussi longtemps. Mais moi, je n'y suis pas habituée.

– J'avais une bonne raison, miss, de ne pas me manifester tout de suite. »

Cela dit sur un ton de légère réprimande qui m'alarma et en même temps me donna une impression fort différente de la personnalité et de la compétence du sergent. Sa barbe blonde et clairsemée, ses petits yeux m'avaient d'abord suggéré un homme terne et inoffensif, alors qu'une vigueur froide et tenace brillait à présent derrière le verre embué de ses lunettes.

« Vous étiez suivie, miss, quand vous avez quitté la maison. Un homme grand, mince, rasé de près, la quarantaine, grandes oreilles, index gauche amputé de la dernière phalange, légère claudication. Vous connaissez, miss ?

– Absolument pas, répondis-je, jetant des regards inquiets autour de moi.

– Je m'en doutais, dit le sergent avec une grimace.

– Il m'a suivie, disiez-vous ?

– Sans le moindre doute.

– Où est-il maintenant ? »

Le sergent me fit signe de m'écarter du lampadaire sous lequel je me trouvais, pour le rejoindre dans une zone à l'abri de la lumière.

« Il est juste là, miss. Il aimerait vous parler, si ça ne vous ennuie pas, dès que vous en aurez le loisir. »

Je restai un instant muette de stupéfaction. Naturellement, je répondis que je n'avais nulle envie de rencontrer cet inconnu, quelles que fussent les circonstances, et priai le sergent Swann de me raccompagner immédiatement à la maison.

« Bien sûr que je vais vous raccompagner, miss, comme j'en ai reçu l'ordre ; mais – si vous voulez bien excuser mon audace – je vous suggérerais pour ma part de réviser votre position et de m'envoyer voir cet homme pour lui proposer une rencontre à l'heure et à l'endroit de votre choix. Vous ne seriez pas seule, vous savez, je ne vous quitterais pas d'une seconde. Votre sécurité serait assurée, ne craignez rien. Je ne suis pas homme à me laisser faire quand il y a du grabuge.

– Mais pour quelle raison devrais-je accepter de rencontrer quelqu'un qui m'est totalement étranger ? demandai-je, plus troublée et inquiète que jamais.

– Parce que je crois que ce serait tout à votre avantage, miss, répondit le sergent Swann. J'ai eu plusieurs conversations avec l'inspecteur Gully sur divers sujets qui vous touchent de près. En outre, je sais qui est cet homme.

– Vous le connaissez ?

– En effet. Il s'appelle Conrad Kraus. »

25

Un parfum de violette tenace

I

LE SERGENT SWANN PREND DES NOTES

À neuf heures, le lendemain matin, comme il avait été convenu, je me trouvais au Castle and Falcon Hotel, St Martin's le Grand, dans Aldersgate.

Deux plis m'avaient été remis par Charlie Skinner au moment où je descendais prendre mon petit déjeuner.

Le premier émanait de Mr Wraxall, qui avait été informé par l'inspecteur Gully de ma rencontre avec le sergent Swann la veille au soir.

« Voilà un fait nouveau et inattendu, d'une importance certainement capitale, écrivait-il, et je suis heureux, mais pas du tout surpris, que vous ayez courageusement accepté de rencontrer Mr K. Vous serez en parfaite sécurité entre les mains du sergent S, qui est l'un des meilleurs hommes de Gully. Ainsi donc, bonne chance, chère petite. J'attends avec impatience de vos nouvelles. »

Le second pli venait de Mrs Ridpath, qui, en réponse à ma demande, confirmait qu'elle serait heureuse de me recevoir plus tard dans la matinée.

Le hasard avait voulu que, ce matin-là, Emily ait rendez-vous avec son notaire, Mr Donald Orr, si bien que nous avions prévu de ne reprendre notre itinéraire de visites qu'après le déjeuner. Un peu avant huit heures et demie, je me glissai sans être vue hors de la maison.

Le sergent Swann attendait au coin de Grosvenor Square. Il ne m'adressa pas le moindre signe de reconnaissance, mais resta à quelques mètres derrière moi, quand je pris la direction de l'Hôtel d'Aldersgate, l'endroit qu'il avait lui-même suggéré pour mon rendez-vous avec le fils de Mrs Kraus.

Nous trouvâmes ce dernier assis dans un coin du bar désert, regardant la rue d'un œil vide à travers la vitre sale. Il était grand et mince, avait le teint cireux d'un homme mal nourri, et quelque chose dans ses épaules et ses fortes mains dénotait une constitution autrefois solide et robuste, mais aujourd'hui affaiblie par une longue suite de privations et de vicissitudes.

Le sergent Swann avait jugé – sans doute le savait-il de source sûre – qu'il avait une quarantaine d'années, mais il avait un visage étrangement jeune et aurait facilement pu passer pour moitié moins âgé s'il avait bénéficié d'un bon bain, d'une coupe de cheveux, de quelques repas substantiels et de linge propre.

Le sergent me précéda dans le bar pour aller adresser quelques mots à l'homme, puis me fit signe de le rejoindre à la table.

« Prendrez-vous un rafraîchissement, miss Gorst ? » me demanda-t-il.

Je le remerciai, mais lui dis que je préférais voir notre affaire réglée dans les meilleurs délais.

« Très bien, fit le sergent. Vous ne voyez pas d'inconvénients à ce que je prenne des notes ? »

Ayant dit, il sortit un carnet en cuir noir, qu'il ouvrit sur la table à une page vierge, extirpa le bout d'un crayon de la poche intérieure de sa cape, et nous regarda, moi d'abord, puis Mr Kraus, d'un air interrogateur. Au bout d'un moment de silence, il posa son crayon d'un geste impatient et fixa sur le second un œil désapprobateur.

« Alors, Conrad, gronda-t-il, c'est à ta demande que nous sommes ici, et il va bien falloir que tu nous dises pourquoi. Miss Gorst n'a pas toute la journée devant elle… et moi non plus. »

Ignorant les paroles du sergent, Conrad posa une main sale sur la table et se mit à décrire des volutes invisibles.

« Répondez, je vous en prie, Mr Kraus », dis-je doucement.

Il leva vers moi des yeux tellement pathétiques et malheureux, ceux d'un enfant contraint par la crainte de la punition de faire quelque chose qui le rebute au plus haut point, que j'en eus le cœur presque brisé.

« Vous lui r'ssemblez tell'ment, miss. »

Il tourna la tête pour regarder à nouveau par la fenêtre. Il tombait une pluie fine et froide, et de minces filets de suie noirâtre serpentaient le long de la vitre.

« À qui est-ce que je ressemble, Mr Kraus ? demandai-je, tandis que le sergent commençait à griffonner dans son carnet.

– La dame. Miss Carteret.

– Vous voulez parler de Lady Tansor, Conrad… je peux vous appeler Conrad ? »

Il m'observa un moment, comme s'il essayait de se rappeler quelque chose, puis acquiesça de la tête.

« Et comment connaissiez-vous Miss Carteret, à l'époque où elle n'était pas encore Lady Tansor ? Vous pouvez me le dire ? »

En posant la question, j'avais senti les battements de mon cœur s'accélérer, car je pressentais que cette pauvre créature qui avait du mal à s'exprimer savait peut-être quelque chose susceptible de conduire à l'élucidation du meurtre de sa mère.

« C'est quand m'man et moi, on est allés avec elle sur l'bateau, dit-il. J'aimais bien l'bateau, mais pas les voitures. On en a fait du ch'min dans les voitures. E'm'rendaient malade.

– Et où est-ce qu'elles vous ont emmené, ces voitures, Conrad ? demandai-je.

– M'man, elle disait qu'c'était un endroit qui s'app'lait Carlsbad. Là où qu'mon grand-père habitait. »

Le sergent Swann, tout en continuant à écrire, me donna un coup de coude entendu, destiné, j'imagine, à me faire savoir qu'il voyait dans ce renseignement le début d'une piste prometteuse.

Je demandai ensuite à Conrad pourquoi ils étaient allés à Carlsbad. Il dit qu'il l'ignorait, mais que Miss Carteret avait donné de l'argent à sa mère pour qu'elle s'occupe d'elle.

« Et aussi une jolie robe, ajouta-t-il. M'man, elle aimait bien les jolies robes. Vot' robe à vous, miss, elle est jolie. M'man, elle l'aurait bien aimée, pour sûr.

– Et qu'avez-vous fait à Carlsbad, Conrad ? » fut ma question suivante ; mais il se contenta de secouer la tête et revint à ses dessins sur la table. Je songeai alors à une autre question.

« Et le colonel ? Le colonel Zaluski. Il était avec vous à Carlsbad ? »

À ces mots, Conrad leva les yeux et hocha à nouveau la tête.

« L'colonel… oui. C'est là qu'elle l'a trouvé, l'colonel. À Carlsbad.

– Que voulez-vous dire “trouvé” ? Elle le cherchait ?

– M'man, elle disait qu'elle cherchait quelqu'un… j'sais pas trop pour quoi faire. Et pis, un soir, elle a trouvé l'colonel, et après l'est resté avec nous, quand on a pris encore des voitures. Mais elle était plus Miss Carteret, à c'moment-là.

– Vous voulez dire qu'elle l'avait épousé ? »

Nouveau hochement de tête.

« D'accord, mais tout cela, nous le savons déjà. Vous devez avoir autre chose à me dire. De quoi s'agit-il ? »

Il ne répondit pas, se contentant de fixer la table d'un regard vide.

Le sergent Swann commençait à donner des signes d'impatience, s'agitant sur sa chaise et tapant le plancher du pied.

« Allez, Conrad, ça suffit, dit-il, d'une voix sourde et menaçante, comme un grondement de tonnerre lointain. Tu vas cracher le morceau maintenant. C'est quoi ce que tu voulais dire à Miss Gorst ?

– Mais j'veux rien lui dire. J'veux juste le récupérer, répondit Conrad d'un ton soudain véhément.

– Récupérer quoi ? demanda le sergent. Mais parle, bon sang.

– Doucement, sergent, dis-je. Qu'est-ce que vous aimeriez retrouver, Conrad ? Je suis prête à vous aider, si je le peux.

– L'papier avec son écriture d'ssus.

– Et ce papier, où est-il à votre avis ? Vous le savez ?

– C'est c't'homme qui l'a pris, répondit-il. Le grand m'sieur qu'est venu l'jour d'mon anniversaire pour voir M'man, y z'ont parlé longtemps… il l'a pris à M'man l'jour où elle est sortie et où elle est jamais rev'nue. Mais l'était à moi, l'papier, l'a toujours été à moi, même si j'ai jamais pu lirc c'qu'était écrit d'ssus. Y sentait son odeur. Tout l'temps il a senti. Elle m'avait dit d'aller l'poster, mais j'l'ai pas fait. Y sentait trop bon. Alors j'l'ai mis dans ma poche, et j'en ai jamais parlé à personne, pas même à M'man. Quand on est rentrés, j'l'ai caché dans ma chambre, et après j'le sortais tous les soirs, pour m'rappeler de Mrs Zaluski, qu'elle était si belle, comme une reine dans les histoires qu'mon grand-père m'racontait, même si elle était méchante avec nous. Y z'ont cru qu'j'voulais faire du mal à cette fille à Franzenbad, mais c'était pas vrai, j'voulais juste qu'on soye amis, tous les deux. Alors M'man et moi l'a fallu qu'on s'dépêche de partir, en pleine nuit, et on avait pas assez d'sous pour les voitures, alors l'a fallu qu'on marche jusqu'à c'que M'man elle trouve des sous pour nous ramener chez nous.

– Vous avez donc gardé ce papier longtemps, n'est-ce pas ? lui demandai-je. Des années et des années ?

– Oui, miss. Et pis un jour M'man l'a trouvé. D'abord elle était pas contente, et pis elle m'a dit qu'j'étais un bon garçon d'l'avoir gardé tout c'temps, pasqu'il allait nous êt' bien utile, et qu'on allait pouvoir s'en servir pour payer not'meublé à Mrs Turripper. J'ai pas bien compris, pasque c'étaient pas des sous, juste un papier qui sentait comme Mrs Zaluski. Mais m'man elle a dit qu'c'était tout pareil que des sous.

« Et alors le m'sieur, le grand m'sieur avec la canne, il est v'nu nous voir, et elle lui a donné l'papier, mais après y l'a fait jeter dans l'fleuve. Ça c'est sûr, aussi sûr que j'vous vois. Elle a dit qu'c'était un vieil ami, mais j'sais qu'c'était pas vrai, c'était pas un ami. L'homme à la canne, j'le déteste. J'le déteste ! Y m'a pris l'papier et y m'a pris m'man. »

Il y eut un moment de silence pénible, pendant lequel Conrad recommença à tracer ses ronds sur la table.

« C'est ça qu'j'veux récupérer, miss, dit-il en relevant soudain la tête, les yeux pleins d'une supplication pathétique. L'papier, avec son parfum d'ssus, qu'ça sentait si bon. M'man, elle disait qu'c'étaient des violettes. C'est ça que j'veux. Moi, j'pense que l'homme à la canne il le voulait pour pouvoir l'rendre à Mrs Zaluski. C'est ça qu'je pense. Z'êtes sa fille, miss ? Pasque si vous l'êtes, vous allez pouvoir l'récupérer pour moi… mais vous avez pas l'même nom. Comment ça s'fait ? Ou alors, vous m'trouvez un aut' papier, suffit qu'y sente pareil. Faut qu'y sente pareil, vous comprenez. Dites, miss, v'z'allez m'en trouver un, pas vrai ? »

Il se renversa contre le dossier de sa chaise et ferma les yeux, comme si aligner tant de mots lui avait coûté un effort surhumain.

« Conrad, regardez-moi. Voulez-vous bien me regarder ? »

Il s'exécuta lentement. Je vis alors à quel point ses yeux étaient beaux. Ils étaient d'un marron doux et profond, comme ceux de Mr Randolph, avec de longs cils noirs, et ils reflétaient une tristesse et une nostalgie si intenses que j'en eus presque les larmes aux yeux.

« Je ne suis pas sa fille, Conrad, et j'ignore où est votre papier. Mais si on peut le retrouver, je suis sûre qu'on pourra vous le rendre.

– Merci, miss. Mais vous êtes qui, alors, j'comprends pas. Pourquoi est-ce que j'comprends jamais rien ? »

Nouveau silence, pendant lequel le sergent finit de prendre ses notes, avant de remettre son carnet dans la poche de sa cape.

« Une dernière question, Conrad, dis-je en m'apprêtant à partir. Vous avez dit que c'était le jour de votre anniversaire que votre mère était allée trouver l'homme qui a pris votre papier. C'était quand ? Vous vous souvenez de la date ? »

Le sergent s'empressa de ressortir son carnet.

« Quinze jours après l'début du mois d'septembre, dit Conrad, d'un air si sûr de lui qu'il en était touchant. J'me rappelle que M'man e'm'disait toujours qu'c'était par là que j'devais commencer à compter, pasque j'sais compter jusqu'à cinquante, vous savez, même si j'connais pas mes lettres.

– Et cet anniversaire, c'est le dernier que vous avez eu ? »

Nouveau signe d'assentiment.

« Et dites-moi, Conrad, fis-je en l'encourageant d'un sourire, à qui est-ce que votre mère a donné le papier ?

– J'vous l'ai déjà dit, répondit-il en détournant la tête pour regarder par la fenêtre. Le grand m'sieur avec la canne. Et la grosse moustache. »

Le sergent Swann referma son carnet pour la seconde fois.

« Je crois qu'on n'en tirera rien de plus pour l'instant, dit-il en se levant et en tapotant son chapeau melon sur sa tête. Si vous en êtes d'accord, miss, nous allons prendre un fiacre pour vous ramener à Grosvenor Square, et puis notre ami et moi nous irons au commissariat pour un petit entretien privé. Vous avez dit, me semble-t-il, que vous n'auriez plus besoin de mes services aujourd'hui ?

– C'est exact, sergent. Je dois être auprès de Lady Tansor pour le restant de la journée.

– Fort bien. Allez, viens, Conrad, l'inspecteur aimerait te voir. Tu te souviens de l'inspecteur, hein ? »

Conrad acquiesça.

Nous quittâmes l'hôtel et ne tardâmes pas à trouver un fiacre qui me ramena à Grosvenor Square.

C'est Charlie qui m'ouvrit quand je frappai.

« Bonjour, miss », dit-il en se mettant au garde-à-vous.

Puis je le vis jeter un coup d'œil au fiacre dans la fenêtre duquel s'encadraient les visages du sergent Swann et de Conrad Kraus.

« Pas un mot, Charlie, murmurai-je en passant prestement devant lui.

– Bouche cousue, miss », répondit-il en refermant la porte.

II

LE SOLDAT MANCHOT

Une demi-heure plus tard, je quittai à nouveau Grosvenor Square sans être vue, cette fois-ci pour me rendre à pied chez Mrs Ridpath, dans Devonshire Street.

J'aurais dû bien sûr mettre le sergent au courant, mais j'avais eu assez de sa présence pour la journée ; et puis, il s'agissait là d'une affaire purement personnelle que je ne tenais pas à voir portée à la connaissance de l'inspecteur Gully, et par suite à celle de Mr Wraxall.

En arrivant à destination, je découvris que j'avais un quart d'heure d'avance, mais, me sentant un peu lasse, je n'en frappai pas moins à la porte.

La bonne me fit entrer, prit mon manteau et mon parapluie, et me conduisit jusqu'au salon.

Au moment où elle allait annoncer mon arrivée, la fille se tourna vers moi.

« Elle vous attend, miss, murmura-t-elle, mais le monsieur est encore là.

– Le monsieur ?

– Il n'a pas donné son nom, miss. »

Ce disant, elle frappa doucement à la porte, et nous entrâmes.

Mrs Ridpath, le visage rouge de confusion, me regarda, les yeux écarquillés, depuis l'autre bout de la pièce, où elle était assise sur une méridienne près du feu. Son visiteur me tournait le dos.

Grand et large d'épaules, doté d'une magnifique chevelure épaisse et dorée qui bouclait sur sa nuque musclée, il était en train de porter à ses lèvres, de sa main gauche, un petit verre de cordial. La manche droite de sa veste en tweed à plis creux pendait, vide, sur le bras de son fauteuil.

« Esperanza, ma chère ! s'exclama Mrs Ridpath, manifestement troublée par mon arrivée inopinée. Vous êtes un peu en avance, il me semble ? »

Elle vint m'embrasser sur la joue et m'emmena m'asseoir avec elle sur la méridienne. C'est alors seulement que m'apparut le visage de son visiteur.

Et quel beau visage c'était ! En tout point semblable à l'idée qu'on se fait de celui d'un grand roi saxon ou d'un Viking écumeur des mers : tanné, rasé de près à l'exception d'une superbe moustache, dont les extrémités lui retombaient presque jusqu'au menton, les yeux du bleu pâle le plus délicat que j'aie jamais vu.

« Ma chère enfant, permettez-moi de vous présenter le capitaine…

– Willoughby, intervint l'intéressé, qui se leva pour me serrer la main. John Willoughby. »

Aucun doute n'était plus possible à présent : le capitaine n'avait qu'un bras ; ce qui me remit aussitôt en mémoire l'homme que j'avais aperçu sur le pont de l'Evenbrook, le jour où Milady était sortie en calèche avec Mr Armitage Vyse.

« Tout à fait, dit Mrs Ridpath, de toute évidence peu encline, bizarrement, à croiser mon regard interrogateur. Le capitaine John Willoughby. John, voici Miss Esperanza Gorst, dont vous m'avez souvent entendu parler.

– Ravi et très honoré de faire votre connaissance, Miss Gorst », dit le capitaine Willoughby en lâchant ma main.

S'ensuivit un silence gêné, ponctué de raclements de gorge, pendant lequel le capitaine tambourina des doigts sur le bras de son fauteuil, et Mrs Ridpath, vaguement honteuse, garda un sourire figé aux lèvres.

Pour finir, quelques mots furent échangés à propos de la récente chute de neige et de diverses autres broutilles. Puis, n'y tenant plus, je me décidai à parler.

« Je crois que je vous connais, monsieur, dis-je, le dévisageant d'un œil intrépide.

– Je ne pense pas que ce soit possible, ma chère, commença Mrs Ridpath, qui fut empêchée d'en dire davantage par le capitaine.

– Non, Lizzie, dit-il, Miss Gorst a raison. Elle me connaît effectivement, du moins de vue, et elle a le droit d'en savoir un peu plus à mon sujet.

– Comme vous voudrez, dit Mrs Ridpath à contrecœur, croisant les mains sur ses genoux, l'air résigné.

– C'est la seule chose à faire, Lizzie. Inutile de nier ce qui ne peut l'être. Eh bien, Miss Gorst, vous m'avez déjà vu, sinon rencontré, c'est vrai, et je vais tâcher de tout vous expliquer, aussi clairement que possible. »

Il toussota en guise de préliminaire, croisa les jambes et se carra dans son fauteuil.

« Voici ce qu'il vous faut savoir à mon sujet : je suis – excusez-moi, j'étais – un des plus vieux amis de votre père. Je ne crois pas qu'il y ait jamais eu hommes plus différents l'un de l'autre que nous l'étions. On me tenait à une époque pour un bon sportif, et j'étais capable d'éreinter le meilleur des cavaliers du Leicestershire avant que les Russes m'arrachent le bras, mais votre cher papa, lui, était incapable de monter sans tomber presque aussitôt. Et pourtant, dès le début, nous avons été les meilleurs camarades du monde, et nous le sommes restés, même quand la vie nous a séparés.

– Et où avez-vous connu mon père, capitaine Willoughby ? demandai-je.

– À Eton, bien sûr. Il était boursier, et résidait à l'école. Nous autres, les *oppidans* [1], logions en ville, mais il m'a plu tout de suite, et il n'a pas tardé à prendre son petit déjeuner chez moi et à y laisser certaines de ses affaires. Long Chamber, la résidence des boursiers,

1. « Oppidien » : nom donné à l'élève qui ne faisait pas partie des boursiers (dénommés, eux, King's Scholars [K.S.] ou *collegers* [internes] et au nombre de soixante-dix) et prenait pension en ville chez des logeuses, ce qui impliquait que la famille pouvait pourvoir à son entretien.

était un endroit particulièrement peu hospitalier, comme me l'a rappelé mon séjour ultérieur à Scutari [1].

« Côté intelligence, votre père n'avait rien à envier aux meilleurs. Je veux bien être pendu si je sais comment il arrivait à se fourrer tout ça dans la tête. On l'a baptisé "l'instruit", quand il est arrivé à l'école. Il n'avait pas son pareil... un véritable bourreau de travail. C'est à peine si les professeurs arrivaient à le suivre, alors vous pensez bien, nous autres... Moi, j'étais un vrai cancre, depuis toujours, mais Glyver s'en moquait pas mal.

– Glyver ? C'est le nom sous lequel vous le connaissiez ?

– À l'école, oui. Edward Glyver.

– Pas Glapthorn ?

– Non, pas à cette époque, dit le capitaine Willoughby au bout d'un moment de réflexion. Glapthorn est venu plus tard, quand il vivait ici... à Londres, je veux dire.

– Vous devez aussi avoir connu Phoebus Daunt à l'école, j'imagine ? »

Le capitaine décroisa les jambes et sortit sa pipe.

« Ça vous ennuie si je fume, Miss Gorst ?

– Pas du tout. »

Pendant le silence qui s'ensuivit, il sortit une blague à tabac de la poche de sa veste, remplit sa pipe et approcha une allumette du fourneau. Puis il se cala à nouveau dans son fauteuil, soufflant un nuage de fumée bleu-gris à l'odeur douceâtre.

« Où en étions-nous ? demanda-t-il.

– Phoebus Daunt, répondis-je. Je vous disais que vous aviez dû le connaître, à l'école.

– Un peu, oui. »

Il était évident que le capitaine n'avait pas l'intention d'en dire plus à ce sujet ; c'est pourquoi, au lieu d'insister dans cette voie, je lui posai une autre question.

« Capitaine Willoughby, êtes-vous cet ami que j'ai à Evenwood dont m'ont parlé Mme de l'Orme et Mr Thornhaugh ? »

Sa réponse fut immédiate.

« Je le pense, en effet.

1. L'hôpital militaire britannique (aujourd'hui Üsküdar, l'ancienne Chrysopolis, en Turquie) rendu célèbre par les activités de Florence Nightingale au cours de la guerre de Crimée.

– La personne avec laquelle je suis censée communiquer, si jamais j'ai besoin d'aide, en plaçant deux bougies allumées à ma fenêtre ?

– Sans doute.

– Comment la chose s'est-elle faite ? »

Il souffla un autre nuage de fumée.

« Assez simplement, à vrai dire. Peu de temps après votre naissance, et juste avant qu'il quitte Paris pour partir en Orient, ce que, si je ne me trompe, vous savez à présent, votre père m'a écrit pour me prier de veiller sur vous, si jamais l'on m'en faisait la demande. J'acceptai sans la moindre hésitation, au nom de notre vieille amitié.

– Mais alors, il est mort, fis-je remarquer.

– En effet, dit le capitaine, derrière un léger voile de fumée.

– Que s'est-il passé ensuite ?

– L'an dernier, Mme de l'Orme m'a écrit pour me faire savoir que le moment était enfin venu de mettre à exécution le plan conçu par votre père. Ce fut alors le branle-bas de combat, et j'ai commencé à prendre les dispositions nécessaires.

« Tout s'est fort bien passé et, quand vous êtes arrivée à Evenwood, j'avais déjà loué un cottage dans le village. Vous le connaissez peut-être ? Curate's Cottage. »

Je le connaissais en effet : une petite habitation à deux étages, non loin de l'entrée du cimetière, et je me rappelai à présent que Sukie m'avait parlé d'un nouveau locataire, un ancien militaire qui ne voyait personne.

« Et depuis, tous les matins, midi et soir, poursuivit le capitaine, par tous les temps et sans faillir, je patrouille dans le parc, sans oublier de m'arrêter un moment devant la façade ouest, pour observer une certaine fenêtre. Quand je me suis assuré qu'aucune chandelle n'y brûle, je passe mon chemin, satisfait. Vous m'avez aperçu une fois, je crois, par un matin de brouillard ?

– Et une autre, sur le pont, ajoutai-je, à un moment où Lady Tansor passait dans sa calèche, en compagnie d'un monsieur.

– Ah, dit le capitaine. Ainsi donc, vous m'avez vu ?

– Suis-je bête, c'était vous ! m'écriai-je, soudain traversée par une illumination. C'est vous qui m'avez libérée du mausolée ! »

Le capitaine acquiesça de la tête.

« J'ai mis en plein dans le mille, ma chère. Pas de bougies à la fenêtre, mais un instinct de vieux soldat… et un peu de chance. »

C'était par hasard, semblait-il, qu'il m'avait vue prendre la direction du mausolée, et qu'il avait ensuite décidé de faire un détour en rentrant de sa patrouille de la mi-journée, afin de s'assurer que tout allait bien.

En arrivant au mausolée, peu après le départ de Milady, et en m'entendant crier à l'intérieur de cet horrible endroit, il s'était d'abord interrogé, perplexe, pour savoir comment me délivrer. Puis il s'était souvenu de ce que son voisin, le loquace Mr Thripp, avait dit un jour garder une clé du mausolée au presbytère. Qu'il réussit, après une longue marche, à se procurer auprès du pasteur, prétextant d'un intérêt particulier pour un détail d'architecture à l'intérieur du bâtiment.

« Un sacré coup de veine que le bonhomme ait été chez lui, concéda le capitaine. Mais je vous aurais sortie de là d'une manière ou d'une autre, soyez-en sûre, même si j'avais dû faire donner l'artillerie pour enfoncer les portes. »

Il fallait que je l'embrasse, bien sûr, pour le remercier ; ce que je fis, à sa plus grande confusion.

« Allons, allons, dit-il, sans parvenir à faire la grosse voix, en voilà assez. Je ne faisais que mon devoir, vous savez. »

En guise de récompense, je le laissai tirer sur sa pipe à plusieurs reprises, avant de reprendre mon interrogatoire.

« Capitaine Willoughby, dis-je enfin, dites-moi une chose : agissez-vous sur ordre ?

– Sur ordre ? Que voulez-vous dire ?

– J'ai une foule de questions pressantes à poser sur l'histoire de mon père, auxquelles je souhaite ardemment avoir des réponses. J'ai la nette impression, capitaine Willoughby, que vous en savez bien plus à son sujet que vous ne pouvez m'en dire, et que vous me feriez volontiers part de ce que vous savez, si vous n'étiez pas tenu au secret. Je pensais simplement que vous obéissiez à des ordres, ce qui, bien entendu, est le devoir de tout soldat. »

Tout au long de cet échange, Mrs Ridpath avait gardé le silence, visiblement toujours aussi embarrassée ; mais à présent, avant que le capitaine ait eu le temps d'ouvrir la bouche, elle se leva pour tirer la sonnette et appeler la bonne.

« Vous devez me trouver bien mal élevée, ma chère, dit-elle. Voilà plus d'un quart d'heure que vous êtes ici, et je ne vous ai toujours pas proposé de rafraîchissement. Vous prendrez bien quelque chose, n'est-ce pas ? »

La bonne se présenta sans tarder pour recevoir ses ordres. Quand elle fut repartie, Mrs Ridpath se rassit et me prit tendrement la main.

« Vous n'êtes pas sans savoir, ma chère petite, que le capitaine Willoughby et moi-même ne sommes pas libres d'agir ni de parler à notre guise. Comme vous l'aurez compris, nous sommes tenus de suivre les instructions que nous recevons de Mme de l'Orme, qui, elle-même, ne fait que respecter les engagements pris auprès de votre père. Quel que soit le nom que vous leur donniez, nous ne pouvons ni les annuler ni les ignorer. Il n'en ira pas toujours ainsi. Un jour viendra…

– Un jour vient toujours, l'interrompis-je, soucieuse de lui éviter davantage d'embarras. Je cesserai donc d'être importune avec mes questions, chère Mrs Ridpath, et attendrai patiemment le jour de l'illumination finale. Mais pourriez-vous, s'il vous plaît, me dire simplement une chose : comment en êtes-vous venue à jouer un rôle dans les projets de mon père ?

– C'est une longue histoire, ma chère petite, dit-elle, et le moment n'est pas venu pour moi de vous la raconter. Mais je pense que ce que je vais vous dire, Madame ne verrait pas d'inconvénient à ce que vous l'appreniez.

« J'ai occupé autrefois la position qui fut la vôtre à Evenwood. À l'époque, je m'appelais Lizzie Brine. »

Lizzie Brine.

Je me souvins alors d'Emily me disant qu'elle avait eu une femme de chambre du nom d'Elizabeth Brine qui lui donnait entière satisfaction. Mr Pocock avait lui aussi mentionné son nom, ainsi que celui de son frère, John Brine, le valet de Mr Paul Carteret à la Dower House.

Mrs Ridpath vit, à mon expression, que ce nom ne m'était pas inconnu.

« Vous avez entendu parler de moi, n'est-ce pas ? demanda-t-elle.

– En effet.

– Il me suffira d'ajouter quelques détails, et je crois que j'en aurai assez dit pour le moment.

« Peu de temps après la mort de Mr Phoebus Daunt, quand on

apprit que Miss Carteret, puisque tel était son nom en ce temps, avait l'intention de partir voyager sur le Continent, je m'attendais bien évidemment à l'accompagner. Au lieu de quoi, je fus informée par ma maîtresse qu'elle avait besoin pour l'assister de quelqu'un capable de parler le français et l'allemand et que, en conséquence, il lui faudrait trouver une nouvelle femme de chambre.

« Elle quitta donc Evenwood, et peu après je fus congédiée, en même temps que mon frère, par le défunt Lord Tansor. Nous n'avons pas été maltraités, je m'empresse de le dire : nous avons reçu d'excellentes références, et suffisamment d'argent pour nous permettre de quitter l'Angleterre, où nous n'avions guère d'avenir, et d'aller refaire notre vie en Amérique. John a acheté de la terre dans le Connecticut, et j'ai trouvé une place de gouvernante chez Mr Nathan Ridpath, un banquier de Boston.

« Vous devinez peut-être la suite. J'ai épousé Mr Ridpath, ce qui m'a permis d'acquérir une éducation digne de ce nom, car j'ai toujours eu le désir d'apprendre, et je chérissais les rares livres que je parvenais à dénicher. La première tâche à laquelle je me suis attelée, cela ne vous étonnera pas, a été l'apprentissage du français et de l'allemand, non pas tant parce que je gardais rancune à mon ancienne maîtresse, encore que je ne nie pas avoir trouvé quelque satisfaction à acquérir les talents dont l'absence avait été à l'origine de mon renvoi, mais surtout pour devenir, par amour pour mon mari, autre chose qu'une simple fille de la campagne.

« Et puis Mr Ridpath est mort, six mois seulement après notre mariage. Il m'a laissée fort bien pourvue, et c'est donc dans une situation plus que confortable que je suis rentrée en Angleterre. J'ai alors acheté la maison où nous nous trouvons, et où je vis depuis. »

Je l'écoutai avec une extrême attention, car j'étais à l'affût de la moindre bribe d'information concernant le passé d'Emily ; et je commençai à pressentir dans l'histoire de Lizzie Brine les prémices d'une vérité capitale, bien que pour l'instant mal définie.

« Mais comment avez-vous fait la connaissance de mon père ? demandai-je.

– Quand j'étais la femme de chambre de Miss Carteret, nous – mon frère John et moi – étions arrivés à un entendement avec votre père. »

Elle s'interrompit.

« Un entendement ?

– Dans la mesure où il vivait à Londres, votre père – Mr Glapthorn, comme il se faisait appeler alors – avait besoin d'être informé de ce qui se passait à Evenwood, surtout concernant Miss Carteret et Mr Phoebus Daunt.

– Je comprends, dis-je. Mais après votre retour d'Amérique, comment vous êtes-vous retrouvés ?

– Je suis arrivée ici en 1857. Une fois confortablement installée, je suis partie passer quelques jours à Paris. J'avais toujours eu envie de connaître cette ville, or j'en avais maintenant les moyens et le loisir, et de plus je parlais la langue.

« Tout à fait par hasard, je suis tombée un jour sur de superbes aquarelles dans la vitrine d'une boutique du quai Montebello. Il y avait un homme, un Anglais, qui parlait à une employée du magasin, que j'identifiai rapidement comme étant sa femme. Bien qu'il eût beaucoup changé depuis la dernière fois que nous nous étions vus, je le reconnus aussitôt, et il en fit autant de son côté, mais sans qu'aucun de nous laisse rien voir sur le moment.

« Bref, j'ai acheté une des aquarelles et j'ai quitté le magasin ; mais il n'a pas tardé à me rattraper, et nous avons renoué connaissance.

« Après mon retour à Londres, sa femme et lui – ils se faisaient alors appeler Mr et Mrs Edwin Gorst – sont allés s'installer avenue d'Uhrich, à l'invitation de Mme de l'Orme. Nous avons continué à correspondre, et bientôt on m'a demandé, comme au capitaine Willoughby, de participer à la grande entreprise de votre père visant à lui restituer son héritage à travers vous, son unique enfant. J'ai accepté, très volontiers, de coopérer, dans le but de redresser les terribles torts qui lui avaient été faits, à lui ainsi qu'à vous. »

Voici que la lumière, une lumière bénie, traversait de ses rayons les noirs nuages de l'ignorance et du doute. J'embrassai Mrs Ridpath et la remerciai de m'avoir fait la faveur de sa confiance, même si elle n'était pas entière, comme nous le savions toutes les deux.

« Or donc, Miss Gorst, dit le capitaine, qui se leva et me domina de sa haute silhouette, vous êtes tout de même plus avancée maintenant que ce matin au réveil. Nous avons enfin été présentés l'un à l'autre, et vous m'en voyez ravi.

– Pas plus que moi, capitaine Willoughby, répondis-je. Sincèrement ravie.

– Je reprendrai mes patrouilles dès votre retour à Evenwood, poursuivit-il, même si j'espère bien que vos bougies ne s'allumeront pas ;

mais Londres, c'est une tout autre histoire. La ville est trop grande, et on ne peut pas être partout. Il faudra donc vous montrer prudente à chaque instant, surtout quand vous sortirez seule. Vous devez immédiatement prévenir Lizzie, si vous sentez qu'un certain homme de loi – vous voyez à qui je fais allusion ? – vous met en danger, et elle battra le rappel de la cavalerie. Vous me le promettez ? »

Une fois le capitaine parti, Mrs Ridpath me transmit un courrier de Mr Thornhaugh, qui s'était croisé avec le compte rendu qu'elle venait de faire suivre la veille à Madame :

> Madame et moi-même sommes naturellement très préoccupés, Petite Reine, du profond désarroi dans lequel a dû vous plonger la lecture de ce que son devoir lui imposait de vous faire connaître à propos de votre père et de vous-même. Écrivez-nous le plus vite possible pour nous tranquilliser sur ce point. Car le moment est désormais venu d'aborder la phase finale de notre Grand Dessein. C'est maintenant, Madame ne le sait que trop bien, que votre remarquable force de caractère et votre ingéniosité vont être comme jamais mises à l'épreuve. J'en resterai là pour l'instant, me contentant de vous répéter que Madame et moi continuons à être persuadés que votre entreprise sera couronnée de succès, et que ce qui a été perdu par votre père sera intégralement restitué… grâce à vous.

Après avoir lu le mot de Mr Thornhaugh, je finis mon thé et me préparai à partir.

« Au revoir, chère Esperanza, dit Mrs Ridpath en me raccompagnant à la porte. Je suis heureuse, et fort soulagée, de constater que nous nous comprenons un peu mieux toutes les deux. Il m'était insupportable d'avoir à vous cacher ma véritable identité, même si je suis certaine d'encourir les foudres de Madame quand je la mettrai au courant, ce que je vais bien être obligée de faire. Mais je ne vois pas quel mal pourrait en sortir. Encore une fois, au revoir, ma chère enfant. Sachez que votre père serait fier de vous. »

Un cab, qu'on avait commandé, m'attendait. Tandis qu'il s'éloignait en direction de Grosvenor Square, j'appuyai ma tête contre le dossier et fermai les yeux.

J'avais encore avancé de quelques pas, modestes mais conséquents, sur la voie de l'accomplissement de mon dessein, et de la réhabilitation tant attendue de mon père. Mais quels obstacles persistaient à se dresser sur ma route ?

26

Le vieil homme de Billiter Street

I

PREMIÈRE ET DERNIÈRE RENCONTRE

J'étais attendue pour le déjeuner à une heure et demie, et il ne me restait plus qu'une dizaine de minutes quand Charlie ouvrit la porte sous mes coups répétés.

« Lady Tansor est-elle rentrée de chez Mr Orr ? demandai-je.

– Oui, miss, il y a une demi-heure. »

Je montai en courant à ma chambre, pour changer de robe et me recoiffer, puis redescendis précipitamment dans la salle à manger, juste au moment où résonnait la cloche du déjeuner.

« Qu'avez-vous fait ce matin, ma chérie ? » demanda Emily, alors que l'on apportait le potage.

Je répondis que j'étais sortie me promener.

« Vous promener ? Le temps n'est pas particulièrement propice à la promenade.

– Oh, c'est sans importance, dis-je d'un ton détaché. Je trouve Londres fascinant par tous les temps.

– Ma foi, répondit-elle, en se tamponnant la bouche de sa serviette pour essuyer un peu de potage, voilà une idée qui ne manque pas d'originalité, il faut le dire. Et où êtes-vous allée ? »

Ma réponse était toute prête.

« À Regent's Park, et ensuite au Pantheon Bazaar [1].

1. À l'origine un théâtre à la mode, dont l'entrée principale donnait sur Oxford Street. On y trouvait une galerie de peinture, un bazar de jouets, et, au rez-de-chaussée, de nombreux stands où l'on vendait vêtements et articles de fantaisie.

– Le Pantheon Bazaar ! Comme c'est intéressant ! Je n'y ai moi-même jamais mis les pieds, bien entendu. Ce n'est pas un peu… vulgaire ? N'oubliez pas, très chère, que vous ne devez plus vous montrer que dans les endroits les plus respectables.

– Le Pantheon est tout à fait convenable, dis-je d'un ton dégagé, mais non sans un certain ressentiment devant son air dédaigneux.

– Bien sûr. Je ne voulais pas dire le contraire, ma chérie. »

Elle posa sa serviette et but une gorgée de liqueur.

« Il reste que ce n'est pas tout à fait le genre d'endroit où je voudrais que soit vue ma dame de compagnie… et mon amie. Cela risquerait de faire mauvaise impression. Il y a d'un côté les magasins, voyez-vous, et de l'autre les bazars. Vous ne devriez vous montrer que dans les premiers, et les meilleurs encore. Jamais vous ne verrez Miss Miranda Fox-More ou Miss Eleanor de Freitas dans un bazar. Cela ne leur viendrait même pas à l'idée. Avez-vous fait quelque emplette ?

– Non. Je pensais vous acheter une bricole pour vous remercier d'avoir eu la bonté de m'amener à Londres, mais il y avait tellement de choses que j'ai été incapable de choisir ! Je ne suis pas arrivée à décider de ce qui aurait pu vous faire plaisir.

– Cela partait en tout cas d'une bonne intention, dit-elle, le soulagement perçant sous la froideur du ton. Ce qui me fait penser, ma chère, que même si mes vieilles robes vous font paraître à votre avantage, il faut vraiment que vous en ayez quelques-unes à vous. Nous irons à Regent Street avant de rentrer la semaine prochaine, pour voir ce que l'on peut faire. »

Après le déjeuner, reprenant là où nous l'avions laissé le sacro-saint programme d'Emily, nous partîmes dans la voiture fraîchement lavée visiter le musée de Géologie pratique de Jermyn Street, qui sembla la divertir au plus haut point, mais où je faillis périr d'ennui. De là, nous nous rendîmes à Westminster Abbey, où j'aurais volontiers passé plusieurs heures ; mais on m'entraîna bien vite vers quelque autre site célèbre, qu'Emily cocha consciencieusement sur la liste qu'elle avait avec elle de tous les monuments dont elle avait au préalable décrété la visite incontournable pour la néophyte que j'étais.

Ainsi se déroula la journée, sur un rythme soutenu, et ce fut bientôt l'heure pour nous d'assister à un dîner d'apparat donné à St James's dans la résidence de Sir Marcus Leveret, ex-ambassadeur d'Angleterre au Portugal. Dîner d'apparat, c'est le moins que l'on puisse dire.

La tête ne tarda pas à me tourner devant la foule de gens de distinction et de rang auxquels je fus présentée : ducs et comtes, ambassadeurs et membres du Parlement, princes étrangers et nababs, juges et banquiers, généraux et amiraux ; épouses, filles, mères et douairières veuves, toutes superbement habillées, coiffées et harnachées de bijoux. Sans compter, bien entendu, un assortiment varié de jeunes et beaux célibataires, qui auraient tous fait de beaux partis, mais dont aucun ne m'intéressait.

Vendredi arriva, et avec lui une nouvelle matinée lugubre de trajets chaotiques d'un endroit à un autre, qui nous vit nous enfoncer dans des rues couvertes d'une boue épaisse à travers des nappes d'une brume noire de suie. Après le déjeuner, pourtant, Emily se plaignit de ne pas se sentir très bien, et l'on appela son médecin londonien, le docteur Manley.

« Je suis désolée, Alice, dit-elle, une fois ce dernier parti, mais j'ai bien peur que nous devions abandonner nos projets pour cet après-midi. Je sais à quel point vous allez être déçue, tout comme je le suis, mais je n'y peux rien. Le docteur Manley insiste pour que je prenne quelque repos, et vous allez devoir vous occuper toute seule. Cela ne vous ennuie pas, n'est-ce pas, ma chérie ? Jusqu'à ce que je me sente mieux. »

Je prends, naturellement, une mine catastrophée à l'idée de ne plus être chahutée et cahotée le long de rues crasseuses et bruyantes pour passer une demi-heure à regarder tel ou tel objet, admirer tel ou tel site, censément dignes d'intérêt, avant de m'efforcer pendant toute une soirée de m'immiscer dans les bonnes grâces des premières dames et messieurs de la bonne société.

Il conviendrait peut-être que je fasse à ce stade un petit aveu, qui serait une manifestation de plus des sursauts fâcheux dont est parfois capable ma conscience. N'avais-je pas quelques scrupules à me voir choyée jusqu'à l'excès par la 26e baronne Tansor, l'une des femmes les plus admirées de Londres ? Si. Et, en dépit de cette petite voix intérieure, continuais-je à tirer un secret plaisir des privilèges que me valait mon amitié avec cette femme extraordinaire ? Mais oui, bien sûr. Quelle jeune fille de dix-neuf ans, ne disposant que d'une expérience limitée de la haute société, ne se sentirait pas flattée et honorée par de telles attentions ? J'étais aussi prête à me laisser prendre au piège des apparences et aussi sensible aux vanités de ce monde que n'importe quelle demoiselle, et tout aussi susceptible, à l'occasion, d'y succomber.

Oui, j'étais assez faible pour suivre ma pente quand il s'agissait de flatteries et de cajoleries, et pour m'autoriser à y prendre plaisir, même si le plaisir n'était pas sans mélange ; car, telle une ombre me poursuivant sans cesse de ses réprimandes, le spectre sévère du Devoir m'accompagnait dans les grands salons dorés, prenait place à mes côtés aux tables richement garnies, pénétrait le secret de mes rêves, m'arrachant à la vanité et à l'égoïsme pour me rappeler à cette obligation qui était la mienne de rester concentrée sur l'accomplissement de la mission dont on m'avait chargée.

Je laissai Emily à son repos et regagnai ma chambre afin de réfléchir à la meilleure façon de mettre à profit ces heures de liberté inattendues.

Je savais que, quoi que je décide, je devrais en informer le sergent Swann ; mais je n'étais pas dans les meilleures dispositions à l'égard de mon garde du corps, et puis je ne pensais pas courir de danger si je m'en tenais aux artères principales.

J'étais en train de feuilleter le guide Murray, quand une idée originale – et ô combien excitante – me traversa l'esprit.

J'allais tenter de trouver Mr John Lazarus, s'il était encore en vie.

Poussée par cette inspiration soudaine, j'enfilai rapidement mon manteau, descendis l'escalier en toute hâte et, hors d'haleine, demandai à Charlie de m'appeler un cab.

« Destination, miss ? demanda-t-il.

– Billiter Street, dans la City, s'il vous plaît, Charlie », lui répondis-je, un doigt sur la bouche.

Un clin d'œil, un salut, et il était parti.

La maison était à proximité du carrefour avec Leadenhall Street : une bâtisse à colombages, étroite, un peu de guingois, munie de fenêtres aux carreaux en losange opaques tant ils étaient crasseux, et d'une porte d'entrée cloutée et rébarbative, au-dessus de laquelle se balançait une enseigne écaillée représentant un navire entièrement gréé, et accompagnée en lettres peintes de la légende : J.S. LAZARUS, AGENT MARITIME.

Je frappai, attendis, frappai à nouveau, une fois, deux fois, mais en vain. Je commençai à penser que Mr Lazarus était peut-être mort après tout, ou que la maison avait été définitivement fermée Puis, au moment où je m'apprêtais à partir, la poignée de la porte tourna lentement.

Un homme âgé, frêle et voûté, un chat roux et blanc se frottant affectueusement contre ses jambes, se tenait devant moi.

« Bonjour, miss. En quoi puis-je vous être utile ? »

Il n'avait pas fini sa phrase que son air d'attente respectueuse s'altéra brutalement.

« Pardonnez-moi, miss, dit-il en balayant de son front une mèche de fins cheveux gris. Ai-je déjà eu l'honneur de vous être présenté ?

– Je ne crois pas, monsieur, répondis-je. Mais vous êtes bien Mr John Lazarus ?

– En effet. »

Il était vivant ! Et il était là devant moi – cet homme auquel mon père devait la vie.

« Vous voudrez bien m'excuser, dit-il, mais j'aimerais savoir ce qui vous amène ici ?

– Si je suis ici, c'est parce que vous avez connu mon père, à une époque. Je m'appelle Esperanza Gorst, et je suis la fille d'Edwin Gorst. »

À ces mots, il tressaillit de joie.

« La fille d'Edwin Gorst ! s'exclama-t-il. Est-ce possible ? Entrez, entrez donc ! »

Multipliant les expressions de bienvenue, il me fit pénétrer dans une grande pièce aux poutres basses, sombre et poussiéreuse, dont les murs étaient couverts du sol au plafond de peintures de bateaux, de cartes marines, de gravures jaunies d'oiseaux et de fleurs exotiques, et de toute une série de vues topographiques des diverses îles de l'Atlantique que Mr Lazarus avait sillonnées au cours de sa longue vie professionnelle.

La tasse de thé acceptée, nous bavardâmes pendant plus d'une heure, le temps pour mon hôte de me rapporter nombre de détails infimes, mais pour moi captivants, datant de l'époque où il avait vécu à Madère avec mon père. Ses souvenirs de ces jours lointains étaient encore très nets, mais ils n'apportaient pas grand-chose de nouveau à ce que j'avais lu dans ses Mémoires. De mon côté, je lui résumai ce que je savais de l'histoire de mes parents après leur départ de Madère, et lui appris que mon père était mort à Constantinople en 1862.

Il me restait encore une question que j'étais impatiente de lui poser.

« Mr Lazarus, me hasardai-je, avez-vous jamais su quelle était la nature des papiers contenus dans le coffret que mon père vous avait demandé d'emporter en Angleterre pour le confier à son notaire ?

– Il s'agissait de documents personnels, ma chère, et je ne me suis pas permis de poser de questions ; mais à ce qu'il m'a dit un jour, j'ai cru comprendre que le coffret renfermait des Mémoires, peut-être un journal intime ou un récit autobiographique plus ambitieux. »

Mon cœur bondit dans ma poitrine.

« Vous vous rappelez le nom de l'homme de loi auquel vous avez remis la boîte ? »

Ma voix était calme, mais une grande faiblesse m'avait envahie tant j'attendais sa réponse avec angoisse.

« Mr Chistopher Tredgold, répondit-il sans la moindre hésitation. Je crois que c'était l'ancien employeur de votre père. Il avait pris sa retraite à la suite d'une attaque. J'ai cependant gardé l'impression qu'il agissait davantage en tant qu'ami que représentant légal.

– On peut donc raisonnablement supposer que les documents sont restés en possession de Mr Tredgold.

– Je ne suis pas en mesure de vous l'assurer.

– Et vous n'avez plus jamais eu de contacts avec Mr Tredgold, après lui avoir remis ces papiers ?

– Plus jamais, je le crains. Reprendrez-vous un peu de thé, ma chère ? »

Je vis que notre conversation l'avait épuisé, et que sa proposition n'avait été motivée que par la délicatesse d'un tempérament courtois. Je la déclinai donc avec reconnaissance, et me levai pour partir.

« Je vois à présent que vous ne vous contentez pas de lui ressembler physiquement, dit Mr Lazarus, tandis que je sortais dans le froid humide de la rue. Vous avez aussi hérité de sa flamme, de son intelligence. C'était un individu remarquable, et notre relation, si brève qu'elle ait été, m'est toujours apparue comme un des grands privilèges de mon existence. Je n'ai jamais connu son pareil depuis, et ne le connaîtrai jamais, j'en suis sûr. Que Dieu vous garde, ma chère. Repassez me voir, si vous le souhaitez. Les visites se font rares, aujourd'hui. »

J'avais la ferme intention de revenir à Billiter Street, non seulement pour l'amener à me livrer d'autres souvenirs de l'homme qu'il avait connu sous le nom d'Edwin Gorst, mais aussi parce que je sentais naître en moi une réelle affection pour ce vieux monsieur si fragile, qui avait redonné à mon père espoir et goût à la vie. Malheureusement, il mourut peu de temps après, comme je devais le découvrir par la suite, et je ne le revis jamais.

II

JE SUIS PRISE EN CHASSE

Je quittai Billiter Street, plongée dans mes pensées, si absorbée, en fait, que je ne remarquai pas d'abord que j'étais suivie.

C'est dans Fenchurch Street que, en me retournant par hasard pour regarder l'heure au clocher de St Dionis, je l'aperçus : un petit homme trapu, la quarantaine, les traits tirés, les cheveux prématurément blanchis, les sourcils aussi parfaitement noirs que parfaitement rectangulaires. Je l'avais déjà vu. C'était Digges, le domestique de Mr Armitage Vyse, qui avait accompagné son maître à Evenwood pour Noël.

Je pressai le pas, mon poursuivant aussi.

Que voulait-il ? Avais-je à craindre une agression de sa part ? Pas ici tout de même, dans ces rues grouillantes de monde ?

Exactement comme le jour où le brigand m'avait accostée sur la route d'Easton, je fus soudain saisie d'un accès de colère indignée à l'idée d'être ainsi prise en chasse sur la voie publique. Comment Digges et son maître osaient-ils m'effrayer de la sorte ? Momentanément enhardie, je songeai à faire volte-face et à affronter cet homme, allant même jusqu'à chercher une arme des yeux autour de moi ; par bonheur, la raison fut la plus forte.

Un cab… il me fallait un cab au plus vite.

Il s'était remis à pleuvoir, la nuit tombait, les rues étaient pleines d'hommes de la City qui rentraient chez eux. Impossible de mettre la main sur un cab. Je croyais connaître mon chemin, ayant mémorisé le trajet à l'aide du guide Murray, mais j'eus tôt fait de me rendre compte, en traversant d'un pas pressé un quartier miteux, que je m'étais perdue.

Je me souviens du fracas d'un marteau sur le métal, du sifflement aigu de la vapeur s'échappant d'un atelier tout proche ; de cris et de jurons échangés devant une taverne ; de visages soupçonneux qui me dévisageaient au passage.

Où pouvais-je bien être ? Où trouver de l'aide ? Il n'y avait plus autour de moi que l'obscurité qui m'emprisonnait peu à peu, des murs aveugles et des ruelles peu sûres, une pluie froide qui me cinglait le visage, et un sentiment de désespoir et d'impuissance.

Je débouchai enfin dans Fleet Street et je me mis à courir. Digges était toujours derrière moi, mais j'étais près, tout près maintenant de l'endroit où j'espérais trouver la sécurité que j'appelais de mes vœux.

Avant même d'atteindre la station de cabs, je vis qu'elle était vide. Fallait-il que je me mette à la recherche de la maison de Mr Pilgrim dans Shoe Lane, comme il m'avait pressée de le faire, dussé-je avoir à nouveau besoin de sa protection ? Mais où était Shoe Lane ?

C'est alors que, sortant du brouillard, deux cabs vinrent s'arrêter à la station. Le conducteur du second descendit de son siège, son fouet à la main.

« S'il vous plaît, dis-je, hors d'haleine. Pouvez-vous m'aider ? Il y a un homme qui me suit. »

Le cocher repoussa son cache-nez.

« Tiens, vous rev'là, miss. Alors, qu'esse qui vous arrive encore ? demanda Mr Solomon Pilgrim, en chair et en os devant moi.

– L'homme aux cheveux blancs, dis-je, soulagée mais toujours effrayée, en jetant un coup d'œil derrière moi en direction de Digges.

– Vous feriez mieux de monter », dit Mr Pilgrim en ouvrant la portière.

Je grimpai dans la voiture. Quelques secondes plus tard, Digges arrivait, s'arrêtait et dévisageait mon sauveur d'un œil belliqueux.

« Trop tard, gronda le cocher à l'imposante carrure en refermant la portière, son fouet menaçant serré dans la main.

Sans un mot, mais l'œil toujours noir, Digges s'éloigna en traînant le pas. Je me penchai par la portière pour le regarder se faire lentement absorber par le flot de piétons pressés jusqu'à ce qu'il soit complètement englouti et disparaisse à ma vue.

« Z'êtes encore fourrée dans d'sales draps, missy ? demanda Mr Pilgrim en secouant sa grosse tête ronde. Semblerait pourtant cette fois qu'c'est vous qu'on suivait.

– Je ne connais pas cet homme, dis-je, essayant de faire bonne contenance, même si j'avais les jambes en coton, et j'ignore pourquoi il me suivait ; mais je suis heureuse de vous revoir, Mr Pilgrim, et je vous remercie une fois de plus de votre aide.

– À vot' service, missy, et, comme j'vous l'ai dit, on m' trouve toujours ici, fidèle à mon poste. Voulez continuer à pied, c'que j'vous déconseille, ou si Sol Pilgrim peut vous emmener quéque part ? »

Je réfléchis un moment. Non, pas à Grosvenor Square, pas tout de suite.

« King's Bench Walk, Temple, dis-je. Numéro 14. »

III

UNE CONVERSATION DANS KING'S BENCH WALK

Après avoir présenté mes remerciements émus à Mr Pilgrim, je me retrouvai bientôt assise dans le bureau de Mr Wraxall en train de lui narrer ma récente aventure, mais sans lui révéler la raison pour laquelle j'avais quitté seule Grosvenor Square, sans en informer d'abord le sergent Swann. Je ne lui dis pas non plus que j'étais prête à recommencer, si les circonstances l'exigeaient.

« Vous me pardonnerez, ma chère petite, dit Mr Wraxall quand j'en eus terminé, si je me permets de vous dire à quel point je suis déçu de constater que vous vous êtes une fois de plus exposée au danger ; mais, bon, c'est fait, et Dieu merci vous êtes saine et sauve. »

Le ton était conciliant, mais la désapprobation évidente.

« Je ne saurais assez insister sur la nécessité pour vous de prévenir à l'avance le sergent Swann si vous projetez de nouvelles expéditions solitaires. Je me contenterai de vous prier instamment – pour la paix de mon âme, sinon pour la vôtre – de croire que cela relèverait de la plus élémentaire prudence. Bon, oublions ce léger désaccord et parlons affaires. Car il y a du nouveau, j'imagine ? »

Soulagée d'en arriver enfin au but de ma visite, je lui dis que j'étais curieuse de savoir si Conrad Kraus s'était montré plus loquace ; mais avant que Mr Wraxall ait eu le temps de répondre, on frappa à la porte, qui s'ouvrit sur l'inspecteur Gully.

« Eh bien, voilà justement la personne qui va pouvoir nous répondre, dit l'avocat en se levant pour accueillir son visiteur, avant d'ajouter : Miss Gorst nous a fait une petite escapade, n'est-ce pas, Miss Gorst ? »

Force me fut d'avouer alors à Mr Gully que j'avais été suivie par l'homme de Mr Vyse.

« Arthur Digges ? » s'enquit l'inspecteur.

Mr Wraxall voulut savoir si ce dernier était connu des services de la police métropolitaine.

« Un peu, répondit l'inspecteur. Un ancien matelot. Travaille pour Vyse depuis trois ans. Nous n'avons rien de plus sur lui.

– Mais pour quelle raison me suivait-il ?

– Inutile de se perdre en conjectures là-dessus, dit Mr Wraxall, alors passons à autre chose. Je dirais tout de même qu'à mon avis, comme dans le cas de la présence de Yapp à Evenwood, l'opération avait pour but de vous pénétrer de l'étroite surveillance dans laquelle vous tient Mr Vyse. »

La conversation revint ensuite à Conrad Kraus.

« Je crois que je commence à y voir plus clair dans les relations existant entre Lady Tansor et Mrs Kraus, dit Mr Gully. Cela vous intéresserait peut-être de savoir où nous en sommes pour l'instant ? Fort bien, je vous expose donc les choses, aussi succinctement que possible. »

Il sortit son carnet, l'ouvrit et s'éclaircit la voix :

« *Item*. Miss Emily Carteret part pour le Continent ; date du départ : le 19 janvier 1855 ou aux environs ; avec le plein accord du baron ; une relation du susdit recommande une domestique factotum, veuve de son état, qui parle allemand ; nom de la personne : Mrs Barbarina Kraus ; est aussi du voyage le fils de Mrs K, Conrad, dix-neuf ans, grand gaillard un peu simple d'esprit.

« *Item*. Destination de Miss EC : Carlsbad, où réside le beau-père de Mrs K ; date d'arrivée : début février 1855 ; raison avouée du voyage : prendre les eaux ; raison non avouée : trouver un mari ; parti convenable rapidement déniché en la personne du colonel Tadeusz Zaluski, ex-officier désargenté de l'armée polonaise.

«*Item.* Mariage de Miss EC et du colonel Z ; date : 23 mars 1855, d'après les renseignements collectés sur place ; union bientôt bénie par le plus heureux des événements (question facétieuse : un effet des eaux de la Bohême ?) ; naissance d'un fils dans la ville d'Ossegg ; date de naissance : 25 décembre 1855 ; nom de baptême du fils : Perseus.

«*Item.* Retour de la famille Zaluski avec un héritier de trois mois ; accueillie à Evenwood le 7 avril 1856 par un cousin baron comblé ; naissance d'un deuxième fils en novembre de la même année ; couronnement du triomphe de Mrs Z ; succession Duport définitivement assurée.

«*Item.* Miss EC, d'abord Mrs Z, devient Mrs Z-D (Zaluski-Duport) par décret royal ; légalement reconnue comme successeur du cousin baron ; à la mort du susdit (novembre 1863), abandonne le nom du mari ; l'ex-Miss EC est désormais Emily Grace Duport, 26e baronne Tansor, maîtresse d'Evenwood.

– Autre chose ? demanda Mr Wraxall.

– Un petit scandale, dans la ville de Franzenbad, répondit l'inspecteur. Une histoire impliquant Conrad et – excusez-moi, Miss Gorst – une fille du coin. Les choses s'enveniment ; la police est appelée. Fuite de Mrs K et de son rejeton. Mrs Z se retrouve sans domestique. C'est tout ce que l'on sait de l'affaire, vu que Conrad ne peut pas, ou ne veut pas, nous en dire davantage.

– Et ce papier, demandai-je, le précieux papier de Conrad qui sentait la violette ? demandai-je. Est-ce que l'on en sait plus à ce sujet ? »

L'inspecteur Gully humecta son pouce et son index pour tourner plus facilement les pages de son carnet.

« Sans doute une lettre. Contenu inconnu. Destinataire ? Également inconnu, mais on peut présumer qu'il s'agit du cousin, Lord Tansor. »

Rassemblant tout ce qu'il avait pu soutirer à Conrad, l'inspecteur nous soumit alors ses conclusions quant à la façon dont s'étaient déroulées les choses.

Conrad, semble-t-il, attend que Mrs Zaluski ait terminé une lettre pour aller la poster ; mais juste au moment où elle s'apprête à la fermer, elle renverse un flacon de parfum sur l'enveloppe, et Conrad doit différer son départ, le temps que le papier sèche.

Il se rend ensuite à la poste, mais la lettre ne sera jamais envoyée : le garçon s'est tellement entiché de la belle et inaccessible Mrs Zaluski que, dans sa dévotion de simplet, il garde la lettre parfumée. Il est incapable de la lire ; mais elle lui vient d'elle, elle porte son parfum, et, pour lui, c'est tout ce qui compte.

Mrs Kraus et son fils, abandonnés, semble-t-il, par leur maîtresse à la suite de l'incident de Franzenbad, parviennent, après un long voyage jalonné de vicissitudes, à regagner l'Angleterre. Conrad cache la lettre dans sa chambre, mais la sort chaque jour, car le parfum persistant de la violette lui rappelle sa reine de conte de fées.

Les choses auraient sans doute continué ainsi, si sa mère n'avait pas un jour découvert son trésor.

« Quel qu'ait pu être le contenu de cette lettre, dit Mr Wraxall, en dehors du parfum évaporé des violettes, il a dû fournir à Mrs Kraus une arme redoutable contre son ex-maîtresse, à l'égard de laquelle elle nourrissait manifestement une grande animosité. C'est là, sans nul doute, la clé de toute l'histoire. Qui ouvre toutes les portes. Mais c'était là aussi l'arrêt de mort de Mrs Kraus. Si peu recommandable qu'elle ait été, elle ne méritait pas son sort. Ce qu'on lui a fait est scandaleux, proprement scandaleux. »

Il secoua la tête.

« Quel genre de personne était Mrs Kraus ? demandai-je, me remémorant la vieille femme peu avenante du Duport Arms.

– Si j'en crois ce que me dit l'inspecteur, répondit Mr Wraxall, elle avait l'ambition de s'élever dans le monde, et par n'importe quels moyens. Son père, si je me souviens bien, Gully, était un immigrant allemand, horloger de son état. Elle avait reçu quelque instruction, qui l'avait dotée de certains talents mineurs, et elle avait épousé Manfred Kraus, l'apprenti de son père ; mais après la mort de ce dernier, elle se mit en ménage avec un dénommé Lemuel Burlap, un escroc à la petite semaine connu depuis longtemps des services de police.

« Elle trouva ensuite une place dans la maison du duc d'Eastcastle, sur la foi de quoi elle fut recommandée par Lord Tansor pour accompagner Miss Carteret à l'étranger.

« Quand ils finirent par rentrer en Angleterre, Mrs K et son fils vécurent un temps avec Burlap ; mais quand celui-ci fut envoyé au bagne… en quelle année était-ce, Gully ?

– 67, répondit l'inspecteur sans avoir besoin de réfléchir.

– C'est ça, 67. Une fois Burlap disparu, Mrs K en fut réduite à se débrouiller seule, sans trop s'embarrasser de scrupules. Le temps passait, la vie se faisait de plus en plus dure. Jusqu'au jour où elle trouve la lettre.

– Ah, la fameuse lettre, dit l'inspecteur. Nous y revoilà, Mr W.

– Eh oui, Gully, inévitablement, dit l'avocat. Il est à craindre qu'elle soit perdue à jamais. Mais en admettant que ce soit le cas, je pense qu'il en subsiste quelque chose, un reste de vérité, que l'on peut encore essayer de deviner, d'induire ou de déduire. L'expérience m'a appris qu'il reste toujours quelque chose… comme ce parfum tenace qui a ensorcelé Conrad pendant tant d'années. À nous de le renifler, et de mettre un nom dessus. Je suis sûr que nous y parviendrons. Sûr et certain. C'est une simple question de temps. »

Les deux hommes s'étaient tus, mais je détectais les signes d'une intelligence partagée, quoique encore mal définie.

« De temps », répéta Mr Wraxall, au bout d'un silence significatif.

Il joignit les mains en triangle devant sa bouche et ferma les yeux, comme pour mieux réfléchir aux implications de ce mot.

« Un élément essentiel, Mr W ? » suggéra l'inspecteur.

Mr Wraxall ne répondit pas, mais, les yeux clos, continua à se tapoter le bout des doigts les uns contre les autres.

« Peut-on vous demander à quoi vous pensez, Mr W ? »

L'avocat ouvrit les yeux et regarda l'inspecteur d'un air innocent.

« Je me demandais simplement pour quelle raison Miss Emily Carteret tenait tellement à trouver un mari si tôt après la mort de son bien aimé fiancé. Curieux, vous ne trouvez pas ? »

IV

UNE PERSPECTIVE PEU ALLÉCHANTE

Notre séjour à Londres se déroula jusqu'au bout sans incident notable. Emily, contrainte par le médecin de garder le lit, insista pour que je lui tienne compagnie ; si bien que, à ma grande frustration, il me fallut rester à Grosvenor Square, et passer de longues heures à lui faire la lecture, discuter de livres ou d'affaires publiques, commenter les faits et gestes de Miss Machin ou de Lady Chose.

Il lui arrivait parfois, cependant, de sombrer dans la mélancolie ou l'apathie ; dans ces moments-là, elle voulait simplement me voir rester auprès d'elle, mon ouvrage inachevé entre les mains, tandis qu'elle reposait sur le sofa, emmitouflée dans des plaids et absorbée dans la contemplation silencieuse du ciel maussade de la capitale.

Après le déjeuner, elle s'endormait d'ordinaire pour une heure ou deux, et je posai mon ouvrage afin d'observer son visage au repos. On avait parfois l'impression que la mort l'avait déjà emportée, tant elle était pâle, immobile et sans vie. Un jour, j'allai jusqu'à me saisir d'un miroir et à me pencher sur elle pour m'assurer, en le voyant se couvrir de buée, qu'elle était toujours vivante.

En dépit des marques que laissait sur elle le passage du temps, et qu'elle masquait si habilement, sans pouvoir toutefois me les dissimuler, l'étonnante beauté de ses traits – lèvres pleines et pulpeuses, long nez aquilin, sourcils bien arqués, pommettes hautes et délicates, le tout encadré d'une chevelure d'un noir de jais – était pour moi une source constante de fascination. Un après-midi, après m'être rappelé que Madame et Mr Thornhaugh avaient toujours estimé que j'étais douée pour le dessin, don que je savais maintenant tenir de ma mère, je sortis mon carnet afin d'esquisser un portrait d'Emily dans son sommeil ; mais le résultat fut si loin de rendre justice à l'original que j'arrachai la page et la jetai au feu.

Impossible de ne pas se demander quels rêves lui venaient derrière ses paupières closes ourlées de longs cils. Ses siestes semblaient paisibles, épargnées par les terreurs qui l'assaillaient la nuit. Peut-être revivait-elle alors les jours ensoleillés, l'époque où ses iniquités n'assombrissaient pas encore sa vie, où elle ne s'était pas encore compromise dans des affaires de trahison et de meurtre… le temps où elle était simplement Miss Emily Carteret, la fille de Paul Carteret, admirée de tous, occupant la Dower House d'Evenwood, ignorant tout des tourments de la culpabilité ou des flèches fatales du pressentiment.

En relisant ce qui précède, et certaines des pages écrites par ailleurs, je suis frappée une fois de plus par la nature capricieuse et instable de mes sentiments pour Lady Tansor. Je savais à présent qu'elle avait ruiné la vie de mon père, et Madame, mon ange gardien adoré, m'avait dit que je ne pouvais avoir que haine pour une telle personne. J'entendais, bien sûr, qu'on lui demandât des comptes et qu'elle payât pour ce qu'elle avait fait. Quand je restais ainsi à la regarder dormir, sachant que sa traîtrise avait poussé mon père à commettre un meurtre, et qu'elle m'avait privée, moi, de la vie à laquelle me promettait ma naissance, ma résolution renaissait avec plus de vigueur encore ; mais quand elle se réveillait et m'adressait un sourire endormi en remuant paresseusement sous sa pile de plaids, ma vertueuse colère s'évanouissait dans l'instant.

Il m'arrivait parfois, comme en cet après-midi, de mettre à nouveau en doute mon aptitude à accomplir le Grand Dessein. J'étais si jeune, si inexpérimentée, si peu armée pour la dangereuse mission que l'on m'avait envoyée remplir à Evenwood. J'étais malade d'appréhension à l'idée de ce qui m'attendait encore, écrasée sous le poids de l'énorme responsabilité que Madame et mon père m'avaient obligée à endosser.

Voilà les pensées qui m'agitaient en ce dernier après-midi de notre séjour londonien. Emily dormait, et j'étais assise à son chevet, un livre fermé sur les genoux, l'esprit accaparé par les récents événements. Plongée que j'étais dans mes réflexions, je ne remarquai pas tout de suite qu'elle s'était réveillée.

« Alice, ma chérie, dit-elle d'une voix chargée de sommeil, me souriant d'un air languide, vous êtes là, comme toujours quand je m'éveille. Telle la statue de la Patience. Vous êtes si bonne… une si bonne amie. »

D'autres compliments suivirent, exprimés avec affection et, apparemment, sincérité. Une fois encore, alors même que je m'efforçais d'y résister, son charme ensorcelant commençait à saper ma détermination. Se pouvait-il qu'elle fût vraiment coupable des crimes dont Madame autant que Mr Wraxall l'accusaient ? N'avait-elle pas été plutôt contrainte, contre sa volonté et sa conscience, de les commettre, poussée d'abord par l'amour inconditionnel qu'elle vouait à Phoebus Daunt, ensuite par la hantise de les voir révélés au grand jour ?

Sa conscience ne la laissait pas en paix, comme en témoignaient à l'évidence les terreurs qui l'assaillaient la nuit ; ce qui militait peut-être en faveur d'une appréciation moins sévère de sa personne. Ainsi raisonnais-je, hypnotisée par son regard encore évocateur des brumes du sommeil. L'instant suivant, le charme était rompu.

« Oh, à propos, dit-elle, sur un ton plein d'une impérieuse désinvolture, le docteur Manley m'a recommandé de quitter l'Angleterre pour le reste de l'hiver. Il est convaincu qu'un changement de climat m'est absolument indispensable. Je prendrai les dispositions nécessaires dès notre retour à Evenwood. Voulez-vous, je vous prie, sonner pour le thé ? J'ai la gorge sèche. »

Sur quoi, elle s'empara de sa revue, l'ouvrit et se mit à lire.

J'étais abasourdie.

« Quitter l'Angleterre ? Mais pour combien de temps ? »

Elle leva les yeux et ôta ses lunettes.

« C'est là, il me semble, une décision qui n'appartient qu'à moi.

– Ce que vous dites là s'adresse à l'amie ou à la dame de compagnie rémunérée ? » demandai-je avec tout le calme dont j'étais capable. La question produisit une riposte immédiate.

« Vous vous oubliez, Alice, dit-elle d'un ton sec, le visage pincé. Ceci n'a rien à voir avec notre amitié. J'ai l'intention de suivre le conseil du docteur Manley, un point c'est tout. »

Je me rendis compte que toute autre protestation de ma part serait inutile. L'idée de me consulter ne lui était même pas venue, et elle avait pris sa décision en n'écoutant que sa fantaisie – se comportant une fois de plus en maîtresse, et non comme l'amie qu'elle prétendait être. Voilà donc ce que signifiait pour elle une amitié partagée.

Seigneur, que j'avais donc été stupide et crédule ! Madame m'avait avertie de ne pas croire en la permanence des faveurs de Lady Tansor, si intime que fût la relation établie entre nous ; car son amitié pour moi serait toujours viciée par l'orgueil et l'égoïsme, autant que par le besoin constant d'affirmer la supériorité de sa condition.

« On dirait à vous entendre que vous ne souhaitez pas m'accompagner, dit-elle en me fixant d'un œil glacial. C'est le cas ?

– Pas du tout, répondis-je, me forçant à un sourire convaincu et propitiatoire et me penchant pour lui prendre la main. Rien ne saurait m'être plus agréable ; et si cela doit vous être bénéfique, alors je ne saurais rien réclamer d'autre. »

Elle ne dit mot, mais je constatai que mes paroles déférentes avaient contribué à l'adoucir quelque peu ; affichant un empressement factice, je lui demandai quelle serait notre destination.

« Je ne l'ai pas encore vraiment arrêtée, dit-elle, mais le docteur Manley a recommandé Madère. »

27

La tentation de Mr Perseus

I

MR PERSEUS PREND MON PARTI

« Madère ! »

D'un seul coup, tous mes projets se trouvaient compromis. Quitter l'Angleterre était bien la dernière chose à laquelle je m'attendais, et celle que je souhaitais le moins. Le Grand Dessein exigeait que je fasse abstraction de toutes considérations personnelles et que je trouve un moyen d'épouser Mr Perseus, même si je continuais à penser que l'entreprise dépassait largement mes capacités. Tout retard pouvait s'avérer fatal, pour la raison que je vais à présent exposer.

Emily m'avait récemment fait savoir que son fils aîné envisageait d'aller s'installer dans l'une des nombreuses résidences londoniennes qui appartenaient à la famille, ceci dans le but de faciliter la poursuite de sa carrière littéraire. Perseus Duport à Londres ! L'héritier de la baronnie Tansor, et, qui plus est, un poète ! Je voyais déjà un essaim de jeunes personnes sans attaches de la haute société bourdonner autour de lui, à l'image de Mr Maurice FitzMaurice et de tant d'autres qui tournaient autour de sa mère.

Emily m'avait souvent parlé des ambitions qu'elle nourrissait pour son fils préféré, au premier rang desquelles figurait un mariage précoce destiné à assurer un héritier pour la génération suivante ; car elle tenait au moins autant que son prédécesseur à garantir la perpétuation de la lignée. Que se passerait-il si je rentrais de Madère pour découvrir qu'il avait été pris dans les rets de quelque belle intrigante, ou que même – à Dieu ne plaise ! – il était tombé amoureux, condamnant à ne jamais être réalisé le rêve qui avait habité mon père d'être un jour à travers moi rétabli dans ses droits ? Quant à moi, était-ce un pincement de jalousie que je ressentais à l'idée que, si minces que fussent mes chances de l'épouser, une autre puisse devenir l'objet de son affection ? Sans doute, je l'avoue. Mais j'avais un autre sujet d'inquiétude : notre destination. Était-ce vraiment Madère qu'avait recommandé de lui-même le docteur Manley, ou bien fallait-il voir dans ce choix quelque sinistre dessein ?

Plongée dans la confusion et l'incertitude par la brusque tournure que prenaient les événements, je commençai à me persuader de ce qu'Emily avait découvert ma véritable identité, de ce qu'elle n'avait nullement l'intention d'aller à Madère, mais jouait avec moi à un jeu subtil, qui la verrait se servir de ce qu'elle savait maintenant à mon sujet, d'abord pour me tourmenter, puis pour me démasquer.

Ces pensées troublantes avaient coloré d'inquiétude mon exclamation involontaire, ce qui n'avait pas échappé à Emily, laquelle fixait à nouveau sur moi un de ses regards impénétrables.

« Vous avez l'air étonnée que je souhaite aller à Madère ? demanda-t-elle d'un ton plaintif. Le docteur Manley dit que ce serait l'endroit idéal pour me rétablir, et qu'en plus on y trouve une communauté anglaise fort plaisante. Plusieurs de mes connaissances m'ont également vanté les effets bénéfiques du climat, et cependant, vous semblez étrangement réticente à la perspective d'aller là-bas. Pourquoi donc ?

– Je voulais simplement dire que je suis sujette au mal de mer, et c'est une longue traversée, je crois. »

J'espérais qu'elle se montrerait compréhensive face à cette excuse ; au lieu de quoi, son indignation redoubla.

« Vraiment, Alice, voilà qui est très égoïste de votre part. Ma santé ne compte-t-elle pas davantage qu'un petit désagrément passager ? Je suis surprise, vraiment très surprise, que vous puissiez dire une chose pareille. »

Alors qu'elle continue à m'admonester, je perçois soudain l'absurdité de mes craintes de tout à l'heure, car je me rends compte qu'elle n'est ni plus ni moins qu'elle-même : l'enfant gâtée qu'elle a toujours été et sera toujours, vaniteuse, égocentrique, ne tolérant pas la moindre trace de présomption chez ceux qu'elle considère comme inférieurs, autrement dit la grande majorité de ses semblables. Certaine à présent qu'elle ignore toujours mon identité cachée, je décide de me montrer docile et de m'excuser platement, car je sais aussi que, vu l'état de contrariété qui est le sien en ce moment, rien ne saurait la faire revenir sur sa décision d'aller à Madère.

L'effet est immédiat. Son regard s'adoucit ; je sonne pour le thé ; et le calme revient bientôt.

« Et maintenant, ma chérie, dit-elle au moment où la bonne entre pour allumer les lampes, il nous faut penser à nos préparatifs. Je vais avoir besoin de nouveaux vêtements, cela va sans dire, et vous aussi, et nous allons donc reporter notre retour à Evenwood jusqu'à demain après-midi, le temps d'aller à Regent Street. Seigneur, je me sens déjà revivre ! Le docteur Manley a raison : il y a trop longtemps que je n'ai pas quitté l'Angleterre. Un changement de décor et du soleil en quantité, voilà exactement ce qu'il me faut pour me remettre d'aplomb. »

L'idée lui vient ensuite d'écrire à Sir Marcus Leveret, pour lui demander de nous trouver un logement convenable à Lisbonne, notre première escale sur la route de Madère.

« Du papier à lettres, ma chérie... vite ! Et quelque chose pour écrire ! »

Elle agite un bras fébrile en direction du secrétaire.

« Il nous faut prendre des notes à mesure, vous savez, dit-elle tandis que je reviens vers le sofa avec du papier et un crayon. Il y a tellement de choses auxquelles il faut penser. »

Elle s'agite tout l'après-midi, dressant des listes de ce dont nous allons avoir besoin pour le voyage et griffonnant sans arrêt dans un carnet. Le lendemain matin, nous prenons la voiture pour nous rendre à Regent Street. Emily est très pâle, et je vois bien qu'elle n'a pas dormi, même si elle ne m'a pas appelée au cours de la nuit pour venir lui tenir compagnie. Une fois sur les lieux, cependant, elle semble sortir de sa léthargie, et nous passons trois heures dans divers grands magasins chic pourvus d'immenses vitrines, où bien entendu Emily est traitée avec la plus grande servilité, jusqu'à ce qu'elle ait épuisé tous les articles figurant sur ses listes. Nous rentrons enfin à Grosvenor Square pour nous reposer jusqu'à l'heure de notre train.

Nous sommes dans la voiture, sur le point de démarrer, quand je jette négligemment un coup d'œil par la fenêtre.

Un homme est debout à l'angle de North Audley Street. Un homme aux cheveux blancs et aux sourcils noirs et épais.

Le lendemain soir, Emily et moi dînâmes seules dans la salle à manger rouge et or.

Mr Randolph n'était pas encore revenu du pays de Galles, où il séjournait à nouveau chez son ami Mr Rhys Paget ; Mr Perseus, lui, s'était enfermé à l'étage et travaillait à un nouveau poème. Plus tard dans la soirée, il descendit au salon, où Emily et moi étions en train de lire.

« Ah, Perseus, mon chéri, roucoula sa mère quand il entra, vous voilà. Venez vous asseoir avec nous. Vous nous avez manqué au dîner. »

Dans la mesure où c'était la première fois que nous nous revoyions depuis notre retour de Londres, et où il ne pouvait faire abstraction de la présence de sa mère, il se trouva dans l'obligation d'affecter un semblant de civilité à mon égard. Une fois installé sur le sofa à côté d'Emily, il se mit à poser, sans pouvoir dissimuler son ennui, un certain nombre de questions parfaitement prévisibles. Avais-je apprécié mon séjour à Londres ? Quel site avais-je préféré ? Le Victoria Embankment n'était-il pas l'une des grandes merveilles de l'époque ? À ces questions, et à d'autres, je répondis poliment, mais brièvement, consciente de l'œil qu'Emily gardait fixé sur moi.

« Et maintenant, poursuivit-il, un peu vexé, me sembla-t-il, vous vous apprêtez à voyager beaucoup plus loin, à ce que j'ai cru comprendre. Jusqu'à Madère, c'est cela ? »

Emily referma son livre et le posa à côté d'elle. Ce que voyant, Perseus s'enquit de ce qu'elle lisait.

« Oh, dit-elle d'un air détaché, simplement le guide de Mr Harcourt [1] sur Madère. »

Mr Perseus se pencha pour se saisir de l'ouvrage, qu'il se mit à feuilleter au hasard. Il était sur le point de le refermer quand il s'arrêta.

« D'où vient ce livre ? demanda-t-il, revenant aux toutes premières pages. Pas de la bibliothèque en tout cas… il n'y a pas d'ex-libris. »

1. Edward Vernon Harcourt (1825-1891), naturaliste et membre du Parlement pour Oxford de 1878 à 1885. Son *Précis sur Madère, avec mille renseignements destinés au voyageur et au visiteur en mauvaise santé*, avait été publié en 1851.

Je fus stupéfaite de voir le visage de sa mère se colorer.

« Il appartient à Mr Shillito.

– Shillito ? En ce cas, comment est-il arrivé entre vos mains ? »

Bien qu'elle fît de son mieux pour le cacher, l'embarras d'Emily était patent ; à dire le vrai, je ne me rappelais pas l'avoir jamais vue dans une position aussi inconfortable auparavant, et je brûlais d'impatience d'en connaître la raison. Cependant, même sous le regard inquisiteur de son fils, elle ne tarda pas à retrouver contenance.

« S'il faut vraiment que vous le sachiez, c'est Mr Vyse qui l'a demandé pour moi à Mr Shillito et me l'a ensuite aimablement fait parvenir à Grosvenor Square. »

L'héritier ne parut pas trouver l'explication à son goût.

« Ah, Mr Vyse ! s'exclama-t-il, un sourire ironique aux lèvres. J'aurais dû m'en douter. Il semblerait, Mère, que vous ne puissiez plus vous en passer. »

Emily fut sur le point de s'offusquer de la remarque, mais, apparemment, rien de ce que pouvait dire son fils n'était susceptible de la faire sortir de ses gonds.

« Ce serait beaucoup dire, mon chéri, dit-elle calmement. Mais Mr Vyse m'a été d'un grand secours, à moi et à notre famille, depuis la mort de votre père, comme vous n'êtes pas sans le savoir, et j'apprécie énormément ses conseils.

– Et c'est lui qui vous a préconisé cette destination ?

– Non. Il s'est contenté de souscrire à la recommandation du docteur Manley.

– Je vois. Mais est-il jamais allé lui-même à Madère ?

– Je ne crois pas, non ; en revanche, son ami, Mr Shillito, connaît très bien l'île, pour y avoir passé plusieurs mois il y a quelques années. Vous ne vous souvenez pas, mon chéri ? C'est à peine croyable, mais il se rappelle avoir rencontré là-bas un homme du nom de Gorst. La coïncidence est curieuse, non ?

– Pas tant que cela, répondit Mr Perseus. Il doit y avoir pas mal de gens qui portent ce nom de par le monde, et il n'est pas du tout impossible que l'un d'eux ait séjourné à Madère au moment où Shillito s'y trouvait lui-même. Quoi qu'il en soit, quelle importance cela peut-il avoir ? »

Je lui fus reconnaissante de prendre mon parti, et il s'en rendit compte. Le plus curieux, cependant, c'est que, après lui avoir jeté un regard plein de gratitude, qu'il parut à peine enregistrer d'un léger mouvement de tête, j'eus l'impression qu'une onde de compréhension mutuelle, perceptible quoique fugace, passait entre nous. Ce fut une question de secondes, mais je ne m'en trouvai pas moins transportée et encouragée.

« Mais une grande importance, mon chéri, était en train de dire Emily à son fils, pour la bonne raison qu'il se peut que cette personne qu'a rencontrée Mr Shillito à Madère ait été un parent d'Alice.

– Je croyais avoir entendu Miss Gorst dire qu'elle n'avait pas connaissance d'un lien quelconque de sa famille avec l'île… est-ce exact, Miss Gorst ? »

Je levai les yeux de l'ouvrage que j'avais fait semblant de lire jusqu'ici avec une grande attention, et confirmai qu'il ne se trompait pas.

« Mais cela ne veut rien dire, objecta Emily. Il se peut que votre père, par exemple, ait séjourné sur l'île à une époque et que votre tutrice, Mme Bertaud, ne l'ait jamais su. »

Pour la seconde fois, Mr Perseus se chargea d'intervenir en ma faveur.

« Voyons, Mère, Miss Gorst nous a dit qu'elle n'avait jamais entendu parler de Madère en relation avec sa famille, cela devrait suffire. En admettant même que l'homme qu'a rencontré Shillito ait été son père, je vous le demande à nouveau : quelle importance ?

– Je pensais simplement qu'il pourrait être intéressant pour Alice d'apprendre sur son père quelque chose qu'elle ignorait, surtout si elle doit maintenant se rendre elle-même dans l'île.

– Ne serait-ce pas, dit-il en se tournant vers moi, à Miss Gorst d'en décider ?

– Si vous n'y voyez pas d'inconvénient, dis-je, sentant leurs regards concentrés sur moi, je préférerais que nous abandonnions le sujet. Je n'ai jamais connu mon père, et j'ai toujours trouvé dans cette ignorance une sorte de consolation, que j'aimerais autant préserver, si possible.

– Vous voyez, mère ? dit mon nouveau champion. Le sujet est désagréable pour Miss Gorst, alors n'en parlons plus.

– Très bien, mon chéri, répondit Emily avec un sourire complaisant. Vous êtes d'humeur contrariante, je vois. Sans doute avez-vous trop travaillé, et trop fumé. Quoi qu'il en soit, ne parlons plus de Madère.

De toute façon, je me sens lasse à présent, je crois que je vais me retirer de bonne heure. »

Sur ces paroles, elle s'empara du livre de Mr Shillito, embrassa son fils et quitta la pièce, sans un mot à mon adresse.

II

JE PRENDS UN NOUVEAU MASQUE

Une fois Emily sortie, et la porte de la salle à manger doucement refermée par le valet de pied de service, je reste seule avec Mr Perseus Duport.

Je m'efforce, sans succès, de trouver quelque chose à dire ; et, au bout d'un silence tendu, je me prépare à sortir moi aussi, mais il bondit aussitôt sur ses pieds.

« Avant que vous partiez, Miss Gorst, j'aimerais vous dire quelque chose. M'écouterez-vous ? C'est en relation avec la conversation que nous avons eue le jour où vous vous êtes promenée au bord du lac en compagnie de mon frère. »

Il hésite un moment, puis s'éclaircit la voix :

« Je n'aurais pas dû vous parler comme je l'ai fait, reprend-il, et j'espère que vous voudrez bien me pardonner. Je vous promets de mieux me comporter à l'avenir. »

Il en a peu dit, mais ses propos, empreints d'une sincérité simple et authentique, me vont droit au cœur, car je devine à quel point son orgueil a dû souffrir.

Je l'assure que je ne me permettrais jamais d'exiger les excuses du fils aîné de Milady, et il accueille mes paroles d'un léger mouvement de tête appréciateur. Puis je le remercie d'avoir pris mon parti au sujet du voyage à Madère projeté par sa mère.

« Inutile de me remercier pour cette affaire, répond-il. Vous avez vos raisons, semble-t-il, pour ne pas vouloir vous rendre là-bas. Et j'ai les miennes pour préférer que ma mère aille se remettre de sa fatigue ailleurs.

– Sa décision semble prise, et il faut bien sûr que je l'accompagne, où qu'elle aille.

– Bon, voyons ce que nous pouvons faire. Ma mère, dans l'affaire, devrait prendre vos raisons en considération, car il est clair que vous êtes devenue pour elle bien plus qu'une dame de compagnie rémunérée. Elle est trop seule depuis la mort de mon père, et du même coup elle s'est trouvée soumise à…, disons, de fâcheuses influences. Mais vous avez fait preuve de bonté à son égard, Miss Gorst, et je vous en sais gré.

– Je puis vous assurer, monsieur, que je ferai toujours de mon mieux pour servir votre mère comme elle le mérite. »

Il m'assure en retour qu'il n'en doute point. Je lui souhaite ensuite le bonsoir et m'apprête à nouveau à me retirer, mais il s'avance pour m'en empêcher.

« Avec votre permission, Miss Gorst, j'ai encore une chose à vous dire. »

Il me tient sous le charme de ses yeux si beaux, si semblables à ceux de sa mère, dans lesquels je vois se refléter les flammes qui dansent dans le feu derrière moi. J'ai soudain conscience d'avoir la gorge sèche et je sens s'accélérer les battements de mon cœur.

« Je me souviens de ce que, lors de notre précédente conversation, vous m'avez fait la faveur d'une confidence à propos de vos sentiments à l'égard de mon frère. Vous m'avez alors assuré, je crois, que ce que vous éprouviez pour lui n'avait absolument rien d'exceptionnel… il me semble que ce sont là vos termes exacts ? »

Je lui confirme que sa mémoire est bonne.

« Puis-je vous demander en ce cas, Miss Gorst, si vous seriez prête à me faire connaître cette fois-ci la nature des sentiments de mon frère à votre égard ?

– C'est peut-être à Mr Randolph Duport, monsieur, que vous devriez poser la question, réponds-je, quelque peu troublée.

– Mon frère et moi n'avons pas pour habitude de nous confier l'un à l'autre. » Le ton de sa voix s'est quelque peu durci, les traits de son beau visage se sont faits plus sévères. « Comme vous n'aurez pas manqué de vous en apercevoir, Miss Gorst, Randolph et moi sommes en tout point différents. Même enfants, nous avions chacun notre vie, et nous avons continué ainsi. Ma position au sein de la famille n'a rien fait pour réduire la distance qui nous sépare. Mon frère est très sociable et se concilie facilement la sympathie des gens. C'est un excellent fusil, il chasse à courre on ne peut mieux, et je reconnais bien volontiers qu'il m'est supérieur au billard. Mais il manque à la fois d'ambition et de sérieux et ne possède pas grand-chose du tempérament des Duport. Si quelque malheur devait m'arriver, et qu'il doive succéder à notre mère à ma place, de quelle utilité sera le billard, je vous le demande ? Les choses qui importent vraiment – j'entends par là les nombreux intérêts familiaux et, surtout, le devoir que nous avons envers ceux dont nous avons hérité les conditions qui sont les nôtres aujourd'hui – n'ont pas grande signification pour mon frère. Pour moi, au contraire, elles sont tout. »

Il est redevenu tel qu'en lui-même et manifeste à nouveau la hauteur et la morgue du futur 27e baron Tansor.

« Nous sommes devenus des étrangers l'un pour l'autre, mon frère et moi, reprend-il, ce qui explique que je me sois permis de vous demander à vous, Miss Gorst, si vous pensiez que la considération qu'il vous porte est de nature aussi peu exceptionnelle que les sentiments que vous me dites avoir pour lui. »

Que suis-je censée lui répondre ? Je suis convaincue que Mr Randolph m'aime et qu'il souhaite faire de moi sa femme ; pourtant, même s'il me faudra refuser sa demande le jour où il la fera, j'hésite à avouer la vérité à son frère, certaine qu'il n'en sortira rien de bon ni pour Mr Randolph ni pour moi. Un peu de jalousie de la part de Mr Perseus ferait peut-être avancer ma cause, mais risquerait aussi de lui nuire de manière irréversible.

Je croise donc hardiment son regard chargé d'attente et lui dis que je ne puis vraiment pas me prononcer à la place de Randolph Duport, mais que je n'ai aucune raison de croire que ses sentiments pour moi sont différents de ceux que j'ai pour lui. Je regrette ce mensonge, mais l'expression de gratitude qu'affiche aussitôt Mr Perseus me prouve qu'il était nécessaire.

« J'étais donc dans l'erreur ? demande-t-il au bout d'un bref moment de réflexion.

– Dans l'erreur ?

– Oui, en croyant qu'un entendement, d'ordre privé, existait entre vous et mon frère.

– Vous a-t-il dit quelque chose en ce sens ? demandé-je, convaincue du contraire.

– Comme je vous l'ai dit, Randolph et moi n'avons pas pour habitude de nous confier l'un à l'autre. Il ne m'a rien dit de tel.

– Mr Randolph a toujours eu beaucoup d'égards pour moi, concédé-je. Mais comme vous l'avez vous-même fait remarquer, il est très sociable, et j'avoue trouver sa compagnie agréable. La réciproque semble vraie. Quant à un entendement, comme vous dites, qui existerait entre nous, c'est là une tout autre affaire.

– Je suis ravi de l'apprendre. » Il n'en dit pas plus, mais je lis dans ses yeux un soulagement que même lui ne parvient pas à cacher.

Il me raccompagne à la porte, puis jusqu'au pied de l'escalier du grand hall, où nous restons un instant sous le portrait du Corsaire turc.

« Vous avez parlé de certaines influences fâcheuses auxquelles serait soumise Milady, fais-je remarquer d'un ton hésitant.

– Je crois que vous connaissez le... monsieur auquel je faisais allusion.

– Puis-je vous demander si, à votre avis, cette personne a eu quelque chose à voir dans le choix de Madère qu'a fait votre mère ?

– C'est possible, répond-il, même si la raison ne m'en apparaît pas clairement pour l'instant. Il suffit, cependant, qu'une telle éventualité existe. J'en parlerai demain à ma mère. Or donc, Miss Gorst, je vous souhaite une bonne nuit. »

Il s'incline devant moi avec raideur et regarde en direction de la porte vitrée.

« Je vois que la pluie s'est arrêtée. Je crois que je vais aller faire quelques pas sur la terrasse. J'ai ample matière à réflexion. Encore une fois, bonne nuit, Miss Gorst. »

III

MR RANDOLPH REVIENT

En montant, je croise Mrs Battersby qui sort de la chambre de Mr Randolph. C'est la première fois que nous nous rencontrons depuis plusieurs semaines, son invitation à prendre le thé n'ayant pas été renouvelée.

Je la salue, puis lui demande si Mr Randolph est rentré, surprise de la trouver à pareil endroit à dix heures du soir. Si elle avait eu à s'acquitter de certaines tâches en prévision du retour de Mr Randolph, elle n'aurait tout de même pas attendu maintenant pour les accomplir.

« Je crois qu'il est attendu pour demain matin, en compagnie de Mr Rhys Paget », me répond-elle. Puis elle me fait une petite révérence, me gratifie d'un de ses sourires les plus déconcertants, comme si, d'une obscure manière, elle venait de marquer un point contre moi, et s'en va.

Une fois dans ma chambre, je m'assieds au bureau pour écrire à Madame ; je veux lui rapporter les événements de nos derniers jours à Londres et l'informer de ce qu'il s'est passé ce soir avec Mr Perseus, mais je ne tarde pas à poser ma plume pour aller me coucher.

Je suis épuisée, sans pour autant parvenir à dormir. Je me tourne et me retourne dans mon lit jusqu'à ce que j'entende la cloche de la chapelle sonner six heures. Je me lève, la tête lourde, m'habille et descends prendre l'air du petit matin.

Un moment, je fais les cent pas le long de la terrasse de la bibliothèque, mais les pensées continuent à se bousculer et à tourbillonner dans mon esprit. Un voile de brume s'étend sur l'Evenbrook ; mais il y a dans l'air la promesse d'une belle journée, ainsi que le sentiment que, bien que nous ne soyons encore qu'en janvier, l'hiver commence déjà à relâcher son emprise.

Je gagne ensuite la cour d'honneur. De là, je distingue fort bien la voie carrossable, sur laquelle marche un homme. Je reconnais bientôt la silhouette rassurante du capitaine Willoughby, en train d'effectuer sa ronde matinale. Quand il approche, il ôte son chapeau pour me saluer, et en retour j'agite la main dans sa direction avant qu'il poursuive son chemin.

La vue du capitaine a ramené un peu de calme dans ma pauvre tête surmenée ; mais c'est alors que, au moment où je vais ouvrir la porte d'entrée, je remarque deux autres silhouettes qui descendent la Butte en direction du pont.

Je les regarde approcher et pénétrer dans la cour. L'une d'elles est celle d'un jeune homme au teint foncé et à l'allure ascétique ; l'autre, celle de Mr Randolph.

« Miss Gorst ! Vous êtes bien matinale ! » s'écrie ce dernier.

Puis il me présente, à sa manière affable, à son compagnon, Mr Rhys Paget, et ce en qualité de dame de compagnie de sa mère ; mais rien, ni dans son expression ni dans son attitude, qui laisse entendre que je puisse être davantage pour lui ; rien non plus dans le comportement de Mr Paget qui suggère qu'il soit au courant des sentiments amoureux que nourrit pour moi son ami. Je pensais tout naturellement que Mr Randolph se serait confié à celui qui était son ami le plus proche ; mais il semble bien qu'il n'en ait rien fait.

« Nous sommes arrivés très tard hier soir, annonce Mr Randolph, et nous sommes descendus au Duport Arms. Mais Paget tenait absolument à se lever de bonne heure ce matin pour venir à pied prendre le petit déjeuner au château.

– Et resterez-vous longtemps à Evenwood, Mr Paget ? » demandé-je.

Au lieu de me répondre, il jette un regard interrogateur à son compagnon.

« Paget et moi partons pour Londres dans la matinée, intervient ce dernier. Une petite excursion. Nous avons fait le plein pour l'instant de Dame Nature. À nous les briques, le mortier, la fumée de la capitale… du moins, pour un temps. Paget a quelques affaires à régler, et je dois lui servir de guide.

– Voyez-vous, Miss Gorst, dit Mr Paget, avec un joli accent chantant, je ne suis qu'un pauvre petit rat des champs. Je n'ai jamais mis les pieds à Londres… je sais, c'est curieux ; mais c'est la vérité.

– Et quand reviendrez-vous à Evenwood ?

– Nous n'avons pas de projets bien définis, répond Mr Randolph. Dans quelques jours peut-être ; une semaine, si l'envie nous en prend.

– Alors vous n'êtes pas au courant des intentions de Lady Tansor de partir pour Madère ? »

La nouvelle ne laisse pas de le surprendre, mais, bizarrement, il semble plutôt soulagé qu'autre chose.

Nous restons quelques minutes encore à parler de Madère. Mr Randolph semble de plus en plus mal à l'aise et embarrassé, tandis que son ami, vers lequel il coule de temps à autre un regard suffisamment parlant, contemple sans un mot le gravier à ses pieds, d'une manière quasi honteuse qui ne fait que m'intriguer davantage.

« Allons-y, Paget, voulez-vous ! finit par dire Mr Randolph. Cette petite marche a atteint son but. J'ai une faim de loup. Vous joindrez-vous à nous pour le petit déjeuner, Miss Gorst ? »

Je décline l'invitation, prétextant une lettre à terminer.

Nous rentrons dans la maison de conserve.

« Tiens, c'est par là, dit Mr Randolph à son ami en désignant la porte qui mène à la salle du petit déjeuner. J'ai juste un mot à dire à

Miss Gorst. » Puis, tandis que Mr Paget s'éloigne, il se tourne vers moi. « Eh bien, Esperanza, il semble que les circonstances nous prennent de court. J'espérais vous parler… vous savez… de ce que nous avions déjà évoqué lors de notre promenade ; mais je suppose que ça devra attendre votre retour. Aujourd'hui, c'est hors de question, vous m'en voyez navré. Paget et moi avons beaucoup à faire, et nous devons passer la nuit au George à Stamford… le premier train du matin, j'en ai peur. Mais ce n'est peut-être pas plus mal finalement. Je suis sûr que Mère va trouver de quoi vous occuper, vous aussi. J'imagine qu'elle est déjà en train de dresser ses fameuses listes ! Madère, hein ? Un endroit épatant, d'après Mr Shillito. »

Il laisse ses derniers mots en suspens, comme s'il cherchait ce qu'il pourrait bien ajouter. Puis son visage s'éclaire soudain.

« Allons, place maintenant à une bonne assiette de côtelettes, si Paget n'a pas déjà tout raclé ! »

Il force un sourire avant de me souhaiter une bonne journée et se dirige à grandes enjambées vers la salle du petit déjeuner, me laissant totalement déconcertée par son embarras et sa nervosité, mais soulagée toutefois de voir reportée jusqu'à notre retour de Madère la conversation privée qu'il désire avoir avec moi.

Je passai la fin de la matinée avec Emily dans ses appartements. Juste avant l'heure du déjeuner, on frappa à la porte, qui s'ouvrit pour laisser entrer Mr Perseus.

« Miss Gorst, dit-il, voulez-vous nous excuser, je vous prie ? J'ai à entretenir ma mère d'une affaire personnelle. »

Ce n'est qu'à l'heure du thé que ma présence fut de nouveau requise. Emily était assise au coin du feu dans son salon, un atlas ouvert sur les genoux.

« Entrez, Alice, et venez vous asseoir, ma chérie, dit-elle avec empressement. Nos plans ont changé. Nous n'allons plus à Madère. Perseus m'a convaincue de ce qu'il n'y avait pas mieux que l'Italie.

– L'Italie ?

– Il a suggéré que nous allions à Florence. Et il viendra avec nous… il songe à un magnifique poème sur Dante et Béatrice. Ce sera merveilleux, non ? »

28

Cap au sud

I

UNE VISITE INATTENDUE

Ainsi en fut-il décidé : Florence serait notre nouvelle destination.

Mr Perseus se chargea de tous les préparatifs, et nous quittâmes Evenwood à la fin du mois de janvier 1877, afin de passer une nuit à Grosvenor Square, car nous devions prendre le train-ferry de bonne heure le lendemain. J'avais accueilli avec un soulagement indicible l'abandon du projet de Madère ; j'espérais par ailleurs que la présence de Mr Perseus tout au long du séjour me fournirait l'occasion de l'attirer dans les rets du mariage, conformément à la tâche qui m'avait été assignée.

Mr Randolph et son ami nous avaient précédés à Grosvenor Square. Le matin de notre départ, ils sortirent tous les deux sur le perron pour nous saluer. Quand il embrassa sa mère et échangea une poignée de main peu chaleureuse avec Mr Perseus, Mr Randolph me sembla inhabituellement réservé et fébrile, tout comme Mr Paget. Après des adieux écourtés et gênés, les deux amis rentrèrent précipitamment dans la maison.

Au moment où nous nous éloignions, j'eus un bref aperçu des deux hommes, tout près l'un de l'autre, tête contre tête, juste derrière la porte d'entrée. Mr Randolph ne m'avait même pas gratifiée d'un geste de la main en guise d'adieu.

C'est un triste trio qui se rendit à la gare centrale dans un silence préoccupé. Mr Perseus était dans un de ses accès d'humeur noire ; je songeais pour ma part au changement marqué qui s'était opéré chez Mr Randolph ; quant à Emily, je me doutais qu'elle avait amplement de quoi ruminer.

Trois jours auparavant, vers dix heures du matin, au moment où je descendais l'escalier de la galerie des portraits, j'avais entendu les graviers de la cour d'honneur crisser sous les roues d'une voiture. Quelques minutes plus tard, Barrington m'apprenait que nous avions une visite inattendue.

« Mr Armitage Vyse, miss. Il demande, avec beaucoup d'insistance, à voir Madame la baronne pour une affaire urgente. »

Aussitôt, je remontai chercher dans ma chambre la clé du réduit d'où j'avais déjà espionné les deux conspirateurs. Une fois à mon poste d'observation, je sortis mon carnet et mon crayon de manière à noter la conversation en sténo.

Par un des œils-de-bœuf, j'apercevais Emily assise sur la banquette de la fenêtre, ses yeux largement écarquillés d'une noirceur impénétrable. Mr Vyse, quant à lui, marchait de long en large devant elle, les épaules rentrées, une expression de fureur sur son visage de loup. Sa haute silhouette dégingandée, vêtue d'un pardessus de velours vert bouteille et d'un pantalon collant violet foncé fixé à ses bottes rutilantes, présentait un spectacle étrangement fascinant. Tout ce qui me vint à l'esprit en le regardant fut l'image horrible de ce grand escogriffe aux longues jambes rouges qu'était l'Homme aux Ciseaux dans le livre de Hoffmann [1], que me lisait Mr Thornhaugh quand j'étais enfant.

« Vous ne partez pas ! gronde-t-il, exaspéré. Vous ne partez pas ! Alors même que je vous ai dit… enfin, conseillé d'y aller absolument ? Comment prouver, sans ce voyage à Madère, la véritable identité de votre nouvelle amie ? Soyez-en sûre, elle sait pertinemment que l'homme qu'a rencontré Shillito là-bas, et qui se faisait appeler Gorst, était son père, même si elle s'obstine à le nier. Il y aurait certainement eu encore des résidents sur l'île pour se souvenir de lui… et voilà que vous m'annoncez que vous n'irez pas ! Combien de fois vous ai-je répété que votre précieuse amie n'est pas ce qu'elle

1. *Der Struwwelpeter* [« Pierre l'Ébouriffé », ou « Crasse-Tignasse »] de Heinrich Hoffmann (1809-1874), livre illustré de contes moraux pour enfants, d'abord publié en allemand en 1845, puis en 1848 dans une version anglaise anonyme qui connut une immense popularité.

prétend être, qu'elle complote contre nous ? Vous persistez pourtant à lui faire confiance. Nous laissons passer une occasion unique de déterrer la vérité sur Miss Esperanza Gorst. Vous commettez là une grave erreur, Milady, très grave. »

Il ponctue son propos d'un coup sec et coléreux de sa canne sur le plancher.

« Perseus ne voulait pas que j'aille à Madère, dit Emily, le défiant calmement. Un point, c'est tout.

– Perseus ! Alors vous préférez suivre le conseil de cette espèce de fat ? Mais que sait-il de notre affaire, et de la façon dont il faut la mener ? Vous auriez tout aussi bien pu demander l'avis de son crétin de frère. »

Le regard de mépris offensé que lui jette Emily en désarçonnerait plus d'un ; Mr Vyse, lui, continue de la fixer d'un œil menaçant.

« Je n'ai pas eu en l'occurrence à solliciter l'avis de mon fils, dit-elle en l'affrontant avec un sang-froid admirable. Perseus soupçonnait que ce voyage à Madère, bien que conseillé au départ par le docteur Manley, était en grande partie votre œuvre – et vous savez ce qu'il pense de vous, Armitage. Ce soupçon lui a suffi, et il m'a donc encouragée, dans les termes les plus pressants, à élire une autre destination. À la réflexion, je me suis dit qu'il avait raison. Je n'avais personnellement pas envie d'aller à Madère. Une traversée pénible, pour se retrouver confiné sur une île, avec un cercle de connaissances restreint, voilà qui ne m'aurait guère convenu. J'ai besoin d'espace et de liberté de mouvement, en même temps que de chaleur et de soleil. Le choix de l'Italie, ainsi que la décision qu'a prise Perseus de nous accompagner, allait tout à fait dans le sens de mes propres envies. C'est arrêté, et tout est prêt. Nous allons à Florence. »

Son obstination ne fait qu'enrager davantage Mr Vyse. Il se penche sur elle, pareil à présent à un gros insecte prédateur.

« Pauvre idiote ! siffle-t-il, abandonnant toute prétention à la déférence. Pourquoi refusez-vous de m'écouter ? *Elle – est – ici – pour – vous – nuire*. Comment faites-vous pour ne pas le voir ? Il faut encore que je découvre pour quelle raison elle est ici et qui l'y a envoyée ; mais il est absurde de croire qu'elle n'est pas la fille de ce Gorst… la coïncidence est trop grande. Mon instinct me dit que, si nous parvenons à démasquer son identité à lui, nous commencerons à comprendre ce qu'elle est venue chercher ici sous son déguisement.

– Je vous pose encore une fois, dit Emily, imperturbable, la question que je vous ai déjà posée : qu'est-ce qui vous rend si sûr qu'Alice nous trompe ? Qu'a-t-elle donc fait pour que vous la soupçonniez ainsi ? »

Avec un soupir, Mr Vyse va prendre place à côté d'elle sur la banquette.

« Dites-moi, Milady, dit-il d'un ton insinuant, tout en lui prenant la main, connaissez-vous un certain John Lazarus ? »

À quoi elle répond qu'elle n'a jamais entendu parler d'une telle personne.

« Eh bien, Mr Lazarus est un ancien agent maritime, domicilié Billiter Street, dans la City. Pouvez-vous me dire quelle raison pourrait avoir votre précieuse dame de compagnie d'aller rendre visite à ce monsieur ? »

Voyant qu'Emily ne dit rien, Mr Vyse lui lâche la main et entreprend d'examiner ses ongles soigneusement manucurés, manifestement conscient d'avoir marqué un point.

« Peut-être aurais-je dû mentionner, poursuit-il avec un petit sourire satisfait, que Mr John Lazarus a passé la plus grande partie de sa vie professionnelle dans le commerce atlantique du vin, et qu'il possédait une maison sur l'île de Madère. »

Le visage d'Emily se colore légèrement sous l'effet du trouble, ce qui n'est rien en comparaison du choc que j'éprouve en entendant les propos de Mr Vyse. Quelle idiote j'ai été ! Comment pourrait-il ne pas être au courant de ma visite à Billiter Street, puisque son homme de main m'y a suivie.

« Réfléchissez un instant, voulez-vous ? la presse Mr Vyse. Comment croyez-vous que Miss Gorst ait pu entendre parler de cet individu et savoir où le trouver ? Shillito ne lui a rien dit, je m'en suis assuré. C'est quelqu'un d'autre qui l'a mise sur la piste.

– Quelqu'un d'autre, mais qui ?

– Si nous le savions, répond-il, sur un ton plus calme à présent, nous saurions tout. »

Emily se lève et se met à arpenter la pièce de long en large, ses mains emprisonnant ses tempes.

« C'en est trop à la fin de toutes ces insinuations ! s'exclame-t-elle. Ma tête va éclater. C'est à mon cœur que je veux me fier, et il me dit qu'Alice n'a rien à cacher, et qu'il existe en la matière une explication parfaitement innocente. Il faut que vous m'apportiez la preuve de ce que vous avancez, Armitage, une preuve solide, si vous prétendez me faire changer d'avis. Cette preuve, l'avez-vous ? Non, bien sûr, je vois bien que non. Tout cela est la faute de Mr Shillito. Qu'a-t-il à dire sur le sujet ? Pense-t-il toujours avoir connu l'homme qu'il a rencontré autrefois à Madère sous un autre nom ?

– Hélas ! soupire Mr Vyse. Il paraît peu probable désormais que Shillito soit jamais en mesure de prouver la véracité de ce qu'il pense ou ne pense pas.

– Je le savais ! s'écrie Emily, triomphante.

– Mais que savez-vous, Milady ? »

Il se lève lentement. Ils sont à présent face à face.

« Savez-vous, par exemple, reprend-il, qu'hier soir, dans Finsbury Square, Shillito a été agressé par deux malfrats, qui l'ont laissé pour mort ? »

Ce cruel *coup de grâce** laisse Emily bouche bée.

« Mr Shillito agressé ! Que me dites-vous là ?

– Je vous dis, Milady, que mon vieil ami Shillito, atteint d'épouvantables blessures au visage et à la tête, et à l'heure qu'il est incapable de parler ni de bouger, n'en a sans doute plus que pour quelques jours. Tout autre que lui aurait déjà succombé, mais Shillito a toujours eu le crâne épais.

– Il est impossible que cela ait quoi que ce soit à voir avec Alice, insiste Emily. Je suis atterrée, bien sûr ; mais il s'agit certainement d'une simple voie de fait. Y a-t-il eu vol ? »

Mr Vyse est obligé d'admettre que les agresseurs ont dérobé le portefeuille et la montre en or de son ami.

« Mais ne nous y trompons pas, se hâte-t-il d'ajouter. L'affaire a été soigneusement maquillée pour donner l'impression d'une agression non préméditée. Il y a un témoin, voyez-vous, un homme qui tient un débit de boissons a vu les deux truands échanger au préalable quelques mots, d'une manière qu'il décrit comme familière, avec un autre, de grande taille, bien bâti, au visage dissimulé sous une écharpe. J'en déduis que le hasard n'a aucune part dans l'affaire, et que le vol n'était pas le principal mobile, simplement un moyen de payer le travail. »

Emily reste momentanément sans voix ; elle ne tarde cependant pas à se reprendre et demande à nouveau quel rapport l'agression perpétrée contre Mr Shillito peut avoir avec moi.

« Aucun rapport direct et conscient, peut-être, concède Mr Vyse à contrecœur. Mais indirectement et sans qu'elle en ait conscience ? À mon avis, Miss Gorst est certainement impliquée. Car, comme dans l'affaire de Mr John Lazarus, je sens à l'œuvre la main de l'Ombre.

– L'ombre ? répète Emily avec un rire moqueur.

– C'est le nom que je donne au cerveau qui tire les ficelles, explique Mr Vyse. La personne, si vous voulez qu'on vous mette les points sur les "i", qui est derrière Miss Esperanza Gorst, comme son ombre.

– Alors là, vous devenez franchement ridicule, rétorque Emily, à nouveau saisie d'un rire méprisant. J'en ai assez de ces folles accusations et de ces suppositions gratuites. D'abord, on a un homme que Mr Shillito prétend avoir rencontré il y a plus de vingt ans, et qui pourrait être, ou non, le père d'Alice. Et maintenant, c'est cette mystérieuse "Ombre". Ils ne sauraient être une seule et même personne, puisque nous savons, à la suite des recherches que vous avez effectuées à Paris que l'Edwin Gorst qui était, sans aucun doute possible, le père d'Alice est mort et enterré au cimetière Saint-Vincent ; et si votre "Ombre" n'est pas cet Edwin Gorst-là, alors qui est-ce, et pourquoi – à supposer qu'une telle personne existe – a-t-elle envoyé Alice à Evenwood ? Non, non, tout cela ne tient pas debout, Armitage, et je refuse d'en entendre davantage. »

Mr Vyse, voyant qu'il n'arrivera pas à l'ébranler dans sa conviction de mon innocence, finit par s'incliner légèrement devant elle en signe de capitulation.

« Très bien, Milady, dit-il avec un sourire conciliant, même s'il est manifestement piqué au vif par son obstination. Nous n'en dirons pas plus au sujet de Miss Gorst, du moins jusqu'à ce que je sois en mesure de vous apporter – comme je suis sûr de pouvoir le faire – la preuve que vous demandez. En témoignage supplémentaire de ma générosité, je vous permettrai de partir pour Florence, si c'est là votre souhait. À une condition, toutefois, sur laquelle je dois tout particulièrement insister. »

Il tend la main et, de manière tout à fait impertinente, lui prend le menton.

« Je crois que vous savez à quoi je fais allusion. »

Elle reste immobile, observant un mutisme obstiné.

« Il me faudra ma réponse à votre retour. »

Un long silence.

« Vous l'aurez votre réponse, ne craignez rien », dit-elle en se dégageant. Puis elle revient à la banquette de la fenêtre et pose la joue contre la vitre, comme je l'ai vue faire tant de fois.

« Eh bien, je vous souhaite *bon voyage**, Milady », dit Mr Vyse, affichant un air de feinte affabilité. Puis il s'empare de son chapeau et de sa canne et quitte la pièce, en fredonnant à mi-voix.

Une fois Mr Vyse parti, Emily resta à regarder par la fenêtre, perdue dans ses pensées.

Je quittai ma cachette sur la pointe des pieds, refermai la porte à clé et remontai en courant dans ma chambre.

J'étais dans une position délicate, c'était évident. Emily semblait, pour l'instant, imperméable aux soupçons de Mr Vyse à mon égard ; mais ce dernier avait dû semer le doute – si faible fût-il – dans son esprit et paraissait bien décidé à lui fournir la preuve de ma duplicité qu'elle avait réclamée. Quant à l'agression contre Mr Shillito, sur ce point-là, au moins, Mr Vyse devait se tromper : il était impensable qu'elle ait un rapport quelconque avec moi, ou avec le Grand Dessein.

Il me faut mentionner un autre incident qui eut lieu ce même jour, si banal qu'il ait pu sembler sur le moment.

Il faisait froid cet après-midi-là, et, me sentant frissonner alors que j'étais occupée à transcrire dans mon Livre des Secrets la conversation que je venais d'entendre, je me dis que j'allais allumer le feu dans la cheminée. Quand je constatai que la grille était vide, je sonnai Mrs Battersby afin de lui demander pourquoi le feu n'avait pas été préparé ; mais ce fut Barrington qui répondit à mon appel.

« Où est Mrs Battersby ? lui demandai-je.

– Excusez, miss, répondit le valet de pied du ton funèbre qui le caractérisait, mais Madame la baronne lui a accordé la permission d'aller à Londres rendre visite à une parente malade… une tante, je crois. Elle est partie hier dans la soirée. »

Je fus un peu vexée qu'Emily n'ait pas jugé bon de m'en parler ; mais comme la chose semblait de peu d'importance, je ne tardai pas à l'oublier.

Une fois le feu préparé et allumé par l'une des bonnes, je passai le temps qu'il me restait avant le dîner à écrire à Madame, lui promettant de lui donner souvent des nouvelles pendant notre absence d'Evenwood. J'envoyai également un petit mot à North Lodge, dans lequel je précisai que toute correspondance émanant de Mr Wraxall devait être expédiée *poste restante** à Florence, tout en consacrant quelques lignes dans un post-scriptum à l'agression dont avait été victime Mr Shillito. Une réponse me parvint par retour.

CHÈRE MISS GORST,
Je suivrai vos instructions.
L'affaire Shillito est pour le moins curieuse et inattendue, et je ne sais trop qu'en penser; il reste qu'elle m'intéresse au plus haut point, car je suis persuadé qu'elle présente un lien avec la nôtre. Mais ne vous faites aucun souci là-dessus, pas plus qu'au sujet de Mr Vyse. Vous serez en sécurité à Florence, et à votre retour vous ne manquerez pas de gens, dont moi-même, pour veiller sur vous.
D'ici là, je reste votre dévoué,
M.R.J. WRAXALL

II

LE PALAZZO RICCIONI

Notre voyage à Florence se déroula sans histoires. Mr Perseus n'avait pas voulu passer plus de temps que nécessaire en France, car il avait une opinion franchement défavorable, et, à mes yeux, étrangement partiale, de ce pays et de ses habitants. Ce qui nous fit mettre le cap au sud aussi rapidement que possible : d'abord Lyon et Avignon, puis Cannes, où nous fûmes hébergés dans la magnifique villa du défunt Lord Brougham [1], pour ensuite rejoindre Nice.

L'entrée en Italie, le long de la côte ligurienne et de ses pentes boisées, fut fort agréable, même quand les pluies de janvier arrivaient des eaux agitées de la Méditerranée ; ce mauvais temps, loin

1. La villa Éléonore-Louise, avenue du Docteur-Picaud, construite en 1834-1835 par Henry Brougham, Baron Brougham et Vaux (1778-1868).

de me déplaire, ne faisait qu'ajouter au charme romantique et au pittoresque des petits ports de pêche, des forêts de pins et des plantations de citronniers.

Une fois l'Angleterre à bonne distance, l'humeur d'Emily s'améliora très vite. Son fils avait semblé lui aussi retrouver meilleur moral à mesure que nous descendions vers le sud. Bien qu'il restât souvent enfermé dans ses pensées pendant de longues périodes, plus nous approchions de notre destination, plus il m'accordait d'attention ; le matin où nous franchîmes la frontière italienne, son attitude avait déjà nettement changé.

« Ah, l'Italie ! s'exclama-t-il, baissant la vitre de la voiture pour aspirer l'air pur et tiède à grands traits. Le plus beau et le plus noble des pays du monde ! Tellement supérieur à la France, à tous égards. »

Je ne pouvais décemment souscrire à cette absurde proclamation de foi ; aussi rassemblai-je mon courage et le lui fis-je savoir. S'ensuivit une joute verbale amusante, au cours de laquelle il vanta les paysages italiens et les qualités des habitants, tandis que de mon côté je prenais la défense passionnée du pays qui m'avait vue naître. L'affrontement dégénéra bientôt en un échange serré d'affirmations et de contre-affirmations les plus saugrenues, pour finir sur des rires et des sourires, et un appel à Emily afin qu'elle juge lequel des deux avait remporté la palme.

« Je refuse de prendre parti, dit-elle en nous souriant avec une indulgence toute maternelle. Ce sont deux grands pays… mais ni l'un ni l'autre aussi grands que cette chère vieille Angleterre. Peut-être mon fils vous taquine-t-il, Alice, sachant que vous avez grandi en France.

– Vous savez bien que je ne taquine jamais, répondit Mr Perseus. Je suis toujours parfaitement sérieux, vous pouvez m'en croire. »

Après avoir passé trois jours des plus agréables à Pise, dans le confort de l'Hôtel Gran Bretagna, nous partîmes pour la dernière étape de notre voyage.

À deux heures de l'après-midi, au son des cloches et sous un ciel d'un bleu céruléen, nous fûmes déposés devant la façade imposante du palazzo Riccioni, non loin de l'église Santa Maria Novella.

C'était de son parrain, Lord Inveravon, que Mr Perseus avait obtenu l'usage du palazzo ; il avait également loué une maison de campagne plus petite, la villa Campesi, à deux pas du monastère de Vallombrosa.

Le palais, d'une taille considérable, comportait quatre étages et une trentaine de pièces, bien plus que ce dont nous avions besoin. La nouvelle femme de chambre d'Emily, Miss Allardyce, nous avait bien entendu accompagnés, ainsi que l'un des valets de pied d'Evenwood, James Holt, un garçon empressé et bien bâti (choisi par Mr Pocock de préférence à Charlie Skinner, au grand dam de ce dernier) qui avait à peu près mon âge et qui servait de factotum. Auxquels il convient d'ajouter un cuisinier italien revêche, sa femme et sa fille.

Après avoir choisi une grande chambre au premier étage comme bureau, Mr Perseus se mit aussitôt à travailler à son nouveau poème, ainsi qu'à un recueil de sonnets qu'il avait commencé avant de quitter l'Angleterre. Il consacrait de nombreuses heures chaque jour à ces tâches littéraires, et pendant les deux premières semaines de notre séjour c'est à peine si je l'aperçus, sauf quand par hasard il se joignait à Emily et moi pour le dîner.

Désireuse de me voir découvrir toutes les curiosités de la ville, Emily se levait de bonne heure pour dresser la liste des palais, églises et autres lieux qu'elle voulait que nous visitions au cours de la matinée. L'après-midi, toutefois, épuisée par les efforts du matin, elle se retirait dans ses appartements, me laissant libre de mon temps.

Nous avions par ailleurs des obligations sociales incontournables : dîners interminables avec les résidents les plus en vue, italiens ou anglais, de la ville, réceptions, bals masqués, soirées à l'opéra ou au théâtre. Quand Emily était lasse de ces divertissements, nous allions passer quelques jours à la villa Campesi, profiter de l'air de la campagne et nous promener à pas lents dans les vallées densément boisées. Il nous arrivait parfois de nous rendre en voiture au hameau de Tosi, avec sa croix en pierre et son splendide panorama sur les montagnes environnantes, les torrents impétueux et les gorges sombres et profondes aux pentes couvertes d'un manteau de pins noirs, piqué çà et là de hêtres et de châtaigniers. Bien que dénudés en cette saison, ces derniers, par leur abondance, laissaient augurer de la justesse de la belle métaphore employée par Milton lorsqu'il décrit la horde innombrable des anges rebelles [1].

Il n'est pas dans mes intentions de présenter ici un compte rendu détaillé de notre séjour à Florence. Il me faut cependant narrer trois événements, ce dont je vais m'acquitter aussi brièvement que possible, en recourant à des extraits, quand la nécessité s'en fera sentir, de mon Livre des Secrets, lequel, bien évidemment, m'avait accompagnée en Italie.

Commençons par le premier.

1. Milton, *Le Paradis perdu* (i. 302) : « Aussi dense que les feuilles d'automne qui jonchent les ruisseaux / Dans Vallombrosa... ».

29

Un printemps italien

Florence : février-avril 1877

I

SAN MINIATO
14 FÉVRIER 1877

De bonne heure l'après-midi de la Saint-Valentin, Mr Perseus rentra de sa promenade jusqu'au Ponte Vecchio où il était allé composer *in situ* ses descriptions pour son nouveau poème sur Dante et Béatrice. D'ordinaire, après de semblables excursions, il s'enfermait dans son bureau, mais ce jour-là il se déclara fatigué de travailler. Serais-je prête à l'accompagner pour une promenade jusqu'à San Miniato al Monte, quand il aurait pris un déjeuner tardif ? Enchantée par une invitation aussi chaleureuse, j'acceptai avec joie, car c'était la première occasion que j'avais depuis notre arrivée à Florence de me retrouver seule avec lui.

Je livre ici le compte rendu de cet événement, tel que je le consignai dans mon Livre des Secrets.

NOTRE PREMIÈRE PROMENADE

Nous quittons la ville par la porte San Miniato. Une montée assez raide bordée de cyprès nous conduit jusqu'à l'église de San Salvatore al Monte, superbement située et offrant un panorama splendide sur la ville, très apprécié de Michel-Ange, selon Mr P.

Conversation anodine jusqu'au retour à la maison.

Mr P (changeant brusquement de sujet) : *Êtes-vous satisfaite de votre situation actuelle, Miss Gorst ?*

EG (quelque peu prise au dépourvu) : *Parfaitement, merci.*

Mr P : *N'avez-vous pas l'ambition de vous élever un peu plus dans le monde ?*

EG (pas très sûre de savoir où il veut en venir) : *Pourquoi voudrais-je changer ce qui me convient parfaitement ?*

Mr P : *Chacun devrait avoir pour ambition d'améliorer son sort.*

EG : *Il se pourrait que la plupart des gens en ce bas monde considèrent pareille ambition comme un luxe qu'ils ne peuvent se permettre, préoccupés qu'ils sont par leurs combats quotidiens.*

Il paraît quelque peu contrarié par le ton quasi socialiste de ma réponse. Un silence s'installe. Puis il me demande si je n'aimerais pas échapper à ma condition de dépendance et de servitude, car c'est là, à son avis, en dépit de tous ses avantages, ce qu'elle est.

Je demande de quelle manière je pourrais y échapper, en admettant que je le veuille, car aucune autre solution ne s'offre à moi : je n'ai aucun bien en dehors de mes maigres talents, aucune perspective d'avenir en dehors de celles que je dois moi-même me forger.

Mr P (après un moment de réflexion) : *Il existe d'autres états de dépendance, plus enviables, que celui que vous êtes tenue pour l'instant de subir. N'avez-vous jamais pensé qu'un jour vous pourriez vous marier ?*

Bien entendu, mon cœur bondit à cette question, même si elle semble avoir été posée avec un total détachement.

Je demande (l'air légèrement indigné) comment quelqu'un dans ma position pourrait envisager l'éventualité d'un mariage qui me dispenserait d'avoir à faire moi-même mon chemin dans le monde. L'allusion est de taille, mais il l'ignore et se contente de hocher la tête et de dire que j'ai sans doute raison.

Une fois revenus à la porte San Miniato, nous sommes pris dans une foule nombreuse et séparés un moment.

Quand nous nous retrouvons, Mr P me demande si je songe à rentrer un jour en France, où si je me considère désormais comme chez moi en Angleterre.

Je lui dis que je chérirai toujours ma vie passée avec une gratitude infinie, mais que je ne vois pas ce qui désormais pourrait m'amener à jamais quitter l'Angleterre. Ce qui semble lui plaire, même s'il se contente d'un «Excellent!» pour toute réponse, avant d'ajouter qu'il nous faut nous dépêcher de rentrer, si nous ne voulons pas être en retard pour le thé.

À notre retour au palais R, il me remercie de l'avoir accompagné. Rien dans sa voix ni dans sa manière qui ne trahisse autre chose que la simple politesse, et pourtant je discerne, j'en suis sûre, de la tension dans son regard, comme s'il était aux prises avec une émotion sourde, à laquelle il n'est pas habitué et qu'il est incapable de maîtriser ou de surmonter. Mais peut-être est-ce là un effet de mon imagination.

Il monte l'escalier qui mène à son bureau. Arrivé en haut, il se retourne, le temps de me regarder; et je suis certaine alors de ne point me tromper. Quelque chose s'est éveillé dans le cœur de Mr Perseus Duport, comme dans le mien.

Ce fut là la première des promenades que nous fîmes, l'après-midi, Perseus et moi, soit à travers la ville, qu'il connaissait fort bien pour l'avoir visitée à plusieurs reprises par le passé, soit à la campagne quand nous étions à la villa Campesi.

Au fil des jours, le plaisir que je prenais en sa compagnie ne fit qu'augmenter, en dépit de la distance hautaine qu'il s'obstinait à afficher et de sa tendance instinctive à considérer les choses du haut de sa position d'exception. La flamme d'une véritable affection, sinon encore celle de l'amour, avait été allumée – de cela, j'en étais convaincue chaque jour davantage, grâce à diverses petites marques d'attention, même si son naturel réservé interdisait toute manifestation extérieure d'émotion. J'avais longtemps observé les variations d'humeur de sa mère et appris à percer les stratagèmes dont elle usait pour masquer la véritable nature de ses sentiments, et j'étais donc à même d'exercer mes talents sur cette capacité à la dissimulation qu'elle paraissait avoir transmise à son fils aîné.

Dans la mesure où chez lui l'orgueil et l'estime de soi étaient aisément froissés, j'adoptai en sa présence la même manière soumise et accommodante que celle dont je faisais montre avec sa mère. En dépit de son aptitude à tomber fréquemment dans des silences moroses, je découvris bientôt qu'il pouvait être très loquace, voire enthousiaste, sur ses sujets d'élection: la poésie de Milton et de

Dante ; les théories de Mr Darwin ; Boccace ; la musique pour orgue du Bach de la dernière période (passion que, bizarrement, il partageait avec Mr Thornhaugh) ; et, plus spécifiquement, tout ce qui se rapportait à l'ancienne lignée dont il était l'actuel héritier. Pendant qu'il dissertait – ce qu'il faisait à la manière d'un pédagogue ou d'un conférencier –, je jouais le rôle de l'élève admirative et reconnaissante, qui s'abreuve à la source de l'auguste savoir du maître. Pour être vieille, la méthode n'en est pas moins efficace : un homme, comme je ne tardai pas à le découvrir, n'aime rien tant que se sentir intellectuellement supérieur à une femme. Ses connaissances, tant spécifiques que générales, ne pouvaient être comparées à celles de Mr Thornhaugh ; mais il était bien informé sur nombre de questions intéressantes, en dehors de celles qu'il affectionnait plus spécialement, et j'avais moi une grande expérience de l'écoute attentive. Je voyais sans peine la satisfaction que lui procurait ma pose de sujétion intellectuelle, et, au fil des jours, grâce à ce genre de flatterie insidieuse, nous commençâmes à nous sentir de plus en plus à l'aise en compagnie l'un de l'autre.

II

UNE LETTRE D'ANGLETERRE

Plus de deux mois s'étaient écoulés depuis que nous avions quitté l'Angleterre. Pendant quelque temps, la bonne humeur d'Emily s'était maintenue, et sa santé semblait s'être grandement améliorée grâce aux effets bénéfiques du climat de Florence et du changement de décor, à quoi s'ajoutaient sans aucun doute la disparition momentanée des assiduités inopportunes de Mr Vyse et l'atténuation des terribles angoisses qui l'avaient affectée sans relâche en Angleterre.

Mais au cours des premières semaines du mois d'avril elle commença à montrer des signes de déclin. Son visage accusa bientôt une maigreur préoccupante ; ses cheveux, qu'il m'arrivait encore de brosser, étaient moins abondants et sans vie ; sa pâleur naturelle, marmoréenne, virait à la lividité ; jusqu'à ses yeux, auparavant d'un charme irrésistible par leur taille hors du commun et leur luminosité, qui étaient creux et larmoyants.

Elle se levait tard le matin, prenait un petit déjeuner rapide et faisait de longues stations apathiques dans le salon jusqu'au déjeuner, souvent avec un livre non ouvert sur les genoux, avant de se retirer dans sa chambre jusqu'à l'heure du thé. Nos visites prirent fin ; les réceptions furent annulées ; et elle ne me demanda plus que rarement de lui tenir compagnie. Un matin, cependant, elle me fit appeler dans sa chambre.

À mon entrée, je la trouvai allongée sur une méridienne, enveloppée dans un plaid, les yeux clos. Elle ne dit rien pendant un long moment ; puis elle ouvrit les yeux et me regarda avec une sorte de curiosité perplexe, comme si j'étais une inconnue venue la déranger. Dans sa main droite, elle tenait une lettre en partie froissée.

Voici ce que j'écrivis plus tard dans mon Livre :

CONVERSATION AVEC LADY T

Je m'assieds à côté d'elle et lui prends la main gauche. Elle me sourit faiblement, toussote et me fait savoir qu'elle a quelque chose à me dire : nous devons rentrer en Angleterre, plus tôt que prévu. Je suis stupéfaite de l'entendre avouer qu'elle traverse une passe difficile, mais elle refuse de parler davantage. Je lui montre, en baissant brièvement les yeux, que j'ai vu la lettre qu'elle tient dans l'autre main et lui demande avec audace qui en est l'auteur.

Lady T : *Elle est de Mr Vyse. Vous vous souvenez de Mr Shillito, qui était venu passer Noël à Evenwood avec Mr Vyse. Eh bien, je suis au regret de vous dire qu'il est mort.*

Naturellement, je feins d'être vivement affectée par cette terrible nouvelle. Était-il malade ?

Lady T : *Non. Il a été victime d'une épouvantable agression, et on lui donnait une semaine à vivre tout au plus. En fait, il a survécu pendant presque deux mois, même s'il ne pouvait plus ni parler ni bouger.*

EG : *Est-ce là la raison pour laquelle nous devons rentrer ?*

Lady T : *Non. Il y a d'autres raisons… des affaires dont il faut que je m'occupe. Je suis restée absente trop longtemps. Et le temps presse.*

Elle ne fait aucune autre tentative pour expliquer le motif qui la pousse à vouloir quitter Florence aussi soudainement. Nos yeux se croisent ; les siens sont las et effrayés. Elle brûle de me dire quelque chose qui manifestement lui coûte. Pour finir, prenant sur elle, elle lâche ma main et se redresse pour s'asseoir.

Lady T : *Le moment est venu de faire montre de franchise l'une envers l'autre, Alice. Au nom de notre amitié. Il faut que je vous dise que Mr Vyse vous soupçonne de me tromper. Il pense que vous n'êtes pas celle que vous prétendez être, et que vous êtes venue à Evenwood pour me nuire. Me jurerez-vous encore une fois, très chère Alice, qu'il se trompe ?*

Je lui en donne l'assurance, à grands renforts de protestations offensées. Je lui répète haut et fort ma gratitude éternelle pour tout ce qu'elle a fait pour la pauvre orpheline que je suis, en m'élevant du statut de femme de chambre à celui de dame de compagnie, puis à ce que je suis aujourd'hui : son amie la plus dévouée et la plus aimante. À ma grande surprise, je parviens même à m'arracher quelques larmes, que je ne fais aucun effort pour essuyer. Mes démonstrations enfiévrées semblent la satisfaire ; elle s'allonge à nouveau, remonte le plaid sur sa poitrine, disant qu'elle a froid, alors qu'il fait beau et chaud.

Puis elle m'annonce qu'elle a une autre question à me poser.

Lady T : *Quand nous étions à Londres, vous avez rendu visite à un certain John Lazarus. Voulez-vous me dire comment vous connaissez ce monsieur et pourquoi vous êtes allée chez lui ?*

EG (jouant l'innocence et la surprise) : *Comment, si je puis me permettre à mon tour une question, avez-vous eu connaissance de cette visite ?*

Lady T : *Ne vous fâchez pas, très chère, je vous en prie. Quelqu'un vous a vue... un ami de Mr Vyse.*

EG : *Un ami de Mr Vyse ? Je vois. Quelle coïncidence ! Il va de soi que, n'ayant rien à vous cacher, je ne vois pas la moindre objection à vous répondre. Je tenais à m'assurer que Mr Shillito se trompait sur l'identité de l'homme qu'il avait rencontré à Madère ; j'ai donc écrit à Mr Thornhaugh pour lui demander s'il accepterait de faire quelques recherches pour moi. C'est lui qui a découvert, par l'intermédiaire d'une connaissance commune, que Mr Lazarus avait passé de nombreuses années à Madère, et que c'était une figure connue de la communauté anglaise de l'île. Je suis donc allée voir ce monsieur pour lui demander s'il avait jamais croisé quelqu'un du nom de Gorst.*

Lady T : *Et qu'avez-vous appris ?*

EG : *Que celui qu'avait rencontré Mr Shillito ne pouvait être mon père, lequel aurait été beaucoup plus âgé à l'époque, et, d'après ce que l'on m'a dit de son apparence physique, ne ressemblait pas le moins du monde à l'homme en question.*

Devant cette déclaration totalement improvisée et sans fondement, Emily sourit de soulagement, avant de reposer la tête sur son oreiller et de fermer les yeux.

Je reste là à réfléchir un moment sans rien dire, croyant qu'elle s'est endormie. Mais elle me fait sursauter en ouvrant soudain grands les yeux et me dévisage d'un air égaré.

Les larmes commencent à rouler sur son pauvre visage ridé, elle a un gémissement de désespoir qui vient du plus profond d'elle-même. Je lui prends la main et lui demande ce qui la bouleverse ainsi, mais elle se contente de secouer la tête. Je lui dis qu'elle doit absolument se reposer, mais elle répond qu'elle en est incapable et qu'elle ne dort pas depuis trois nuits.

EG : *Pourquoi ne pas m'avoir appelée ? J'aurais pu vous faire la lecture.*

Voyant qu'elle ne répond pas, je lui suggère de prendre quelques gouttes de Battley.

Lady T (avec empressement) : *Vous en avez donc ?*

Je vais chercher le flacon et lui en administre une dose. Avec un soupir de soulagement, elle se laisse aller sur la méridienne.

« Reposez-vous maintenant, chère Emily lui dis-je. Je veillerai à ce que l'on ne vous dérange pas. »

Cinq minutes plus tard, elle est profondément endormie. Je retire délicatement la lettre de sa main froide. Je suis déçue de constater qu'elle ne contient rien d'important, en dehors de la nouvelle de la mort de Mr Shillito. Je la remets où je l'ai prise, quitte la pièce sans bruit, laissant Milady à ses rêves opiacés.

III

SUR LE PONTE VECCHIO
27 AVRIL 1877

Nous commençâmes à prendre nos dispositions pour rentrer ; mais c'est alors que, sur les conseils de son médecin italien, notre départ fut différé jusqu'à ce qu'Emily ait recouvré suffisamment de force pour accomplir notre long voyage. Mr Perseus saisit l'occasion de ce retard pour aller à Rome voir l'éminent spécialiste de Dante, le professeur Stefano Lombardi, afin de discuter avec lui de son poème. L'après-midi qui suivit son retour à Florence, nous reprîmes nos promenades. Ce devait être la dernière.

Il parla avec enthousiasme des discussions qu'il avait eues avec le professeur Lombardi, et de l'avancement satisfaisant de son poème. Nous évoquâmes également notre départ imminent, chacun exprimant le regret que le climat n'ait pas produit chez Emily l'amélioration espérée.

Nous revenions du Belvédère, tout en partageant notre inquiétude à propos de la santé d'Emily, quand il me demanda si je voulais bien l'accompagner jusqu'au Ponte Vecchio avant de rentrer au palazzo Riccioni.

Le Ponte Vecchio, comme le Rialto à Venise, est une rue de commerçants, pour la plupart des orfèvres, des joailliers ou autres artisans en pierres et métaux précieux. C'est devant l'un de ces établissements qu'il s'arrêta bientôt.

Par la devanture, je vis le propriétaire, le Signor Silvaggio comme le proclamait l'enseigne au-dessus de la porte, regarder dehors avec le plus grand intérêt quand il eut remarqué la présence de Mr Perseus.

CONVERSATION AVEC MR P

Mr P : *Voulez-vous m'excuser un instant ? J'ai quelque chose à prendre ici.*

Je fais les cent pas devant la boutique jusqu'au moment où il en ressort, une petite boîte recouverte de velours à la main.

Mr P : *C'est pour vous.*

Je prends la boîte et l'ouvre.

À l'intérieur se trouve une bague en diamants et rubis d'un raffinement extraordinaire ; elle scintille de tous ses feux dans la lumière déclinante du couchant qui dore les eaux de l'Arno et coule à flots sous les arches du vieux pont.

EG : *Ah, quelle merveille ! Mais je ne comprends pas. Il m'est impossible d'accepter un tel cadeau.*

Mr P : *Ce n'est pas un cadeau, Miss Gorst... Esperanza. C'est bien plus que cela. Vous ne devinez pas ?*

Il se penche pour sortir la bague de la boîte. Puis il prend ma main et glisse le bijou à mon doigt. Mon ahurissement est total ; j'ai peine à en croire mes yeux, et la tête me tourne.

Mr P : *Vous voilà toute bouleversée ! Mais ne me dites pas que vous ne vous doutiez de rien !*

EG (perdue dans une délicieuse confusion d'esprit) : *De quoi aurais-je dû me douter ?*

Mr P (souriant à présent) : *Que c'est là un témoignage de ce que je ressens pour vous et de ce que j'aimerais que nous soyons l'un pour l'autre. Voulez-vous l'accepter ?*

Cette déclaration sans fard est formulée sur un ton neutre et poli, comme s'il m'offrait un verre de vin ; et pourtant je discerne dans ses yeux l'ardeur et le cœur qu'il y a mis, en même temps que l'espoir sincère que la demande qu'elle suppose sera favorablement reçue. Contre toute attente, toute espérance, le feu a pris et ne saurait maintenant être éteint. J'exulte à l'idée que la tâche apparemment insurmontable que Madame m'avait assignée semble avoir été accomplie aussi facilement, et en un temps aussi court. Je vais épouser Perseus Duport, le futur Lord Tansor, et grâce à notre union, la lignée de mon père sera rétablie dans ses droits, et le Grand Dessein mené à bien. Le sentiment gratifiant du devoir accompli n'est pourtant rien en comparaison de la joie bien plus grande qui inonde à présent mon cœur et menace de remplir mes yeux de larmes. Tandis que je sens la bague encercler mon doigt tremblant, je sais que j'aime Perseus Duport, que c'est le seul homme que j'aimerai jamais, et que, même s'il n'a pas encore prononcé les mots fatidiques, il m'aime en retour.

Ce qui vient de se produire est si totalement inattendu, et cependant si entièrement conforme aux élans de mon cœur, même si j'ose à peine encore m'avouer la profondeur des sentiments que je lui porte, que sur le moment j'en reste muette. Je finis cependant par retrouver ma langue, et commence par témoigner des réticences de rigueur chez une dame dans une telle situation – du moins chez celles dont j'ai lu l'histoire dans les romans. Je baisse la tête, rougis, détourne les yeux, enlève la bague pour la lui rendre, mais il insiste pour la replacer sur mon doigt. Puis, afin d'éprouver sa résolution, j'énumère les obstacles auxquels nous allons nous heurter, et ils sont légion. Comment va réagir Lady Tansor ? Fera-t-elle autrement qu'interdire le mariage ? Et le qu'en-dira-t-on ? Quel scandale dans le monde ! Que de ragots ! Quel déshonneur ! Comment pourrais-je croire qu'il souhaite vraiment épouser l'ancienne femme de chambre de sa mère ? Je n'ai rien à lui offrir, ni fortune, ni espérances, ni relations. À coup sûr, un tel mariage est impensable pour l'héritier des Tansor.

Je lui fais ensuite remarquer que ses sentiments à mon égard paraissent avoir changé du tout au tout, en un laps de temps très court.

EG : *Il n'y a pas si longtemps encore vous sembliez me détester, quand vous pensiez que je vous préférais votre frère.*

Mr P (avec véhémence) : *Non ! C'est tout le contraire, je vous assure. C'étaient l'affection et la sollicitude qui me faisaient agir ainsi. Dès le moment où je vous ai vue, j'ai su où mènerait notre rencontre, si toutefois le désir pouvait être comblé. Mais je ne suis pas d'une nature démonstrative, et j'avais du mal à exprimer ce que je ressentais vraiment au fond de mon cœur. C'est ce qu'explique mon attitude avec vous, ce dont je vous prie de m'excuser. Mais j'ai décidé de changer... et j'ai déjà commencé, comme vous l'avez certainement remarqué. Je me suis caché trop longtemps derrière un masque d'indifférence. Tout cela est terminé. Vous n'avez qu'à voir l'éloquence à laquelle me poussent mes sentiments pour vous.*

Suit un nouveau rappel de ma part : n'a-t-il pas évoqué un jour en ma présence l'obligation pour les Duport de faire de beaux mariages ? Balayant mes paroles d'un geste, il me dit qu'il est parfaitement conscient de toutes les objections auxquelles pourrait se heurter notre union, mais qu'il s'en moque éperdument ; qu'il fut un temps où il n'aurait jamais cru pouvoir se trouver un jour dans la position qui est la sienne aujourd'hui, mais qu'il est majeur, et en mesure de prendre seul les décisions qui engagent son avenir ; que le monde a changé pour lui dès notre première rencontre et que rien ne sera jamais plus comme avant.

Mr P : *Vous êtes orpheline et vous êtes arrivée à Evenwood comme domestique, mais l'éducation que vous avez reçue ne vous destinait pas à la domesticité ; vous avez la distinction dans le sang, c'est une évidence. J'en suis convaincu, ma mère aussi, et bientôt tout le monde le sera. Vous n'êtes pas riche, sans doute, mais j'ai de l'argent en suffisance, et vous êtes digne, à tous autres égards, ma très chère Esperanza, d'être l'épouse du prochain Lord Tansor. Personne ne pourra nier que j'aurais, effectivement, fait un beau mariage.*

Suivent d'autres déclarations, toutes de la même veine. Il me répète, à l'envi, que ma présence l'a transformé. Ce qui n'est vrai qu'en partie. Il est toujours le Perseus Duport qui, le matin de notre première rencontre à Evenwood, m'a questionnée sur le labyrinthe crétois, si ce n'est que, désormais, l'amour a révélé les côtés de sa nature que son éducation lui avait appris à dissimuler. Je sais qu'il sera toujours orgueilleux, imbu de la supériorité que lui confère sa position dans le monde. Jamais il ne supportera sans difficulté la bêtise, ni ne dévoilera spontanément ses pensées et ses sentiments les plus intimes, et jamais il ne forcera définitivement la prison de l'égocentrisme. Et cependant, les manifestations extérieures de cet instinct de protection ne me rebutent plus, comme elles le faisaient auparavant ; car elles sont loin d'exprimer l'homme dans son entier. Il possède une nature bien plus belle que celle que ses défauts lui permettent de révéler. Ce qui m'en a persuadée, c'est ce que nous avons partagé au cours des derniers mois : nos promenades et nos conversations, nos sourires et nos rires, nos silences complices. J'ai découvert grâce à eux ce que personne d'autre, j'en suis sûre, n'a jamais eu le loisir de voir : le cœur secret de Perseus Duport.

Pour finir, prenant mes deux mains dans les siennes, avec une galanterie plaisamment solennelle, il pose la question que je n'aurais jamais espéré entendre un jour. Ma stupéfaction est totale quand il porte ma main à ses lèvres, et, plongeant ses yeux dans les miens, prononce lentement les paroles de Dante (comme je l'ai vérifié depuis) quand il voit la jeune Béatrice pour la première fois : *Ecce deus fortior me, qui veniens dominabitur mihi* [1].

Nous quittons le pont, et nous nous retrouvons, mon bras passé sous le sien, devant le palais Pitti. Les hirondelles virevoltent et

1. « Voici venir un dieu plus puissant que moi, qui régnera sur ma vie », Dante, *Vita Nuova* (I, ii).

plongent au-dessus de nos têtes. Partout dans la ville les clochent carillonnent.

Je lui ai donné sa réponse.

À la demande de Perseus, nos fiançailles devaient rester secrètes jusqu'à ce que nous soyons rentrés en Angleterre et qu'il puisse en informer sa mère dans ce qu'il appelait « des circonstances propices ». Il y avait également des procédures à engager. Pour finir, il me demanda, d'un air un peu honteux, si je lui permettais de reprendre la bague, jusqu'à ce que toutes ces affaires soient réglées. Ne voyant aucun mal à ces dispositions, et ayant mes propres raisons pour ne pas vouloir ébruiter pour l'instant la nouvelle de nos fiançailles, j'accédai volontiers à sa demande, et écrivis incontinent à Madame pour la mettre au courant.

Nous quittâmes le palazzo Riccioni au début du mois de mai. Le voyage de retour fut interminable, ponctué de haltes nombreuses, destinées à permettre à Emily de se reposer.

Nous observâmes tout au long, Perseus et moi, une neutralité de bon aloi, nous contentant à l'occasion de clins d'œil complices et de sourires affectueusement significatifs, comme il est de coutume de la part d'amoureux dans notre situation. Parfois, tandis que nous attendions la voiture et qu'il était certain que nous étions à l'abri des regards, il m'effleurait doucement la main, sans un mot, le regard souvent perdu au loin, comme oublieux de ma présence à ses côtés. Pour ma part, j'accueillais sans broncher ces petites pantomimes, tout en m'efforçant de lui faire comprendre de mon micux que je lui rendais les sentiments qu'elles traduisaient.

Perseus ne nous accompagna pas jusqu'à Evenwood, mais s'arrêta à Londres et passa plusieurs jours à Grosvenor Square, prétendument – et c'est effectivement ce qu'il fit, entre autres choses – pour informer Mr Freeth de l'état d'avancement de son nouveau poème et obtenir l'avis de ce dernier sur les six ou sept cantos composés en Italie. Le but essentiel de son séjour, toutefois, était de prendre conseil sur les divers problèmes juridiques relatifs à notre mariage prochain.

Une heure environ avant que nous entamions, Emily et moi, la dernière étape de notre voyage, il était monté dans ma chambre. Il me dit qu'il espérait pouvoir bientôt demander un entretien à sa mère, ajoutant que nous serions alors en mesure de prévoir une annonce officielle. Je fis bien entendu avec joie toutes les réponses appropriées, recevant un doux baiser sur la joue en guise de récompense ; et c'est ainsi que nous nous étions séparés.

Au terme d'un voyage fastidieux, par un jour de vent sauvage et d'averses violentes tout à fait hors de saison, notre voiture vint enfin s'arrêter une nouvelle fois devant les portes d'Evenwood, sur lequel je posai désormais un regard neuf. Tandis que James Holt aidait Emily à descendre, en tentant vaillamment de l'abriter sous un parapluie, une bourrasque arracha au chapeau de la châtelaine un petit bouquet de fleurs pâles en papier, et l'emporta vivement dans les airs, en direction des coupoles surmontant les hautes tours et des nuages noirs qui filaient au-dessus de nos têtes.

Elle poussa un petit cri, de douleur presque, puis resta un moment à regarder les fragiles pétales se disperser dans l'infini, comme si chacun d'eux était l'emblème pathétique de quelque espoir sans lendemain.

« Elles appartenaient à ma mère, dit-elle en soupirant. Et je ne les reverrai plus jamais. »

Puis, un sourire résigné aux lèvres, elle se tourna vers moi.

« Venez, très chère. C'est l'heure du thé, je crois. »

FIN DE L'ACTE QUATRE

ACTE CINQ

La revanche du temps

Ainsi le temps dans son carrousel connaît-il ses revanches.

William Shakespeare, *La Nuit des rois* (1601)

30

La boîte noire de Mr Barley

I

LE SECRET DE SUKIE

Les événements se mirent bientôt à se succéder à un rythme étourdissant.

Un jour ou deux seulement après notre retour, Sukie m'apporta une lettre de Madame. Au moment où elle s'apprêtait à se retirer, la petite bonne hésita sur le seuil avant de se tourner à nouveau vers moi, le visage rouge de confusion.

« S'il vous plaît, Miss Alice, dit-elle d'un ton plaintif, voudriez-vous me dire quelque chose ?

– Mais bien sûr, si je peux, répondis-je, soudain alarmée par son air malheureux, car elle était d'un naturel enjoué. De quoi peut-il bien s'agir ? Rentre, ma petite, et parle.

– Je veux savoir si j'ai mal agi, en gardant ça. »

Fouillant dans la poche de son tablier, elle en tira un morceau de papier tout froissé, qu'elle me tendit.

« J'ai trouvé ça dans une robe que Madame la baronne m'avait dit de ranger avec celles que nous avons sorties de la vieille armoire quand il y a eu des fuites dans le toit de l'aile sud. C'était une belle robe, et presque neuve, mais Lady Tansor a dit que la couleur ne lui allait pas et qu'elle ne voulait plus la remettre. Alors je l'ai emportée avec les autres, mais un peigne est tombé d'une des poches, un joli peigne en écaille de tortue, avec une incrustation de perle. Alors je me suis dit qu'il fallait que je regarde dans les autres poches, pour voir si on n'y aurait pas oublié quelque chose. Et c'est là que je suis tombée sur ce bout de papier. Ah, Miss Alice, je l'ai lu, et je sais bien que j'aurais jamais dû. C'était mal de ma part, car j'ai tout de suite vu qu'il était adressé à Madame la baronne. Mais quand j'ai eu commencé, j'ai plus pu m'arrêter. C'était écrit bizarrement, ça, je peux le dire, même si j'ai pas compris de quoi il retournait.

« Et puis quand Alf Gully est venu à Noël – je dis toujours Alf Gully, même si c'est quelqu'un de célèbre maintenant dans la police de Londres, parce qu'on a grandi ensemble –, bref, Alf a dit de faire attention aux étrangers qui viendraient au château, et c'est alors que je me suis souvenue de Charlie Skinner me disant qu'il avait vu une vieille femme bizarre en train de marcher de long en large aux côtés de Lady Tansor, un soir sur la terrasse de la bibliothèque.

« Quand j'ai appris ça, je me suis tout de suite dit que c'était sûrement la personne qui avait écrit le mot. Je sais pas pourquoi, mais j'ai rien dit à Alf Gully. J'avais pas envie d'avoir des ennuis parce que j'avais gardé la lettre, alors je l'ai remise sous mon matelas. Mais ça m'a fait souci, Miss Alice, vous pouvez pas savoir ; alors, pour finir, quand j'ai plus pu y tenir, j'en ai parlé à Maman. C'est elle qui m'a dit de vous la remettre, parce que vous, vous sauriez quoi en faire. Alors voilà. Vous croyez que j'ai mal agi, dites ?

– Non, Sukie, dis-je en lui prenant la main pour la réconforter. Tu n'as pas mal agi. Et même si on pouvait te reprocher quelque chose, ce ne serait qu'une peccadille, d'autant que tu as fait amende honorable. Va vite à présent, et surtout ne t'inquiète pas. Je vais décider de ce qu'il convient de faire. »

Elle me remercia avec une gratitude touchante, et partit, me laissant avec la feuille de papier froissée et tachée, déchirée par endroits, sur laquelle figurait, dans une écriture grossière, émaillée de fautes d'orthographe et de mots soulignés plusieurs fois, et dans la langue et le style ridicules d'une personne mal dégrossie, l'extraordinaire texte que voici :

> MADAME,
> Beaucoup d'années longues ont passé, et une grande quantité d'eau aussi, comme qui dirait, a passé sous beaucoup de ponts depuis que j'ai eu l'honneur de m'adresser à votre Seigneurie, comme vous êtes maintenant, mais vous l'étiez pas alors. Mais je me flatte que vous m'avez certainement pas oublié, et pas non plus le service que je vous ai rendu.

La manière que nous nous sommes séparé à Franzenbad n'a pas été très plaisante. Elle m'a coûté cher et, ça vous le savez peut-être pas, nous a mis moi et mon pauvre fils dans la misère avec des souffrances et des problèmes que vous avez pas idée.
Peut-être que cette époque vous a sorti de la tête, mais ça m'étonnerait. En tout cas, moi pas, je peux vous le dire. Mais je vous donne aujourd'hui une chance de vous racheter pour nous avoir rejetés si cruellement, moi et mon garçon.
Voilà : en plus de ce qui se trouve dans ma tête à propos de cette période, et qui y restera toujours même si je peux pas prouver que c'est là, j'ai maintenant quelque chose avec moi qui expliquera toute l'affaire, ouais, quelque chose que je suis bien tranquille vous voudrez garder pour vous le restant de vos jours.
Histoire d'être plus clair, Milady, je peux vous dire au moins ça : cette chose, c'est une lettre adressée à une personne noble et morte dans laquelle tout est dit noir sur blanc, et ça, c'était pas malin de votre part Milady, mais c'est bien tombé pour moi, vu comme les choses ont tourné après. Elle a été écrite, peut-être vous vous en rappelez, un certain jour qui a beaucoup conté pour vous, et je suppose que vous étiez un peu tourneboulée. Vous avez renversé du parfum dessus, vous vous rappelez ? Elle a jamais été postée cette lettre, comme vous le croyez, parce que mon garçon il l'a gardée pour lui, sans rien me dire, il avait ses raisons, faut croire. Mais elle est retrouvée maintenant, et elle est entre mes mains.
Je demande pas mieux que vous la rendre – ce qui est normal vu qu'elle est à vous et que je suis une honnête femme. Mais il faut bien vivre, et je suis toute prête à vous la donner, moyennant rémunération pour mes malheurs des vingt ans passé, et vingt ans, c'est long, Milady, très long.
Je me sens l'envie de vous revoir et de prendre un peu l'air de la campagne, alors je vous demande de m'envoyer un mot le plus tôt possible aux soins de Mrs J. Turripper… [ici le papier est déchiré et froissé] et je vous apporterai la [illisible à cause d'une pliure en partie déchirée : « lettre pour vous prouver que » ?] elle est auten[tique]. Mais vous pourrez pas l'avoir avant que vous, ou un intermédière, avez payé mon du – je vous dirai combien quand je vous verrai dans votre beau château.

Écrivez vite Milady… en souvenir du bon vieux temps. Et pas d'embrouilles.

Votre dévouée

B.K. (Mrs)

Je reposai la lettre. Ajoutée à mon témoignage selon lequel j'avais rencontré son auteur au Duport Arms, elle apportait la confirmation irréfutable qu'Emily avait bien rencontré la défunte Mrs Barbarina Kraus ici à Evenwood, peu de temps avant que le corps de la malheureuse soit repêché dans les eaux boueuses de la Tamise à Nicholson's Wharf.

Je n'eus aucun mal à imaginer la scène : la vieille sorcière voûtée, à côté de la haute et noble silhouette de sa victime, traînant les pieds sur la terrasse dans ses chaussures éculées et cachant mal une joie mauvaise à l'idée de tenir enfin l'orgueilleuse Lady Tansor à sa merci, tandis que Milady s'efforce de conserver dignité et maîtrise de soi face à sa persécutrice.

J'imaginai ensuite la terreur qui avait dû glacer le sang d'Emily quand l'autre lui avait montré la lettre dans laquelle, semblait-il, un grand secret avait été imprudemment confié au papier, et dont l'auteur devait maintenant empêcher la diffusion à n'importe quel prix.

L'inspecteur Gully avait raison. C'était une affaire de chantage, ni plus ni moins. Mrs Kraus avait trouvé une fin prématurée à cause d'une lettre oubliée, encore empreinte de la faible senteur de violettes fanées depuis longtemps, qui avait fait rêver son pauvre simplet de fils pendant plus de vingt ans.

Emily avait-elle envisagé dès le départ l'élimination de Mrs Kraus ? J'avais peine à le croire, même de la part de celle qui avait trahi mon père. Peut-être avait-on outrepassé, délibérément ou non, les instructions qu'elle avait données à Mr Vyse, comme on l'avait déjà fait lors de l'agression de son père. C'est alors que j'eus une vision soudaine des yeux cruels de Mr Vyse tandis qu'il l'écoutait. J'imaginais même ce qu'il avait pu lui répondre : Pas de demi-mesures dans de pareilles circonstances, Milady, pas de demi-mesures… Puis les insinuations et les circonlocutions, le ton parfaitement apaisant, rassurant ; les regards entendus, une parfaite compréhension qui se passait de mots. Ne vous faites aucun souci, Milady. Vous n'avez qu'à placer l'affaire entre mes mains expertes, et tout va s'arranger…

L'origine du pouvoir qu'il exerçait sur elle apparaissait nettement désormais. Elle avait été si bouleversée par les événements qu'elle avait été incapable de mesurer la folie qu'il y avait à se confier à un homme comme lui. En voulant se délivrer des griffes de Mrs Kraus, elle s'était trouvée compromise avec un personnage plus dangereux encore.

Je glissai la lettre de Mrs Kraus dans ma poche et me tournai vers celle de Madame.

Celle-ci commençait par me féliciter, de manière exhaustive et dans les termes les plus chaleureux, de mon succès auprès de Perseus, avouant qu'elle n'avait pas osé espérer voir cette affaire cruciale connaître une issue aussi favorable en un laps de temps si court. Elle avait également pesé les risques que pouvait comporter pour notre affaire le fait de mettre Mr Wraxall dans la confidence. À mon grand soulagement, elle n'y voyait pas d'objection, et elle me laissait libre de décider de ce que je devais lui confier, et du meilleur moment pour ce faire, tout en m'interdisant toutefois de lui révéler, pas plus qu'à quiconque d'ailleurs, ma véritable identité. C'est à la seule Lady Tansor que la vérité pourrait être finalement dévoilée, une fois rassemblées les preuves définitives de ses forfaits.

Un mot de Mr Thornhaugh accompagnait la lettre de Madame :

> Chère Petite Reine,
>
> La fin de vos épreuves est proche. Gardez votre sang-froid, et tout ira bien.
>
> Je ne peux qu'approuver Madame pour ce qui est de Wraxall. Je le connais, de réputation, et je sais que c'est un homme d'une intégrité et d'une discrétion totales, doué par ailleurs d'un esprit pénétrant et subtil. Vous ne sauriez rêver un meilleur allié.
>
> Madame et moi-même sommes très fiers de vous, Petite Reine, et nous savons que votre père le serait tout autant. C'est une grande chose que vous accomplissez là, si difficile soit-elle. Vous vous êtes montrée, à tous égards, digne à la fois du Grand Dessein et de la longue lignée des Duport dont le sang coule dans vos jeunes veines. Pour tout ce que vous avez accompli, et ce qu'il vous reste encore à faire, croyez-moi, vous serez plus qu'amplement récompensée.
>
> Votre très affectionné,
>
> B. Thornhaugh

P.S. Madame et moi-même avons été très ébranlés en apprenant le malheureux décès de R. Shillito. Mais Londres est un endroit dangereux, même à notre époque, et il aurait été fâcheux, pour dire le moins, que R.S. ait fini par retrouver la véritable identité d'« Edwin Gorst ». Sa mort est regrettable, mais à quelque chose malheur…

Ayant appris que Mr Wraxall est rentré à North Lodge quelques jours auparavant, j'entreprends de lui envoyer un courrier, pour lui demander si je peux lui rendre visite dès qu'il en aura le loisir.

Puis je me dis que je devrais aller voir Charlie Skinner, pour entendre ce qu'il peut avoir à dire à propos de la rencontre dont il a été témoin entre Emily et Mrs Kraus. J'emprunte l'escalier de service, puis le corridor blanchi à la chaux qui mène à la salle des domestiques, et c'est là que, à ma grande surprise, je tombe sur Mr Randolph.

Tandis qu'il avance dans ma direction, je remarque que la porte de la salle au fond du corridor est refermée sans bruit de l'intérieur par une personne invisible ; mais je n'y prête guère attention, car Mr Randolph est déjà en train de me demander comment je vais, comment était Florence, ce que j'ai vu et fait là-bas, et de me féliciter sur ma bonne mine, et cetera, et cetera : un déferlement de questions et de remarques rapides, auxquelles j'ai à peine le temps de répondre tant elles se suivent de près. Puis, me prenant tout à coup par le bras, il m'entraîne à nouveau, sans grands égards, je dois le dire, vers l'escalier de service.

C'est une belle journée ensoleillée, et, à la suggestion de Mr Randolph, nous sortons. Nous nous retrouvons bientôt assis sur un banc qui surplombe les eaux sombres du bassin à poissons, ceint de ses hauts murs gris.

« Et comment mon cher frère s'est-il conduit à Florence ? demande-t-il. S'est-il montré un compagnon agréable ? Je l'espère. »

Dans la mesure où je ne peux pas lui dire la vérité, je lui raconte que Mr Perseus a été très occupé avec son nouveau poème et que, en conséquence, nous nous sommes peu vus.

« Ah, le nouvel *opus magnum* ! s'exclame-t-il, avec un rire forcé. Mon frère est vraiment incroyable ! »

Il retombe dans le silence et s'absorbe, l'air pensif, dans la contemplation d'un banc de poissons or et argent accompagnés de leur progéniture, qui glissent paresseusement en direction d'une flaque de soleil dans l'eau.

« Vous savez, je l'espère, Esperanza, dit-il à brûle-pourpoint, en se passant une main fébrile dans les cheveux, comme il le fait chaque fois qu'il est aux prises avec un sujet épineux, à quel point je vous admire ?

– Vous m'admirez ?

– Oui, en vérité. Je trouve en tout point admirable que vous soyez arrivée ici, orpheline, sans le réconfort ni le soutien de vrais amis, et que vous ayez réussi à devenir presque un membre à part entière de la famille – et à vous rendre indispensable auprès de mère. J'espère que vous êtes heureuse ici. J'imagine que vous l'êtes, n'est-ce pas ? Je… nous n'aimerions pas du tout vous perdre, vous savez. »

Je réponds que je n'ai aucunement l'intention de quitter Evenwood tant que je pourrai être de quelque secours à sa mère.

« J'estime que c'est une bénédiction fort rare en ce monde, fait-il remarquer au bout d'un bref silence et sur le ton de la réflexion abstraite, comme s'il pensait tout haut, que de savoir ce qui nous rendra heureux – pleinement heureux – et de trouver ensuite les moyens de l'obtenir.

– Et vous, savez-vous ce qui vous rend heureux ? demandé-je.

– Oh oui ! répond-il dans une soudaine explosion de passion. Absolument. Sans l'ombre d'un doute. »

Un instant, je crois qu'il va m'ouvrir son cœur et me déclarer sa flamme ; mais, au moment où les cloches d'Evenwood se mettent à sonner onze heures, il bondit sur ses pieds et m'annonce qu'il doit se rendre à Easton pour affaires.

« Je n'ai pas oublié notre dernière conversation, vous savez, m'assure-t-il, alors que nous avons déjà pris formellement congé. J'ai eu constamment à l'esprit la promesse que je vous avais faite de vous parler d'une affaire qui revêt pour moi la plus haute importance. Mais certaines raisons m'ont empêché d'exposer ce qu'il faut que je vous dise, et que je vous dirai de toute façon, et j'espère donc que vous ferez preuve de patience avec moi, encore quelque temps. »

Grandement soulagée de me voir épargner, du moins pour un temps, le moment où il me faudra rejeter sa demande et lui avouer que je dois épouser Perseus, je lui dis que je serai heureuse de l'écouter quand il sera prêt.

Il s'éloigne d'un pas pressé, franchit le portillon grinçant du mur du fond et emprunte le sentier gravillonné qui mène aux écuries, me laissant seule dans le clair soleil de mai, à me demander comment je vais pouvoir lui dire que je ne serai jamais sienne.

II

RETOUR À NORTH LODGE

Mr Wraxall avait répondu par retour à mon mot, disant qu'il serait ravi de me voir à North Lodge l'après-midi du dimanche suivant.

« Entrez, entrez, chère petite, dit-il d'un ton enjoué quand il vint m'ouvrir. Vous arrivez au bon moment. Vous prendrez bien le thé, n'est-ce pas ? Ainsi qu'un morceau du célèbre cake de Mrs Wapshott ?

– Avec joie », répondis-je en pénétrant dans le petit hall sombre. Je ne tardai pas à me retrouver une fois de plus, une tasse à la main, dans le salon exigu mais douillet qui donnait sur les bois dans le lointain.

« Tout d'abord, ma chère, commença Mr Wraxall, je dois vous présenter des excuses. Vous devez m'en vouloir de ne point vous avoir écrit pendant que vous étiez à Florence.

– Pas du tout. Je savais que vous me contacteriez en cas d'urgence.

– Eh bien, c'était pourtant le cas, je peux vous le dire maintenant ; mais j'ai estimé plus prudent, à ce point critique de nos affaires, de ne rien mettre par écrit. Vous voilà rentrée, et je puis donc vous faire un compte rendu complet de ce qui s'est passé pendant votre absence. Nous avons fait de grands progrès, ma chère petite, de grands progrès ! »

Au terme d'une brève conversation à bâtons rompus, je lui demandai si les pieds de l'inspecteur Gully l'avaient démangé. Ce qui le fit s'esclaffer.

« Oh, oui ! Furieusement ! Et non sans raison. Or donc, ma chère, si vous avez fini votre thé et ne voulez plus de cet excellent cake aux épices, permettez-moi de commencer. »

Il parla pendant une bonne demi-heure. Je résume ici ce qu'il me dit.

En 1851, Mr Armitage Vyse avait été présenté par un ami commun à un jeune poète d'avenir du nom de Phoebus Rainsford Daunt.

L'ami commun en question n'était autre que Mr Roderick Shillito, l'ancien condisciple de Daunt à Eton. Vyse et Daunt, qui s'étaient aussitôt plu, s'entendaient bientôt comme larrons en foire, entente qui se trouva considérablement renforcée quand ils se découvrirent une passion commune pour les courses et pour ce que Mr Wraxall décrivit comme « des activités d'une nature indéniablement criminelle ».

Mr Vyse, qui venait d'être inscrit au barreau, mit ses connaissances juridiques au service de Daunt et d'opérations financières frauduleuses dont son nouvel ami était le principal instigateur. Grâce à cette collaboration, ces deux messieurs gagnèrent une petite fortune, sans que personne soupçonnât leur double vie.

Cette extraordinaire révélation, à laquelle, je l'avoue, je n'aurais accordé aucun crédit si je ne l'avais tenue de la bouche irréprochable de Mr Wraxall, avait été faite à l'inspecteur Gully par un dénommé Lewis Pettingale, lui aussi ancien homme de loi et complice de Daunt, qui venait de rentrer récemment d'un séjour prolongé en Australie, et vers lequel Mr Wraxall et l'inspecteur avaient été dirigés grâce à une lettre, délivrée par porteur à King's Bench Walk, et signée : « Quelqu'un qui vous veut du bien ».

« Dieu bénisse cette personne qui nous veut du bien, dit Mr Wraxall. Nous nous interrogeons toujours sur son identité. Quoi qu'il en soit, la personne en question nous a fourni nombre d'informations fort utiles à la fois sur Vyse et sur Daunt, et elle possède sans conteste une connaissance intime et approfondie de ce dernier. Mais revenons-en à notre ami Vyse.

« Tandis qu'il continuait d'exercer sa profession depuis son cabinet d'Old Square, il fut présenté par Daunt à son protecteur, le défunt Lord Tansor, ainsi qu'à Miss Emily Carteret. Le premier fut impressionné par ce jeune avocat habile et ambitieux, qui ne tarda pas à recevoir du cabinet Tredgold, les conseillers juridiques du baron, des instructions pour agir en son nom dans plusieurs actions en justice relatives à ses intérêts commerciaux. Par la suite, après la mort de Daunt, il fut également associé aux démarches de procédure par lesquelles il fallut passer lorsque Miss Carteret prit le nom de Duport pour devenir le successeur de Lord Tansor.

« Au début du mois de janvier 1855, comme nous le savons déjà, Miss Carteret quitta l'Angleterre pour le Continent, avec la bénédiction et l'aide de Lord Tansor. La raison de son départ apparut très mystérieuse à l'époque et devint rapidement l'objet de maints ragots et interrogations. »

À ce stade, Mr Wraxall s'interrompit, le visage empreint d'une extrême gravité.

« Ce que je vais vous exposer maintenant, reprit-il, est si grave que je me vois dans l'obligation de vous demander de jurer de n'en rien divulguer à qui que ce soit, ne serait-ce que par la plus vague des allusions. Pouvez-vous me le jurer, chère petite, sur votre tête ? »

Je lui assurai bien évidemment que je m'engageais à garder strictement confidentielles les informations qu'il jugerait bon de porter à ma connaissance. Il m'en coûta toutefois quelques scrupules de conscience, car je savais qu'il me faudrait faillir à ma parole en informant Madame de ce que j'allais entendre.

« Merci, ma chère petite », dit Mr Wraxall en me tapotant la main avec reconnaissance avant de poursuivre sa relation.

Il fut décidé que, pendant l'absence de Miss Carteret, et dans le but de réduire, à défaut d'éliminer totalement, les risques de voir sa correspondance avec Lord Tansor ouverte et lue, tous leurs échanges épistolaires seraient d'abord adressés à Mr Vyse, à Old Square. Celui-ci placerait ensuite chacune des lettres, sans l'ouvrir, dans une nouvelle enveloppe, avant de la faire suivre à son destinataire.

« Qu'est-ce qui pouvait justifier un tel luxe de précautions ? demandai-je.

– Chaque chose en son temps, ma chère », répondit Mr Wraxall avant de continuer.

Ces dispositions prises, l'intermédiaire de confiance, Mr Vyse, commença, lui aussi, à prendre les siennes. Mettant à profit le savoir acquis au cours de sa carrière criminelle, il décolla les sceaux des lettres qui transitaient par Old Square, les remplaçant par d'autres de sa fabrication, après avoir fait des copies de celles-ci. Mais il se montra plus habile encore, en ajoutant à ces transcriptions manuscrites des photographies des originaux, se fabriquant ainsi des preuves inattaquables de l'authenticité et de l'exactitude des copies.

Après la mort de Phoebus Daunt, Mr Vyse entreprit, avec une détermination au moins égale à sa discrétion, de s'insinuer dans les bonnes grâces de l'ex-fiancée de son ami, de façon à obtenir la bonne opinion et la gratitude de la future baronne. Il disposait désormais, au cas où la coercition s'avérerait nécessaire, d'une arme puissante ; en effet – comme je devais bientôt l'apprendre –, plusieurs des lettres d'Emily à Lord Tansor révélaient la véritable raison pour laquelle elle avait quitté l'Angleterre alors qu'elle portait le deuil de Phoebus Daunt depuis si peu de temps, ce qui expliquait aussi pourquoi le secret s'était avéré nécessaire.

Mr Wraxall s'interrompit encore une fois.

« Nous arrivons enfin au nœud de l'histoire, dit-il. Mais avant d'aller plus loin, puis-je vous proposer encore un peu de thé ?

– Non merci, répondis-je, brûlant d'entendre la suite. Je suis parfaitement bien. Continuez, je vous en prie.

– Fort bien. Vous vous demandez sans doute comment nous avons réussi à en apprendre autant sur Mr Armitage Vyse et ses pratiques douteuses. Tout va s'éclaircir à présent. Ainsi donc, si vous êtes sûre de ne manquer de rien, je pense que le moment est venu de vous présenter Mr Titus Barley. »

III

CE QUE SAVAIT MR BARLEY

Ayant dit, Mr Wraxall se dirigea vers la porte qui menait au salon du fond. Il l'ouvrit et s'adressa à une personne qui se trouvait là. Un instant plus tard, un homme apparut sur le seuil, une boîte en fer-blanc dans les mains – un tout petit bonhomme, d'un mètre quarante, pas plus, la cinquantaine, bien portant, d'un physique plutôt agréable en son genre, avec un visage large surmonté d'une épaisse chevelure d'un blanc neigeux et de puissantes épaules rejetées en arrière.

Il présentait un spectacle stupéfiant : queue-de-pie bleu foncé très ajustée, dotée de boutons de cuivre étincelants et d'un col de velours montant, hauts-de-chausses à l'ancienne appareillés, bas noirs, escarpins à boucle ; ainsi affublé, il avait tout d'un gentilhomme miniature au sortir d'un bal donné en l'honneur de la reine des fées.

« Puis-je vous présenter Miss Esperanza Gorst ? » dit Mr Wraxall au petit homme, qui se fendit d'une profonde révérence, mais sans un sourire ni un mot à mon adresse, sans même me tendre la main pour me saluer.

« Mr Barley est un ancien clerc de Mr Vyse, expliqua Mr Wraxall, qui ne sembla pas surpris par l'attitude désinvolte du personnage. Il a été à son service pendant de nombreuses années…

– Dès mon plus jeune âge, intervint Mr Barley avec mauvaise humeur, et d'une voix tonnante de baryton, plus impressionnante encore que celle de Perseus et presque comique tant elle jurait avec sa minuscule personne.

– Comme vous le dites, monsieur, dit Mr Wraxall en souriant, depuis votre plus jeune âge. Et comme je m'apprêtais à le relater, suite à ses longues années de service, Mr Barley en est venu à bien connaître la personnalité et les affaires, tant professionnelles que privées, de son employeur. Souhaitez-vous ajouter quelque chose, Mr Barley ?

– Moi ? Pas du tout, répondit-il avec une incroyable emphase. Mais je prendrais bien du thé, et un peu de ce cake, si vous le permettez. »

Posant sa boîte noire sur le sol près de lui, Mr Barley s'attabla devant sa collation, tandis que Mr Wraxall, souriant avec indulgence à son excentrique invité, reprenait la parole.

« Vous vous rappellerez, Miss Gorst, que lors du dernier conseil de guerre de notre triumvirat vous nous avez demandé comment nous en étions arrivés à soupçonner une certaine personne anoblie d'être impliquée dans le meurtre de la malheureuse Mrs Barbarina Kraus. Je vous avais alors précisé que le renseignement nous avait été fourni par un informateur anonyme. Mr Barley s'est montré assez bon pour me permettre de vous faire savoir aujourd'hui que cet informateur, c'était lui. »

Mr Barley, la bouche pleine de gâteau, confirma cette déclaration d'un hochement de tête.

« Il va de soi que la discrétion a été le mot d'ordre de Mr Barley pendant toutes ces années, poursuivit Mr Wraxall, mais des événements récents ont fait qu'il s'est trouvé, si je puis m'exprimer ainsi, encouragé à porter à la connaissance des autorités certains documents qui concernent le cœur même de l'enquête sur le meurtre de Mrs Kraus. Jusqu'ici tout va bien, Mr Barley ? »

Nouveau hochement de tête.

« Puis-je poursuivre ? Très bien. Mr Barley est célibataire. Il a vécu toute sa vie à Somers Town avec sa mère, estimable personne à laquelle il a consacré son existence. C'est avec beaucoup de tristesse que je dois maintenant vous annoncer, Miss Gorst, que Mrs Barley est récemment décédée. »

À ces mots, Mr Barley posa son assiette sur le couvercle de sa boîte et sortit un grand mouchoir de sa poche, avec lequel il entreprit de tamponner les larmes qu'avaient provoquées les paroles de Mr Wraxall, sans toutefois se départir de son mutisme.

« Tant que sa mère, qui avait connu un veuvage prématuré, était en vie, reprit Mr Wraxall, Mr Barley a toujours pris, en bon fils, le plus grand soin de lui épargner tout désagrément et toute souffrance, tant de corps que d'esprit. Malheureusement, il y a quelques années de cela, il s'est retrouvé, sans que sa responsabilité soit mise en cause, m'assure-t-on, impliqué…

– Entraîné, corrigea Mr Barley.

– Entraîné, dirons-nous, dans une affaire d'une nature assez délicate, pour ne pas dire dangereuse, qui, si l'incident avait été ébruité, aurait attiré le discrédit, et pire encore, sur lui-même et sa famille. Éventualité redoutable dont il fallait à tout prix préserver Mrs Barley. »

Mr Wraxall se détourna légèrement et regarda Mr Barley, le sourcil levé en manière d'interrogation ; l'autre le gratifia d'un nouveau hochement de tête destiné à lui signifier qu'il pouvait poursuivre.

« Je n'ai pas l'intention de m'étendre sur la nature de…, disons, l'incident. Il me suffira de dire que Mr Vyse en a eu vent, par le biais d'un de ses nombreux informateurs londoniens.

« Il se trouve, comme je l'ai déjà dit, que Mr Barley est un homme de la plus grande discrétion et de la plus haute probité. J'ai également fait allusion au fait que, au cours de ses années de service, il avait constaté certaines irrégularités dans la conduite de ses affaires par Mr Vyse. Sa grande conscience professionnelle et sa loyauté envers son employeur l'ont d'abord empêché de les rendre publiques ; mais, au fil du temps, à mesure que ces iniquités augmentaient en nombre et en gravité, il commença à surmonter ses scrupules. Il finit par aller voir Mr Vyse et par lui dire que, en toute conscience, il ne pouvait plus continuer à travailler pour lui et qu'il voulait donner sa démission, avant d'aller informer les autorités concernées des diverses malversations et entreprises frauduleuses dans lesquelles Mr Vyse avait trempé. Correct jusqu'ici, Mr Barley ?

– Correct », opina ce monsieur avant de contempler son assiette vide et de demander s'il restait du cake.

On fit venir Mrs Wapshott des régions reculées de la maison, et un second cake ne tarda pas à apparaître, dont Mr Barley se coupa une part conséquente.

« Je vous en prie, continuez, monsieur », dit-il à l'adresse de son hôte, avec une moue de royale condescendance.

La réaction de Mr Vyse à la déclaration de son clerc n'eut rien de surprenant. Il fit asseoir Mr Barley et lui dit, probablement avec son sourire le plus fielleux, qu'il aurait intérêt peut-être à reconsidérer sa position, et ce pour le bien de sa chère maman.

Mr Barley comprit alors que Mr Vyse était au courant de « l'incident » auquel Mr Wraxall venait de faire allusion, et que, si son employé mettait sa menace à exécution, il était prêt, lui, à porter l'affaire à la connaissance du public… et de Mrs Barley, éventualité dont le fils de celle-ci ne supportait pas l'idée.

Au terme d'une petite discussion sur le sujet, Mr Barley se laissa convaincre de renoncer à sa décision ; et c'est ainsi qu'il continua, non sans les plus grandes réticences, à travailler encore plusieurs années pour Mr Vyse, jusqu'au moment où la mort de sa mère lui donna l'occasion de se libérer du pouvoir qu'exerçait sur lui son employeur.

Libre désormais d'obéir à la voix longtemps étouffée de sa conscience, Mr Barley mit à exécution un plan qu'il avait en tête depuis quelque temps.

Il rassembla en secret les copies que Mr Vyse avait faites des lettres envoyées par l'ex-Emily Carteret à Lord Tansor au cours de son séjour sur le Continent, dans les années 1855 et 1856, sans oublier les photographies des originaux. Il déposa le tout, ainsi que quelques autres documents, dans une boîte en fer-blanc – celle-là même qu'il avait apportée avec lui à North Lodge et posée par terre à côté de lui.

« J'avais d'abord pensé vous résumer le contenu de ces lettres, me dit Mr Wraxall. À la réflexion, cependant, il m'est apparu qu'il valait peut-être mieux que vous les lisiez vous-même *in extenso*… si vous n'y voyez pas d'objection, Mr Barley ? Bien.

« Avant que vous commenciez votre lecture, et pour faire rapidement le point sur les derniers événements, Mr Barley, après avoir mis la boîte en lieu sûr, loin d'Old Square, a quitté à la fois son emploi chez Mr Armitage Vyse et son ancien lieu de résidence dans Somers Town, pour aller lui aussi se mettre en lieu sûr – à savoir, une chambre mansardée, petite mais confortable, au-dessus de mon cabinet dans King's Bench Walk. Quoi d'autre ? Ah oui, le sieur Yapp. Il a été appréhendé et a déjà témoigné contre Mr Vyse. Nous étions certains que Yapp avait tué Mrs Kraus : Gully avait deux marchands des quatre-saisons prêts à jurer qu'elle avait rencontré Yapp à l'Antigallican. Celui-ci avait probablement été envoyé par Vyse pour récupérer la lettre que la femme avait trouvée dans la chambre de Conrad et la payer de ses services. Après l'entrevue, les marchands ont vu Yapp la suivre dans Dark House Lane, en direction du fleuve. Inutile de se perdre en conjectures quant à la suite.

« Tout ceci ne constituait cependant que des présomptions. Nous avions besoin de preuves solides. Or maintenant nous les avons.

« Gully avait fait prendre Yapp en filature, mais celui-ci, semble-t-il, quitta alors Londres et disparut de la circulation pendant un temps. Il y a huit jours environ, cependant, on informait Gully que Yapp avait été vu dans un de ses anciens repaires londoniens, et l'inspecteur confiait le soin de le surveiller à un expert, votre ami le sergent Swann.

« Jeudi dernier, dans l'après-midi, Swann a suivi notre homme jusqu'à Deptford, où il a essayé de mettre en gage une montre gravée au nom du père de Mrs Kraus, dont nos deux témoins sont prêts à jurer qu'elle l'avait avec elle le jour où elle a retrouvé Yapp à l'Antigallican. C'était sa seule possession de valeur, et la pauvre malheureuse semble en avoir été particulièrement fière.

« C'est à sa sortie de la boutique du prêteur sur gages que Swann a appréhendé Yapp – et il y avait péril en la demeure. Le meurtrier s'apprêtait en effet à gagner Liverpool, et de là à s'embarquer pour l'Amérique. Il semble qu'il soit revenu à Londres pour régler ses affaires et réclamer à Mr Vyse l'argent de la traversée ainsi que le prix de son silence relativement au meurtre de Mrs Kraus. Il faut une bonne dose de courage pour tenir tête à un Billy Yapp ; mais Mr Vyse n'a guère goûté les menaces de son complice et a refusé tout net sa demande, si bien que les deux hommes se sont irrémédiablement brouillés. Résultat : Yapp n'a pas hésité à dire à la police tout ce qu'elle voulait savoir sur le rôle qu'avait joué son ancien employeur dans le meurtre de Mrs K. Maintenant qu'il a les aveux de Yapp en poche, pour ainsi dire, l'inspecteur Gully a l'intention d'aller rendre visite à Mr Vyse, afin de lui présenter ses salutations, et de lui demander de venir faire un saut dans les locaux de la police criminelle. Voilà toute l'affaire. À présent, ma chère petite, avez-vous des questions ?

– Une seule, répondis-je. Vous m'avez dit que Mr Barley était le correspondant anonyme qui vous avait fourni des informations sur le compte de Mr Vyse ; mais est-ce lui aussi qui signait « quelqu'un qui vous veut du bien » ?

– Excellente question ! s'écria Mr Wraxall. La réponse est non. Il apparaît que nous avons quelqu'un d'autre qui nous assiste incognito dans notre entreprise. Nous sommes dans l'incapacité de dire si cette personne nous fournira encore des informations ; mais nous disposons d'ores et déjà de suffisamment de preuves pour accuser Billy Yapp, Mr Armitage Vyse, et, bien entendu, Lady Tansor, dans l'affaire du meurtre de Mrs Barbarina Kraus. »

Je fus ébranlée par la brutalité de la déclaration. Je ne me souciais guère de Billy Yapp ou de Mr Vyse, mais entendre le nom d'Emily associé à ceux de ces misérables me peina plus que de raison. Je me reprochai ma faiblesse à son égard et hésitai un moment à révéler à Mr Wraxall ce que j'avais été sur le point de lui dire. Mais je finis par parler et fouillai dans ma poche, ce faisant, pour en sortir la lettre de Mrs Kraus que Sukie m'avait remise.

« Mais c'est parfait, dit Mr Wraxall après l'avoir lue. Voilà qui règle définitivement l'affaire. Tout est maintenant clair comme de l'eau de roche. Chantage et meurtre. Chantage et meurtre. Exactement ce que nous pensions.

– Avez-vous d'autres preuves, en dehors des aveux de Yapp, qui impliquent Mr Vyse dans le meurtre ?

– Assurément, répondit Mr Wraxall.

– Assurément », reprit en écho Mr Barley sur un ton passablement irrité. Puis, soudain volubile, il poursuivit : « J'ai des yeux pour voir, et des oreilles pour entendre. Et ce que j'ai entendu quand, par un après-midi pluvieux, une certaine dame de l'aristocratie est venue à son rendez-vous à Old Square, je ne l'ai pas rêvé. À son arrivée, Mr Vyse m'a envoyé chez Blackett, notre fournisseur en articles de bureau, mais je ne suis pas parti tout de suite, contrairement à ce qu'il a cru. Je me suis… attardé. »

Il nous regarda tour à tour, moi d'abord, puis Mr Wraxall, et se pencha en avant avec une sorte d'emphase belliqueuse pour nous dire :

« Je me suis servi de mes oreilles. J'ai tout transcrit en sténo. Mot pour mot. Transcrit sur-le-champ, signé et daté. Ensuite direction Blackett, au coin de la rue – l'encre à peine sèche –, pour faire authentifier le document. Je ne sais si une telle pièce sera déclarée recevable ; toujours est-il qu'elle pèsera dans la balance, et le poids, c'est ce qui compte avec les jurés. »

Histoire de ponctuer cette déclaration prophétique, il se coupa une nouvelle tranche de cake.

« Et Lady Tansor ? demandai-je à Mr Wraxall. Vous avez les preuves nécessaires pour… pour…

– L'inculper ? Mais certainement. La faire condamner ? Je le pense. Voulez-vous que je passe en revue les principaux points ?

« *Item*. Une lettre, trouvée dans la poche d'une robe de Lady Tansor par Sukie Prout, bonne de son état, et envoyée par la victime à Madame la baronne, dans laquelle l'auteur demandait de l'argent contre la restitution d'une autre lettre, écrite par Lady Tansor il y a vingt ans de cela et contenant certaines révélations très dommageables pour celle-ci, et sollicitait par ailleurs dans les plus brefs délais une entrevue où serait sans doute réitérée la demande d'argent susmentionnée.

« *Item*. Le témoignage de Miss Esperanza Gorst, alors femme de chambre de Lady Tansor, suivant lequel le 6 septembre dernier, elle a été chargée par sa maîtresse de porter une lettre au Duport Arms à Easton à l'attention de "B.K.", qui ne saurait être que Barbarina Kraus, venue dans le Northamptonshire à la suite d'un arrangement préalable avec Lady Tansor – *vide* le point précédent.

«*Item*. La déclaration signée et attestée de T. Barley Esq., clerc de son état à Old Square, Lincoln's Inn, suivant laquelle, le même jour, le 6 septembre dernier, il a surpris, et dans le même temps mis sur le papier en sténo, une conversation entre Lady Tansor et Mr Armitage Vyse, au cours de laquelle les participants sont tombés d'accord pour reconnaître que Mrs Barbarina Kraus constituerait pour la première une menace perpétuelle si elle restait en vie. Au terme de la rencontre, Lady Tansor se déclara prête à consentir à "tous les moyens nécessaires" (ce sont là ses termes exacts) pour se débarrasser de ce qu'elle a alors appelé "cet épouvantable fantôme qui assombrit ma vie". Les dernières paroles de Mr Vyse ont été les suivantes : "Vous me donnez donc carte blanche ?" Réponse de Lady Tansor : "Oui. Avec joie." Mr Barley est prêt par ailleurs à jurer avoir entendu distinctement Mr Vyse dire du dénommé "Yapp" qu'il était "taillé pour ce travail".

«Mr Barley témoignera également de ce que Lady Tansor s'est à nouveau rendue à Old Square peu après le meurtre de Mrs Kraus. Bien qu'il n'ait pu saisir tous les détails de sa conversation avec Mr Vyse, il a bel et bien entendu ce dernier faire allusion de manière sarcastique à "la regrettée Mrs K", expression que Lady Tansor a ponctuée d'un : "Dieu merci !"

« *Item*. Le témoignage de Mrs Jessie Turripper, logeuse à Chalmers Street, Borough, suivant lequel un homme répondant au signalement de Mr Armitage Vyse est venu rendre visite à Mrs Kraus le matin du 15 septembre dernier ; passant par hasard devant la porte de sa locataire dix minutes plus tard, elle l'a distinctement entendu prononcer les mots "de la part de Lady Tansor".

« Voilà ce qui constitue, joint aux aveux de Yapp, les preuves essentielles sur lesquelles l'inspecteur Gully va se fonder pour inculper Lady Tansor. Je pense qu'elles sont plus que suffisantes.

– Que va-t-il lui arriver ? demandai-je, rompant le silence pesant qui s'était installé dans la pièce.

– Aux jurés d'en décider, tomba la réponse sévère de l'avocat, qui n'en dit pas plus.

– Et qui doit représenter le ministère public ? demandai-je.

– Sir Patrick Davenport. Un procureur remarquable. Il n'y en a pas de meilleur. Il veillera à ce que justice soit faite. »

Je compris alors que tout était perdu pour elle, et je frissonnai en pensant au prix effrayant qu'elle allait devoir payer pour son acte insensé.

« Mais, ma chère petite, dit bientôt Mr Wraxall, ses yeux animés à présent d'une lueur malicieuse, vous ne savez toujours pas ce que Lady Tansor tenait tant à cacher, la cause même du meurtre de Mrs Kraus. N'êtes-vous pas curieuse de l'apprendre ? »

Il avait tout à fait raison. Mon imagination avait été tellement accaparée par l'idée insoutenable du jugement qui attendait Emily que j'en avais totalement oublié de demander ce qui l'avait poussée à commettre de telles atrocités.

« Mr Barley, je vous en prie… » dit l'avocat avec un signe de tête à l'adresse du clerc miniature, qui, assis dans son fauteuil, léchait avec délices les miettes du cake collant encore au bout de ses doigts.

Reposant son assiette sur la table, Mr Barley se pencha pour ramasser sa boîte en fer-blanc, qu'il tendit à son hôte.

« Je pense, chère petite, dit Mr Wraxall, que vous serez mieux dans le salon du fond pour examiner le contenu de la boîte de Mr Barley. Vous ne serez pas dérangée, et puis on a de là une très belle vue sur le château. »

31

Une correspondance fatale

I

LETTRES DE MISS EMILY CARTERET
À FEU LORD TANSOR
JANVIER-MARS 1855

Je pose la boîte noire sur une table à côté de la fenêtre du salon et l'ouvre.

J'y trouve deux paquets de lettres, attachés à l'aide d'un morceau de ficelle sale et effrangé. Chaque copie est accompagnée d'une photographie de l'original et rédigée de la belle main, fort reconnaissable, d'Emily ; il y a par ailleurs trois documents à part au fond de la boîte.

Le premier paquet ne contient rien d'intéressant ; ce ne sont que *résumés** de voyages ou d'excursions, évocations rapides de lieux visités et de personnes rencontrées en cours de route, remarques sur le confort et les équipements des hôtels, et cetera. Je le mets de côté et me tourne vers le second, plus petit.

C'est ici, dans cette dizaine de feuillets, qu'est scellé le sort de la femme sous le toit de laquelle j'ai vécu ces derniers mois, cette femme qui, en dépit de ses humeurs changeantes, a fait montre envers moi de grands égards et d'une réelle bonté, et qui m'a suppliée, avec quelle touchante sincérité, d'être son amie. Et pourtant, c'est pour causer sa perte que l'on m'a envoyée ici, et ce pour l'amour de mon père.

L'espace de quelques minutes, je reste à regarder, au-delà du parc piqueté d'arbres qui luisent sous la patine d'une petite pluie.

les aiguilles des flèches et les tourelles crénelées du château. Pour finir, je tire une chaise à moi, prends une profonde inspiration, lisse la première lettre, et commence ma lecture.

Voici donc les dix lettres, écrites à l'exception de la première depuis le Continent par Miss Emily Carteret à son cousin, son mentor et protecteur, Lord Tansor, au cours des années 1855 et 1856. C'est ici que se terre le sombre secret qu'elle a cherché si désespérément à cacher, et qui va être enfin révélé au grand jour, avec, pour moi, des conséquences que je n'aurais jamais pu imaginer.

Les traces écrites, l'avait avertie Mr Vyse, peuvent se révéler fatales. Il avait raison. Si seulement elle avait suivi son conseil, les choses eussent été bien différentes… et pour elle et pour moi.

Prenez place à mes côtés et lisez ces lettres avec moi, apprenez ce que j'y ai appris, par cet après-midi de grisaille, tandis que la pluie tambourine sur les vitres du petit salon de North Lodge.

LETTRE I

Grillon's Hotel
Albemarle Street
Londres

18 janvier 1855

MONSIEUR LE BARON,

Depuis notre arrivée ici, hier, je n'ai cessé de penser à la grande bonté et à la compréhension dont vous avez fait preuve à mon égard, et aussi, je l'avoue, de pleurer de joie ! J'ai eu si peur que vous me condamniez, comme eût pu le faire un homme sans votre grandeur d'âme, quand je vous ai tout avoué. Mais il n'en a rien été ! Vous avez compris à quel point il était nécessaire, au vu des terribles événements de ces derniers jours, d'oublier les étroites conventions au profit d'une *cause plus grande*. C'est ce que j'ai fait, et sans hésiter, n'attendant de votre part ni faveur ni récompense, mais un sévère désaveu. Votre compassion m'a été aussi précieuse qu'elle était ardemment désirée, et je ne saurais imaginer m'acquitter un jour de ma dette envers vous. Un amour éternel – voué à mon cher Phoebus, espoir et soleil de votre Seigneurie – et un devoir, non moins sacré à mes yeux, à l'endroit de la noble lignée à laquelle je suis fière et honorée

d'appartenir, me lient désormais de manière indissoluble à vos intérêts et à ceux de notre famille.
La dénommée Kraus est venue me voir cet après-midi, accompagnée de son fils. Je pense qu'elle fera l'affaire, et sa bonne connaissance de l'allemand me sera d'un grand secours. J'admets être plus réservée à l'égard du fils, mais sa mère, qui le pourrit, a déclaré tout net qu'elle ne partirait pas sans lui. Il n'a pas dit un mot, ne m'a pas regardée une seule fois ; mais, tout simple d'esprit qu'il soit, il est grand et fort, et c'est tout ce qui compte dans la mesure où j'ai besoin de quelqu'un pour assurer ma protection pendant le voyage.
Le train-ferry part à onze heures demain matin. Je vous enverrai un mot, par le canal convenu, dès que nous serons en France, pour vous relater la suite de notre voyage.
Je reste, monsieur – et je prie pour que vous acceptiez l'appellation que je me donne ici du fond du cœur –, votre fille reconnaissante et affectionnée,

E. CARTERET

LETTRE 2

Hôtel Baltazar
Carlsbad

3 février 1855

MONSIEUR LE BARON,
Nous sommes arrivés ici hier soir, et je suis maintenant confortablement installée dans cet établissement respectable, grâce aux bons soins de Herr Kraus, un homme fort obligeant qui semble tenir sa belle-fille en grande estime.
Cette dernière, je regrette d'avoir à le dire, a un comportement qui n'est pas toujours de mon goût. Son aptitude à parler l'allemand couramment a certes été utile (mes capacités dans ce domaine étant quelque peu limitées), et elle s'acquitte passablement de ses tâches. Mais elle a une fâcheuse tendance à se prendre pour ce qu'elle n'est pas, en ce qu'elle semble s'estimer en droit de se considérer comme une personne éduquée.

Ce qu'elle n'est certainement pas, en dépit de quelques talents superficiels. En vérité, elle est fort mal élevée, et ses manières sont souvent frustes. Comme elle est de petite taille, qu'elle a le teint foncé et les cheveux plantés bas à la manière des singes, j'en suis venue à la considérer comme une sorte de guenon en habits (mes habits, devrais-je ajouter, même s'ils ont été recoupés à sa taille).

Je vous donne un exemple de ses prétentions : à Baden-Baden, l'autre jour, je l'ai surprise en train de dire à la femme de chambre d'une cliente russe de notre hôtel qu'elle était ma dame de compagnie ! Cette audace tout à fait injustifiée m'a obligée à la tancer vertement ; aussitôt son visage s'est assombri et elle a eu un froncement de sourcils quasi menaçant. Je ne peux ni ne veux tolérer pareille attitude chez une domestique. J'ai donc persisté dans ma réprimande et l'ai avertie qu'elle allait devoir s'amender dans les plus brefs délais si elle ne voulait pas être renvoyée chez elle. Pendant tout ce temps, Mr K est resté dans l'ombre, muet comme à l'ordinaire. Je me demande s'il a prononcé plus de dix mots depuis notre départ de Baden-Baden.

Aujourd'hui, cependant, Mrs Kraus est tout sourires, et la lueur de franche rébellion a disparu de son regard. Elle s'est excusée, fort platement, d'avoir dépassé les bornes que lui impose sa position et a promis qu'elle les respecterait davantage à l'avenir, ce que j'ai été bien heureuse d'entendre.

Ce soir, nous devons assister à un spectacle où l'on nous promet des cracheurs de feu, un ventriloque et des chanteurs tyroliens ! Perspective que j'imagine fort différente de celle qui vous attend dans le calme de notre cher Evenwood.

Tout se déroule au mieux de nos espérances. Je suis arrivée ici à bon port, et n'en bougerai pas jusqu'à l'heureuse conclusion de notre affaire.

Je reste, cher monsieur, votre très affectionnée,

E.G.C.

P.S. J'ai cessé de porter le deuil à Baden. Ce geste m'a beaucoup coûté, mais m'a semblé plus judicieux. Cependant, le médaillon dont vous m'avez fait cadeau et qui contient les mèches de mon cher amour ne me quitte pas. Je le porterai toujours près de mon cœur, jusque dans la tombe.

LETTRE 3

Hôtel Baltazar
Carlsbad

10 février 1855

MONSIEUR LE BARON,
Mission accomplie. Je l'ai trouvé. Il se nomme Tadeusz Zaluski, et c'est un ex-colonel de l'armée prussienne, fils cadet d'un noble polonais de Lodz. Il est arrivé ici il y a quelques jours, venant de Gräfenberg, où il s'était rendu dans l'intention de prendre les eaux ; mais l'endroit a bien baissé depuis la mort de Herr Priessnitz [1], et il a préféré Carlsbad.
Il parle un excellent anglais, a quarante ans, est de santé plutôt fragile, et son père a rompu tout lien avec lui il y a quelques années, pour des raisons qui pour l'instant me restent mal connues, mais qui expliquent sans doute sa situation financière précaire. Voilà ce que j'ai appris en moins d'un quart d'heure, après lui avoir été présentée.
De son côté, Mrs K a découvert, grâce à des ragots de domestiques, qu'il ne cesse de voyager, pour échapper à ses créanciers. Partant, il est à penser qu'il ne s'attardera pas ici très longtemps, dans la mesure où il a déjà dû faire des dettes. J'ai donc bon espoir, puisque c'est la preuve d'un besoin pressant, et que c'est précisément ce que nous recherchons. Il est par ailleurs cultivé, d'un physique avantageux, et, malgré ses ennuis, d'humeur enjouée. C'est pourquoi, tout bien considéré, je pense qu'il devrait faire l'affaire, à condition que je parvienne à l'accrocher.
Mrs K, vous l'aurez compris, est toujours aussi accommodante. J'ai augmenté sa rémunération, comme vous me l'avez suggéré, ce qui, ajouté au cadeau que je lui ai fait d'une autre robe (elle est excessivement vaniteuse et fait les efforts les plus ridicules pour paraître à la mode), n'a pas peu contribué à ranimer sa loyauté. Il

1. Vincenz Priessnitz (1799-1851), fils de paysan, fondateur du culte de l'hydrothérapie, dont le centre se situait à « l'université de l'eau » de Gräfenberg, en Silésie autrichienne (aujourd'hui Lázne Jeseník, en République tchèque).

est évident que nous prenons un risque avec elle, mais je serais incapable de mener à bien cette entreprise par mes seuls moyens, et le fait que vous l'ayez jugée entièrement digne de confiance doit balayer les doutes que je pourrais entretenir.

Le colonel Zaluski assistera au Grand Bal de demain soir, auquel j'ai également été invitée par un charmant diplomate français et son épouse, avec laquelle j'ai récemment passé plusieurs après-midi à me promener. J'espère pouvoir vous envoyer d'autres nouvelles sous peu.

Jusque-là, je reste, cher monsieur,
Votre fille respectueuse et affectionnée,

E. Carteret

LETTRE 4

Hôtel Baltazar
Carlsbad

12 février 1855

Monsieur le Baron,

Le colonel polonais m'a raccompagnée à mon hôtel hier soir après le Grand Bal, et j'ai saisi l'occasion de lui présenter ma proposition, dans les termes les plus généraux. Je retenais quasiment mon souffle, je le reconnais volontiers, car je craignais qu'il fût choqué par mon extrême franchise, et par l'audace de l'entreprise. Mais mes craintes se sont avérées aussi injustifiées qu'était fondée l'intuition que j'avais eue dès l'abord de sa parfaite adéquation au rôle que je souhaitais lui voir jouer.

Nous nous sommes séparés en convenant d'une nouvelle rencontre ce matin à l'hôtel. Il vient tout juste de partir, au bout de deux heures, et je m'empresse de vous écrire, afin que vous puissiez partager avec moi, le plus tôt possible, la satisfaction de savoir que nous avons réussi à exécuter la première partie de notre plan, mais la plus difficile, et en un temps aussi court.

Il s'est montré absolument charmant de bout en bout, n'a exigé aucune justification superflue, et, dans la mesure où lui-même est de naissance noble, a manifesté une compréhension sincère – je dirais même profonde et émouvante – à l'égard du grand dessein à l'accomplissement duquel nous nous consacrons vous et moi. Les dispositions financières ne l'ont guère intéressé, ce qui n'a fait que renforcer l'excellente impression que je m'étais faite de lui ; il s'est contenté de dire que ce genre de chose pourrait être discuté en temps voulu. Il revient demain pour prendre une chambre dans cet hôtel.

C'est donc chose faite. L'héritier aura un père.

Je reste, cher monsieur, votre très aimante,

E. CARTERET

LETTRE 5

Hôtel Baltazar
Carlsbad

8 mars 1855

MONSIEUR LE BARON,

Quelques lignes à la hâte.

Le colonel Zaluski et moi-même partons d'ici demain matin de bonne heure pour Franzenbad. Mrs K a appris l'existence dans cette ville d'un homme de loi qui se chargera de rédiger les documents nécessaires relatifs à la situation du colonel Zaluski. Il nous conseillera également sur les autres dispositions à prendre le moment venu. D'après Mrs K, l'homme n'exerce plus depuis qu'il a été impliqué (encore que jamais condamné) dans un scandale financier qui a eu pour théâtre sa ville natale il y a quelques années de cela ; mais elle nous a assuré qu'il était tout à fait compétent et prêt à nous aider… moyennant une rémunération raisonnable, bien entendu. À l'entendre, il ne s'est jamais embarrassé de scrupules dans ses transactions professionnelles, même avant le scandale en question, et un nouveau manquement ne sera pas de nature à incommoder sa conscience.

Votre très dévouée,

E.

LETTRE 6

HÔTEL ADLER
FRANZENBAD

18 mars 1855

MONSIEUR LE BARON,

Nous venons de vivre une affaire épouvantable.

Hier matin, tandis que nous étions en discussion avec le notaire, Herr Drexler, à son domicile, le fils de Mrs K a été interpellé alors qu'il abordait (c'est du moins ce que l'on prétend) une jeune fille dans la rue. Il a réussi à prendre la fuite, cependant, et à se réfugier dans la ville d'Egra, où sa mère, semble-t-il, est partie à sa recherche.

Une fois sortis de chez le notaire et informés de l'incident, nous sommes rentrés à l'hôtel pour attendre la suite des événements. L'heure du dîner a sonné, et toujours aucun signe ni aucune nouvelle de Conrad. Nous avons appris par Herr Adler, le propriétaire de l'hôtel, que la jeune fille n'avait pas subi de violences, et que rien de scandaleux ne s'était produit, ce qui nous a grandement soulagés. Cependant, le père de la fille est un homme connu, et il est bien décidé à ce que Conrad soit retrouvé et poursuivi. Heureusement pour nous, personne jusqu'ici n'a identifié ce dernier comme ayant un lien quelconque avec nous : lui et Mrs K étaient logés dans une petite maison à quelque distance de l'hôtel, et nous n'avons pratiquement jamais été vus en sa compagnie depuis notre arrivée.

Mrs K a parcouru toute la ville à la recherche de son fils, et n'est rentrée à l'hôtel qu'après onze heures du soir. Elle nous a suppliés de considérer la chose avec indulgence, soulignant que Conrad n'avait pas mauvais fond et qu'il ne voulait certainement pas faire de mal à la jeune fille. Elle nous a également promis que ce genre d'incident ne se reproduirait plus, car elle veillerait désormais à ne jamais laisser son garçon seul, et s'est déclarée persuadée qu'il regretterait ce qu'il avait fait.

Je lui ai dit qu'il m'était impossible d'accepter de telles assurances, car j'avais été bouleversée par la tournure totalement imprévue des événements, laquelle risquait de compromettre gravement tous nos plans. C'est alors qu'un coursier est arrivé avec un mot pour Mrs K. Il avait été écrit au nom de Conrad, dans la mesure où lui-même est analphabète, et portait simplement ces trois mots : « Maman. Egra. Conrad », destinés à informer sa mère de l'endroit où il s'était réfugié.

Le colonel a estimé comme moi qu'il fallait immédiatement informer les autorités, mais, en apprenant notre intention, Mrs K, le visage noir de fureur, a laissé échapper un hurlement et s'est précipitée vers la porte, a enlevé la clé, quitté la pièce et verrouillé derrière elle. Il a fallu plus de cinq minutes pour que quelqu'un arrive enfin, et cinq autres minutes pour trouver une autre clé. Autant de temps gagné pour Mrs K.

Ce matin, nous apprenons que les autorités ont commencé à fouiller les garnis d'Egra, mais sans grand espoir de retrouver l'un ou l'autre des fugitifs. Le colonel et moi devons donc poursuivre de notre mieux sans l'aide de Mrs K, aide pourtant non négligeable jusqu'ici. Par chance, le colonel parle très bien l'allemand, et nous avons déjà fait la connaissance de Herr Drexler, lequel, même s'il est un peu fruste et manifestement un peu trop porté sur la boisson, est, à bien des égards, un homme au fait des pratiques de l'endroit et prêt à nous aider dans notre entreprise.

Ne vous inquiétez pas outre mesure, cher monsieur, à la lecture de ces lignes. La situation a été grave pendant un temps, certes, mais tout danger, nous en sommes certains, est maintenant écarté, et nous sommes déterminés à ce que rien ne vienne nous empêcher d'exécuter avec succès la deuxième partie de notre plan.

Nous partons d'ici demain, pour repasser par Carlsbad et continuer ensuite jusqu'à Toeplitz. C'est là qu'aura lieu la cérémonie, dans huit jours samedi. Herr Drexler est convaincu que l'argent que nous avons déboursé est une garantie du bon déroulement de l'affaire.

Pour ce qui concerne l'autre événement, nous pensons louer une maison à Ossegg jusqu'à la fin de l'été, avant d'aller nous installer ailleurs, puis de nous rendre à Prague, où le colonel a un oncle qui veut bien l'accueillir.

La perspective de rester éloignée si longtemps de ce cher Evenwood, et de votre personne, me peine énormément ; mais il me faut avaler la pilule, et, en dépit de son amertume, je suis heureuse d'endurer toutes les privations et toutes les épreuves pour l'amour de vous, et au nom de la cause que je me suis engagée à défendre.

Votre toujours affectionnée,

E. CARTERET

II

LETTRES DU COLONEL ET MRS TADEUSZ ZALUSKI À FEU LORD TANSOR MARS 1855 – MARS 1856

LETTRE 7

Mrs Emily Zaluski à Lord Tansor

Hôtel de la Poste
Langestrasse
Toeplitz

24 mars 1855

MONSIEUR LE BARON,

Voilà une première affaire réglée. Je suis une femme mariée, à compter d'hier.

Herr Drexler n'a pas manqué à sa parole. Les documents avaient été rédigés exactement selon notre demande ; les employés de l'état civil se sont montrés complaisants, et le prêtre (ou plutôt le pasteur) nous attendait à l'endroit convenu, disposé à officier à l'heure dite.

L'alliance que j'avais apportée avec moi était du plus bel effet et fut beaucoup admirée par l'assemblée, constituée de quelques personnes du coin réunies à la hâte. Après quoi, pour fêter

l'événement, nous avons donné un petit dîner à l'hôtel, auquel nous avions convié l'officiant, ainsi qu'un marchand de tissus belge et sa femme que nous avions auparavant recrutés comme témoins. (J'avais concocté à leur intention une fort jolie histoire, qui me voyait fuir l'Angleterre et la colère d'un père plein de préjugés, afin d'épouser mon fringant colonel – qui, par chance, l'est encore quelque peu. Mme Marchand-de-tissus a failli s'évanouir devant l'audace romanesque de l'entreprise.)
Tout va donc pour le mieux, et nous nous préparons pour l'étape suivante de notre aventure, et son but ultime.
Il faut toutefois que je vous parle d'un incident qui est venu ternir ma joie.
Avant de quitter Franzenbad, après la disparition de Conrad et de son épouvantable mère, nous avons reçu la missive suivante, que je reproduis ici dans toute sa splendeur langagière :

MADAME,
Vous vous êtes montré sous votre vrai jour, parole, en voulant causer la ruine de quelqu'un qui vous a donné que du bon et fidèle service depuis le départ d'Angleterre. La fille, il lui est rien arrivé, et Conrad, comme je vous ai dit qu'y ferait, il regrette vraiment ce qu'il a fait, mais de ça vous vous en moquez comme d'une guigne, parce que vous l'avez jamais suporté, comme vous m'avez jamais donné justice pour ce que j'ai fait pour vous.
Ça vous aurait pas coûté grand-chose de laisser Conrad tranquille et de rien dire – moi j'aurais veillé que pareille chose se reproduise pas tant que nous étions à votre service, mais tout ce que vous vouliez, c'est vous débarasser de nous, je le vois bien, et vous cherchiez n'importe quel prétesste pour ça –, alors vous hésitez pas à dénonsser mon pauvre garçon, qui mérite votre pitié, et pas ce que lui acorde la fière que vous êtes, c'estàdire du mépris.
Foi de Barbarina, Madame, la police l'attrapera pas – je le trouverai avant eux, vous pouvez en être sur – et d'ici demain nous serons or de leur atteinte, oui-da, et de la vôtre aussi.
Mais croyez pas que je vais rien oublier, Madame : je connais vos secrets, et je les ai remisé bien à l'abri dans ma tête. Si vous imaginez que vous êtes débarassée de moi pour toujours, vous

vous trompez. Le temps travaille pour moi. Attendez-vous à me revoir
À la prochaine,

B.K.

Charmante missive, vous en conviendrez, je pense. Je m'étais toujours méfiée de Mrs K, méfiance qu'elle vient de justifier par un comportement déloyal et inqualifiable. Je suis terriblement désolée que l'ami qui vous l'avait recommandée l'ait à ce point méjugée, même si bien entendu vous ne sauriez être tenu vous-même pour responsable de la conduite infamante de cette femme à notre égard.
La menace explicite dans la lettre de Mrs K, cependant, ne laisse pas de m'inquiéter. J'ai pris grand soin de lui révéler le minimum ; mais elle en sait suffisamment (et peut-être en devine-t-elle davantage) pour que cette menace ne soit pas prise à la légère. Vous saurez mieux que moi comment nous prémunir contre les manœuvres de cette femme. Peut-être pourrions-nous demander conseil, en toute confidence, à Mr A.V., qui s'est déjà révélé d'un grand secours dans l'affaire qui nous occupe.
À propos de tout autre chose, mon mari – voilà ! c'est la première fois que j'écris le mot– a entendu parler d'une maison à Ossegg qui paraît correspondre à ce que nous cherchons. Nous espérons pouvoir la louer six mois avant de nous rendre à Dux, puis de là à Prague, pour y passer Noël. Je suis heureuse, je l'avoue, à l'idée d'avoir à nouveau un chez-moi, même si c'est pour une courte période et si cet endroit ne saurait être un foyer au vrai sens du terme : seul Evenwood, ce havre de paix trois fois béni, mérite pareille appellation.
Notre tâche la plus urgente est de trouver de nouveaux domestiques – Tadeusz vient de sortir précisément dans ce but. Je vous écrirai pour vous communiquer notre adresse dès que je la connaîtrai.
Jusque-là, je reste affectueusement vôtre, et signe pour la première fois,

E. Zaluski

LETTRE 8

Colonel Tadeusz Zaluski à Lord Tansor

[Postée à Ossegg en date du 16 septembre 1855]

MONSIEUR LE BARON,

C'est avec la plus profonde satisfaction que j'écris à votre Seigneurie pour lui annoncer que ma chère épouse a donné le jour à un beau garçon en pleine santé, peu après quatre heures et demie hier matin, au moment où le soleil commençait à se lever. Nous avons l'intention de l'appeler Perseus Verney, et espérons que ce nom recevra votre agrément.

Mon épouse se repose pour l'instant, comme le médecin le lui a ordonné, et comme elle le mérite, et je suis descendu, à sa demande pressante, rédiger cette lettre à votre Seigneurie afin qu'elle parte par la première diligence.

Son fils – je devrais dire *notre* fils – a été placé entre les mains expertes de Frau Steinmann, qui habite avec nous depuis que nous avons quitté Toeplitz. C'est une veuve d'une soixantaine d'années qui ne parle pratiquement pas anglais, si bien que nous pouvons converser librement en sa présence. Nous avons également trouvé ici une nourrice, qui, elle, ne parle pas du tout anglais, ainsi qu'un jeune homme tout à fait capable, du nom de Gerhart, qui s'est pris d'affection pour nous, surtout pour ma femme, et s'est montré jusqu'ici aussi empressé à nous servir que digne de notre confiance. Il connaît un peu l'anglais, pour avoir travaillé quelque temps dans un hôtel de Marienbad, et nous faisons donc très attention à ce que nous disons en sa présence, et veillons à ne débattre de problèmes de nature privée qu'en dehors de la maison et *en plein air**, car l'affaire avec Mrs K nous a rendus doublement circonspects. Nous ne pouvons cependant nous passer de domestiques, et ces deux-là, tout bien considéré, répondent admirablement à notre attente ; nous aurions eu beaucoup de mal, je pense, à en trouver de meilleurs.

Le baptême doit avoir lieu dans huit jours lundi prochain. Drexler s'est chargé des formalités, comme il l'a déjà fait, mais je suis au regret de dire que mon épouse a été dans l'obligation de puiser dans les réserves que nous transportons avec nous afin de dédommager Drexler pour ce qu'il nomme des « débours imprévus », en relation avec la cérémonie.

La maison que nous occupons est à l'écart de la ville, et c'est à peine si nous sommes sortis depuis notre arrivée. Nous pouvons vous assurer que, en dehors du docteur Weiss (amené par Drexler d'une ville distante d'une cinquantaine de kilomètres – autre débours de taille), d'une poignée de commerçants et, bien sûr, de Frau Steinmann et de Gerhart, il n'y a pas plus d'une demi-douzaine de personnes qui sont au courant de notre présence ici, ou de la naissance de notre fils.

Ai-je besoin d'ajouter que j'ai une conscience aiguë de ma dette envers vous, votre Seigneurie, et que vous pouvez compter que je m'en acquitterai, à la manière du militaire que je suis, à la lettre.

Mon épouse espère être suffisamment remise pour vous écrire elle-même demain.

Je reste, monsieur le baron, votre entièrement dévoué,

T. ZALUSKI (COLONEL)

P.S. Je n'avais pas sitôt terminé ma lettre que mon épouse m'a appelé pour que je la lui monte, afin qu'elle puisse corriger mon anglais, et que vous sachiez qu'elle émane d'elle autant que de moi. J'ai donc été obligé de la remettre au propre entièrement ! T.Z.

LETTRE 9

Mrs Tadeusz Zaluski à Lord Tansor

[Postée à Dux, en date du 25 septembre 1855]

MONSIEUR,

Nous sommes arrivés à Dux. Mon fils est en excellente santé ! Moi aussi.

Les documents nécessaires ont été préparés par Drexler, comme convenu, et portent la date requise ; Tadeusz les a mis en sécurité. Notre premier souci à présent est de rester le plus possible à l'abri des regards curieux, jusqu'à ce que nous puissions rentrer en Angleterre.

Qu'ils vont être longs, les mois à venir ! Mais Tadeusz est d'excellente compagnie, et nous avons une grosse réserve de livres (parmi lesquels, bien entendu, plusieurs volumes des poèmes de mon cher Phoebus, que je ne me lasse pas de relire). La maison est agréablement située, avec une vue au loin sur le palais, et je me réjouis à la perspective de promenades salutaires dans un décor exaltant de montagnes et de forêts.

Le bébé est un enchantement, et plus accommodant que tous les nouveau-nés qu'il m'a été donné de voir. Il a beau être tout jeune, je discerne déjà chez lui une ressemblance marquée avec son père ! J'en ai parfois le souffle coupé. Tadeusz est un véritable roc, et j'avoue m'être prise d'une réelle affection pour lui, même si bien entendu je n'éprouverai jamais à son égard le centième de la dévotion qui m'enchaîne à mon bien-aimé Phoebus, auquel je n'ai cessé de penser toutes ces semaines et tous ces mois, comme je le ferai jusqu'à la fin de mes jours.

Ce qui me chagrine à présent, c'est la manière dont mon mariage, et la naissance de P, vont être perçus à notre retour par les âmes les moins charitables de notre bonne société. J'attends de certains l'opprobre pur et simple pour la précipitation avec laquelle je paraîtrai avoir agi si peu de temps après la mort de P.R.D. Mais pourquoi me soucier de telles gens ? J'ai le sang des Duport dans les veines et n'ai donc point besoin de prêter attention à des ragots de bas étage.

D'autres, je l'espère, diront : pourquoi résister à un attachement aussi soudain qu'imprévu, même s'il vient si tôt après le deuil ? Cela ne saurait tout de même être condamné ? Les gens verront bien que Tadeusz et moi sommes heureux, car heureux, nous le sommes vraiment ; et mes amis – mes vrais amis – se réjouiront de me retrouver mère à mon retour et heureuse de présenter un superbe fils à son noble parent.

Ainsi, voyez-vous, j'ai trouvé assez d'arguments pour me défaire de mes hantises, car ce n'est qu'à vous que je puis confesser avoir redouté plus que jamais, au cours de ces derniers jours où tout pourtant semblait trouver une fin heureuse, de nous voir finalement démasqués.

Mais l'heure est venue de la promenade du petit, sous un beau soleil qui, je l'espère, brille aussi sur Evenwood, ce lieu béni où j'aspire tant à me retrouver.

Affectueusement vôtre,

E. ZALUSKI

LETTRE 10

[Postée de Carlsbad, en date du 11 mars 1856]

MONSIEUR,

Nous sommes arrivés ici, depuis Prague, tard dans la soirée d'hier.

Le moment est venu, pensons-nous, d'annoncer la nouvelle de notre retour. Je crois que vous avez l'intention de faire paraître un avis dans le *Times* et l'*Illustrated London News,* ce qui devrait suffire. Le bouche à oreille fera le reste.

Nous partirons vendredi. Quelques jours à Paris, puis le retour tant attendu.

Comme j'aspire à revoir Evenwood… et, par-dessus tout, à déposer dans vos bras son bel héritier !

Votre toujours dévouée,

E.

32

Les suites d'un mensonge

I

LE GRAND SECRET ENFIN DIVULGUÉ

Repliant calmement la dernière lettre, je me renverse contre le dossier de mon fauteuil, et regarde, à travers un rideau de pluie de plus en plus épais, la voie carrossable qui descend en serpentant jusqu'à la masse grise du château, niché, fantastique palais de légende, dans son creux de verdure embrumée.

Je relis chacune des dix lettres, prenant des notes au fur et à mesure, afin d'établir la chronologie des événements :

1. Les dix lettres corroborent les renseignements que l'inspecteur Gully a obtenus de Conrad : en janvier 1855, malgré son chagrin, Miss Emily Carteret part pour la Bohême, avec la bénédiction de Lord Tansor, dans la seule intention, tenue secrète, de se trouver un mari. La chance ne tarde pas à lui sourire, et, peu après son arrivée à Carlsbad, elle découvre le candidat adéquat en la personne de l'impécunieux colonel Zaluski.
2. Les dispositions nécessaires sont prises, et Miss Carteret épouse promptement son colonel polonais, apparemment vers la fin du mois de mars.
3. En septembre 1855, Mrs Zaluski, puisque c'est là son nom désormais, donne naissance à un fils, baptisé Perseus Verney Zaluski.
4. En avril 1856, quinze mois après avoir quitté l'Angleterre, Emily rentre en triomphe à Evenwood, nantie d'un époux et d'un fils.

À première vue, de tels faits n'ont rien que de très innocent ; mais la vérité qu'ils cachent l'est beaucoup moins.

À en croire Mr Wraxall, le temps jouait un rôle essentiel dans le secret si bien caché de Lady Tansor. Tandis que je regarde la pluie agiter les arbres dans le jardin en friche de l'avocat, je comprends enfin le sens de sa remarque.

Les mots jetés sur le papier peuvent s'avérer fatals. Mais les chiffres aussi, notamment quand ils forment des dates.

Miss Emily Carteret arrive à Carlsbad le 2 février 1855. Elle rencontre le colonel Zaluski le 9 du même mois, exactement une semaine plus tard. Un arrangement – d'une nature imprécise mais comportant sans doute une contrepartie financière – est rapidement conclu avec lui le 11 et le 12.

Miss Carteret et le colonel Zaluski se marient, à Toeplitz, le 23 mars 1855. Leur premier enfant, Perseus, voit le jour, si l'on en juge par le cachet de la poste de la lettre 8, le 15 septembre 1855 à Ossegg, ville où le couple, venant de Toeplitz, s'est installé six mois plus tôt.

Le colonel Zaluski et madame, accompagnés de leur fils, reviennent à Carlsbad le 10 mars 1856 après être passés par Prague. Ils en repartent dix jours plus tard, pour atteindre Evenwood le 7 avril 1856, date confirmée par l'avis publié dans l'*Illustrated London News* et mentionné par Mr Lazarus dans ses souvenirs.

La clé de l'affaire résidait dans une troublante anomalie chronologique. Pourquoi avait-on fêté la récente majorité de Perseus le jour de Noël, alors que de toute évidence il était né en septembre ?

Me reviennent alors en mémoire l'après-midi où j'ai pris le thé avec Sukie et sa mère et les paroles de Mrs Prout à propos de l'insistance bizarre de Mrs Zaluski à vouloir garder son fils, selon les instructions de son médecin étranger, à l'abri des regards et soigneusement emmitouflé, même en plein été. Je me souviens aussi de Mrs Prout citant le professeur Slake qui, après avoir entraperçu le jeune héritier, s'était écrié d'un air malicieux que le garçon avait été mal nommé : « On aurait dû l'appeler "Nimrod". » Nimrod : le grand chasseur sous l'Éternel, d'une vigueur et d'une résistance légendaires. Et comment Mrs Prout elle-même avait-elle décrit l'enfant ? « Le plus beau bébé de trois mois que j'aie jamais vu. » Sur le moment, je n'avais pas prêté grande attention à sa remarque, mais celle-ci me semblait à présent avoir un sens que son auteur n'avait pas soupçonné.

Le temps. Les dates.

Je comprends. Tout s'éclaire à présent.

Perseus n'avait pas trois mois quand le colonel et Mrs Zaluski étaient rentrés à Evenwood en avril 1856, pour déposer le futur héritier dans les bras accueillants d'un Lord Tansor rempli de fierté : il en avait un peu plus de six. Pas étonnant qu'on l'ait pris pour un *beau* bébé de trois mois ; pas étonnant non plus que sa mère se soit vue obligée d'inventer une histoire pour le tenir à l'écart des regards trop curieux en l'emmitouflant dans de grands châles, jusqu'au jour où l'on pourrait le montrer au monde en toute sécurité, et exposer sa taille et sa robustesse peu communes aux yeux de tous sans éveiller les soupçons.

Le rôle joué par le peu scrupuleux homme de loi allemand, Herr Drexler, est également clair à présent : il a été payé pour préparer les documents nécessaires, et y inscrire la date fictive du 25 décembre comme étant celle du jour de la naissance de l'héritier. Toutes les estimations qui se sont ensuivies relativement à l'âge de l'enfant ont été fondées sur cette fausse date. Je souris bien malgré moi devant l'audace du choix : l'héritier Duport est venu au monde le même jour que le fils de Dieu.

Une dernière conclusion s'impose, et elle est de taille.

Miss Emily Carteret était enceinte quand, en janvier 1855, elle a quitté l'Angleterre encore célibataire, et en deuil de son fiancé récemment assassiné. Il lui fallait un mari, pour servir de père à l'enfant qu'elle portait en secret. Ce mari, ce fut le colonel Zaluski. Cet enfant, ce fut Perseus, l'héritier actuel des Duport, l'auteur de *Merlin et Nimue*, l'homme qui m'a récemment demandé, sur le Ponte Vecchio, d'être sa femme. L'homme que j'aime.

Mais qui était son vrai père ?

Qui d'autre sinon l'homme que sa mère avait appelé « l'espoir et le soleil » de Lord Tansor ; l'amour de sa vie ; celui avec la complicité duquel elle avait trahi mon père ?

Qui d'autre, sinon Phoebus Rainsford Daunt ?

Madame s'était lourdement, et dangereusement, trompée. Ce n'était pas Perseus qu'on aurait dû me charger d'épouser, afin de récupérer ce qui avait été ravi à mon père. Perseus n'était pas l'héritier légitime, contrairement à ce que lui-même et tout le monde pensaient : sa naissance illégitime le lui interdisait. C'était Mr Randolph, le cadet dédaigné, le fruit de l'union, légitime celle-là, entre Miss Emily Carteret et le colonel Tadeusz Zaluski, qui était le véritable héritier ; c'était donc lui que je devais épouser.

Comment décrire ce que je ressens quand cette vérité, dans un brusque torrent de désespoir, déferle sur moi ? Voir mes aspirations les plus profondes réduites à néant, de manière si cruelle et si imprévue, et détruit l'espoir du bonheur que je pensais déjà vivre en épousant Perseus est le coup le plus terrible que l'on puisse imaginer, et je dois me forcer à ravaler mes larmes afin de continuer à examiner le contenu de la boîte de Mr Barley.

Des trois documents restants, deux sont de simples feuilles de papier sur lesquelles le clerc a consigné de brèves dépositions concernant les visites de Lady Tansor à Mr Vyse à Old Square, ainsi que la transcription de leurs conversations lors de ces rendez-vous.

Le troisième et dernier document est une autre lettre, un original de la main d'Emily, encore dans son enveloppe. Dans la lumière déclinante, j'approche la lettre de mon visage afin de mieux la lire.

C'est alors que je sursaute. Mais qu'est-ce donc ?

La trace d'une odeur, à peine perceptible, et pourtant reconnaissable : un parfum qui persiste après de longues années.

Un parfum de violettes.

J'ai dans les mains la lettre même que Conrad Kraus a gardée pendant plus de vingt ans, la précieuse relique de la belle dame qu'il avait accompagnée en Bohême dans sa jeunesse, et qu'il avait continué depuis à révérer, peut-être même à aimer, à son humble et pathétique manière ; la lettre avec laquelle sa mère, pour se venger, avait songé à faire chanter l'objet de l'idolâtrie de son simplet de fils, mais qui n'avait fait que la conduire à sa perte.

L'auteur de la lettre l'avait crue détruite ; mais quand elle avait fini par lui tomber entre les mains, l'homme à qui elle avait si imprudemment confié sa protection avait aussitôt compris le parti qu'il pourrait en tirer, comme la pauvre Mrs Kraus avant lui.

Vous voulez sans doute savoir ce qu'elle contenait, cette missive fatale adressée à Lord Tansor depuis Franzenbad par Miss Emily Carteret, douze jours avant son mariage avec le colonel Tadeusz Zaluski.

Je vous en livre donc le texte ci-dessous, tel que je l'ai transcrit dans mon carnet, mon fidèle compagnon depuis le jour de mon engagement comme femme de chambre auprès de la 26e baronne Tansor.

II

LA LETTRE PARFUMÉE

MISS EMILY CARTERET
À LORD TANSOR
11 MARS 1855

HÔTEL ADLER
FRANZENBAD

MONSIEUR LE BARON,
Il n'était pas dans mon intention de vous écrire aujourd'hui, car je n'ai pas de nouvelles à proprement parler ; mais j'étais dans un tel état d'affliction ce matin en ouvrant les yeux sur une aube grise et froide que j'ai senti que rien ne pourrait mieux soulager mon chagrin et mon désespoir que de prendre la plume, en ce terrible jour anniversaire, et de coucher mes pensées sur le papier en quelques mots maladroits, pour les envoyer à la seule autre personne au monde capable de comprendre ce que j'éprouve.
Trois mois, jour pour jour ! Trois courts mois, et pourtant, comme ont été longs, infiniment longs – et le sont encore – chaque semaine, chaque jour, chaque heure, chaque seconde, sans sa

présence adorée en ce monde ! Mon cœur saigne, jour et nuit, d'une souffrance indicible, et je crois bien que la blessure jamais ne se refermera.

Je le vois sans cesse dans mes rêves, son pauvre visage blême reposant sur la neige à peine plus pâle, ses yeux aveugles grands ouverts sur les étoiles froides, son précieux sang s'écoulant encore autour de lui ; et pourtant – jusque dans la mort – toujours aussi beau, mon bien aimé Phoebus tel qu'en lui-même.

Et puis je vois, serré dans sa main glacée, le papier sur lequel son meurtrier avait recopié ces vers exquis auxquels le nom de Phoebus Daunt restera associé pour l'éternité.

Mais le plus horrible à supporter – sans doute trouverez-vous cela curieux et difficile à expliquer –, c'est la vision du dernier cigare qu'il ait jamais fumé, avec la bague de sa marque préférée, Ramón Allones, dont le bout rougeoyait encore dans l'obscurité glacée, après être tombé de ses lèvres sur un petit muret où la couche de neige était peu épaisse. Une image banale, insignifiante, qui pourtant m'obsède.

Ce qui me déchire, c'est que je *savais* que l'on en arriverait là, je *savais* qu'il finirait par périr aux mains de cet obsédé, ce dément de Glyver, et que je resterais seule avec mon chagrin jusqu'à ce que la mort m'emporte moi aussi.

C'est un matin, au sortir d'un de ces horribles rêves qui envahissaient mon sommeil de visions annonciatrices d'un désastre imminent, et dont je crois sincèrement que rien n'aurait pu les empêcher, que l'idée me vint d'une action qui, si elle était menée à bien, aiderait les survivants de la catastrophe – c'est-à-dire vous, monsieur le baron, et moi-même – à en supporter les conséquences.

Persuadée que ce fou furieux de Glyver n'aurait de cesse de tuer son rival pour se venger des torts qu'il s'imaginait avoir subis des mains de ce dernier, j'allai trouver mon cher Phoebus le lendemain du jour où nous avions dîné en ville avec Lord et Lady Cotterstock, vous en souvient-il ? Il se moqua de mes craintes, bien sûr, et dit que Glyver n'avait pas le pouvoir de lui nuire, mieux, qu'un tel pouvoir lui appartenait à lui. Sous-estimant la détermination meurtrière acharnée de son ennemi à prouver la légitimité de son soi-disant droit au titre d'héritier et de fils de votre Seigneurie, mon cher amour se trompait de manière désastreuse. La vérité était bien différente, comme vous et moi le savons à présent, pour notre plus grand malheur.

Après l'avoir supplié de prendre toutes les précautions possibles pour se protéger, ce qu'il me promit de faire, j'essayai de le convaincre qu'il fallait que nous nous prémunissions contre toute éventualité fatale, en trouvant un moyen de contrecarrer les projets de l'imposteur, si nous le pouvions, et de lui ôter toute illusion de victoire.

Il m'écouta lui exposer mon idée et, dans un premier temps, ne dit rien ; puis il tenta de me dissuader. Ses objections étaient nombreuses – d'ordre à la fois moral (comme on pouvait s'y attendre de sa part) et pratique – et formulées avec beaucoup de conviction.

Ce qui le préoccupait surtout était votre réputation, qu'il a toujours été soucieux de protéger de l'opprobre public. J'étais alors incapable de répondre de l'attitude qui serait la vôtre face aux conséquences imprévisibles de ce que j'envisageais, mais j'espérais et croyais, de toute mon âme, que j'obtiendrais en fin de compte votre soutien et votre compassion.

Phoebus finit par admettre que j'avais raison. Il reconnut que ce dément pouvait réussir à lui infliger un coup mortel, malgré toutes les précautions qu'il pourrait prendre. Mais, avec le courage qui le caractérisait, il n'a pas reculé devant cette terrible perspective, n'a pas cherché à s'y soustraire comme un lâche. Quel homme c'était !

Et c'est ainsi, comme vous le savez désormais, qu'à dater de ce jour et jusqu'à ce funeste dernier soir, nous devînmes mari et femme, en tout point sauf au regard de la loi. Puis, avec une joie mêlée de chagrin, je découvris que je portais un enfant ! Son enfant ! – le fils ou la fille de l'héritier que vous aviez choisi, cet enfant dans lequel, même si mes craintes devaient s'avérer sans fondements, mon bien-aimé vivrait et resterait à jamais dans les mémoires.

Le pire se produisit. Ce dément de Glyver réussit à exécuter son atroce dessein, comme je l'avais prévu. Et pourtant un sort bienveillant m'avait promptement accordé (au-delà, je puis l'avouer maintenant, de mes espoirs les plus fous) les moyens de mon salut.

Je suis consciente de ce que je ne devrais pas me montrer aussi franche. Vous direz, à juste titre, que je fais preuve d'une dangereuse imprudence en agissant ainsi, alors même que je vous ai déjà fait part de certaines de ces réflexions et que j'avais promis de rester aussi circonspecte que possible dans notre correspondance. Mais je ne puis m'en empêcher. Il fallait absolument que je donne libre cours au tumulte qui m'habite, et c'est vers vous que, instinctivement, je me suis tournée. Quand notre intermédiaire vous l'aura transmise, vous détruirez cette lettre, je le sais, comme nous en sommes convenus, et comme je suis certaine que vous avez détruit les précédentes.

C'est la date, je crois, la date maudite du 11 de chaque mois, qui provoque en moi ce désarroi. Je suis incapable de décrire la terreur qui m'envahit à l'approche de ce jour fatidique, puis le sentiment de désolation qui est le mien quand je m'éveille le jour même, comme cela m'est arrivé ce matin. Il me submerge totalement, balayant toute autre pensée, oblitérant toute autre sensation. Et pourtant, c'est aussi un jour anniversaire sacré, au cours duquel je me dois, mois après mois, d'honorer le souvenir de celui qui régnera toujours sur mon cœur et qui a fait qu'il me sera à jamais impossible d'aimer un autre homme.

Mrs Kraus vient d'arriver pour m'habiller, il me faut donc conclure et une fois encore trouver la force – pour lui, objet de mon amour, mais aussi pour vous, mon cher monsieur – de mener à bien notre entreprise.

Je vais dépêcher Conrad, qui est debout près de la porte, le visage morose, et me regarde écrire de cet air absent qu'il a toujours, pour être sûre que cette lettre partira par la prochaine malle-poste.

D'ici à ma prochaine missive, où j'espère être à nouveau moi-même, je reste, monsieur, votre fille, de cœur et d'adoption, aimante et reconnaissante,

E. CARTERET

III

LE PORTRAIT

« Eh bien, ma chère petite, dit Mr Wraxall au moment où je pénétrai à nouveau dans le salon, portant la boîte noire de Mr Barley. Tout est clair pour vous maintenant ?

– Où est Mr Barley ? demandai-je en voyant le fauteuil vide.

– Il était obligé de rentrer à Londres ce soir. Le fils de Mrs Wapshott vient tout juste de l'emmener à Easton dans le cabriolet. Alors, y êtes-vous ? Vous comprenez tout à présent ? »

Il m'observait d'un air impatient.

« Oui, je comprends. »

Je m'assis ; il approcha sa chaise de la mienne, et nous entamâmes une conversation qui dura plus d'une heure, jusqu'à ce que la nuit commence à tomber et que Mrs Wapshott vienne allumer les lampes.

Nous restâmes un moment silencieux, écoutant les roulements menaçants du tonnerre dans le lointain. Puis nous parvint le bruit du cabriolet qui rentrait d'Easton.

« Quand sera-t-elle… ? »

Mr Wraxall m'interrompit d'un geste de la main.

« Il suffit, chère petite, dit-il calmement. Tout dépend de Gully maintenant, mais je pense que nous n'aurons pas longtemps à attendre. Laissez-moi appeler John, pour qu'il vous remmène au château. »

Quand j'arrivai, le dîner était terminé. À mon entrée dans le salon, je vis qu'Emily, assise seule, près du feu, l'air sombre, était en colère.

« Où étiez-vous donc ? » demanda-t-elle d'un ton sec.

Je n'avais aucune raison de lui mentir ; mieux, forte de ce que je savais à présent, je me sentis prise en lui répondant d'une audace qui confinait à la provocation.

« À North Lodge. »

Elle ne put empêcher l'appréhension de venir colorer légèrement ses joues cireuses, mais, comme à son habitude, elle se reprit aussitôt et feignit l'indifférence.

« Et comment va le brillant Mr Montagu Wraxall ? demanda-t-elle d'un ton exagérément sarcastique. Son travail ici doit tout de même toucher à sa fin, non ? Lancing a trouvé un nouveau locataire pour North Lodge, et il est désormais gênant pour nous que Mr Wraxall s'attarde plus que nécessaire. Nous nous sommes montrés fort généreux en l'autorisant à occuper les lieux aussi longtemps, avec tout loisir d'aller et venir à sa guise, comme s'il était vraiment chez lui.

– Je crois qu'il n'a pas tout à fait fini de trier les papiers de son oncle, répondis-je, mais il va bien, merci, et vous envoie ses compliments.

– Eh bien, dit-elle avec une petite moue dédaigneuse, c'est fort aimable de sa part. Mais je me demande, ma chère, ce que vous pouvez bien trouver à vous raconter. Vous admettrez qu'il y a entre vous une différence d'âge et d'expérience qui ne laisse guère attendre, à première vue, une affinité naturelle, que ce soit en matière d'opinions ou d'intérêts.

– Oh, répondis-je, tout en la fixant sans ciller, Mr Wraxall est très ouvert sur le monde. Vous seriez surprise, je crois, de la quantité d'intérêts que nous avons en commun. »

Elle ne répondit rien, se contentant de lisser les plis de sa robe avec un détachement affecté, avant de s'emparer ostensiblement de sa tasse et de boire une gorgée de café.

Je m'assis en face d'elle et, singeant son indifférence, pris sur la table basse qui nous séparait un exemplaire du *Times* que je commençai à feuilleter négligemment.

Au bout de plusieurs minutes de silence, je lui demandai si Mr Perseus était rentré de Londres.

« Oui, répondit-elle distraitement, les yeux à nouveau perdus dans le feu. Cet après-midi.

– Et qu'a pensé Mr Freeth de sa nouvelle œuvre ? Du bien, j'en suis sûre. »

Elle poussa un soupir de lassitude.

« Je crois, oui. »

Son irritabilité l'avait quittée, cédant la place à une étrange apathie.

« Vous allez bien, ma chère ? demandai-je tout en reposant mon journal.

– Pardon ?

– Je vous ai demandé si vous alliez bien.

– Oh oui, tout à fait bien, répondit-elle, le regard toujours perdu dans les flammes mourantes.

– Vous devriez peut-être vous retirer, suggérai-je en jetant un coup d'œil à la pendule. Vous vous ressentez encore de la fatigue du voyage et vous devez veiller à ne pas vous affaiblir davantage. Tenez, laissez-moi vous relever. »

Elle consentit d'un air las et prit la main que je lui tendais. Puis, à petits pas, bras dessus, bras dessous, nous sortîmes dans le vestibule.

Au pied de l'escalier, nous fîmes une pause pour lui permettre de reprendre son souffle, chose dont j'avais observé qu'elle lui était récemment devenue de plus en plus nécessaire, même après le plus petit effort.

« Quelle merveilleuse ressemblance ! fit-elle remarquer en me voyant regarder le portrait du Corsaire turc.

– Ressemblance ? demandai-je. Avec qui ? »

Elle éclata d'un rire incrédule.

« Avec Phoebus, pardi, petite sotte ! Tout le monde au château vous le dira. Avec qui d'autre voudriez-vous ? »

Je me fis l'effet de la parfaite imbécile pour ne pas m'en être aperçue plus tôt, surtout après avoir trouvé la photographie de Daunt dans le placard secret. Le portrait avait été peint au cours de l'été 1853, comme m'en informa alors Emily, peu après la publication de la tragédie *Penelope*, au moment où la renommée de Daunt était à son apogée. Après sa mort, le tableau avait été placé là par Lord Tansor, en souvenir de son héritier désigné. Le modèle avait sans doute adopté cette pose délibérément byronienne afin de signifier qu'il était, en matière de génie, le digne successeur du grand poète.

Sans réfléchir, je lui dis que, quant à moi, j'avais toujours discerné une ressemblance avec Mr Perseus et m'étonnai que d'autres ne l'aient pas remarquée.

Sa bouche se pinça. Je l'avais troublée ; mais, comme toujours, sa parfaite maîtrise de soi reprit aussitôt le dessus.

« C'est vrai, j'admets qu'il existe une ressemblance, superficielle toutefois. C'est à cause de la barbe, j'imagine, et je vous accorde volontiers que Perseus a naturellement un air sémillant que l'on retrouve dans l'original. Mais à y regarder de près, la similitude est moins frappante qu'il n'y paraît. Venez, ma chérie, voudriez-vous m'assister pour monter l'escalier ? C'est une vieille dame que vous avez pour amie à présent. »

Elle ne voulait pas appeler Miss Allardyce, et je l'aidai donc à se déshabiller, comme je le faisais encore il n'y avait pas si longtemps, puis à se coucher.

« Voulez-vous prendre quelques gouttes ? demandai-je. Juste une petite dose, pour vous détendre ?

– Oui, dit-elle, posant la tête sur l'oreiller et fermant les yeux. Je crois que oui. Je n'ai pas envie de… »

Elle laissa la phrase en suspens, et je me détournai pour ouvrir la table de nuit, où le flacon était maintenant conservé.

Quand je lui eus administré quelques gouttes, elle me demanda de lui faire la lecture jusqu'à ce qu'elle s'endorme. Lorsque le sommeil vint, je replaçai le livre – un de ceux de son cher poète disparu, bien entendu – sur le rayon, refermai sans bruit la porte de la chambre et, le cœur battant la chamade à la pensée de ce qu'il me fallait faire à présent, gagnai le second étage de l'aile sud.

33

Où l'on affronte enfin certaines vérités

I

UN AMOUR RENIÉ

Immobile devant la porte du bureau de Perseus, je me demande si je n'aurais pas dû consulter Madame pour savoir quelle conduite adopter face à une situation qui a subi un changement aussi radical. Mais ma décision est prise. Je sais ce que j'ai à faire, pour que soit accompli le Grand Dessein ; je sais aussi qu'il me faut agir le plus rapidement possible, sinon le courage me fera défaut.

J'essuie d'abord quelques larmes, puis, prenant une profonde inspiration, je m'apprête à frapper quand la porte s'ouvre brusquement.

« Esperanza ! »

Il est debout devant moi, un livre à la main, vêtu d'une robe de chambre couleur prune qui lui descend jusqu'aux pieds. Ses longs cheveux sont couronnés d'un bonnet en velours noir, le col de sa chemise est déboutonné, et un cigare allumé est coincé entre ses dents. Un instant, l'image de Phoebus Daunt en Corsaire turc ainsi que sa photographie se télescopent sous mes yeux avec le visage en chair et en os de son fils, et, ouvertement fascinée, je me surprends à regarder fixement la haute silhouette qui s'encadre sur le seuil.

« J'allais à la bibliothèque, m'informe-t-il, en me saluant d'un sourire chaleureux. Pourquoi n'étiez-vous pas là pour le dîner ? »

Je lui dis que j'étais allée à North Lodge.

« Chez Wraxall ?

– Oui. J'espère que vous n'avez rien contre lui ?

– Contre Wraxall ? Bien sûr que non, voyons. Nous n'avons

que rarement eu l'occasion de nous rencontrer, mais je n'ai jamais entendu dire de lui que du bien, et puis sa réputation professionnelle le précède. Je suis heureux de constater qu'il semble vous avoir prise sous son aile. »

Soudain submergée par l'envie de fuir la tâche que je suis venue accomplir ici, je lui demande de m'excuser de l'avoir dérangé et invente une excuse pour m'échapper ; mais il tend le bras et me saisit doucement la main.

« Non, non, me presse-t-il. Entrez, je vous prie. J'ai assez travaillé pour ce soir. »

Un feu de bûches brûle dans la cheminée, mais Perseus trouve que la pénombre favorise l'activité poétique, si bien que les seules autres sources de lumière dans la chambre voûtée aux murs de pierre viennent d'une unique bougie placée sur son bureau et d'une petite lampe sur une table près du feu.

Ne sachant trop, d'abord, comment préparer le terrain en vue de ce que j'ai à lui dire, j'exprime l'espoir, non sans bafouiller, que ses affaires à Londres se sont réglées à sa satisfaction.

« À mon entière satisfaction, en effet, répond-il en me conduisant à un siège près du feu. Mr Orr dit qu'il n'y aura aucun obstacle d'ordre juridique.

– Parlez-moi de Mr Freeth, lui demandé-je ensuite, faisant de mon mieux pour garder un ton enjoué. Allez, dites-moi vite ce qu'il a pensé de *Dante et Béatrice*. Je brûle d'impatience de le savoir.

– Mère ne vous a donc rien dit ? Il est d'avis que j'ai accompli des progrès significatifs, en termes de puissance poétique. L'homme de l'art qu'il est a exprimé l'opinion raisonnée que l'œuvre a toutes chances de rencontrer un beau succès. »

Je lui dis que je suis ravie de l'apprendre ; puis je m'interromps, afin de préparer ma question suivante.

« Et, si je puis me permettre, quand pensez-vous évoquer le sujet de nos fiançailles avec Lady Tansor ?

– Est-ce là la vraie raison qui vous amène ici ? » demande-t-il. Son sourire est revenu, mais sans se départir de sa douceur ni de sa cordialité, son ton s'est fait moqueur. Il ne me laisse pas le temps de répondre.

« Demain, dit-il. Je le lui annoncerai demain, après le déjeuner. »

Il se penche vers moi et me reprend la main.

« Je vous en prie, ne vous inquiétez pas, dit-il en me regardant tendrement. Mère n'aura aucune objection. J'en suis certain. Et puis, quand bien même ce serait le cas, j'aurai réponse à toutes les objections qu'elle pourrait soulever. Mon bonheur est tout ce qui compte pour elle, et personne ne saurait me rendre plus heureux que vous. Elle sait ce que c'est que d'aimer. »

Il ne précise pas davantage, mais il fait bien entendu allusion à l'amour de sa mère pour Phoebus Daunt, et non pour le colonel Zaluski, l'homme qu'il croit être son père.

« J'en déduis que vous m'aimez ? »

Il me regarde, incrédule.

« Ne vous l'ai-je pas dit ? demande-t-il d'un ton presque offensé.

– Vous m'avez beaucoup parlé de vos sentiments à mon égard, réponds-je, revenant par l'esprit à ce mémorable après-midi sur le Ponte Vecchio. Mais vous ne m'avez pas dit que vous m'aimiez, simplement que vous vouliez m'épouser. Ce n'est pas nécessairement la même chose.

– Vous souhaitez donc que je vous dise, en termes aussi clairs que possible, que je vous aime ? C'est cela ? » Le ton est toujours amusé, même s'il y a maintenant une lueur d'inquiétude dans ses yeux.

« Seulement si vous le désirez, et si c'est la vérité.

– Vous me connaissez assez maintenant pour savoir que je suis incapable de jouer les amoureux, dit-il, sans mépris ni vantardise, mais avec une sorte de regret dans la voix. C'est curieux, poursuit-il d'un air songeur, je suis capable d'écrire sur l'amour, et de bien écrire, je crois, mais j'ai été affligé par la nature d'un tempérament réservé que je déplore, mais que je redoute de jamais pouvoir changer. Vous n'obtiendrez donc de moi ni *billets doux**, ni torrents de larmes, ni abandons passionnés. Cela vous pèsera-t-il, ma douce Esperanza ? D'avoir pour mari un poète incapable de vous dire à toute heure du jour qu'il vous aime, si vous ne lui en faites pas la demande ? »

Il lâche ma main pour attraper dans le panier une bûche qu'il jette sur le feu.

« Nullement. C'est la sincérité des sentiments qui compte, évidemment. Vous pourriez aussi dire que vous m'aimez et ne pas le penser. Je n'accorde pas grande valeur aux seuls mots, uniquement à ce qu'ils cachent. »

Il me reprend la main, et mon cœur se met à cogner plus fort dans ma poitrine, tant je redoute ce qui va suivre.

« Et en cela vous avez tout à fait raison, me dit-il doucement. Les mots, en eux-mêmes, ne veulent rien dire, ce qui les rend trompeurs, et dangereux.

– Même le mot “amour” ?

– Surtout celui-là, parce qu'il est aussi chargé de danger et de mensonge que la passion qu'il recouvre.

– Vous estimez donc que l'amour est une passion dangereuse ?

– Mais certainement. À l'image de n'importe quel poète.

– Mais il peut en aller autrement. En tant que poète, vous le savez forcément ?

– Bien sûr, et c'est même un amour de ce genre qui est le sujet de mon nouveau poème ; mais le fait demeure que les mots peuvent tromper et mentir, autant que dire la vérité. L'amour est capable d'élever le cœur jusqu'à la sainteté ; il peut être tendre et ennoblir l'individu, mais aussi corrompre et détruire. »

Nous restons un moment silencieux, tandis que la bûche qu'il a jetée sur le feu commence à brasiller et crépiter. Puis il tend le bras pour me caresser la joue.

« Mais ces mots, je les dirai avec joie, ma bien-aimée, et en les pensant vraiment, dit-il. Les voici donc : je…

– Non ! m'écrié-je, en me penchant et en posant un doigt sur ses lèvres. Je vous en prie, ne dites rien. Ce n'était pas bien de ma part de vous demander de me dire ce que je sais déjà être vrai au plus profond de mon être, pour la seule satisfaction de vous entendre prononcer ces mots. Je n'en ai nul besoin, je vous assure.

– Je sais ce que je vais faire ! s'exclame-t-il. Je vais mettre tout cela dans un poème. Que pensez-vous de cette idée ? »

Je lui dis qu'un poème fera fort bien l'affaire.

« Alors, c'est entendu. Je prendrai ma plume sitôt que vous serez partie, et vous apporterai le résultat, à vous en personne, demain… peut-être sous la forme d'un sonnet. »

Tandis qu'il finit de parler, je suis prise d'un tel accès d'angoisse et de désespoir à l'idée de ce que je m'apprête à faire qu'il me faut détourner la tête et fixer les yeux sur la bûche maintenant embrasée.

« Quelque chose ne va pas ? » demande-t-il, percevant mon malaise.

Le moment est venu où je vais devoir transpercer d'un coup de poignard le cœur si précieux de Perseus Duport, en même temps que le mien.

Voyant que je ne réponds toujours pas, il me demande à nouveau, d'un ton plus préoccupé, si quelque chose me tourmente.

« Vous inquiétez-vous encore de la réaction possible de ma mère à la nouvelle de nos fiançailles ? Soyez assurée que…

– Non ! m'écrié-je alors, décidée à prendre le taureau par les cornes, quoi qu'il puisse arriver. Ce n'est pas cela.

– Mais qu'est-ce donc, à la fin ?

– Je ne peux pas vous épouser. »

Mes paroles semblent rester en suspens dans l'air, comme l'écho d'un glas. J'attends qu'il parle, mais rien ne vient. La bûche répand dans la pièce de sinistres lueurs orangées. Dehors, le vent commence à hurler en s'engouffrant entre les tours du château ; et toujours pas un mot.

Finalement, il se lève, reprend son cigare, qu'il avait posé sur la table à côté de lui, en tire une longue bouffée. Puis il fixe ses grands yeux noirs sur les miens.

« Je suppose que vous avez une raison ? »

Sa voix est glaciale à présent, dure et menaçante, sans la moindre trace de sa récente douceur.

« Je ne vous aime pas, Perseus. Je ne vous ai jamais aimé, et ne vous aimerai jamais. »

Chacun de ces mots me déchire le cœur. C'est la chose la plus difficile que j'aie eu à faire dans ma vie : dire à l'homme que j'aime par-dessus tout qu'il n'est rien pour moi.

Il tire à nouveau longuement sur son cigare.

« Vous m'excuserez d'y faire allusion, dit-il après avoir brièvement réfléchi à sa réponse, mais vous m'avez donné une tout autre impression à Florence, et ce à plusieurs reprises. Mais il semblerait maintenant que… comment dire ? Quel est le *mot juste** ? Ah, oui, c'est cela… Vous mentiez. »

Piquée au vif par le sarcasme, je fais un pathétique effort pour atténuer ce que je viens de dire par quelques mensonges supplémentaires.

« J'espère que vous reconnaîtrez que je n'ai jamais dit vous aimer. J'ai pour vous de l'affection, et bien entendu je ne puis me défendre d'être heureuse et flattée de l'honneur insigne que vous m'avez fait en me demandant de…

– L'honneur ! C'est le moins que vous puissiez dire ! Une demande en mariage de la part de l'héritier d'une des familles les plus anciennes et les plus connues d'Angleterre ! Un bel honneur, en vérité, pour une orpheline d'ascendance incertaine. »

Sa fureur ne connaît plus de bornes ; mais je sais que, s'il parle de cette manière offensante, c'est parce que l'orgueil qui l'a soutenu si longtemps vient d'être gravement, peut-être même mortellement, blessé.

« Ma foi, Miss Gorst, poursuit-il, cédant à ses tendances les plus déplaisantes, vous m'avez joyeusement mené en bateau, je vois. Vous n'avez vraiment aucune ambition : rejeter une proposition qui aurait fait de vous l'une des femmes les plus enviées du royaume. Je me trompais, semble-t-il. Vous êtes bel et bien née pour être femme de chambre, et rien de plus. »

Que répondre ? Il a les meilleures raisons de se sentir contrarié et offensé par le refus que j'oppose à une offre faite en toute sincérité et sans condition. Je baisse la tête, incapable de soutenir son regard, et lui dis que je ne peux lui en vouloir de me tenir ce discours, tant le tort que je lui ai causé est grand.

« Je vous tiendrai toujours dans la plus grande estime, mais je ne vous aime pas, dis-je une nouvelle fois, la mort dans l'âme, et il vaut mieux que je le reconnaisse maintenant. Je ne saurais m'unir à vous – ni à quiconque – sans amour, même si je dois être traitée de folle pour avoir refusé ce qui m'était proposé.

– Mais n'auriez-vous pas pu m'aimer un jour ? »

Pas un muscle de son visage ne bouge, mais la question est posée sur un ton presque suppliant. Au point où j'en suis, toutefois, l'heure n'est plus aux demi-mesures.

« Non, je ne pense pas. »

Il ne dit rien, se contente de laisser tomber son cigare qui se consume dans une coupe en métal, pleine à ras bord de vieux mégots et de cendre froide. Il reste un long moment à pianoter sur le bras de son fauteuil, tout en réfléchissant à sa réponse, et je crois voir sa mère.

« Vous affirmez ne pas pouvoir m'épouser, finit-il par dire, parce que vous ne m'aimez pas. De mon côté, je constate qu'il m'est impossible d'aimer quelqu'un qui ne m'aime pas en retour. Lequel des deux, en ce cas, a l'avantage sur l'autre ? » D'un ton un peu plus conciliant, il ajoute aussitôt : « Inutile de répondre. Il semblerait que chacun de nous se soit lourdement trompé sur le compte de l'autre. »

Incapable de trouver une réponse, je reste là, tête baissée, tandis qu'il se lève et va jusqu'à son bureau. Ouvrant l'un des tiroirs, il en sort un petit objet et revient se planter devant lc feu.

Il tient dans sa main l'écrin recouvert de velours qui renferme la bague achetée dans la boutique du Signor Silvaggio, sur le Ponte Vecchio.

« Ceci vous rappelle-t-il quelque chose ? demande-t-il d'une voix coupante.

– Bien sûr. Et ce sont là des souvenirs très chers. »

Il ouvre l'écrin. Les pierres brillantes scintillent et chatoient dans la lumière des flammes.

« Hum. Un joli objet. Une des plus belles pièces du Signor Silvaggio. Mais comme vous ne semblez plus en avoir l'usage, eh bien… »

Il se détourne et jette la boîte, avec son contenu, dans le feu.

« La bague ne se consumera pas, dit-il en regardant les flammes attaquer le velours, car le feu ne brûlera jamais assez fort. Mais je donnerai des instructions pour que la grille ne soit jamais nettoyée. Le bijou restera ici, au milieu des cendres, pour me rappeler ce charmant épisode de ma vie, ainsi que la nécessité de ne plus jamais faire confiance à une femme. »

Je suis atterrée et bouleversée par ce qu'il vient de faire ; mais je ne bouge pas, muette de désespoir, tandis qu'il se rassied et allume un autre cigare.

« Ne croyez pas que je n'ai pas compris, poursuit-il. En dépit de vos protestations, il y a bel et bien un autre homme dans l'affaire. Mon cher frère, pour une fois, a pris l'avantage sur moi. Mais brisons là. Vous en avez assez dit… et assez fait. »

Il tire longuement sur son cigare.

Je n'ai pas même la force de le détromper en lui répétant une fois encore que je n'aime pas Randolph. En tout état de cause, cela ne changerait rien.

« Bien entendu, je ne dirai rien à mère, reprend-il. En revanche, j'insisterai auprès d'elle pour que vous quittiez Evenwood sitôt prises les dispositions nécessaires. »

J'essaie de paraître indifférente mais lui demande malgré tout quelle raison il va invoquer pour priver Lady Tansor d'une personne dont la compagnie lui est devenue indispensable.

« Oh, je trouverai bien quelque chose, ne vous inquiétez pas, répond-il avec assurance. Et dans le cas contraire, eh bien, je me contenterai de dire que vous devez partir, sans fournir de raison. Mère, vous le savez, ne me refuse rien. C'est un énorme avantage d'être le fils aîné, le préféré. »

Je tente alors de le convaincre de m'autoriser à dire moi-même à sa mère, et à mon heure, que j'ai décidé de quitter Evenwood afin de commencer une nouvelle vie en France. Le stratagème a été hâtivement conçu, mais Perseus finit, non sans réticence, par donner son accord.

Nous restons un moment à écouter le vent et à contempler le feu. Pas un mot n'est échangé, qu'y aurait-il encore à dire ? Il m'aime, comme je l'aime, mais je l'ai perdu à jamais. Le Grand Dessein a prévalu.

II

LES RÔLES SONT RENVERSÉS

Je connus une nuit agitée et me levai de bonne heure, le cœur lourd, et la tête tout aussi lourde. La journée qui s'annonçait allait être cruciale, car j'avais décidé de ne pas laisser Mr Randolph attendre son heure pour faire sa demande, mais d'aller le trouver pour conclure l'affaire dans les plus brefs délais. La perspective d'une union avec lui n'était pas franchement désagréable : nombreux étaient les mariages heureux dans lesquels les partenaires ne s'appréciaient pas moitié autant que nous le faisions lui et moi. Il m'aimait, j'en étais certaine ; et, de mon côté, j'éprouvais suffisamment d'affection à son égard pour me donner à lui, si ce geste devait servir la cause de mon père. Pour autant, je ne ressentais pas le moindre soulagement, car le sacrifice auquel j'avais consenti m'avait brisé le cœur. En qualité d'épouse de Randolph Duport – le futur Lord Tansor, bien que l'intéressé l'ignorât encore –, je connaîtrais sans doute une vie facile et confortable qui ferait l'envie de beaucoup ; mais ce serait une maigre consolation au regard de ce que j'avais perdu.

J'étais en train de prendre mon petit déjeuner quand Barrington entra avec un mot de Mr Wraxall, qui me demandait s'il me serait possible de venir à North Lodge plus tard dans la matinée.

« J'attends l'inspecteur Gully, écrivait-il. Il a des nouvelles dont il faut absolument que vous preniez connaissance. C'est pourquoi j'espère qu'il vous sera loisible de vous joindre à nous, pour une autre réunion de notre triumvirat. »

Sur le conseil du docteur Pordage, Emily devait garder le lit toute la journée et n'aurait donc pas besoin de ma présence auprès d'elle. Après une rapide tasse de café, je me rendis dans le salon pour rédiger ma réponse, avant d'envoyer un valet la porter à North Lodge.

En remontant dans mes appartements, je rencontrai dans l'escalier Charlie Skinner, qui transportait un plateau de petit déjeuner destiné, par le plus grand des hasards, à Mr Randolph. Celui-ci souffrait de maux de tête et avait demandé à manger dans sa chambre.

« Donnez-moi ce plateau, Charlie, je le porterai moi-même à Mr Randolph.

– Ma foi, si vous y tenez, miss, répondit Charlie, accueillant d'un grand sourire approbateur cette violation éhontée des us domestiques.

– Une chose avant que vous partiez, Charlie. Vous souvenez-vous d'une vieille femme qui aurait rendu visite à Lady Tansor un soir de septembre dernier, peu de temps après mon arrivée ici ? »

Il se gratta la tête.

« Une vieille femme… répondit-il, plissant les lèvres dans un effort visible de concentration. Ah, oui ! s'exclama-t-il soudain. La sorcière ! Une espèce de naine, laide à faire peur. Abracadabra, dans le chaudron il brûlera ! »

Ce trait d'esprit littéraire lui tira un petit rire de plaisir.

« Vous l'avez donc vue ? demandai-je.

– Oh, oui, miss. Vue et entendue aussi, un p'tit peu. Et après j'ai tout rapporté à Sukie.

– Vous dites que vous avez entendu quelque chose ?

– Juste un nom. Un nom d'homme.

– Quel nom, Charlie ?

– Un des invités de Noël, miss. Mr Vyse.

– Autre chose ?

– Quelque chose à propos d'une lettre qu'elle avait avec elle, la sorcière, je veux dire, et qu'elle arrêtait pas d'agiter sous le nez de la baronne. Elle disait que c'était un… quel mot elle a employé ? »

Il plissa à nouveau les lèvres et gratta furieusement sa grosse tête ronde, auréolée de sa couronne hérissée de cheveux paille.

« Une marchandise ! C'est ça. Une marchandise de grande valeur, qu'elle disait.

– Merci, Charlie, dis-je en lui prenant le plateau des mains.

– À votre service, miss, comme toujours. » Sur quoi, il recula d'un pas, cligna de l'œil et m'honora d'un de ses plus beaux saluts.

Je suis maintenant devant la porte de Randolph ; je pose le plateau par terre et frappe doucement.

« Qui est là ? »

Approchant mon visage tout près du battant, je prononce mon nom à voix basse.

« Esperanza ! Mais comment… ? Un moment, voulez-vous. »

Au bout d'un court instant, la porte s'ouvre, et je le trouve devant moi, non pas, comme je m'y attendais, en tenue de nuit et robe de chambre, mais habillé de pied en cap : veste, pantalon en daim et bottes hautes, apparemment prêt pour la journée.

« J'espère que je ne vous dérange pas, dis-je. Puis-je entrer… si vous vous sentez mieux ?

– Comment ça, mieux ?

– Charlie Skinner dit que vous avez demandé à prendre votre petit déjeuner dans votre chambre, parce que vous aviez mal à la tête… regardez, je vous ai apporté votre plateau.

– Mal à la tête ? Ah oui, bien sûr, répond-il, rougissant comme un enfant pris en faute. C'était terrible, tout à l'heure au réveil, mais c'est presque passé maintenant, merci. C'est vous qui m'avez monté mon plateau ? Vous n'auriez pas dû. Ce n'était pas à vous de le faire. C'est le travail de Skinner.

– Oh, ça ne m'a pas du tout dérangée. J'ai croisé Charlie dans l'escalier, par hasard. Voulez-vous que je porte le plateau dans la chambre ?

– Non, non ! s'écrie-t-il. Il n'en est pas question. Laissez-le où il est, d'accord ? Et puis je m'aperçois tout d'un coup que je n'ai absolument pas faim. Je crois que je vais attendre pour prendre quelque chose. »

Pendant quelques secondes, nous restons sur le pas de la porte, à échanger des sourires embarrassés, jusqu'au moment où il s'écarte, non sans réticence, me semble-t-il, tout en me pressant d'un cordial : « Entrez, mais entrez donc ! »

Je pénètre dans une petite antichambre chichement meublée, au sol jonché de matériel de pêche et de vieux numéros du *Sporting Times*. Par une porte ouverte, j'aperçois la chambre, où semble régner le même désordre. Mr Randolph est manifestement toujours aussi mal à l'aise, et disposé à s'en tenir à une banale conversation à bâtons rompus, tandis que j'espère, moi, qu'il va saisir l'occasion pour me faire sa demande en règle afin d'en finir le plus vite possible. Las ! Après avoir épuisé tous les sujets d'intérêt général, et jeté un coup d'œil par la fenêtre ouverte, il se contente d'observer : « Enfin une belle journée, on dirait. Je pense que je vais sortir marcher une heure. »

Je n'en reviens pas ! Où donc est la lueur d'attente impatiente dans ses yeux ? Où donc le soulagement de voir que sa demande si longtemps différée peut enfin être présentée ? Où le fervent espoir qu'elle sera acceptée ? N'a-t-il pas deviné ce qui m'amène ici ?

Un moment, je me demande si je ne me suis pas trompée en croyant que ses propos, le jour de notre promenade jusqu'au Temple des vents, n'admettaient qu'une seule et unique interprétation. Ils étaient pourtant sans équivoque, non ? Quant à ses yeux, ils transmettaient un message bien plus clair encore. Je me rassure : tout va bien, ses hésitations sont à mettre au compte de sa nervosité et de son manque d'expérience. Je décide de venir à son secours, dans la mesure de mes moyens, en lui glissant qu'il ne doit aucunement craindre de voir sa demande rejetée.

« Je pensais, commencé-je, que vous souhaitiez peut-être me parler, comme vous me l'avez déjà laissé entendre. Je puis vous assurer que, quelle que soit la nature de votre communication, je suis prête à vous écouter. Plus que prête, dirais-je même.

– Bon sang ! s'exclame-t-il soudain. Quel nigaud je fais ! Voilà des semaines que je cherche le moment propice pour vous dire quelque chose, plus exactement vous exposer un problème d'un caractère… disons, personnel, et maintenant que vous me fournissez vous-même l'occasion que j'attendais, j'hésite, je tergiverse, comme le demeuré que je suis, songeant à reporter à nouveau ce moment. Mais bon, c'en est fini cette fois-ci de ma couardise. »

Je lui adresse un sourire d'encouragement et lui fais savoir que je suis heureuse de l'entendre tenir ce discours.

« Vous feriez donc bien de me poser votre question avant que de changer d'avis… ou avant que j'en change moi-même.

– Ah, ça ne risque pas, répond-il. Vous ne sauriez imaginer à quel point j'ai désiré me soulager de mon secret et m'en ouvrir à vous – et à vous seule, chère Esperanza, car il n'y a personne d'autre ici susceptible de… bref, laissons cela. Ce fut une véritable torture que de tout garder enfoui au fond de moi et de n'en rien pouvoir dire à personne.

– Eh bien, parlez maintenant ! » Je fais preuve à présent de davantage d'énergie, car s'il s'exprime avec chaleur, je m'inquiète de déceler dans son regard quelque chose que j'ai du mal à interpréter. Peut-être a-t-il besoin d'encouragement ; je prends donc ses deux mains dans les miennes, et commence à l'attirer vers moi, sans me préoccuper de l'inconvenance de mon attitude.

Lui, cependant, semble étrangement déconcerté et embarrassé par mon geste. Il se dégage promptement et recule d'un pas.

« Non, non ! s'exclame-t-il en rougissant. Il ne faut pas, je vous en prie !

– Mais enfin qu'y a-t-il ? » demandé-je, scrutant son visage à la recherche de quelque indice qui éclairerait sa réaction inattendue. Puis je fais une nouvelle tentative pour l'inciter à m'ouvrir son cœur. Je lui dis que, si cela peut l'aider, je suis prête de mon côté à lui faire un aveu, comme lui-même l'a fait le jour où nous sommes revenus ensemble d'Easton.

Sa réaction se borne à un froncement de sourcils perplexe.

« Un aveu, dites-vous ?

– Oui. Je sais, j'ai deviné, ce que vous voulez me demander. »

L'horreur se peint sur son visage.

« Vous savez ? Vraiment ?

– Bien sûr, dis-je avec un rire peu naturel.

– Mais comment… ?

– Comment pourrais-je ne pas savoir ? réponds-je, en m'essayant à un nouveau rire rassurant, dont je devine qu'il est lamentablement déplacé. Vous avez été on ne peut plus clair, quand nous nous sommes promenés près du lac. »

Il se passe les doigts dans les cheveux, et se met à arpenter la pièce de long en large, l'air affolé, comme s'il venait d'être victime d'un coup soudain et imprévu.

« Mais qu'est-ce donc que vous croyez savoir ? » La question est posée sur un ton presque rageur. « Je me refuse à en dire plus tant que vous n'aurez pas répondu.

– Puisque vous m'y forcez, dis-je, au comble du désarroi, je vais m'exécuter. Je crois que vous voulez me faire une certaine demande – une demande, comme vous l'avez dit vous-même, d'un caractère personnel, et telle que je l'aurais acceptée. Je m'attendais à ce que vous me posiez une question, pour parler aussi clairement que possible, à laquelle j'aurais répondu par ce seul mot : "Oui". Voilà. Êtes-vous satisfait ? »

Il me regarde un moment, complètement abasourdi. Puis la compréhension se fait jour dans son esprit.

« Vous voulez parler d'une demande en mariage ?

– Mais évidemment ! m'exclamé-je, étonnée de sa stupidité. De quoi d'autre ?

– Mais, ma chère Miss Gorst… Esperanza… vous ne m'avez pas compris… pas compris du tout. Je n'ai jamais voulu dire… je n'aurais pas pu… voyez-vous, c'est… »

À ce moment-là, on entend un bruit dans le cabinet de toilette voisin, et une porte qui s'ouvre.

Je tourne la tête pour voir Mrs Battersby pénétrer dans l'antichambre. Sans un mot, Mr Randolph va la rejoindre et se tient à ses côtés.

« Ah, Esperanza ! dit-il dans un murmure, sur un ton qui me fait presque grimacer de douleur tant il traduit une pitié impossible à déguiser. Je ne peux pas… je n'aurais jamais pu… vous demander de m'épouser, ni n'aurais pu vous le laisser croire au cours de cette promenade. Je suis déjà marié, voyez-vous. »

Il se tourne pour prendre la main de Mrs Battersby tendrement dans la sienne.

« Avec ma très chère Jane. »

Je me sens incapable de décrire ce que je ressens à ce moment-là. Que suis-je censée faire ? Le Grand Dessein est définitivement compromis, mais peu me chaut à présent. Maintenant que j'ai perdu tout ce qui m'était le plus précieux, qu'ai-je encore à attendre ? J'ai rejeté l'amour de mon bien-aimé Perseus, pour me faire rejeter à mon tour par son frère, qui prendra bientôt sa place. À moins de pouvoir prouver que j'ai hérité des droits dont on a dépossédé mon père, c'est Mr Randolph qui succédera à sa mère, et Mrs Battersby – Mrs Battersby, je crois rêver ! – qui deviendra la prochaine Lady Tansor, un retournement de fortune aussi ahurissant que totalement imprévisible.

Comment en était-on arrivé là ? Voici ce que j'appris en cette sinistre matinée de l'histoire du cadet des Duport et de la gouvernante.

Je commencerai par la toujours souriante Mrs Jane Battersby.

Comme moi, elle s'était forgée une identité de toutes pièces, car elle n'était autre en vérité que la sœur de l'ami intime de Randolph, Mr Rhys Paget. À l'âge de dix-sept ans, Randolph avait été envoyé à l'institut du docteur Lancelot Savage, dans le Suffolk, où il était supposé compléter son éducation sous la direction de ce professeur, l'établissement étant considéré par Lady Tansor comme une sorte de substitut de l'université.

Le jour de son arrivée, il rencontra Rhys Paget, fils d'un pasteur gallois désormais veuf. Invité à passer une partie des vacances d'été dans la maison de son nouvel ami à Llanberis, il y fit la connaissance de Miss Paget, la demi-sœur de celui-ci, plus âgée, jeune femme séduisante, accomplie, raffinée tant dans ses manières que dans son intelligence, et cependant douée, à un degré rare, de ces talents d'ordre pratique qui lui permettaient de remplacer sa belle-mère décédée dans la conduite des affaires de la maison.

Bientôt, un lien se forma entre le jeune homme et la fille du pasteur. Malgré la différence d'âge et la disparité de condition, leur estime réciproque ne tarda pas à s'épanouir en un authentique amour.

À la mort de Mr Herbert Paget, ses enfants n'avaient hérité que de la seule maison de Llanberis, car leur père avait, quelques années auparavant, perdu l'essentiel d'une succession conséquente dans la faillite tristement célèbre de la banque Overend Gurney [1]. À la suite de quoi, sa fille s'était vue dans l'obligation de chercher un emploi afin de pouvoir conserver la maison de famille, à laquelle autant elle que son frère étaient profondément attachés.

Sous le nom de jeune fille de sa mère, Battersby, elle avait d'abord trouvé une place de gouvernante près de Shrewsbury, puis une autre,

1. La faillite de la banque Overend Gurney, en mai 1866, qui laissa une dette de quelque 11 millions de livres, fut la plus spectaculaire du dix-neuvième siècle.

comme gouvernante en second à Londres. Munie désormais de l'expérience nécessaire, elle avait obtenu une position du même genre chez un baronet, à quelques kilomètres de Bury St Edmunds, pas très loin de l'endroit où était situé l'établissement du docteur Savage.

Quand ce dernier apprit, par le biais d'une lettre anonyme, que son élève avait une liaison avec une domestique, même si celle-ci n'était pas nommée, il se sentit dans l'obligation d'en informer immédiatement Lady Tansor. Dans la mesure où Mr Randolph, tout en refusant de révéler le nom de la jeune femme, ne chercha pas à nier les faits, sa mère – fermement décidée, comme à son habitude, à étouffer tout scandale susceptible d'entacher l'illustre nom des Duport – pria aussitôt un de ses parents, le major Hunt-Graham, qui habitait dans le voisinage de l'école, d'aller récupérer son dévoyé de fils afin de le ramener à Evenwood, où il dut affronter son courroux pour un égarement qu'elle jugeait irresponsable et dangereux.

C'est ainsi qu'une fin brutale fut mise au séjour de Mr Randolph chez le docteur Savage, mais pas à son amour pour Miss Paget, lequel, également partagé, grandit avec le temps.

Les amoureux durent alors endurer les affres de la séparation ; mais bientôt la fortune leur sourit.

La place de gouvernante à Evenwood s'étant soudain libérée à la suite de la mort de la vieille dame qui l'occupait depuis de nombreuses années, Mr Randolph persuada sa mère de faire passer un entretien à une certaine Jane Battersby, vivement recommandée, selon lui, par un ami de Mr Rhys Paget. Par chance, les autres candidates au poste se révélèrent déficientes pour diverses raisons ; et comme « Mrs Battersby », dûment munie d'excellentes lettres de références, avait dès l'abord impressionné Lady Tansor par un tempérament bien trempé et des compétences dans son domaine hors du commun, elle fut rapidement engagée. « Mrs Battersby » occupa bientôt une place prépondérante dans la hiérarchie domestique d'Evenwood.

Continuant sa relation, Randolph m'apprend ensuite que c'est au cours des dernières fêtes de Noël que les deux amants ont commencé à prendre des dispositions en vue de leur mariage. De plus en plus inquiets à l'idée que leur secret puisse être découvert, ils avaient décidé de franchir ce pas définitif et irréversible avant que Randolph atteigne sa majorité, plutôt qu'après, comme ils avaient d'abord songé à le faire. La cérémonie avait eu lieu à Londres, peu après notre départ pour l'Italie. Ce qui expliquait l'absence de la gouvernante d'Evenwood, prétendument motivée par une visite à une parente malade, ainsi que les changements observés dans le comportement de Mr Randolph.

Toutes ces révélations éclairaient de nombreux points jusqu'ici restés dans l'ombre. Mais il restait un mystère de taille : comment avais-je pu me méprendre à ce point sur les intentions de Mr Randolph à mon égard ?

La réponse était simple. Il ne souhaitait que m'associer à sa cause en me mettant dans la confidence de son grand secret, espérant ainsi tirer parti de l'intimité dont je jouissais désormais auprès de sa mère pour amener celle-ci à accepter leur union. La proposition qu'il voulait me faire n'était pas une demande en mariage, mais simplement l'offre d'une amitié complice. À ces mots, et au souvenir des propos qu'il m'a tenus, je me rends brutalement compte que je leur ai accordé un sens qu'ils n'ont jamais eu.

« Je désirais tellement vous avoir comme amie, dit Mr Randolph. Une vraie amie, qui deviendrait une confidente et à laquelle nous pourrions entièrement nous fier. Vous ne soupçonnez pas ce que nous avons enduré de ne pouvoir partager notre secret, si l'on excepte, bien sûr, ce cher Paget.

– Si c'est là la vérité, dis-je non sans aigreur, pourquoi Mrs… enfin, votre épouse, a-t-elle manifesté dès le début une telle antipathie à mon égard ?

– Peut-être, ma chérie, dit Mr Randolph à l'adresse de celle que je continuerai pour le moment d'appeler Mrs Battersby, devrais-tu nous laisser à présent. »

Celle-ci n'a pas dit un mot pendant tout le temps qu'il a fallu à Randolph pour raconter l'histoire que je viens de rapporter. Elle est restée à son côté, se contentant d'une pression de main de temps à autre pour l'encourager.

« Très bien », dit-elle. Puis elle se tourne vers moi avec son sourire exaspérant. « La situation doit être bien inconfortable pour vous, Miss Gorst. Je le regrette, croyez-moi. J'espère toutefois que Randolph et moi pouvons compter sur votre discrétion ? Il vaudrait mieux, pour nous tous, que cette affaire reste confidentielle et ne soit pas portée à la connaissance de Lady Tansor. Je suis sûre que vous serez d'accord avec moi pour penser que nous devons éviter toute friction inutile. »

Ah, ce sourire équivoque ! Voyez donc à quel point nous vous faisons confiance, semble-t-il dire, pour garder notre secret ; si vous le trahissez, cependant, croyez que vous en subirez les conséquences, tout autant que nous. Je pressens la menace contenue dans ce sourire : elle n'hésitera pas, si besoin est, à m'impliquer faussement dans leur subterfuge.

Sans attendre de réponse, la gouvernante me gratifie d'un autre de ses sourires condescendants qui me font bouillir et quitte la pièce.

« J'ai pensé qu'il était préférable, dit Mr Randolph une fois qu'elle est partie, que je réponde à votre question en l'absence de mon épouse. La chose est un peu délicate, voyez-vous.

– Délicate ? dis-je, avec une moue méprisante. Alors, veillez à choisir vos mots avec soin, monsieur. Je n'aimerais pas être offensée, comprenez-vous.

– Je vois que vous m'en voulez, bien sûr, répond-il. Le coup a été rude pour vous, et je suis vraiment désolé que ma bêtise ait pu vous amener à penser des choses que vous n'auriez jamais dû penser. Là, vous voyez ? Je retombe dans mon travers. Vous savez que je ne dispose pas des talents d'expression poétique de mon frère… je donnerais cher pour les avoir, car, en ce cas, rien de tout cela ne serait jamais arrivé. Mais le mal est fait, et maintenant je…

– Assez, je vous prie ! J'ai eu mon compte d'explications pour aujourd'hui, si ce n'est que je ne sais toujours pas pourquoi votre femme semblait me détester, alors que, à vous entendre maintenant, vous souhaitiez tous les deux faire de moi une amie avec qui partager votre secret. Alors dites-le-moi, et vite.

– Simple affaire de jalousie de sa part, je le crains.

– De la jalousie ?

– Eh oui. Voyez-vous, elle s'est mis dans la tête, dès votre arrivée, que vous aviez… comment dire, des vues sur moi. Ne me demandez pas comment naît ce sentiment, c'est le genre de chose qui arrive et qui, en l'occurrence, est arrivé. Le fait de nous avoir aperçus rentrant à pied d'Easton ensemble n'a rien arrangé. Et puis, il y a eu mon anniversaire, et d'autres occasions où elle nous a vus en tête à tête. Elle ne parvenait pas à se débarrasser de l'idée sans fondement que vous… enfin que nous… pouvions être… bref, vous voyez ce que je veux dire. Bien sûr, j'ai assuré Jane, comme je le croyais vraiment, de ce que notre relation était totalement innocente, de ce que vous n'aviez pas manifesté le moindre signe d'attachement inconvenant ni aucune intention malséante ; mais elle n'a rien voulu entendre et s'est obstinée à croire que vous aviez, passez-moi l'expression, jeté votre dévolu sur moi.

« Finalement, elle avait raison, n'est-ce pas, chère Esperanza ? Je peux continuer à vous appeler Esperanza, car j'aimerais tant que nous restions amis, si vous vous en sentez capable ? Il semble que vous aviez effectivement pour moi une estime qui… que… bon, vous voyez ce que je veux dire. Si seulement j'avais compris la vraie nature de ce sentiment ! Mais je suis un tel lourdaud dans ce domaine, comme dans beaucoup d'autres. J'ai dit ce qu'il ne fallait pas, de la manière qui ne convenait pas, un point c'est tout. »

Je m'apprête à le détromper en lui expliquant qu'il avait raison de croire que je ne nourrissais aucun sentiment amoureux à son endroit, mais je m'abstiens. Je suis épuisée, désespérée, et n'ai aucune envie de me lancer dans de nouvelles explications.

Il reste là à me regarder avec un air de chien battu, sans que je trouve rien à lui dire. Pour finir, je lui souhaite une bonne journée, ajoutant que je suis heureuse que son mal de tête soit passé. Puis je fais demi-tour et quitte la pièce, suivie d'un chant d'oiseau clair et mélodieux, porté par la brise qui entre par la croisée ouverte.

34

L'heure du châtiment

I

LE TRIUMVIRAT SE RÉUNIT À NOUVEAU

Je revins dans ma chambre et m'effondrai sur mon lit, dans un état de total désespoir, incapable de former une seule pensée intelligible.

Le Grand Dessein n'avait pas abouti. Perseus n'était pas l'héritier légitime, et le véritable héritier était déjà marié. Que soit révélé le rôle joué par Emily dans le meurtre de Mrs Kraus et dans celui de son père, voilà certes qui servirait la cause de la justice ; mais en quoi cela pourrait-il servir mon entreprise ou réparer les torts causés à mon père ? Mr Randolph, avec l'ex-Mrs Battersby comme conjointe, succéderait à sa mère, tandis que moi je resterais sans rien. Comment annoncer à Madame que le grand projet de mon père était réduit à néant ?

Je m'assis à mon bureau et essayai de rédiger une lettre pour l'avenue d'Uhrich, mais les mots se refusaient à venir. Je renonçai au bout de plusieurs tentatives, et me jetai à nouveau sur mon lit dans un accès de rage et de dépit, martelant l'oreiller de mes poings jusqu'à ce qu'enfin se tarissent mes larmes.

J'étais toujours allongée, à regarder les ombres projetées par le soleil danser au plafond, quand les horloges sonnant onze heures me rappelèrent mon rendez-vous avec Mr Wraxall, pour lequel j'avais d'ores et déjà une demi-heure de retard.

J'arrivai à North Lodge dans un tel état d'égarement que c'est à peine si je savais où j'étais.

« Mon Dieu, ma chère enfant ! s'écria Mr Wraxall en m'ouvrant la porte. Mais que s'est-il passé ? »

Je perçus ses mots dans un brouillard, puis tout disparut autour de moi. Quand je revis le crâne convexe et les yeux inquiets de l'avocat, j'étais allongée sur le sofa de son salon, enveloppée d'une couverture, un linge humide sur le front.

« À la bonne heure ! » dit Mr Wraxall, quand j'ouvris les yeux. À ma grande surprise, la pièce, ordinairement encombrée de papiers, avait aujourd'hui l'air propre et rangée.

« Vous vous êtes évanouie, mon enfant, mais vous voilà de retour parmi nous. Je suppose que vous vous sentez un peu mieux, à présent ? Très bien. Tenez, voici l'inspecteur Gully, ponctuel comme à son habitude. »

Le jeune détective, parti se promener dans le jardin après être arrivé en avance à North Lodge, tira un tabouret jusqu'au sofa, et il vint ajouter ses questions pleines de sollicitude à celles de Mr Wraxall. Une fois qu'ils se furent tous deux assurés que j'étais suffisamment bien pour que nous puissions nous mettre au travail, l'inspecteur sortit son carnet, puis regarda Mr Wraxall, lequel lui signifia par un léger hochement de tête que la seconde réunion de notre trio d'investigateurs pouvait débuter.

« Miss Gorst, commença l'inspecteur, je tiens à vous faire part, d'abord et avant tout, d'un événement d'une portée considérable. Mr W en a déjà été informé, mais il voulait absolument que je vous apprenne la nouvelle en personne. »

Après nous avoir adressé un regard pénétré, il consulta brièvement son carnet, avant de s'éclaircir la voix.

« Il y a deux jours, un corps – le corps d'un homme – a été repêché dans Regent's Canal. Il avait plusieurs contusions à la tête. La victime a été rapidement identifiée, grâce à certaines possessions trouvées sur le cadavre, comme étant Mr Armitage Vyse, avocat titulaire d'une étude à Old Square, Lincoln's Inn, et résidant à Regent's Park Terrace.

– Mr Vyse ! »

Mon cri d'horreur fut aussi spontané que cette nouvelle extraordinaire était inattendue. Mr Vyse, assassiné ! Le méchant loup, mort !

« Mais qui a bien pu l'assassiner ? demandai-je, ébranlée, mais impatiente d'avoir la réponse, et regardant tour à tour l'inspecteur, puis Mr Wraxall.

– Nous avons d'abord pensé que c'était l'œuvre de Yapp, répondit l'inspecteur, mais l'opinion de ma chère épouse, à laquelle je souscris entièrement, est qu'il s'agit de Conrad Kraus. Tenez, vous voyez ! »

Il se pencha et commença à gratter l'intérieur de sa bottine gauche.

« Un homme répondant au signalement de Conrad, reprit-il, après avoir accordé la même attention à son pied droit, a été vu à plusieurs reprises en train de rôder dans le voisinage de la résidence de Mr Vyse à Regent's Park Terrace. Qui plus est, Conrad n'est pas rentré chez lui depuis plusieurs jours maintenant, et il semble probable, pour ne pas dire certain, qu'il a quitté Londres, peut-être de façon définitive.

« La victime était apparemment sur le point de disparaître, elle aussi : bagages, papiers, tout était prêt. À entendre la femme qui s'occupait de son ménage, il avait dîné de bonne heure, puis était sorti faire un tour, en attendant le cab censé l'emmener à un hôtel près de la gare, où il devait passer la nuit avant de prendre le premier train-ferry du lendemain. Or, il n'est jamais rentré chez lui. Nous le faisions surveiller, mais ce soir-là, l'agent responsable est arrivé en retard à son poste, et il ne l'a pas vu partir. »

Conrad, Conrad le simple d'esprit, l'auteur du crime ? L'hypothèse me paraissait tout à fait plausible. J'imaginais sans peine le pauvre garçon – seul, livré à lui-même, abandonné à son sort dans un monde indifférent – poussé à un acte désespéré par la vision obsédante de ce que l'homme à la canne avait fait subir à la mère dont il dépendait depuis si longtemps, et continuant à pleurer (le mot ne semblait pas trop fort) la perte de la lettre qui avait été la cause directe de la mort de cette dernière – cette lettre si précieuse au parfum de violette qui avait tant compté pour lui, mais qu'il ne reverrait jamais, pas plus qu'il ne reverrait sa mère.

Je demandai si Lady Tansor avait été informée de la mort de Mr Vyse.

« Pas par nous, répondit l'inspecteur, mais la nouvelle sera dans tous les journaux aujourd'hui. »

J'étais bien placée pour savoir qu'elle allait porter un coup terrible à Emily. Malgré l'aversion qu'elle éprouvait pour Mr Vyse, et la résistance qu'elle opposait à ses avances, il avait été admis dans l'intimité de ses secrets, et j'étais certaine qu'elle en était venue à voir en lui le seul être capable de la protéger de la tempête qui, lentement mais inexorablement, se préparait. À présent, même si Armitage Vyse n'avait jamais agi que par intérêt personnel, elle n'avait plus personne pour la défendre ; et la tempête n'allait pas tarder à se déchaîner.

« Justice a été faite, fit remarquer Mr Wraxall d'un air songeur, même si l'on peut déplorer une exécution aussi sommaire. »

Il soupira.

« Je regrette vivement, poursuivit-il, que Mr Armitage Vyse n'ait pas eu à répondre de ses crimes devant un tribunal. J'avoue que j'aurais fort goûté de pouvoir interroger cet individu sous serment. Je pense que j'aurais connu là un des contre-interrogatoires les plus intéressants de ma carrière.

– Maintenant, dit l'inspecteur Gully en tournant une autre page de son carnet, un mot rapide à propos d'Arthur Digges, que l'on a interrogé sur feu son employeur.

« Il avait été récemment renvoyé, de manière assez expéditive, par Mr Vyse, sans recevoir la compensation qu'il croyait lui être due pour ses services. Comme Yapp avant lui, il s'est retourné contre son ancien patron. À nos yeux, il n'est pas suspecté d'implication directe dans l'affaire Kraus. Comme vous le savez, Mr W, il a déjà commencé à nous fournir certaines preuves à l'appui de nos hypothèses, et il devrait s'avérer un témoin fort utile. »

Je repensais, non sans gêne, au jour où Digges m'avait suivie dans la rue, quand je vis Mr Wraxall, renversé dans son fauteuil, ses doigts posés en triangle sur ses lèvres, me regarder d'un air suspicieux. Je compris alors que, à la suite de l'interrogatoire de Digges mené par l'inspecteur, l'avocat devait savoir que je m'étais rendue à Billiter Street, afin de parler à Mr Lazarus. Connaissait-il également le but de ma visite ?

« Troisième et dernier point, était en train de dire Mr Gully. Pour ce qui est de Lady Tansor…

– A-t-elle déjà été arrêtée ? l'interrompis-je.

– Non, pas encore, dit l'inspecteur en secouant la tête, mes hommes arrivent à Easton ce soir. Nous prévoyons de nous rendre chez la baronne demain matin.

– Demain ?

– À neuf heures… neuf heures précises », dit l'inspecteur en refermant son carnet d'un coup sec.

Neuf heures précises. La même formule comminatoire que celle employée par Emily le jour de mon arrivée à Evenwood pour me signifier que je devais me montrer ponctuelle. Les souvenirs de cette journée affluèrent : ma première exploration du château et de ses trésors ; mes rencontres avec Perseus et Randolph ; la découverte du médaillon en argent qui contenait les cheveux de Phoebus Daunt. Tout cela semblait si loin, alors que quelques mois seulement s'étaient écoulés depuis.

Demain. À neuf heures, *précises*. Ils viendraient la chercher.

Notre conversation se poursuivit jusqu'à ce qu'il soit temps pour l'inspecteur Gully de retourner à Easton.

« Eh bien, chère petite, dit Mr Wraxall quand il fut parti, il semblerait que l'un des buts, au moins, que s'était fixés notre triumvirat soit atteint. Lady Tansor va devoir répondre devant la justice du rôle qu'elle a joué dans le meurtre de Mrs Kraus. »

Il soupira et secoua la tête.

« Les conséquences ne manqueront pas d'être terribles pour la famille, et surtout, bien évidemment, pour Mr Perseus Duport. C'est un homme déterminé et fier, mais ce sont précisément ces qualités qui me font craindre l'effet qu'aura sur lui la révélation des véritables circonstances de sa naissance. Il n'est guère sympathique, je l'admets ; mais il aurait fait un dépositaire admirable de l'héritage qu'il a toujours cru devoir lui revenir par la naissance. Et puis quelle terrible ironie que ce soit son frère qui ait été tout au long l'héritier légitime ! La blessure n'en sera que plus vive. »

Il poussa un nouveau soupir. Je détournai les yeux, sentant mes larmes près de couler.

« Quelque chose ne va pas, ma chère enfant ? » demanda-t-il.

Me reprenant, je le remerciai de sa sollicitude et lui assurai que j'allais très bien, même s'il n'en était rien.

« J'aurais aimé, reprit-il, que nous puissions nous féliciter de progrès semblables dans l'autre affaire.

– L'autre affaire ?

– Oui, la mort de Mr Paul Carteret. »

Je sortis alors mon carnet de ma poche et y pris la feuille de papier sur laquelle était reproduite la lettre de Phoebus Daunt à Emily, que j'avais trouvée dans le placard secret derrière le portrait d'Anthony Duport.

« Ceci vous aidera peut-être », dis-je en la lui tendant. Il s'en empara, la lut en silence, puis, avec mon assentiment, la serra dans son portefeuille.

« Ma chère enfant, dit-il, avec dans les yeux des larmes qu'il essuya d'un geste rapide, vous êtes merveilleuse ! »

Il se dirigea ensuite vers la fenêtre, où il resta plusieurs minutes, le regard perdu en direction des bois où Mr Paul Carteret avait trouvé la mort.

« Ô mânes d'Ézéchiel ! » l'entendis-je murmurer à part lui. Puis, s'adressant à moi : « Il faut que je parle de cela avec Gully. C'est curieux. J'ai toujours supposé que c'était Daunt l'instigateur de l'agression contre ce pauvre Carteret ; or, il semblerait maintenant que l'idée soit venue de Lady Tansor. Daunt servant de pourvoyeur : j'imagine que l'initiale "P" renvoie à Josiah Pluckrose, criminel notoire, et complice de Daunt à ses heures, un personnage sans foi ni loi. Tout de même, son propre père ! Quelle dépravation chez cette femme ! »

Il secoua la tête, incrédule.

« Et il y a d'autres lettres, dites-vous, que vous n'avez pas encore pu examiner ? Peut-être que vous… non, ce serait trop demander.

– Vous voulez que je vous les apporte, c'est cela ?

– Croyez-vous pouvoir le faire, sans être surprise ? Il se peut, bien entendu, que ce soit déjà trop tard… ces lettres ont peut-être été détruites.

– Non, dis-je. Elles lui sont trop précieuses, et elle est convaincue que jamais personne ne les trouvera. »

Il fut donc convenu que j'essaierais de récupérer les lettres le soir même et les remettrais au plus vite entre les mains de Mr Wraxall.

« Si seulement mon cher vieil oncle était ici aujourd'hui ! soupira Mr Wraxall. Comme il se réjouirait de constater qu'il avait raison. C'était bien la succession qui était le nœud de l'histoire. Laquelle n'avait pour but que de permettre à Phoebus Daunt et à Miss Carteret de mener la vie de château… Bref, il nous faut songer à présent à vous ramener chez vous. »

M'ayant tapoté la main, à la manière rassurante d'un vieil oncle, il alla appeler John Wapshott pour lui demander d'amener le cabriolet devant la grille d'entrée.

Mr Wraxall m'accompagna jusqu'à la voiture, me fit monter et m'enveloppa les genoux dans un plaid.

« Serez-vous là-bas… demain à neuf heures, *précises* ? demandai-je, regrettant aussitôt la légèreté de ma remarque, car, en vérité, le cœur me manquait à l'idée des événements à venir.

– Non, répondit-il. Je n'ai pas de rôle officiel dans cette affaire ; et ma présence risquerait de paraître quelque peu… déplacée, dironsnous. Je resterai à North Lodge et j'attendrai que Gully me mette au courant du déroulement des opérations. Peut-être vaudrait-il mieux que vous vous joigniez à moi ? »

Je secouai la tête.

« Je ne peux pas. Elle me voudra auprès d'elle, pour la seconder.

– Évidemment, je comprends, dit Mr Wraxall. Bien, j'espère que nous nous reverrons bientôt, quand Gully aura terminé son travail. Quand vous voudrez, John. »

Tandis que le garçon faisait claquer son fouet et que le cabriolet s'éloignait en cahotant le long de la voie sinueuse qui menait au château, j'entendis Mr Wraxall me crier :

« Au revoir, Miss Esperanza Gorst. »

II

ON FRAPPE À MA PORTE

Je ne descendis pas dîner ce soir-là. Comment aurais-je pu ? Me retrouver assise entre mon cher Perseus et son frère, en compagnie de leur mère désormais condamnée, à converser poliment après ce qui venait de se passer entre nous ! Pareille perspective était trop effrayante pour être seulement envisagée ; je plaidai donc une indisposition, bien réelle, et je sonnai pour qu'on me monte un bol de bouillon et quelques pommes de terre froides (nourriture pour laquelle j'ai toujours eu un faible prononcé).

C'est Barrington qui m'apporta ma collation. Tandis qu'il traversait la pièce, son plateau sur les bras, il me parut d'abord aussi peu communicatif qu'à l'habitude ; mais quand il fut près de moi, je vis qu'il me regardait d'un air curieusement attentif, à l'opposé de son impassibilité coutumière.

« Puis-je vous demander, miss, si vous êtes malade ? demanda-t-il à voix basse tout en posant son plateau. Vous êtes très pâle, si je puis me permettre. »

Sa sollicitude me déconcerta, car c'était un homme de peu de mots. C'est à peine si nous avions échangé plus de dix phrases depuis mon arrivée à Evenwood ; et il ne s'était jamais préoccupé de ma santé.

Je lui assurai que je me sentais tout à fait bien. Il s'inclina, s'apprêtant à partir, mais, arrivé à la porte il se retourna et me dit :

« Aurez-vous besoin d'autre chose ce soir, miss ? Sonnez-moi aussitôt, je vous prie, si c'est le cas. »

Je lui répondis que je n'avais besoin de rien ; sur quoi, il s'inclina à nouveau et quitta la pièce, me laissant à mon frugal repas, triste et solitaire devant la fenêtre.

J'avais beau être épuisée et déprimée, il me restait une dernière tâche à accomplir, pendant que l'occasion s'en présentait, avant de m'abandonner au sommeil. Je pris un petit sac de voyage dans mon armoire et descendis jusqu'à l'appartement d'Emily.

Tout était tel que je l'avais laissé. Je sortis rapidement les six paquets de lettres, les déposai dans mon sac, ne laissant que la photographie troublante de Phoebus Daunt au fond de la cache.

De retour dans ma chambre, je mis à jour mon Livre des Secrets. Un peu avant dix heures, alors que je m'armais de courage pour tenter une nouvelle fois d'écrire à Madame, on frappa à ma porte. À ma stupéfaction, ce fut Emily qui entra.

Sa visite impromptue, son expression tendue et son air égaré me firent aussitôt présager le pire. Avait-elle découvert que les lettres avaient disparu ?

« Alice, ma chérie, dit-elle, arborant un sourire étrangement forcé et m'embrassant doucement sur la joue. Comment vous sentez-vous ? Perseus et Randolph se sont tous deux enquis de votre état au dîner. Vous sentez-vous mieux ?

– Un peu… merci. »

Tandis qu'elle s'écartait, je la vis jeter un coup d'œil à mon Livre des Secrets, que je n'avais pas eu le temps de cacher et qui était toujours ouvert sur la table ; mais elle ne fit aucun commentaire, se contentant d'aller s'asseoir sur le lit. Elle tapota la courtepointe pour me signifier son désir de me voir la rejoindre.

« Quelque chose ne va pas ? » demandai-je, de plus en plus angoissée à l'idée qu'elle allait me demander des comptes à propos des lettres disparues ; mais mon inquiétude était sans fondement.

« Je ne sais pas, répondit-elle avec hésitation. Plus exactement, je ne sais pas ce que cela signifie, ou pourrait signifier, pour moi. »

Les yeux fixés au sol, elle se balançait lentement d'avant en arrière.

« Très chère Emily, dis-je d'un ton apaisant, sentant mes craintes se dissiper. Parlez clairement, si vous voulez que je vous aide.

– Quoi, comment ? s'écria-t-elle, comme quelqu'un que l'on sort d'une rêverie envoûtante. Ah, je ne vous ai rien dit ? Que je suis sotte ! Mr Donald Orr a télégraphié pour m'informer de la mort de Mr Vyse. »

Elle eut un petit rire sinistre.

« On l'a tué, avant de jeter son corps dans Regent's Canal. Eh oui ! Que dites-vous de cela ?

– C'est une terrible nouvelle, dis-je, feignant la stupeur, encore que vous n'aimiez pas beaucoup Mr Vyse, je crois.

– C'est vrai, répondit-elle, les yeux à nouveau sur le sol. Je ne l'aimais même pas du tout ; pour autant, je ne souhaitais pas sa mort. Je ne l'ai jamais souhaitée. Il a toujours été un ami fidèle pour Phoebus et a loyalement défendu sa mémoire contre ceux qui s'efforçaient de la salir ; je lui en serai éternellement reconnaissante. »

Elle avait maintenant le visage tourné vers moi. Les ravages causés par les récents événements ne s'y lisaient que trop bien. On voyait aussi dans chacun de ses traits les signes d'une santé déclinante, qui la faisaient soudain paraître bien plus que son âge, et d'une faiblesse dont elle ne se remettrait jamais.

« Oh, Alice, murmura-t-elle de façon pathétique. J'ai si peur. Que vais-je devenir ?

– Peur ? Mais de quoi auriez-vous peur ? »

Elle secoua la tête et se détourna, ses pensées apparemment prisonnières de quelque donjon sombre et silencieux empli de terreur et de désespoir, cet enfer sur terre qu'elle s'était créé de ses propres mains et d'où elle ne pouvait désormais plus s'échapper.

« Ne pouvez-vous rien me dire ? » insistai-je, la sentant en mon pouvoir, sans, curieusement, en tirer la moindre satisfaction.

Elle se contenta de secouer la tête, avant de lever les yeux, et, soudain plus gaie, de me sourire.

« Accepteriez-vous de me brosser les cheveux, comme vous le faisiez jadis ? demanda-t-elle. Allardyce a des gestes tellement brusques, alors que vous, vous avez la main si légère. Feriez-vous cela pour moi, ma chérie ? »

J'allai chercher ma brosse et commençai par démêler les longues tresses noires jusqu'à ce qu'elles retombent sur ses épaules et son dos.

Par la fenêtre entrouverte nous parvenaient le hululement lointain d'une chouette et le léger bruissement d'une brise nocturne. Je me mis à lui brosser les cheveux, à longs coups amples, tandis qu'elle restait assise, les yeux clos, les mains croisées sur les genoux.

Pour finir, elle releva la tête et me fixa droit dans les yeux. Je lui rendis son regard sans ciller, et, l'espace d'un instant, nous nous perdîmes dans un affrontement muet de volontés, chacune, ayant mis bas le masque, s'exposant à la vue de l'autre, libre de percer son secret. Mais l'instant passa aussi vite qu'il était venu ; elle m'adressa un faible sourire, puis fit courir ses doigts dans mes cheveux, disant qu'elle était heureuse de voir que j'allais mieux, et qu'elle souhaitait à présent se retirer.

« Laissez-moi vous accompagner, la pressai-je. Vous n'allez pas bien.

– Je vais parfaitement bien, répondit-elle d'un ton presque joyeux. Mais si vous insistez… »

De retour dans ses appartements, elle demanda à Allardyce de venir la déshabiller et l'aider à se coucher. Une fois la femme de chambre partie, je m'assis à côté d'Emily et lui tins la main. Nous restâmes ainsi sans parler.

Elle était allongée, les yeux clos, encore éveillée. Après quelques minutes, elle les ouvrit et murmura : « De si belles mains ! C'est ce qui m'a frappé en premier chez vous. »

Elle se souriait à elle-même, et caressait délicatement ma paume de ses longs ongles, exactement comme le faisait Madame autrefois, quand je me réveillais d'un de mes cauchemars. J'aurais voulu me dégager, mais je constatai que j'en étais incapable, si bien que nous demeurâmes ainsi un long moment, dans une communion silencieuse.

Puis, quand les horloges sonnèrent la demie de l'heure, je retirai doucement ma main pour ôter une mèche de cheveux qui avait glissé sur son front moite.

« *Esperanza*, chantonna-t-elle à voix basse. Cela veut dire “Espoir”, n’est-ce pas ? Vos parents vous ont bien nommée, car vous devez effectivement avoir été leur grand espoir. Savez-vous, très chère, que plus je prononce votre prénom, et plus je l’aime. Je regrette maintenant d’avoir insisté pour vous appeler “Alice”. Mais, bon, il est trop tard à présent. Trop tard pour tout.

– Je vais vous laisser. Voulez-vous que je vous apporte vos gouttes ?

– Mes gouttes ? s’exclama-t-elle, soudain très agitée. Non, non, pas ce soir. En aucun cas. Pas de gouttes, ce soir. »

III

LE BUREAU DE LORD TANSOR

Bien qu’Emily eût gardé l’habitude de me faire lever la nuit, au moyen d’une sonnette qu’elle avait fait installer dans ma chambre, pour la calmer quand ses terreurs nocturnes l’assaillaient, cela faisait longtemps que mon sommeil n’avait pas été perturbé par de mauvais rêves. Cette nuit-là, pourtant, j’en fis un d’un genre singulier, particulièrement troublant, qui, depuis, est souvent revenu me hanter.

Je me trouve, une bougie à la main, au milieu d’une grande pièce vide sans fenêtre, dont les murs, le plafond et le sol sont entièrement recouverts d’une couche de sable lisse et blanc. Il souffle un vent léger, qui éparpille des tourbillons de sable sur le sol.

Tout autour de la pièce, une douzaine de portes fermées. Devant l’une d’elles, sur le sol sablonneux, une petite clé dorée. Je la ramasse et l’introduis dans la serrure.

Une brusque rafale de vent chargée de sel éteint la bougie au moment où je pénètre dans une grotte marine, large et profonde, dont l’ouverture béante donne sur une lointaine étendue de houle déferlante et, au-delà, sur un océan de turquoise étincelant.

Je me tiens à présent sur l’étroite corniche d’une barre rocheuse noire, contre laquelle viennent s’écraser les vagues. Par l’ouverture de la grotte se déverse la lumière perlée d'un soleil matinal, illuminant une armée de formes identiques qui surgissent du rocher : rangée après rangée d'ondines de pierre aux longs cheveux, leurs mains palmées tendues vers le soleil levant, têtes ornées de couronnes d'algues vivantes, le regard fixé vers la haute mer ; les draperies d'un noir bleuté qui épousent leurs formes luisent dans la lumière blafarde, tandis que les lames viennent se briser sur elles, l'eau ruisselant sur les plis de leurs vêtements, si finement rendus, pétrifiés pour l'éternité.

Je me retourne et reviens à la chambre par laquelle je suis entrée dans la grotte, refermant la porte derrière moi ; mais au même moment les murs de sable se mettent à vibrer, à se gauchir, à s'incurver. Un instant plus tard, je suis engloutie.

Au comble de la panique, je me débats pour échapper à cette masse qui me suffoque ; mais le sable qui s'écroule m'emplit les yeux, le nez, la bouche avec une telle rapidité que je ne peux bientôt plus respirer et que je m'abandonne avec reconnaissance à la mort.

Rejetant les draps, je me redressai dans mon lit, le visage luisant de transpiration, le cœur battant à tout rompre.

Une fois remise de mon rêve, j'allumai la bougie sur ma table de chevet. Il était quatre heures vingt à la pendule.

La fenêtre était toujours ouverte, mais le vent était tombé à présent, et il régnait un silence de mort. Prise d'une soudaine impulsion, je ressentis le besoin d'un peu d'air frais et, malgré l'heure, je m'habillai et descendis sur la terrasse de la bibliothèque, où, la lumière commençant à poindre à l'est, je marchai de long en large jusqu'à ce que le tumulte s'apaisât dans ma tête.

De retour dans ma chambre, alors que je repensais à mon étrange rêve pour tenter de découvrir ce qu'il laissait présager, le silence fut rompu par le bruit d'une porte qui se refermait à l'étage en dessous.

Ce bruit, grâce aux propriétés acoustiques particulières de l'escalier et du couloir qui menaient chez moi, je le connaissais fort bien : un grincement caractéristique des gonds (en dépit du fait qu'ils étaient régulièrement huilés), suivi d'un son creux chaque fois qu'on manipulait la porte.

Poussée par la certitude soudaine et instinctive qu'il me fallait aller voir de quoi il retournait, je sortis dans le couloir, descendis au premier étage, et me retrouvai bientôt devant les appartements privés d'Emily. Je n'y pénétrai pas, car mon attention avait été attirée par une lueur vacillante qui montait du vestibule du rez-de-chaussée par la cage d'escalier.

Je descendis encore ; et c'est alors que je la vis.

Une vision à donner le frisson. Elle portait la longue chemise de nuit blanche qui avait autrefois été celle de Phoebus Daunt, et qui, traînant derrière elle dans la pénombre, évoquait le linceul de quelque pauvre spectre errant, tout juste sorti de la tombe.

Je n'étais maintenant qu'à quelques mètres derrière elle, plaquée, pour éviter d'être vue, contre le mur plongé dans l'ombre de la montée d'escalier.

La bougie levée au-dessus de la tête, ses longs cheveux dénoués lui tombant en cascade dans le dos, ses pieds, glissés dans des chaussons, trottinant sans bruit sur les dalles de pierre, elle passa devant le portrait du Corsaire turc, puis tourna rapidement dans un long corridor voûté, flanqué de chaque côté d'étendards fanés, de boucliers, d'armes en faisceaux et autres équipements martiaux.

Elle continuait d'avancer, interrompant sa marche de temps à autre pour reprendre son souffle, et elle ne s'arrêta qu'une fois devant le seul endroit de la maison où je n'étais jamais entrée lors de mes diverses excursions : le bureau de Lord Tansor, devenu le sanctuaire inviolable d'Emily, une pièce dont la porte était constamment verrouillée.

Depuis l'embrasure enténébrée d'une étroite fenêtre qui donnait sur la roseraie, je la regardai sortir une clé de la poche de sa chemise de nuit et ouvrir la porte du bureau, qu'elle referma doucement derrière elle.

Je tendis l'oreille, sans percevoir le bruit de la clé tournant à nouveau dans la serrure ; je m'approchai alors de la porte sur la pointe des pieds, m'agenouillai et mis l'œil au trou de la serrure.

Je la vis de dos, en train de poser la bougie sur un lourd bureau en acajou, qui se trouvait devant la fenêtre à l'autre bout de la pièce. Puis elle se retourna brusquement, comme si elle avait entendu quelque chose, s'empara du bougeoir et revint très rapidement vers la porte. Je n'eus que quelques secondes pour battre en retraite avant que la porte s'ouvre et qu'Emily sorte dans le corridor, jetant des regards inquiets autour d'elle. Au bout d'un moment, convaincue de n'être point observée, elle rentra dans le bureau. Cette fois-ci, pourtant, la porte ne se referma pas correctement, et je découvris, en reprenant mon poste, qu'il me suffisait de la pousser un peu pour l'entrouvrir, et avoir ainsi une meilleure vue de l'endroit.

Haute de plafond et toute en longueur, son unique fenêtre donnant sur la cour d'honneur, la pièce, y compris le plafond, était lambrissée de bois sombre ; des rayonnages vitrés couvraient le mur de droite, et sur celui de gauche était accrochée une série de portraits.

Après avoir allumé une petite lampe à huile sur le bureau, Emily se dirigea vers l'un des portraits, qui représentait un monsieur corpulent, vêtu à la mode du siècle précédent, son épouse et son chien à ses côtés. Je crus d'abord qu'elle allait décrocher le tableau, pour faire apparaître quelque cache secrète, semblable à celle que dissimulait le portrait d'Anthony Duport. Au lieu de quoi, elle appuya du doigt sur le bord inférieur du cadre doré et tarabiscoté, en ce qui m'apparut comme une suite de gestes prémédités. Et soudain, avec un petit déclic, le portrait d'à côté, celui d'une dame d'un âge avancé à l'air sévère s'ouvrit d'un coup sec, révélant une cavité obscure. Elle en sortit une sacoche en cuir et un objet dont je vis bientôt que c'était une clé, puis referma la niche. Ouvrant un des tiroirs du bureau à l'aide de la clé, elle y prit deux enveloppes, qu'elle glissa dans la sacoche.

Le souffle court et l'air songeur, elle resta assise un long moment, puis se leva à nouveau pour aller ouvrir la porte d'un placard étroit ménagé dans le lambris, d'où elle sortit une longue cape de soirée à capuche et une paire de délicats escarpins gris pâle, rehaussés d'un lacis de perles noires. Jetant la cape sur ses épaules et ôtant ses chaussons pour enfiler les escarpins, elle se passa la sacoche en bandoulière, éteignit la lampe et, le bougeoir à la main, revint vers la porte, m'obligeant à détaler précipitamment.

J'entendis la clé tourner dans la serrure, et, quelques secondes plus tard, la silhouette encapuchonnée d'Emily passait comme une ombre devant moi.

Lentement, je comptai jusqu'à cinq avant de me lancer à sa poursuite.

35

L'aube du dernier jour

I

AU BORD DE L'EVENBROOK
29 MAI 1877

La porte du vestibule refermée, Emily s'arrêta, afin de s'assurer qu'elle était bien seule. Après une courte halte devant le portrait de mes grands-parents, Lord Tansor et sa première épouse, qui portait le frère de mon père dans ses bras, elle franchit rapidement le grand espace traversé d'échos sonores, et passa sous une porte basse peinte en vert, nichée dans un angle.

Dès qu'elle eut disparu, je me jetai sur ses traces : je passai sous la porte, descendis une courte volée de marches, longeai une suite de couloirs et de petites pièces sombres pour finalement déboucher dans un hall exigu peu fréquenté dans l'aile sud de la maison. En face de moi, une porte à demi vitrée était ouverte sur l'air froid de l'aube.

J'avoue que ma perplexité était extrême. Où pouvait-elle bien aller à cette heure, vêtue en tout et pour tout d'une chemise de nuit et chaussée d'escarpins ? Mais le temps n'était pas aux conjectures, si je ne voulais pas la perdre de vue ; et je sortis à mon tour.

Sur la gauche, le chemin gravillonné que Mr Randolph avait emprunté le jour où nous nous étions assis près du bassin aux poissons menait aux écuries, situées en dessous de la grande façade sud ; sur la droite, il partait de la maison en serpentant pour aller contourner les murs d'enceinte du bassin, avant de traverser une allée bordée d'arbres vénérables et de rejoindre la grande avenue. Il était évident que, voulant se rendre dans le parc, Emily avait fait ce long détour afin d'éviter d'être aperçue. Plus perplexe que jamais, je m'engageai sur le chemin à sa suite.

Gagnant maintenant en clarté, la lumière matinale naissante me permettait de distinguer la silhouette sombre qui se hâtait vers l'angle le plus éloigné du mur du bassin, le point où le chemin s'incurvait brusquement en direction de l'allée d'arbres.

Elle continuait toujours, et je la suivais, d'aussi près que possible : à travers les arbres, puis sur la chaussée carrossable, le pont, la longue montée de la Butte. Elle marchait à pas rapides et décidés, comme si elle avait peur de manquer un rendez-vous pressant, et sans jamais jeter un coup d'œil en arrière ni s'arrêter pour reprendre son souffle.

Afin d'éviter d'être vue, je m'étais tenue jusque-là près de la rangée de chênes plantés assez serré de part et d'autre de la chaussée carrossable ; mais l'herbe haute, trempée par la rosée et les récentes pluies, rendait ma progression difficile et ralentissait mon allure. Si bien que, dès qu'Emily eut disparu derrière la crête, je quittai le couvert des arbres et montai au pas de charge jusqu'au sommet de la Butte. En dessous de moi, dans la lumière qui s'affirmait peu à peu, je devinais le contour sombre de la maison de gardien crénelée, et, sur ma droite, au-dessus des arbres, les cheminées de la Dower House et la flèche du clocher de St Michael and All Angels, qui se découpaient contre le ciel pâle au levant. Mais où était Emily ?

Je fouillai la grande allée des yeux pendant plusieurs secondes ; puis je la vis, se hâtant le long d'un sentier qui contournait le mur d'enceinte de la Dower House et descendait à l'Evenbrook.

Rassemblant mes jupes mouillées, je rejoignis à mon tour le sentier et, une minute plus tard, me retrouvai à l'orée d'une clairière au milieu des bouquets de saules et de bouleaux argentés qui bordaient la rivière.

Là, je fus obligée de m'arrêter, car Emily n'était plus maintenant qu'à quelques mètres devant moi, debout au bord de la rive boueuse, le souffle court, les cheveux emmêlés à la suite de sa course, ses jolis escarpins de chevreau sales et trempés, irrémédiablement abimés.

J'étais sur le point de reculer sous les arbres, craignant qu'elle se retourne et me voie ; mais elle semblait si oublieuse de son environnement, si totalement absorbée dans ses pensées qu'il me parut inutile, pour l'instant, de chercher à me cacher.

Le temps passait, et Emily ne bougeait toujours pas, contemplant sans le voir le ruisseau aux eaux rapides, gonflées par les pluies récentes. Un bruit soudain nous fit lever les yeux.

Un cygne, brisant le silence de l'aube du battement sonore de ses grandes ailes blanches, prenait lentement son essor depuis un lit de roseaux sur la berge opposée.

Tirée de sa rêverie par le bruit, Emily se débarrassa de sa sacoche et la laissa tomber dans l'herbe à côté d'elle. Puis elle se mit à descendre lentement la berge boueuse et entra dans l'eau.

Pétrifiée d'horreur, je retins mon souffle.

Mon Dieu ! Elle n'avait tout de même pas l'intention de mettre fin à ses jours ici, abandonnant en toute conscience son corps aux flots sans merci de l'Evenbrook ? Las ! Quand l'eau commença à lui encercler les pieds, emprisonnés dans leurs fins escarpins gris, je compris qu'aucune autre issue n'était pensable. Elle était bel et bien venue jusqu'à cet endroit désert, à cette heure matinale, avec ce seul but en tête.

Elle devait savoir que le dernier paiement dont elle était redevable pour ses forfaits était arrivé à échéance, et qu'il lui fallait maintenant solder son compte. Mais sa fierté l'empêchait de se laisser dicter sa conduite, que ce soit par le Destin ou par l'inspecteur Gully de la police métropolitaine. Elle serait seule à décider de son sort. Et pourtant, Milady, réfléchissez, comment répondrez-vous de cette ultime et terrible offense, quand vous serez devant le Grand Moissonneur d'âmes ?

Sa décision était en accord avec la vie qu'elle avait menée et à laquelle elle semblait à présent vouloir mettre un terme. Sa volonté passait avant tout ; son tempérament altier et égocentrique avait toujours constitué son seul guide moral – son phare dans la nuit, la pierre de touche à l'aune de laquelle elle mesurait toutes ses actions. Je n'avais plus à chercher à la détruire : elle s'était détruite elle-même.

Peut-être trouverez-vous mon attitude méprisable, et, à dire le vrai, je pense aujourd'hui qu'elle l'était, mais, tandis que je l'observais depuis les arbres, je ne pus contenir une irrésistible envie d'exulter devant la défaite que s'infligeait elle-même la femme que Madame m'avait enjoint de traiter en ennemie. Certes, ce n'était pas là l'issue triomphale que ma tutrice avait espérée pour le Grand Dessein, mais justice était rendue, et sous une forme effroyable, pour la trahison dont mon père avait été victime et pour les crimes qui s'étaient ensuivis.

Il fallait que je pense à lui, à mon pauvre père disparu, à la souffrance endurée à cause d'elle. Il devait rester à jamais mon phare à moi, ma pierre de touche. Par amour pour lui, il fallait que je la laisse mourir. Son sort était scellé, de toute façon, quoi qu'elle fît ; et ne valait-il pas mieux, peut-être, qu'elle achève sa vie de cette façon, dans ce lieu paisible fait d'eau, de feuilles et d'herbe murmurante, sous un ciel éclairé par les rayons du soleil levant, plutôt que d'avoir à affronter un sinistre verdict de culpabilité dans un procès d'assises ?

Que sa volonté s'accomplisse donc. Je ne ferais rien pour m'y opposer. Pourquoi devrais-je me soucier de la manière dont mourait la 26e baronne Tansor ? Même si le sang des Duport coulait dans ses veines comme dans les miennes, et même si elle m'avait témoigné de la bienveillance et s'était déclarée mon amie, elle n'était rien pour moi… plus maintenant. Une amie, vraiment ? Comment aurait-elle jamais pu être une véritable amie pour moi ? Comment aurais-je pu, moi, jouer le même rôle auprès d'elle ? Tout n'avait été qu'imposture, de part et d'autre. Nous avions, chacune de notre côté, œuvré secrètement à nos entreprises, même quand nous échangions sourires et potins, nous moquions de Maurice FitzMaurice, ou que, lors de certains après-midi pluvieux, nos têtes l'une contre l'autre comme des écolières, nous nous penchions sur les gravures des dernières modes parisiennes.

Le temps des mensonges était fini, je n'avais plus besoin de feindre. Je pouvais désormais rentrer avenue d'Uhrich, commencer une nouvelle vie, et reléguer l'existence secrète que j'avais connue sous les toits, les tours et les flèches d'Evenwood dans le caveau du souvenir.

La voilà qui pénètre plus avant dans la rivière, sa longue cape se déployant derrière elle en un arc sombre, qui la fait ressembler à une sirène d'une étrange espèce, me rappelant ainsi mystérieusement les ondines de pierre de mon dernier rêve.

Depuis le jardin du presbytère, à quelque distance des arbres, parviennent les jappements joyeux d'un chien, suivis d'un ordre. Mr Thripp est très matinal, et il se prépare sans doute à sortir l'exubérant petit fox-terrier qui ne le quitte jamais. La vision que j'ai alors du pasteur – si absurde et exaspérant qu'il soit – remontant sous la voûte des arbres le chemin qui mène à l'église, son chien furetant ici et là devant lui, haletant de pur plaisir animal, semble appartenir à un autre monde, totalement étranger à ce lieu où une mort se prépare. Tandis que les aboiements s'éteignent, ma conscience s'éveille.

Puis-je vraiment rester là, à regarder sans broncher mourir cette femme, sans rien tenter pour la sauver ? J'essaye à nouveau de me persuader que je ne puis faire autrement, que la tâche à laquelle je me suis vouée corps et âme l'exige. Il me faut ne songer qu'à ses crimes et me montrer aussi sévère et impitoyable qu'un juge prononçant une condamnation à l'encontre d'un criminel reconnu coupable.

Et pourtant, tandis que je continue à l'observer, ma résolution commence à fléchir, et il me vient une pensée troublante.

Si je n'interviens pas, mon attitude ne sera-t-elle pas assimilée à une forme de meurtre, faisant ainsi de moi une criminelle ? Je n'ai ni lame, ni pistolet ; ni poison à administrer en secret ; ni mains dont je pourrais me servir pour l'étrangler. Et pourtant, en m'abstenant de toute intervention, je deviens la complice silencieuse de sa mort. Idée absurde, sans doute, qui n'en provoque pas moins en moi un sentiment cuisant de culpabilité, lequel ronge lentement ma détermination à rester le témoin muet du drame qui se déroule sous mes yeux.

Mon cœur devrait s'être endurci contre tout élan de pitié ou de miséricorde pour mon ancienne maîtresse. Il reste que je suis envahie de cette compassion naturelle commune à tous les humains, et que les larmes ruissellent sur mon visage.

Il est encore temps de la sauver, même maintenant. Je suis jeune et forte ; elle est chancelante et malade, affaiblie par le chagrin et la culpabilité. Je pourrais courir jusqu'à elle, la ramener sur la berge, la presser de fuir, n'importe où, pour se soustraire au sort inévitable qui l'attend, quand l'inspecteur Gully se présentera, à neuf heures précises, pour lui offrir ses hommages. Il n'est pas trop tard.

Je ne peux pas croire que Madame, ou même mon défunt père, ait jamais pu prévoir ni souhaiter que les choses en arrivent là. Ils ne voulaient que punir Emily, en la privant, elle et ses fils, de leur héritage frauduleusement acquis. Pourquoi, dans ces conditions, ne pas la sauver… d'elle-même, et des rigueurs de la loi ? En admettant qu'elle échappe à celles-ci, comme mon père avant elle, elle n'en perdrait pas moins tout ce qu'elle avait cherché à garder à coups d'intrigues et de complots.

Je ne lui pardonnerai jamais d'avoir trahi mon père, de l'avoir rendu presque fou ; mais je sais qu'elle a agi sous l'empire de son amour sans égal pour Phoebus Daunt, lequel a ensuite payé de sa vie le prix de leur commune culpabilité. Suis-je certaine que je n'aurais pas agi de même pour Perseus ?

J'en ai assez des complots, des secrets, de la dissimulation ; assez de feindre d'être ce que je ne suis pas. Le Grand Dessein a vécu. Tout est perdu, et je suis presque heureuse qu'il en soit ainsi. Je suis lasse d'avoir à me conformer à des instructions, fussent-elles celles de ma chère Madame. J'ai, moi aussi, une volonté propre. Il me faut l'exercer, et je l'exercerai. Je serai enfin moi-même.

Avec une terrible lenteur, traînant derrière elle le poids de sa cape alourdie par l'eau, Emily a franchi les hauts-fonds et va se retrouver au milieu de la rivière.

En un instant, toute hésitation s'est dissipée, comme une brume devant les premiers rayons du soleil. Ma décision est prise.

Je ne la laisserai pas mourir.

Une bande de la lumière la plus pure et la plus pâle se déploie lentement au levant, quand les cloches de St Michael se mettent à sonner. J'entends leur carillon, mais je serais incapable de dire quelle heure ou quelle demi-heure elles annoncent, comme si le temps avait cessé de s'écouler, pour faire place à un éternel présent, suspendu entre la vie et la mort.

Emily a maintenant de l'eau jusqu'à la taille. Je m'avance vers la berge pour l'appeler, mais avant que j'aie le temps d'ouvrir la bouche, elle se retourne et me regarde, la poitrine soulevée par un souffle trop court, le corps oscillant doucement sous la poussée du courant.

Je remarque à présent, pour la première fois, qu'elle porte le ruban de velours noir auquel est suspendu le médaillon contenant les mèches de Phoebus Daunt qu'elle a coupées alors qu'il gisait dans le jardin enneigé. Me voyant sur le point de parler, elle pose un doigt sur ses lèvres exsangues, pour m'imposer silence. Puis elle tend son autre main, paume tournée vers moi, et m'enjoint par là de rester où je suis ; j'obéis à ces ordres muets, bien sûr, car elle est toujours ma maîtresse.

Impossible de résister à ce renouveau de volonté. Je comprends dès lors que je ne pourrai la sauver, parce qu'elle ne veut pas l'être.

Elle est magnifique, tout échevelée et affaiblie qu'elle soit : une reine, inattaquable, invincible, sa beauté investie d'une aura étrange, surnaturelle. Je me demande comment j'ai jamais pu croire triompher d'elle. La vérité n'est que trop évidente : c'est elle qui a triomphé de moi, malgré mes stratagèmes, les ruses auxquelles j'ai eu recours, sur les instructions de Madame, pour provoquer sa chute.

Mais une autre évidence se fait jour : le sourire qu'elle m'adresse à présent – triste, affectueux, et cependant chargé d'un mystérieux savoir – me trouble au plus haut point, car il semble dire qu'elle a découvert tous les secrets que je me suis efforcée de lui cacher. Impossible, me direz-vous, pourtant le seul fait d'y penser ne sert qu'à renforcer son ascendant sur moi.

Nous restons ainsi à nous regarder, dans une muette complicité, tandis que l'arrivée du jour est saluée par un concert de chants d'oiseaux de plus en plus sonore, et qu'une petite brise ébouriffe les têtes duveteuses des herbes hautes qui poussent entre le sentier et la berge et fait courir murmures et soupirs dans les branches des saules.

Elle sourit encore une fois ; mais ce savoir troublant a disparu, et mon cœur, spontanément, pleure à nouveau pour elle.

Les minutes s'écoulent, et nous demeurons toutes deux immobiles et silencieuses. Emily a toujours de l'eau jusqu'à la taille, et jette de temps à autre un regard plein d'attente vers l'amont, en direction du presbytère, comme dans l'espoir d'un événement imminent.

C'est alors que, dans un glorieux jaillissement de lumière pure, le soleil apparaît enfin au-dessus de la ligne des arbres à l'horizon, posant un tapis chamarré d'étoiles scintillantes et dansantes à la surface de l'eau. Se tournant vers le soleil levant, Emily sort quelque chose de la poche de sa chemise de nuit, que je distingue mal. Puis mon pauvre cœur est saisi d'une folle inquiétude.

C'est la photographie, dans son cadre noir, de Phoebus Daunt – celle qui devrait se trouver là où je l'ai laissée il y a peu, derrière le portrait d'Anthony Duport.

Elle sait donc que les lettres de son amant ont disparu ; mais sait-elle, ou devine-t-elle, qui les a prises ?

Le visage baigné de lumière, elle approche la photographie de ses lèvres et y dépose un baiser, avant de la presser, dans un transport d'extase, sur son sein. Tout en fermant les yeux et en serrant la photo contre elle, elle se laisse tomber en avant.

Un instant, elle flotte doucement, le visage contre l'eau, à la surface des flots bouillonnants, ses cheveux détachés ondoyant derrière elle. Puis le poids de sa cape l'entraîne vers le fond, et elle s'abandonne à l'étreinte glacée de l'Evenbrook.

Incapable de regarder plus longtemps, je détourne la tête, les joues sillonnées de larmes. Quand je rassemble mon courage pour porter à nouveau les yeux sur elle, elle a disparu, emportée par le courant.

Ainsi mourut Emily Grace Duport, 26e baronne Tansor.

Mon ennemie.

Mon amie.

II

LA GIBECIÈRE DU GARDE-CHASSE

Une demi-heure s'est écoulée depuis je suis rentrée au château – sans être vue, j'en suis certaine –, rapportant avec moi la gibecière en cuir usé qu'Emily a abandonnée dans l'herbe au bord de l'Evenbrook.

J'avais décidé de ne pas en examiner le contenu avant d'avoir retrouvé la tranquillité de ma chambre. En arrivant, tremblant de la tête aux pieds, encore sous le choc de la scène à laquelle je viens d'assister, j'ai fermé ma porte à clé et posé la gibecière sur la table sous la fenêtre ; à présent, je défais la boucle.

J'en sors deux enveloppes scellées : l'une est adressée à l'inspecteur Gully, l'autre m'est destinée. Je reproduis ici en entier le texte de la seconde.

Evenwood Park
Easton, Northamptonshire

28 mai 1877

MA TRÈS CHÈRE ESPERANZA (ET NON PLUS ALICE),

Quand vous lirez ceci, vous connaîtrez la décision que j'ai prise.

Je viens d'apprendre que l'inspecteur Gully et plusieurs officiers de police venus de Londres sont actuellement à Easton. Je ne sais que trop ce qui les amène ici, et je vais donc mettre à exécution ce que je prépare depuis plusieurs semaines.

Rien ne saurait désormais me détourner de la voie que j'ai résolu d'emprunter ; mais il me faut clarifier certaines choses avant de prendre cette ultime et irrévocable mesure. J'ai déposé une autre lettre, à l'intention de mon fils aîné chéri, chez Mr Donald Orr, avec pour instructions de la remettre à son destinataire au cas où je disparaîtrais.

J'ai su qui vous étiez, ma chère petite, dès le moment où vous êtes entrée dans la pièce, le premier jour. J'ai aussitôt été ramenée vingt ans en arrière, quand j'ai rencontré une certaine personne dans le vestibule de la Dower House. Vous ignorez peut-être à quel point vous lui ressemblez, mais j'ai été frappée d'emblée non seulement par des similitudes de traits et d'attitudes, même si certaines étaient remarquables, mais aussi et surtout par des impressions moins tangibles, et d'autant plus fortes. Quand je vous ai vue, c'est lui que j'ai cru voir, et non la jeune fille de dix-neuf ans que j'avais sous les yeux.

Que j'aie eu la certitude immédiate de votre identité explique beaucoup de choses, notamment la profonde affinité dont j'ai tout de suite pressenti l'existence entre nous, et aussi la raison pour laquelle quelqu'un doté d'une telle abondance de talents, d'une telle beauté, d'une telle culture et d'une telle assurance, en dépit de l'attitude docile que vous feigniez, devait sc contenter de la position subalterne de femme de chambre. N'avez-vous pas trouvé curieux d'obtenir cet emploi avec autant de facilité, quand d'autres candidates étaient pourtant bien plus qualifiées ?

L'histoire que vous m'avez servie était plausible, et les enquêtes menées par la suite ont semblé la corroborer ; mais c'était bel et bien une histoire, n'est-ce pas ?

Ainsi donc, même si je ne pouvais en être absolument certaine, je savais au fond de moi qui vous étiez : la fille d'Edward Glyver, l'homme qui devrait être aujourd'hui le 26e baron Tansor. Voilà, je l'ai nommé... du moins sous l'un de ses noms. Lequel lui donnerons-nous ? Edward Duport ? Edward Glyver ? Edward Glapthorn ? Ou peut-être Edward Gorst ? Edward, tout court, serait peut-être le mieux, et c'est ce qu'il est pour moi quand je pense à lui. Ce sera donc Edward.

Pour ce qui est du nom sous lequel vous êtes, vous-même, actuellement connue, aussi bien Mr Vyse que Mr Shillito vous soupçonnaient fortement de cacher votre véritable identité, bien qu'aucun des deux n'ait jamais découvert qu'Esperanza Gorst était en fait la fille du meurtrier de mon bien aimé.

Je ne doute pas un instant que Mr Vyse, avec le temps, aurait fini par vous démasquer. Il avait déjà établi, à sa plus grande satisfaction, que l'homme rencontré par Mr Shillito à Madère était bel et bien votre défunt père ; et Mr Shillito aurait fini par se souvenir de l'endroit où il avait déjà rencontré cet Edwin Gorst – à Eton, comme vous le savez peut-être – et du nom qu'il portait alors. N'est-il pas étrangement ironique que ce soit justement moi qui aie décidé de cacher votre secret à Mr Vyse et de vous protéger de lui en ne confirmant pas ses soupçons, consciente que j'étais de ce dont il était capable ?

Pourquoi étiez-vous ici ? Voilà la question que je n'ai cessé de me poser. Pour me tuer, ou trouver d'autres moyens de me punir pour tout le mal que j'avais fait à votre père ? Ma seule certitude était que votre présence à Evenwood n'était pas un hasard, et qu'elle ne présageait rien de bon pour moi.

Je me suis ensuite demandé qui vous avait envoyée, car (comme Mr Vyse) j'étais convaincue que vous n'étiez pas venue de votre propre initiative. Ce ne pouvait, bien entendu, être votre père, puisque je le savais mort. J'ai pensé à un vieil ami ou un ancien associé, auquel il se serait confié. Par la suite, j'ai acquis la certitude que vous étiez de mèche avec Mr Wraxall, lequel nourrit des soupçons à mon égard depuis longtemps. Seul le temps apporterait une réponse à ma question, et c'est pourquoi j'ai décidé de vous engager et d'attendre que vous abattiez vos cartes.

Puis certains événements sont intervenus, qui m'ont mise en grand danger, et aux conséquences desquels je ne peux plus aujourd'hui échapper. Que vous ayez joué un rôle, parce que la chose entrait dans vos plans, dans l'arrivée à Easton de l'inspecteur Gully et de ses hommes, je ne saurais le dire ; mais peu m'importe aujourd'hui de ne pas connaître la raison de votre venue, ni son instigateur. Mieux, je suis heureuse qu'il en soit ainsi, et heureuse de quitter ce monde dans l'ignorance, car je souhaite, dans mes derniers moments, voir en vous quelqu'un que mon sort ne laisse pas totalement indifférent.

Quant au défunt Mr Vyse, sa dévotion à la mémoire de mon cher Phoebus me chargeait d'une lourde et fâcheuse obligation à son égard ; il possédait certaines lettres qui contenaient des informations dont je voulais, à tout prix, qu'elles demeurent confidentielles. Me tenant par là en son pouvoir, il a tenté de me forcer à l'épouser.

La source de mes problèmes actuels est justement une de ces lettres, qu'il était censé avoir détruite ; mais il m'a trahie en la gardant, espérant par là m'empêcher de repousser ses avances. Lui aussi semble avoir été trahi à son tour, et la lettre en question, en même temps que les autres, est aujourd'hui entre les mains de la police. J'ai été assez inconsidérée pour m'en remettre à Mr Vyse, et me voilà perdue.

J'imagine que vous et votre ami Mr Wraxall avez quelque connaissance de ces choses. Avez-vous aussi trempé dans la mort de Mr Vyse, et dans celle de Mr Shillito ? Je ne peux me résoudre à le penser. Mais là encore, quelle importance ? Tous deux ne sont plus désormais, et je ne saurais m'en soucier.

J'ai trahi votre père, je l'avoue une nouvelle fois, en le dépossédant à jamais de ses droits inaliénables ; et, ce faisant, j'ai précipité mon cher amour dans sa tombe. Pouvez-vous imaginer les tourments de l'âme et de l'esprit qu'il m'a fallu endurer depuis ?

Le temps presse, et je n'ai plus que quelques mots à vous dire avant d'en arriver à la vraie raison de cette lettre, la première et la dernière que je vous écrirai jamais.

Sachant maintenant que j'étais au courant de votre véritable identité, vous aurez du mal à comprendre pourquoi j'ai recherché votre amitié. Il faut me croire, chère Esperanza, si je vous dis que je l'ai sincèrement désirée… et pour la raison suivante.

Je suis tombée amoureuse de votre père dès le moment où je l'ai vu dans le vestibule de la Dower House, bien que je ne l'aie jamais aimé comme j'aimais Phoebus. Rien ne saurait se comparer à l'attachement qui nous liait, Phoebus et moi, depuis notre plus tendre enfance.

Pourtant, je dis, et je jure, que j'ai aimé Edward Glyver, et je crois qu'il m'a aimée en retour, même si d'abord, préoccupée que j'étais des intérêts de mon cher amour, je me suis révoltée à l'idée que je pouvais éprouver pour votre père la moindre affection, sans parler d'un sentiment plus profond, qui, lui, aurait paru proprement absurde.

Il n'en pénétra pas moins dans mon cœur lors du fatidique après-midi de notre première rencontre, et c'est là qu'il est resté depuis, sans que je puisse jamais l'en extirper, et au mépris des instincts les plus naturels.

En public, notamment devant Lord Tansor, je faisais mine de maudire le souvenir de votre père à la moindre occasion. En privé, je m'efforçais sans relâche de l'arracher de la place qu'il occupait dans mon cœur, sans pourtant y parvenir. Je l'appelle donc « amour », ce sentiment encombrant et lourd à porter, parce que je ne dispose pas d'autre mot pour le désigner, même s'il a rendu mes remords et ma douleur perpétuels plus insupportables de jour en jour.

Ainsi donc, aimant le père comme je l'ai fait, est-ce si étrange que j'aie pu éprouver une affection spontanée pour la fille, et la vouloir pour amie ?

Bien que d'une nature différente, cette affection s'est faite plus forte et plus précieuse ces derniers mois, au point de rivaliser avec ce que j'avais ressenti pour ma très chère amie, Mlle Buisson, dont je vous ai souvent parlé et dont l'amitié m'avait toujours paru irremplaçable. Mais je me trompais. Vous avez bel et bien été une amie, et je crois que vous aussi avez éprouvé quelque affection pour moi, malgré vos subterfuges et vos mensonges, ce qui m'est d'un grand réconfort dans ces dernières heures.

J'en ai presque terminé. Une chose encore, et d'importance.

Les documents apportant la preuve qu'Edward était bien le fils et héritier légitime de Lord Tansor n'ont pas été détruits, comme lui-même et mon cher Phoebus l'ont toujours cru. Pendant plusieurs années, ils sont restés sous clé, avec d'autres papiers personnels, chez mes banquiers londoniens. Quand j'ai succédé à mon cousin, je les ai rapportés à Evenwood et mis en sécurité dans mon bureau.

Je les restitue aujourd'hui à leur légitime propriétaire, c'est-à-dire à vous, la fille d'Edward. Vous les trouverez dans un endroit dont je pense que vous l'avez déjà découvert. Inutile que je vous dise où dénicher la clé.

Pourquoi n'ai-je pas mis définitivement hors d'atteinte ce que je vous lègue aujourd'hui, alors que l'existence même de ces documents menaçait tout ce que Phoebus et moi avions obtenu au prix de tant de risques, et tout ce pour quoi j'avais déjà si chèrement payé ? Je n'ai pas été capable de l'expliquer, pas plus que je ne le suis aujourd'hui. Si vous cherchez vraiment une raison, alors voyez dans cette attitude un acte dicté par la conscience et les remords, amers et persistants, nés de mes forfaits. Une chose était sûre : les documents ne seraient jamais en possession de votre père, et c'est tout ce qui nous intéressait. C'est l'unique fois où j'ai trompé Phoebus, et j'ai beaucoup souffert de la culpabilité qui s'est ensuivie ; mais, une fois ma décision prise, il m'était impossible de revenir en arrière. Peut-être savais-je au fond de moi-même qu'il me faudrait un jour réparer, et ce jour, le voici venu.

En vous fournissant ainsi les instruments nécessaires à la restitution de vos droits, j'espère, de tout mon être, obtenir un peu d'indulgence pour les torts que j'ai causés, à Edward, à vous, ainsi qu'à d'autres. Si je pouvais recevoir l'absolution directement de votre bouche, mon ultime voyage s'en trouverait facilité. Mais cela ne saurait être, car il est déjà tard, et il y a encore beaucoup à faire.

L'honnêteté pourtant m'oblige à confesser que si je suis hantée chaque jour qui passe par le mal que j'ai fait, je n'hésiterais pas à noircir mon âme de nouveaux péchés si mon bien-aimé Phoebus me le demandait.

Voici donc ce que je souhaitais vous dire, avant que nous nous quittions pour toujours. Dans cette gibecière – propriété de John Earl, garde-chasse du domaine à l'époque de Lord Tansor, celle-là même qu'avait avec lui mon pauvre père le jour de sa mort –, vous trouverez une lettre pour l'inspecteur Gully, dans laquelle je fais des aveux complets, et que je vous demanderai de lui remettre quand il viendra, comme, j'en suis sûre, il ne manquera pas de faire.

J'ai un dernier vœu à formuler : que vous trouviez dans votre cœur assez d'affection pour prendre mon cher Perseus pour époux et mettre ainsi un terme à la longue inimitié qui a existé entre vos pères et qui nous a été si préjudiciable à tous. Il a tout perdu à cause de moi et n'a joué aucun rôle dans aucun des événements qui m'ont réduite à ma présente situation. Je sais par ailleurs qu'il a pour vous une profonde estime, car il me l'a dit. Je veux croire que l'affection que vous éprouvez, me semble-t-il, pour lui pourra grandir avec le temps et se transformer en un sentiment plus fort. J'aimerais également que vous vous montriez indulgente avec Randolph. Lui non plus n'a aucune part dans mes péchés.

Adieu donc, ma chère Esperanza. Je m'en vais rejoindre à présent mon bien-aimé, le soleil toujours brillant de ma pauvre vie dévastée, en ce lieu qui nous attend tous les deux.

Votre amie affectionnée,

E.G. DUPORT

36

Lendemains

I

OÙ J'AI LA VISION DE MON AVENIR

« Vous êtes debout de bien bonne heure, miss », dit Charlie Skinner quand il me croise devant les appartements d'Emily, le col raide, le souffle court, le visage rouge et les bras chargés d'un plateau qu'il monte à Mr Perseus.

Je lui réponds que, incapable de retrouver le sommeil, je me suis levée pour aller marcher un peu dans la roseraie et contempler le lever du soleil.

« La baronne était debout aux aurores, elle aussi », fait-il alors remarquer, avec un signe de tête en direction de la porte d'Emily. Contrairement à son habitude, il semble manquer d'entrain, et je me rends compte qu'il ne m'a pas gratifiée d'un de ses saluts coutumiers.

« Miss Allardyce est sens dessus dessous, me confie-t-il. Elle dit qu'elle y comprend goutte. On a dormi dans le lit, mais y a pas trace de la baronne… pas plus que de sa chemise de nuit.

– Sa chemise de nuit ? demandé-je, feignant l'étonnement.

– Ben oui, m'explique Charlie à voix basse. Miss A est d'avis que, au cas, très improbable, où Lady T se serait habillée toute seule, elle aurait pour sûr enlevé sa chemise de nuit. Mais pas moyen de mettre la main dessus. »

Il me regarde alors de la tête au pied, s'attardant sur ma robe trempée, puis sur mes bottines, encore couvertes de boue séchée où sont pris des brins d'herbe.

« Tout va bien, miss ? s'enquiert-il. Vous avez l'air toute retournée. Je peux faire quelque chose pour vous ? »

J'assure au cher garçon – car j'affectionne beaucoup désormais l'excentrique jeune cousin de Sukie Prout – que tout va bien, même si je bouillonne d'excitation rentrée et suis encore remplie d'horreur au souvenir de la scène dont je viens d'être témoin au bord de l'Evenbrook.

Puis Charlie s'en va, et, dévorée d'une impatience fébrile, j'ouvre la porte des appartements d'Emily. Après avoir récupéré la clé dans le coffret à bijoux, je cours jusqu'au portrait d'Anthony Duport.

La photographie de Phoebus Daunt n'est plus là, bien sûr ; mais je trouve à sa place un coffret en bois peu profond, gravé aux armoiries des Duport, que je sors et ouvre aussitôt, les mains tremblantes.

Le premier des documents enfermés dans le coffret est réduit à une unique feuille de papier, avec pour en-tête « À qui de droit », où l'auteur reconnaît, en peu de mots, le complot ourdi contre mon père afin de le spolier de son héritage ; le texte est signé d'Emily et daté d'il y a deux jours.

Sous cette feuille se trouvent deux autres lettres, rédigées d'une écriture superbe sur un papier pelure fragile et adressées par ma grand-mère à son fils.

Vient ensuite une déclaration sous serment, également de la main de ma grand-mère, datée du 5 juin 1820, authentifiée et signée en présence d'un notaire de la ville de Rennes, et certifiant que mon père est le fils légitimement conçu de Julius Verney Duport, 25e baron Tansor, d'Evenwood, comté du Northamptonshire. À cette déclaration en est jointe une autre, signée par deux témoins, qui atteste le baptême d'Edward Charles Duport en l'église Saint-Sauveur à Rennes, le 19 mars 1820.

Dans la première de ces deux pièces, mon attention est aussitôt attirée par la déclaration suivante :

> Moi, Laura Rose Duport, saine de corps et d'esprit, affirme ici sous serment que l'enfant susnommé, Edward Charles Duport, est né à l'insu de son père, le susnommé Lord Tansor, et a été confié à ma demande expresse aux soins permanents de ma très chère amie, Mrs Simona Glyver, épouse du capitaine Edward Glyver, ex-dragon du 11e régiment de cavalerie légère, domicilié à Sandchurch, comté du Dorset, pour qu'elle l'élève comme son propre fils.

Voilà qu'enfin la date de naissance de mon père allait pouvoir être gravée sur la plaque de granit moussue dans ce coin désolé du cimetière Saint-Vincent. Il avait quarante-deux ans à sa mort. Pourquoi ce simple fait m'affecte-t-il à ce point, je ne saurais le dire ; mais je reste assise un long moment, le visage enfoui dans mes mains, incapable d'endiguer mes larmes.

Pour finir, au fond de la boîte, je trouve un paquet de lettres de ma grand-mère, adressées à sa très chère amie, Mrs Simona Glyver, dans lesquelles est clairement exposé, comme je ne tarde pas à m'en rendre compte, le plan élaboré pour tenir secrète la naissance de mon père, et le confier ensuite à la garde de Mrs Glyver. Emily y a joint une lettre d'accompagnement :

> Ci-joint les documents que mon père, Mr Paul Carteret, connaissant leur importance et sachant qu'ils priveraient Mr Phoebus Daunt de ses espérances, avait déposés en sécurité à la banque de Stamford. Ils relatent, dans les propres termes de Lady Laura Tansor, comment, avec l'aide de son amie Mrs Simona Glyver, née More, elle a mené à bien son projet visant à cacher à son époux, mon défunt cousin, la naissance de son fils – ce fils qui aurait dû lui succéder à ma place. Mon père avait découvert ces lettres au cours de ses recherches sur l'histoire de notre famille, pour lesquelles je lui apportais mon concours et grâce auxquelles j'en ai moi aussi eu connaissance. Il les rapportait à Evenwood, dans la vieille gibecière d'Earl, le garde-chasse, le jour où il a été agressé et tué par Josiah Pluckrose, l'homme de main chargé par Mr Phoebus Daunt de les lui ravir… rien de plus, Dieu m'est témoin. Mais Pluckrose a outrepassé ses ordres, comme le craignait Mr Daunt.
>
> Que Dieu me pardonne pour ce que j'ai fait. Je n'ai jamais voulu sa mort.
>
> E.G.D.

Entre ces lettres, les déclarations sous serment, les preuves déjà en possession de la police concernant la naissance de Perseus, et le contenu des petits carnets tenus par la mère de substitution de mon père, Mrs Simona Glyver, il apparaissait, même à un esprit aussi peu rompu aux procédures juridiques que le mien, que, si je demandais la restitution de mon droit à succéder à Emily, en tant que 27e baronne Tansor, ma cause était inattaquable. Le Grand Dessein serait ainsi accompli. Evenwood et tout ce qui s'y attachait serait mien : chacune des pièces chargées de trésors que j'avais visitées, l'incomparable bibliothèque, chaque couloir et chaque escalier, chaque tourelle et chaque flèche, le grand parc de verdure sur lequel le soleil matinal jetait en ce moment même sa radieuse lumière – tout ce qui apparaissait à ma vue et se trouvait à portée de main m'attendrait alors, pour que j'en jouisse pleinement et le lègue à mes enfants à naître.

Plus cruciale encore, et de loin, que ce fabuleux héritage matériel était la certitude, désormais définitivement acquise, de ma véritable identité. Mes ancêtres, ma famille vieille de plusieurs siècles, m'entouraient de toutes parts. Je voyais chaque jour leurs visages peints et figés dans les portraits qui s'alignaient sur les murs des pièces et des couloirs : dames hautaines et messieurs à l'air satisfait dans leurs atours d'époque ; jolis enfants juchés sur les genoux de leur maman ; soldats bardés de fer et sévères hommes de loi ; prélats bien nourris et emperruqués, hommes d'affaires au regard circonspect – tous regardaient aujourd'hui le spectateur comme ils avaient regardé celui pour lequel ils avaient jadis posé, autant d'êtres humains qui, à une époque, avaient vécu, respiré, senti, et dont je partageais le sang.

Mon véritable foyer était donc ici, et non avenue d'Uhrich, même si c'était là, dans cette première demeure si chère à mon cœur, que j'étais décidée à retourner, sans annoncer mon arrivée et dès que les circonstances le permettraient, pour apprendre à Madame notre triomphe inespéré.

Posant bien en évidence sur son secrétaire la lettre qu'Emily avait rédigée à l'intention de l'inspecteur Gully, j'emportai le coffret et son précieux chargement dans ma chambre, changeai de robe et de bottines, et descendis prendre mon petit déjeuner, forte de l'assurance que je ne tarderais pas à le faire dans la peau de la nouvelle Lady Tansor.

À neuf heures moins le quart, le château est en pleine effervescence. On s'agite, on s'interroge, on s'inquiète.

Où est donc Lady Tansor ? Quelqu'un l'a t-il aperçue ? Qui l'a vue en dernier ? A-t-elle dit à quiconque qu'elle avait l'intention de se lever de bonne heure ? Pourquoi ne manque-t-il aucun de ses vêtements d'extérieur ? (Miss Allardyce, des larmes plein les yeux, est catégorique sur ce point.) Plus déconcertant encore, où est passée sa chemise de nuit ? Elle n'est tout même pas sortie en chemise ?

Perseus, qui ne s'est pratiquement pas couché de la nuit pour travailler à son poème, arpente les couloirs sans un mot, son visage sombre tendu par l'inquiétude. Randolph parcourt la foule des domestiques rassemblés dans le grand vestibule, questionnant calmement chacun d'eux à tour de rôle. Aucune trace, cependant, de sa femme, ce dont je suis fort aise.

Je me tiens un peu à l'écart de toute cette agitation, près du portrait du Corsaire turc. Même si de temps à autre un regard se glisse dans ma direction, aucun des deux frères ne semble disposé à m'adresser la parole.

À neuf heures précises, la cloche de la porte d'entrée retentit. On fait entrer l'inspecteur Gully, et les quatre officiers qui l'accompagnent, dont le sergent Swann, le visage toujours aussi impassible. L'inspecteur demande s'il est loisible à Lady Tansor de lui accorder un entretien.

« Non, monsieur, dit Barrington. Je suis au regret de dire à monsieur que Madame la baronne n'est pas là pour l'instant. »

Pressé de questions, Barrington finit par admettre, non sans réticence, que personne n'a vu Lady Tansor depuis le moment où, la veille au soir, à dix heures et demie, Miss Gorst l'a quittée alors qu'elle venait de se coucher.

L'inspecteur est d'abord intrigué, puis mécontent, avant de se montrer franchement contrarié. On lit clairement sur son visage la certitude que ce contretemps n'augure rien de bon. Il n'apprécie pas, franchement pas, qu'il ait pu se produire un incident que même lui n'avait pas prévu. Il demande ensuite, de façon passablement abrupte, à s'entretenir avec Mr Perseus Duport, et Barrington le fait entrer à regret dans la bibliothèque, avant d'aller chercher son maître dans la salle du petit déjeuner.

La conversation qui s'ensuit n'est pas sans effet sur Perseus, comme me le dira par la suite l'inspecteur. Quand il sort de la bibliothèque, un quart d'heure plus tard, après avoir entendu ce dernier lui dire qu'il souhaiterait interroger Madame la comtesse à propos du meurtre d'une certaine Mrs Barbarina Kraus, il est à l'évidence en état de choc.

Il gravit en trombe le grand escalier, où il croise son frère qu'il ignore délibérément et ostensiblement, et re-claque brutalement la porte de son bureau, après avoir crié à Barrington, qui semble être partout ce matin, qu'il ne veut être dérangé sous aucun prétexte, sauf au cas où l'on aurait des nouvelles de sa mère.

Je me trouve près de la porte d'entrée quand l'inspecteur revient de la bibliothèque.

« Puis-je vous parler, Miss Gorst ? s'enquiert-il calmement. En privé. »

Nous nous rendons dans la salle du petit déjeuner, récemment libérée par Perseus, et l'inspecteur referme doucement la porte derrière lui.

« Ma foi, commence-t-il, en se frottant les mains, de l'air de quelqu'un qui n'attend rien de bon de la suite des événements, voilà qui est fâcheux. Où peut-elle bien être passée ? »

Il y a chez mon collègue du triumvirat, auparavant si affable, une détermination que je ne lui connais pas, et je sens, à son air concentré, que sa réputation est fondée.

« Je suis incapable de vous le dire. » Instinctivement, ma réponse est évasive, car, pour l'instant, je ne veux pas qu'il sache que je n'ai rien fait pour empêcher Emily de s'ôter la vie, lui permettant du même coup d'échapper aux rigueurs de la loi. Je lui dis simplement que je ne l'ai pas vue depuis la veille.

« J'entends bien, j'entends bien, acquiesce-t-il, tout en réussissant néanmoins à me faire comprendre qu'il a de sérieux doutes quant à la véracité de mes propos. Il reste que l'affaire est grave, si elle a pris la fuite… peut-être avec le secours de tiers. Cela pourrait aller chercher loin devant un tribunal.

– En effet. » C'est tout ce que je réussis à articuler, devant son regard déconfit.

S'ensuit un bref silence. L'inspecteur tapote le sol de son pied droit et arrondit les lèvres dans un sifflement muet.

« Y a-t-il autre chose que vous souhaiteriez me dire, miss ? finit-il par me demander.

– Et quoi donc ?

– Je pensais à Lady Tansor et à l'endroit où elle pourrait être en ce moment.

– Comme je l'ai déjà dit, réponds-je, me laissant entraîner par mon mensonge, et sachant qu'il apprendra sous peu la vérité sur le sort d'Emily, je l'ai vue pour la dernière fois hier soir à dix heures et demie.

– Vous étiez debout de bonne heure ce matin, vous aussi, me semble-t-il.

– Cela m'arrive souvent, vous savez.

– Et pourquoi pas ? Parfaitement compréhensible. C'est également mon cas. »

Nouveau silence pesant.

« Mais… aucune trace de Madame la baronne ? Pardonnez-moi de vous bousculer ainsi.

– Non, je n'ai vu personne. »

C'est à peine maintenant si l'inspecteur se soucie de déguiser ses soupçons. Je vois bien qu'il sait que je lui mens, même s'il ne sait pas ce que je lui cache, et qu'il se rend fort bien compte qu'il ne tirera rien de plus de moi. Je me sens coupable de mentir ainsi, mais je pense que c'est préférable, au vu des circonstances.

« Eh bien, miss, dit-il, frottant la semelle de sa bottine gauche sur le tapis, vraisemblablement dans le but de soulager une de ses démangeaisons, il semblerait qu'il n'y ait rien à ajouter… pour l'instant, du moins. Je vous souhaite donc le bonjour. »

Je demeure de longues minutes seule dans la salle du petit déjeuner, réfléchissant à ce que je devrais faire désormais, encore retournée d'avoir découvert les clés de mon héritage perdu et régulièrement assaillie par l'insupportable vision du corps d'Emily en train de s'abandonner aux eaux tumultueuses de l'Evenbrook. Pour finir, je remonte dans ma chambre et attends la nouvelle qui à présent ne saurait tarder.

Les horloges du château sonnent dix heures.

L'inspecteur Gully a suffisamment patienté. Il fait appeler Mr Pocock et lui demande, avec la permission de Mr Perseus Duport, d'envoyer tous les hommes disponibles fouiller le parc. Puis le sergent Swann est chargé de monter dans les appartements d'Emily, accompagné de Miss Allardyce et d'un Barrington doué d'ubiquité, à qui la présence de l'inspecteur et de ses officiers dans la maison semble avoir fait perdre son impassibilité coutumière.

Un peu plus tard, le sergent redescend avec une lettre, trouvée par Barrington sur le secrétaire de Madame la baronne, et adressée de la main de celle-ci à l'inspecteur Alfred Gully, qui se détourne aussitôt pour en prendre connaissance. Quand il a terminé, il la met dans la poche de sa veste et fait signe au sergent Swann d'approcher.

Ils s'écartent des divers groupes de domestiques qui échangent des propos inquiets et se dirigent vers le portrait de mes grands-parents dans sa petite alcôve ceinte de chandelles. Je viens de sortir de ma chambre et je me tiens au sommet de l'escalier, d'où je parviens à entendre ce qu'ils se disent.

« Terminé ! dit l'inspecteur en tapotant sa poche. Des aveux complets. De A à Z : la délicate affaire de la naissance de l'aîné gardée secrète, Mrs Kraus, et même le mystère Carteret. Mr W et son oncle avaient raison – tout comme Mrs Gully, Dieu la bénisse ! C'est le problème de la succession qui est à l'origine de tout. Il s'est agi d'abord d'assurer l'avenir doré de Mr Daunt, ensuite celui de Master Perseus. Le reste, nous le connaissons. Le pauvre Carteret avait découvert l'identité du véritable héritier et avait en sa possession les documents pour le prouver. Il a signé son arrêt de mort, encore que je veuille bien croire qu'ils n'avaient pas prévu de le faire disparaître. Et qui, à votre avis, sergent, était l'héritier spolié ? »

Le sergent hausse les épaules, comme si la réponse ne présentait pas pour lui le moindre intérêt.

« Je vais tout de même vous l'apprendre, dit l'inspecteur avec un sourire ironique. Edward Glyver. Voilà un nom qui nous est familier à tous deux, n'est-ce pas, sergent, ainsi qu'à l'ensemble du service. Edward Charles Glyver. Toujours recherché à ce jour pour le meurtre de Mr Phoebus Daunt. C'est un sacré écheveau, c'est certain, mais nous l'avons déjà bien démêlé. Tout est là. Signé et daté, par Lady Tansor elle-même. Il ne nous reste plus qu'à la retrouver. »

Ils quittent l'alcôve, et je m'engage dans l'escalier au moment où Barrington, le visage fermé, se glisse par la petite porte verte qu'Emily a franchie de bonne heure ce matin, pour entamer son ultime voyage jusqu'à l'Evenbrook.

« Ah, Barrington, dit l'inspecteur au premier valet de pied. Je vais devoir m'entretenir à nouveau avec Mr Perseus Duport, s'il vous plaît.

– Mr Duport est sorti, monsieur, lui répond Barrington. Il avait besoin de prendre l'air. Il ne va pas tarder.

– Peut-être pourriez-vous me faire savoir quand il rentrera », suggère l'inspecteur.

L'autre se contente d'incliner la tête et s'éloigne discrètement.

Il est presque onze heures, et, alors que Mr Wraxall arrive et demande à voir Miss Gorst, l'un des aides de Mr Maggs, en nage et hors d'haleine, monte précipitamment les marches du perron et fait une irruption remarquée dans le vestibule.

« Eh bien, eh bien, Harry Bloomfield, dit Mr Maggs d'un air sévère. Que se passe-t-il donc ?

– On l'a trouvée ! souffle le garçon. Près du pont. Noyée, et en chemise de nuit ! »

Un murmure horrifié parcourt le vestibule. Plusieurs des femmes éclatent en sanglots, et Mr Pocock s'oublie au point de s'effondrer sur un des fauteuils de velours rouge, la tête entre les mains.

Mr Maggs laisse échapper un petit sifflement et secoue la tête, avant de se détourner et de dire dans sa barbe : « Noyée. Exactement comme sa sœur. »

II

LA REVANCHE DU TEMPS

Ils la ramènent enveloppée dans une couverture que l'on s'est procurée à la hâte, le visage recouvert, et la déposent sur son lit toujours défait. Au moment où, en traversant le vestibule avec leur funèbre fardeau, ils passent devant les spectateurs épouvantés encore rassemblés là, une main baguée d'un blanc bleuté glisse du linceul de fortune, provoquant l'évanouissement d'une des petites bonnes.

Le docteur Pordage a été appelé pour donner un premier avis sur la cause de la mort, même si celle-ci ne fait de doute pour personne. Il est suivi de près par Mr Thripp, qui, après avoir attaché son terrier près de la porte d'entrée malgré ses gémissements, monte à l'étage en soufflant bruyamment, afin de dispenser en cette heure d'affliction de verbeuses paroles de réconfort chrétien.

Quel terrible spectacle que celui du pauvre corps d'Emily, allongé sous la couverture détrempée et salie dans le grand lit sculpté où elle a passé tant de nuits d'insomnie. Je n'ai pas besoin de feindre, car les larmes qui coulent sur mon visage sont sincères, et je ne fais aucun effort pour les dissimuler ; personne, pourtant, ne vient me consoler. Il semble que je ne jouisse plus d'aucun statut dans la maison, maintenant que le lien privilégié qui m'unissait à mon ancienne maîtresse a été brisé, et je me retrouve ignorée du petit groupe rassemblé autour du lit : Perseus et son frère, l'inspecteur Gully et le sergent Swann, le médecin et le pasteur, et Mr Baverstock, le secrétaire de Milady. Tous, à l'exception de Perseus, conversent à voix basse et d'un ton grave ; lui se tient légèrement à l'écart, les yeux fixés sur le visage de sa mère, à présent découvert.

Comme il lui ressemble, même en ce moment ! Les beaux cheveux de Milady, que j'ai si souvent brossés et coiffés, sont emmêlés et collés par la vase de la rivière ; l'une des joues est rayée d'un éclat dentelé de boue noire et durcie, comme une blessure qui aurait séché ; le front présente une vilaine contusion rouge sombre. Et pourtant, bizarrement, la mort a effacé les années, et son visage, sous ces défigurations temporaires, semble presque avoir retrouvé sa jeunesse. La peau est lisse et tendue, lavée des ravages occasionnés par les épreuves traversées. Nul besoin à présent de lotions et de poudre pour masquer les stigmates du temps et des remords ; car la mort ne lui a pas ravi sa beauté.

Perseus n'a pas un regard pour moi, ne paraît pas même avoir remarqué ma présence, mais continue à fixer la morte, comme paralysé. Toute trace de vie s'est retirée de lui, le laissant aussi pâle et rigide que sa mère. Puis il tend le bras pour sortir une des mains glacées et déjà raidies de sous la couverture, se penche et la baise avec une tendresse si pathétique que mes larmes coulent à nouveau.

Cet acte pourtant simple m'émeut plus que je ne saurais dire ; une fois son geste accompli, je vois que lui aussi a des larmes dans les yeux, et que la perte de cette mère chérie, qui plus est dans d'atroces circonstances, lui cause une souffrance indicible. Mais il doit affronter un autre coup du sort : grâce aux bons soins de l'inspecteur Gully, il comprend – et il est le seul dans ce cas pour l'instant – toute l'ampleur de la tragédie ; il sait la honte et le déshonneur qui sont sur le point de s'abattre sur la maison Duport.

Je jette un coup d'œil en direction de Mr Randolph, qui parle avec le docteur Pordage, sans paraître relever la douleur de son frère. Il finit pourtant par s'approcher de lui et poser sur son épaule une main consolatrice, que Perseus écarte d'un geste rageur avant de se jeter sur le sofa, où il reste assis, les yeux plongés dans l'âtre aux cendres froides.

Tous continuent à m'ignorer. Seule Miss Allardyce remarque ma présence et vient vers moi, mais elle est trop bouleversée pour pouvoir dire autre chose que « Ah, Miss Gorst ! », avant d'être obligée de quitter ce lieu chargé d'horreur. Au moment où elle sort de la pièce, Mr Randolph s'avance vers moi.

« Vous devriez peut-être partir vous aussi, Esperanza, dit-il avec douceur. Cela vaudrait mieux, je crois. »

Il me parle avec gentillesse, chaleur, sollicitude, comme il l'a toujours fait ; mais il est ainsi avec tout le monde, y compris les domestiques. Je sais désormais qu'il n'y a jamais rien eu de particulier dans son comportement à mon égard, simplement de la maladresse et des hésitations dans ses tentatives pour me confier ses sentiments à l'égard de Jane Paget, tentatives que j'ai, par manque de discernement, si mal interprétées. Il a tout au long été amoureux d'une autre, et je n'ai pas su le voir.

Il me prend par la main et me conduit jusqu'à la porte, qu'il m'ouvre avec un sourire. Aucun des autres ne se retourne pour me regarder sortir.

Mr Wraxall m'attend dans la bibliothèque, où il est en train d'examiner un document ancien exposé dans une des vitrines.

Il m'accueille en me prenant la main et en la pressant délicatement, sans un mot. Il me conduit ensuite dans une pièce contiguë, de forme curieuse, qui fut à une époque le cabinet de travail du professeur Slake, et, avant lui, de Mr Paul Carteret.

« C'est une affaire regrettable, ma chère, commence-t-il. J'avoue que je n'avais pas prévu une pareille issue, et pourtant j'aurais dû. Avec une femme dotée d'un orgueil aussi démesuré… Oui, j'aurais dû envisager l'éventualité selon laquelle, voyant que tout était perdu, elle choisirait de se condamner elle-même et d'échapper ainsi à la justice.

« Mais nous pourrons, et nous devrons, reparler de tout cela quand nous en saurons davantage sur ce qui s'est passé, et pourquoi. Ce que je suis venu vous dire, ma chère petite, vous concerne vous.

– Moi ? Que voulez-vous dire ?

– Je crois que vous le savez fort bien, répond-il, donnant un aperçu du redoutable procureur qu'il était autrefois.

« Très bien, reprend-il, quand il me voit garder le silence. Vous vous souviendrez sans doute du jour où vous avez été suivie par l'homme de main de Mr Vyse, Arthur Digges, à Londres. Ce que vous ignoriez, c'est que, préoccupé comme je l'étais de votre sécurité, j'avais un peu plus tôt chargé mon propre employé, Jobson, de ne pas vous lâcher des yeux dès que vous quitteriez Grosvenor Square.

« Jobson vous a suivie jusqu'à Billiter Street, où il vous a vue entrer chez un certain John Lazarus, agent maritime à la retraite. Par malheur, quand vous êtes ressortie, Jobson vous a perdue dans la foule, et je remercie le ciel que vous ayez fini par trouver votre ami Mr Pilgrim. Je ne suis plus aussi sûr aujourd'hui que je l'étais alors que Digges avait vraiment l'intention d'user de voies de fait à votre égard, mais la situation n'en était pas moins dangereuse.

« Le lendemain, je suis allé rendre visite à Mr Lazarus, un homme charmant et fort intéressant, et tout disposé à parler de sa vie d'antan, en particulier des jours qu'il a passés à Madère, il y a quelque vingt ans de cela, en compagnie d'un certain Edwin Gorst. »

Me voyant rougir, il me presse à nouveau la main et s'excuse pour l'embarras que risquent de me causer ses propos.

« Mais je vous en prie, dis-je, d'un ton aussi désinvolte que possible. Poursuivez, s'il vous plaît.

– Mr Lazarus, semble-t-il, s'était pris d'affection pour ce monsieur, dont vous partagez le nom, et qu'il avait rencontré pour la première fois sur l'île de Lanzarote, vivant dans des conditions affreusement précaires. Il apparaît que Mr Gorst l'avait prié de remettre certains papiers à un notaire de Londres, mission dont Mr Lazarus avait très volontiers accepté de se charger. Craignant pour la santé déclinante de son nouvel ami, il s'était ensuite employé à convaincre Mr Gorst de quitter Lanzarote pour le climat plus salubre de Madère, où il possédait une villa.

« Mais, bien sûr, vous savez déjà tout cela, fait ensuite remarquer Mr Wraxall, en me lançant un de ses regards pénétrants. Alors, je vais plutôt vous dire une chose que, à mon avis, vous ignorez à propos de cet homme, dont nous savons tous deux aujourd'hui qu'il était votre père.

« Mr Lazarus me parla, lors de ma visite, d'un scandale, plus précisément d'une liaison secrète, à la suite de laquelle Mr Gorst et une certaine Marguerite Blantyre, fille d'un négociant en vins d'Édimbourg bien connu, durent quitter Madère précipitamment, pour ne plus y revenir. Cela aussi, je pense que vous le savez.

« Mr Lazarus ne revit jamais Mr Gorst, et, à son grand regret, n'eut jamais en sa possession qu'un seul souvenir de son ancien ami. Savez-vous ce qu'était ce souvenir ? »

Une fois encore, je sens sur moi le regard inquisiteur de l'avocat, tandis que je m'évertue, sans grand succès, à rester impassible.

« Ah, voilà que je recommence, reprend-il en m'adressant un nouveau sourire d'excuse. Il ne s'agit pas d'un contre-interrogatoire, ma chère petite, et je suis désolé si cela y ressemble. On ne se débarrasse pas facilement de ses vieilles habitudes, j'en ai peur. Que je vous dise donc, en toute confidence, que le seul souvenir d'Edwin Gorst conservé par Mr Lazarus était un livre : la première édition, imprimée à Cambridge en 1634, des *Six Sermons* de John Donne. Il était tombé derrière le lit de Mr Gorst et n'avait été découvert qu'après le scandale auquel je viens de faire allusion. Mr Lazarus me le montra, un bel exemplaire, en parfait état de conservation. Il y avait une inscription sur la page de garde : "Edward Charles Glyver. Eton College, mai 1834". »

Je vois clair dans son jeu et comprends qu'il a déduit à juste titre que je suis la fille du meurtrier de Phoebus Daunt. Je décide donc, sur-le-champ, de ne plus rien lui cacher, sachant avec une certitude instinctive que, à l'instar de Madame, il ne cherche qu'à défendre mes intérêts, et que j'aurai besoin de ses conseils et de son aide dans les jours et les semaines à venir.

C'est ainsi que je révèle à Mr Montagu Wraxall ma véritable identité et la raison pour laquelle j'ai été envoyée à Evenwood.

Un peu avant midi, nous revînmes dans l'extraordinaire bibliothèque, baignée maintenant d'un soleil éblouissant.

« Cela fait toujours plaisir de voir ses soupçons confirmés », fit remarquer Mr Wraxall, tandis que nous regardions la terrasse, si souvent arpentée par Emily.

Je lui avais tout dit, en évoquant pour finir les documents désormais en ma possession, dont j'espérais qu'ils feraient reconnaître mes droits à la baronnie Tansor, en qualité de petite-fille de feu Lord Tansor. J'allai même jusqu'à lui avouer ce que je n'avais pas dévoilé à l'inspecteur Gully, à savoir que j'avais assisté aux derniers moments d'Emily.

« Peut-être n'était-ce pas plus mal, après tout, dit Mr Wraxall, en secouant tristement la tête.

– Vous le croyez vraiment ? demandai-je vivement, car j'avais craint qu'il m'en veuille de n'avoir pas su empêcher Emily de se détruire.

– Pas avec une totale certitude, reconnut-il, et d'abord parce qu'elle ne sera jamais amenée, du moins dans cette vie, à répondre de son rôle dans l'agression perpétrée contre son père. Mais ce qui est fait est fait, et il nous faut maintenant affronter les conséquences… à commencer par vous, ma chère petite. Que comptez-vous faire ? »

Je lui dis que j'avais l'intention de partir au plus tôt pour Paris, afin d'informer ma tutrice de la mort de Lady Tansor et du fait que nous possédions désormais le moyen de rétablir la lignée de mon père par mon intermédiaire.

« Sans compter que vous avez donné raison à mon cher oncle, au sujet de la mort de Mr Carteret, dit Mr Wraxall avec émotion. Il savait, comme moi, qu'il n'y avait pas dans cette agression qu'un simple vol. Que Dieu vous bénisse pour cela aussi, ma chère enfant. Vous ne pouvez savoir combien c'est important pour moi. »

Il n'y avait qu'une chose que j'hésitai encore à lui révéler ; mais je finis par le faire et ne m'en trouvai que mieux.

« Randolph Duport, marié ? À Mrs Battersby ! »

Je n'avais jamais vu Mr Wraxall aussi désarçonné, et, longtemps, il parut dans l'incapacité d'ajouter quoi que ce soit.

« Son frère est-il au courant ? demanda-t-il, reprenant enfin ses esprits.

– Non, je ne crois pas. »

Sans admettre que j'aimais Perseus, je racontai ensuite à Mr Wraxall comment j'avais rejeté sa demande en mariage, croyant que c'était Mr Randolph l'héritier légitime que je devais chercher à épouser. Mr Wraxall réfléchit un moment.

« Pauvre garçon ! dit-il au bout d'un moment. Vous savez, je suis vraiment désolé pour Mr Perseus. Après tout, il n'a rien à se reprocher, or il va devoir payer lourdement pour les fautes de sa mère. Mais il n'y a plus rien à faire, à présent. Vous avez tout ce qu'il faut, j'en suis sûr, pour faire valoir vos droits et ainsi déposséder Mr Perseus, et son frère, à moins, bien sûr, que vous décédiez sans enfant, ce qui, je l'espère sincèrement, ne sera pas le cas. Vous allez être une proie magnifique, ma chère petite, magnifique, en vérité. »

Il rit sous cape.

« À quoi pensez-vous ? demandai-je.

– Pardonnez mon inconséquence en de telles circonstances, dit-il, mais je pensais que vous alliez devoir vous méfier de Mr Maurice FitzMaurice, une fois que vous serez Lady Tansor. »

Je lui rendis son sourire. Puis il me considéra de la manière la plus étrange.

« Ah, dit-il, l'air pensif, je vois ce qu'il en est. Vous aimiez Mr Perseus, mais il vous a fallu renoncer à lui pour le bien de votre cause. Ma pauvre chère petite ! »

Le souvenir encore douloureux de ce que j'avais perdu, et ma gratitude envers Mr Wrawall pour sa touchante sollicitude m'amenèrent une fois de plus les larmes aux yeux. J'étais accablée par ailleurs à la pensée de tout ce qui m'attendait ; mais Mr Wraxall entreprit bientôt de me rassurer sur ce point.

« Laissez-moi m'occuper d'un maximum de choses, ma chère enfant, dit-il, si toutefois vous le souhaitez.

– J'en serais très heureuse », répondis-je.

Il fut donc entendu que Mr Wraxall se chargerait des lettres et des déclarations sous serment de ma grand-mère, ainsi que des lettres de Daunt à Emily que j'avais prises dans le placard secret. Nous convînmes d'autre part que, pendant que je serais en France, il consulterait un expert quant à la procédure légale à engager pour faire valoir mes droits.

Nous discutions encore de ces arrangements quand Barrington se présenta pour annoncer à Mr Wraxall que l'inspecteur Gully souhaitait le voir.

« Faites venir l'inspecteur ici, si vous voulez bien, Barrington, dit Mr Wraxall. Accepterez-vous de lui répéter ce que vous venez de me confier ? me demanda-t-il ensuite. Il vaudrait mieux que vous le mettiez au courant maintenant, vous savez, avant qu'il découvre la vérité par lui-même. »

L'inspecteur ne tarde pas à arriver, et nous sortons tous les trois, graves et silencieux, sur la terrasse ensoleillée. Nous restons un moment à regarder les jardins, dans leur fraîche parure d'été.

« Ça s'est chamaillé dur, dit l'inspecteur tout à trac. Les deux frères n'y sont pas allés de main morte. »

Il apparaît alors que, une fois Perseus rentré, l'inspecteur était monté jusqu'à son bureau, avec l'intention de lui mettre la confession de sa mère sous les yeux, pour trouver les deux frères engagés dans une violente discussion. Tandis qu'il s'apprêtait à frapper à la porte, il avait distinctement entendu Perseus crier le nom « Battersby » sur un ton scandalisé. J'en déduis aussitôt que Mr Randolph a fini par avouer son secret, et je le fais savoir à Mr Gully.

« Allons bon, dit ce dernier. En voilà une surprise. C'est le jour des aveux, à n'en pas douter.

– J'en ai un à vous faire, moi aussi, Mr Gully, lui dis-je, un peu penaude.

– Je me disais aussi, fait-il en se redressant, elle me cache quelque chose. »

On laissa au compétent Mr Baverstock le soin de prendre les dispositions imposées par l'urgence de la situation ; car, moins d'une heure après leur dispute, les deux frères Duport avaient quitté le château : Perseus, dans une colère noire, pour Londres, et Mr Randolph et son épouse pour le pays de Galles, ce dernier ayant toutefois annoncé son intention de revenir au moment de l'enquête préliminaire concernant la mort de sa mère.

Le petit monde d'Evenwood était sous le choc, et profondément scandalisé par cette suite d'événements extraordinaires : Lady Tansor décédée, et impliquée dans un double meurtre, dont celui de son propre père ! Mr Perseus Duport, fils illégitime du colonel ! Mr Randolph

Duport marié en secret à la gouvernante ! Les langues les plus déliées des régions inférieures se retrouvaient presque muettes de stupéfaction. Comment toute cette affaire allait-elle se terminer ? Et qu'allait-il advenir d'eux, maintenant que les puissants Duport, semblait-il, n'étaient plus ?

Mr Pocock et le régisseur, Mr Applegate, s'efforcèrent de calmer les uns et les autres.

« C'est Mr Randolph qui sera notre nouveau maître, dit ce dernier aux autres domestiques, ignorant encore que j'étais à présent l'héritière légitime. Et ce n'est pas une mauvaise chose pour nous, dans la mesure où c'est un homme bon et bienveillant. Il prendra soin de nous, ne craignez rien. »

Je quittai Evenwood le lendemain et pris le train pour Londres en compagnie de Mr Wraxall. Il aurait aimé que je passe quelques jours avec lui avant de poursuivre mon voyage vers la France, mais je lui opposai avec la plus grande fermeté qu'il me fallait rallier l'avenue d'Uhrich le plus rapidement possible. Il finit par se rendre à mes arguments, mais insista pour prendre lui-même les dispositions nécessaires et m'avancer un peu d'argent afin de faire face aux dépenses imprévues.

Je passai la nuit dans un hôtel sombre et poussiéreux, situé dans une rue lugubre à proximité de la gare où je devais prendre mon train le lendemain matin – changement considérable, vous l'admettrez, en regard des splendeurs d'Evenwood. C'était aussi la première fois que je me retrouvais vraiment seule, sans personne sur qui compter que moi-même, dans la grande capitale enfumée.

En proie à une foule d'émotions contradictoires, j'étais en train de dîner seule dans la grande salle à manger quand je pris conscience d'une présence à mes côtés.

« Tout est-il à point et à votre goût, miss ? »

La question était posée, sans la moindre trace de cordialité ni de véritable intérêt, par un serveur dégingandé, aux cheveux raides et ternes, qui avait l'air d'un croque-mort contrarié et qui ponctua sa question d'un soupir à fendre l'âme.

Je lui répondis que tout allait parfaitement bien.

Le serveur s'inclina et passa, avec une infinie lenteur, à la table suivante, où il posa la même question à un monsieur aux amples proportions qui s'apprêtait à enfourner dans sa bouche un prodigieux morceau de bœuf dégoulinant, et qui se contenta d'un grognement inintelligible en guise de réponse. Le lugubre interrogatoire se poursuivit ainsi de table en table, jusqu'au moment où, ayant enfin terminé son périple, le sombre enquêteur alla prendre position à côté de la porte, posa sa serviette blanche sur son bras droit, qu'il plaqua contre son estomac. Il sembla alors se figer dans une immobilité rigide, les yeux fermés, comme une sorte d'automate grandeur nature qui se serait arrêté et dont le mécanisme aurait besoin d'être remonté.

Je ne sais pourquoi je mentionne un incident aussi banal et anodin, si ce n'est peut-être parce qu'il a en quelque sorte fixé dans mon esprit le souvenir de ce jour-là, et de l'atmosphère de cette salle à manger funèbre et sinistre, avec son assemblée de voyageurs solitaires qui avaient tous leurs raisons particulières pour se trouver là, et sans doute aussi, comme moi, leurs propres secrets à cacher.

37

Un héritage de secrets

I

LES QUATRE SECRETS
1er JUIN 1877

Après avoir passé la nuit à l'Hôtel des Bains à Boulogne, où j'avais déjà séjourné avant mon départ pour l'Angleterre, j'arrive enfin avenue d'Uhrich.

Madame est assise seule, le dos à la porte, dans le salon du premier étage de la Maison de l'Orme, et contemple d'un air absent le marronnier sous lequel je jouais enfant.

Un long moment s'écoule avant qu'elle prenne conscience de ce que je suis entrée dans la pièce et me tiens maintenant debout juste derrière elle ; puis elle tourne légèrement la tête et sursaute, en portant la main à sa bouche et en laissant échapper un petit cri de surprise.

« Esperanza ! Ma chère enfant ! Mais que fais-tu ici ? »

Je sursaute moi aussi, soudain bouleversée, même si je fais de mon mieux pour masquer mon émotion.

Elle a terriblement changé. Le visage juvénile dont je me souviens si bien et dont j'ai si souvent rêvé au cours des mois passés à Evenwood est maintenant tiré et marqué par les soucis ; ses cheveux clairs aux reflets chatoyants sont raides et clairsemés ; et je m'aperçois, à mon grand désarroi, que ses mains autrefois si lisses et délicates sont à présent décharnées, comme celles d'une vieille femme, et qu'elles sont agitées d'un tremblement perpétuel.

Mon bel ange gardien à la jeunesse éternelle, que vous est-il donc arrivé ?

Je retrouvai enfin ma langue, la saluai et me penchai pour déposer un baiser sur son front sillonné de rides. Elle me prit la main, et je m'assis à côté d'elle, sur le petit sofa tapissé où nous nous installions pour lire ensemble quand le temps ne nous permettait pas d'aller au Bois.

« Pourquoi ne m'avoir pas dit que tu venais ? » demanda-t-elle.

Il y avait dans sa voix une urgence, un trémolo inquiétant, qui me donnaient à penser que je n'étais pas la bienvenue.

« Parce que je voulais vous faire la surprise, pardi, à vous et à Mr Thornhaugh, répondis-je avec tout l'entrain dont j'étais capable. Il est ici ? Voulez-vous que je demande à Jean de l'appeler, afin que je vous annonce mes nouvelles à tous deux en même temps ? Ou plutôt non, je vais aller le trouver moi-même. Je suppose qu'il est dans ses livres, comme d'habitude…

– Mr Thornhaugh n'est pas ici, m'interrompit Madame en lâchant ma main et en détournant les yeux un instant. Il est parti.

– Parti ? Comment cela ? Mais parti où ? Reviendra-t-il bientôt ?

– Jamais. Je ne m'attends pas à le revoir dans cette vie, si ce n'est en souvenir, et, cette vie, je vais moi-même bientôt la quitter. Ma chère petite, je suis condamnée. »

Le souvenir des heures qui ont suivi est gravé dans ma chair comme une blessure qui refuse de se refermer.

Tandis que l'après-midi tirait à sa fin puis faisait place à un soir noyé dans la pluie qui tambourinait sur les hautes fenêtres, les secrets arrivèrent en cascade.

Ah, les secrets ! En verrais-je jamais la fin ? Où étaient donc l'honnêteté et la franchise entre ceux qui prétendaient s'aimer ? Tant de choses avaient été cachées, ensevelies dans de sombres fosses. Pourquoi ne m'avaient-ils jamais rien dit ? Je leur avais accordé toute ma confiance, et ils m'avaient trompée. Une flèche que l'on m'aurait retirée du corps n'aurait pu causer douleur plus intense et plus tenace que celle que j'endurai alors, quand la vérité me fut enfin révélée par la personne que j'avais chérie et estimée plus que toute autre au monde.

Je n'essaierai pas, j'en serais d'ailleurs incapable, de proposer une transposition mot à mot du récit que me fit alors Madame. Qu'il me soit permis de recourir pour la dernière fois, au moment où mon histoire va se terminer, au résumé de cette journée épouvantable que j'ai consigné à l'époque dans mon Livre des Secrets – ce trésor de choses tues, consciencieusement entretenu et conservé par mes soins pour obéir aux instructions de Madame.

LA CONFESSION DE MADAME
MAISON DE L'ORME, 24 MAI 1877

Voici les quatre secrets que j'appris de Madame ce jour-là.

1. Après la mort de ma mère, « Edwin Gorst », de son vrai nom Edward Glyver, quitta la Maison de l'Orme pour voyager en Orient. Jusque-là, ce qu'on m'avait raconté était vrai.
On annonça ensuite qu'il était mort à Constantinople, et que son corps avait été rapatrié à Paris. C'était faux.
Le cercueil qui pourrissait sous la dalle de marbre au cimetière Saint-Vincent ne contenait rien d'autre que des pierres et des gravats. Il n'était pas mort, à l'âge de quarante-deux ans, en 1862, comme le proclamait la pierre tombale. Il vivait toujours.
Mon père est vivant.
Tel était le premier secret.

2. Un an après la mort supposée d'« Edwin Gorst », Mr Basil Thornhaugh vint habiter la Maison de l'Orme, pour se charger de mon instruction.
Trois semaines plus tôt, Basil Thornhaugh et Mme de l'Orme, veuve de son état, s'étaient mariés secrètement dans une petite église de village, non loin de Fontainebleau. Ils avaient ensuite vécu comme mari et femme, à l'insu de tout un chacun.
Tel était le deuxième secret.

3. Débrouillez-moi l'énigme suivante :
On croyait « Edwin Gorst », le moustachu, mort et enterré, et pourtant il était bien vivant. Le glabre Basil Thornhaugh, lui, vivait, respirait, et pourtant il n'avait jamais existé.
La réponse est simple.

Basil Thornhaugh était, que dis-je est, mon père. Basil Thornhaugh est donc Edward Glyver, le meurtrier de Phoebus Daunt.
Duport – Glyver – Glapthorn – Gorst – Thornhaugh. Cinq noms pour le même homme. Un homme encore en vie. Un père encore en vie.
Tel était le troisième secret.

4. Madame avait toujours aimé mon père, depuis leur toute première rencontre, des années plus tôt, alors qu'il était attaché à une autre, l'amie la plus chère qu'elle ait jamais eue. Mais cette amie, de concert avec l'homme qu'elle aimait, elle, avait cherché à le détruire, afin de s'octroyer ce qui lui revenait de droit.
Est-il besoin d'en dire plus ?
Ladite amie était l'ex-Emily Carteret.
Son amant, Phoebus Daunt.
Le nom de jeune fille de Mme de l'Orme, Marie-Madeleine Buisson.
Tel était le quatrième secret.

Ainsi se terminait mon résumé, même si d'autres secrets, de moindre importance ceux-là, restaient encore à dévoiler.

À intervalles réguliers au cours de sa confession, Madame avait dû s'interrompre pour cracher dans un grand mouchoir qu'elle avait à portée de main. Elle eut beau tenter de les cacher, je n'en vis pas moins les sinistres taches de sang sur le blanc du tissu et reconnus aussitôt leur funeste signification.

« D'après le médecin, je ne vivrai pas assez longtemps pour voir les feuilles tomber cette année », dit-elle en regardant se balancer les branches du marronnier, à peine visibles dans l'obscurité de plus en plus épaisse.

Elle m'avait trompée, certes, mais je l'aimais toujours, et le pronostic du médecin me brisa le cœur.

« Eh bien, il va falloir lui prouver qu'il se trompe, dis-je gaiement, en m'efforçant de sourire. Je vais vous emmener… en Italie. À Florence. Et vous reviendrez, rétablie et heureuse, à temps pour voir tomber les feuilles, jusqu'à ce que l'arbre soit complètement dénudé, et puis vous verrez les bourgeons poindre au printemps, et pour de nombreuses années encore. »

Elle eut un sourire triste et indulgent, mais ne répondit pas.

Je me levai et allai jusqu'à la fenêtre pour regarder le jardin balayé par le vent, me remémorant les jours dorés de mon enfance et la petite Amélie Verron, cette enfant incapable de la moindre ruse, qui avait été, semblait-il aujourd'hui, mon amie la plus sincère et la plus fidèle.

L'amour, et les secrets qu'il faisait naître, nous avait toutes trahies, Madame, Emily et moi. L'amour de Madame pour mon père avait fait d'elle son esclave consentante, toujours prête à céder à sa volonté. C'est à cause de son amour pour Phoebus Daunt qu'Emily Carteret, malgré l'affection qu'elle déclarait porter à son père, était devenue une meurtrière et avait mis fin à ses jours. Quant à moi, j'avais aimé Madame et lui avais fait confiance, de tout mon être, tout comme j'avais accordé ma confiance à l'homme que je connaissais sous le nom de Basil Thornhaugh ; et qu'avais-je reçu en échange ? Mensonges et tromperies.

Il apparaissait, ainsi que je pouvais désormais le révéler à Madame, que j'avais toutes chances de réussir à recouvrer l'héritage qui me revenait de droit, mais cette perspective ne me causait aucune joie. Mon Dieu, comme on avait berné la pauvre idiote que j'étais ! Je me rappelais, avec une sorte de honte, les larmes amères que j'avais versées à la lecture des souvenirs de Mr Lazarus, et les tourments que j'avais endurés à l'idée de n'avoir jamais connu mon père. L'inscription gravée sur cette dalle de granit m'avait dit qu'il était mort. Autre trahison. Autre mensonge. À mon insu, il ne m'avait pas quittée de toute mon enfance, veillant sur moi comme un père, jour après jour, mais en qualité de précepteur, et sans me révéler sa véritable identité.

Madame m'assura qu'il m'avait aimée. Pourquoi, en ce cas, n'avoir jamais jeté le masque ? Pourquoi m'avoir fait croire que j'étais orpheline ? Se pouvait-il qu'un père aimant fasse preuve d'un tel raffinement de cruauté ?

« Il avait ses raisons, insista Madame, et rien n'aurait pu l'en faire démordre. Il ne pouvait échapper à son destin, à cette fatalité qui le poursuit encore, et qui s'attachera à ses pas jusqu'à ce que la mort l'en délivre. Tout ce qui lui importe, c'est d'obtenir la restitution de ce que lui ont volé Emily Carteret et Phoebus Daunt. Cet impératif, immuable, implacable, a été son seul guide, et il a fallu que tout le reste plie devant cette obsession impitoyable. C'est sa malédiction, mais nous en souffrons tous, comme lui.

« Après l'exil qu'il s'était imposé, poursuivit-elle, il s'est trouvé dans l'incapacité de réaliser lui-même son ambition, et il a par conséquent consacré toute son énergie, toute sa volonté, à faire de toi, ma chère enfant, son substitut. Je le répète : il t'aime, t'a toujours aimée, mais une force est à l'œuvre ici, plus puissante que l'amour.

– Mais où est-il allé ? demandai-je. Et pourquoi vous a-t-il abandonnée, alors que vous êtes malade, et dans une telle détresse ?

– Il est parti hier, répondit-elle. J'ignore où il est allé. Il a simplement dit qu'il ne reviendrait jamais.

– Mais pourquoi ? insistai-je.

– Parce que je ne lui suis plus d'aucune utilité. Parce qu'il est persuadé que le Grand Dessein ne sera jamais accompli. Et parce qu'*elle* est morte. »

Je ne dis mot, frappée d'incrédulité. Comment avait-il pu être si vite au courant de la mort d'Emily ?

Mon père, semblait-il, avait le bras long. Il avait recruté un espion appointé au sein de la police criminelle, lequel lui avait appris la nature des charges retenues contre Emily, et du même coup permis de découvrir la vérité sur la naissance de Perseus et le complot qui avait réuni Emily et Lord Tansor.

« Ce fut pour lui un coup sévère, dit Madame, quand il apprit que le Grand Dessein ne pouvait plus désormais s'accomplir par le biais de ton mariage avec Perseus Duport. Pendant plusieurs jours, ton père est resté enfermé, sans rien manger ou presque, ni voir personne. Il commençait à se remettre un peu quand est arrivé un télégramme annonçant que Lady Tansor était morte et que le cadet des Duport était déjà marié.

– Un télégramme ! m'exclamai-je, interloquée. Mais de qui ?

– Ton père est un homme plein de ressources, qui lui viennent du temps où il était l'assistant particulier de feu Mr Christopher Tredgold. Il a conservé beaucoup de relations, pas toujours des plus avouables, qui sont prêtes à lui apporter un concours efficace pour lui procurer tous les renseignements dont il pourrait avoir besoin. Il est allé en personne, et incognito, à Londres, et s'est même rendu à plusieurs reprises dans le Northamptonshire, quand la nécessité s'en est fait sentir.

« Je dois te dire aussi qu'il employait quelqu'un à Evenwood, qui observait de près tout ce qui se passait là-bas. C'est cette personne qui a envoyé le télégramme.

– Il ne peut s'agir que du capitaine Willoughby, dis-je, sûre de moi.

– Non, répondit Madame, ce n'est pas le capitaine Willoughby, pas exactement, encore que lui aussi, comme tu le sais à présent, ait été chargé par ton père d'exercer sur toi une surveillance de tous les instants. C'est Jonah Barrington, le premier valet de pied, qui a servi sous les ordres du capitaine pendant la guerre de Crimée. C'est par son intermédiaire que nous étions régulièrement rassurés sur ton bien-être et ta sécurité, lesquels, il faut me croire, ont toujours été notre première préoccupation.

« Quant au capitaine Willoughby, son vrai nom est Willoughby Le Grice. C'est le plus loyal et le plus vieil ami de ton père, il l'a soutenu pendant toutes ses années d'exil. »

Barrington ! L'impassible et silencieux Barrington, celui qui m'avait apporté mon souper le soir de mon arrivée à Evenwood ! Et qui, depuis, d'après ce que j'apprenais maintenant, avait chaque jour, et à mon insu, assuré une protection dont je devais, j'imagine, lui être reconnaissante. Sa présence familière n'avait jamais, à aucun moment, éveillé en moi le moindre soupçon quant au rôle qu'il jouait, ni ne m'avait jamais donné à penser qu'il pût être autre que celui que j'avais décrit dans mon Livre des Secrets. Je voyais à présent que c'étaient sa discrétion même et son air effacé qui en faisaient un espion particulièrement efficace.

Plus étonnant encore, c'était le même Barrington qui, à l'instigation de mon père, s'était arrangé pour faire renvoyer Miss Plumptre, la femme de chambre qui m'avait précédée. C'était lui qui avait pris la broche que la pauvre fille avait été accusée d'avoir volée et qui l'avait cachée dans la chambre de cette dernière, avant de jurer solennellement l'avoir vue quitter les appartements d'Emily, un jour où celle-ci s'était rendue à Londres, au moment même où l'on pensait que l'objet avait été dérobé. La chambre fouillée, la broche découverte, la malheureuse Dorothy Plumptre, malgré ses protestations d'innocence répétées et scandalisées, avait été renvoyée incontinent, fournissant ainsi à Madame l'occasion de me faire entrer au service de Lady Tansor.

Après un souper léger, Madame et moi rapprochâmes nos sièges près du feu, car le vent et la pluie avaient considérablement rafraîchi l'atmosphère.

Je m'étais déclarée prête à différer toute conversation au lendemain, mais Madame, encore qu'épuisée par l'effort, insista pour poursuivre ses aveux.

Elle me supplia d'abord de lui pardonner les extrémités auxquelles l'avait poussée son amour pour mon père. Je lui dis que ce pardon viendrait à son heure, mais pas tant que tous les secrets, tous les mensonges n'auraient pas été mis au jour.

« Il ne reste plus rien d'important à confesser, répondit-elle, l'air épuisé. Je t'ai dit tout ce que nous t'avons caché. Mais si j'ai échoué à satisfaire ta curiosité sur quelque point que ce soit, alors demande-moi ce que tu veux savoir. Je ne saurais quitter ce monde avant d'avoir regagné toute ta confiance et ton affection. »

Je lui assurai d'un baiser que la seconde ne lui ferait jamais défaut. Quant à la confiance…

Elle me saisit la main avec une vigueur si soudaine et si surprenante que je faillis pousser un cri.

« Alors dis-moi maintenant, je t'en supplie, comment je peux regagner cette confiance. Que veux-tu savoir encore, ma chère petite ?

– Pour l'instant, deux choses. Dites-moi d'abord si mon père a quelque chose à voir dans la mort de Mr Roderick Shillito. »

Le caractère direct de ma question la fit hésiter. J'avais espéré une dénégation formelle, mais elle se contenta de répondre qu'elle n'avait jamais été dans le secret des nombreux « arrangements d'ordre privé », pour utiliser son expression, décidés par mon père au cours des derniers mois.

« Il ne m'en a jamais rien dit, pas plus que de ce qui se passait quand il allait à Londres. Il m'a parlé de l'agression contre Mr Shillito, bien sûr, et j'en ai lu par ailleurs un compte rendu dans un journal anglais ; mais je n'cn sais pas plus. »

Ses yeux pourtant laissaient entendre ce que nous soupçonnions toutes les deux, à savoir que c'était bel et bien mon père qui avait organisé cette agression, dans le but d'empêcher Mr Shillito de retrouver l'identité de l'homme qu'il avait rencontré à Madère sous le nom d'Edwin Gorst.

Manifestement désireuse d'abandonner au plus vite un sujet qui lui était pénible, Madame me demanda ensuite de lui dire quelle était la seconde chose que je désirais savoir.

« Elle a trait à la mort de Lady Tansor, répondis-je. Pourquoi la nouvelle a-t-elle provoqué le départ de mon père ? Ne m'aviez-vous pas tous les deux répété, et dans les termes les plus catégoriques, qu'elle était la personne la plus farouchement opposée à mes intérêts et qu'il nous fallait absolument l'abattre ? Ne m'aviez-vous pas dit par ailleurs que, bien que mon père l'eût aimée par le passé, ses sentiments pour elle s'étaient transformés en haine à la suite des torts qu'elle lui avait causés ?

– Il n'a jamais cessé de l'aimer, reconnut-elle d'une voix pathétique, même quand il prétendait la détester, et même si cela n'a en rien altéré le désir qu'il avait de lui faire payer sa trahison. Mais nous n'avons à aucun moment envisagé sa mort. Nous n'avions pour but que de rendre sa honte publique et de provoquer sa condamnation, pour ensuite assurer la continuité de la lignée grâce à ton mariage avec Perseus Duport. J'irais jusqu'à dire que ton père avait, je crois, conçu l'espoir insensé et tout à fait irréaliste, une fois que tout serait terminé, de se réconcilier avec elle. Un rêve complètement fou, bien sûr, dont je suis pourtant sûre aujourd'hui qu'il l'obsédait.

« Il ne m'aimait pas, contrairement à ce que j'ai cru à l'époque où lui et sa première femme ont quitté le quai Montebello pour venir s'installer ici. Il m'avait recherchée, avec cette diligence et cette opiniâtreté qui l'ont toujours caractérisé ; et j'ai pensé, pauvre sotte que j'étais, que c'était en raison de quelque attachement longtemps refoulé, qui remontait au temps où Emily et moi étions encore amies.

« Je ne supportais pas l'idée de ce qu'elle lui avait fait, j'étais incapable de tolérer une cruauté aussi vile et délibérée, qui plus est pour l'amour de cet individu, cet arriviste imbu de lui-même et sans scrupules de Phoebus Daunt, un homme indigne de respirer le même air que ton père.

« J'ai réussi à me convaincre que ton père avait amené sa femme à Paris dans le seul but de me retrouver et de renouer une relation qu'il regrettait d'avoir interrompue. Ta mère, elle aussi, a fini par le croire ; mais il nous a trompées toutes deux. Il n'a pas davantage aimé ta mère, même s'il prétendait le contraire, et même s'il a toujours fait montre de bienveillance et d'affection à son égard, sauf dans ses moments d'humeur noire, dont nous avions à pâtir, elle autant que moi.

« Non. Ça n'a toujours été qu'*elle*, et elle seule. Et ce le sera toujours. Mais elle est morte maintenant. »

II

ACCEPTATION

Je ne pouvais laisser Madame seule, étant donné l'état de détresse physique et mentale dans lequel je l'avais trouvée ; c'est pourquoi, n'ayant pas de raison pressante de retourner en Angleterre tant que mes affaires ne l'exigeaient pas, je pris ma plume le lendemain matin pour expliquer à Mr Wraxall que j'avais l'intention de rester à Paris jusqu'à ce qu'il m'envoie chercher. Il m'assura dans sa réponse qu'il allait s'employer à faire avancer la procédure légale, dont il pensait, pour avoir pris l'avis de plusieurs collègues éminents, qu'elle déboucherait sur une heureuse issue dans les meilleurs délais, compte tenu des lenteurs de la machine judiciaire.

Les jours suivants nous virent Madame et moi continuer à évoquer paisiblement toutes ces choses si longtemps cachées. Nous retrouvâmes un peu de notre ancienne intimité, mais il devint assez vite évident que le médecin avait raison.

Avec une rapidité alarmante, ma tutrice entra dans la phase terminale de sa maladie. Je restais assise à son chevet, matin et après-midi, et souvent tard dans la nuit, à lui faire la lecture, ou à la veiller dans son sommeil, comme elle-même l'avait fait avec moi quand j'étais enfant. Je lui brossais les cheveux, lui rafraîchissais le visage, retapais ses oreillers, et caressais ses mains osseuses quand elle s'agitait, ou qu'elle poussait un cri en dormant. Mais chaque jour qui passait l'enfermait davantage dans un monde lointain et silencieux, la mettant hors d'atteinte des soins affectueux que je lui dispensais.

Une seule fois, quelques jours avant la fin, elle émergea brièvement de son état comateux, pour me demander de lui ôter le petit crucifix en argent qu'elle portait autour du cou.

« J'aimerais qu'il soit à toi, chère enfant », murmura-t-elle, à voix si basse que je dus coller mon oreille à ses lèvres craquelées et lui demander de répéter. Puis, juste avant de sombrer à nouveau dans le sommeil, elle me demanda : « Suis-je pardonnée, chère petite ?

– Oui, murmurai-je. Vous l'êtes. »

Elle mourut au cours de la troisième semaine de juin, un jour où les hirondelles virevoltaient à une allure vertigineuse au-dessus du bois de Boulogne, dans un ciel sans nuages.

Je l'avais laissée à peine un instant, après avoir passé la nuit à la veiller, le temps d'aller ouvrir la fenêtre pour faire entrer les divines senteurs de l'été. Quand je me retournai vers le lit, je sus qu'elle s'en était allée.

C'est tout un pan de ma vie qui s'écroula ce jour-là. J'étais désormais vraiment seule au monde pour la première fois, et à la veille d'une nouvelle et étrange existence.

Seule ? Oui. Bien que je ne fusse plus l'orpheline que j'avais cru être, ma condition ne me paraissait en rien changée. Ce père dont j'avais appris qu'il était toujours en vie était pour moi aujourd'hui aussi mort et dépourvu de réalité que l'avait été l'imaginaire Edwin Gorst. Quelle famille pouvais-je avoir à présent que Madame, ma seconde mère, m'avait été enlevée ?

Marie-Madeleine de l'Orme, *née** Buisson, fut enterrée au cimetière du Père-Lachaise. Dans son testament, elle me léguait la maison de l'avenue d'Uhrich, en même temps qu'une somme d'argent importante ; le reste de sa grande fortune, héritée de son premier mari, étant réparti entre différentes œuvres de charité et les deux domestiques d'une loyauté indéfectible qu'étaient Jean Dutout et Marie Simon, lesquels avaient toujours eu connaissance de son mariage secret avec mon père. À ce dernier, elle ne donnait rien.

Elle me laissait aussi une photographie : un cliché de mon père, pris par lui-même en 1853.

Son visage m'était, bien évidemment, familier, car derrière la barbe et la moustache magnifiques c'était celui de Mr Thornhaugh : long et maigre, teint foncé, cheveux noirs rejetés en arrière et tombant presque aux épaules, tempes un peu dégarnies, grands yeux noirs, tels que ma mère les avait décrits dans son journal.

Cette photo, je l'ai encore et je la sors de temps à autre, quand je veux me rappeler qu'il fut un temps où j'avais un père.

Avant de quitter l'avenue d'Uhrich, j'allai trouver les autorités compétentes, et, bientôt, on exhuma le cercueil d'« Edwin Gorst » et l'on s'en débarrassa. Puis je fis transporter celui de ma mère dans une nouvelle demeure, un endroit dégagé et ensoleillé, loin des ombres perpétuelles sous lesquelles elle avait si longtemps reposé. Je commandai une nouvelle pierre tombale, qui serait dressée et porterait une inscription en anglais :

EN SOUVENIR ÉTERNEL
DE
MARGUERITE ALICE BLANTYRE
1836-1859
De la part de sa fille aimante
Juillet 1877

Je restai à Paris encore un mois avant de retourner en Angleterre, sans pour autant gagner aussitôt Evenwood.

J'avais reçu une lettre de Mrs Ridpath, m'invitant à séjourner chez elle jusqu'à ce que la procédure trouve sa conclusion. L'invitation avait beau avoir été faite avec les meilleures intentions, je la déclinai, poliment mais fermement, car j'estimais Mrs Ridpath en quelque sorte salie par sa longue association avec un père que j'étais bien décidée à ne jamais revoir, dût-il essayer d'entrer en contact avec moi. Là-dessus, Mr Wraxall insista pour que je loge chez lui, proposition bien plus alléchante que je déclinai malgré tout.

Je m'installai à l'Hôtel Mivart, où Mr Wraxall vint me voir pratiquement chaque jour, mais où j'avais tout loisir de faire ce que bon me semblait. Je ne peux pas dire que j'y fus heureuse, car j'étais toujours sous le coup du chagrin de la mort de Madame et en proie aux souvenirs douloureux que je gardais de Perseus, sans compter le souci dans lequel me tenait mon proche avenir. Et pourtant, quand mon esprit n'était pas assailli de questions pressantes, et souvent insolubles, j'éprouvai une sorte de contentement apaisé tout au long de ces semaines étranges et indifférenciées, tandis que j'explorais les rues grouillantes de cette ville que mon père avait tant aimée, remplissant mon carnet d'observations et de descriptions, ou que je restais assise à regarder pensivement le grand fleuve gris, en attendant la suite des événements.

L'enquête judiciaire sur la mort de Lady Tansor avait rendu sans surprise un verdict de suicide, et, grâce aux preuves présentées par l'inspecteur Gully, le monde savait désormais pourquoi la 26e baronne Tansor avait mis fin à ses jours dans l'Evenbrook.

Le scandale qui s'ensuivit fut immense. Le Premier ministre, aussitôt averti du décès et des raisons qui l'expliquaient, en avait informé Sa Majesté. D'après Mr Wraxall (qui tenait le renseignement de la plus haute autorité), elle l'avait écouté d'un air grave, avant de se déclarer heureuse, tout en n'ayant jamais rien eu contre Lady Tansor, de ne l'avoir point encouragée à fréquenter la Cour.

La presse du pays fut inondée d'articles et de comptes rendus – mesurés, documentés, polémiques, lubriques, fanfarons, accusateurs ou apitoyés, selon la tendance de l'organe ou les partis pris de l'auteur. Une séance du Parlement fut consacrée à l'événement, tandis que, dans la bonne société, amis comme ennemis se montrèrent incapables de parler d'autre chose pendant des mois.

Personne ne s'y étant opposé, Emily Grace Duport, *née** Carteret, fut enterrée dans le mausolée d'Evenwood. Je n'assistai pas à la courte cérémonie, mais j'en eus un écho par Mr Wraxall. Il y avait très peu de monde, pas plus d'une dizaine de personnes, et ce à la demande des deux frères. C'était Mr Thripp qui officiait, et qui, une fois n'est pas coutume, fit preuve d'une remarquable brièveté, privé sans doute de sa rhétorique habituelle par la solennité poignante de la cérémonie.

Je ne lasserai pas mon lecteur avec les détails de la procédure judiciaire, supervisée par Mr Wraxall, qui suivit le décès d'Emily et les révélations concernant la naissance de Perseus. La loi, comme à son habitude, chemina lentement dans ses dédales, mon droit à la succession de Lord Tansor fut dûment reconnu, et le jour arriva enfin où je retournai à Evenwood, non plus en qualité de femme de chambre ou de dame de compagnie appointée, mais sous le nom d'Esperanza Alice Duport, et avec le titre de 27e baronne Tansor.

Mr Wraxall se tenait dans la cour d'honneur, entouré des domestiques et des employés du domaine au grand complet, quand la voiture descendit la Butte, franchit à grand bruit le pont sur l'Evenbrook qui avait stoppé le corps d'Emily dans sa dérive, et s'arrêta devant la grande porte.

« Bienvenue au château, Milady, dit Mr Wraxall en s'inclinant solennellement.

– Allons, allons, monsieur, répliquai-je, feignant de le réprimander. Je ne veux plus entendre de "Milady". Veillez dorénavant à m'appeler par mon prénom, je vous prie. C'est là mon premier ordre, et j'entends qu'il soit exécuté. »

Sur quoi, bras dessus, bras dessous, riant de concert, et sous les applaudissements de la foule rassemblée, nous pénétrâmes dans le château d'Evenwood pour prendre le thé.

Une des premières décisions de la nouvelle maîtresse d'Evenwood fut de nommer Mr Wraxall au poste de bibliothécaire archiviste. Nous sommes aujourd'hui très proches et passons beaucoup de temps en compagnie l'un de l'autre. Je ne me sens plus seule au monde. Mr Wraxall est toujours à mes côtés, prêt à me prodiguer ses conseils avisés, plein d'affectueuse sollicitude, ou, quand il le faut, franchement critique, et farouche défenseur de mes intérêts. C'est mon père à présent. Je ne saurais en avoir de meilleur.

Perseus, mon cher amour perdu, eut beaucoup de mal à se remettre du décès de sa mère et des circonstances dans lesquelles il avait été déchu de ses droits. Il s'enferma quelques mois dans sa résidence londonienne, ne communiquant avec l'extérieur que par l'intermédiaire de son avoué, avant de quitter l'Angleterre pour l'Italie, avec apparemment l'intention d'y rester.

Quant à Mr Randolph, comme il s'était engagé à le faire, il revint du pays de Galles, seul, afin d'être présent à l'enquête. Ce pour quoi on l'admira beaucoup, car il lui fallut endurer non seulement le rappel douloureux des iniquités de sa mère, mais aussi les regards entendus suscités par la nouvelle maintenant largement répandue de son mariage avec Jane Paget, l'ancienne gouvernante de sa mère.

Il n'essaya pas de contester mes droits à la succession, comme il aurait pu le faire. Il m'avait dit un jour ne pas désirer devenir le maître d'Evenwood, et je n'avais aucune raison de douter de ses propos ; mais j'espérais aussi que, s'il s'était abstenu de toute action en justice, c'était parce que, somme toute, il nourrissait pour moi une affection, si mince fût-elle, dont son épouse aurait pris ombrage.

Je n'ai nul besoin qu'on me dise que je suis comblée : je le sais, et remercie Dieu tous les jours de la position très enviable que j'occupe désormais dans le monde ; pour autant, je ne suis guère heureuse. Je souffre de dépression et suis la proie de souvenirs douloureux et de mauvais rêves récurrents, car je reste prisonnière de la vie que mon père m'a fabriquée. Ce père que j'ai cru mort pendant longtemps, mais qui, sans doute, est bien vivant. Ce père meurtrier de Phoebus Daunt. Ce père qui m'a volé ma vie pour se l'approprier, ce fantôme en moi, ce maître implacable de mon existence.

Je passe beaucoup de mes après-midi sur la banquette de la fenêtre où je suis restée assise pendant tant d'heures en compagnie d'Emily, à lui lire les poèmes de son amant, à bavarder à bâtons rompus ou à contempler l'horizon boisé au-delà de la terrasse et des jardins d'agrément.

Parfois je tue le temps, adossée aux carreaux anciens, à l'aide d'un roman récemment paru ; à d'autres moments, je reviens en pensée, comme je ne cesserai jamais de le faire, j'en ai peur, sur les événements qui m'ont amenée là où je suis aujourd'hui.

Je plonge constamment le regard dans le miroir du temps, ce verre magique dans lequel les ombres changeantes des jours disparus passent et repassent, en une lente pantomime, devant l'œil du souvenir. Quant au présent, les jours s'écoulent, certes dans une plaisante absence d'incidents, mais souvent dans une terne monotonie.

Pourtant, je ne me plains pas. J'ai de nouveaux amis ; je suis devenue une jardinière expérimentée, et j'ai apporté beaucoup d'améliorations au château, qui en avait grand besoin. J'apprends l'italien et l'espagnol, et j'ai imité Mr Thripp en me procurant un terrier, une créature délicieusement espiègle, un vrai sac à malices, qui répond au nom de Bowser, et ne cesse de me voler mes chaussures et de faire des trous dans mes robes. Il a pour compagnon un redoutable félin, au poil roux et au port noble, mais au tempérament belliqueux, qui le tient à distance respectueuse et que j'ai nommé Tiger, en souvenir du chat dont j'avais brièvement fait la connaissance chez Mr Lazarus.

J'ai également aménagé l'ancien salon d'Emily en faisant installer des rayonnages qui croulent déjà sous le poids des romans et des recueils de poèmes, tant en anglais qu'en français, que l'on m'expédie tous les mois ; et il s'écoule rarement une semaine sans que je me replonge dans le journal intime de ma mère, que je possède maintenant dans son intégralité. Je souffre plus que jamais à la pensée que la mort m'a privée de ce lien infiniment précieux qui existe entre une mère et son enfant, et que rien, j'en suis à présent convaincue, ne peut remplacer.

Ma plus grande source d'occupation, c'est ce château, cet étonnant palais d'abondance. Je suis totalement sous le charme de sa beauté, comme je ne l'avais jamais été jusqu'ici ; et quand je suis obligée de m'absenter, même si c'est pour me rendre avenue d'Uhrich, je rêve de ses tours couronnées de coupoles, et plus spécialement de la petite cour à arcades, avec sa fontaine et son colombier, où je restais à rêver, il y a si longtemps, semble-t-il ; alors, il me tarde de rentrer. Je ne cesse de parcourir les salles et les couloirs, de jour comme de nuit, prompte à m'émerveiller, touchant et ouvrant tout, puisque tout est à moi désormais.

Jamais je ne me lasserai de cet endroit. Même quand je serai très vieille, gâteuse, enveloppée de châles, frêle et décharnée, l'œil larmoyant, et que je passerai mon temps à baver et à radoter, je continuerai à parcourir ces pièces, et à m'étonner de leur splendeur irréelle. Peut-être mon fantôme fera-t-il de même, tournant délibérément le dos au séjour céleste promis par la foi, pour revenir hanter le paradis terrestre d'Evenwood jusqu'à la fin des temps.

Parfois, j'ai beau essayer de résister, c'est plus fort que moi : elle me manque .. *elle*, mon ancienne maîtresse. Elle envahit mes pensées à tout moment et en tout lieu, et je sens sa présence partout, surtout quand je me promène sur la terrasse de la bibliothèque ou que je suis assise ici sur la banquette de la fenêtre, en face du réduit d'où je l'espionnais quand elle était avec Mr Vyse. Je ne regrette pas que le Grand Dessein se soit accompli – ce n'était que justice ; mais je donnerais cher pour ne pas avoir été l'instrument de son exécution.

Il m'arrive aussi de regretter l'époque excitante de l'aventure et des intrigues. Je ne la revivrais, bien sûr, pour rien au monde, tant elle m'a laissé d'amertume ; mais j'avoue que les battements de mon cœur s'accélèrent quand je me remémore le temps où j'étais Esperanza Gorst, femme de chambre puis dame de compagnie de la baronne Tansor.

C'est sur ces mots que je vais prendre congé de mes patients lecteurs. Le Temps, à sa manière insondable, et le Destin, aux rouages impénétrables, ont fait leur œuvre. Le Grand Dessein s'est accompli, et je peux désormais ranger mon Livre des Secrets, en espérant ne plus jamais avoir à le rouvrir.

E.A.D.
Evenwood, 1879

38

Envoi

Evenwood, décembre 1884

I

ON A TOUJOURS RAISON D'ESPÉRER

Cinq ans se sont écoulés depuis que j'ai écrit ce que je croyais alors être les derniers mots de mon récit, l'histoire de ce voyage à la fois doux et amer qui m'a conduite de la maison de mon enfance avenue d'Uhrich au paradis terrestre d'Evenwood. Il me faut à présent implorer l'indulgence de mon lecteur, car je reprends la plume afin de relater certains événements postérieurs dont je pense qu'ils peuvent intéresser ceux qui ont eu la patience de faire avec moi cette longue traversée. Qu'ils s'avèrent être la fin de mon histoire ou les prémices d'une autre, je ne saurais encore le dire. Je me contenterai, pour l'instant, de les exposer aussi brièvement que possible.

Par une belle matinée de juin, en l'an 1880, j'étais assise au bord du lac, le regard perdu dans la direction du Temple des vents, me remémorant le passé, comme à mon habitude, quand l'un des valets m'apporta la terrible nouvelle de la mort de Randolph, victime d'une chute alors qu'il escaladait le Crib Goch, en compagnie de son ami et beau-frère, Rhys Paget.

Mes rapports avec Randolph avaient été amicaux, quoique distants, lors des quelques occasions où les affaires de famille l'avaient ramené à Evenwood ; mais je n'avais jamais revu sa veuve depuis la mort de mon ancienne maîtresse (il est étrange que je l'appelle encore ainsi, mais c'est là une habitude dont je ne parviens pas à me défaire).

Après l'enterrement de son époux, Mrs Randolph et moi avions eu une courte conversation en tête à tête sur la terrasse de la bibliothèque, où, quand l'après-midi était beau, il m'arrivait de m'asseoir, Bowser à mes côtés, dans un vieux fauteuil en rotin ayant appartenu à Lord Tansor.

Étranges retrouvailles que les nôtres ! Nous partagions désormais le même patronyme, ainsi que le fait d'avoir toutes deux été au service de la 26e baronne Tansor, mais elle n'était plus la femme que j'avais connue sous le nom de Mrs Battersby, quand j'étais moi-même Esperanza Gorst. Elle paraissait avoir beaucoup vieilli, et son humeur semblait s'être adoucie, même si elle avait gardé ce sourire bizarrement figé, lequel contrastait maintenant de manière troublante avec le chagrin qui se lisait à l'évidence dans ses yeux enfoncés et rougis. Nous évoquâmes les nombreuses qualités de Randolph : sa gentillesse, ses manières engageantes, ses enthousiasmes, son tempérament égal et sa tolérance ; autant de points, parmi d'autres, sur lesquels il nous était facile d'être d'accord. Mais aucune de nous deux n'aborda les sujets plus sensibles touchant à notre passé commun.

Je m'étais levée pour rentrer quand elle me toucha légèrement le bras, en me demandant si elle pouvait me dire encore un mot. Elle m'avoua alors que Randolph, à la suite de divers investissements désastreux, avait perdu l'essentiel de l'argent que lui avait légué sa mère. J'avais moi-même, en héritant du titre, mis certaines sommes à sa disposition ; mais il apparaissait que cet argent avait lui aussi disparu.

« Il n'a pas fait mieux que mon père, dit-elle avec un soupir. Il était tellement naïf dans ce domaine, et en même temps si désireux de prouver qu'il était aussi capable que son frère. Mais il s'est trouvé complètement dépassé, et a accordé sa confiance à des gens qui ne songeaient qu'à lui prendre son argent, sans rien lui donner en retour. »

Elle avait les yeux baissés sur ses genoux, tortillant un mouchoir dans ses longues mains blanches. Je me rendis compte à quel point il devait être difficile pour la fière « Mrs Battersby » d'autrefois de s'humilier ainsi et la pris en pitié. Elle m'avait détestée comme je l'aurais moi-même détestée si j'avais été à sa place ; mais son mariage avait fait d'elle une parente, et je ne pouvais décemment l'abandonner à son sort.

Je lui annonçai donc que je serais heureuse de lui apporter mon aide, et j'ai tenu parole, même si je ne compte plus la recevoir chez moi ; ce que j'ai fait, je l'ai fait pour le bien de l'orphelin de Randolph, Ernest, un gentil petit garçon à l'avenir duquel j'ai décidé de m'intéresser de près.

Randolph fut inhumé dans le mausolée, aux côtés de sa mère. Perseus, bien entendu, avait été informé de la mort de son frère et m'avait envoyé un mot pour me faire savoir qu'il assisterait à l'enterrement, mais qu'il repartirait aussitôt après pour aller passer quelques jours dans sa résidence londonienne avant de retourner en Italie.

Nous n'avions pas eu de contact direct depuis la mort de sa mère. Toute la correspondance relative aux questions soulevées par la succession s'était faite, à sa demande, par le canal d'intermédiaires, essentiellement Mr Donald Orr.

Dès mon accession au titre, j'avais constitué un fonds assez conséquent au nom de Perseus, pour lui permettre de maintenir son train de vie ; mais ce geste sincère et désintéressé, destiné à apporter une compensation pour les pertes subies, n'avait entraîné de sa part qu'un bref accusé de réception dans un courrier adressé à Mr Orr. En dépit de cette rebuffade, et après de longues interrogations, j'avais fini par lui expédier un compte rendu détaillé des raisons pour lesquelles on m'avait envoyée à Evenwood, lequel incluait un résumé des principaux événements présentés dans les pages qui précèdent.

J'attendis la réponse escomptée ; mais rien ne vint. Le mot confirmant qu'il rentrerait en Angleterre pour assister aux funérailles de son frère était le premier courrier de sa main qu'il m'adressait. Ne voulant pas me séparer d'un objet aussi précieux, je le plaçai dans une petite bourse en velours que je mis dans ma poche, comme une sorte de talisman, dans l'espoir ridicule qu'il contribuerait à faire évoluer favorablement notre relation.

Bien que je ne l'eusse pas revu depuis presque trois ans, Perseus était resté une présence bien vivante dans ma vie. Il ne se passait pas un jour sans que je pense à lui dès le réveil et me demande ce qu'il faisait, s'il lui arrivait de penser à moi ; pas un jour sans que je pose la tête sur mon oreiller, convaincue que je ne tarderais pas à rêver de lui, et de ce que nous avions été l'un pour l'autre à une époque. Savoir que j'allais enfin le revoir en chair et en os m'emplissait d'une heureuse attente.

Vint le jour de l'enterrement. Je m'éveillai dans un état de confusion extrême, partagée entre la peine que j'éprouvais pour ce pauvre Randolph, que je tenais toujours en grande affection en dépit de ce qui s'était passé entre nous, et l'impatience fébrile suscitée par le retour de son frère à Evenwood, même s'il ne devait y rester qu'une journée.

Les gens commencèrent à se rassembler dans la cour d'honneur pour le bref trajet en voiture jusqu'au mausolée, mais aucune trace de Perseus. Onze heures sonnèrent – heure à laquelle la cérémonie aurait dû commencer –, et il n'était toujours pas arrivé. Ne pouvant différer plus longtemps son départ, le cortège finit par s'ébranler.

Dans le mausolée, dont le souvenir hante parfois mes rêves encore aujourd'hui, le cercueil de Randolph fut déposé dans la niche prévue à cet effet, et les grilles refermées et cadenassées. Durant la cérémonie, conduite par le docteur Valentine, le successeur de Mr Thripp, décédé l'automne précédent, j'avais attendu avec impatience dans la pénombre que perçait à peine la lueur des cierges, espérant toujours, même aussi tard, voir Perseus franchir le portail de fer et venir prendre place à mes côtés. Mais quand le docteur Valentine eut psalmodié la dernière prière et que tous s'apprêtèrent à retourner aux voitures, je sus que mes espoirs étaient vains.

À quatre heures cet après-midi-là, les invités, Mrs Randolph Duport comprise, étaient tous partis. J'étais plongée depuis une heure dans le dernier roman de Mr Thomas Hardy, que m'avait envoyé mon libraire quelques mois plus tôt, mais dont je n'avais que récemment commencé la lecture [1]. Posant le livre un moment, je jetai par hasard un coup d'œil par la fenêtre.

1. Vraisemblablement *Two on a Tower : A Romance (Deux personnages sur une tour : une histoire d'amour)*, publié en octobre 1882. Le roman suivant de Hardy, *The Mayor of Casterbridge (Le Maire de Casterbridge)*, ne devait paraître qu'en 1886.

De l'autre côté du saut de loup, exactement à l'endroit où, par un matin brumeux de 1876, j'avais vu pour la première fois le capitaine Willoughby Le Grice, mon ami alors encore inconnu, se tenait un homme, les yeux levés vers ma fenêtre. Malgré la distance, je le reconnus aussitôt.

Je me précipitai au bas de l'escalier, traversai en courant la terrasse de la bibliothèque, ne m'arrêtant, le cœur en feu, qu'au bord du saut de loup. Pendant ce qui me sembla une éternité, nous restâmes à nous regarder d'un bord à l'autre du fossé profond et abrupt, dans ce soleil de fin d'après-midi, si semblable à celui qui m'avait éblouie sur le Ponte Vecchio des années plus tôt.

Pas un mot ne fut prononcé, mais point n'en était besoin pour nous comprendre.

Le départ du steamer qui aurait dû l'amener de Boulogne à Folkestone avait été retardé de plusieurs heures. Dans l'incapacité où il se trouvait de rattraper le temps perdu, il n'était arrivé à Easton que depuis une demi-heure. Laissant ses bagages au Duport Arms, il avait immédiatement pris un fiacre pour venir à Evenwood. Cela je ne l'apprends qu'après l'avoir accueilli formellement dans le vestibule.

Nous sommes l'un en face de l'autre, au pied de l'escalier, à l'endroit même où nous nous sommes rencontrés pour la première fois. J'ai fait enlever le portrait de son père en Corsaire turc, rangé à présent dans une des mansardes. Il jette un coup d'œil à l'emplacement vide sur le mur, sans un mot.

Il est toujours aussi beau, d'une manière différente, cependant, du Perseus Duport que j'ai vu pour la dernière fois lors de cette terrible journée où l'on a rapporté le corps de sa mère. Il s'est un peu empâté ; ses longs cheveux, dont il était si fier autrefois, sont maintenant coupés beaucoup plus court, tandis que l'épaisse barbe noire qui le faisait tant ressembler à son père a disparu, remplacée par une fine moustache aux extrémités gominées.

Son attitude elle aussi a subi un changement notable. Même si j'avais hâte de le revoir, je redoutais, au ton de sa lettre, de le retrouver toujours blessé et amer à l'idée de tout ce qui lui était arrivé, et de mon rôle dans l'histoire. Mais à mon grand plaisir et à ma grande surprise, je découvre que mes craintes étaient sans fondement. Il ne paraît pas contrarié, ni hostile à mon égard. Ses manières et sa voix sont calmes et conciliantes, son sourire chaleureux et spontané. Il semble, contre toute attente, avoir accepté sa nouvelle situation avec beaucoup de philosophie et s'être délivré une fois pour toutes de la colère et de la honte qui l'ont consumé après la mort de sa mère. Plus frappant encore, ses yeux ne sont plus le miroir d'une nature prisonnière d'un orgueil narcissique, mais brillent d'une énergie tournée vers autrui, comme ceux d'un homme impatient de se colleter avec le monde. Ce ne sont plus les yeux de sa mère. Leur taille, leur forme, leur pouvoir envoûtant sont tels que je me les remémore, mais ils révèlent désormais la personnalité de l'homme tout entier, le véritable Perseus Duport, ses contradictions et ses faiblesses. Il n'est plus obligé de jouer le rôle assigné par sa mère dès le début de son existence. Comme moi, il a jeté le masque qu'on le forçait à porter. Comme moi, il connaît la vérité sur sa naissance. Tout cela, je le vois sur son visage, je l'entends dans sa voix ; et une espérance nouvelle fait palpiter mon cœur.

« Bonjour, Madame la baronne.

– Ne m'appellerez-vous pas Esperanza, comme autrefois ? demandé-je.

– Si, certainement, si Madame la baronne m'y autorise.

– Une autorisation que j'accorderai avec le plus grand plaisir… à condition qu'elle n'aille pas à l'encontre de votre volonté. »

Ce petit jeu de volant se poursuit un moment dans la bonne humeur, jusqu'à ce que la glace soit définitivement brisée. Puis nous reprenons notre sérieux pour évoquer Randolph, dont la mort, à l'évidence, a affecté Perseus beaucoup plus profondément que je ne l'aurais jamais cru possible.

Nous continuons à parler de son pauvre frère en gagnant la bibliothèque, où nous nous attardons devant une des hautes fenêtres qui donnent au loin sur Molesey Woods.

« J'ai mal jugé mon frère, dit-il. C'était quelqu'un de bien, je le reconnais aujourd'hui ; je le méprisais parce que je le croyais indigne de porter le noble nom que nous partagions lui et moi. Et pourtant il avait davantage que moi le droit de se réclamer des Duport. »

Je lui objecte qu'il est trop dur avec lui-même, mais il m'interrompt.

« Non, non. C'est la vérité. Je sais à présent qui je suis, ce que je suis, et le nom qui, en toute logique, devrait être le mien.

– Peut-être est-ce moi que vous méprisez à présent, hasardé-je, pour vous avoir dépouillé des avantages dont vous vous estimiez détenteur de plein droit. »

Il m'adresse un regard plein de tendresse.

« Comment pouvez-vous dire cela ? Comment pourrais-je jamais vous mépriser ? J'avoue vous en avoir voulu à une époque, mais c'est fini. Je sais aujourd'hui que vous êtes aussi irréprochable que je le suis, et que vous n'avez fait que reprendre ce qui vous appartenait de droit. Vous êtes une véritable Duport, moi pas. Nous avons tous deux été les victimes innocentes des machinations de nos parents. Ce sont eux les responsables, pas nous. »

Nous parlons ensuite de sa mère, envers laquelle il manifeste une compassion inattendue. À mon indicible soulagement, il m'assure également qu'il ne me tient en rien pour responsable de sa mort, rejetant toute la faute sur sa passion aveugle pour son père, Phoebus Daunt.

« Elle avait une très forte volonté, dit-il, tandis que nous descendons l'allée centrale de la bibliothèque en direction de l'ancien cabinet de travail de son grand-père, mais celle de mon père l'était plus encore, même dans la mort. Elle n'a jamais réussi à se libérer de son pouvoir. Elle a répondu de ses péchés, certes, mais tout ce qu'elle a fait, elle l'a fait pour lui. Elle aura été son esclave jusqu'au bout. »

Le soleil commence à se coucher derrière les bois à l'horizon, emplissant la grande salle de la magnificence de ses derniers rayons. Je suis en train de faire une remarque banale sur la beauté du paysage, quand il m'interrompt pour dire qu'il reste une affaire pendante entre nous, à régler définitivement.

Un moment, son air grave m'inquiète, mais bien vite, il me rassure d'un tendre sourire, et m'explique qu'il veut parler du vieil antagonisme qui opposait nos pères.

« Il faut que je pardonne à votre père, comme vous-même devez pardonner au mien. Ce n'est qu'alors que nous pourrons nous dire libérés de leur emprise. Je crois pouvoir le faire… en réalité, c'est chose faite. Croyez-vous pouvoir agir de même de votre côté ? »

Je lui dis craindre fort que ne soyons jamais libérés de nos pères : leur héritage est trop lourd.

« Mais j'essaierai de leur pardonner, si je le puis, sinon ma vie ne sera jamais vraiment mienne. Nous avons tous deux chèrement payé pour leurs péchés.

– Qu'il en soit donc ainsi, dit-il. Nous nous délivrerons de l'emprise du passé. Le temps est venu pour nous d'affronter l'avenir en individus responsables, et non plus comme des pantins entre leurs mains. »

Les heures passent ; la nuit vient ; et nous continuons à parler de ce qui nous a amenés là où nous sommes, jusqu'à ce que nous ayons épuisé tous les secrets ; je remarque alors que la soirée est avancée.

« Ne resterez-vous pas ? dis-je en retenant mon souffle. Au moins pour cette nuit ? »

Il resta une semaine, puis une deuxième, et c'est ainsi que s'amorça un nouvel épisode de notre histoire. Lequel se termina à onze heures, par une froide matinée d'octobre, en l'église de St Michael and All Angels, où je devins l'épouse de mon cousin, Perseus Verney Duport.

Deux mois plus tôt, tandis que nous étions assis un soir sur la terrasse allumée, au crépuscule d'une chaude journée d'août, évoquant Florence et le palazzo Riccioni, il avait fouillé dans sa poche pour en extraire une petite boîte. À l'intérieur se trouvait la bague qu'il m'avait offerte sur le Ponte Vecchio et qu'il avait jetée dans le feu à notre retour, persuadé que je l'avais dédaigné en faveur de son frère.

« Je n'ai pas pu me résoudre à l'y laisser, reconnaît-il à présent, sortant la bague de la boîte. Elle fut un jour à vous, et je désirais tant qu'elle le fût à nouveau. L'accepterez-vous une seconde fois, en gage de mon amitié ? »

Je lui dis que je l'accepte en effet, de tout cœur, mais aux mêmes conditions que celles de la première fois.

Il secoue la tête.

« C'est impossible. Il ne saurait être question de mariage. Tout le monde va penser que je ne cherche, en vous épousant, qu'à récupérer ce que j'ai perdu. Vous-même pourriez le penser aussi, et, cela, je ne saurais le supporter, n'ayant aucun moyen de prouver le contraire. »

J'ai beau lui opposer objections et assurances, il refuse de se laisser ébranler, et s'entête à me répéter qu'il nous faut rester cousins et amis. J'entreprends, patiemment, obstinément, de le persuader que l'opinion des autres est sans importance, et que nous devons désormais décider seuls du cours à donner à notre vie. Pour ma part, lui dis-je, je n'ai nul besoin qu'il me prouve sa sincérité, et pourquoi ne partagerait-il pas ce qui m'appartient aujourd'hui si j'en décide ainsi ? Il continue à résister, mais pour finir la bague se retrouve à nouveau à mon doigt, la question qu'il m'a posée un jour sur le Ponte Vecchio est à nouveau posée, et elle reçoit la même réponse.

C'est ainsi que le fils de Phoebus Daunt demanda pour la seconde fois en mariage la fille de l'assassin de son père, Edward Glyver, et fut accepté avec un cœur débordant de reconnaissance. De leur union naquit, le 23 septembre 1881, un fils, Petrus, fondation précieuse sur laquelle reposent désormais tous les espoirs de ses parents quant à l'avenir de l'ancienne lignée des Duport.

Tandis que j'écris ces lignes, Petrus est par terre à mes pieds, occupé à regarder un livre d'images – l'exemplaire même de *Pierre l'Ébouriffé* qui, petite, était le mien, avec ce dessin en couleurs de l'Homme aux Ciseaux en train de couper les pouces du vilain petit garçon qui refuse d'arrêter de les sucer. Il semble trouver l'horreur de cette scène aussi fascinante que je la trouvais moi-même, et n'a pas levé les yeux depuis cinq bonnes minutes.

Petrus a trois ans à présent ; c'est un enfant robuste et en pleine santé, d'une beauté déjà étonnante, qui ressemble beaucoup à son père. Il lui arrive de se montrer capricieux et entêté, et j'ai peur alors qu'il ait hérité de certains traits de caractère de l'un de ses grands-pères, voire des deux, et que cela crée des problèmes plus tard si l'on n'y met pas rapidement bon ordre. Perseus, lui, soutient que cela lui passera avec l'âge et qu'il fera un bon héritier. J'espère qu'il a raison.

Mon mari et moi nous entendons fort bien, et je crois être aujourd'hui aussi heureuse que je le serai jamais. Il a surmonté son ancienne réserve et me dit souvent qu'il m'aime, que je suis son réconfort et sa joie, comme il l'est assurément pour moi, et pour l'éternité. Il n'y a pas assez de mots dans le *Dictionnaire de prononciation* de

Mr Walker, que je consulte toujours régulièrement, pour décrire ce que je ressens pour Perseus, et que je continuerai à ressentir, j'en suis certaine, jusqu'à ce que mon cœur, fatigué de battre, s'arrête pour toujours. L'amour peut corrompre et détruire, déformer et trahir – c'est là l'amère leçon de mon expérience ; mais je sais aussi que, sans amour, nous ne sommes rien.

Nous nous promenons, montons à cheval et lisons ensemble ; je m'assieds souvent à côté de lui, tandis qu'il joue sur l'orgue de la chapelle, pour tourner les pages des fugues de Bach qu'il exécute avec une dextérité et un sentiment admirables. Parfois, quand il ne parvient pas à trouver le sommeil, il se lève et descend à la chapelle pour jouer ; je reste allongée à écouter les cadences et les harmonies majestueuses qui montent et descendent dans l'air nocturne immobile, comme si c'était la musique même de Dieu.

L'un de mes plus grands plaisirs est d'aider Perseus dans son travail : lui faire la lecture, recopier au propre ses brouillons, vérifier certains points d'histoire. Ses poèmes, hélas, se vendent mal, en dépit d'une application prodigieuse et infatigable et de tout l'argent déboursé pour les produire et les promouvoir ; mais Perseus compte que la postérité corrigera le jugement sévère de ses contemporains. Cela me peine énormément de penser qu'il risque d'être déçu.

Il a toutefois découvert une nouvelle maison d'édition – Grendon & Co., Libraires et Éditeurs, établis sur le Strand – prête à le publier à ses risques et périls. Je devrais dire, pour être juste, que c'est la maison qui l'a découvert lui : il a été contacté directement par le directeur, le docteur Edmund Grendon, homme dont l'érudition et le goût, ainsi que l'enthousiasme manifesté pour son travail, l'ont profondément impressionné. Bien que la firme n'en soit encore qu'à ses balbutiements, nous commençons à espérer que, avec l'aide du docteur Grendon, le succès littéraire que mérite tant Perseus, mais qui jusqu'ici lui a échappé, pourra enfin se concrétiser.

Perseus estime profondément l'ami et le conseiller qu'est devenu pour lui le docteur Grendon, et j'en suis ravie, car il n'a par ailleurs que fort peu d'amis. Pour tout dire, ce monsieur s'est mis à exercer une telle fascination sur lui que je brûle d'envie de faire sa connaissance ; mais, dans la mesure où il a un tempérament d'ermite et où il est souvent absent pour affaires, il a décliné jusqu'ici plusieurs invitations à venir nous voir à Evenwood, obligeant Perseus à faire de fréquents voyages à Londres, pour des séjours pouvant durer une semaine entière, afin de consulter son nouvel ami et mentor.

Ainsi allons-nous paisiblement notre chemin, fréquentant peu le monde et ses vaines paillettes, préférant consacrer nos soins à notre fils afin de le préparer au jour où il deviendra le chef de cette grande famille. Une ombre, pourtant, plane toujours sur nous. Jamais nous n'échapperons à l'emprise des événements que nous avons vécus, surtout ici, en ce lieu où le passé sature jusqu'à l'air que l'on respire. Nous avons beau faire, pour le bien de notre fils, nous sommes incapables de nous libérer totalement des liens qui nous rattachent à ce que nous avons été. Je crois que nous n'y parviendrons jamais.

II

OÙ IL EST QUESTION DU CHAT QUI DORT

Il me reste un dernier incident à relater, et j'en aurai terminé.

Il y a quelques semaines, Charlie Skinner est venu me trouver porteur d'un message émanant de Mr Wraxall, lequel me demandait si j'aurais le loisir de le rencontrer l'après-midi même dans la bibliothèque.

Sur la table, dans son cabinet de travail, était posé un in-folio joliment relié. Qui portait le titre de *Historia* au dos, et les armes des Duport sur la page de couverture.

« Qu'est-ce ? demandai-je.

– Ouvrez-le », dit Mr Wraxall sans sourire, pour une fois.

Je m'exécutai et me mis à le feuilleter. Il ne s'agissait pas, comme je l'avais d'abord cru, d'un livre imprimé mais d'un manuscrit relié, écrit sur du papier ligné. Il ne me fallut pas longtemps pour découvrir ce qu'il en était.

« Comment vous l'êtes-vous procuré ? dis-je, en refermant le livre.

– Une lettre est arrivée hier, signée "Quelqu'un qui vous veut du bien". Vous vous rappellerez peut-être que j'ai déjà reçu un courrier d'une personne utilisant le même *nom de plume**. Notre correspondant anonyme révélait l'endroit où cet ouvrage est resté caché pendant plus de vingt ans. Il a toujours été dans la bibliothèque, là, sous notre nez. »

Je lui demandai s'il avait conservé la lettre.

Il se tourna vers son bureau, ouvrit un tiroir et en sortit une enveloppe. Ayant jeté un coup d'œil à l'adresse, je n'eus pas besoin d'aller plus loin, remarquant seulement, avec un frisson d'angoisse, que la lettre avait été postée à Londres.

« C'est de lui, dis-je, lui rendant l'enveloppe. Je ne connais que trop bien l'écriture de Mr Basil Thornhaugh.

– Oui, ma chère petite, dit Mr Wraxall, remettant la lettre dans le tiroir. Je crois que vous avez raison. »

Il était donc vivant, quelque part dans le monde, peut-être en Angleterre, sous un autre nom, sans doute, et sous le même soleil couchant que celui qui projetait ses ombres sur la terrasse en ce moment. Je l'avais toujours supposé, mais je sentis mon cœur chanceler devant cette confirmation sans équivoque.

Voyant mon agitation, Mr Wraxall posa une main rassurante sur la mienne.

« Ne vous inquiétez pas, ma chère enfant. Il ne viendra pas. Il n'a plus rien à prouver. »

Il resta ainsi un moment, dirigeant sur moi un regard plein d'une tendre sollicitude.

« Que voulez-vous que j'en fasse ? » me demanda-t-il ensuite en s'emparant du volume, dont le contenu avait été apporté en Angleterre tant d'années plus tôt par Mr John Lazarus. J'ai passé toute la nuit à le lire. Ces pages vous apprendraient beaucoup de choses que vous brûlez sans doute de savoir, mais beaucoup d'autres aussi que vous préférez laisser dans l'ombre. »

À cet instant, le bruit du loquet de la petite grille située en face du cabinet de travail me fit lever les yeux.

Perseus, tenant le petit Petrus par la main, passait sous le porche pour gagner la terrasse. Ils restèrent un moment côte à côte, à regarder le parc aux couleurs hivernales. Puis Perseus se baissa, prit son fils dans ses bras et l'embrassa.

« Remettez-le là où vous l'avez trouvé, dis-je en réponse à la question de Mr Wraxall. Je ne veux pas savoir où, et je vous interdis de jamais me le dire, ni à moi ni à mon mari. Il ne dominera plus ma vie, c'est fini. »

Mr Wraxall approuva d'un signe de tête. Puis il fouilla dans sa poche.

« Il y avait ceci à l'intérieur de l'envoi, me dit-il en me tendant un morceau de papier jauni. Celui qui l'a écrit serait heureux, j'en suis sûr, de savoir que vous avez suivi son conseil. »

Je pris le papier qu'il me tendait et lus les quelques mots inscrits d'une écriture menue et précise :

Ces feuillets, remis entre mes mains par Mr John Lazarus, agent maritime habitant Billiter Street, à Londres, et reliés par Mr Rivière, à l'aide de matériaux anciens afin que l'ouvrage ressemble à un in-folio du dix-septième siècle, ont été déposés en secret, sur les instructions de l'auteur, dans la bibliothèque d'Evenwood Park par moi-même, Christopher Martin Tredgold, notaire de mon état, le 30 novembre 1856, pour être trouvés un jour ou pas, selon ce que décideront le hasard ou le Destin.

C'est là ce que l'auteur m'a spécifiquement chargé de dire. En mon nom propre, j'ajouterai simplement, à l'intention de l'éventuel lecteur, ce conseil plein de sagesse :

Quieta non movere[1].

C.M.T.

« Vous n'avez pas oublié votre latin ? me demanda Mr Wraxall.
Non, dis-je, je ne l'ai pas oublié. Jamais je n'oublierai. »

FINIS

1. « Ne réveillez pas le chat qui dort. »

Remerciements

Ce roman a été écrit au cours d'une période difficile de ma vie. Je tiens à remercier pour l'aide qu'elles m'ont apportée les personnes dont les noms suivent :
Chez A.P. Watt : mon agent, Natasha Fairweather ; Naomi Leon, Judy-Meg Kennedy ; Linda Shaughnessy et Teresa Nicholls.
Chez John Murray : mon éditeur, Roland Philipps ; Rowan Yapp ; James Spackman ; Nikki Barrow et Caro Westmore.
Chez W.W. Norton : mon éditrice américaine, Jill Bialosky.
Chez McClelland & Stewart : mon éditrice canadienne, Ellen Seligman, ainsi que Lara Hinchberger.
Je reconnais à nouveau ma dette à l'égard des conseils d'expert de Clive Cheesman – Rouge Dragon Poursuivant – du College of Arms (Société des armoiries de Grande-Bretagne), et de la pratique éclairée, respectivement de Celia Levett pour la préparation de copie et de Nick de Somogyi pour la correction d'épreuves. Remerciements aussi à ma collaboratrice Sally Owen pour sa remarquable gestion des problèmes administratifs.
Aucun mot ne sera jamais assez fort pour rendre un hommage suffisant à tous les consultants, médecins et membres du personnel hospitalier qui m'ont aidé à franchir le cap de ces deux dernières années. Au premier rang d'entre eux figurent le professeur Christer Lindquist, le docteur Christopher Nutting, Mr Michael Powell, Mr David Roberts, Mr Nigel Davies, Mr Naresh Joshi, les docteurs Diana Brown, Peter Schofield et Adrian Jones, et le professeur John Wass.
Je terminerai par la famille et les amis. Pour leur amour, leur soutien et leur patience, je mentionnerai particulièrement mon épouse, Dizzy, dont je suis plus que jamais dépendant, notre

fille Emily (avec à nouveau mes excuses pour avoir donné son prénom à l'un de mes personnages principaux) et son conjoint Kips Davenport, les enfants de ma femme, Miranda et Barnaby, nos petits-enfants – Eleanor, Harry et Dizzy junior –, ainsi que notre belle-fille, Becky, mes parents, Gordon et Eileen Cox, ma belle-mère, Joan Crockett, et Jamie, Ruth, Joanna et Rachel Crockett.

Envers toutes ces personnes, et les nombreuses autres que je n'ai pas nommées mais qui, chacune à sa manière, m'ont apporté aide et contribution, je suis profondément et sincèrement reconnaissant.

Michael Cox
Denford, mars 2008

Table

RÉALISATION : PAO ÉDITIONS DU SEUIL
ACHEVÉ D'IMPRIMER PAR CPI FIRMIN DIDOT À MESNIL-SUR-L'ESTRÉE
DÉPÔT LÉGAL : MAI 2009. N° 98306 (94997)
IMPRIMÉ EN FRANCE